本书获广东省哲学社会科学"十三五"规划 2017 年后期项目资助，项目名称"后经典叙事学视野下的文学家生命虚构叙事研究"，项目号 GD17HWW03

本书获南方医科大学高水平大学建设经费支持

人文与叙事系列

生命的
交响与变奏

文学家生命虚构叙事研究

杨晓霖　罗小兰　著

暨南大学出版社
JINAN UNIVERSITY PRESS

中国·广州

图书在版编目（CIP）数据

生命的交响与变奏：文学家生命虚构叙事研究/杨晓霖，罗小兰著. —广州：暨南大学出版社，2022.4
（人文与叙事系列）
ISBN 978 - 7 - 5668 - 3261 - 0

Ⅰ.①生…　Ⅱ.①杨…②罗…　Ⅲ.①英语文学—小说研究—世界—现代
Ⅳ.①I106.4

中国版本图书馆 CIP 数据核字（2021）第 233042 号

生命的交响与变奏：文学家生命虚构叙事研究
SHENGMING DE JIAOXIANG YU BIANZOU：WENXUEJIA SHENGMING XUGOU XUSHI YANJIU
著　者：杨晓霖　罗小兰

....

出 版 人：张晋升
策划编辑：潘雅琴
责任编辑：康　蕊
责任校对：苏　洁　黄晓佳　王燕丽
责任印制：周一丹　郑玉婷

出版发行：暨南大学出版社（510630）
电　　话：总编室（8620）85221601
　　　　　营销部（8620）85225284　85228291　85228292　85226712
传　　真：（8620）85221583（办公室）　85223774（营销部）
网　　址：http：//www.jnupress.com
排　　版：广州良弓广告有限公司
印　　刷：广州一龙印刷有限公司
开　　本：787mm×1092mm　1/16
印　　张：22.75
字　　数：443 千
版　　次：2022 年 4 月第 1 版
印　　次：2022 年 4 月第 1 次
定　　价：89.80 元

（暨大版图书如有印装质量问题，请与出版社总编室联系调换）

前　言

自 2008 年到南方医科大学任教以来，我的两个主要研究兴趣分别是英美文学叙事和叙事医学。前者是我的故交，后者是我的新知。我自研究生阶段起就喜欢翻译一些国内还没有中译文的英美短篇小说，不为发表和出版，只为更深透地与作品和作者对话。多年下来，林林总总译了芒罗（Alice Munro）、史蒂文森（Robert Louis Stevenson）、厄普代克（John Updike）、卡佛（Raymond Carver）、梅森（Bobbie Ann Mason）、沃尔夫（Tobias Wolff）、巴斯（Rick Bass）等人的作品 30 余篇，并针对其中部分作品撰写评论，发表在《外国文学》《当代外国文学》《外国文学动态》《外国语文》等学术期刊上。

除翻译和评论小说，为了更全面地了解叙事理论，我承担了与美国叙事研究重镇——俄亥俄州立大学合作创办的《叙事》（中国版）的编辑部主任和副主编工作，翻译校对费伦（James Pelan）、麦克海尔（Brian McHale）、图伦（Michael Toolan）、斯密德（Wolf Schmid）、费里斯（Lucy Ferriss）、金恩（Melba Cuddy-Keane）、洛斯（Jacob Lothe）、瑞安（Marie-Laure Ryan）等国际知名专家的最新叙事理论学术论文近 200 万字。这些年，我非常享受这个过程给我带来的诸多人生感悟。

叙事理论不仅仅应用于文学，事实上，在高深理论遇到困境的后理论时代（post-theory era），许多领域出现了叙事的人本主义转向，学者将自己的个人经历融入学术著作中，产生可读性更强、受众更广的叙事化，甚至虚构化的混合文类。2000 年开始，西方学界将叙事理论应用于医学教育与临床实践，出现了"叙事医学"人文新范式。作为医科院校的教育者，一结交到叙事医学这个新知，我就被其魅力吸引住了。我于 2008 年申报相关课题，在积累了一定成果和经验之后，于 2011 年开设了全国最早的叙事医学选修课，2016 年在规培生中首开叙事医学必修课，并在书院制中依托工作室有体系地开展叙事与人文教育。

近年来，我暂时疏离"故交"，转向"新知"。我们建设了全国第一个叙事医学研究中心、第一家生命健康叙事分享中心、第一个叙事医学教研室，出版了全国第一本叙事医学译著《人文与叙事：文学中的医学》（暨南大学出版社，2018）、第一本叙事医学教材《叙事医学人文读本》（人民卫生出版社，2019），积极构建中国特色叙事医学体系；2019 年 3 月，我在美国费城向来自 11 个国家的医学教育者进行了叙事医学成果推介；2019 年 12 月初，我们成功举办了第二届叙事医学与临床实践研讨会，吸引了来自全国各地的各级医科大学和相关医疗科研机构专家学者 500 余人参会，规模之大，被北京大学著名医学人文专家王一方教授称作"医学人文史上的奇迹"；2020 年至今，我指导全国多地开设生命健康叙事分享中心；2021 年，我的项目"生命健康与叙事生态研究"获得了国家社科基金后期资助，这些工作都对激发国内学者合力构建中国特色叙事医学人文培育体系起到了铺垫和引领的作用。

在叙事医学和生命健康叙事学科体系的构建过程中，我一直热切地关注一种新兴文类——"生命虚构叙事"（biofictional narrative），尤其是文学家生命虚构叙事的发展，在《当代外国文学》《外国文学动态》《外国语文》《天津外国语大学学报》和《广东外语外贸大学学报》等期刊上发表文章，也于2017 年获得哲学社会科学十三五规划的后期资助课题。本书是 2015 年就已成型的一部专著，但由于近些年我将精力更多地投入叙事医学上，直到 2020 年早春时节，才得以重拾并整理以待出版。此时也正值祖国遭遇新型冠状病毒肺炎的侵袭，全国上下正众志成城抗击病毒，作为一个学术工作者而非医务工作者，我也要积极响应国家号召，尽量不出门，安心做好学术研究。

在重拾这一研究的这个假期里，我重新认真全面地搜索了国内外的相关文献和新近出版的生命虚构叙事作品，在已有的文稿基础上更新了许多内容，比如，将狄更斯研究学者施利克（Paul Schlicke）① 的《与狄更斯对话：基于传记史实的虚构对话》（*Conversations with Dickens*：*A Fictional Dialogue Based on Biographical Facts*，2019）等纳入作品分析中。这部作品具有文学家生命虚构叙事的多个典型特征：一是基于本专著中提出的文学家"一级生命因子"——狄更斯的传记；二是虚构了狄更斯与当代人物之间的偶遇和对话，创设了一个时空错层叙事（地点在狄更斯笔下人物匹克威克先生常去的小酒馆）；三是虚实错层、时空错层和鬼魂叙事等不自然叙事元素的融入等。

在文献综述和论述部分融入了最新的研究文献和成果，其中对单个文学家或某类文学家的生命虚构叙事作品进行研究的著作有雷恩（Bethany Layne）的《当代虚构作品中的亨利·詹姆斯》（*Henry James in Contemporary Fiction*，2020）、弗兰森与埃德蒙森（Paul Franssen & Paul Edmondson）的《莎士比亚与他死后的传记人生》（*Shakespeare and His Biographical Afterlives*，2020）和戈尔德希密特（Nora Goldschmidt）的《罗马诗人的死后人生：生命虚构与拉丁诗歌的接受》（*Afterlives of the Roman Poets*：*Biofiction and the Reception of Latin Poetry*，2019）。

新增的综合性研究文献有美国明尼苏达大学的雷奇（Michael Lackey）教

---

① 施利克还撰写了《狄更斯牛津指南》（*The Oxford Companion to Charles Dickens*，1999）和《正是狄更斯》（*Simply Dickens*，2016）等学术专著或传记作品。

授于近年出版的新作——《生命虚构历史、变异与形式》（*Biofictional Histories，Mutations and Forms*，2016）、《传记虚构读本》（*Biographical Fiction*，2017）和《与传记小说家的对话：全球视野下的真实虚构研究》（*Conversations with Biographical Novelists：Truthful Fictions Across the Globe*，2018）等，以及哈芬与吉厄纳夫（Aude Haffen & Lucie Guiheneuf）的《20 世纪和 21 世纪文学中的作家传记和家庭史》（*Writers' Biographies and Family Histories in 20th- and 21st-Century Literature*，2018）。2017 年 5 月，国际后现代生命虚构研讨会在英国里丁大学召开，许多学者的发言也为本专著的最后完成提供了帮助。

生命虚构叙事作品的创作与叙事医学一样，实际上都是在后现代主义语境下，世界回归人本和人性大潮中的一种趋势。生命虚构叙事与叙事医学都旨在打破二元思维，如理性与感性、科学与人文、真实与虚构、客体与主体、边缘与中心等的对立。在循证医学（evidence-based medicine）时代，也就是医学科学技术迈向巅峰的当代，医学建立在对疾病的大数据分析与证据推论的基础之上，遵循的是客观的科学规律，忽略了患病的人的主体性和独特性。在循证医学语境下，我们听到的都是医生的声音、检查设备的声音（doings），重现的是技术性的帮助，却几乎没有患者的声音和患者的情感（beings），忽略了存在性的需求。在这一背景下，主张在循证医学的基础上，突出医患双方的主体间性、叙事性、关系性和独一无二性的叙事医学应运而生，叙事医学与循证医学的互补与融合成为迈向精准医学的路径之一。

对于生命虚构叙事而言，现代传记是一种与循证医学类似的"循证话语"（evidence-based discourse）（Lodge & Layne，2017），也就是说，传记中使用的素材必须是经得起考验的、客观的、真实的史料。除了在传主信件和日记等文本中提到的，其他一切与传主相关的对话、意识、思维和情感都被认为是不科学、不真实、无据可依的，因而不应采信于传记写作中。如此一来，我们在阅读传记作品时，听到的几乎都是"传记作者个人的声音"（the biographer's voice），"传记主体的声音"（the biographee's voice）被隐藏、被掩盖、被稀释了。传记所缺失的对话性（dialogicality）、内在性（interiority）、主体性（subjectivity）和独特性（uniqueness）需要通过将历史人物的史料进行叙事化的"虚构"（fiction）和"假想性再创作"（speculative recreation）才能实现，因而，生命虚构叙事文类就应运而生。

艾弗里（Todd Avery）在 2017 年的一篇文章里阐明了布鲁姆斯伯里学派的艺术家们[①]在创作上的认识论和美学创新如何对生命虚构叙事文类的崛起起到推动作用。根据艾弗里的说法，历史和传记文类在 19 世纪被定义为一种科

① 布鲁姆斯伯里学派是英国文艺与学术界的中心。哲学家罗素，诗人 T. S. 艾略特、詹姆斯·乔伊斯，小说家亨利·詹姆斯和奥尔都斯·赫胥黎都与布鲁姆斯伯里学派的艺术家们过从甚密。

学，但对于利顿·斯特雷奇（Lytton Strachey，1880—1932）这样的学者而言，科学路径只能给予读者了解社会文化机械运作的表面，要进入和再现人类思维和内心，虚构艺术或者叙事艺术是必不可少的[①]；人类如此重要，不能将其仅仅视为过去的一种症状，人类有一种独立于时间进程的价值——这种价值是永恒的，这种价值只能通过其本身得以体现[②]。文学家更是如此，他们如此重要，并不属于过去，他们有独立于时间进程的永恒价值，生命虚构叙事是他们价值体现的一种方式。因而，在某种意义上，斯特雷奇是生命虚构叙事精神的先行者，在他笔下，历史事件为当代作家的个人视域服务，为永恒价值服务[③]。

传记和史实叙事力图将传主当作客体，撰写关于被立传者的"客观人生"（life of objectivity），这在后现代语境中几乎是一种不可能的事业。被立传者是有思想、有感情的主体，生命叙事就是对他们的"主观人生"（life of subjectivity）的想象。干瘪的史实是既有的、不变的、唯一的、外在的。传记和史实叙事更加强调的是这些历史人物在世时的所作所为和伟大功绩，也就是外在的"doing"，这些文本留下来的不过是一个被指定的意义，一个没有生命的意义。然而，在传记和史实叙事中，历史主体的内心是"无法被记录的"（the undocumentable inside）[④]，生命虚构叙事作品中的虚构因子侧重的正是这些历史主体的"不可记录和不曾被记录的内心"（human interiors or a person's interiority），它表现的是生命虚构主体与生命虚构叙事作家之间的主体间性交互，是两者的所思所感和生存状态，也就是内在的"being"。

安德森（Alison Anderson）在她创作的与契诃夫相关的生命虚构叙事作品《夏日来客：一部关于契诃夫的小说》（The Summer Guest：A Novel）里透过虚构人物——小说翻译家哈丁（Ana Harding）说：

（生命）虚构之所以更美，因其比任何传记都更能接近心的真实，不管那些人是否在这个世界上生存过，生命虚构更能触及人的灵魂，传记只是按照一个冷漠无情的世界里记录的客观事实来展开他们的故事，却不管他们是否真是那样客观地活着。这就是为什么我们要阅读（生命）虚构叙事作品，这

① Avery，Todd. *Unpublished Works of Lytton Strachey*. London：Taylor & Francis Ltd.，2017：63.

② Strachey，Lytton. *Eminent Victorians*. Whitefish：Kessinger Publishing LLC，2010：vi.

③ Avery，Todd. Art and Ethics：Lytton Strachey and the Origins of Biofiction. *American Book Review*，2017，39（1）：5.

④ Ellison，Ralph，Styron，William，Warren，Robert Penn，et al. The Uses of History on Fiction. *The Southern Literary Journal*，1969，1（2）：61.

就是为什么我们需要（生命）虚构叙事作家。[①]

传记等史实叙事更加注重物理叙事节奏，而小说等虚构叙事的节奏感更多源自意识流式的心理故事和内向的情绪反思故事。传记作家不断地将自己查阅到的史实材料串缀到被立传者的人生故事当中，这些资料是他们放置在写作案台上、供随时参考对照、不能出现丝毫偏差的文献，虚构只是为真实再现服务，因而，传记编撰更多是一种以科学和循证为原则的脑力活动；而生命虚构叙事作家则在做了许多文献和史料的阅读之后，将其搁置一旁，生命虚构叙事作家可以为了"隐喻"，对既成事实进行想象、虚构，甚至扭曲和杜撰，史实是为虚构、象征和隐喻目的服务。也就是说，带有传记性质的叙事受准确再现已有史实的认识论规约限制，而偏向虚构性质的叙事则遵循投射虚构者"自己视域中的真相"的美学原则[②]；因而，生命虚构创作过程更多的是一种用心创作的美学实践。

奥斯卡·王尔德（Oscar Wilde）认为：虽然小说家不一定要撒谎，但知识分子关于真理价值的再现在很大程度上是与真实性相背离的。如果文学家叙事只是一部为事实而事实、客观展示自己人生事件的传记，那么它只会变成一个没有感情、没有深度、没有阐释空间的大事年表和旧闻报道。这样的记录不仅会让撰写者陷入无趣的写作困境，也是对被立传的作家的文学创作力和人生丰富性的亵渎。扁平的客观事实（flat reality）强力压制着丰润的主体（round subject），就会缺乏叙事性、戏剧性，缺乏主体故事应该具有的矛盾性和生动性。

文学家生命虚构叙事是一种创意再现大过事实来源，也就是虚构因子（fiction）压过生命因子（bio）的文类。其意图不在于完整地或者真实地再现文学家的一生，而在于通过与文学家相关联的事实创设一个独特的故事阐释空间，在虚构中大量融入与某位文学家相关的事实元素或事实因子的重要意图在于尽管可能时代错乱（anachronistic；错层叙事或假想叙事），可能在过去历史中融入当代视角，但创作出来的故事在整体上能给人留下"趋于更加严肃的真实"（more substantive truth）[③] 这一印象。这一文类鼓励读者在进入认识论上的平衡之前，完全沉浸于虚构的本体世界中。

---

① 这段话的原文是："Was that not the beauty of fiction, that it aimed closer at the bitter heart of truth than any biography could, that it could search out the spirit of those who may or may not have lived, and tell their story not as it had unfolded, as a series of objective facts recorded by an indifferent world, but as they had lived it and, above all, felt it? …It's why we read. It's why we need our writers." 引自 Anderson, Alison. *The Summer Guest: A Novel*. New York: Harper, 2016.

② Woolf, Virginia. *The Art of Biography*. In *The Death of the Moth and Other Essays*. London: Hogarth, 1943: 124.

③ Lackey, Michael. *Biographical Fiction: A Reader*. New York: Bloomsbury, 2017: 10.

也就是说，生命虚构叙事是通过对历史人物的创意虚构来表达当代作家的真实人生或创作感悟的文类，它是"传记和自传驱策"（biographical and autobiographical impulses）双重动力下的产物。正如大卫·洛奇所言，"所有的解码都是一个重新编码的过程"①（Every decoding is an encoding）。文学家生命虚构叙事是在对历史上的艺术先辈的人生进行解码的过程中，加入对生命虚构叙事作家的人生编码的过程，艺术先辈借此获取、融入新的编码，获得死后重生的可能性，而生命虚构叙事作家则从新旧交织的人生密码中获取了更深厚的艺术理解和人生智慧。

2003 年诺贝尔文学奖得主库切（J. M. Coetzee，1940— ）的《彼得堡的大师》（*The Master of Petersburg*，1994）在虚构陀思妥耶夫斯基的生命故事的同时，凸显的是库切的人生故事，因而，小说里关于陀思妥耶夫斯基的虚构传记叙事其实也是库切的自传叙事。两位创作与被创作的生命虚构主体之间形成了一种"我是你，你也是我""我不是你，你也不是我""既非传记又非虚构""既是自传又是虚构""既是虚构，也非虚构""既非'虚构'，也非'非虚构'"的阈界（liminal）关系。

在"双重生命虚构叙事"（double biofictional narrative）或"自我—他者生命虚构叙事"（auto-autre-biofictional narrative）的独特文学家生命虚构文类中，作为（叙事者）人物的当代作家本人与现实生活中物理存在的作家本人（the physical writer）以及被虚构的文学家三者之间形成更立体的空间关系，文学家生命虚构叙事变成了一种四重奏杂糅结构，是传记、自传、虚构和批评的合体叙事。

麦琪·吉（Maggie Gee）创作的关于伍尔夫（Virginia Woolf）的生命虚构叙事作品《弗吉尼亚·伍尔夫在曼哈顿》（*Virginia Woolf in Manhattan*，2015）中的伍尔夫也只是麦琪·吉的一个幽魂。就像萨克雷（William Makepeace Thackeray）笔下的虚构木偶在扮演各种角色的过程中，不间断地声称那些角色"总是，也只是属于自己"的，为伍尔夫创作过生命虚构叙事作品的当代作家们的创作意图并不在于创作出一个同质化的伍尔夫形象。每一个伍尔夫都是当代作家们各自的伍尔夫，每一个伍尔夫都是当代作家的幽魂，每一个伍尔夫都属于当代作家自己，蕴含着他们的独特解读。我们看到的不再是一个伍尔夫，而是众多伍尔夫的虚幻光影展演（the phantasmagoria）②。

关于某位文学家的有据可查的生命因子的物质聚合体，可以比作萨克雷小说中的木偶。这些生命因子的物质聚合体是可见的、确定的、不变的、生

---

① Lodge，David. *A David Lodge Trilogy-Changing Places：A Tale of Two Campuses* (1975)，*Small World：An Academic Romance* (1984)，*Nice Work：A Novel* (1988). London：Penguin，1993.

② Barthes，Roland. *Roland Barthes by Roland Barthes*. Berkeley and Los Angeles：U of California Press，1994：71.

硬的、同质的、死板的。我们要创作出关于这位文学家的不一样的人生故事，让其在新的语境下复活重生，就必须让操控木偶的人来赋予木偶一定的角色，让它动起来、演起来、活起来、呼吸起来。赋予角色的过程就是虚构的过程，就是当代作家与被虚构的文学家合二为一的过程。因为当代作家是独一无二的，这种结合必定也是独一无二的，因而，这样的莎士比亚、这样的伍尔夫、这样的海明威（Ernest Miller Hemingway）都是生命虚构叙事作家的——属于自己和关于自己的独特角色。在这一文类中，虚构与真实、过去与现在都不是二元对立体，而是你中有我、我中有你的生命连续体（continuum）和生命共同体（symbiont）。

　　这也让我想起了奥斯卡·王尔德关于传记小说的最早理论思考。1889 年，他在《谎言的衰朽》（The Decay of Lying）里让笔下人物薇薇安提到了这样一段话：失败的艺术都来自对现实的刻板复制和绝对模仿；假如一位小说家能够如此卑劣不尊地潜入他笔下人物的生活之中，至少他也得装作这些人物是虚构创造出来的，而不是吹嘘这些人物是现实的完美复制。T. S. 艾略特也说过，劣质的作品是去模仿，优秀的作品则不避讳选择将别人的人生故事"偷"为己用或者"借"为己用。

　　根据王尔德和艾略特的创作逻辑，写历史或传记的作家不是也不能称作真正意义上的艺术家，因为他们只是再现（复制）历史和人物，而艺术源自创作行为，要成为艺术家，就必须对真实的传记人物进行再创作①。对小说中的某些人物的界定不是这些人物自己想要成为什么样的人，而是作家想让他们成为什么样的人，否则这部小说就不能看作艺术创作②。在王尔德的生命虚构创作思想的指引下，藤南特（Emma Tennant）让笔下的詹姆斯成了藤南特想要的詹姆斯，洛奇（David Lodge）让詹姆斯成了洛奇想要的詹姆斯，托宾（Colm Tóibín）让詹姆斯成了托宾想要的詹姆斯。

　　事实上，文学家自从进入公众视野，作为一种类型的公众名人之后，他们就不可能再保持一种单一刻板的传记主体形象（biographical subject），他们在成为不同生命故事里的文本主体（textual subject）之后，形象变得灵动不居。援用霍兰德（Merlin Holland）笔下的王尔德在虚构的采访里所说的话，文学家已然成为一种公共想象（public imagination）的产物③。因而，在生命虚构叙事作品中，文学家是传记主体和文本化主体的合体，经过文本化的、

---

① Lackey, Michael. Usages（Not Representations）of Virginia Woolf in Contemporary Biofiction. *Virginia Woolf Miscellany*, 2018（92）: 12.

② Wilde, Oscar. *Decay of Lying*. In *The Collected Works: Oscar Wilde*. Hertfordshire: Wordsworth Editions, 1997: 925 – 926.

③ Holland, Merlin. *Coffee with Oscar Wilde*. London: Duncan Baird Publishers, 2007: 57.

被赋予文化意义的文学家在生命虚构叙事作品里的身份必须加上引号①。

也就是说，有一千部生命虚构叙事作品就有一千个文本化了的文学家生命虚构形象，生命虚构叙事中的文学家不再是一个历史人物，而是一个生命虚构主体。就像乔姆斯基的深层结构和表层结构一样，历史上存在过的、只活过或真实过一次的某位文学家是深层结构，是真实原型（real prototype），而作为生命虚构人物的这位文学家是经过不同生命虚构叙事作家的语言和意识形态转换出来的表层结构，是虚构的复制品（the fictitious replica）和文本世界里的变体（its variants in textual world）。

生命虚构叙事作家与作为生命虚构对象的文学家之间形成了共同创造的主体间生命关系（inter-bio-subjectivity）。作家的"自我"与笔下的"自我"在"大弦嘈嘈如急雨，小弦切切如私语，嘈嘈切切错杂弹，大珠小珠落玉盘"的灵魂交响乐中，渗透融汇，形成你中有我、我中有你的绝妙声部②。这个交响乐演绎的是多重相遇：作家的相遇（作家与先辈作家、作家与自我等）、空间的相遇、对话的相遇、时代的相遇（过去与现在）等。在这个多重奏中，过去因现在而产生的改变与现在被过去衍生出的变化是双向的、同等的、没有主次之分的。③

在思考"当代作家为何要选择一个历史上的文学家来表达自己的观点"这个问题的缘由时，我总会想到巴赫金的一段话：

> 作家选择（另外一个人）是因为它能一举两得，一方面，得以使故事在新的光辉照耀下呈现出不为人知的方面；另一方面，又可以用一种新的方式照亮我们预期中的文学场景，从而更加看清楚叙述者想要表现的特别之处。

文学的发展进程正如在干道上行驶的汽车，车子不断前进，但后视镜始终映照着过去。④ 当代文学家创作出来的作品，不可避免地在照映自己的同时，也照映出文学家先辈在历史之路上遗留下来的影像。如萧伯纳发现最好的创新方式是重拾古老文学的魅力，而在后现代语境下，最好的创新方式是重拾文学家先辈的生命故事。在多重的相遇中，历史上的文学家与当代的作

---

① Tomaiuolo, Saverio. A Map of Tennysonian Misreading：Postmodern （Re）visions. *Neo-Victorian Studies*，2010，3（2）：2.

② 刘康：《对话的喧声：巴赫汀文化理论述评》，台北：麦田出版有限公司，1995 年，第 3 - 4 页。

③ 引自 Eliot，T. S. *Tradition and the Individual Talent*. In *The Sacred Wood*：*Essays on Poetry and Criticism*. New York：Barnes and Noble University Paperbacks，1966：50. 艾略特的原文是"The past [is] altered by the present as much as the present is directed by the past"。

④ McLuhan，Marshall. *Understanding Media*：*The Extensions of Man*. New York：Signet Books，1967：34.

家之间激发出"多边的共情连接"（multilateral empathetic bond），用各自的光芒照亮彼此。

　　生命虚构叙事作家往往是自身及被虚构文学家的人生经历或思想观念的配方者（formulateur）。由于文本创作者根据各自议题的需要调整、组合甚至违背生命因子，因而从现实世界转换到文本世界的过程中，文学家获得多个"跨越文本世界的身份"。生命虚构叙事作家有意将文学家生命虚构主体的各级生命因子，如日记、信件（一级生命因子），学术型传记、研究专著（二级生命因子），生命虚构主体本人的原创作品（三级生命因子）或实体性生命因子，与非生命因子穿插融合在一起，对叙事进程起到推动作用。

　　生命虚构叙事的文本世界包含由现实性的生命因子衍生和推导出来的虚构场景，生命因子通过嫁接、移植或者镶嵌的方式存在于虚构世界。① 这些文学家真实人物一旦变成生命虚构人物，就具备了支撑一个可能的虚设世界和创设一个可信的虚构的"真实"世界的能力。要在生命因子的基础上，发展出一种关于某位文学家的新语言，则必须进行戏剧化创作。生命虚构叙事作家从各级生命因子中选取符合创作需要的生命因子，通过赋予虚构的叙事框架并融入文学技巧，将其重新语境化或虚构化进入一个自我揭示为虚构文类的文本之中。戏剧化创作不是对生命因子的再现进行细枝末节的装饰，而是无限扩展语言的潜能，这有赖于非生命因子的加入。

　　选取什么样的生命因子，搭配什么样的非生命因子，全由生命虚构配方者视叙事的修辞意图而定。生命因子本身并不产生意义，只有被配方到了不同的具体生命虚构叙事作品里产生戏剧化的效果之后才获得意义。通过虚构化和戏剧化行为，文学家的生命虚构叙事实现了从非虚构文类向虚构文类的转换，借此，文学家、文学史和文学批评理论走入了虚构的情节中。居住在虚设世界里的文学家又不可避免地赋予虚设世界以现实性。生命主体的生命因子在生命虚构叙事作品中的交织会减弱当代作家创设的文本世界的虚构感。

　　我们在阅读生命虚构叙事作品时，读到的不只是一个文本，而是众多文本、生命、灵魂和精神的交响曲、多重唱与变奏曲。因而，从另一个角度来说，生命虚构叙事文本碾压"评论""学术著作"和"传记"，在创造出历史和当代作家的人生和文学理论的同时，将更深层次的文化、社会、哲学理念融入其中。文学家生命虚构叙事文类通过"杜撰出从来没有发生过的故事，回答一些让当代创作者困惑的问题，填补文化上和知识上的缺漏，表达人类的内心世界或者想象文化方面的意识形态"②。

　　关于文学家的生命虚构叙事作品不光属于"文学的历史，也属于文学本

---

① Latham, Monica. Thieving Facts and Reconstructing Katherine Mansfield's Life in Janice Kulyk Keefer's *Thieves*. *European Journal of Life Writing*, 2014（3）：103 – 120.

② Lackey, Michael. *The American Biographical Novel*. New York：Bloomsbury，2016：14.

身——它们都是有象征性的人类命运"。国内生命虚构叙事文类相关的论述尚不多，本专著全面梳理了生命虚构叙事文类的演化历史，凸显当代文学家生命虚构叙事作品的创作特点与趋势，有针对性地选取典型作品进行分析。由于这是一个全新的研究方向，本专著中的重要引文都尽量标出原文和出处，也在行文中尽量多列举出相关的典型作品。希冀通过本专著，帮助国内学者和研究者建立深入阐释这一文类现象的研究范式，指导文学爱好者享受更绝妙的阅读体验。

最后，感谢本书的另一位作者——广东金融学院马克思主义学院的罗小兰老师，她不仅在生命教育叙事方面开展了相关研究，为生命健康叙事体系的构建做出了一定贡献，而且负责撰写了这部 40 余万字的专著的多个章节（约 15 万字）。同时，还要感谢我的科研助理景坚刚老师对全书的认真校对和润色。

杨晓霖
于全国首家生命健康叙事分享中心
2020 年 6 月 1 日

目　录

第一章 导论

> 终其一生，我们都在寻找一个关于我们的出身的故事，这个故事告诉我们，我们为什么出生，我们为什么而活。
>
> ——翁贝托·艾柯①

第一节 研究缘起与背景

一、研究缘起与问题的提出

2010 年当我阅读雪佛兰（Tracy Chevalier）的小说《戴珍珠耳环的少女》（*Girl with a Pearl Earring*，1999）时，我欣喜地发现 21 世纪出版了不少围绕历史上真实存在的画家进行虚构叙事的作品。从小对绘画艺术情有独钟的我开始下意识地搜集这类小说进行阅读，期望能发现这类小说不同于其他虚构作品的特征。2012 年 9 月在英国伯明翰大学读博的朋友告诉我，2012 年 11 月举行的欧洲新文学第九届年会以文学与艺术、艺术家的关系作为主题。我虽然没有机会去参加会议，但注意到这届会议围绕为什么欧洲作家开始热衷于创作与艺术、艺术家和艺术世界相关的小说这个问题展开，分"从艺术虚构作品阅读""从艺术到文本"和"艺术虚构和虚构的艺术家"等几个讨论话题，可见学界开始对该类作品予以更多关注。

从 2012 年 11 月开始，我开始有意识地收集和阅读这几个方面的虚构文本。在这个过程中，发现大量与文学家相关的虚构作品。我当时很兴奋，在进一步阅读文献的过程中，发现 1990 年之后，对画家、音乐家和文学家进行虚构的作品呈不断增加的趋势，但暂时没有系统论述这一显著文类的论著。

2014 年 1 月，我赴剑桥大学访学，刚去的一个月一直在思考首先应选取画家、音乐家和文学家三类中的哪一类艺术家进行细致论述。在这个过程中，

---

① 原文是"Throughout our lives, after all, we look for a story of our origins, to tell us why we were born and why we have lived"—Umberto Eco。

我恰好参加了每周四的剑桥学者论坛，有人提到 Coffee with... 系列，如《与坡喝咖啡》（*Coffee with Poe*，2003）以及与历史人物的虚构对话系列，如《与贝多芬对话》（*Conversations with Beethoven*，2014）等作品用传记虚构这一文类去界定似乎有些牵强，接着有人提到类似的还有《凯克博士的杜撰》（*The Invention of Dr Cake*，2004）（这部作品中想象了英年早逝的济慈没有在 29 岁那年死去，而是隐姓埋名继续生活了许多年，直至去世前跟一位与他志同道合的朋友交流才隐约透露自己的真实身份）。

我提出我到剑桥大学之前也对这一现象和相关的单个作品进行了思考和研读，并发表了中文论文。在发现《未经证实的奥斯卡·王尔德的信件》（*The Unauthorized Letters of Oscar Wilde*，1997）（讲述的是一位当代作家与王尔德的跨时空通信）等作品之后，我收集了近 600 部类似作品。这些以真实作家为描写对象的虚构作品，与传记虚构具有一定的相似性，但在虚构策略和创作模式方面又比传记虚构更加开放，如它们采用明显的虚构叙事框架，大胆地偏离史料记载的作家生命轨迹等，而且初步看来，这类作品似乎已经形成一种创作趋势，我将其称作"假想性生命虚构叙事"（speculative biofictional narrative）[1]。

当时我已完成《2013：菲茨杰拉德年——评四部作家生命虚构小说》这篇论文，在这篇中文论文中，我援用法国批评家首先使用的术语"生命虚构"来描述比"假想性生命虚构"更大的一种文类，认为这些作品属于一种已经突破传记文类限制的阈界文类（liminal genre），呼吁学者对其进行理论建构，以便对这类作品开展更科学、更精准的评论。剑桥大学同仁根据我对这类作品的文类阐述展开了讨论，最终认为这一术语可取，这给了我很大的信心。明确了研究方向后，我资料收集和文献阅读的范围更加清晰了，开始在前阶段文献阅读的基础上，进一步思考具体的主要研究问题——假设可以将这类作品称作作家生命虚构叙事，而其是传记虚构在新语境下的升级文类，那么，萦绕在我脑海里的几个研究问题就具体化了：

（1）使用什么样的表述能更准确地定义和建构这一文类的阈界性（liminality）？这些表述里包含哪些需要进一步分解阐释的术语？

（2）如何采用经典叙事学和后经典叙事学理论及术语以更准确地建构这一传记虚构的升级文类，并更科学地反映这一新文类的创作趋势？

（3）如何通过文类的理论建构阐明作家生命虚构叙事与作家传记虚构叙事之间的区别性特征，并展示作家生命虚构叙事作品与其他人物生命虚构叙事作品在创作模式方面的异同？

---

① 与假想性虚构（"speculative fiction"）不一样，假想性生命虚构在某种程度上依赖于真实的历史人物的传记史料，却对其人生经历开展假想性的虚构。

二、研究背景与范围的确定

20 世纪末开始，生命虚构叙事作品源源不断地进入读者和评论家的视野，形成英语"生命书写"复兴热潮①和生命虚构流行趋势②。2005 年曼布克奖得主、爱尔兰文学大家、被《波士顿环球报》赞誉为"当今最伟大英文作家"的班维尔（John Banville）曾将科学家牛顿、开普勒与哥白尼的故事写成三本小说——《哥白尼博士》（*Doctor Copernicus*，1976）、《开普勒》（*Kepler*，1981）和《牛顿书信》（*The Newton Letter*，1982）③。在班维尔细致的文笔下，科学家跳脱理性发明者的制式印象，成为遭受爱情创伤与命运捉弄的流离主角。

在众多生命虚构叙事作品中，一类以真实艺术家人物（画家、文学家和音乐家）为叙事驱策和叙事出发点的小说异军突起，已成为一种独具风格的文学形式。这类生命虚构叙事提供了一种重新审视艺术史的全新视角，也因其强烈的艺术互文参照和历史事件参照成为小说家和电影制作人的首选。它们从一幅画、一部史诗、一段音乐追溯出一段古老的爱情，从画家、文学家、音乐家的人生看艺术的发展和时代的变迁，逐渐风靡整个西方小说阅读世界。

艺术家生命虚构和艺术历史虚构在西方文学中有上千年的悠久传统，但未成潮流。巴尔扎克（Honoré de Balzac）就曾创作与画家相关的生命虚构作品——《无名的杰作》（*The Unknown Masterpiece*），虚构对象是法国古典主义绘画的奠基人普桑（Nicolas Poussin，1594—1665）。其描述的是普桑在 1612 年尚未成名时来到巴黎左岸拜访绘画大师波尔比斯（Porbus），巧遇老画家弗朗霍费，随后以三个人之间的关系展开了一段艺术创作的故事。这部小说是巴尔扎克深入探讨艺术家状况的作品，虽然只是一部中篇小说，却花费了巴尔扎克 6 年时间进行创作。巴尔扎克依托虚实相错的叙事手法，借由小说中的艺术家之口，表达了自己对艺术创作、对爱、对美的见解，里尔克（Rainer

---

①　Middeke，Martin & Huber，Werner. *Biofictions：The Rewriting of Romantic Lives in Contemporary Fiction and Drama*. Woodbridge and Rochester：Boydell & Brewer Inc.，1999.

②　Krämer，Lucia. *Oscar Wilde in Roman，Drama und Film：Eine Medienkomparatistische Analyse Fiktionaler Biographien*. Frankfurt a. M.：Peter Lang，2003：11.

③　《牛顿书信》展现的是一个未出现名字的叙事者写给友人克利欧纳的信的内容，叙事者写信的日期在 1979 年到 1981 年间。叙事者前往爱尔兰的乡间租下一间小屋，想在此处完成他所写的关于牛顿的历史书籍，却因而找到并重新发现了自己所否认的激情和情感。他居住的小屋名为"蕨之屋"，在讲述蕨之屋生活的同时，作者双线叙述了关于牛顿放弃科学而致力于炼金术一事。其中提及牛顿在 1693 年 50 岁时精神崩溃的状况，以及牛顿写给约翰·洛克的信函，也谈及了牛顿与虎克之间的冲突。

Maria Rilke，1875—1926）认为它是"一幅关于未来艺术革命的难以置信的图景"①。巴尔扎克早在两百年前就有如此超前的创作意识，不愧为文学大家。

直到最近 30 年间，以艺术家历史人物为主轴的叙事，尤其是以文学家人物为对象进行虚构的叙事才进一步受到作家和读者的热捧，形成创作趋势。以音乐家为生命虚构对象的当代作家主要有考威尔（Stephanie Cowell）②、邓拉普（Susanne Dunlap）③、高拉威（Janice Galloway）④、瑞斯（Matt Rees）⑤、科罗娜（Laurel Corona）⑥、奎克（Barbara Quick）⑦、费雷（René Féret）⑧ 等。据本书统计，1990—2019 年间，共出版音乐家虚构叙事作品 500 余部。被虚构的音乐家主要有莫扎特（Wolfgang Amadeus Mozart）、舒伯特（Franz Schubert）、维瓦尔第（Antonio Lucio Vivaldi）、贝多芬（Ludwig van Beethoven）等。针对音乐家生命虚构小说进行研究的主要有诺维克（Julia Lajta-Novak）⑨、切聂特⑩、萨福尔（Michael Saffle）⑪ 等。

---

① 毕加索的经纪人沃拉德（Ambroise Vollard）出版了巴尔扎克的这个故事，毕加索为其画了插图，还搬到格兰奥古斯丁大街（也就是波尔比斯的画室所在地）作画。据贝尔纳（Émile Bernard）说，塞尚（Paul Cézanne）读了这个故事后涕泪纵横，"用手指猛戳胸口"，"说自己就是故事中的那个人"。

② 代表作有《嫁给莫扎特》（*Marrying Mozart*，2004），主要讲述了 Weber 家四姐妹与莫扎特之间的故事，尤其是在康施坦茨（Constanza Weber）成为莫扎特的妻子前，莫扎特与其姐姐、女高音歌手（Aloysia Weber）之间的关系。

③ 邓拉普创作了与作曲家夏庞蒂埃（Marc-Antoine Charpentier）相关的作品《艾米丽的声音》（*Émilie's Voice*，2005）、与作曲家李斯特（Franz Liszt）相关的作品《李斯特的吻》（*Liszt's Kiss*，2007）和与作曲家海顿（Franz Joseph Haydn）相关的作品《音乐家的女儿》（*The Musician's Daughter*，2008）等。

④ 代表作有《克拉拉》（*Clara*，2004）。克拉拉（Clara Schumann，1819—1896）为著名德国钢琴家、作曲家罗伯特·舒曼之妻，也是最重要的浪漫主义钢琴师之一。

⑤ 代表作有《最后的咏叹调》（*Mozart's Last Aria*，2011）。

⑥ 代表作有《四季：一部关于维瓦尔第的威尼斯的小说》（*The Four Season：A Novel of Vivaldi's Venice*，2008）。

⑦ 代表作有《维瓦尔第的贞女》（*Vivaldi's Virgin*，2008）。《四季：一部关于维瓦尔第的威尼斯的小说》与《维瓦尔第的贞女》都与古典作曲家维瓦尔第相关。维瓦尔第是一位意大利神父和巴洛克音乐作曲家，同时还是一名小提琴演奏家，其最著名的作品为《四季》。《四季：一部关于维瓦尔第的威尼斯的小说》以第三人称视角讲述维瓦尔第向"悯行收容院和音乐学院"里的两姐妹 Chiaretta 和 Maddalena 教授钢琴课程的音乐故事，其中维瓦尔第如何受到 Maddalena 启发而创作出旷世名作小提琴协奏曲《四季》是小说的主线之一；《维瓦尔第的贞女》以维瓦尔第在孤儿音乐学院的得意学生、具有非凡音乐天分的 Anna Maria 为叙事者，部分采用书信体的形式，通过写给她未知的母亲的信，讲述自己作为艺术家的成长故事。

⑧ 代表作有《莫扎特的姐姐》（*Mozart's Sister*，2010），古典音乐大师莫扎特的姐姐南妮儿（Nannerl Mozart）同样是天才音乐家。

⑨ Novak，Julia. Father and Daughter Across Europe：The Journeys of Clara Wieck-Schumann and Artemisia Gentileschi in Fictionalised Biographies. *European Journal of Life Writing*，2012（1）.

⑩ Chenette，Jon. *Musicians in Fiction*. Liberal Arts Scholarly Repository，2002.

⑪ Saffle，Michael. Liszt in the Movies：Liszt's Rhapsody as Composer Biopic. *Journal of Popular Film and Television*，2007，35（2）：58 – 65.

擅长以画家（雕塑家、建筑家）为创作对象的当代作家有雪佛兰[①]、杜南特（Sarah Dunant）[②]、沃尔科特（Derek Walcott）[③]、菲欧拉托（Marina Fiorato）[④]、拜厄特（A. S. Byatt）[⑤]、略萨（Mario Vargas Llosa）[⑥]、莫尔（Christopher Moore）[⑦]、利普顿（Eunice Lipton）[⑧]、瑞斯[⑨]、里奇曼（Alyson Richman）[⑩]、穆吉卡（Barbara Louise Mujica）[⑪] 和弗里兰（Susan Vreeland）[⑫] 等。被虚构得最多的画家是达·芬奇（Leonardo da Vinci）、梵高（Vincent Willem van Gogh）、莫奈（Claude Monet）等。针对画家生命虚构叙事作品增多的趋势进行研究的有弗莱切（Lisa Fletcher）[⑬]、兰德维尔（Margarete Landwehr）[⑭]、西博利（Deborah Cibelli）[⑮]、费什维克（Sarah Fishwick）[⑯]、查普曼（Perry

---

① 代表作有《戴珍珠耳环的少女》和《情人与独角兽》（*The Lady and the Unicorn*，2004）等。

② 创作了《维纳斯的诞生》（*The Birth of Venus*，2003）、《烟花散尽》（*In the Company of the Courtesan*，2006）。

③ 《提埃波罗的猎犬》（*Tiepolo's Hound*，2000）这部诗作是诗人自己和印象派画家毕沙罗（Camille Pissarro）的一幅双人肖像画。在 18 世纪，威尼斯画家占有特殊的地位，提埃波罗（Tiepolo）是其中最负盛名的壁画名家。提埃波罗的艺术深受巴洛克风格影响，同时也继承了文艺复兴传统。

④ 著有《杏仁树下的圣母玛利亚》（*The Madonna of the Almonds*，2009）和《波提切利的秘密》（*The Botticelli Secret*，2010）等。

⑤ 代表作有《马蒂斯故事》（*The Matisse Stories*，1993）等。

⑥ 代表作有《天堂在另一个街角》（*The Way to Paradise*，2003），讲述法国著名画家保罗·高更（Paul Gauguin）和他外祖母弗洛拉·特里斯坦（Flora Tristan）的故事。

⑦ 代表作是《神圣蓝色：一部戏剧艺术作品》（*Sacré Bleu：A Comedy d'Art*，2012），讲述了梵高之死与颜料之谜。莫尔是美国最受欢迎的当代讽刺幽默作家。小说里到处是印象派和后印象派的画家和绘画，并且出现了一个有趣的参照叙事——王尔德的《道林·格雷的画像》（*The Picture of Dorian Gray*），使用了超自然叙事技巧。

⑧ 代表作有《化名奥林匹亚》（*Alias Olympia：A Woman's Search for Manet's Notorious Model and Her Own Desire*，1992）等。

⑨ 代表作有《血色名字》（*A Name in Blood*，2012）和《拉撒路的画笔》（*Lazarus's Brush*，2012）等。

⑩ 代表作有《最后的梵高》（*The Last Van Gogh*，2006），讲述梵高最后的日子。

⑪ 代表作有《弗里达：一部小说》（*Frida：A Novel*，2002）等。

⑫ 代表作有《穿风信子蓝的少女》（*Girl in Hyacinth Blue*，1999）、《阿尔特米西亚的热情》（*The Passion of Artemisia*，2001）、《游艇上的午宴》（*Luncheon of the Boating Party*，2008）等。

⑬ Fletcher, Lisa. His Paintings Don't Tell Stories…：Historical Romance and Vermeer. Working Papers 2001, on the Web 9 (2006), http：//www. shu. ac. uk/wpw/historicising.

⑭ Landwehr, Margarete. Literature and the Visual Arts：Questions of Influence and Intertextuality. *College Literature*，2002，29（3）：2 - 16.

⑮ Cibelli, Deborah. "Girl with a Pearl Earring"：Painting, Reality, Fiction. *Journal of Popular Culture*，2004：583 - 592.

⑯ Fishwick, Sarah. Encounters with Matisse：Space, Art, and Intertextuality in A. S. Byatt's *The Matisse Stories* and Marie Redonnet's *Villa Rosa*. *Modern Language Review*，2004，99（1）：52 - 64.

Chapman)①、厄尔斯顿（Melissa Elston）② 和沃斯（Julie Voss）③ 等。

以文学家生命故事为出发点的虚构作品有《夏多布里昂④的理发师》（*Chateaubriand's Hairdresser*，2010）⑤、《巴黎妻子》（*Paris Wife*，2011）⑥、《剧团演员》（*The Players*：*A Novel of the Young Shakespeare*，1997）⑦、《奇思妙想》（*Conceit*，2008）⑧、《饱尝悲戚》（*The Taste of Sorrow*，2010）⑨、《但丁俱乐部》（*The Dante Club*，2003）⑩ 和《爱伦·坡暗影》（*Poe Shadow*，2007）等。据粗略统计，1990—2019 年间，以真实文学家为叙事驱策的虚构叙事作品有上千部。围绕作家展开的小说叙事所占份额最大，频登畅销书排行榜高位，并在文学奖项中脱颖而出，增长趋势也最快⑪，已成为一种独具风格的文学形式，以至于佛克马（Aleid Fokkema）称"作为虚构人物的文学家"已成为"后现代主义的类型化人物（postmodernism's stock character）⑫，以文学家为中心的迷恋是当代文学文化的基本元素⑬。在这样的文学创作背景下，本书决定选取在叙事模式和虚构化策略方面特异性更加显著的文学家虚构叙事作品作为研究对象。

---

① Chapman，Perry. Art Fiction. *Art History*，2009（32）：785 – 805.

② Elston，Melissa. A Suspended，Timeless Universe：Macrohistoric Appropriations of Caravaggism in Chevalier's Virgin Narrative. *Atenea*，2009，29（1）：55 – 68.

③ Voss，Julie. I Will Paint You as I First Saw You：Art and Adaptation in Tracy Chevalier's Girl with a Pearl Earring. *Midwest Quarterly*，2012，53（3）：237 – 251.

④ 夏多布里昂（François-René de Chateaubriand，1768—1848）是法国作家、政治家和外交家，法国前任内阁成员。著有小说《阿拉达》《勒内》《基督教真谛》，长篇自传《墓畔回忆录》等。他是法国早期浪漫主义的杰出代表。法国大文豪雨果在少年时曾发誓："要么成为夏多布里昂，要么一无所成！"

⑤ 作者戈兹（Adrien Goetz），法国作家、艺术评论家、艺术史博士。

⑥ 麦克莱恩（Paula McLain）的《巴黎妻子》从海明威的第一任妻子哈德莉的视角讲述他们的感情故事和 20 世纪 20 年代巴黎作家圈风貌，堪称另一种"流动的盛宴"（A Movable Feast）。

⑦ 考威尔的《剧团演员》以年轻时代的莎士比亚和其十四行诗（127—154）中的神秘女人——"黑女郎"（dark lady）为主题。

⑧ 诺维克（Mary Novik）的《奇思妙想》以 17 世纪玄学派诗人约翰·多恩的女儿佩吉的视角讲述故事。

⑨ 摩根的（Jude Morgan）的《饱尝悲戚》将勃朗特三姐妹和兄弟布兰威尔的生命故事进行了虚构叙述。

⑩ 该小说是美国作家珀尔（Matthew Pearl）的处女作，作者以 19 世纪美国著名的"炉边派诗人"（Fireside Poets）朗费罗、洛威尔和霍姆斯等"但丁俱乐部"成员作为小说的主要人物，以他们在翻译但丁《神曲》的过程中所遭遇的一系列谋杀案为情节展开主线。

⑪ Lodge，David. *The Year of Henry James*：*The Story of a Novel*. London：Harvill Secker，2006：8.

⑫ Fokkema，Aleid. *The Author*：*Postmodernism's Stock Character*. In Paul Franssen & Ton Hoenselaars（eds.）：*The Author as Character*. *Representing Historical Writers in Western Literature*. Cranbury，London and Mississauga：Associated UPs，1999：39.

⑬ 原文为"Authorcentric fascination is fundamental to contemporary literary culture"，引自 Bennett，Andrew. *The Author*. London and New York：Routledge，2005：108.

现在是新传记文学的时代。为别人作传记也是自我表现的一种；不妨加入自己的主见，借别人为题目来发挥自己。

——钱锺书《写在人生边上》

第二节　文学家生命虚构叙事的历史与现状

一、文学家生命虚构叙事的源头：公元 1600 年前

德国学者夏贝特（Ina Schabert）将这一体裁的源头追溯至威廉姆斯（Robert Folkstone Williams）。这位小说家的小说主要虚构莎士比亚和沃波尔（Horace Walpole）两位文学家的生命故事，他所创作的相关小说包括《莎士比亚和他的朋友们》（*Shakespeare and His Friends*，1838）、《青年莎士比亚》（*The Youth of Shakespeare*，1839）、《秘密激情》（*The Secret Passion*，1844）和《草莓山》（*Strawberry Hill*，1847）等[①]。而甘恩（James E. Gunn）则认为这一传统可追溯到公元前 2 世纪希腊作家[②]所著的中篇小说《真实的历史》（*True History*）。这部作品具有强烈的政治讽喻性，但同时被誉为最早的科幻小说。[③] 作家生命虚构也作为一种修辞出现在文内——古希腊盲诗人荷马被虚构。卢西安（Lucian）以丰富的想象力描述一艘船被巨大的水龙卷送到月球上去，在那里，卢西安遇上了特洛伊战争里的英雄们，甚至遇上了荷马。然而，我认为这一传统可以追溯到更早。最早期的例子包括荷马史诗《奥德赛》。《奥德赛》里出现的吟游诗人费弥奥斯（Phemius）及德摩多科斯（Demodocus）就是在真实历史人物基础上的虚构。阿里斯托芬（Aristophanes）的喜剧《诗人与女人》（*Thesmophoriazusae*，英语一般翻译为 *The Poet and the Women*，411 BC）通过让剧作家欧里庇得斯（Euripides）成为戏剧人物的方式批判了这位作家；另一部戏剧《青蛙》（*The Frogs*）则用同样的方式批判了欧里庇得斯和埃斯库罗斯（Aeschylus）。

在接下来的文学史上，但丁的《神曲》也是作家生命虚构叙事的经典之作。在《神曲》中，维吉尔接受圣女碧翠丝的委托，引导但丁遍历地狱与炼

---

① Kusek，Robert. *Authors on Authors：In Selected Biographical-Novels-About-Writers*. Kracow：Jagiellonian University Press，2013：27.

② 指卢西安（Lucian of Samosata，约公元前 115—约公元前 200）。

③ Gunn，James E. *The New Encyclopedia of Science Fiction*. New York：Viking．1988：249.

狱。在这部叙事长诗中，维吉尔不是唯一被虚构的历史作家，荷马和奥维德等也作为人物出现在作品之中。此外，作者——朝圣者但丁（而非诗人但丁）也是该诗作的主角。

二、文学家生命虚构叙事的发展：1600 年—20 世纪初

英国伊丽莎白时期出现了许多以戏剧创作为主要形式的有关戏剧家和诗人的虚构叙事作品。如本·琼生（Ben Jonson）的戏剧《冒牌诗人》（*Poetaster*，1601）以奥维德（Ovid）为主要人物，里面包括古罗马挽歌诗人普罗佩提乌斯（Propertius），古罗马诗人维吉尔，诗人、批评家贺拉斯（Horace）等文学家。在多产戏剧家海伍德（Thomas Heywood）的三部喜剧——《黄金时代》（*The Golden Age*，1611）、《白银时代》（*The Silver Age*，1613）以及《青铜时代》（*The Brozen Age*，1613）里，都出现了盲诗人荷马。在后来的《重回黄金时代》（*The Golden Age Restored*，1616）里，处女座守护神——圣洁女神艾斯特莱雅（Astraea）重回大地的其中一个条件就是由众诗人陪同，这些诗人包括乔叟（Geoffrey Chaucer）、高文（John Gower）、立德盖特（John Lydgate）、斯宾塞（Edmund Spencer）等，他们都作为虚构人物出现在这部假面剧里①。这类生命虚构叙事作品的目的主要在于凸显历史时代和人文背景，通常都是多位文学家同时登场，开创了斯托帕（Tom Stopard，1937）等当代戏剧家创作类似作品的先河。

诺伊斯（Robert Gale Noyes）② 介绍了自称是莎士比亚鬼魂的匿名作家创作的《考文特花园里的莎士比亚头颅的回忆录》（*Memoirs of the Shakespear's Head in Covent Garden*，1755；2012），在接下来的文学史中，卡德拉（Eric H. Kadler）研究发现在 1784—1834 年间，戏剧里以历史作家为人物的作品陡增。莫里哀（Henriette-Sylvie de Moliere）、伏尔泰（Voltaire）、塞万提斯（Cervantes）、菲尔丁（Henry Fielding）、莎士比亚、弥尔顿（John Milton）、司各特（Sir Walter Scott）和拜伦（George Gordon Byron）是戏剧舞台上作为作品人物出现最频繁的作家③。也就是说，18 世纪末到 19 世纪中期，西方文学史上出现了诗人、戏剧家被虚构的第一轮热潮。

此后，文学史上一直不乏对伟大戏剧家和作家进行虚构的作品，尤其是

---

① Franssen，P. & Hoenselaars，T.（eds.）. *The Author as Character：Representing Historical Writers in Western Literature*. Madison：Fairleigh Dickinson University Press，1999：12 – 13.

② Noyes，Robert Gale. *The Thespian Mirror：Shakespeare in the Eighteenth-century Novel*. Providence：Brown University Press，1953.

③ Kadler，Eric. *Literary Figures in French Drama*（1784—1834）. The Hague：Martinus Nijhoff，1969.

自 19 世纪维多利亚时代掀起莎士比亚崇拜（bardolatry）① 热潮以来，对莎士比亚的想象性建构更是呈现繁荣之势。对莎士比亚的虚构热潮始于 19 世纪上半叶，也就是在他去世之后两百年左右。如赛文（Emma Severn）的《安妮·海瑟薇或恋爱中的莎士比亚》（*Anne Hathaway*；*Or，Shakspeare in Love*，1845）、布洛海姆（John Brougham）的《莎士比亚的梦想：一个历史盛典》（*Shakespeare's Dream：An Historical Pagean*，1858）、本涅特（John Bennett）的《云雀：莎士比亚时代的一则故事》（*Master Skylark：A Story of Shakespeare's Time*，1898）、王尔德（Oscar Wilde）的《W. H. 先生的画像》（*The Portrait of Mr W. H.*，1899）、哈里斯（Frank Harris）的《莎士比亚其人其事》（*The Man Shakespeare*，1898）、斯特令（Sarah Sterling）的《莎士比亚的甜心》（*Shakespeare's Sweetheart*，1905）、萧伯纳（Bernard Shaw）的短剧《十四行诗的黑女士》（*The Dark Lady of the Sonnets*，1910）、马丁（George Madden Martin）的《华威克郡的小伙子》（*A Warwickshire Lad*，1916）、波特（T. H. Porter）的《马尔文的女仆》（*A Maid of the Melverns*，1912）、克莱尔（Maurice Clare）的《与莎士比亚一起度过的一天》（*A Day with Shakespeare*，1913）等。

这些早期的虚构叙事作品主要涉及两个主题，一是莎士比亚生活的浪漫化故事，尤其是他早期的乡村生活，这个时期的莎士比亚经常被称作"小威尔"②；二是有着"坚毅和诗意的灵魂"的莎士比亚。亨利·詹姆斯（Henry James）也参与了这一时期的莎士比亚虚构，他的《出生地》（*The Birthplace*）通过讲述这位英国伟大诗人的生命故事探讨了虚构和真实之间的关系，是早期元生命虚构叙事的典范。

其他主要作品有如维勒迪厄夫人（Madame de Villedieu，1640—1683）的自传式叙事作品《关于亨瑞艾特－西尔维·德·莫里哀人生的回忆录：一部小说》（*Memoirs of the Life of Henriette-Sylvie de Moliere：A Novel*，1672）虚构西尔维·德·莫里哀、金斯利（Charles Kingsley，1819—1875）③ 的《向西嗬》（*Westward Ho*！，1855）虚构斯宾塞、麦克奥莱（Allan McAulay）的《作诗者》（*The Ryhmer*，1900）虚构彭斯（Robert Burns）、罗斯（Edward E. Rose）的《罗伯特·卡维尔》（*Robert Carvel*，1900）虚构沃波尔等。

---

① 萧伯纳（Bernard Shaw）最早提出"bardolatry"这一说法，引自 Bertolini，John A. *The Case for Terence Rattigan*，*Playwright*. New York：Palgrave，2016：29.
② Madden，Martin George. *A Warwickshire Lad：The Story of the Boyhood of William Shakespeare*. Tredition Classics，1916：9.
③ 金斯利，英国小说家。

自从莎士比亚和歌德①分别被王尔德和托马斯·曼变成虚构的主角，诗人和戏剧家等的生平叙事已经变成虚构作品常见的创作对象，这些作品预示着在 20 世纪早、中期将要出现第二轮文学家生命虚构热潮，但创作以带钥匙的小说（影射小说）方式为主，而且被虚构者要么是创作者自己的生活圈子里的文学家，要么仍然局限于莎士比亚等少数伟大作家，对象范围相对狭窄。

三、文学家生命虚构叙事小高潮：20 世纪中期

20 世纪中期，围绕文学历史人物的虚构叙事出现小高潮：弗兰克（Bruno Frank）的《一个叫塞万提斯的人》（*A Man Called Cervantes*，1934）、A. J. A. 西蒙斯（A. J. A. Symons）的《探求科尔沃：一部实验性的传记》（*The Quest for Corvo：An Experiment in Biography*，1934）、林德赛（Philip Lindsay）的《一刀两命》（*One Dagger For Two*，1932）②、让·吉沃诺（Jean Giono）的《向梅尔维尔致敬》（*Pour Saluer Herman Melville*，1941）③、格雷弗斯（Robert Graves）的《弥尔顿先生的妻子：玛丽·鲍威尔的故事》（*The Story of Marie Powell：Wife to Mr. Milton*，1943）和《荷马的女儿》（*Homer's Daughter*，1955）、舒特（Marchette Chute）的《奇幻冬日》（*The Wonderful Winter*，1956）、沙赫纳（Nathan Schachner）的《徘徊者：一部但丁与碧翠丝的小说》（*The Wanderer：A Novel of Dante and Beatrice*，1944）、恩多尔（S. Guy Endore）的《伏尔泰！伏尔泰！：一部小说》（*Voltaire！Voltaire！：A Novel*，1961）、斯通（Irving Stone）的《杰克·伦敦：马背上的水手》（*Jack London：Sailor on the Horse Back*，1966）、伯吉斯（Anthony Burgess）的《无与伦比的太阳：莎士比亚的爱情生活》（*Nothing Like the Sun：A Story of Shakespeare's Love Life*，1992；于 1964 年首次出版）和《天父啊天父》（*Abba Abba*，1977）、本内特（Laura Benet）的《慢慢来，伊甸：一部关于狄金森的小说》（*Come Slowly，Eden：A Novel About Emily Dickinson*，1942）、范尼（Elizabeth Gray Vining）的《留心爱我：一部约翰·多恩的小说》（*Take Heed of Loving Me：A Novel About John Donne*，1964）、格林（Peter Green）的《维纳斯的笑声：一部关于萨福的小说》（*The Laughter of Aphrodite：A Novel About Sappho of Lesbos*，1965）、吉斯本（William Gibson）的《戏子的呼唤》（*A Cry of Players*，

---

① 与歌德相关的生命虚构叙事作品主要有瓦尔瑟（Martin Walser）的《恋爱中的男人：一部小说》（*A Man in Love：A Novel*，2008）、柯克（Eric Koch）的《爱中偶像：一部关于歌德的小说》（*Icon in Love：a Novel About Goethe*，2010）等。

② 这部作品虚构了英国伊丽莎白时期戏剧家马洛的故事。

③ 这部法语生命虚构叙事小说于 2017 年出版了相应的英文版本《梅尔维尔：一部小说》（*Melville：A Novel*）。

1968）、豪尔兹沃斯（Jean Holdsworth）的《睿智的兄弟：关于济慈人生的小说》（*Our Brightest Brother：A Novel of the Life of John Keats*，1978）等。

纳博科夫（Vladimir Nabokov）于 1941 年创作了带有强烈自传色彩的小说《塞巴斯蒂安·奈特的真实生活》（*The Real Life of Sebastian Knight*）。这是一部早期的文学家生命虚构叙事作品。这部作品以不幸英年早逝的英籍俄裔作家塞巴斯蒂安·奈特为生命虚构对象。故事的第一人称叙事者"V"是塞巴斯蒂安的同父异母弟弟，为了反驳传记作家古德曼对已故哥哥的歪曲，他决心为哥哥写一部传记。通过仔细研究哥哥的作品和少量遗留文件后，他逐渐了解了这个特立独行、才华横溢的小说家。这部作品既是纳博科夫为塞巴斯蒂安写的虚构传记，也是纳博科夫的虚构自传。

在这一波文学家生命虚构叙事作品创作的小高潮里，一些具有后现代先锋精神的作家已经开始新的写作实验，处于全面向后现代文学家生命虚构趋势转变的过渡阶段，进一步预示着 20 世纪 90 年代以降出现的文学家生命虚构叙事的全盛局面，格雷弗斯和恩多尔可谓是在第一波后现代主义作家里进行后现代文学家生命虚构叙事实践的重要领军人物。诺瓦利斯（Novalis）、狄更斯（Charles Dickens）、王尔德、查特顿（Thomas Chatterton）、劳伦斯（D. H. Lawrence）和伍尔夫（Virginia Woolf）[①] 等 18 世纪、19 世纪，甚至 20 世纪早期的文学先驱们在英美第二代后现代主义作家的生命虚构叙事作品中获得重生[②]。

---

① 与伍尔夫相关的生命虚构叙事作品（Woolfian biofiction）包括康宁翰（Michael Cunningham）的《时时刻刻》（*The Hours*，1998）、努内兹（Sigrid Nunez）的《米茨：布卢姆斯伯里的狨猿》（*Mitz：The Marmoset of Bloomsbury*，1998）、弗里曼（Gillian Freeman）的《但是无人住在布鲁姆斯伯里》（*But Nobody Lives in Bloomsbury*，2006）、文森特（Norah Vincent）的《奥黛琳：一部关于伍尔夫的小说》（*Adeline：A Novel of Virginia Woolf*，2015）、麦琪·吉（Maggie Gee）的《弗吉尼亚·伍尔夫在曼哈顿》（*Virginia Woolf in Manhattan*，2014）、漫画家艾莉森·贝克德尔（Alison Bechdel）的图文漫画《我和母亲之间》（*Are You My Mother？A Comic Drama*，2012）、帕尔马（Priya Parmar）的《凡妮莎与她的妹妹》（*Vanessa and Her Sister*，2014）、艾德娜·奥布莱恩（Edna O'Brien）的《弗吉尼亚：一部戏剧》（*Virginia：A Play*，1981）、阿特金斯（Eileen Atkins）的《薇塔与弗吉尼亚》（*Vita and Virginia*，1992）、巴伦（Stephanie Barron）的《白色花园：一部关于弗吉尼亚·伍尔夫的小说》（*The White Garden：A Novel of Virginia Woolf*，2009）、奇弗（Janice Kulyk Keefer）的《盗贼：一部关于曼斯菲尔德的小说》（*Thieves：A Novel of Katherine Mansfield*，2004）、斯特德（C. K. Stead）的《曼斯菲尔德：一部小说》（*Mansfield：A Novel*，2004）、拉品（Linda Lappin）的《凯瑟琳的愿望》（*Katherine's Wish*，2008）和帕里（Lorae Parry）的《布鲁姆斯伯里的优雅女性与狂野的殖民地女孩：一部关于曼斯菲尔德的戏剧》（*Bloomsbury Women and the Wild Colonial Girl：A Play About Katherine Mansfield*，2010）等。后面几部以曼斯菲尔德为生命虚构主体的叙事作品侧重于曼斯菲尔德与伍尔夫之间的关系。曼斯菲尔德是以"意识流"写作风格著称的重要作家之一，伍尔夫曾经写道："我只嫉妒过曼斯菲尔德的写作。"（It was the writing I was only ever jealous of.）

② Cornis-Pope, Marcel. Reinventing a Past：Historical Author Figures in Recent Postmodern Fiction. *Symploke*，2010，18（1-2）：309.

四、文学家生命虚构叙事在当代的热潮

文学家生命虚构叙事在当代出现的热潮是与"20 世纪末和 21 世纪初的传记复兴大趋势"① 如影随形的。在创作者的传记嗜好和当代读者了解生命故事细节的欲望的双重推动下，作为既受普通读者、又受文学研究者欢迎的阅读体裁，生命书写的各种形式正处于如日中天之势②，文学家生命虚构叙事正是其中的一种显著形式。"尽管虚构化文学伟大人物的传记"③ 并非近期才出现的文学创作现象，但这一体裁现在正处于它的全盛期，以文学史上伟大作家的生命故事作为主轴的叙事受到作家和批评家们的热捧和推崇，形成了一股强劲的创作趋势④。尤其是近十几年来，文学家生命虚构体裁成为作家争相挖掘的宝藏，出版势头迅猛，也得到读者的认可，在大众文化中广泛流行⑤，形成了当下蒸蒸日上的"明星作家经济产业"（star-centred economy）⑥ 和"'遇见作家'文化"（"meet-the-author" culture）⑦。

按照霍尔罗伊德（Michael Holroyd）的说法，近三四十年来许多作家都在进行更有意的虚构化尝试，在 18 世纪的塞缪尔·约翰逊（Samuel Johnson）引领的"第一个传记黄金期"之后，以埃克罗伊德（Peter Ackroyd）于 1990 年对狄更斯进行虚构化创作为节点，出现了"第二个传记黄金期"⑧。这个黄金期与第一个黄金期的最大差别就在于虚构化策略的普遍运用。它们就像经典的侦探故事一样，被转化成对文学家背后和之外真相的永无止境的追索。

斯托帕对莎士比亚传记的改编在起初引起了普遍争议，曾被批评为"歪曲篡改了莎士比亚"，但是四十年后的今天，人们都已习惯"戏说"经典、

---

① Kersten, Dennis. *Travels with Fiction in the Field of Biography*: *Writing the Lives of Three Nineteenth-Century Authors*. Nijmegen: Radboud University, 2011: 16.

② Kaplan, Cora. *Biographilia*, in *Victoriana-Histories*, *Fictions*, *Criticism*. Edinburgh: Edinburgh UP, 2007: 40.

③ 原文为"Fictionalizing the biographies of the literary greats"，引自 Savu, Laura E. *Postmortem Postmodernists*: *The Afterlife of the Author in Recent Narrative*. Madison: Fairleigh Dickinson University Press, 2009: 209.

④ Kusek, Robert. *Authors on Authors*: *In Selected Biographical-Novels-About-Writers*. Kracow: Jagiellonian University Press, 2013: 29.

⑤ Lackey, Michael. *Truthful Fictions*: *Conversations with American Biographical Novelists*. New York: Continuum Publishing Corporation, 2014.

⑥ English, James F. *The Economy of Prestige*: *Prizes*, *Awards and the Circulation of Cultural Value*. Cambridge: Harvard University Press, 2005: 56.

⑦ Todd, Richard. *Consuming Fictions*: *The Booker Prize and Fiction in Britain Today*. London: Bloomsbury, 1996: 100.

⑧ Holroyd, Michael. *Works on Paper*: *The Craft of Biography and Autobiography*. London: Abacus, 2003: 40.

"大话"历史，所以他的篡改也被普遍认可。虚构对象不再局限于以莎士比亚为主的少数伟大的文学家，出现了被虚构对象多样化的局面，形形色色各具特点的文学家走进了创作者的视野，很难找到哪位已经去世的伟大经典文学家没有在虚构世界里被复活①。20世纪末开始，除传记虚构的经典热门作家继续被当代作家虚构之外，出现马洛虚构狂热②，继而出现詹姆斯③、海明威（Ernest Miller Hemingway）④、菲茨杰拉德⑤、伍尔夫⑥、曼斯菲尔德（Katherine Manthfield）⑦、普拉斯（Sylvia Plath）、卡夫卡（Franz Kafka）等虚构热潮。

许多传统上不在生命虚构叙事对象之列的边缘作家如克莱尔、查特顿，女作家如萨福（Sappho）⑧、亨瑞艾特－西尔维·德·莫里哀⑨、多萝西·帕克（Dorothy Parker）⑩、多萝西·华兹华斯（Dorothy Wordsworth），当代作家如贝克特（Samuel Beckett）⑪、伍尔夫、纳博科夫、伯吉斯、塞林格（J. D. Salinger）⑫、马尔克斯、托尔金（John Tolkien）、安东尼·德·圣－埃

---

① 参见 Franssen, Paul & Hoenselaars, Ton. *The Author as Character*. Madison: Fairleigh Dickinson University Press, 1999: 18。

② Bassett, Kate. Man of Mystery, History and Myth: Christopher Marlowe. *The Times*, 1993.

③ Perkin, Russell. J. Imagining Henry: Henry James as a Fictional Character in Colm Tóibín's The Master and David Lodge's Author, Author. *Journal of Modern Literature*, 2010 (33): 114.

④ McFarland, Ron. Recent Fictional Takes on the Lost Hemingway Manuscripts. *The Journal of Popular Culture*, 2011, 44 (2): 314.

⑤ 杨晓霖：《2013：菲茨杰拉尔德年：评四部作家生命虚构小说》，《外国文学动态》，2014年第3期，第27页。

⑥ Latham, Monica. "Serv [ing] under Two Masters": Virginia Woolf's Afterlives in Contemporary Biofictions. *A/B: Auto/Biography Studies*, 2012, 27 (2): 356.

⑦ Marcus, Laura. *Katherine Mansfield's Afterlives*. Gerri. Bath: Katherine Mansfield Society Publications, 2014.

⑧ 萨福（约公元前七世纪），希腊著名女抒情诗人，第一位描述个人爱情和失恋的诗人，一般认为萨福是同性恋者，西方语言中的"女同性恋者"一词（例如德语 Lesbe、法语 lesbienne 和英语 lesbian）都源自萨福居住地莱斯波斯岛（Lesvos）。西方学术界对萨福的接受旦，成为当代女性主义学者热议的主题，引发大量论文、专著产出。

⑨ 亨瑞艾特－西尔维·德·莫里哀，通常被人称作维勒迪厄夫人，是一位多产作家，在法国早期的现代小说发展中起到了重要作用，是最早以写作为生的女作家之一。她打破传统文化的藩篱，在虚构作品、戏剧和诗歌里倡导大众趣味，成为文学革新的先驱之一。

⑩ 埃伦·梅斯特（Ellen Meister）的《再见，多萝西·帕克》（*Farewell, Dorothy Parker*, 2013）和《多萝西·帕克在此饮酒》（*Dorothy Parker Drank Here*, 2015）虚构了多萝西·帕克的故事。

⑪ 贝克（Jo Baker）的《乡村路：树》（*A Country Road: A Tree*, 2016）讲述了塞缪尔·贝克特在"二战"期间因参加抵抗运动，被法西斯追捕，被迫隐居法国乡下的故事。

⑫ 以塞林格（J. D. Salinger, 1919—2010）为人物的生命虚构叙事作品有 W. P. 金赛拉（W. P. Kinsella）的小说《没鞋穿的乔》（*Shoeless Joe*, 1982），这部小说后来拍成了名为"梦幻之地"（Field of Dreams）的电影。

克苏佩里（Antoine de Saint-Exupéry）① 以及女性主义作家艾可儿等也进入创作者的视野，成为生命虚构叙事作品的新宠，并形成迥异于作家传记小说的鲜明特点。

虽然一些仍然在世的作家也开始成为生命虚构叙事对象，但是总体而言，生命虚构叙事作品基本上都选取已故的作家为对象。究其缘由，可能正如解构大师德里达（Jacques Derrida）首先在布朗肖（Maurice Blanchot，1907—2003）悼念福柯（Michel Foucault，1926—1984）的文章中提到的那样，这种对同辈作家的"友谊在生前是无法表白出来的，是死亡允许我们在今日宣称这种知性友谊（intellectual friendship）"②。

海明威成为 1990 年左右出现的虚构热潮中的重要虚构对象。③ 海明威接下来出现在几十部生命虚构叙事作品里，如安德森（Lauri Anderson）的《捕钓海明威的鳟鱼》（Hunting Hemingway's Trout，1990）、恩格尔（Howard Engel）的《蒙帕纳斯凶杀案》（Murder in Montparnasse，1999）、卡莱尔（Clancy Carlile）的《巴黎朝圣》（The Paris Pilgrims，1999）、富恩特斯（Leonardo Fuentes）的《再见，海明威》（Adiós Hemingway，2005）、贝塞特（Roland L. Bessette）的《剀切姆的日出：一部关于海明威的传记小说》（Sunrise at Ketchum：A Biographical Novel of Ernest Hemingway，2009），《巴黎无尽头：一部关于海明威的传记小说》（There Is an End to Paris：A Biographical Novel of Ernest Hemingway，2018）等。海明威还在多部作品里作为侦探或谜案的见证者出现。

马洛逝世 400 周年的 1993 年见证了多部围绕马洛进行虚构的小说的出版④，如伯吉斯的《德普特福德的死人》（A Dead Man in Deptford）、库克（Judith Cook）的《死亡之刃：谁杀了马洛》（The Slicing Edge of Death：Who Killed Christopher Marlowe?）、考威尔的《尼古拉斯·库克：一部小说》（Nicholas Cooke：A Novel）、戈尔德斯登（Lisa Goldstein）的《太阳和月亮的奇怪创造》（Strange Devices of the Sun and Moon）和查普曼（Robin Chapman）的《汤姆·启德的复仇》（Christoferus：or Tom Kyd's Revenge）。

21 世纪以来，各种文学家生命虚构叙事作品更是精彩纷呈。俄罗斯《外

---

① 加拿大知名作家阿尼娅·斯扎多（Ania Szado）的《圣 EX 工作室》（Studio Saint-Ex）是有关《小王子》的作家安东尼·德-圣-埃克苏佩里的生命虚构叙事作品。

② Derrida, Jacques. *Politics of Friendship*. Trans. Collins, George. London and New York：Verso，1997：302.

③ 详情参考以下两篇文章 McFarland, Ron. Review of Hemingway Deadlights. *The Hemingway Review*，2010，29（2）：153－155；McFarland, Ron. Recent Fictional Takes on the Lost Hemingway Manuscripts. *Journal of Popular Culture*，2011，44（2）：314－332.

④ Downie, J. A. *Marlowe*：*Facts and Fictions*. In Downie, J. A. & Parnell, J. T.（ed）. *Constructing Christopher Marlowe*. Cambridge，2000；paperback edn.，2006：13.

国文学》杂志主编利维甘特（Alexander Livergant）曾说，英国文学不像其他任何国家的文学，他们的一流作家是通过写"非虚构"，而非"纯虚构"作品而出名的①。利维甘特这里的非虚构实际上包括传记和传记虚构等形式在内。在他的研究基础上，本书进一步认为一流作家都善于写"生命虚构"，尤其是"文学家生命虚构"。

关于詹姆斯和狄更斯等的生命虚构叙事作品的问世可谓鳞次栉比。詹姆斯经久不衰地作为虚构人物出现在小说里②，成为一种持续的詹姆斯驱动力（Jamesian imperative）③，推动詹姆斯生命相关作品在"世纪之交呈现全面兴盛"④的"繁荣景象"。围绕狄更斯的生命虚构更是源源不断，狄更斯作为虚构人物在各种媒介中的形象使他当之无愧地成为"最'后现代的维多利亚作家'"，甚至成为一种"狄更斯产业"（Dickens industry）⑤。2008 年见证了四部以狄更斯为虚构对象的小说，分别是《德鲁德》（*Drood*）、《最后的狄更斯》（*Last Dickens*）、《欲望》（*Wanting*）和《穿蓝色裙子的女孩：受狄更斯生平与婚姻启发写成的小说》（*Girl in a Blue Dress：A Novel Inspired by the Life and Marriage of Charles Dickens*）等。

按照洛奇（David Lodge）的逻辑，2008 年和 2012 年可被称为狄更斯年，2011 年则可以被称作柯南·道尔（Arthur Conan Doyle）年或纳博科夫年。2011 年产生了多部与柯南·道尔相关的作品，如《巴斯克维尔：夏洛克归来的神秘故事》（*Baskerville：The Mysterious Tale of Sherlock's Return*）、《巴斯克维尔遗物：一则忏悔》（*The Baskerville Legacy：A Confession*）、《仙戒》（*The Fairy Ring*）、《耀眼名家》（*Luminaries*）、《夏洛克风》（*The Sherlockian*）以及《奥斯卡·王尔德与吸血鬼谋杀》（*Oscar Wilde and the Vampire Murders*）等。

对纳博科夫进行虚构的作品也都出现在 2011 年，分别是赞格内（Lila Azam Zanganeh）的《魔法师：纳博科夫与幸福》（*The Enchanter：Nabokov and Happiness*）、罗素（Paul Russell）的《纳博科夫的非现实生活：一部小说》

---

① 利维甘特的原话是 "In English literature—unlike，perhaps，any other literature—there are first class writers，who became famous by writing not fiction but so-called 'non-fiction'"。引自 Livergant，Alexander. *National Prejudice*，in *Fact or Fiction？The Anthology：Essays，Diaries，Letters，Memoirs，Aphorisms of English Writers*. Moscow：B. S. G. -Press，2008：13.

② 原话是 "enduring appeal of Henry James as a fictional character"。引自 Perkin，Russell. J. Imagining Henry：Henry James as a Fictional Character in Colm Tóibín's The Master and David Lodge's Author，Author. *Journal of Modern Literature*，2010（33）：114 – 115。

③ Pahl，Dennis. Review of Anna Despotopoulou and Kimberly C. Reed（eds）. Henry James and the Supernatural. *The Henry James Review*，2013，4（1）：E – 9.

④ 原话是 "this fin de siecle flowering of Jamesiana"。引自 Kaplan，Cora. *Victoriana. Histories，Fictions，Criticism*. Edinburgh：Edinburgh University Press Ltd，2007：40。

⑤ Schnitker，Boehm & Feldmann，Doris. Review of Dickens and Mass Culture. *English Studies*，2013，94（6）：743.

(*The Unreal Life of Sergey Nabokov：A Novel*)① 和丹尼尔（Leslie Daniels）的《清洁纳博科夫的房子：一部小说》（*Cleaning Nabokov's House：A Novel*）等。

2012 年可以被称作莎士比亚年和狄更斯年，关于莎士比亚出版了布雷克斯特（David Blixt）的《女王陛下的威尔》（*Her Majesty's Will*）、摩根（Jude Morgan）的《莎士比亚的秘密生活》（*The Secret Life of William Shakespeare*）、希尼（Alexa Schnee）的《莎士比亚的女郎》（*Shakespeare's Lady*）、汉德兰（Lori Handeland）的《僵尸岛：莎士比亚的不死小说》（*Zombie Island：A Shakespeare Undead Novel*）、闵格尔（Pamela Mingle）的《莎士比亚之吻》（*Kissing Shakespeare*）。

2012 年 2 月 7 日是狄更斯诞辰 200 周年纪念日，这一年出版了马克康奈尔（Rick McConnell）的《追踪狄更斯：一部关于〈圣诞赞歌〉写作过程的小说》（*Shadowing Dickens：A Novel About the Writing of a Christmas Carol*）、普拉切特（Terry Pratchett）的《躲闪者》（*Dodger*）以及约翰·坡里茨（John Paulits）的《查尔斯·狄更斯的秘密》（*The Mystery of Charles Dickens*）等。

2013 年见证了至少四部围绕菲茨杰拉德生平故事展开的作家生命虚构叙事作品的诞生，因此可被称为菲茨杰拉德年②。它们分别是福勒（Therese Anne Fowler）的《Z：一部关于泽尔达·菲茨杰拉德的小说》（*Z：A Novel of Zelda Fitzgerald*）、斯帕戈（R. Clifton Spargo）的《愚人之美》（*Beautiful Fools*）、罗布克（Erika Robuck）的《唤我泽尔达》（*Call Me Zelda*）以及史密斯（Lee Smith）的《地球上的客人：一部小说》（*Guests on Earth：A Novel*）。2013 年后还有克劳斯曼（Liza Klaussmann）的《美国别墅：一部小说》（*Villa America：A Novel*，2016）③ 等。此外，与菲茨杰拉德相关的其他生命虚构叙事作品还有欧南（Stewart O'Nan）的《夕阳西下：一部小说》（*West of Sunset：A Novel*，2015）。

关于作家的生命虚构叙事作品将多种体裁及内容形式混杂在一起，读者可以从中读出传记、回忆录、随笔、游记、大事年表、文学批评、人类学、历史和心理学等相关的语言与策略，很难对其进行文类的界定。比如，莱恩（Olivia Laing）的《沿河行：一部关于河流的历史之书》（*To the River：A*

---

① 这部生命虚构叙事作品的标题与纳博科夫自己的虚构作品《塞巴斯蒂安·奈特的真实生活》相呼应，法国作家让·谷克多（Jean Cocteau）和美国艺术评论家斯泰因（Gertrude Stein）也在其中出现。

② 杨晓霖：《2013：菲茨杰拉尔德年：评四部作家生命虚构小说》，《外国文学动态》，2014 年第 3 期，第 27 页。

③ 这部作品讲述了 20 世纪 20 年代墨菲夫妇（Gerald 和 Sara Murphy）在法国的生活。他们曾启发斯科特·菲茨杰拉德，创作出《夜色温柔》（*Tender is The Night*）这部小说。他们的美国别墅位于法国里维埃拉一个真实的地方，是各类盛大酒会的举办地，前来的贵宾更是重量级的——从菲茨杰拉德到毕加索、海明威，再到米罗、乔伊斯、贝克特。

Journey Beneath the Surface）讲述在奥斯河（the Ouse）的一次旅行，弗吉尼亚·伍尔夫在这条河自尽，这部作品是各种文学表现形式的融合：游记、传记、个人回忆录、散文等交织在一起，产生了如交响乐般的和谐效果。无论属于何种文类，这些作品都是对历史上的知名作家生平的寻访之旅，也是对作家身份和作品创作的探测之旅，亦是对所谓的"传记真相"和"历史真相"的怀疑之旅。

> 后现代是不确定的时代，不再有囊概所有真实的、终极的、绝对的或主导的真理，存在的只是各种真理系统的一种繁增趋势。
>
> ——迈克尔·拉齐

第三节　文学家生命虚构叙事作品的研究现状

作家进行虚构创作在西方文学中有着悠久传统，大多数论述将这一现象置于"历史虚构""传记虚构"和"作家虚构"这三大理论框架下进行阐释。

一、"历史虚构"

针对"维多利亚人物重构热潮"[①]，许多学者提出了"新维多利亚历史虚构"研究框架。新维多利亚历史虚构指的是近几十年来英美小说在后现代"返回历史"的语境下出现的一种"用维多利亚时代写作风格进行创作，重访维多利亚历史、文本、主题和时代场景"的趋势。

在这一框架下出现诸如"新维多利亚文学"（neo-Victorian literature）[②]、"回顾式维多利亚小说"（retro-Victorian novel）[③]、"新维多利亚生命书写"[④]、

---

① Shiller, Dana. The Redemptive Past in the Neo-Victorian Novel. *Studies in the Novel*, 1997, 29 (4)：538.

② Kohlke, Marie-Luise & Gutleben, Christian. *Neo-Victorian Tropes of Trauma：The Politics of Bearing After-Witness to Nineteenth-Century Suffering*. Amsterdam：Rodopi, 2010：1.

③ Shuttleworth, Sally. *Natural History：The Retro-Victorian Novel*. In Elinor Shaffer（ed.）. *The Third Culture：Literature and Science*. Berlin and New York：Walter de Gruyter, 1998：253.

④ Kohlke, Marie-Luise. Neo-Victorian Biofiction and the Special/Spectral Case of Barbara Chase-Riboud's Hottentot Venus. *Australasian Journal of Victorian Studies*, 2013, 18（3）：4.

"后维多利亚主义"（post-Victorianism）①、"伪维多利亚小说"（Pseudo-Victo-rian novel）②、"新维多利亚档案小说"（neo-Victorian archive novelsa）③ 等概念。新维多利亚文学和回顾式维多利亚小说虚构是使用最广泛，且在很多学者的研究（如 Shiller，1997；Shuttleworth，1998；Gutleben，2001；Bormann，2002；Kohlke，2008）里是可以互换使用的术语。

新维多利亚历史虚构主要表达了这类作品既关注过去又面向现在的双向路径，对本书即将指涉的文类而言范围既太宽又太窄。首先，这一概念包括三类叙事：第一类指涉维多利亚历史人物虚构叙事，涵盖宫廷政治④、宗教哲学⑤、历史科学⑥、艺术家人物⑦的虚构叙事，而其中只有文学家人物的虚构叙事作品才是本书的研究范畴；第二类指维多利亚时期出版的虚构叙事作品在后现代语境下的重写作品⑧；第三类指采用维多利亚话语和虚构叙事策略来叙述当代文化议题的小说⑨。后两类与生命虚构无关。其次，虽然许多被虚构文学家的生活背景在维多利亚时期，但生命虚构的对象不限于维多利亚时代的历史人物，他们可以是任何时代的历史人物，如古希腊、文艺复兴、伊丽

---

① 这一概念更明显地指向后现代语境下特有的文本特征。参照 Kucich，John & Sadoff，Dianne F. *Victorian Afterlife：Postmodern Culture Rewrites the Nineteenth Century*. Minneapolis：University of Minnesota Press，2000：Xiii；Letissier，Georges. *Rewriting：Plural Intertextualities*. Cambridge：Cambridge Scholars Publishing，2009.

② Gutleben，Christian. *Nostalgic Postmodernism：The Victorian Tradition and the Contemporary British Novel*. Amsterdam & New York：Rodopi，2001：1.

③ Hadley，Louisa. *Neo-Victorian Fiction and Historical Narrative：The Victorians and Us*. Hampshire：Palgrave Macmillan，2010：123.

④ Diane Haeger 是进行宫廷人物生命虚构创作的作家代表之一，创作了《我，简》（*I, Jane*）、《秘密新娘》（*The Secret Bride*，2008）、《女王之错》（*The Queen's Mistake*，2009）、《红宝石戒指》（*The Ruby Ring*，2005）、《女王的对手》（*The Queen's Rival*，2011）等多部作品。其他的政治宫廷人物生命虚构叙事作品主要包括：Michelle Moran 的《反叛女王》（*Rebel Queen*，2015）、《熊焰：一部关于庞贝的小说》（*A Day of Fire：A Novel of Pompeii*，2014）、《拿破仑王朝的第二位皇后：一部小说》（*The Second Empress：A Novel of Napoleon's Court*，2012）和 Marci Jefferson 的《金币上的女孩：一部关于弗兰西斯·斯图亚特的小说》（*Girl on the Golden Coin：A Novel of Frances Stuart*，2014）、《林肯夫人的裁缝》（*Mrs. Lincoln's Dressmaker*，2013）等。

⑤ 如麦克（Karen Mack）与考夫曼（Jennifer Kaufman）的《弗洛伊德的情妇：一部小说》（*Freud's Mistress：A Novel*，2014）、伯尔尼哈德（Thomas Bernhard）的《维特根斯坦的侄子》（*Wittgenstein's Nephew*，1982；2009）、《异教徒：一部基于约翰·牛顿生平的小说》（*The Infidel：A Novel Based on the Life of John Newton，Writer of the Hymm Amazing Grace*，2005）等。

⑥ 如普里奥（S. A. Prio）的《达尔文：一部小说》（*Darwin：A Novel*，2005）、麦克唐纳德（Roger McDonald）的《达尔文的射手》（*Mr. Darwin's Shooter*，2000）等。

⑦ 包括音乐家、画家、文学家等艺术家，参照上一节里的艺术家生命虚构叙事。

⑧ 主要研究有 Kucich & Sadoff，2000；Gutleben，2001；Marta Bryk，2004；Hadley，2010；Kirchknopf，2008；Heilmann & Llewellyn，2004 等。

⑨ 主要研究有 Cameron，2002；Gutleben，2001，2009/2010；Llewellyn，2008 等，主要研究文本包括华特斯的（*Tipping the Velvet*，1999）、格莱姆的（*The Tailor's Daughter*，2006）和福勒的《法国中尉的女人》（*The French Lieutenant's Woman*）等。

莎白、浪漫主义、现代主义、后现代主义等。

此外，即使去掉"新维多利亚"这个修饰词，"历史虚构"仍不适用于当前研究锁定的文类。首先，在这类作品里，被虚构的对象可以是仍然活在世上的当代作家，如史塔克（Sarah Stark）的《远在天边近在眼前：一部小说》（*Out There：A Novel*，2014）虚构了当时仍然在世的魔幻主义小说家加夫列尔·加西亚·马尔克斯的生命故事①，尼克森·贝克（Nicholson Baker）以《U 与我：一个真实的故事》（*U and I：A True Story*，1992）虚构约翰·厄普代克（John Updike），J. C. 霍尔曼（J. C. Hallman）的《B 与我：一部关于文学觉醒的真实故事》（*B and Me：A True Story of Literary Arousal*，2015）虚构文学家先辈尼克森·贝克，被虚构的文学家还未成为严格意义上的历史人物，也就是说被虚构的人物也可以是非历史人物（a-historical figure）。其次，历史虚构指的是以有史实依据的历史人物和事件为题材，加入作家的想象和虚构，侧重反映特定时代的生活面貌的文类，正如科恩（Dorrit Cohn）所言，与个人相关的虚构和历史叙事的最大的区别就在于前者能像《尤利西斯》和《达洛维夫人》一样只叙述人物在短时期，甚至一天之内的故事②。再次，虽然大部分生命虚构对象为历史人物，但本书中讨论的文学家生命虚构叙事文本致力于将历史人物从历史必然性中解放出来，通过时空错置展现文学家的另类个人史。在过去与现在甚至将来并置的叙事中，历史不再是作品的唯一关注点，这种叙事显示出非历史行为（unhistorical act）的特征。最后，历史虚构除了以真实人物为原型进行创作之外，还可以描述在档案记录的历史情形下的虚构人物或在真实历史时期语境下的虚构情境里的虚构人物的故事③，从这个意义上来说，比本书涵盖的研究范围要广得多。

二、"传记虚构"

许多研究者将围绕作家进行虚构创作的作品放在"传记虚构"的理论框架下进行探讨。与历史虚构相比，作为一种生命书写形式的传记虚构更注重历史人物个人的生活和创作史，而非大背景下的历史政治事件。如果说历史虚构在总体上仍然可以看作一种国家和时代层面上的宏大叙事，那么传记虚构相对而言则可以看作个人化的小叙事（尽管历史虚构也有从边缘小人物的视角创作小叙事的趋势，但那也只是历史小说传记化和个人化的表现）。在传

① 马尔克斯于 2014 年 4 月去世。

② Cohn, Dorrit. Fictional Versus Historical Lives：Borderlines and Borderline Cases. *The Journal of Narrative Technique*，1989，19（1）：3.

③ Dalton, H. Scott. What Is Historical Fiction?. 2006. Retrieved from http：//fmwriters. com/Vision-back/Issue34/historicalfic. htm in October 2014.

记虚构作品里，历史人物档案里的生命是作家创作一个新的小说文本需要凭借的原料，这种形式，免除事实可靠性或历史准确性的责任，通过对主体的内心生活和没有档案记载的事件进行虚构和猜测性的再创作，弥补"标准传记"（biography proper）的缺陷。

在"传记虚构"理论框架下，出现了"文学传记"（literary biography）①、"虚构传记"（fiction biography）②、"虚构式传记"（fictional biography）③、"虚构化传记"（fictionalized biography）④、"虚构元传记"（fictional metabiographies）⑤、"元传记虚构"⑥、"主观传记"（subjective biography）⑦、"伪传记"或"谜题传记"（pseudo-biography or crypto-biography）⑧、"传记小说"（biographical novel）⑨、"传记小说化"（biographical novelization）⑩、"传记式虚构"（biographical fiction）⑪、"传记虚构"（biografiction）⑫、"重写型虚构传记"（revisionist fictional biography）⑬ 等术语。

"传记虚构"概念颠覆传记书写基于简单"事实"之上的传统理念，承认语境和历史性的重要性，消融了"实际生命"和"死后生命"的界限，以及传主存在的时代和传记阐释时代的界限。与"历史虚构"相比，"传记虚构"理论框架更注重真实人物的个人史，而非历史背景下的大事件。然而，

---

① Benton, Michael. Literary Biography: The Cinderella of Literary Studies. *The Journal of Aesthetic Education*, 2005, 39 (3): 44.

② Jacobs, Naomi. *The Character of Truth*: *Historical Figures in Contemporary Fiction*. Carbondale: Southern UP, 1990: xix.

③ 参照 Dorsman, 2007: 12; Franssen & Hoenselaars, 1999: 15; Herweg, 2003: 198 和 Schabert, 1990: 32 等。

④ Novik, Julia. Nell Gwyn in Contemporary Romance Novels: Biography and the Dictates of "Genre Literature". *Contemporary Women's Writing*, 2014, 8 (3): 1.

⑤ 参照 Nadj, 2003: 211; Nünning, 2005: 197。

⑥ 参照 Ní Dhúill, 2012: 279 – 289。

⑦ Kingston, Angela. *Oscar Wilde as a Character in Victorian Fiction*. Basingstoke and New York: Palgrave Macmillan, 2007: 7.

⑧ Kolesnyk, Olena. Cultural Contexts of the Artistic Interpretation of the Human Nature. *International Journal: Culturology. Philology*, 2014 (1).

⑨ 参照 Lodge, 2006: 8; Marcus, 2007 等。

⑩ Lackey, Michael. *Truthful Fictions*: *Conversations with American Biographical Novelists*. London and New York: Continuum Publishing Corporation, 2014.

⑪ 参照 Franssen, Paul & Ton, Hoenselaars. *The Author as Character*: *Representing Historical Writers in Western Literature*. Madison: Fairleigh Dickinson University Press, 1999: 25.

⑫ 桑德斯（Max Saunders）使用"biografiction"这一术语，关于其定义和分类（pseudo-biography, mock-biography and meta-biographic fiction），请参见 Saunders. *Self Impression*. New York: The Oxford University Press, 2010: 7, 216 – 218.

⑬ Nünning, Ansgar. *Fictional Metabiographies and Metaautobiographies*: *Towards a Definition, Typology and Analysis of Self-Reflexive Hybrid Meta Genres*. In *Self-Reflexivity in Literature. Text und Theorie*, vol. 6. Würzburg: Königshausen & Newmann, 2005: 201.

"传记虚构"理论框架下的一些术语既可以指以传记叙事形式讲述虚构人物人生故事的作品，也可以指真实人物的传记（有学者认为落脚点为"传记"的术语，如 fictional biography 等指的是真实人物的传记；而落脚点为"虚构"的术语，如 biographical fiction 等指的是虚构人物的虚假传记）。

还有一些术语如"文学传记"和"浪漫传记"，容易产生歧义。"浪漫传记"既可以指与浪漫主义文学人物相关的学术型传记，如莫什（Andrew Motion）的济慈、赛莫尔的雪莱、哈曼的柏妮、本特利的布莱克、艾斯勒的拜伦等①，也可以指与非浪漫主义文学人物的爱情故事相关的作品。"文学传记"既可指与文学家相关的学术型传记，也可以指采用文学手法进行创作的历史人物传记。

此外，"传记虚构"这一理论框架不能准确地描述围绕真实文学家进行虚构的创作现象的原因还包括以下三点：

第一，在以上生命书写框架下的讨论，研究者们都在文类概念中使用了"传记"这一字眼。"传记"这一字眼暗含人物整个人生历程（life from cradle to grave），而将要被讨论的这类生命书写，跨度既可以涵盖一生，也可以只书写某段人生，甚至可以只描述几小时里发生的生命故事。此外，"传记"和"传记虚构"都暗含"传主"与"传记作家"这对关系，传主往往是历史上的伟大人物或重要人物，对其他人物的刻画和事件的描述主要是为突出传主的性格和成就做铺垫；而传记作家往往是对历史人物有深厚研究的学者。

第二，"文学传记"是以文学家为对象的体裁，对其他人物的刻画和事件的描述是为突出传主的性格和成就做铺垫。然而，在本书中，文学家不再是传主，而是叙事中的一个人物，可能是主要人物，也可能是次要人物，甚至可能是非实体人物。在后现代语境中，对文学家的刻画可能反过来旨在突出文学史上的脚注和边缘人物。也就是说，在生命虚构叙事作品中，传统传记虚构中的中心人物和边缘人物的二元对立被解构。生命虚构采用真实人物本人或身边的边缘人物代替学术型传记中故事外的传记作家，充当故事内的"生命叙事者"，甚至采用虚构和杜撰叙事者，更加凸显了生命再现的主观性和不确定性。

第三，虽然"传记虚构"申明它们与"权威传记"（definitive biography）不同，强调"文学传记"的叙事性为这一体裁带来的虚构感和混杂感，以及传记作品只能通过叙事和想象再现生命故事的虚构本质，但其依然属于"创造性非虚构"范畴。这与本书拟定的研究文本的研究类属性有很大的差异，本书将要探讨的文学家生命作品毫不避讳地宣称自己的虚构性，比"叙事化"

---

① 参照 Bradley, Arthur & Rawes, Alan. *Romantic Biography*. Aldershot: Ashgate, 2003: xiv. 这类传记在"使浪漫主义的生命书写去浪漫化的同时实现了生命书写的再浪漫化"。

更进一步，具有明显的"虚构化"特征，可以采用梦境幻觉叙事、鬼魂叙事和动物视角叙事，以及作家之间的时空穿越对话、生命延续叙事和假想叙事等更开放的虚构策略。

三、"作家虚构"

"作家虚构"框架下的文类和作品研究对西方文学中的作家再现进行论述，产生了"作家传奇""作为人物的作家""关于作家的传记小说""作家虚构"等文类概念。

（一）"作家传奇"

"作家传奇"（author vie romancée）主要指涉 20 世纪二三十年代出现的作家虚构创作高潮。[①] 作家传奇滥觞于 19 世纪，是一个比作家传记更富想象力，没有作家传记那么拘于严格事实的体裁。作家传奇的主要研究者有多斯曼（Leen Dorsman）和任德思（Hans Renders）等。史蒂文森（Robert Louis Stevenson）的短篇小说《诗人维隆的一夜》（*A Lodging for the Night—a Story of Francis Villon*，1882）正是一部作家传奇的典范，它以中世纪末法国诗人维隆（François Villon）[②] 的生平史料为基础，加入虚构元素而成。

作家传奇被当作"传记丑陋的同父异母的姐姐"[③]。由于当时文学界对于"传记"与"小说"的组合持负面态度，评论界使用作家传奇代替这一类型的创作[④]。然而，文学家生命虚构不是简单的作家传奇在当代语境下的复兴，它们之间存在显著差异，这是多斯曼和任德思两位学者都没有谈到的。

作家传奇只涵盖了作家生命虚构叙事的一部分。它主要指以某个特别历史文学人物为主题的小说，也可能包括戏剧和电影，但将如作家（不可能相遇的当代作家与历史作家）之间的想象式对话、当代作家虚构的与作家相关的历险或游记、对历史作家生活的假想构成（部分）情节的作品，以及历史

---

① Kersten，Dennis. *Travels with Fiction in the Field of Biography*：*Writing the Lives of Three Nineteenth-Century Authors*. Nijmegen：Radboud University，2011：31.

② 维隆（约 1431—1474），中世纪末法国诗人。于巴黎出生，生平不详，据说曾因谋杀、盗窃罪而被控，最后下落不明，被后世称为现代"被咒诗人"（poètes maudits）的鼻祖。维隆在生前默默无闻，直到 16 世纪由诗人马罗（Clément Marot）编辑、出版了他的诗歌，其名字才渐渐进入法国的文学正典。

③ 对应的英文和法文分别是（"the ugly stepsister of biography"和"het lelijke stiefzusje van de biografie"）。引自 Dorsman，L. Het Lelijke Stiefzusje van de Biografie. De vie Romancée. *Biografie Bulletin Voorjaar*，2007：12–13.

④ Renders，Hans. *Oude Levens*，*Nieuwe Kwesties*. De Biografie in Limburg. In ron Bindels and Ben van Melick（eds.）. *Oude Levens*，*Nieuwe Kwesties*. Roermond：Huis voor de Kunsten Limburg，2007：23.

作家只是短暂露面等相关形式和可能性排除在外。换句话说，作家传奇是其中一个类别，比作家生命虚构叙事所包含的范围要狭小。另外，作家传奇注重的只是作为历史人物的文学家的生命故事，因而往往采用历史视角进行生命再现的单联叙事，而生命虚构叙事作品则更多采用当代视角的多联叙事。此外，作家传奇也无法体现后现代生命虚构叙事中所蕴含的学术元素。

（二）"作为人物的作家"

弗兰森（Paul Franssen）和荷因塞拉斯（1999）收集了二十篇论文，以"作为人物的作家"（author-as-character）这一概念为理论框架，对与历史作家相关的虚构作品进行研究。文本范围非常广，从巴西到德国、从美国到希腊，无所不包，如但丁作品中的维吉尔、埃克罗伊德的《狄更斯传》（*Dickens*，1990）、巴恩斯（Julian Barnes）的《福楼拜的鹦鹉》（*Falubert's Parrot*，1983）、库切（J. M. Coetzee）的《福》（*Foe*）、拜厄特的《婚姻天使》（*The Conjugal Angel*），以及有关萨福、歌德、维吉尔等的虚构作品。该论文集主要针对性别、性取向、影响的焦虑和再现的局限性等议题展开论述①。

弗兰森和荷因塞拉斯的《作为人物的作家：历史作者在西方文学中的再现》与本书设定的研究范围接近，即对西方作家进行虚构的作品，但该论文集无法构建统一完整的理论框架，此外，该论文集出版时间较早，不能涵盖2000年后的新趋势、新特点。

（三）"关于作家的传记小说"

库赛克（Robert Kusek）的《作者写作者》提出近年来在生命书写的多种体裁中，传记小说，尤其是"关于作家的传记小说"（"biographical-novel-about-a-writer"）不仅在当代学术话语中占据中心地位，而且享有广泛的阅读群体。洛奇也认为作为"文学虚构的一个次文类"，关于作家的传记小说在近年获得了特别的关注②。库赛克将这一体裁定义为以一个真实作家和他/她的生命故事作为基础进行想象性创作的作品。研究范围为1990—2010年二十年间出版的以英语写作的作品，通过重点分析洛奇的《作者，作者》（*Author, Author*）、托宾（Colm Tóibín）的《大师》（*The Master*）、康宁翰（Michael Cunningham）的《时时刻刻》（*The Hours*）和库切的《彼得堡的大师》（*The Master of Petersburg*）四部最具代表性的作品，阐释当代作家在重写历史作家

---

① Hoenselaars, A. J. *The Author as Character：Representing Historical Writers in Western Literature*. Teaneck：Fairleigh Dickinson Univ Press，1999.

② Lodge，David. *The Year of Henry James or，Timing is All：the Story of a Novel. With Other Essays on the Genesis，Composition and Reception of Literary Fiction*. London：Harvill Secker，2006：10.

的生命故事时所采用的不同路径和方式。库赛克主要以热内特（Gerard Genette）的《隐迹稿本》（*Palimpsests*）为理论框架，结合历史、传记、文学批评、哲学和文本分析等跨学科方法，对这一体裁进行了分类研究，宣称生命和生命书写都是衍生性的实践，它们具有内在的互文性和本体上的重写性。

（四）"作家虚构"

萨伍（Laura Savu）的《近期叙事中作家的死后余生》在弗兰森和荷因塞拉斯的《作为人物的作家：历史作者在西方文学中的再现》和雅各布（Naomi Jacobs）的《真实的人物：当代虚构中的历史人物》（1990）的研究基础上，借用佛克马的术语，提出"作家虚构"（author fiction）这一概念，从作家身份、身后之作和重写这三个大的议题出发，提出"作家虚构"在文学、文化和理论借鉴方面的意义。[①] 同时在米德克和哈勃（Middeke & Huber，1999）将研究对象设定为浪漫时期人物虚构的基础上，将文本对象扩大到对浪漫主义、现实主义甚至现代主义文学家先驱的"生后"虚构叙事，主要论述了诺瓦利斯、狄更斯、奥斯卡、查特顿、詹姆斯、劳伦斯和伍尔夫等在内的18、19世纪以及20世纪初期的作家虚构叙事。

萨伍关注历史作家的生平事件在虚构中的利用以及它们在作家身份理论和重写实践方面的借鉴意义，同时关注这些关键作家人物在当代作家作品中的继承和延续，及后现代主义与过去时代的审美和文化范式之间的关系。[②]

萨伍强有力地证明，为了更好地理解浪漫主义、现实主义和现代主义作家，也更好地理解与自己相关的过去的联系，20世纪末期的虚构叙事作品将前面时代的作家后现代化了。对作家虚构进行创作和再阐释是当代作家将他们纳入一个自己适合的（文学）历史所做出的努力的一部分。对于萨伍来说，重创文学家先辈的过程可以看作对作家身份在这个多媒介日益盛行的"后文学世界"所遭遇的挑战的直接回应。[③]

萨伍提出的"作家虚构"概念和研究路径对本书的理论建构有启发意义。他将《一怒之下：与 D. H. 劳伦斯搏斗》（*Out of Sheer Rage：Wrestling with D. H. Lawrence*）也列入研究范围，这让本书也考虑到对后现代语境下涌现的

---

① 原文为"literary，cultural，and theoretical implications of 'author fictions' with respect to three broad issues—authorship，the posthumous，and rewriting"。引自 Savu，Laura E. *Postmortem Postmodernists：The Afterlife of the Author in Recent Narrative*. Madison：Fairleigh Dickinson UP，2009：10.

② Savu，Laura E. *Postmortem Postmodernists：The Afterlife of the Author in Recent Narrative*. Madison：Fairleigh Dickinson UP，2009：9.

③ Savu，Laura E. *Postmortem Postmodernists：The Afterlife of the Author in Recent Narrative*. Madison：Fairleigh Dickinson UP，2009：12. 引自 Cornis-Pope，Marcel. Reinventing a Past. *Symploke*，2010（18）：309。

一类"作家作为非实体人物"（author as non-character）的小说的考察。然而，根据本书设定的研究对象，"作家虚构"这一术语仍不够精准。

第一，"作家"不加限定，可以是真实作家，也可是虚构作家。近年来以虚构作家为人物的作品也不少见。2013 年的诺贝尔文学奖得主芒罗（Alice Munro）的《我年轻时代的朋友》（*Friend of My Youth*，1991）虚构了一位女诗人的故事。塞特菲尔德（Diane Setterfield）的《第十三个故事》（*The Thirteenth Tale*，2006）里的传记作家温特（Vida Winter）、纳博科夫的《灰火》里的谢德（John Shade）、海勒（Joseph Heller）的《老年艺术家画像》（*Portrait of an Artist as an Old Man*）里的尤金·坡塔（Eugene Pota）① 都以虚构作家为主要人物。这些作品不属于本书的研究范围。

第二，"作家"不加限定，还可是历史学家、心理学家、自然科学家或哲学家等在不同领域著述丰富的作家。这样一来，关于赖特（Frank Lloyd Wright）②、海德格尔（Martin Heidegger）、弗洛伊德（Sigmund Freud）、维特根斯坦（Ludwig Wittgenstein）、达尔文等人的虚构叙事作品也必被纳入这一概念的范围。

第三，只涉及当代作家的自我虚构作品不属于本书的研究范畴。"作者作为人物"的叙事可能还包括库切（John Coetzee）的《夏日》（*Summertime*）、菲利普·罗斯的《事实》（*The Facts*，1988）和福厄（Jonathan Safran Foer）的《诸事明朗》（*Everything Is Illuminated*，2001）。但在本书的研究语境下，只有在当代作家自我虚构之外，同时涉及其他文学家的生命虚构痕迹的作品才属于本书的研究范畴。罗斯的《操纵夏洛克：一部自白》（*Operation Shylock：A Confession*，1993）、马科维茨（Benjamin Markovits）的《稚气之爱：一部小说》（*Childish Love：A Novel*，2011）和菲利浦（Arthur Philip）的《亚瑟的悲剧》（*The Tragedy of Arthur*，2011）等作品被一些学者称作"作者充当叙事者文类"（author-as-narrator genre）。这些作品由于既涉及作者本人的虚构，也分别涉及莎士比亚（前两部）和拜伦，因而属于本书研究范畴，可称为双重作家生命虚构叙事（double biofiction）或作家自我与他者生命虚构（auto-autre-biofiction），融自传、他传、虚构和文学批评等于一体。

---

① 作品中主要人物的名字"坡塔"应该就是"艺术家肖像"（Portrait of the Artist）的首字母缩略。

② 赖特，20 世纪上半叶美国最有影响的建筑师之一。

四、具体作家虚构作品研究

此外，还有一类对经典作家的虚构叙事作品进行分析的研究①。这类论著集中出现在 2009—2014 年，是一个较新的研究话题。它们或直接针对具体作家的生命虚构叙事进行研究，如马可斯（Laura Marcus）针对曼斯菲尔德、哈格斯特罗姆（Hagström，2009）针对普拉斯、柯思登（Kersten，2009）针对

---

① 主要作品包括：

（1）道和汉森（Gillian Dow & Clare Hanson）的《奥斯汀的前世今生》（*Uses of Austen：Jane's Afterlives*，2012）；

（2）凡纳克和怀恩（Sabine Vanacker & Catherine Wynne）主编的《夏洛克·福尔摩斯和柯南·道尔：多媒介的死后人生》（*Sherlock Holmes and Conan Doyle：Multi-Media Afterlives*，2012）；

（3）雷恩（Bethany Layne）的《既前瞻又回顾：通过托宾的〈大师〉重读亨利·詹姆斯》（*Simultaneously Anticipatory and Retrospective：（Re）reading Henry James through Colm Tóibín's The Master*，2014）；

（4）罗素（Perkin，J. Russell）的《想象亨利：在托宾的〈大师〉和洛奇的〈作者，作者〉里作为虚构人物的亨利·詹姆斯》（*Imagining Henry：Henry James as a Fictional Character in Colm Tóibín's The Master and David Lodge's Author*，*Author*，2010）；

（5）谢尔金格（Karen Scherzinger）的《詹姆斯的舞台：托宾的〈大师〉和洛奇的〈作者、作者：一部小说〉对作者的再现》（*Staging Henry James：Representing the Author in Colm Tóibín's The Master and David Lodge's Author*，*Author*，2008）；

（6）金斯顿（Angela Kingston）的《维多利亚虚构里作为人物的奥斯卡·王尔德》（*Oscar Wilde as a Character in Victorian Fiction*，2007）；

（7）乔里斯（Kirby Joris）的《回放的王尔德：在近期的作者虚构里与奥斯卡一道穿越时空》（*Wilde Rewound：Time-Travelling with Oscar in Recent Author Fictions*，2012）；

（8）柯思登（Dennis Kersten）的《作者的死后人生：史蒂文森在当代传记虚构中的奇遇》（*Life After the Death of the Author：The Adventures of Robert Louis Stevenson in Contemporary Biographical Fiction*，2009）；

（9）拉哲姆（Monica Latham）的《在石山上：恋爱中（和失恋中）的女人（和男人）》（*On the Rocks：Women（and Men）in（and out of）Love*，2011）；

（10）拉哲姆的《一仆两主：弗吉尼亚·伍尔夫在当代生命虚构中的死后人生》（*Serv［ing］Under Two Masters：Virginia's Afterlives in Contemporary Biofictions*，2012）；

（11）拉哲姆的《盗取事实并在奇弗的〈盗贼〉里重构凯瑟琳·曼斯菲尔德的人生》（*Thieving Facts and Reconstructing Katherine Mansfield's Life in Janice Kulyk Keefer's Thieves*，2014）；

（12）哈格斯特罗姆（Annika J. Hagström）的《黑暗中的静滞：作为虚构人物的西尔维尔·普拉斯》（*Stasis in Darkness：Sylvia Plath as a Fictive Character*，2009）；

（13）阿尔伯特森（Kaitlin Albertson）的《增加声誉的谣传：克里斯托弗·马洛在虚构和传记中的死后人生》（*Rumors Which Became His Reputation：Christopher Marlowe's Afterlife in Fiction and Biography*，2012）；

（14）波鲁克托娃（Tatyana A. Poluektova）的《班布里奇的〈昆妮说〉：作为书信体构成元素的"事实虚构"》（*"Fact-Fiction" as an Epistolary Forming Component of the Novel by B. Bainbridge According to Queeney*，2011）；

（15）马可斯的《凯瑟琳·曼斯菲尔德的死后人生》（*Katherine Mansfield's Afterlives*，2014）。

史蒂文森、罗素（Russell，2010）针对詹姆斯等，或同时分析作家生命虚构叙事和作家经典作品之再虚构现象，如阿尔伯特森（Albertson，2012）和汉森（Hanson，2012）等。共同特点是只关注特定作家，如詹姆斯、马洛、坡（Edgar Allan Poe）、柯南·道尔、简·奥斯汀（Jane Austen）、史蒂文森、普拉斯等在新的语境下的重生，大多只分析两三部相关作品。

对已有的经典文本进行再虚构改写，颠覆原有文本的权威性和优越性，这一点对本书的研究非常有启发。事实上，在对研究文本进行阅读的过程中，本书发现围绕文学家生命故事进行虚构的后现代作品大多数就是对经典传记的改写，它们通过聚焦这些历史上真实存在的作家身边的小人物、女性人物，转换视角、赋予边缘人物话语权等改写方式，重构了作家的生命故事。有意思的是，本书发现在作家生命虚构叙事作品里，作家将这种改写的权利直接赋予历史边缘人物，甚至虚构人物，以"故事里的故事"的形式，让他们成为与他们身边的"伟大作家"一样的创作者。如在沃尔克（Brenda Walker）的《坡的猫》（Poe's Cat，2013）这部作品里，一位当代人物创作了一个以坡的妻子弗吉尼亚为视角的故事，在这个故事里，弗吉尼亚将坡的短篇故事《丽姬娅》（Ligeia）的男性叙事者转换成他的第二任妻子罗维娜（Rowena），使弗吉尼亚成为像坡一样的创作者。在对这一创作形式进行深入研究的基础上，本书提出了"文学家生命虚构平行叙事"概念与虚构之再虚构平行叙事相对应（参照第五章）。

从以上研究来看，围绕作家进行虚构创作正成为论述焦点。然而，本书认为对于将要开展的研究来说，"历史虚构"和"传记虚构"的理论框架都太大；"作家虚构"的理论框架虽然与本书的研究最为接近，但大多以论文或论文集的方式出版，未能建立统一的、系统的文类概念和研究路径。也就是说，作家生命虚构创作作为一个独立文类在推动文学发展中的作用没有得到充分重视，目前没有学者全面论述作家生命虚构与作家传记虚构之间的区别性特征，也没有学者揭示作家生命虚构叙事与其他类型人物的生命虚构叙事在创作模式上的异同，利用经典叙事学和后经典叙事学理论对文学家生命虚构叙事作为一个文类进行系统梳理和理论建构的研究极为少见，这一缺位为本书的研究提供了契机。

> 为了生存下去，小说家需要具备两项条件。其一，要看他能否创造出自己独特的文体；其二，要看他是否具有编造故事的才能。
>
> ——大江健三郎①

第四节 研究概述

如前所述，面对文学家生命虚构叙事作品的涌现，历史虚构、虚构传记、主观传记、传记小说、传记虚构等术语已不能满足这一文类的理论建构需要。套用帕尔默（Beth Palmer）的措辞，本书认为后现代语境下的这类作品兼具历史虚构和传记虚构体裁的双面性（Janus-faced genre）②，甚至还具有生命批评等三面性和多面性，是生命批评、虚构创作、学术研究三种文类特征的合体。有鉴于此，本书在科尔克（Kohlke，2013）、米德克和哈勃（Middeke & Huber，1999）的研究基础上，提出"文学家生命虚构叙事"（biofictional narrative）这一概念作为这一文类理论建构的基础，凸显这类作品所具有的强烈的体裁间性（inter-generic hybridity）或体裁混合空间感。本节主要对概念的缘起和界定、研究方法、主要研究观点、研究意义和研究架构等方面进行简要介绍。

一、概念缘起和界定

根据研究需要，本书借鉴了科尔克③、米德克和哈勃④的"生命虚构"概念。生命虚构（biofiction）这一表述由法国文艺评论家比于齐纳（Alain Buisine）⑤首创，在英语语境下由米德克首次使用。

米德克和哈勃（1999）观察到文学主体借由虚构传记、传记虚构、生命

---

① 大江健三郎：《大江健三郎作家自语》，台北：远流出版事业股份有限公司，2008年，第41页。

② Palmer, Seth. Review of Neo-Victorian Fiction and Historical Narrative by Louisa Hadley & History and Cultural Memory in Neo-Victorian Fiction by Kate Mitchell. *Victorian Studies*，2012，55（1）：168.

③ Kohlke, Marie-Luise. Neo-Victorian Biofiction and the Special/Spectral Case of Barbara Chase-Riboud's Hottentot Venus. *Australasian Journal of Victorian Studies*，2013，18（3）：4.

④ Middeke, Martin & Huber, Werner. *Biofictions*：*The Rewriting of Romantic Lives in Contemporary Fiction and Drama*. Woodbridge and Rochester：Boydell & Brewer Inc.，1999.

⑤ Buisine, Alain. Biofictions. *Revue Des Sciences Humaines*：*Le Biographique*，1991，4（224）：7－13.

戏剧（bio-play 或 bio-drama）和生命影片（bio-pic）等形式被虚构化或戏剧化这一现象在当代创作中非常显见，尤其是围绕英国浪漫主义时期拜伦/雪莱文学圈（Byron/Shelley circle）的人物和其中秘密进行虚构的作品特别受当代作家的热捧。有鉴于此，他们合编了论文集《生命虚构：当代虚构和戏剧作品对浪漫主义人物生命的重写》，探讨在当前生命书写复兴的语境下当代作家如何对浪漫主义时期的艺术家人物产生新的创作兴趣。主要研究埃克罗伊德、米歇尔（Adrian Mitchell）、杰里科（Ann Jellicoe）、车奈克（Judith Chernaik）、洛克海德（Liz Lochhead）、普兰特拉（Amanda Prantera）、奈依（Robert Nye）等创作浪漫主义生命虚构的作家围绕查特顿、布莱克（William Blake）、霍格（James Hogg）[①]、司各特、雪莱夫妇（Percy Bysshe Shelley & Mary Shelley）、波里道利（John Polidori）、克莱尔（John Clare）以及拜伦等"传记主体"进行的创作。

新历史重写主义强调虚构和历史书写/传记话语并不互相排斥，米德克和哈勃声明生命虚构正是这一意识被创作者接受的结果。两位学者认为 19 世纪，尤其是 19 世纪早中期的作家随时成为虚构对象。然而，他们没能发现，实际上，20 世纪甚至一直生活到 20 世纪末期的作家，以及如 2014 年才过世的马尔克斯等当代作家也成了虚构对象。

尽管在对作品进行批评时，米德克等评论家们使用了"生命虚构"这一术语对作品进行描述，但这一术语仍然没有得到应有的理论化建构[②]。大多数学者[③]仍将它当作可与"传记虚构"互换的术语，没有强调它们之间的显著区别；一部分学者虽然意识到生命虚构的文类特性，但对其文类建构仍处于初级阶段。如科尔克（2013）提出的生命虚构三模式——"名人生命虚构"（celebrity biofiction）、"边缘化主体生命虚构"（biofiction of marginalized subjects）和"挪用型生命虚构"（appropriated biofiction）虽然对本书有一定的启发意义，但他的描述对象仍然为新维多利亚虚构，只是根据名人和名人身边的人物这两种聚焦主体的不同将生命虚构分为前两类，然后根据虚构和怪诞程度的高低以及是否直接使用名人的本名等因素进而分出挪用型生命虚构这一类型，并没有给出明确的定义并厘清生命虚构与传记虚构的关系和区别。

然而，事实上，作为生命书写的一种类型，生命虚构是传记虚构在后现代语境下的文本产物和升级形式，它一方面在虚构策略上与虚构作品更接近，

---

① 詹姆斯·霍格（James Hogg）被称作"埃瑞里克牧羊人"，是 18 世纪后期爱丁堡牧羊人出身的诗人，诗人罗伯特·彭斯的朋友，《罪人忏悔录》的作者。

② Kohlke, Marie-Luise. Neo-Victorian Biofiction and the Special/Spectral Case of Barbara Chase-Riboud's Hottentot Venus. *Australasian Journal of Victorian Studies*，2013，18（3）：4.

③ 参照 Ribin，2003；Krämer，2003；Joris，2011；Domínguez，2013：67 等。Domínguez, Lara A. Serodio. *"Had She Plotted It All?"*，*Mimetic Representation and Fictionalisation of Sylvia Plath in Her Work and in David Aceituno's Sylvia & Ted*. Barcelona：University of Barcelona，2013：67.

另一方面在创作路径上表现出与学术著作的亲缘性，已实现从非虚构体裁到生命虚构体裁的转换。生命虚构尽管以真实人物的生命因子为叙事出发点，但已脱离传记文类限制，公然成为一种虚构文类，在创作路径、虚构策略、叙事模式等方面与传记虚构有显著区别，成为一种重要的后现代文学创作趋势。

生命虚构叙事，简而言之，指的是将真实人物转换为生命虚构人物，将他们的生命故事虚构化的作品。这类作品选取史实性生命因子作为创作基质或叙事出发点，同时，出于各种修辞意图，在不同程度上有意创设（叙事层面或者内容层面上的）虚构元素，表现出明显的虚构性（fictionality）。

作家生命虚构是艺术家生命虚构中的一个次类型。与非艺术家生命虚构叙事作品不同的是，无论被创作对象是作家、音乐家还是画家，在他们身后除了回忆录、日记、书信以及传记和学术研究资料之外，都留下了大量的原创性作品，如诗集、戏剧、乐曲、画作、小说等。也就是说，当代作家在创作与艺术家人物相关的作品时可追踪的证据和可参照的文本要比其他历史人物多一个层次。

一些当代作家既创作与画家相关的生命虚构叙事，又创作与作家相关的生命虚构叙事，如巴恩斯既创作了关于作曲家肖斯塔科维奇（Dmitri Shostakovich）的生命虚构叙事作品《时间的喧嚣：一部小说》（The Noise of Time：A Novel，2016），又创作了关于福楼拜和柯南·道尔的生命虚构叙事作品（Arthur and George，2005）；欧文·斯通既创作了有关梵高的生命虚构叙事作品《生命的欲望》（Lust for Life，1934），又创作了有关杰克·伦敦（Jack London）的生命虚构叙事作品《杰克·伦敦：马背上的水手》；林·库伦（Lynn Cullen）既创作了与文艺复兴时期女艺术家安圭索拉（Sofonisba Anguissola）相关的《夏娃的诞生》（The Creation of Eve，2011）、与伦勃朗相关的《我是伦勃朗的女儿》（I Am Rembrandt's Daughter，2011），也创作了与爱伦·坡相关的《坡夫人：一部小说》（Mrs. Poe：A Novel，2013）、与马克·吐温（Mark Twain）相关的《吐温的结局》（Twain's End，2015）等。鉴于以上各类作品的相似性，本书认为可以采用艺术家生命虚构（artist biofiction）① 这一词语来概括所有以艺术家生命故事为虚构对象的作品。

这一概念也应与艺术家成长小说（Künstlerroman）相区别。在艺术家成长小说中，无论是真实的历史人物还是虚构的艺术家人物，他们的生命故事

---

① 本书没有采用艺术家成长小说（Künstlerroman）这个概念，因为艺术家成长小说主要指的是以艺术家为中心人物，以艺术成长为中心内容的小说，而艺术家生命虚构则比这一概念更宽泛，也更能凸显其在后现代语境下的新特点。

在作品中起到结构性主骨元素的作用①，是作品的聚焦人物和意识中心，与顿悟后的艺术重生这一议题相连。作品侧重描述艺术家成长过程，因而故事跨越的人生时段通常与传记小说类似，至少涵盖文学家创作初期到创作高峰期②。萨伍等一些学者认为作家虚构作品"正处在历史小说、传记和艺术家成长小说的交叉路口"③，而本书则认为由于包括文学家在内的艺术家生命虚构可以只叙述艺术家生命中的某个场景或某段人生，而这段人生不一定涉及艺术家成长期以及他们所经历的顿悟，因而，这样的论述对于本书的研究对象而言有失偏颇。此外，艺术家生命虚构必须与真实的艺术家人物相关。

这一概念应与德国学者赫曼·博埃尔（Hermann Bauer）提出的艺术史书写（Kunstgeschichtsschreibung）相区别，但作为艺术家生命虚构所赖以参照的一种前文本，该文本发现了艺术家生命虚构与艺术史书写在创作路径上的相似之处。博埃尔的概念针对的是艺术史领域在学术研究工作的基础上撰写的文章或著作，包括艺术家传记、艺术家作品批评和鉴赏、艺术史发展历程等，阅读人群主要限于教授和研究学者，而后现代艺术家生命虚构作为具有艺术史研究性质的文学作品，将艺术史和艺术人物从曲高和寡的大雅之堂推广到通俗易懂的畅销读物中，严肃的历史换上"时尚的外衣"，激发了"艺术史热"，对艺术史的普及具有推动作用。由于其兼具学术型、史实性和通俗性，艺术家生命虚构让普通读者能够读到莫扎特的姐姐、卡萨特的妹妹、夏多布里昂的理发师、约翰·多恩的女儿、詹姆斯·乔伊斯的打字员、毕加索的心理医生等边缘人物讲述的艺术史小叙事，让平民大众了解真正的抛开性别、时代和社会偏见的艺术发展史。

经过全面梳理这类文学作品，深入阅读相关研究文献，本书发现"作家"这一概念不够准确——在没有加以限定的情况下，"作家"可以指历史上真实存在的作家，也可以指虚构的作家；除了诗人、戏剧家、小说家之外，还可以指历史学家、心理学家、自然科学家、建筑学家、政治历史学家或哲学家等在不同领域著述丰富的作家。此外，还可以是自传虚构作品本身的作家。因而，为更明确地界定研究范围，我认为用"文学家"这一表述指代文学史上真实存在的作家——诗人、戏剧家、小说家等更合适，不容易产生歧义。

---

① Oliveira, Ribeiro. *O Künstlerroman na Literatura Contemporânea*. Ouro Freto: Editora da UFOP, 1993: 5, 40.

② Finucci, Valeria. *Desire in the Renaissance: Psychoanalysis and Literature*. Princeton: Princeton UP, 1994: 168 - 173.

③ 参照 Franssen, Paul & Ton, Hoenselaars. *The Author as Character: Representing Historical Writers in Western Literature*. Madison: Fairleigh Dickinson University Press, 1999: 18.

音乐家生命虚构

艺术家生命虚构 ——→ 画家生命虚构

文学家生命虚构

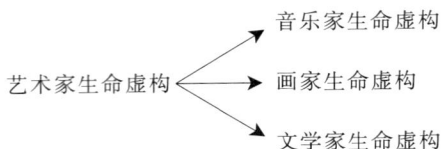

　　虽然也有学者采用"关于作家的生命小说"（bio-novel about authors）[①] 来描述这类作品，然而，本书在作品收集的过程中发现虽然围绕文学家进行生命虚构的主要形式是长篇小说，但在后现代语境下，短篇小说（short story）、短篇小说环（short story cycle）、诗行小说（novel-in-verse）、散文、戏剧、对话采访、书信叙事甚至病历报告等各种形式也开始大量出现，如果使用"小说"一词，势必将其他形式排除在外。

　　因而，在认真反思之后，本书决定使用"文学家生命虚构叙事"这一术语。为了更准确清晰地描述文学家生命虚构叙事与其他类型人物在真实参照和虚构策略等方面的区别性特征，在对这一文类进行定义时，还必须厘清如何描述与文学家虚构创作作品相关的参照因素。因而，本书在哈琴（Linda Hutcheon）和巴尔特（Roland Barthes）提出的"传记因子"（biographeme）的基础上，根据文类建构需要区分了三类生命因子——将日记、回忆录、信件等作家自己撰写的非虚构文本称作一级生命因子；传记、生平档案资料、相关的研究专著等称作二级生命因子；艺术家所创作的某个或多个作品称为三级生命因子。为了清晰地展现生命虚构更开放的虚构叙事策略，本书在生命因子的基础上提出"非生命因子"（或称"虚构因子"）概念，用以描述史实档案里没有明确记载或明显与史实性生命因子相偏离的虚构元素。

　　本书将"文学家生命虚构叙事"定义为"一类在传记驱策[②]的推动下，以文学家为生命虚构对象，通过有意识的虚构化策略，将相关文学家的各级文本生命因子和实体性生命因子与非生命因子（a-bio-meme）穿插融合在一起，对叙事进程起到推动作用的作品"。生命虚构作家通过从某位或多位文学家的各级生命文本中选取（select）符合创作需要的生命因子，通过赋予叙事框架和融入文学技巧（configuration），在去语境化（de-contextualization）的基础上重新组合进入新的语境（re-contextualization）或重新戏剧化，成为一个自我宣称（self-disclosure）为虚构文类的文本。

　　通过上述虚构化步骤，文学家生命虚构叙事实现了从非虚构文类向虚构文类的转换过程。生命因子和非生命因子都是生命虚构艺术性的组成部分，

---

　　①　参照 Taylor，2006：21；Onefrei，2011：205；Sarver & Markus：1；Parrinder，2011：14。

　　②　传记驱策对应的英文为"biographical imperative"。引自 Savoy，Eric. *Entre Chien et Loup*：*Henry James*，*Queer Theory*，*and the Biographical Imperative*. In Peter Rawlings（ed.）. *Palgrave Advances in Henry James Studies*. London：Palgrave Macmillan，2007：100.

生命虚构的书写过程正是生命因子和非生命因子的交织重构的过程，借此，文学家、文学史和文学批评理论文学走入虚构的情节中。

二、研究方法与意义

（一）研究方法

本书利用经典叙事学理论构建以生命因子和非生命因子以及文类虚构化叙事策略（生命因子的重新语境化、虚构叙事者的设置、虚构叙事框架的设置等）为基础的文类体系，厘清这一文类与学术型传记以及传记虚构的显著区别；以后经典叙事学为依据，通过更深层次的比较，凸显当代文学家生命虚构在后现代语境下的主要创作趋势，如隐性生命虚构向显性生命虚构转化的趋势和新语境下隐性生命虚构的新特点，脚注人物中心化叙事（边缘作家、女性和底层人物以及少数族裔的中心化趋势）、不自然叙事（采用不自然叙事者、错层叙事等虚构策略）和学术化趋势（探讨学术圈叙事和学术作品的虚构化、阐释生命虚构与学术著作的亲缘性）。通过论述文学家生命虚构平行叙事的基本创作模式和升级创作模式，揭示生命虚构叙事与各级生命因子，尤其是三级虚构文本之间的整体互文关系，阐明文学家生命虚构与其他人物生命虚构的显著区别。最后以詹姆斯和马洛的生命虚构叙事研究为例，采用前面建立的理论框架对作品进行比较和分析，为理论应用提供范例。梳理这一文类与学术型传记以及传记虚构的显著区别，以具体文本为例进行理论阐释，展示后现代生命虚构在新语境下的叙事特征和创作趋势。在理论建构基础上，使用前一阶段形成的术语和分类，选取有代表性的多位文学家其生命虚构叙事作品进行有体系的分析解读，验证理论框架的可应用性和科学性。

（二）研究意义

本书对文学家生命虚构叙事文类进行了理论建构，为国内学者进行相关研究奠定了基础。通过各级生命因子和非生命因子等概念的建构，探讨生命虚构与传记虚构在创作思路、叙事策略和生命因子的合成上的显著差异；通过分析生命虚构叙事作品中的学术路径和学术元素，揭示了生命虚构与学术研究之间的亲缘关系；通过分析文学家平行虚构叙事的各种模式，阐明了文学家生命虚构叙事与其他类型人物生命虚构叙事的重要区别。"文学家生命虚构叙事"这一概念将文学家与文学史这一古老话题置于后现代语境下进行考察，采用经典和后经典叙事学理论框架，解读这类作品如何解构创作者与被创作者、生命虚构主体与生命虚构作家、边缘与中心、真实与虚构、学术化与叙事化之间的二元对立。

在"文学家生命虚构叙事"这一文类概念基础上，以经典叙事学框架下的叙事理论术语对作品做进一步分类，并描述其主要叙事特征，为进一步运用后经典叙事学理论探讨这类作品在后现代语境下的修辞意图打下基础。在此基础之上，探讨文学家生命虚构如何在叙事模式和效果方面超越传统的纯虚构叙事和纯学术叙事，在后现代语境下对生命虚构进行理论建构，阐明这一文类对打破传统传记和文学中的性别不平衡、阶级不平等、边缘与中心、虚构与史实、学术与娱乐、严肃与通俗、同性与异性、正统与异端、有名与无名、历史与现在、历史与将来等之间的二元对立所产生的非凡效果，其创作的两面性（低俗化和高雅化并驾齐驱）、阅读的普遍性使其成为后现代主义、女性主义、西方马克思主义、后殖民主义、族裔主义等的大规模"战斗"利器。

三、研究观点

本书的主要研究观点如下：

（1）生命虚构叙事是传记虚构在后现代语境下的文本产物和升级形式。"生命虚构"让"生命"与"虚构"不分先后轻重地出现在同一词语里，阐明两者对这一文类的不可或缺性和同等重要性；同时，显示文学家从真实人物（"bio-"）到虚构人物（"-fiction"），文学家生命虚构叙事从非虚构（non-fiction）到生命虚构（biofiction）这一阈界文类的双重转型。文学家生命虚构叙事尽管以文学家真实人物的生命因子为叙事出发点，但已脱离传记文类限制，公然成为一种虚构文类。文学家历史人物通过虚构化策略演变成生命虚构主体或角色（biofictional subject or character）①。这些文学家真实人物一旦变成生命虚构人物，就具备了支撑一个可能的虚设世界和创设一个虚构且"真实"世界的能力。就像乔姆斯基的深层结构和表层结构一样，历史上存在过的、只活过或真实过一次的文学家是深层结构，是真实原型，作为生命虚构人物的文学家是经过不同生命虚构叙事作家的语言和意识形态转换出来的表层结构，是虚构的复制品（the fictitious replica）和文本世界里的变体（its variants in textual world）。由于文本创作者根据各自议题的需要调整、组合甚至违背生命因子，因而在从现实世界转换到文本世界的过程中，文学家获得了多个"跨越文本世界的身份"。通过模糊虚构和现实之间的界限，生命虚构叙事创设出一个本体、认知和再现上的新叙事框架。

（2）在创作路径、虚构策略、叙事模式等方面，生命虚构呈现出与传记

---

① 卡普兰认为这些真实的作家在这些作品里变成了虚构人物（Kaplan，2007：39），我们认为要既体现这些人物的历史参照性，又体现他们的虚构性，生命虚构人物是一个更恰当的术语。

虚构的显著区别。与传记虚构相比，生命虚构形式更加多样化，除小说之外出现了短篇小说、短篇小说环、诗行小说、对话采访叙事、书信体叙事甚至医患对话叙事等形式；与传记虚构的全景式叙事不同的是，生命虚构大多采用截取型叙事、关系叙事和文学家团体叙事方式展现文学家生命故事；与传记虚构的单线历史故事线索不同的是，生命虚构呈现双联和多联叙事增多的趋势，并形成了脚注人物、虚构人物、杜撰人物的中心化、不自然叙事（不自然叙事者和错层叙事）等趋势。文学家生命虚构叙事，尤其是对三级生命因子的整体参照形成的各种模式平行虚构叙事，成为艺术家生命虚构迥异于其他类型人物生命虚构的创作模式。

（3）生命虚构在叙事形式和文学策略的运用方面更接近虚构文类，虚构程度比传记虚构更高，非生命因子在文学家生命进程中的作用更大。生命虚构的主要虚构化手段有三种，一是采用真实人物本人或身边人物甚至虚构或杜撰人物代替学术型传记中故事外的传记作家，充当虚拟的"故事内生命叙事者"；二是通过生命因子与非生命因子的交织改变甚至偏离历史人物的生命进程，可能从寥寥数语的有据可查的生命因子出发，大量填充非生命因子发展成一部小说，也可以完全偏离生命因子，"延长"英年早逝的文学家的生命故事，让过世的文学家与当代作家进行跨时空对话，或让文学家通过幽灵再现影响后代读者；三是采用过去与现在甚至将来的多联叙事、错层叙事等虚构化手段，制造时间错置感，形成对话式的生命书写模式。这类作品大多采用文学史上的脚注人物、社会底层人物甚至虚构或杜撰人物等作为生命故事的讲述者。他们代替故事外的传记作家成为文学家"生命故事的作家"，形成一种与学术型传记相补充和呼应的"生命虚构体裁"。这一体裁承认生命再现话语的主观性，在某种程度上都带有元生命虚构特点。文学家生命虚构叙事作品在虚构化手段方面的显著特征是可以采用文学家自己创作的虚构作品里的人物作为叙事者或使其参与文学家的生命进程，形成虚实错层叙事和虚实平行叙事等独特创作模式。

（4）文学家生命虚构叙事在创作思路和论述方法上更接近学术研究。许多学者、研究者、学术型传记作家和文学批评家加入了这类虚构创作的行列，为自己的理论阐释找到了虚构叙事这个更为广阔的平台。这类虚构作品中的一部分甚至在经过系统研究的博士论文基础上撰写，如巴玻尔（Ros Barber）的《马洛手稿》（*The Marlowe Papers*，2013）融历史虚构、自传叙事、学术研究等体裁于一体。他们的加入不仅推动了学术圈生命虚构叙事作品的流行，而且通过"学术的小说化/虚构化"或者"小说/虚构的学术化"带来了一场阅读上的革命。在后理论（post-theory）时代，原来仅限于精英和专家学者阅读的"高大上"的文学史或传记体裁通过通俗易懂的语言和形式推广到大众读者之中，让他们获得了解文学的更便捷的途径，同时这类作品对文学教学等也产生了积极作用。

（5）文学家生命虚构叙事作品的创作者不再担任传记作家的角色，不再是文学家生命的评论者和解读者，而是文学家生命故事的"编撰者"，他们将解读和批评的任务交付读者，让不同知识和社会背景、不同身份的读者获得各自不同的解读。这一文类所具有的学术化倾向不仅对创作者是更大难度的挑战，而且对读者也提出了更高要求。这类作品虽然给了读者一个较低的阅读门槛，但在读者进入阅读过程之后，在引发读者兴趣的同时，慢慢地对他们提出了更高要求。创作者的理想读者是对文学家和其作品有一定了解或在阅读的过程中主动去获取前文本知识的读者，可视为研究型读者（scholarly reader）或警觉型读者（alert reader）①。只有这样的读者才能对比出生命虚构叙事作品与各级生命因子之间的联系和区别，充分理解作品里的叙事技巧如错层叙事、不可靠叙事以及作家的修辞意图，如女性主义、族裔主义、后殖民主义、元生命虚构等，读懂注解的用意所在。文学家生命虚构叙事作品通过这样的阅读革命，将读者带回更本源的文学家日记、回忆录（一级生命因子）、传记作品（二级生命因子）、经典诗歌和虚构作品（三级生命因子）的阅读世界里，形成重读经典阅读热潮。

四、研究架构

本书通过六章内容论述。第一章导论介绍本书的研究缘起、研究背景、研究现状、研究概述和内容架构，主要以"历史虚构""传记虚构"和"作家虚构"三个理论框架为出发点，综述与本书研究相关的主要论点和对本书研究的启示。第二章集中对"生命虚构"和"文学家生命虚构叙事"这两个文类概念进行理论建构和术语分解，提出生命因子和非生命因子等重要术语，并从整体上比较文学家生命虚构叙事与学术型传记、传记虚构的异同，展现研究对象的整体叙事特点。第三章以经典叙事学理论为引导，分别从生命因子的选取与去语境化、非虚构元素与虚构元素的合成与重新语境化、叙事层面的虚构设置以及虚构性的自我揭示等方面探讨文学家生命虚构叙事从非虚构到生命虚构文类的转变过程。第四章以后经典叙事学为依据，通过更深层次的比较，凸显当代文学家生命虚构叙事在后现代语境下的主要创作趋势，如隐性生命虚构向显性生命虚构转化的趋势（探讨新语境下隐性生命虚构的创新模式），小作家和脚注人物中心化叙事（探讨边缘作家、女性人物、底层人物和少数族裔的中心化趋势），不自然叙事趋势（阐明不自然叙事者、错层

---

① Roessner, Jeffrey. God Save the Canon: Tradition and the British Subject in Peter Ackroyd's English Music. *Post Identity*, 1998, 1（2）: 117.

叙事等虚构策略）和学术化趋势（论述学术圈叙事和学术作品的虚构化，阐释生命虚构叙事与学术著作的亲缘性）。第五章通过论述文学家生命虚构平行叙事的基本创作模式和升级创作模式，揭示生命虚构叙事与学术著作、传记作品以及虚构作品之间的整体互文关系，并阐明后现代经典文学作品的创作趋势，引导读者更充分地领会创作者意图。第六章以詹姆斯和马洛的生命虚构叙事研究为例，采用前面建立的理论框架对作品进行细致比较和分析，为理论应用提供范例。结语部分则论述文学家生命虚构叙事热潮在创作、阅读和评论等方面产生的深远影响，阐明文学家生命虚构叙事研究的理论价值和教学实践意义。

第二章 文学家生命虚构叙事：理论建构

> 逝去的伟大人物归来了，但他们归来时，穿着我们的衣服，说着我们的话语。
>
> ——哈罗德·布鲁姆①

第一节 文学家生命虚构叙事：文类定义和术语分解

一、文学家生命虚构叙事：文类定义

正如莫尔（Lucy Moore）在评论莫什的《投毒者韦恩赖特：托马斯·格里菲斯·韦恩赖特的自白》（*Wainewright the Poisoner*：*The Confessions of Thomas Griffiths Wainewright*，2000）时所提到的——"莫什明确地感觉到直白的传记和纯粹的虚构都不能公正地描述韦恩赖特的复杂人性，因而他将两种体裁结合了起来"②，作家的传记讲述形式发生了升级变化，它们将作家人物虚构化的同时，又让读者能够辨别出被虚构主体对应的历史主体（historical equivalent），文学家借此获得"新的小说人生"（novel lives）③。本书将这种升级变化文类称作"文学家生命虚构叙事"。从表面看上去，它们既不是文学批评，又不是传记，也不是纯粹的虚构作品，但仔细再看，它们又是这几者的合体。

"文学家生命虚构叙事"是生命虚构的一个次类型。它由生命（bio）和虚构（fiction）两部分组成，前者强调与真实存在的人物相关这一前提，后者

---

① 原文为"The mighty dead return，but they return in our colors，and speaking in our voices"。引自 Bloom，Harold. *The Western Canon*：*The Books and School of the Ages*. New York：Harcourt Brace，1994：141.

② Moore，Lucy. The Murderous Dandy. *The Washington Times*，18 June，2000，http：//www.washingtontimes.com（accessed 21st Sept，2014）

③ Kaplan，Cora. *Victoriana*. *Histories*，*Fictions*，*Criticism*. Edinburgh：Edinburgh University Press Ltd，2007：62.

侧重虚构、假想与想象这样一种叙事策略，两者同等重要，一起构成这一文类的基本元素。伍尔夫曾提出"要么就让它成为事实，要么就让它成为虚构；想象是不能同时一仆伺两主的"①，然而，在生命虚构这个由两个看似矛盾组合（oxymoronic formula）②的文类当中，"想象"这位仆人就成功地同时伺候好了两位主人③。

文学家生命虚构叙事，简而言之，指的是对文学史上的真实作家生命故事的虚构化作品。更具体地说，就是以文学史上真实存在的作家，包括诗人、戏剧家、小说家等为创作对象，有意识和有目的地将他们的生命因子（bio-meme）与史实档案里没有明确记载或明显与史实档案信息相偏离的非生命元素（a-bio-meme）穿插融合在一起，在叙事情节建构过程中对叙事进程起到推动作用的作品。

生命虚构叙事作品建立在明显的史实性生命因子基础之上，但同时，出于各种修辞意图或社会文学文化批评目的，不同程度地创设了（叙事层面或者内容层面的）虚构元素，显示出与小说创作相似的虚构性（fictitiousness，fictionality）。这类作品表现出明显的对已有作品的重写倾向，在原来的文本生命因子的基础上，进行创造性的改写，一方面颠覆了虚构与非虚构之间的界限，另一方面凸显了在当代重要文学议题语境下作者和读者对已有的经典作品的"再语境化"（re-contextualizing）阐释。

二、文学家生命虚构叙事：术语分解

为更清楚地阐明这一文类的区别性特征，本节有必要对"文学家生命虚构叙事"的各部分表述分别进行解释。

---

① Woolf, Virginia. *The New Biography*. In McNeillie, Andrew（ed.）. *Essays 4*. New York：Harcourt，1994：478.

② Monluçon, Anne-Marie & Salha, Agathe. *Fictions Biographiques, Xixe-Xxie Siècles*. Toulouse：Presses Universitaires du Mirail，2007：7.

③ Latham, Monica. "Serv［ing］Under Two Masters"：Virginia Woolf's Afterlives in Contemporary Biofictions. *Auto/biography Studies*，2012，27（2）：355.

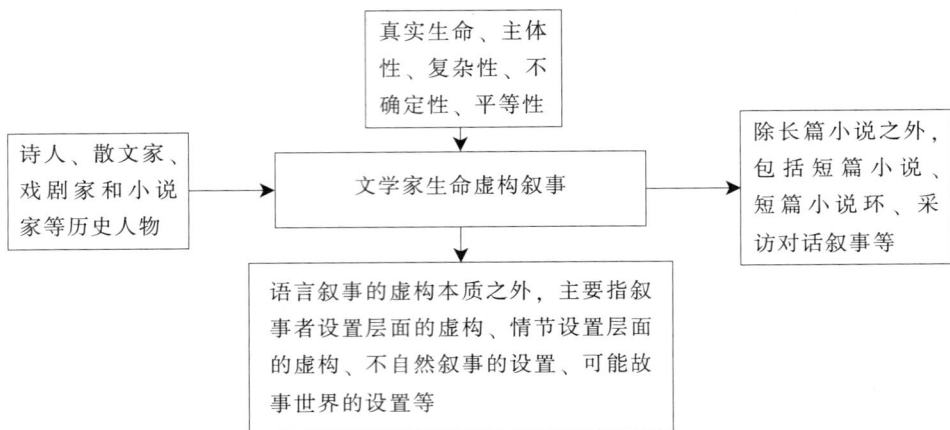

（一）关于"文学家"

为了与文学家生命虚构叙事的创作者相区别，本书采用"文学家"作为限定词来描述被虚构的生命主体，而用"作家"来描述对他们进行创作的后世作者。这里被虚构的主体被限定为文学家主体（literary subjects），也就是包括诗人、散文家、戏剧家和小说家在内的文学史上各个时期出现过的真实人物。他们在生命虚构中成为"历史所指对象"（historical referent）[1]。

一些作家具有多重身份，我们判断他们是否属于"文学家"范畴的重要依据在于他们是否出版了诗歌、戏剧、小说、散文之类的文学作品。比如，叔本华（Arthur Schopenhauer，1788—1860）和尼采（Friedrich Wilhelm Nietzsche，1844—1900）虽然主要以哲学家的身份为世人所尊崇，但他们分别创作和出版了诗歌、散文等文学作品。因而，对其进行虚构的叙事作品，如克雷尔（David Farrell Krell）的《尼采：一部小说》（Nietzsche：A Novel，1996）、奥尔逊（Lance Olsen）的《尼采的吻：一部小说》（Nietzsche's Kisses：A Novel，2006）、亚隆（Irvin Yalom）的《叔本华的眼泪》（The Schopenhauer Cure：A Novel，2006）、《当尼采哭泣》（When Nietzsche Wept，1992）、阿特拉（Karin Atala）的《认识尼采的女人：一部小说》（The Woman Who Knew Nietzsche：A Novel of Self-Absorption，2014）、富恩特斯（Carlos Fuentes）的《阳台上的尼采》（Nietzsche on His Balcony，2016）属于文学家生命虚构研究对象。然而，维特根斯坦作为哲学家只有一部重要的哲学论著，因此，伯尔尼哈德（Thomas Bernhard）的《维特根斯坦的侄子》（Wittgenstein's Nephew，1982；2009）不属于本书的研究对象。

---

① Moran，Joe."Simple Words"：Peter Ackroyd's Autobiography of Oscar Wilde. *Biography*，1999，22（3）：357.

生命虚构的定义没有像传记虚构和历史虚构那样使用"历史人物"来描述被虚构的主体，而是将其描述为"作为真实人物的文学家主体"。这是因为在研究的作品里，被虚构的文学家既是历史人物，又是非历史人物（a-historical figure）。历史人物必须存在于已知的历史事实和结果的参数限定框架之内①，而在将要研究的叙事作品中，如在与已过世的文学家对话的虚构采访叙事和生命延续型生命虚构中，被虚构人物的生命故事已经超出他生活的历史范畴。

文学家突破生命终结的限制，抑或来到相对他们生命存在的未来世界里，与当代人物进行对话，甚至力图改变自己已经被人盖棺定论的人生，抑或用假死（faked death）骗过了历史记录，没有被记录的人生故事在当代作品里被延续。前者如郝乐威（Robert Holloway）的《未经证实的奥斯卡·王尔德的信件》中，王尔德与虚构的20世纪末的采访者郝乐威之间的通信来往，后者如格雷（John MacLachlan Gray）的《一息尚存》（Not Quite Dead，2007）和巴玻尔的《马洛手稿》等。

再如，罗文斯坦（Tom Lowenstein）的《来自卡尔本树林——在元上都》（From Culbone Wood—In Xanadu，2013）虽然看似以历史人物柯勒律治为第一人称叙事者，讲述他在撰写《忽必烈汗》这首诗前的思考，但这个在日记、短文和幻觉中再现的能说会道、滔滔不绝、唯我独尊的角色在更大程度上是一个存在于幻觉或因幻觉而存在的非历史人物。类似的还有埃克罗伊德的《英国音乐》（English Music，1992），其中一章，当代虚构人物提姆（Tim）成为狄更斯等文学家笔下的人物，并与狄更斯相遇。贾尼科（Del Ivan Janik）等学者认为出现在小说里的这些著名的文学家不是再现的真实历史人物，而是"由提姆在阅读当中接触的材料和他父亲的非传统教导方式的双重作用下对历史人物的潜意识投射"②。

此外，在加入了吸血鬼和科幻元素的作品里，被虚构的文学家成为"非人"，更非真正意义上的历史人物，如拜伦学者霍兰德（Tom Holland）的《死亡勋爵：拜伦秘史》（Lord of the Dead：The Secret History of Byron，1996）；在脱离历史事实依据的另类叙事和人物时空穿越的错层叙事中，作家作为虚构人物，具有了双重历史身份，在某种程度上也就丧失了原来的历史身份，如奥尔登（Marc Olden）的《坡必死》（Poe Must Die，1978）等。

文学家必须是除作家本身之外的人物，因而，作家的自我虚构作品不一

---

① Robinson，Bonnie J. The Other's Other：Neo-Victorian Depictions of Constance Lloyd Wilde Holland. *Neo-Victorian Studies*，2011，4（1）：30.

② 原文为"Projections of Timothy's subconscious，composed from the materials of his reading and his father's unconventional tutelage"。引自 Janik，Del Ivan. No End of History：Evidence from the Contemporary English Novel. *Twentieth Century Literature*，1995，41（2）：176.

定是文学家生命虚构叙事作品，要使这类作家的自我虚构作品成为文学家生命虚构叙事作品，还需要作品同时涉及对其他文学家的生命事件的虚构描述，如塞莫尔（Miranda Seymour）的《39年夏天：一部小说》（*The Summer of '39: A Novel*, 1998）等。

这些文学家可作为人物，也可作为非人物出现在生命虚构叙事作品里，当然，前者占据主体地位，后者相对为数甚少。在一些文学家生命虚构叙事作品里，文学家没有作为人物出现，而是他/她的作品、日记、信件、传记资料等文本性生命因子对叙事进程起到了推动作用，如在史密斯（Sarah Smith）的《追踪莎士比亚：一部小说》（*Chasing Shakespeares: A Novel*, 2004）里，推动叙事触发点的是一封由莎士比亚研究的发烧友、虚构人物乔（Joe Roper）发现的签有斯特拉福德（莎士比亚出生地）的莎士比亚之名的信件。乔认为这是一封伪造的书信，而哈佛大学的学术新星古尔德（Posy Gould）坚信书信可以证实自己的理论。因而，两位意见相左的文学侦探开始了追踪莎士比亚之旅，各种与莎士比亚相关的身份信息和故事在小说中得到了充分展现。

他们在探询莎士比亚的作者身份之谜的同时，也发现这必将成为他们的自我发现之旅。文学家或者只是出现于作品的主要人物的梦境、幻觉和日记等，如在加拿大后现代主义小说家芬德利（Timothy Findley, 1930—2002）的《朝圣者》（*Pilgrim*, 1999）里，詹姆斯是一个与达·芬奇、王尔德、乔伊斯、罗丹等人物重要性差不多的、只存在于朝圣者的日记、梦境或回忆中的人物。还有一种情况是，文学家作为魂灵出现在作品里，如《斯坦贝克的鬼魂》（*Steinbeck's Ghost*, 2008）等。

作为人物的文学家可以作为主要或次要人物出现，也可能只是短暂露面（cameo appearance）的人物。在《詹姆斯兄弟》（*The James Boy*）中，作者莱尔布曼 – 史密斯（Richard Liebmann-Smith）不但反复引用其他文学家的名言，让许多故事发生在与他们相关的著名场所，还让屠格列夫、左拉、福楼拜短暂出现在其生命虚构叙事中。短暂露面的文学家对于生命虚构叙事进程主要有两种作用：

一是通过让同时代相关文学家短暂出现在文学家生命虚构叙事作品里这种准确的历史参照细节，增强小说的真实感，如诺瓦利斯的生命虚构叙事作品《蓝花》（*The Blue Flower*, 1999）中歌德的出现①就具有这种效果；康拉德（Joseph Conrad）和马克·吐温等人物在《约翰·卡森历险记：一部史蒂文森创作的小说》中的出现都增强了小说的真实感。

二是文学家对作品中的主要人物具有心理投射作用，文学家的短暂露面能够增强文学家对人物的心理影响程度，如爱尔兰作家奥康纳（Joseph O'

---

① Fitzgerald, Penelope. *The Blue Flower*. London: Mariner Books, 1999: 130.

Connor）的《海洋之星》（*Star of the Sea*，2002）由船长日志和船上的乘客的多声部叙事组成，船上的人物就是英属爱尔兰社会乃至维多利亚社会的缩影。狄更斯的短暂露面揭露了狄更斯利用维多利亚时期贫苦人民的故事进行创作的剥削压榨者形象，同时告诉读者所有伟大故事的创作都不是无中生有、凭空捏造出来的，而是有其深厚的社会和心理背景，而维多利亚时期的众生相就是狄更斯的创作源泉。

事实上，文学家自从进入公众视野，作为一种类型的公众名人之后，他们就不可能再保持一种单一刻板的传记主体形象（biographical subject），他们在成为不同文本里的文本主体（textual subject）之后，形象变动不居。援用霍兰德（Merlin Holland）的王尔德在虚构的采访里所说的话，文学家已然成为一种公共想象（public imagination）的产物①。因而，在生命虚构中，文学家是传记主体和文本化主体的合体，他们在生命虚构叙事作品里的名字和身份必须带上引号②。

有一千部生命虚构叙事作品就有一千个文本化了的文学家生命虚构形象，卡夫卡不再是一个历史人物，而是一个生命虚构主体，有坎特（Jay Cantor）的卡夫卡、奥尔逊（Lance Olsen）的卡夫卡、罗斯的卡夫卡、戴文波特（Guy Davenport）的卡夫卡……就像乔姆斯基的深层结构和表层结构一样，历史上存在过的、只活过或真实过一次的卡夫卡（文学家）是深层结构，是真实原型（real prototype），而作为生命虚构人物的卡夫卡是经过不同生命虚构叙事作家的语言和意识形态转换出来的表层结构，是虚构的复制品（the fictitious replica）和文本世界里的变体（its variants in textual world）。由于文本创作者根据各自议题的需要调整、组合甚至违背生命因子，因而从现实世界转换到文本世界的过程中，文学家获得了多个"跨越文本世界的身份"。

这些文学家真实人物一旦变成生命虚构人物，就具备了支撑一个可能的虚设世界和创设一个真实可信的虚构的"真实"世界的能力。居住在虚设世界里的文学家不可避免地赋予虚设世界现实性。生命主体的细节会减弱当代作家创设的虚设世界的虚构感。他们的虚设世界包含由现实性的生命因子衍生和推导出来的虚构场景，生命因子通过嫁接、移植或者镶嵌的方式存在于虚构世界③。

① Holland，Merlin. *Coffee with Oscar Wilde*. London：Duncan Baird Publishers，2007：57.
② 萨维里奥·托马约洛（Saverio Tomaiulo）认为，经过文本化的、被赋予文化意义的丁尼生已经由传记主体变成必须加引号的"丁尼生"。参照 Tomaiulo，Saverio. A Map of Tennysonian Misreading：Postmodern（Re）visions. *Neo-Victorian Studies*，2010，3（2）：2.
③ Latham，Monica. Thieving Facts and Reconstructing Katherine Mansfield's Life in Janice Kulyk Keefer's Thieves. *European Journal of Life Writing*，2014（3）：103–120.

（二）关于"生命虚构"

1. 关于"生命"

采用"生命"（bio-）这一字眼，主要原因如下：

第一，"生命"强调研究文本中的文学家人物为曾经在历史中生存过的真实生命。生命虚构里的"生命"彰显这类体裁中可参照性的不可消弭性，同时强调参照身份的本质化和具身化特点（essentialised and embodied element of identity）。① 生命虚构主体不是纯粹存在于文本之中的纯虚构人物，他们具有阈界存在（liminal existence）的特性，处于自我和他者、事实与虚构、具身化与文本化的"主体间半衰期"之间。② 因而，精确地说，"生命"使"生命虚构"这一文类与生俱来地获得了阈界性。③ 这可以将一类以"虚构作家"为小说人物的作品区分开来。阿黛尔（Gilbert Adair）的《作家之死》（*The Death of the Author*）里的斯法克斯（Léopold Sfax）和杰克布森（Don Jacobson）的《最后的一幕》（*Final Act*, 2011）里伊丽莎白时期的剧作家科诺利（Connolly Flynn）皆非历史上存在过的"生命"，是当代作家的虚构产物，因而不属于本书的研究范围。

第二，"生命"凸显了后现代语境下生命书写对人性的复杂性和不确定性的关照，凸显当代生命书写的多样化趋势。如果说学术型传记旨在通过书写捕捉一个人的生命本质的故事，凸显其"独特的个性特征和品质"，并将这些品质和特性传承给后辈④，那么，当代许多文学家的生命虚构叙事作品不再一味追求构建"道德崇高、天赋异禀、完美无瑕"的圣徒和大师形象，而是大胆地从复杂和真实的人性弱点出发，揭露文学家的隐秘欲望、创伤、疾病、敏感情感倾向等，将他们从神坛请下人间。那些被主体遗留下来的信件、日记或回忆录等所遗漏或删去的生活片段被填充，用于描述有血有肉、有情有欲、有笑有泪、有对有错、知疼知苦、具有复杂人格的文学家新形象，将他们作为名人不为人所知的另一面公之于世。文学家生命虚构叙事通过伪传记/自传和伪回忆录等形式揭露文学家生命中的"秘密"和人性弱点。

---

① 原文为"The 'bio' in biofiction also references a more essentialised and embodied element of identity, a subject less than transcendent but more than merely discourse"。引自 Kaplan, Cora. *Victoriana：Histories, Fictions, Criticism*. Edinburgh：Edinburgh UP, 2007：65.

② Kaplan, Cora. *Victoriana：Histories, Fictions, Criticism*. Edinburgh：Edinburgh UP, 2007：65 – 66.

③ Sigrid, Nunes & Bethany, Layne. *Re-reading Biographical Subject*. In *Bloomsbury Influences：Papers from the Bloomsbury Adaptations Conference, Bath Spa University, 5 – 6 May 2011*. Cambridge：Cambridge Scholars Publishing, 2014：30.

④ Edel, Leon. *The Figure Under the Carpet*. In Marc Pachter (ed.). *Telling Lives：The Biographer's Art*. Washington, D. C.：New Public, 1979：18.

第三，"生命"凸显了文学家的主体地位。他们拒绝成为传记作家和研究者笔下的客体，甚至拒绝传记作家的作品对他们生命和创作的曲解、给当代读者带来的错误印象，在新的语境下发出自己的声音。在巴玻尔的《马洛手稿》中，马洛似乎从墓中爬出，向世人重新讲述那段不为人知的个人经历和文学历史，这部融自白书、回忆录、情书、历史叙事于一体的作品给予马洛一个发声机会，呼唤读者重新认识一个被历史曲解和误判了近五百年的马洛，力图让世界重新评判他在文学史上的地位。

第四，"生命"凸显了后现代语境下强调的一切生命的平等性的理念。后现代语境下的"生命"概念拒绝性别、种族、地位、阶层等给不同历史人物带来的偏见和歧视，凸显传统观念中的边缘人物在文学家生命中的作用。因而，"生命"这一概念打破了文学家在生命建构中的中心地位，以文学家为中心人物的自传和回忆录被重写，可以只就文学家与某个不重要人物之间的关系展开。例如，康拉德和詹姆斯的打字员分别出现在多部关于这两位作家的生命虚构叙事作品中，如欧泽克（Cythia Ozick）的《听写》（Dictation，2008）和海恩斯（Michiel Heyns）的《打字员的故事》（The Typewriter's Tale，2005），并成为叙事者，凸显了"小人物"在他们生命中的重要作用。在本书的研究语境下，甚至动物也被赋予了与文学家平等的"生命重要性"。它们成为文学家生命虚构叙事中的中心角色，成为文学家生命中的一种独特的情感连接，如《海明威的猫》（Hemingway's Cats，2005）和《大师的猫：狄更斯的猫讲述的故事》（The Master's Cat：The Story of Charles Dickens as Told by His Cat，1999）等。一些作品甚至以动物的视角来讲述文学家的生命故事，如肖夫纳西（Monica Shaughnessy）的《露尾的心》（The Tell-Tail Heart，2014）以爱伦·坡身边一只著名的猫——卡塔琳娜（Cattarina）作为叙事者，讲述"艾迪"（Eddie）的故事。

2. 关于"虚构"

拜厄特在提到艾瑞丝·默多克（Iris Murdoch，1919—1999）的文章《反对干枯》（Against Dryness）对她造成的影响时，认为自己非常认同默多克关于文学虚构的许多观点——文学虚构如此重要，主要是因为它承担了以前由哲学承担的部分责任，且通过文学虚构，我们可以重新发现我们人生的某种厚重感。① 生命虚构叙事作品在某种意义上正好承担了这两个方面的责任。

之所以在术语里采用"虚构"（-fiction）这一字眼，不只在于凸显语言建构和叙事再现的虚构本质，更重要的是强调这类作品故意无视事实的确切性和真实性（deliberate ignorance of factual authenticity），采用偏离文学家史实性

---

① Murdoch, Iris. Against Dryness. *Encounter*, 1961（XVI）：16 – 20.

生命因子的虚构内容，强调这一文类的非历史性路径（*a-historical approach*）①。

从后现代观点来看，任何经过语言媒介的叙事都存在或多或少的虚构，撰写一个人的人生也就是用语言创造一个人的人生过程，虽然由与这个人人生相关的各种事实或不可磨灭、更改的历史事件构成，但无论如何也改变不了它是一项纯粹虚构策划事业的本质。也就是说，即使声明为最客观、最真实、最原始的历史记载和学术型传记也不可避免地存在虚构的可能性。但是，本书强调的并非语言叙事与生俱来的虚构性，因为，如果将"虚构"定义为一种文本普遍存在的"虚构性"，那么，所有与文学家相关的作品，如学术专著、传记、自传、回忆录、信件日记等的界限将被模糊，甚至被打破，将无一例外地被归于虚构，这样一来，研究范围会被无限扩大，以致失去研究意义。因而，本书的"虚构"强调的是在人物、事件、叙事设置等方面显示出来的虚构成分。

伍尔夫在她的《传记的艺术》（*The Art of Biography*，1939）一文里断言自己手头上的证据足以证明"传记是所有艺术中最受限制的一门艺术"（biography is the most restricted of all the arts），"小说家是自由的，传记作家是受束缚的"（the novelist is free，the biographer is tied）②。因而，伍尔夫认为小说与传记的结合注定是失败的，它们是"对抗的关系"，一旦相遇就会互相伤害，走向毁灭③，没有作家能够同时将虚构和传记这两个截然不同的故事世界利用好，我们必须在两者之间做出选择，并在做出选择之后，尽力地遵循其中一个世界的叙事原则④。

然而，伍尔夫在《新传记》（*The New Biography*）这篇文章中又呼吁采用虚构的方式来更好地再现人物的性格，只是作品不能脱离事实太远，天马行空的虚构就会落得两边不讨好的下场，既不被正统的传记世界接受，又不被虚构作品世界接纳⑤。因而，在新传记理念的标准下，二十世纪五六十年代到六七十年代之间的许多文学家生命虚构叙事作品的虚构手段主要用在心理描述和细节扩充方面。

---

① Bobocescu，Elena. The Last Testament of Oscar Wilde：An Apocryphal Autobiography. *University of Bucharest Review*：*A Journal of Literary and Cultural Studies*，2010，XII（1）：47.

② Woolf，Virginia. *The Art of Biography*. In *The Death of the Moth and Other Essays*. London：Hogarth，1943：120.

③ Woolf，Virginia. *The Art of Biography*. In *The Death of the Moth and Other Essays*. London：Hogarth，1943：154 – 155.

④ 引自Woolf，Virginia. *The Art of Biography*. In *The Death of the Moth and Other Essays*. London：Hogarth，1943：124. 原文是"No-one…can make the best of both worlds；you must choose，and you must abide by your choice"。

⑤ Woolf，Virginia. *The New Biography*. In McNeillie，Andrew（ed.）. *Essays 4*. New York：Harcourt，1994：478.

大卫·洛奇在介绍他为伍尔夫的教父亨利·詹姆斯[1]所作的生命虚构叙事作品时提到这种小说家所独有的自由——"在小说的前言里加上几句说明故事和人物纯属虚构这样的话，或者产生类似效果的话，似乎是一种明智之举"[2]。当然，为了使生命虚构不至于成为纯虚构作品，有据可查的史料是不可或缺的。洛奇这样解释——"通过保证书面档案的权威和真实"，一位生命虚构叙事作家引导读者在对被描述的事件进行阅读时，确定自己读到的所有细节和事件都有据可依。[3] 因而，《凡妮莎与弗吉尼亚》（*Vanessa and Virginia*，2008）的作者苏珊·塞勒斯（Susan Sellers）就在她的"致谢"中提到："尽管这是一部虚构作品，这部作品的完成也离不开许多批评家和学者，尤其是四位杰出的传记作家给予的学术支撑。"[4]

克利福德（James Clifford）在传记和传记小说在主观虚构程度的递进方面有过论述，他按虚构程度将传记和传记小说分为五类，其中第三类为"艺术与学术兼具型传记"，在这类创作中，"传记作家将他们定位为有想象力的创作型艺术家，尽量展现传主生命中最生动、最有趣的一面"；第四类为"叙事传记"，传记作家在讲述过程中加入主观想象色彩的元素，但仍然拒绝纯虚构式的想象；而第五类则让想象和虚构具有更大的任意性，传记作家可以在想象与史实之间任意驰骋，让作品读起来像一部小说，或者更准确地说就是一部小说[5]。生命虚构叙事就是克利福德分类系统中的最后一类虚构程度最高的作品。

与克利福德观点不同的是，本书认为尽管它们以文学家生命因子为叙事出发点，但已经脱离了传记和传记小说文类的限制，公然成为一种虚构文类。传记虚构总体来说是以传记为主要参照框架，然而在生命虚构叙事中，虚构的主要情节可能是真正的聚焦点，而传记部分只是虚构的背景而已[6]。所有的虚构作品不可避免地以真实世界为参照原型，真实生活是虚构的材料来源[7]，虚构人物从来不是"纯真实或纯虚构"的[8]，他们都是在对现实世界进行模仿的基础上虚构而来。与非虚构文类的创作过程相比，生命虚构叙事与虚构文类的创作过程具有更多的相似性，它们不是带有事实性错误的传记作品，

---

[1]　另有一种说法称伍尔夫的教父为美国诗人詹姆斯·洛维尔（James Russell Lowell）。

[2]　Lodge, David. *Author, Author*. London：Penguin, 2004.

[3]　Lodge, David. *The Year of Henry James or, Timing is All*. London：Harvill Secker, 2006：62.

[4]　Sellers, Susan. *Vanessa and Virginia*. Ross-shire：Two Ravens Press, 2008.

[5]　Clifford, James. *From Puzzles to Portraits*. Chapel Hill：North Carolina UP, 1970：85–88.

[6]　Haase, Heike. *Oscar Für Alle-Die Darstellung Oscar Wildes in Biofiktionale- Literatur*. Münster：Lit Verlag, 2004：37.

[7]　Banks, S. P. & Banks, A. The Struggle over Facts and Fictions. In Banks, A. & Banks, S. *Fiction & Social Research：By Fire or Ice*. Walnut Creek：AltaMira Press, 1998. 26.

[8]　Franklin, R. *A Thousand Darknesses：Lies and Truth in Holocaust Fiction*. New York：Oxford University Press, 2011：16.

而是在对生命因子进行详尽把握之后，对生命进程进行有意图的虚构的作品。因而，与其说生命虚构叙事是传记虚构中虚构程度较高的一类作品，不如更准确地说生命虚构叙事是虚构文类里对真实人物和事件的参照更加直接、参照程度较高的一种次文类。

非虚构文类	虚构文类
参照性最强	参照性最弱
传记　　　传记虚构	生命虚构叙事　　　纯虚构叙事

　　换句话说，二十世纪八九十年代之后的作品在传记艺术化和叙事化的基础上走向了虚构化，它不再属于创作型非虚构（creative non-fiction）范畴，而是直接进入虚构的领地，更准确地说是生命虚构的领地，一种有具体人物的生命因子作参照，但形式和内容都属于虚构的作品。尽管这类作品属于虚构，但并不影响它们展现文学家生命的某种层面的真实，甚至比学术研究枯燥、缺乏生气的事实和对文学家书信等生命因子的忠实编撰版本在真实呈现和生命阐释方面更具优势，正如米德布鲁克（Diane Middlebrook）在评价法尔（Judith Farr）的小说《我从未穿着白色衣服走向你》（*I Never Came to You in White*，2014）时所言，"这部虚构作品——融合了细致研究，精妙地使用那个时代的语言——提供了比其他任何一部传记都更具说服力的解释"[1]。哈格斯特罗姆（Annika J. Hagström）在分析普拉斯生命虚构叙事作品时也提到，"生命虚构叙事比任何单一的传记所讲述的普拉斯故事更真实"。生命虚构叙事不仅揭示了文学家的某种真实人生，而且讲述了关于我们自己的故事——我们的文化和我们的时代，以及建构意义的当代方式。[2]

　　如果说二十世纪八九十年代之前的作品侧重寻求如何更好地发挥史料在生命书写中的作用，那么，九十年代之后的作品则更加注重如何将史料更好地服务于虚构的需要，在虚构方面更加大胆，虚构手段多样化（详见后面章节的论述），甚至出现了不自然叙事虚构。被归为传记虚构一类的作品一般来说都属于自然叙事（natural narrative）范畴。虽然传记虚构作品里可能包含超自然因素，但从叙事视角、话语、结构、技巧等层面来说，它们都没有脱离自然叙事范畴。

　　然而，文学家生命虚构叙事作品可以大量采用不自然叙事这一不符合传

---

① 原文为 "This work of fiction—meticulously researched, delicately attuned to the language of the times—provides an explanation more persuasive than any biography ever will"。

② 参见 Hagström, Annika J. Stasis in Darkness. *English Studies*, 2009, 90 (1): 35.

记创作传统的述说方式。不自然叙事（unnatural narrative）是相对自然叙事而言的一个范畴。不自然叙事指的是那些违反现实主义规约的叙事，包括不自然叙事者、不自然话语、时空穿越、错层叙事、僵尸鬼怪叙事等。典型的不自然文学家生命虚构叙事作品有以非人类叙事者——驴的视角重述《塞文山骑驴旅行记》（*Travels with a Donkey in the Cevennes*，1879）的《与史蒂文森赴塞文山旅行记》（*Travels with Robert Louis Stevenson in the Cevennes*，2003），涉及错层叙事的作品如《与逝去的女作家举杯畅饮》（*Drinking with Dead Women Writers*，2012）等。被虚构文学家在后现代作家生命虚构叙事中往往与其虚构的人物处在同一故事世界里，形成错层叙事，甚至成为笔下虚构人物的叙事对象，颠覆了叙事者与被叙事者之间的二元对立，如卡雷（Peter Carey）的《杰克·麦格斯》（*Jack Maggs*）中的欧茨（Tobias Oates）（狄更斯）与麦格斯（麦格维奇）之间的叙事关系。

3. 关于"生命虚构"

"生命虚构"这一表述让"事实"与"虚构"不分先后轻重地出现在同一单词里，阐明了两者对这一体裁的不可或缺性和同等重要性。两个部分具有矛盾性，前者给人以"真实"（real）感，后者给人以"假想"（fictitious）感，合在一起给人以"伪真实"（quasi-real）感和"半虚构"（semi-fictitious）感。同时，显示了文学家从历史人物（"生命"）到生命虚构人物（"生命虚构"）、文学家生命虚构叙事作品从非虚构到虚构的双重转型。因而，这一术语消解的是真实与虚构之间的二元对立（dichotomy），将两者之间的矛盾变成两者之间融合的连续体（continuum）。

之所以强调"生命虚构"，是因为这类作品除了无法消除它们与文学家生命因子之间的参照性（存在一定的可考证的记录档案，可以是生平年表，也可以是日记或传世之作），还有一个重要特点是它们创设的生命故事要么大于文学家的人生（larger-than-life character），要么小于文学家的人生（lesser-than-life character），无论涉及其中哪种情况，都预设了创意性的虚构行为。

生命虚构创设"大于文学家的人生故事"有几种可能：一是生命虚构叙事挖掘的是传记作家所忽视的文学家生命故事，通过生命虚构形成与传记作品的互补，可以扩大文学家生命的内涵。此外，生命虚构可能延续文学家的生命，"延长"英年早逝的文学家如济慈、坡、马洛、莫里森等人的生命故事。在这种情况下，文学家的生命明显被"放大加长"（larger and longer）了（参照第二章生命延续型虚构）。

二是文学家笔下的虚构人物成为参与他/她生命进程的成员，通过文学家生活世界和故事世界的交叉参照（cross references），扩大了文学家生命故事的内涵，形成一种人物在文学家生活中的虚构形式（character-in-life）（参照第四章的虚实错层叙事和第五章的平行叙事）。欧鲁克（Sally Smith O'

Rourke）的《爱过简·奥斯汀的男人》（*The Man Who Loved Jane Austen*，2006）预设简·奥斯汀的《傲慢与偏见》（*Pride and Prejudice*）里的达西是简·奥斯汀生命中的一位真实人物。这部作品以一位当代人物艾莉莎在购买到的古董妆台内发现的两封疑似简·奥斯汀与达西的来往信件为出发点，讲述艾莉莎寻找证据证实达西就是曾经爱过简·奥斯汀的那个男人的过程。

三是这些文学家伟人的生命故事被虚构的传记作家或虚构的文学家迷们不断放大，成为永远影响后代作家和读者的"魂"（specter）。在这样的作品里，文学家伟人不以具身的人物形式，而以鬼魂的形式出现，或以影子的形式出现，在作品里无处不在，前者如《斯坦贝克的鬼魂》、《多萝西·帕克在此饮酒》（*Dorothy Parker Drank Here*，2014）和《再见，多萝西·帕克》（*Farewell，Dorothy Parker*，2013），后者如海明威在考夫（Gerhard Kopf）的《爸爸的手提箱》（*Papa's Suitcase*，1994）里和劳伦斯在戴尔的《一怒之下：与 D. H. 劳伦斯搏斗》里。

埃伦·梅斯特（Ellen Meister）的《再见，多萝西·帕克》讲述一个胆小的女性电影评论家艾普斯（Violet Epps）与帕克之间的奇幻故事。艾普斯对多萝西·帕克崇拜有加，常去帕克喜欢的阿尔贡金酒店（Algonquin Hotel）①寻求创作智慧和精神慰藉。艾普斯惊奇地发现，当她翻到酒店入住客人签名簿里帕克曾经签名的那一页时，帕克的鬼魂就会从里面放出来，艾普斯遂将签名簿偷偷拿回了家。当帕克的鬼魂在她家中居住时，艾普斯和帕克双方都经历了重大的转变。帕克变成了艾普斯的导师，帮助她克服胆怯心理，大胆形成自己的话语，而帕克本人则从过于敏感、牢骚满腹变得更加平和。这两个分属不同时空的女性形成了互相依赖的灵魂与肉体的关系，帕克的鬼魂在某种意义上就是艾普斯的分身。

在一些生命虚构叙事作品里，文学家与不同时代的人还以"合体"或"共享身体"（symbiosis）的形式出现。比如，在大卫·萨菲尔（David Safier）的《变身莎士比亚》（*Become Shakespeare*，2011）中，罗莎是一位备受感情困扰的现代女性，她想要通过催眠术体会自己的前世，没想到她的前世是1594年的莎士比亚，于是她的灵魂进入莎士比亚的身体。在催眠的过程中她无法清醒，因而无论如何挣扎都摆脱不了莎士比亚。解除魔咒的唯一办法，就是当她懂得什么是真爱之后，才能再次回归现在的生活。然而16世纪的莎士比亚有无数个情人，要找到真爱谈何容易。于是，罗莎和莎士比亚只好共享一

---

① 阿尔贡金酒店是美国纽约最古老的酒店之一。美国诗人、作家帕克和一群幽默作家、小说家定期在此酒店共进午餐，知名评论家亚历山大·沃尔克特（Alexander Woollcott）、班奇利（Robert Benchley）、爱德娜·福伯（Edna Ferber）也是这里的老主顾，该酒店已成为重要的文学地标。生命虚构影片《帕克夫人的情人》（*Mrs. Parker and Vicious Circle*，1994）就以在该酒店聚集的文学圈子为背景展开。

个身体。一个身躯里住着两个灵魂，在不断的自我对话里产生了奇特的爱情故事，开始了一段惊险奇妙的时光之旅……

四是生命虚构可赋予文学家身份之外的其他身份。狄更斯除文学家之外的另类身份主要包括心灵催眠师、社会慈善者和侦探等。詹姆斯（David James）的《查尔斯·狄更斯和夜访者》（*Charles Dickens and the Night Visitors*，2011）围绕狄更斯的心灵催眠师身份展开。作品以狄更斯 1844 年到 1845 年在意大利的经历为依据，从八个旁观者的角度讲述狄更斯作为催眠师为他的朋友埃米尔的妻子驱赶夜晚缠绕她的鬼魂的故事。在帕尔默（William J. Palmer）的《侦探与狄更斯先生》系列（*The Detective and Mr. Dickens films*，1992—1997）中，狄更斯与柯林斯成为像福尔摩斯和华生一样的侦探搭档。

罗兰德（Laura Rowland）在《夏洛特·勃朗特的秘密冒险之旅》（*The Secret Adventures of Charlotte Bronte*，2008）和续集《贝德拉姆：夏洛特·勃朗特的秘密冒险之深入》（*Bedlam：The Further Secret Adventures of Charlotte Bronte*，2010）中赋予标题女主角密探身份。克里斯（Paul Collis）的作品《苏格兰式影片》（*The Scottish Movie*，2012）将莎士比亚塑造成文学盗贼，从一位印刷家的助手那里盗取了戏剧素材，成就了悲剧《麦克白》。在霍兰德的《死亡勋爵：拜伦秘史》①里，拜伦成了吸血鬼，霍兰德将拜伦的生命因子与他创作的与吸血主题相关的诗歌融合起来。鲍阿斯（Tim Powers）的《将我藏在墓中》（*Hide Me Among the Graves*，2012）让著名的罗塞蒂兄妹复活并成为吸血鬼斗士。

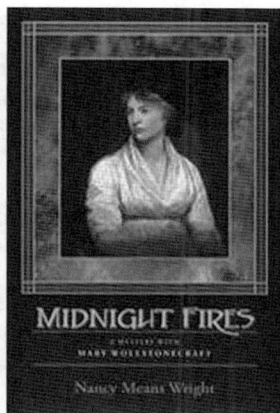

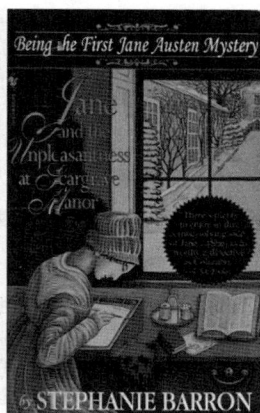

文学家被赋予最多的另类身份是侦探。先后有几十位文学家被塑造成侦探形象，分为真实悬疑小说家被赋予侦探身份（real-mystery-writer-as-fictional-

---

① 霍兰德是一位拜伦研究学者。

detective）和本身为非侦探悬疑小说家被赋予侦探身份（non-mystery-writer-as-fictional-detective）两种情况。前者如爱伦·坡、阿加莎（Agatha Christie）①、柯南·道尔、布莱克（Nicholas Blake）、达希尔·哈米特（Dashiell Hammett）②、查斯特顿（G. K. Chesterton）、赛依尔（Dorothy L. Sayers）、安东尼·赫洛维茨（Anthony Horowitz）、铁伊（Josephine Tey）等；后者如王尔德、简·奥斯汀③、惠特曼④、杰克·伦敦、狄更斯、多萝西·帕克、南希·米特福德⑤、布朗宁和梭罗等。在后现代生命虚构叙事中，后一种情况越来越常见。这些作品都有一个共同特点——读者、文学家人物、文本本身在某种层面都具备侦探的特点⑥。

　　生命虚构叙事与传记和传记虚构的一个最重要区别在于生命虚构叙事不以文学家的整个人生为创作时段，在这方面，生命虚构叙事与文学家批评及研究专著更接近，可选取任何人生时段进行展开叙事，时间单位可从"一生"浓缩到几个小时，因而生命虚构叙事几乎不从人的出生和摇篮阶段开始，而是径直走入文学家生命进程中的某一时刻（in medias res）。生命虚构创设"小于文学家人生"的故事指的是以下几种情况：一是只讲述与某（几）位历史人物间的关系；二是只讲述某一小段人生里的小故事（参照截取型生命虚构叙事）；三是只讲述文学家创作某部作品的过程（如库切的《福》）。

　　此外，"生命虚构"这一表述能更好地描述研究对象的多面性。在各个时期的作品里，大部分作品将自己定位为"小说"，以"一部小说"或"一部中篇小说"为副标题的小说在 1990 年之后的作品中占绝大多数。有的作品将自己定位为"历史小说"，如《地球暗影：一部基于马洛生平的历史小说》（*The Shadow of the Earth*：*An Historical Novel Based on the Life of Christopher Marlowe*，1988）和《前路难择：一部关于狄金森的阿默斯特之家的历史小说》（*Path Between*：*An Historical Novel of the Dickinson Family of Amherst*，1988）。还有的作品定位为"传记虚构"，如贝塞特的《剀切姆的日出：一部关于海明威的传记小说》《巴黎无尽头：一部关于海明威的传记小说》以及《艾米的秘密：一部关于亨利·米勒 1911 年在纽约的传记小说》（*Aimee's Secret*：*A Bio-*

---

　　① 阿加莎除了出现在生命虚构侦探叙事中，还出现在艾希福德（Lindsay Jayne Ashford）的《东方快车上的女人》里（*The Woman on the Orient Express*）。

　　② 达希尔·哈米特（1894—1961），美国侦探小说家。在开始创作之前曾当过一段时间的侦探。

　　③ 简·奥斯汀出现在巴伦（Stephanie Barron）的系列小说里。

　　④ 在桑德斯（J. Aaron Sanders）的《死者代言人》（*Speakers of the Dead*，2016）里，惠特曼是一位侦探。

　　⑤ 南希·米特福德（Nancy Mitford，1904—1973）是 20 世纪初的英国小说家与传记作家，以描写上流社会生活的长篇小说著称。南希作为侦探出现在菲洛斯（Jessica Fellowes）的《米特福德谋杀案》（*The Mitford Murders*）里。

　　⑥ Brîndaş, Ecaterina Oana. The Literary Icon of the Byronic Hero and Its Reincarnation in Emily Brontë's Wuthering Heights. *Journal of Humanistic and Social Studies*，2014（1）：25–34.

graphical Novel of Henry Miller in New York City，*1911*，2013）。还有"虚构化传记"，如《橱窗里的男孩：一部关于狄更斯的虚构化传记》（*The Boy in the Window：A Fictionalized Biography of Charles Dickens*，2012），或"爱情小说"，如《占有：一部罗曼史》（*Possession：A Romance*，1990）等。

无论自我定位为以上提及的何种文类，这些作品都有一个共同点——与文学家生命故事相关，并且作者对文学家生命故事进行了大胆的虚构，它们"杜撰出从来没有发生过的故事，来回答一些让当代创作者迷惑的问题，填补文化上和知识上的缺漏，表达人类的内心世界或者想象文化方面的意识形态"[1]。这显示出该文类是一种"矛盾组合"（oxymoronic formula）[2]，而如何将生命因子和虚构元素搭配合成在一部文学作品里，则完全取决于"配方者"，也就是"生命虚构叙事的创作者"。

"生命虚构"表明三方面的转变；一是文学家实现了从历史人物到虚构人物的转变；二是在创作生命虚构叙事的过程中，创作者即使是学者和传记作家，在这个语境下，也实现了向小说家和虚构创作者的转变；三是整个文类也实现了从非虚构到虚构的文类转换。正是因为这些作品在文类定位上的模

---

[1]　Lackey，Michael. *The American Biographical Novel*. New York：Bloomsbury，2016：14.

[2]　Monluçon，Anne Marie & Salha，Agathe（eds.）. *Fictions Biographiques Xixe-Xxie Siècles*. Toulouse：Presses Universitaires du Mirail，2007：9.

糊性，使建构一个能够囊括它们的共同特点的文类术语成为必要。之所以出现了比较混乱的文类定位，主要原因在于理论建构相对于这类创造现象的滞后，对生命虚构叙事与传记虚构等相近文类的区别性特征认识不深入。

"生命虚构"对作品中被叙述的历史作家的人生时段没有长短限定。生命虚构可以是摇篮到坟墓的人生全景叙述，也可以只选取文学家生命中的几天甚至几小时内发生的事情进行叙述，如库切的《彼得堡的大师》描述了发生在 1869 年 10—11 月间陀思妥耶夫斯基的生命故事；《帖木儿必死》（*Tamburlaine Must Die*，2004）虚构了马洛死前两个星期内发生的故事；《费尔南多·佩索阿的最后三天》（*The Last Three Days of Fernando Pessoa*：*A Delirium*，1994）则只述说了三天的故事；而《狂野之夜》（*Wild Nights*!，2008）则重构了海明威、詹姆斯、爱伦·坡、狄金森和马克·吐温五位作家的生前最后夜晚。

并非截取型生命虚构叙事即为本书的研究对象，一些学术型传记为了更翔实地记录文学家的生命和创作进程，可能将文学家的一生分为很多段，每一段就是一本传记，合计就是整个作家一生的传记。这样的作品不属于文学家生命虚构叙事，因为这一文类的前提是文学家必须在作品里实现从历史人物到虚构人物的转变，或者更准确地说是到生命虚构人物（biofictional character）的转变。

与纯粹的虚构叙事不同的是，生命虚构叙事尽管享有虚构的自由，但仍然选取和融入真实人物的生命因子。因而，在对狄更斯进行虚构的不同文本里，仍然可以看到不同虚构化版本的狄更斯之间的相似元素，这是纯虚构叙事文本所不具有的特点。

生命虚构叙事已然成为一种虚构作品，而对于虚构作品来说，最基本的修辞就是假设，暂定的假设，一种要求读者抛开信任，同时也抛开怀疑的叙事技巧①。因而，从接受者的层面来看，最理想的读者就是那些能够准确定位生命因子，欣赏虚设世界的似然性，同时愿意抛开他们的怀疑，暂且相信故事是真实的这类读者。

（三）关于"叙事"

之所以使用"叙事"（narrative）这一术语，有几个原因。首先，虽然说大多数研究对象采用的是小说创作形式，但如果使用"小说"一词，势必将其他形式如诗行形式、采访对话形式、书信体形式等排除在外。其次，叙事是一种从历史或虚构中产生的话语，它也可以是两者的混合②。就像朱利安·

---

① Sukenick, Ronald. *In Form*：*Digressions on the Art of Fiction*. Carbondale and Edwardswille：Southern Illinois University Press，1985：99.

② Benton，Michael. *Literary Biography*. Oxford：John Wily and Sons，2009：18.

巴恩斯在《福楼拜的鹦鹉》第二章里对福楼拜生平进行介绍的三个完全不同的大事年表。三个大事年表互相矛盾又互相补充。如果说其中一个代表的是历史，另一个代表的是虚构，那么第三个则是两面的哲理性的抽象与综合，代表的是虚构与现实融合的一种叙事。

帕尔马（Priya Parmar）的《凡妮莎与她的妹妹》（*Vanessc and Her Sister*，2014）讲述了弗吉尼亚·伍尔夫与凡妮莎·贝尔（Vanessa Bell）之间的故事，建立在虚构的日记与信件基础上。这部生命虚构叙事作品的整体框架由两封姐妹之间的来往信件构成，虚构的信件设置在 1912 年 12 月间。开头的信件是伍尔夫写给凡妮莎，感谢姐姐为她画了一幅取名为"折叠躺椅上的伍尔夫"（*Virginia Woolf in a Deckchair*）的小肖像画并请求姐姐的谅解。而末尾的信件，凡妮莎表达了对伍尔夫喜欢这幅肖像画的欣喜之情，同时对伍尔夫的谅解请求做出了回应。在两封信之间是凡妮莎的日记，里面记录了伍尔夫如何冒犯姐姐的细节故事。

虽然本书的研究主要聚焦以上几种主要的文本叙事形式，但也注意到在这个多媒介日益风行的后文学时代，文学家生命虚构叙事甚至出现在电影、戏剧、电视剧、音乐、音乐剧、广播电视剧等媒介里。迷你剧《布鲁姆斯伯里广场的人生》（*Bloomsbury's Life in Squares*，2015）① 采用三个系列片的形式讲述了凡妮莎和伍尔夫姐妹间的故事，《狄更斯夫人的家庭圣诞节》（*Mrs Dickens' Family Christmas*，2011）采用了电视节目形式，艾琳·阿特金斯（Eileen Atkins）的《薇塔与弗吉尼亚》（*Vita and Virginia*，2018）②、《艾瑞丝的情书》（*Iris：A Memoir of Iris Murdoch*，2001）③ 及布朗罗和杰弗斯（John Brownlow & Christine Jeffs）的《西尔维尔》（*Sylvia*，2003）以电影形式出现在读者视野里，帕里（Lorae Parry）的《布鲁姆斯伯里的优雅女性与狂野的殖民地女孩：一部关于曼斯菲尔德的戏剧》（*Bloomsbury Women and the Wild Colonial Girl：A Play About Katherine Mansfield*，2010）采用戏剧形式展现了曼斯菲尔德与伍尔夫之间的生命关系故事，塔尔博特（Bryan Talbot）的《桑德兰的爱丽丝》（*Alice in Sunderland*，2007）则是一部绘图小说。还有些以音乐剧、歌曲的形式呈现，如厄哲里奇（Le Ann Etheridge）的《回到泰德爱着西尔维尔的日子》（*Back When Ted Loved Sylvia*，2005）和安吉尔（Angil）的

① 这部影片的片名源自 20 世纪美国女诗人和批评家帕克关于布鲁姆斯伯里艺术家圈子生活的双关妙语——"lived in squares，painted in circles and loved in triangles"。
② 2018 年的电影，以伍尔夫和韦斯特之间的情书为基础进行创作，剧本由艾琳·阿特金斯编写，是根据她 1993 年出演的同名两幕书信体舞台剧进行的改编。
③ 影片根据约翰·贝利（John Bayley）所撰写的《献给爱妻的挽歌》一书改编，讲述两人相识的经过，结合以后的婚姻生活，以及在艾瑞丝被诊断出阿尔兹海默症之后，两人如何走完艾瑞丝人生最后的一段路程。

《西尔维尔·普拉斯，利比和小鬼》（*Sylvia Plath*，*Libby and Small Ghost*，2007）[①]。

叙事可以是虚构的，也可以是非虚构的。生命虚构叙事正处于虚构与非虚构之间的阈界地带，既是虚构的，也是非虚构的，或者说既非"虚构"，也非"非虚构"。正如多克托罗（E. L. Doctorow）所论，"事实上并不存在所谓的虚构与非虚构之分，有的只是某种类型的叙事"[②]。采访、日记、散文、信件和病历叙事等在传统意义上属于非虚构体裁，但在生命虚构语境下，却转换成了虚构的叙事框架。它们与文学家传记、当代作家的自传、文学批评和虚构元素结合在一起，构成生命虚构叙事的多体裁融合特性。

叙事可以是文学的、历史的，还可以是理论的。在 2005 年第 57 期的《巴黎评论》（*The Paris Review*）上，当巴恩斯被记者问到"什么是文学"时，他回应道："对于这个问题最简短的回答是，文学是讲述真相的最佳文类。"在传统观念看来，文学、历史和理论是三个截然不同的类别，文学是虚构的，而历史和理论是非虚构的；文学和历史是叙事的，而理论是非叙事的。

在《传记手册》（*Handbook Biographie*：*Methoden*，*Traditionen*，*Theorien*，2009）一书中，克莱恩与马丁内兹（Christian Klein & Matías Martínez）阐述了如何应用叙事学工具于生命书写文本当中。他们将背景、人物、主旨以及与它们相关的各个方面放在故事层面来考虑（"历史"），而将时间结构和视角等方面放在叙事话语层面来考虑（"话语"）[③]。

高深理论遇到困境之后出现了叙事转向。理论的个人化或叙事化是一个在重写女性历史和构建女性主义理论过程中出现的新现象，这一趋势很快蔓延到整个文学批评领域，甚至引导了社会、自然和科学理论的叙事化/虚构化转向。[④] 萨特（Jean-Paul Sartre）的《恶心》（*Nausea*）和加缪（Albert Camus）的《局外人》（*The Stranger*）是有关两位哲学家各自的存在主义哲学的叙事化诠释。哲学的叙事转向以萨特的日记体中篇小说《恶心》（1938）为先行标志。通过《恶心》这部叙事化作品，萨特将自己的哲学思想与文学形式相结合，从萨特个人的主体性经验出发，用形象的人和物展示抽象的哲思，用小说来表现"存在"。

在后理论时代和后现代文化语境下，叙事将文学、历史和理论三者融合起来，或者更准确地说，叙事似乎能突出文学家生命虚构所具有的强烈的体

---

① Hagström, Annika J. Stasis in Darkness：Sylvia Plath as a Fictive Character. *English Studies*，2009，90（1）：34.

② 原文表述为"There is no longer any such thing as fiction or nonfiction；there's only narrative."引自 Trenner, Richard & Doctorow, E. L. *Essays and Conversations*. Princeton：Ontario Review Press，1983：26.

③ Klein, Christian & Martínez, Matías. *Handbuch Biographie*：*Methoden*，*Traditionen*，*Theorien*. Stuttgart：Metzler，2009：213–219.

④ 可参见《自传式批评》。

裁间性或体裁"混合空间感"（hybrid space）①。而文学家生命虚构叙事正是将具有诗性结构的虚构创作、具有史实性的生命书写和具有批评反思性的理论建构有机地囊括在同一个作品里的典范文类。改换尤森纳（Marguerite Yourcenar）的断言，即可以说在我们的时代，生命虚构叙事吞噬了其他一切形式，成为作家们趋之若鹜的一种表达媒介②。

此外，本书与前人已有研究的重要区别之一在于本书将采用经典叙事学与后经典叙事学理论对研究对象的叙事特点和创作趋势进行梳理。

> 整个诗学学科建立在基于亚里士多德的原文本理念之上，原文本总是融合在有机和谐的整体性中。亚里士多德认为写作的真谛，就是要让每一个声音蕴含好几个声音。
>
> ——巴赫金③

第二节　生命因子和非生命因子

在《福楼拜的鹦鹉》中，巴恩斯以英国退休医师为叙事者，在其探寻福楼拜的鹦鹉的旅程中再现了一个戏谑的故事——苏格兰维多利亚晚期作家罗伯特·史蒂文森去世时，他那非常有生意头脑的苏格兰保姆开始悄悄出售史蒂文森的头发，声称这是四十年前从作家头上剪下来的。那些相信此说的人四处求购，他们收藏的史蒂文森的头发足够填充好几个沙发。这些头发一定不全是史蒂文森的，即使真有他的头发，其中99.99%的也不是从他头上剪下来的，它们是杜撰的、假冒的。即便如此，许多人仍然趋之若鹜地追逐着这些头发。

关于文学家的真实史料也许就像从史蒂文森头上剪下的头发，但文学家生命故事中掺杂的多是冒充的头发。真实的一手生命史料不多，但在众人对文学家生平故事的再现过程中，流传下来的所谓"史料"已经越来越远离"真实"，孰真孰假已经无法辨明。不可靠的记忆与不充分的史料相遇所产生

---

① Voigts-Virchow, Eckart. *In - yer - Victorian - face.* Lit：*Literature Interpretation Theory*，2009（20）：108 - 112。

② 戴尔的话是这么说的——"A novel devours all other forms and one is almost forced to use it as a medium of expression。" Dyer, Geoff. *Out of Sheer Rage*：*Wrestling with D. H. Lawrence.* New York：Picador USA，2007：120.

③ Michael Worton & Judith Still（ed.）. *Intertextuality*：*Theory and Practice.* Manchester：Manchester University Press，1990：4.

的确定性就是传记。正如巴恩斯的另一部小说《十又二分之一章世界史》（*A History of the World in 10 Chapters*，1989）的《十又二分之一章》中的叙事者所言："我们编造出故事来掩盖我们不知道或者不能接受的事实；我们保留一些事情真相，围绕这些事实编织新的故事。"

如果说史蒂文森的真头发是生命因子，那么，关于史蒂文森的非生命因子或虚构因子远远多于生命因子。生命因子被科恩称作"或多或少可靠的对于过去事件的记录证据"的"数据库"（data base of more or less reliable documented evidence of past events）①，而非生命因子在某种意义上就是詹姆斯所谓的"非存在"（non-existent）② 和卡特里纳（Caitríona Ní Dhúill）所说的"反传记"元素（anti-biography）③。

本节根据"文学家生命虚构叙事"文类建构需要提出生命因子和非生命因子等概念，并对它们进行如下详细分类。

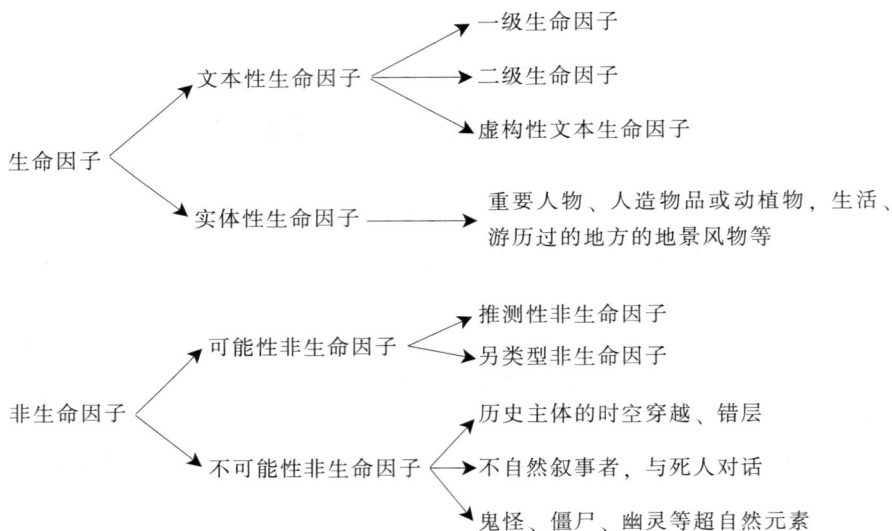

```
                              → 一级生命因子
           文本性生命因子  →   → 二级生命因子
                              → 虚构性文本生命因子
生命因子  →
           实体性生命因子  →   重要人物、人造物品或动植物，生活、
                              游历过的地方的地景风物等


                              → 推测性非生命因子
           可能性非生命因子 →   → 另类型非生命因子
非生命因子 →
                              → 历史主体的时空穿越、错层
           不可能性非生命因子 → → 不自然叙事者，与死人对话
                              → 鬼怪、僵尸、幽灵等超自然元素
```

一、生命因子

为了更好地分析"文学家生命虚构叙事"这一文类的特点，本节有必要对"生命因子"这一表述做进一步阐释。在对"文学家生命虚构叙事"进行

---

① Cohn，Dorrit. *The Distinction of Fiction*. Baltimore：Johns Hopkins University Press，1999：112.

② Lackey，Michael. *Introduction：The Agency Aesthetics of Biofiction in the Age of Postmodern Confusion*，in *Conversations with Biographical Novelists*. New York：Continuum Publishing Corporation，2018：3.

③ Dhúill，Caitríona Ní. Towards an Antibiographical Archive：Mediations Between Life Writing and Metabiography. *Life-Writing* 9，2012（3）：286.

定义和探讨的过程中，本书没有援用"传记因子"（biographeme）这一术语，而是使用了生命因子（bio-meme）这一概念。

"meme"是英格兰生物进化学家理查德·道金斯（Richard Dawkins）在1976年出版的著作《自私的基因》（*The Selfish Gene*）中"迷因：新的复制者"（Meme：the New Replicators）这一章里提出的。他利用生物演化中与遗传相关的概念，用"meme"代表在人与人之间传播的文化基本单位，说明文化信息被大量模仿再造的现象。为了提升作品的品质和对读者的影响力，当代作家将虚构作品建立在对历史名人的迷因之上，这些耳熟能详的名字和形象成为使读者即刻产生阅读兴趣的认知因素①。

罗兰·巴尔特所谓的"传记素"（biographeme）指的就是构成一个人物传记的基本要素。他认为"传记写作"大多采用"传记因子"形式把生命分解为一个个片段。法国学者鲁埃特（Jean-François Louette）也使用过"biographeme"一词。该词出现在他的《萨特反对尼采》（*Sartre Contra Nietzsche*，1996）一书中，意思是从作家的自传类文本里攫取过来的一些片段或主题。

哈琴认为"传记因子"这一概念为罗兰·巴尔特首创，指的是"传记和历史的片段单位"（units of biography and history）②。巴尔特认为传记因子之于传记正如照片之于历史③，并将其定义为那些由超然友好（没有偏见）的传记作家编撰的关于传主生命故事的细节。巴尔特60岁时出版生命虚构自传（或他说的"小说"）《罗兰·巴尔特论罗兰·巴尔特》（*Roland Barthes by Roland Barthes*，1975）。

在这部作品里，巴尔特及其家人的生活照、各种附图说明和年表，以及各种有据可依的事件，甚至还有一张"肺结核病追踪记录"，都是他所谓的传记因子。但它并没按照传记的"格式"和"规范"来书写，既没有时间顺序，也没有连贯主题，而且加入了许多与传记因子无关的内容④，因为巴尔特认为，传记只不过是没有创造性的生命书写（unproductive Life writing），"传

---

① Ozyurtkilic，Mine. A Sense of Completeness of Understanding，Enfolding All Difference：An Interview with Maggie Gee. *Contemporary Women's Writing*，2014（16）：4 – 5.

② Hutcheon，Linda. *The Postmodern Challenge to Boundaries*，in *The Canadian Postmodern：A Study of Contemporary English-Canadian Fiction*. Don Mills：Oxford University Press，1988：85.

③ 原文是"Photography has the same relation to History that the biographeme has to biography"。引自 Barthes，Roland. *Camera Lucida：Reflections on Photography*. Trans. Howard，Richard. New York：Hill & Wang，1981：30.

④ 读者读完《罗兰·巴尔特论罗兰·巴尔特》后，对巴尔特的生平可能并没有加深理解，反而"恍惚"了起来，巴尔特说："这并不矛盾，只是离散。"（not contradictory，but dispersed）（1994：143）。引自 Barthes，Roland. *Roland Barthes by Roland Barthes*. Berkeley and Los Angeles：U of California Press，1994.

记因子"只是一种"造作的回顾"（factitious anamnesis）①。在某种意义上，巴尔特隐含地提出了一种以再创作为目的的文类的可能性，在这种不以再现为意图的文类中，"我"归予"我"喜爱的作家，这一文类也是文学家生命虚构叙事文类。

"传记和历史文献的小单位"② 主要与以"再现"（representation）为要义的传记叙事文类相对应，而生命虚构叙事是一种以"再创作"（recreation）为要义的文类。然而，本书中与文学家历史人物相关的参照或变更单位不只来源于传记，也来源于文学家的自传材料和他/她所创作的虚构作品中的片段等，因而，在本书的研究语境下，"生命因子"（bio-meme）这一概念更为贴切，它包括各种事实之核（kernels of truth）③，如历史人物的人名，真实存在的地点名称，与文学家生活在一起的人物、动物、艺术品和其他实存物等；文学家的日记、信件、自传、回忆录，他人撰写的关于该文学家的官方标准传记和严肃的批评研究，以及作家自己创作的小说、诗歌、戏剧等虚构作品的名称和内容等各类文本或实物单位。

传记因子代表的是"单调"的"现实主义"，而"生命因子"作为一个更大的伞状术语（umbrella term），隐含生命因子与非生命因子两个类型，因而，它同时代表"复调"的"现实主义和解构主义的双重策略和多重幻象"，但不以现实的再现为其终极意图，代表现实的生命因子只是一种为达到特定的叙事意图所采用的修辞策略。传记因子对应的文类是现实主义非虚构文类，而生命因子对应的是"现实"与"虚构"之间的阈界文类（liminal genre）。

以拜厄特的《传记作家的传记：一部小说》（The Biographer's Tale：A Novel，2000）为例，小说中充斥着各种生命因子。比如小说涉及的几位主要人物——易卜生（Henrik Ibsen）、高尔顿（Francis Galton）、达尔文和林奈（Carl Linnaeus）都是有一定知名度的历史人物。其中高尔顿是达尔文的表弟，他从遗传的角度研究个别差异形成的原因，开创了优生学。因而，他们以及小说里提到的他们所创作的作品都构成小说的生命因子。

生命因子要成为其生命因子，必须满足两个条件：一是必须出现在文学文本里；二是必须在以上提及的各类记载文献里有相对应的参照单位，也就是说，它们是有据可依的（referential）、可被证实的事实（verifiable facts）。生命因子在文学家生命虚构叙事中起到非常重要的作用，要成为文学家生命

① Barthes, Roland. *Roland Barthes by Roland Barthes*. Berkeley and Los Angeles: U of California Press, 1994: 8, 138.

② Hutcheon, Linda. *A Poetics of Post-Modernism: History, Theory, Fiction*. New York: Routledge, 1988: 85.

③ Latham, Monica. Thieving Facts and Reconstructing Katherine Mansfield's Life in Janice Kulyk Keefer's Thieves. *European Journal of Life Writing*, 2014 (3): 103.

虚构叙事这一体裁中的作品，首要的一个条件便是文本中必须包含一定数量的生命因子，它们为生命虚构叙事作品提供了与真实生命故事和现实世界连接的有效途径。

伍尔夫将传记虚构作品里的史实与虚构分别比作花岗岩与彩虹（the granite and the rainbow）①：史实具有"大理石般的确定性"（granite-like solidity），可以从实实在在的档案史料文本找到对应的证据；而虚构却具有"彩虹般的无形性"（rainbow-like intangibility）②。这一比喻主要描述了新型传记中事实与虚构的对立特性，但没有抓住生命虚构叙事作品中两者的交错融合，虚中有实，实中有虚，让读者很难辨别孰虚孰实的特性。

实际上，生命虚构叙事作品大多善用各种前文本（通常为史料性文本），如传记文本、历史作家的自传、回忆录、日记、信件、采访对话和已存在的虚构作品等的片段，通过修补、拼贴、组合等方式将其与叙事主线相关的大框架和框架内的衍生文本（虚构文本中内嵌的各种虚构文本，包括虚假文献、档案、脚注等）杂糅起来，形成一幅新的文学拼贴画（literary bricolage）。也就是说，文学家生命虚构叙事是史实与虚幻通力合作（"collaboration" of the factual and fictional）③，形成合理的叙事推论（narrative extrapolation）的结果。

文学家生命虚构的叙事建构和解读有赖于作家对文学家的生命因子的使用和读者对文学家的熟悉程度，只有对文学家生命信息非常熟悉才能判断出作家所使用的生命因子，从而成为作家的理想读者，最终达到对生命虚构叙事的充分和正确解读。比如，对《盗贼》（Thieves，2004）、《彼得堡的大师》和《梦之旅馆》（Hotel de Dream：A New York Novel，2007）等生命虚构叙事作品的理解就有赖于读者对曼斯菲尔德、陀思妥耶夫斯基和克莱恩等的生平和作品等方面的知识积累，他们对这些文学家的知识积累越深厚、越全面，就越能达到最大化的阐释效果。

为了更好地论述文学家生命虚构叙事作品中虚实交错融合的现象，对生命因子进行分类成为必要。生命因子可分为文本性生命因子（archival or textual bio-meme）和实体性生命因子（physical bio-meme），主要区分文本性的档案、出版物与实存性的人造物品、动植物等两个大的类别。

（一）文本性生命因子

文本性生命因子包括史实性文本生命因子和虚构性文本生命因子，都是

---

① Woolf, Virginia. *The New Biography*. In *Collected Essays*, *Vol.* 4. London：Hogarth Press, 1967：229.

② McNeillie, Andrew. *The Essays of Virginia Woolf, 4 vols*. Oxford：Oxford University Press, 1986：473.

③ Pedri, Nancy. *Factual Matters：Visual Evidence in Documentary Fiction*. Toronto：University of Toronto, 2001：48 – 49.

61

已经存在的话语（extant discourses）。前者可以分为一级生命因子（primary bio-meme）和二级生命因子（secondary bio-meme）。前者为文学家本人直接撰写的非虚构性文本生命因子，如日记、信件、自传、回忆录，它们是生命虚构叙事作品必须参照和挪用的文本生命因子，亦即作品成为生命虚构的最基本元素；后者为间接由传记作家或研究者撰写的、已被广为接受的权威文本，如文学家的传记、对该文学家进行专门化研究的权威学术论著或文学家身边的人撰写的关于其人其事的回忆录等。在后现代语境下，除了这些常规性的文本之外，在本书涉及的生命虚构叙事作品中甚至还将病例报告①作为参照文本。

一级和二级生命因子可以奇弗（Janice Kulyk Keefer）的曼斯菲尔德生命虚构小说《盗贼》为例进行说明。这是一部融侦探式生命虚构、文学研究和元生命批评为一体的混合体裁作品。除使用曼斯菲尔德的一级生命因子——自传和信件等之外，二级生命因子参照了艾尔坡（Antony Alper）和托马林（Claire Tomalin）撰写的曼斯菲尔德传记、贝克（Ida Baker）的回忆录，以及波迪（Gillian Boddy）、布拉根（Mary Brugan）、沙利文（Vincent O'Sullivan）和斯密特（Angela Smit）等学者对曼斯菲尔德的评论②，奇弗让笔下虚构人物充当她的代言人，借他们之口道出她对曼斯菲尔德的批评解读③。除此之外，奇弗在小说中，尤其是"群峦远处"（"Beyond the Blue Mountains"）这一部分，大量引用了曼斯菲尔德的多部短篇小说里的段落或段落的解述④，这里奇弗引用的正是文学家的虚构性文本生命因子。

虚构性文本生命因子则指文学家创作出版的虚构作品，也可以称作三级生命因子。由于一级生命因子由历史主体书写，与主体的生命经验之间具有最直接、最少中介性（less-mediated）的特点，它们具有元参照性（meta-referentiality）。从一级生命因子到二级生命因子再到虚构性文本生命因子，这种元参照性逐级减弱。一级生命因子在生命虚构中给读者以自传阅读的感受，而二级生命因子赋予生命虚构生命批评和文学批评的性质，三级生命因子则将文学家的人生与他们创作的作品联系起来。传统传记和传记虚构将文学家的作品与文学家的人生直接联系起来（life-work connection），塑造文学圣徒形象（literary hagioism），营造文学英雄主义感（literary heroism），而绝大多数生命虚构叙事作品则对"作品与生活形成反差"的生命主题（"work vs. life"

---

① 病历报告在克雷尔的《尼采：一部小说》中占据了一定篇幅，对推动叙事进程具有一定意义。

② 参见 Latham, Monica. Thieving Facts and Reconstructing Katherine Mansfield's Life in Janice Kulyk Keefer's Thieves. *European Journal of Life Writing*, 2014（3）。

③ Kulyk Keefer, Janice. *Thieves*. Sydney：Harper Collins, 2004：320.

④ Kulyk Keefer, Janice. *Thieves*. Sydney：Harper Collins, 2004：319.

topos)① 感兴趣，阐释历史作家的作品所传递的道德观与他们的个人行为品德之间的鸿沟②。

在文学家生命虚构叙事中，作家往往打破一级和二级生命因子之间，甚至史实性和虚构性文本生命因子之间的界限，不同级别的生命因子交织在同一部作品里，表现出互文性（intertextuality）、拼贴性（pastiche）等特征。最极端的表现在于虚构作品的故事世界与文学家的现实世界以及传记作家或学者的学术世界的交错，形成错层叙事。一级、二级生命因子以及虚构性文本生命因子在新的文本里的平等交流体现了"文本即虚构"的后现代理念。文学家生命虚构叙事既在某种程度上忠于有据可依的文本性生命因子，又在某种程度上偏离这些文本性生命因子。

读者对生命虚构叙事作品的解读可以分为不同的层次。最高层次的读者能甄别文学家的生命因子和非生命因子，能以欣赏的眼光审视当代作家如何将各级生命文本中的引言和段落天衣无缝地编进一个由虚构片段组成的致密织物之中，继而认可生命虚构叙事作品所涉及的研究工作以及所具有的学术含量，而对这些生命文本没有基本认知的读者则不会产生学术共鸣。

这里需要注意的是：如果只有"文学家所创作的虚构作品和作品里的各种文本描述"这类生命因子出现的作品不属于文学家生命虚构。这类生命因子因为本身的虚构性，必须与其他生命因子共同出现在作品里，才符合本书研究的文类标准，否则只是虚构之再虚构平行作品③，属于经典作品重写，如威尔逊的《黑暗线索》（*The Dark Clue*，2001）。在这部作品里，除了历史上真实存在的英国画家特纳（J. M. W. Turner）④ 等之外，还出现了两个特殊的重要人物，他们是科林斯（Wilkie Collins）笔下的《白衣女人》（*The Woman in White*，1860）里的两位经典虚构人物——年轻画家哈特里奇（Walter Hartright）和哈尔库姆（Marion Halcombe）⑤。

在这部新作品里，威尔逊通过穿插书信和日记的方式，讲述两位虚构之再虚构人物与特纳一起追寻生命中的"真相"的故事，可谓一部元传记批评（meta-biographical criticism）。但在这一作品里，科林斯并没有作为人物出现，除了虚构作品中的人物，他的其他文本性生命因子没有起到推动故事进程的

---

① Julia，Novak & Mayer，Sandra. Disparate Images：Literary Heroism and the 'Work vs. Life" Topos in Contemporary Biofictions about Victorian Authors. *Neo-Victorian Studies*，2014，7（1）：25.

② Julia，Novak & Mayer，Sandra. Disparate Images：Literary Heroism and the "Work vs. Life" Topos in Contemporary Biofictions about Victorian Authors. *Neo-Victorian Studies*，2014，7（1）：44.

③ 参照第五章里的虚构之再虚构平行叙事。

④ 特纳（1775—1851），英国浪漫主义风景画家、水彩画家和版画家，他的作品对后期的印象派绘画发展有相当大的影响。在 18 世纪以历史画为主流的画坛上，其作品并不受重视，但在现代则公认他是非常伟大的风景画家。

⑤ 玛丽安·哈尔库姆是白衣女人安妮的同父异母的姐妹，也是画家喜欢的女孩劳拉的姐姐。

作用，因而，不属于文学家生命虚构叙事范畴。但由于特纳作为人物以及与他相关的生命因子的出现，可称该作品为画家生命虚构叙事。

对三级生命因子在区别文学家生命虚构与其他类型人物生命虚构的作用方面的论述主要参照了第三章的虚构人物作为叙事者、第四章的虚实错层叙事和第五章的文学家生命虚构平行叙事。

（二）实体性生命因子

实体性生命因子指的是在文学家生命当中存在过的重要人物、人造物品或动植物，生活、游历过的地方的地景风物等。在本书中出现的实体性生命因子有格特鲁德的厨师、詹姆斯和康拉德的打字员、拜伦的医生、伏尔泰的书法师、爱伦·坡的猫、狄金森的卡罗狗、普希金的纽扣、夏多布里昂的头发等。由于这些实体性生命因子是客观存在的，借用法国历史学家马克·布洛赫（Marc Bloch）的术语①，将这类实体性存在的人或物与文学家的信件、日记等无意留下来的文本称作"无意生命因子"（unintentional bio-meme）。

按照这个逻辑，回忆录、自传、传记等著述者在撰稿时明确意识到所撰文本将会被当作史料流传的文本因子则属于"有意生命因子"。此外，传说中存在但已经遗失或未出版的相关文本应当算作实体性生命因子。后现代文学家生命虚构叙事特别注重对文学家丢失的手稿信件或以前从未出版过的回忆录或笔记本等"无意生命因子"的挖掘。

传统传记除了对文学家生命意义重大的人物有稍多笔墨的描述之外，大多数实体性生命因子都被简略地几笔带过。后现代文学家生命虚构叙事往往以这些实体性生命因子为叙事驱策，创作以不同人物作为虚拟叙事者的作品。

二、非生命因子

与生命因子对应的是非生命因子（a-bio-meme）。生命因子具有参照性，有可以查找的事实记载依据（referentiality），而非生命因子则无据可查或查无此据（non-referentiality）。"生命因子"代表的是"现实主义"，而"非生命因子"代表的是"后结构主义"或"结构主义"。生命因子使原本纯粹虚构的文类"传记化"（biographization），而非生命因子则使原本再现真实的文类"小说化"（novelization）②。

由于本书的研究对象最终被定位为从生命因子出发的虚构作品，为了使

---

① 指布洛赫提出的"无意来源"（unintentional source）。

② Bakhtin, Mikhail. *Epic and Novel*. In Michael Holquist（ed.）. *The Dialogic Imagination*. Austin：UTP, 1981.

其成为虚构作品，作家必须有意在创作中加入虚构元素。

非生命因子是实现生命虚构从对"历史性"和"传记性"的强调转向对"虚构性"的侧重过程中的一个重要概念。为更清晰地论述这类虚构元素，本书将文学家生命虚构当中找不到参照依据的，或虚构或杜撰的各类文本和叙事因素称为非生命因子。如果说生命因子凸显的是生命虚构主体的"历史性"和"真实性"，非生命因子凸显的则是生命虚构主体的"非历史性"和"不确定性"。通过非生命因子，文学家生命虚构解构了文学家生命历史的确定性，将生命书写（life writing）与作为过去和历史的人生（life-as-past）区分开来。生命虚构热潮并非简单地对复活过去和回到过去感兴趣，而是在历史性和虚构性之间展现某种融会贯通的后现代自我意识。①

非生命因子又可以分为可能性非生命因子（possible a-bio-meme）和不可能性非生命因子（impossible a-bio-meme）。可能性非生命因子是相对可能世界而言的，可能性非生命因子必须在本体论和认识论方面符合物理上、时空上和逻辑上的规约。传记话语将一切都押在绝对可证之真（true）上，而生命虚构话语则对相对可能之实（real）感兴趣，通过努力叙述可能世界的生命故事来展示可能之实。档案文献只能论述某个特定时代、特定地方发生的事件，基于档案文献的简单真实叙述只能提供由"事实性"（reality）组成的一小部分知识。然而，组成事实的其他部分就是被断言为"绝对之真"之外的部分，换句话说，"事实"是由一切可证实的真实加上一切可能的真实组成的。在生命虚构体裁中，被压制的他者——虚构——崛起归来了。生命虚构叙事是"可能之实"的再现，与传记和文学学术著作的可证之真形成互补。

可能性非生命因子又可以分为推测性非生命因子和另类型（或称假想型）非生命因子两种类型。前者指用于填充语焉不详的生命因子间的空隙的那类文本，也就是说它们虽为虚构，但这样的叙述仍没有脱离文学家既有的生命轨道；后者则指完全与已有的生命因子相悖的文本描述，已经改变文学家生命故事的轨迹，但仍然与推测性非生命因子一样符合可能世界的各种规约。

推测性非生命因子是传统传记虚构最常用的虚构模式，而另类型非生命因子则在后现代生命虚构叙事作品中更为突出。值得注意的是，与传统传记虚构叙事不同的是，在后现代生命虚构叙事中，推测性非生命因子不只是局部性地穿插在生命因子中，而且更多地作为整体推测叙事占据作品的大部分文本空间，如《尼罗河上的十二间房》（The Twelve Rooms of the Nile，2012）致力于回答一个符合逻辑的可能性问题——"倘若差不多同一时期游历了埃及的福楼拜和南丁格尔在那里相遇，并在同一条河上徜徉，他们之间会发生

① Shuttleworth, Sally. *Natural History: The Retro-Victorian Novel*. In Shaffer, Elinor（ed.）. *The Third Culture: Literature and Science*. Berlin and New York: Walter de Gruyter, 1998: 253.

什么样的故事？"

这部作品从"还没有任何作品出版的福楼拜确实与后来成为'提灯女神'的南丁格尔同在 1849 年冬天游历埃及的尼罗河"这一史实性文本生命因子出发，假想了他们如何相遇（事实上，未有任何文献资料显示他们曾经相遇）并互相影响的故事。作者舒默（Enid Shomer）的预设是这段相遇，或者更准确地说，是尼罗河上的旅途爱情改变了福楼拜的人生轨迹，成就了后来的法国伟大作家。因而在某种程度上，这种叙事方式与另类型非生命因子接近，处于推测性和另类型之间。为了更加清晰地阐释理论，这类对生命细节进行整体性推测的作品可被归为另类叙事，填充在生命因子之间的非生命因子可以被称为另类型非生命因子。

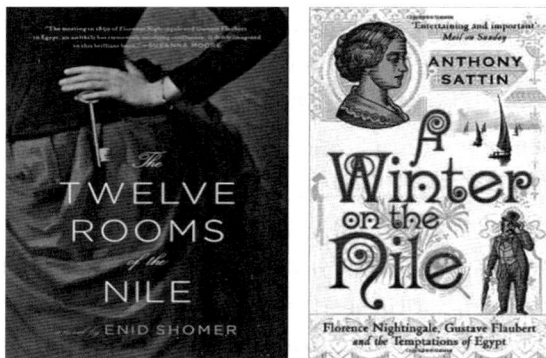

这里可以拿另一部作品与福楼拜游历尼罗河的作品做一个比较。萨丁（Anthony Sattin）的《尼罗河上的冬天：南丁格尔，福楼拜和埃及的诱惑》（*Winter on the Nile*：*Florence Nightingale*，*Gustave Flaubert* and the *Temptations of Egypt*，2010）看起来与上文提及的《尼罗河上的十二间房》很像，然而，萨丁的作品虽然与两位名人相关，但叙述的是他们各自在尼罗河上的经历，而非相遇的经历，不涉及非生命因子和故意虚构。此外，作品没有采用虚拟叙述者进行叙述，因而，它属于传记或学术作品，而非生命虚构叙事。可以说，舒默的作品在某种程度上是在萨丁作品的基础上加入了非生命因子的虚构化版本。

可能性非生命因子还可以是某部并不存在的文学家作品。布莱恩·道尔（Brian Doyle）在某个文献中找到了一段关于史蒂文森希望创作一部名为"约翰·卡森历险记"（*The Adventures of John Carson in Several Quarters of the World*）的小说的文字。受此启发，道尔虚构了这个本不存在的实体性生命因子，构思了《约翰·卡森历险记：一部史蒂文森创作的小说》（2017）。在这部以史蒂文森为第一人称叙事者的生命虚构叙事作品里，"故事中套故事"成为小说的重要结构特征——《约翰·卡森历险记》这个被虚构出来的实体性生命因子成了嵌套在里面的故事，外面的故事在某种意义上，可以看作史蒂文森这部作品的"创作过程叙事"（poioumenon，参见后面章节的论述）。

如前所述，另类型非生命因子则指完全与已有的生命因子相悖的文本描述，已经改变文学家生命故事的轨迹，但仍符合可能世界的规约。不可能性非生命因子通常与不自然或不可能生命叙事相对应，一般从本体论或认识论上有违逻辑，通常涉及历史主体的时空穿越、两位或多位不同时空人物的相遇、文本里的杜撰人物与真实世界里的历史人物出现在同一故事层里等奇幻情节，涉及不自然叙事者，与死人对话以及鬼怪、僵尸、幽灵等超自然元素。

《阳台上的尼采》是墨西哥作家卡洛斯·富恩特斯去世后出版的一部生命虚构叙事作品。构成这部生命虚构叙事作品的框架就是一个不自然或者不可能的情节设置。作品里某种神力（上帝抑或宇宙抑或尼采自己的意志力）让尼采这个非正统哲学家在去世后每天能够返回地球 24 小时。有一年，在夜晚即将结束但黎明还未到来的超热时分，当故事的叙事者走出他在都市酒店的阳台，一边眺望这座未知的城市，一边呼吸些新鲜空气时，发现临近房间的阳台上朦朦胧胧显现的正是满脸胡须的尼采。

两位在都市酒店阳台上隔空相遇的人开始谈话，他们谈及了很多话题，如愉悦与惩罚的本质、疯狂与权力等[①]。这种相遇一定是超自然的、不自然的，但是作品里交织了许多与真实的尼采相关的文本性生命因子。大多数情况下，不自然生命因子非常容易识别，但对于没有读过某位文学家的传记作品的读者而言，对生命因子与非生命因子的甄别往往不太可能展开，因而也就产生了各自的理解和阐释。生命因子与非生命因子在文学家生命虚构叙事中互相交织、彼此融合，不仔细甄别，往往难以区分。相比之下，由于"不可能性非生命因子"所具有的非自然性（unnaturalness），它往往较推测性和另类型非生命因子更容易被读者发现。

援引罗兰·巴尔特的说法，生命虚构作家往往是被虚构文学家和作家自己的人生经历或思想观念的配方者（formulateurs）。要在传记因子的基础上，发展出一种关于某位文学家的新语言，则必须进行戏剧化创作。戏剧化创作不是对生命因子的再现进行细枝末节的装饰，而是无限扩展语言的潜能，这就必须依赖于非生命因子的加入。选取什么样的生命因子，搭配什么样的非生命因子，全由配方者决定。生命因子本身是没有意义的，只有被配方到了不同的具体生命虚构文本里产生戏剧化的效果之后才有意义。

生命因子和非生命因子就像串缀于整个文学家生命虚构叙事中的一些故事碎片，是构成关于某位文学家的整体生命叙事的具体建筑材料。这些串缀

---

① Olsen, Lance. Nietzsche in Mexico. *American Book Review*, 2017, 39 (1): 11 - 29.

起来的生命因子让读者的阅读游走于碎片叙事的间隙之中，每一小块碎片都给读者想象和阐释的空间和快感。这些碎片，犹如鳞甲动物体表的鳞片，叠叠重重，不相连属，却存在于同一动物身上。这些碎片因子有真实，有想象，有猜测，有杜撰，但或多或少、或松或紧、或近或远地与被建构的"文学家雕像"有关。通过后现代的戏仿、拼贴、悖论、互文、矛盾等叙事手法，这些碎片因子被一片片贴于文学家身上，构成一个多维度、多层次、多身份关系，甚至多历史时代的作家形象。然而，这些因子一旦成为文学家雕像的建筑材料，就既不能被证实，也不能被证伪。因此，它们构成的文学家形象也有悖于传统的"雕像"，而总是变动不居和不确定的。

> 读同一篇文章的两个读者永远不会建构出相同的意义，而任何一位读者的意义都不会与作者的完全一致。
>
> ——肯·古德曼①

第三节　学术型传记、传记虚构与生命虚构

从学术型传记到传记虚构再到生命虚构，随着叙事视角（话语）和虚构程度的灵活性的增强，阅读人群也不断扩大。学术型传记的传统传记作家的第三人称全知客观叙事视角与批评模式，变成传记虚构的文学家自我或身边的历史人物的第一人称限制性主观叙事视角，而生命虚构叙事在传记虚构的叙事视角（话语）基础上增加了笔下虚构人物、同时代杜撰人物或当代人物等几种视角（话语）的可能性。此外，传记虚构一般采用与文学家保持长久密切关系的历史人物作为叙事者，而生命虚构叙事则在此基础上，还可采用与文学家有短暂接触和交集的历史人物作为叙事者，他们与其他参与生命进程的历史人物一样具有陈述、诠释和行动三重功能。

文学家生命虚构叙事呈现更强的虚构倾向，非生命因子在文学家生命进程中的作用加大。生命虚构叙事作品可能从寥寥数语的有据可查的生命因子出发，大量填充非生命因子，发展成一部小说，也可以完全偏离生命因子和历史记录，"延长"英年早逝的文学家的生命故事，改变文学家的生命进程，假想可能的另类生命故事，还可以让文学家突破时空限制成为不可能世界里的人物。也就是说生命虚构叙事既包括可能世界叙事，也包括不可能（不自

① Goodman, Ken. *On Reading*. Heinemann，1996：3.

然）世界叙事。在可能世界叙事方面，与传记虚构不同的是传记虚构一般不突破传主生命的可能性框架，而生命虚构叙事则可以完全背离史实，改变生命虚构主体的生命轨迹。

一、学术型传记与生命虚构的异同

文学家生命虚构叙事与谢贝特[①]和卡普兰[②]研究语境下的文学家传记（literary biography），也就是与关于文学家的学术型传记（scholarly biography）、正统传记（straight biography）或标准传记（standard biography）[③] 有根本区别。如果说历史虚构作家是"负责任的撒谎者"（responsible liars）[④]，那么，生命虚构是一种"被一根船锚牵住的想象力"（the anchored imagination）[⑤]，而学术型传记作家则是"一丝不苟的研究者"，"完全没有虚构的余地"[⑥]，只在对被立传者的人生做出假设时需要一定的想象力。也就是说历史虚构叙事还是不能脱离历史现实太远，生命虚构则是远远地存在某种力量的牵挂，而学术型传记几乎依赖于史实资料，只在故事空隙里做少量的无法证伪，也无法证实或者几种说法中"最可能的"（the version that seemed most likely）[⑦] 必要填充。

学术型传记是一种严肃的体裁，注重事实依据，最严格意义上的学术型传记是以陈述的方式展示与作家生平相关的事件，而生命虚构是以讲故事的形式，以有人称、有视角、有叙事者话语的方式呈现的。学术型传记无法逃脱真实讲述的限制，必须承诺与可以证实的文献证据相一致[⑧]，理想的学术型传记必须保证作家的客观性和明确性，里面不出现毫无根据且不做标注的臆

---

① Schabert, Ian. *In Quest of the Other Person: Fiction as Biography*. Tübingen: Francke, 1990: 53.

② Kaplan, Cora. *Biographilia*. In *Victoriana-Histories*, *Fictions*, *Criticism*. Edinburgh: Edinburgh UP, 2007: 40.

③ 参考巴切勒（John Batchelor）的《文学家传记的艺术》（*The Art of Literary Biography*, 1995）和李（Hermione Lee）的《身体部件：关于生命写作的论文》（*Body Parts: Essays on Life-Writing*, 2005）（主要探讨简·奥斯汀、雪莱和伍尔夫等人的学术型传记）。

④ Ellison, Ralph, Styron, William, Warren, Robert Penn, et al. The Uses of History on Fiction. *The Southern Literary Journal*, 1969, 1 (2): 62.

⑤ Layne, Bethany & Tóibín, Colm. Colm Tóibín: The Anchored Imagination of the Biographical Novel. *Éire-Ireland*, 2018, 53 (2): 150 – 166.

⑥ Kühn, Dieter. *Werkreflexion*, *Stichwort: Literarische Biographie*. In Klein, Christian (ed.). *Grundlagen der Biographik: Theorie und Praxis des Biographischen Schreibens*. Stuttgart: Metzler, 2002: 184.

⑦ Mailer, Norman. *The Executioner's Song*. New York: Vintage Books, 1998: 1051.

⑧ Cohn, Dorrit. Signposts of Fictionality: A Narratological Perspective. *Poetics Today*, 1990 (11): 779.

测内容①。因而，埃克洛伊德让他笔下的狄更斯说了这样一句话——"传记作家是缺乏想象力的小说家"②。

然而，对于生命虚构叙事来说，有关文学家最真实的叙述是那种不设置一定叙述出他/她的人生现实的作品，不严格忠实于文学家传记记述对于生命虚构叙事作品来说不成为一个问题③。正是因为生命虚构叙事作品的虚构文类属性让它们可以违背生命因子而不受拘束，正如马尔科姆（Janet Malcolm）所述，"在虚构作品里，……作家忠实地报告他的想象所驰骋到的地方"④，他们只需要忠实于他们所营造的虚构的真实（fictional truth）。传记作家和小说家有许多方面的区别。在讨论托宾的《大师》时，李（Hermione Lee）指出传记作家和小说家的区别：

> 传记作家总体来说不会虚构他们主体的对话，……或想象他们的隐秘记忆和未付诸实施的欲望。传记作家不会不加注解地随意改述主体的写作内容，也不会随意地转引他们的信件等。但是换成小说家，则都不受拘束。⑤

然而，很有趣的现象是当代许多生命虚构叙事也大量使用注解和参考文献等学术型传记和学术研究作品的撰写形式进行创作，以增强它们的元传记评论和文学研究效果（详见第六章里的生命虚构学术化叙事趋势）。

在叙事者与作家、人物之间的关系上，根据勒热纳（Philippe Lejeune）的等式，学术型传记遵循"作家＝叙事者≠人物"的模式，也就是说学术型传记一般采用第三人称叙事，作品通常为一个"异故事体"（hetero-diegetic regime）⑥，作家通常直接充当作品的隐性叙事者（implicit narrator）。"异故事叙事者"在讲述与自己的研究有关、但与自己无关的故事，而以采用内聚焦的第一人称叙事者为主的文学家生命虚构叙事作品的叙事者往往并非学者、批评家和理论家，而是文学家本人或身边人物，也就是说叙事者在讲述跟自

---

① Krämer, Lucia. *Oscar Wilde in Roman*, *Drama und Film*：*Eine Medienkomparatistische Analyse Fiktionaler Biographien*. Frankfurt a. M.：Peter Lang，2003：49.

② Ackroyd, Peter. *Dickens*. New York：Vintage，1990：754.

③ Ferretter, Luke. A Fine White Flying Myth of One's Own：Sylvia Plath in Fiction. *Plath Profiles*，2009（2）：287 –292.

④ Malcolm, Janet. *The Silent Woman*. London：Granta Books，1994：155.

⑤ 原文为"Biographers don't, on the whole（unless they're Peter Ackroyd）invent their subject's conversations, or take their clothes off and put them into bed, or fantasise their secret memories and unacted desires. Biographers（if they have any decency）don't freely paraphrase their subject's writings, or quote from their letters without footnotes. But novelists are allowed to make free." 引自 http：//www. reviewsofbooks. com/the_master/（accessed in September 2014）。

⑥ 当然，为自己的文学家朋友做传的作家不在此列，他/她可能符合"作者＝叙事者＝次要人物"这一等式，也就是说叙事者为第一人称故事内叙事者，但这种情况在整个传记文类中相对少见。

己相关的故事，这里"叙事者＝人物"，为显性叙事者（explicit narrator），作品为"同故事体"（homodiegetic regime）①。这使该类文学家生命虚构叙事作品由于作家不等同于叙事家，而在叙事者设置层面上构成明显的虚构形式。

学术型传记由于以叙事者为传记作家，因而不存在不可靠叙事者一说，但对于采用第一人称叙事者的文学家生命虚构叙事作品，很可能为不可靠叙事，这是传统传记文类里不太可能出现的现象，如奥尔逊的《尼采的吻：一部小说》以尼采为第一人称叙事者，交替出现第二人称和第三人称叙事的方式，展现了疯癫近十年的尼采于弥留之际在半梦半醒、似梦似幻的状态下对人生主要事件的回顾，是一个典型的不可靠叙事者。因为一个人尽管在弥留之际，大脑仍然可以思考、可以出现幻觉、可以讲述故事，但是对于重症患者尼采而言，这一切是不符合实际的②。

又如安东尼·伯吉斯的《无与伦比的太阳：莎士比亚的爱情生活》里的叙事者伯吉斯先生——一位于醉酒之后在迷狂状态下给学生做讲座的教授，很明显也是一位不可靠叙事者。

借用奈依笔下的虚构传记作家——莎士比亚的故事内生命书写作家——咸鲱（Pickleherring）的说法，学术型传记与生命虚构两者之间是"城市历史"（city history 或 town history）（正史）与"乡野历史"（country history）（野史）的关系，它们都是展示文学家个人生命史的重要载体和文类。援用奇弗有关曼斯菲尔德的生命虚构叙事作品《盗贼》里的元生命批评观，传记作家和生命虚构作家都是别人真实生命故事的盗贼，只是他们为不同层面上的盗贼——生命虚构作家尽量偷那些传记作家们觉得一文不值、不去挖掘的东西。然而，到底是传记作家所珍视的东西更重要，还是生命虚构作家所选取的内容更重要，是无法得出确定的结论的。虽然咸鲱认为"虚构绝对是最好的传记"，埃克罗伊德也认为想象创造出某种"大于传记或历史事实"③的真实，但本书认为它们各有利弊，都有存在和发展的理由和空间，没有优劣之分，是符合生命书写不同需要的两种互补文类。

二、传记虚构与生命虚构的发展关系

后现代文学家生命虚构叙事作品是文学家传记虚构的升级版本，是文学

---

① Kusek，Robert. *Authors on Authors*：*In Selected Biographical-Novels-About-Writers*. Kracow：Jagiellonian University Press，2013：25.

② Olsen，Lance. *The Biographical Novel's Practice of Not-Knowing*，in Lackey，Michael. *Truthful Fictions*：*Conversations with American Biographical Novelists*. New York：Bloomsbury，2014：203.

③ 原文为"larger than that of biography or history"。引自 Ackroyd，Peter. *The Last Testament of Oscar Wilde*. London：Penguin Books，1993：121.

家传记虚构在文类归属方面遭遇尴尬的语境下的最佳解决方案。近30年间，这类作品在出版数量、获奖频率、评论界赞誉和读者好评等方面已经证明了其文类的生命力和优越性。然而，梳理文学家生命虚构叙事作品之后，本书发现生命虚构叙事并非一个截然不同的后现代现象，它早在学术型传记和传记虚构之前就已零星出现，但直到近30年间在"传记嗜好"（biographilia）①、"生命书写"复兴热潮（current renaissance of "life writing"）和生命虚构叙事流行趋势②等的推动下，才形成稳定的创作趋势和显著的文类特征。因而，可以说生命虚构叙事具有上千年的悠久传统，但作为雏形的生命虚构叙事在创作原因和修辞意图等方面与当代文学家生命虚构叙事存在明显差别。这也就是在本书第一章里提到生命虚构叙事属于生命书写（life writing）下面的次文类，而非传记下面的次文类的一个重要原因。由于所有以文字和文本为媒介的生命书写文类在本质上都带有虚构意味，因而，广义上的生命虚构是涵盖学术型传记、传记虚构和狭义的生命虚构叙事等文类在内的一个"伞式术语"（umbrella term），但狭义上的生命虚构叙事则只指涉有意图地创设虚构性文本生命因子的文类。

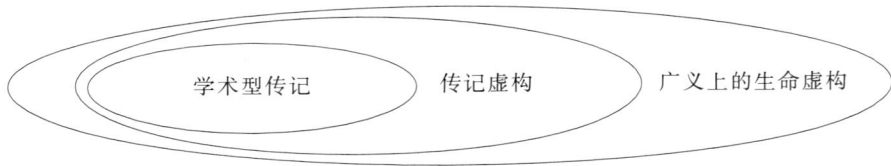

早期作品采用生命虚构形式的主要原因在于当时学术型传记还没有作为一个文类出现，除历史资料记载，对于个人生平事件的梳理还不常见，作家们只能在少量生命因子的基础上通过大量虚构来实现创作，而当代生命虚构叙事是在各级生命因子大多比较全面的情况下，有意识地采用虚构叙事手段和杜撰生命因子等方式实现生命写作的虚构化。此外，早期的生命虚构创作主要受创作者的个人创作意图驱动，无章法可循，而当代的生命虚构叙事则主要受后现代生命写作理论范式、女性主义、西方马克思主义、后殖民主义、族裔主义等文学、社会、文化等领域的成熟观念和理论框架指引，具有一定的相似性和同质性，可做系统的建构和研究。

---

① Kaplan, Cora. *Victoriana-Histories*, *Fictions*, *Criticism*. Edinburgh：Edinburgh UP, 2007：9.

② Krämer, Lucia. *Oscar Wilde in Roman*, *Drama und Film*：*Eine Medienkomparatistische Analyse Fiktionaler Biographien*. Frankfurt A M.：Peter Lang, 2003：11.

三、传记虚构与生命虚构的显著区别性特征

传统意义上的"传记虚构或小说"讲述的是贯穿传主一生主要阶段的生命故事。大多数自我定位为"传记小说"的作品出现在 1940—1970 年间，如考尔特（Stephen Coulter）的《心魔：一部关于陀思妥耶夫斯基悲剧一生的传记小说》（*The Devil Inside：A Biographical Novel of the Tragic Life of Dostoevsky*，1960）、阿尔德（Rogier van Aerde）的《折磨：一部关于保尔·魏尔兰的传记小说》（*The Tormented：A Biological Novel of Paul Verlaine*，1960），以及斯通的多部作品。而正如莎士比亚学者沙皮罗（James Shapiro）所声称，撰写旧式的从摇篮到坟墓式（life from cradle to grave）传记或传记虚构的时代已一去不返。

莫什在写了三部传记①之后，深切地感受到学术型传记和传记虚构的局限性，他在关于济慈的生命虚构叙事作品《凯克博士的杜撰》的前言里，问道："难道人类不是总比关于他们的历史记录要更加变动不居一些吗？难道经历和成就之间的联系不总是更加模棱两可一些吗？费时费力地查阅档案的传统传记方法难道不是一次次地将我们带回同一个主题，却总是将其他一些主题留在冰冷、了无生气的脚注里吗？"

在提出这些问题的时候，莫什实际上已经在他的生命虚构创作实践中找到了突破传统传记写作的新方法——传记虚构的升级形式——生命虚构叙事。莫什将小说的两位主人公设置为医生。威廉·塔波（William Tabor）是伦敦的一名医生，他研究农村贫困人口的健康状况、疾病与生活方式。在他的研究中，他偶然发现了约翰·凯克（John Cake）医生的作品，凯克是一位生活在埃塞克斯郡乡村的默默无名的医生。塔波年轻时是华兹华斯式的小诗人。他前往埃塞克斯郡与凯克医生会面讨论他的作品，却发现他患有肺病即将离世。凯克当时是 40 多岁（出生于 1795 年）。他们只见过两面，小说的大部分内容都是对这两次会面的记录。

文学家生命虚构形式更加多样，虚构策略更加灵活，与其他文类如文学批评理论等的界限更加模糊。它与传记虚构不是一种先后关系，早期的文学家传记虚构里也曾出现具有先锋意识的生命虚构型作品，当代的文学家生命虚构叙事作品里也仍然有采用相对传统的形式进行创作的作品。

生命虚构叙事与传记虚构在创作思路、叙事策略及生命因子与非生命因子的合成方式等方面存在显著差异。生命因子在传记虚构和生命虚构叙事这

---

① 分别是 *The Lamberts：George，Constant and Kit*，1986；*Philip Larkin：A Writer's Life*，1993；*Keats：A Biography*，1997。

两种不同的创作形式中所起的作用不一样。一般的传记虚构作家审视史料，然后演绎出一个故事；而生命虚构作家大多想象一个故事，然后再用同样稀少不全的史料支撑他们的故事。如果说 20 世纪 90 年代之前的作品侧重寻求如何更好地发挥历史人物的生命因子在生命书写中的作用，那么，20 世纪 90 年代之后的作品则更加注重如何将生命因子更好地服务于虚构的需要，在虚构方面更加大胆，虚构手段更加多样化。

生命虚构叙事的创作路径与传记虚构截然相反。生命虚构叙事先设想出一个故事，再根据这个故事的需要去寻找相应的文本生命因子，并创设出符合故事需要的非生命因子。在生命虚构叙事作品里，"历史""过去"和"传记"只是采用虚构手段假装描述历史事实的叙事形式①。后现代生命虚构实现从非虚构体裁到虚构体裁的转换的一个重要手段是在生命因子中穿插非生命因子。为了更清晰地论述这类虚构元素，在生命虚构叙事当中找不到参照依据的，或虚构或杜撰的各类文本和叙事因素被称为非生命因子。非生命因子又可分为可能性非生命因子和不可能性非生命因子。生命虚构叙事就是这样一种窃取真实人物的传记、自传、回忆录、日记、信件以及虚构作品等已有生命因子，在新的语境下进行再创作的体裁。生命因子与非生命因子在这一体裁里共存，形成一种文学共生关系（literary symbiosis）。

传统的学术型传记和传记虚构采用过去时态进行人生故事讲述（表明一切进程发生在讲述之前），而生命虚构所采用的时态更加多样化。许多生命虚构选择使用现在时展开故事进程，如约翰逊（Arnold Johnson）的《魔幻之声：一本基于罗伯特·彭斯生平的小说》（*The Witching Voice：A Novel from the Life of Robert Burns*，2009）采用多视角现在时推动故事进程向前发展，而现在时所代表的声音就是小说标题里引导彭斯进行诗歌创作的"魔幻之声"（the witching voice），它在彭斯的创作生命中无时不在。正如极简主义小说家安·贝蒂（Ann Beattie）所说，现在时能帮助作家想象正在发生的故事。一些生命虚构设置非常复杂的叙事时态，有关曼斯菲尔德的生命虚构叙事作品《盗贼》的四条故事线就分别采用了四种不同模式的叙事时态。第一条故事线展现曼斯菲尔德从 1989 年到 1923 年间的生活，由第三人称叙事者用现在时描述过去行为；第二条故事线通过第一人称叙事者罗杰直接与已去世的作家曼斯菲尔德的单方对话形式展现罗杰的故事，以及罗杰对曼斯菲尔德人生故事的偏执追寻，这些设置在背景为 1986 年的章节里，将现在行为用过去时进行讲述；第三条故事线是讲给一位叫艾德娜（Edna）的服务员听的关于蒙提的故事（蒙提曾答应给这位女孩讲自己的故事），由一位第三人称叙事者采用过去时讲述现在的行为；最后一条故事线，贝比小姐的十点"辩护"（vindica-

① de Groot, Jerome. *The Historical Novel*. London：Routledge，2010：110 – 111.

tion）部分通过人物的口头陈述形式展现，过去时和现在时交替使用。

生命虚构的虚构化手段主要有三种，一是采用真实人物本人或身边人物，甚至是虚构或杜撰人物代替学术型传记中故事外传记作家，充当虚拟的"故事内生命叙事者"，凸显生命的平等性以及生命再现的不确定性；二是通过生命因子与非生命因子的交织，改变甚至偏离历史人物的生命进程；三是采用过去与现在甚至将来的多联叙事、错层叙事等虚构化手段，制造时间错置感，形成对话式的生命书写模式。

（一）文学家与生命虚构叙事者关系的异同

不同于文学家传记虚构，在文学家生命虚构叙事作品里，作家不一定是主要人物或聚焦人物。文学家传记虚构是再现文学家生平的体裁，对其他人物的刻画和事件的描述的目的在于突出传主的性格和成就。然而，在后现代语境下的文学家生命虚构叙事中，对文学家的刻画可能是为了突出历史上的边缘人物或与文学家相联系的当代人物。也就是说，文学家只是其中的一个人物，可能是主要人物，也可能是次要人物，甚至可能是非实体人物。

大量出现的文学家生命虚构双联叙事一般都涉及历史和现实两条主线，两条线交叠对话，文学家和与其相关的生命故事往往是次要人物和隐含情节，或框架内的人物和故事中的故事。如果研究文类命名为"文学家传记虚构作品或小说"会引起误解。换句话说，文学家生命虚构叙事作品可以分为以文学家为中心人物的生命虚构（author-centric biofiction）、不以文学家为中心人物的生命虚构（author-de-centric biofiction），后者又可以分为作为次要人物的文学家生命虚构（author-as-secondary-character）和作为非人物的文学家生命虚构（author-as-non-character）两种情况①。

学术型传记一般采用的是全知叙事者和传记作家的视角与批评模式，根据维林吉诺娃（Velingenova）的两类六种叙事模式理论，传记作家的标准叙事模式属于第三人称客观模式。在这一模式中，叙事者也就是传记作家不是故事进程的参与者，而仅有转达故事的功能，不表达主观态度与价值判断，只执行陈述任务。但叙事者的客观性并不意味着作品缺乏意识形态上的叙事意旨，只是这种意旨不是从指定给叙事者的话语中清晰地透露出来，而是透过叙事结构的其他成分和风格技巧来呈现②。传记虚构则惯常采用文学家自我或身边与其关系较为密切的历史人物作为叙事者，也就是采用故事内第一人称主观叙事者模式。而生命虚构叙事所采用的视角更加灵活多样，虚拟程度

① 详见第二章术语分解里的"关于'文学家'"这一小节。
② Doleželová-Velingerová, Milena. *Narrative Modes in Late Qing Novels*. In Doleželová-Velingerová, Milena（ed.）. *The Chinese Novel at the Turn of the Century*. Toronto：University of Toronto Press，1980：58–59.

可以更高，因为它们除了文学家自我或身边历史人物的视角之外，还可以选择笔下虚构人物、同时代杜撰人物或当代人物的视角。

尽管看似传记虚构也可能采用文学家身边的历史人物作为叙事者，但不同的是，传记虚构一般采用与文学家保持长久密切关系的历史人物作为叙事者，而生命虚构叙事则在此基础上，还可以采用与文学家有短暂接触和交集的历史人物作为叙事者，他们都与其他参与生命进程的历史人物一样具有陈述、诠释和行动三重功能。比如纳吉米（Hassan Najmi）的《格特鲁德》（*Gertrude*，2013）以格特鲁德·斯泰因和爱丽丝在摩洛哥北部古城、海港城市丹吉尔游玩时，为他们担当了十天导游的穆罕默德为叙事者，《安徒生的英语》（*Andersen's English*，2010）从在狄更斯家中借住过五周的丹麦作家安徒生的视角讲述狄更斯和谐、光鲜表象下剑拔弩张的家庭关系，狄更斯与女演员艾伦·特南（Ellen Ternan）、他的妻妹乔治娜·霍加斯之间的不伦之恋等。

此外，生命虚构叙事惯常使用一种以"编者故事"为故事的外框架，框架内的故事与文学家人生故事相关的叙事模式。这种编者模式看似只是故事的外框架，采用第一人称修辞模式给读者展示对某位文学家生命文本的新发现，为进一步引出由另一个故事内叙事者讲述的文学家生命故事做出交代。虽然外层故事里的"编者叙事者"不是文学家故事进程的参与者，但与客观叙事者不同的是，他/她可以通过对内层故事加以"注解"的方式自由地表达主观判断及价值观念，让叙事者的陈述功能与诠释功能化而为一（参照第六章的生命虚构学术化行为）。

在以当代人物为叙事者的文学家生命虚构叙事中，文学家或以双联叙事中的一条线索中的具身人物出现，或出现在时空穿越作品里，或作为幽灵般的影子人物出现在对当代人物的意识和心理影响之中，他们绝非作品的最主要人物。这是学术型传记和传记虚构一般不采用的模式。在伊利奥特（Amanda Elyot）的《咫尺伊人》（*By a Lady*，2006）中，简·奥斯汀在小说主要情节已经全面铺开的情况下才进入故事之中，卡桑德拉（Cassandra Jane）经时空穿越到了1801年的巴斯与简·奥斯汀相遇。

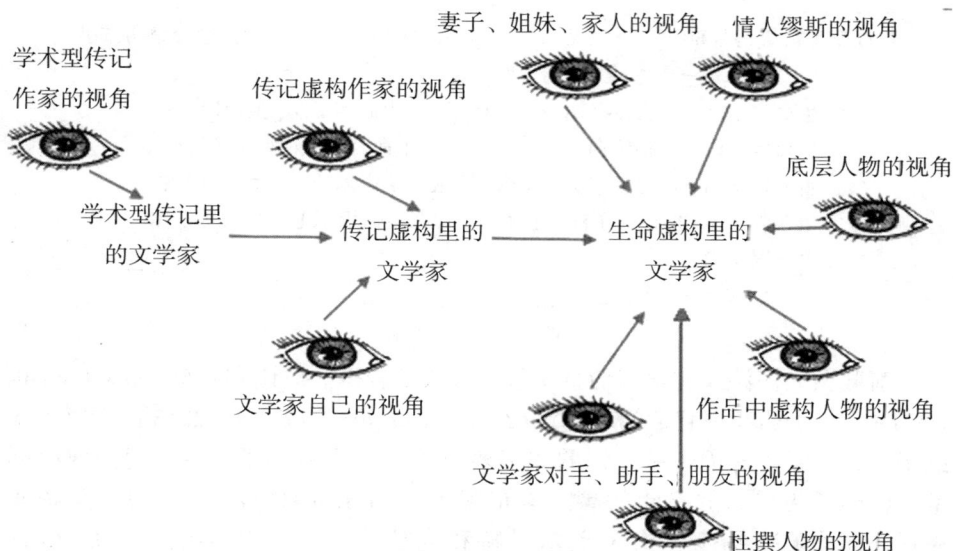

这些生命虚构叙事作品可能侧重描述文学家某一阶段的生命故事、文学家创作某部作品的过程、文学家与被创作的虚构人物之间的关系、与某一位历史人物之间的关系，因而，它们设定的生命故事在某种程度上与学术专著更为接近。

（二）全景型传记叙事与截取型生命虚构叙事的异同

文学家生命虚构不同于传记写作，不要求完整地描述传主的一生。生命虚构叙事可以是从摇篮到坟墓式的人生全景叙述，也可以只选取文学家生命中的几天甚至几小时内发生的事情进行叙述。大多数生命虚构叙事从文学家传记生命因子中选取最符合作家创作意图的人生片段进行虚构加工，而非全景型传记叙事。

这种截取文学家的人生时段（也许正是学术型传记或传统传记小说所忽略的重要时段）进行详述的做法，可称作截取型生命虚构（amputational bio-fiction）叙事，主要分为前截型、中截型、后截型和抽截型几种。

前截型生命虚构叙事	中截型生命虚构叙事	后截型生命虚构叙事

生命因子 A　生命因子 R　生命因子C　生命因子D　生命因子E
生命因子F　生命因子G　生命因子X　生命因子Y　生命因子Z
生命因子 H　生命因子 J　生命因子K　生命因子Q　生命因子 P
生命因子N　生命因子M　生命因子 V　生命因子 U　生命因子 W
生命因子 O

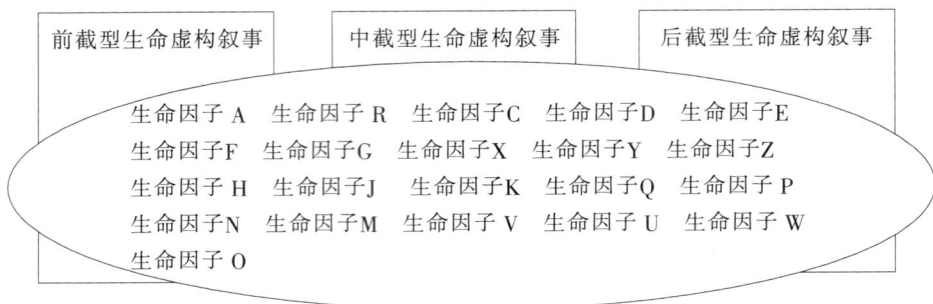

　　前截型大多涉及文学家的童年叙事和成长叙事。康诺利（Matthew Connolly）的《与水仙花一起翩翩起舞》（*Dances with the Daffodils*，2013）主要以华兹华斯的三级生命因子——诗歌和多萝西的一级生命因子——日记为叙事驱策，讲述了两兄妹的童年故事。奥布莱恩（Patricia O'Brien）的《荣耀斗篷：一部关于路易莎·梅·奥尔科特和克拉拉·巴顿的小说》（*The Glory Cloak：A Novel of Louisa May Alcott and Clara Barton*，2004）① 从虚构的表妹的视角讲述了路易莎的童年故事。霍普金森（Deborah Hopkinson）的《名叫狄更斯的男孩》（*A Boy Called Dickens*，2012）聚焦虚构狄更斯的苦难童年。

　　中截型大多涉及文学家的创作黄金期的事件，这一时期的事件往往是学术型传记或传记虚构的主体部分，其他人生时段的故事则进行相对的简略处理。其在生命虚构叙事的最重要定位是它们为学术型传记和传记虚构的互补文类，因而，中截型生命虚构叙事呈现出减少的趋势，而前截型、后截型、抽截型生命虚构叙事则呈增多的趋势。托宾的生命虚构叙事作品《大师》选取詹姆斯人生中的四年进行虚构，集中讲述那一时段詹姆斯的个人关系和对他创作过程的洞察。四年相对于詹姆斯 73 岁的生命而言只是人生的一小段。

　　后截型大多为死前叙事。在后现代生命虚构叙事中，死前叙事数量呈增多趋势。抽截型相对少见，典型的有阿兰瓦茨（Alan S. Watts）的《查尔斯·狄更斯的自白：一部非常真实的虚构》（*The Confessions of Charles Dickens：A Very Factual Fiction*，1992）。这部作品由十二章组成，每一章对狄更斯生命中的最后一年——1870 年的 1 月 23 日到 6 月 8 日几个月间的十二个不同日子里发生的事件进行描述。此外，福尔兹（Adam Foulds）关于诗人克莱尔的生

---

　　① 除《荣耀斗篷：一部关于路易莎·梅·奥尔科特和克拉拉·巴顿的小说》之外，与路易莎·梅·奥尔科特相关的生命虚构叙事作品还包括：阿特金斯（Jeannine Atkins）的《穿蓝衣的小妇人：一部关于梅·奥尔科特的小说》（*Little Woman in Blue：A Novel of May Alcott*，2015）、胡博（Elise Hooper）的《另一位奥尔科特》（*The Other Alcott*，2017）、托塞罗（Lorraine Tosiello）的《谣言传千里：一部关于路易莎·梅·奥尔科特在纽约的小说》（*Only Gossip Prospers：A Novel of Louisa May Alcott in New York*，2019）、麦克尼斯（Kelly O'Connor McNees）的《露易丝·梅·奥尔科特迷失的夏天》（*The Lost Summer of Louisa May Alcott*，2010）等。

命虚构叙事作品《不断深陷的迷惘》（*The Quickening Maze*，2010）选取了1837—1841 年五年间的七个季节里对应的传记文本生命因子作为虚构创作的基础。

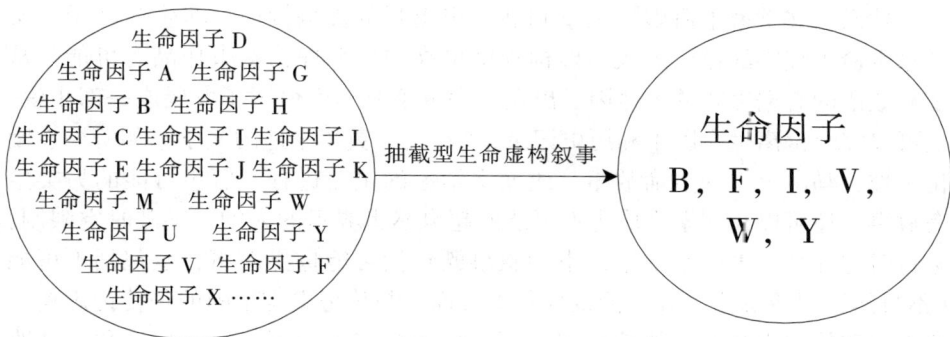

生命因子 D
生命因子 A　生命因子 G
生命因子 B　生命因子 H
生命因子 C 生命因子 I 生命因子 L
生命因子 E 生命因子 J 生命因子 K
生命因子 M　　生命因子 W
生命因子 U　　生命因子 Y
生命因子 V　　生命因子 F
生命因子 X ……

抽截型生命虚构叙事 →

生命因子
B，F，I，V，
W，Y

生命虚构叙事作品除前截型、中截型、后截型和抽截型叙事之外，还有一类是根据创作需要，截取文学家人生中的某段简短场景。《安徒生的英语》选取的是安徒生在狄更斯家中短暂停留五周里发生的故事；而在殴茨的美国作家生命虚构短篇小说环中，《圣巴索洛的大师》（*The Master at St Bartholomew's*，*1914—1916*，2008）就选取詹姆斯照顾、护理被炸弹炸伤的"一战"士兵，接受英国国籍并产生各种幻觉的这段人生经历为创作对象。

（三）生命因子与非生命因子在合成方式上的异同

学术型传记和传记虚构里进行推测性细节填充、主观阐释和逻辑推理是叙事建构的需要，这种类型的虚构是叙事过程中不可避免的副产品。与此不同的是，生命虚构中的虚构往往是有目的和故意性的。

文学家生命虚构叙事不再局限于局部型或细枝末节型的虚构。传统传记虚构必须是以文本性生命因子开始并以文本性生命因子结束文学家的生命描述，尽管中间可能插入许多非生命因子进行填补性的描述，这些非生命因子并不对文学家的生命进程和评价产生扭转性或颠覆性的影响。基于文本性生命因子的细节填充型生命虚构是传统传记虚构的一种"经典类型"，它与麦克海尔提到的"经典的"历史虚构一样，创作者的自由被限定在一定范围之内①，主要做的是对没被纳入官方纪录范围的文学家的非档案性生命因子（undocumented bio-meme）进行补充和假想创作，在它们留下的朦胧模糊的空

---

① McHale，Brian. *Postmodernist Fiction*. New York：Methuen，1987：87.

白处填入清晰连贯的信息①。就像阿特伍德（Margaret Atwood）谈到她重新想象马可仕的策略时所言——"对于铁板钉钉的事实，我无法改变它，但是对于那些留出空白没有解释的部分——那些没有被填满的缝隙——我可以尽情发挥。由于空隙数不胜数，因而想象无处不在"②。

　　然而，文学家生命虚构叙事则展示出更强的虚构倾向，非生命因子在文学家生命进程中的作用加大。虚构程度更高的生命虚构叙事作品有可能只从寥寥数语的有据可查的生命因子出发，大量填充非生命因子发展成一部小说，也可以完全偏离生命因子和历史记录，"延长"英年早逝的文学家如济慈、爱伦·坡、马洛等人的生命故事，改变文学家的生命进程，假想可能的另类生命故事，还可以让文学家成为不可能的超自然世界里的人物，突破时空限制，进行时空穿越。也就是说生命虚构叙事既包括可能世界叙事，也包括不可能（不自然）世界叙事。在可能世界叙事方面，与传记虚构不同的是传记虚构一般不突破传主生命的可能性框架，而生命虚构叙事则可以完全史实化，并改变生命虚构主体的生命轨迹。

　　1. 细节扩展型生命虚构

　　与前面提到的传记虚构中"基于文本性生命因子的细节填充型生命虚构"不同的是，细节扩展型生命虚构指的是在一级或二级生命因子中被简单提及或几笔带过的文本性生命因子在文学家生命虚构叙事中被赋予叙事框架地位。

　　然而，要使传记中的一句话、一小段生活记录、一个脚注形成一部小说的篇幅，往往需要大量生命文本填充，这种填充既包括传统传记虚构中的穿插式填充，也包括大范围的非生命因子填充，因而，从某种意义上来说，也可以看作细节扩展型生命虚构（augmentational biofiction）。如果说虚构化程度较低的作品主要是穿插性虚构，这种虚构方式是以生命因子作为出发点，主要叙事内容则为虚构的类型。细节扩展型生命虚构经典作品包括《安徒生的英语》（参照第三章二级生命因子选取与重新语境化）、《夫人的女仆》（*Lady's Maid*）（参照第四章仆人叙事）和《格特鲁德》（参照第四章底层异族人物叙事）等。

---

　　① Latham, Monica. "Serv［ing］Under Two Masters"：Virginia Woolf's Afterlives in Contemporary Biofictions. *A/B*：*Auto/Biography Studies*, 2012, 27（2）：356.

　　② 原文为"When there was a solid fact, I could not alter it；［...］but, in the parts left unexplained—the gaps left unfilled—I was free to invent. Since there were a lot of gaps, there is a lot of invention"。引自 Atwood, Margaret. In Search of Alias Grace：On Writing Canadian Historical Fiction. *The American Historical Review*, 1998, 103（5）：1515.

生命因子 D
生命因子 A　生命因子 G
生命因子 B　生命因子 F
生命因子 C 生命因子 I 生命因子 L
生命因子 E 生命因子 J 生命因子 K
生命因子 M　　生命因子 W
生命因子 U　　生命因子 Y
生命因子 V　　生命因子 H
生命因子 X ……

细节扩展 →

生命
因子 I

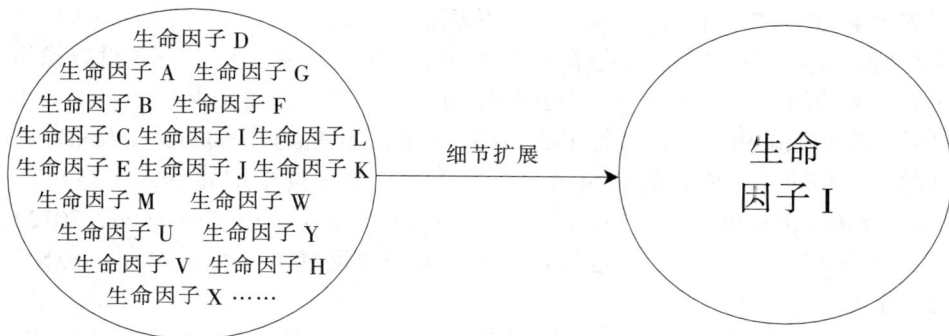

托塞罗（Lorraine Tosiello）的《谣言传千里：一部关于路易莎·梅·奥尔科特在纽约的小说》（*Only Gossip Prospers：A Novel of Louisa May Alcott in New York*，2019）就源自 1875 年的一段对路易莎·梅在美国生活的一个冬天的非常粗略的日记内容。日记简单地记录了她在纽约遇到的一些人、参加的几场沙龙和几次外出活动。女作家原本打算住在这座充满激情和魅力的城市里直到自己厌倦为止，然而，却在第二年的一月中旬突然离开了这里。通过虚构女作家的信件，这部生命虚构叙事作品给读者解答了各种缘由。

我们也都知道在 1899 年圣诞节后的几天，亨利·詹姆斯，H. 瑞德·哈格德（Sir Henry Rider Haggard）[1]、康拉德、侦探作家梅逊（A. E. W. Mason）[2]、威尔斯（H. G. Wells）、乔治·吉辛（George Gissing）等风格属于完全不同的两大阵营的作家受邀到史蒂芬·克莱恩（Stephen Crane）在东萨克赛斯的大宅里共进晚餐。以此历史事件为出发点，亨特（Erin E. Hunter）创作了小说《生死攸关》（*A Great Divide*，2015），讲述这个原本为了寻欢作乐、逗趣搞笑而聚在一起的事件如何变得悬疑重重、险境环生，而事情的缘由在于詹姆斯与史蒂文森之间的一封信件和早就遗失的《亚瑟王之死》（*Le Mort 'd Arthur*）手稿。

帕尔马的《凡妮莎与她的妹妹》将姐妹之间的信件来往这一生命因子事件扩展，讲述了与两封虚构的信件相关的故事。里面提到的许多细节：如伍尔夫向闺密维奥莱特·迪金森[3]讨要一张写作桌，伍尔夫参与 1910 年的"无

---

① 哈格德（1568—1925），维多利亚晚期作家。

② 二十世纪上半叶最著名的推理史黄金时期的开创者梅逊（1865—1948）创作的战争小说《四片羽翼》（*The Four Feathers*，1902）曾红极一时。

③ 在遇到薇塔·萨克维尔（Vita Sackville-West）之前，伍尔夫与比自己大近 20 岁的贵族女性维奥莱特·迪金森有过一段炽烈的关系。

畏舰大骗局"（Dreadnought Hoax）①，凡妮莎·贝尔在与弗莱（Roger Fly）产生恋情前丢失了婚戒等，都是符合史实的生命因子事件。帕尔马并没有像伍尔夫提到的那样，使虚构与史实互相抵消，互相质疑，而是通过一些史实事件的串缀使她虚构的事件获得了真实感，也就是拉哲姆（Monica Latham）在她的《一仆两主：弗吉尼亚·伍尔夫在当代生命虚构中的死后人生》（*Serv［ing］Under Two Masters：Virginia's Afterlives in Contemporary Biofictions*，2012）一文中提到的，"想象力"这位仆人同时成功地侍奉了"传记"和"虚构"两位主人②。

生命虚构叙事对文学家生命进程中的某些事件或关系进行细节放大叙述，在某种程度上其具有类似文学家学术研究专著的特点，只不过生命虚构叙事不需要对事件的真实性负责，只需要对叙述的艺术性负责。

2. 生命延续型虚构

从隐喻意义上来说，所有文学家生命虚构叙事通过将文学家的生命故事置于新的社会文化语境中都延展了文学家的死后来生（afterlife），但其中有一部分作品真正地延长了文学家的"寿命"，英年早逝的文学家如济慈、爱伦·坡、马洛、莫里森等的生命故事"被延长"，本书称其为生命延续型虚构。生命延续型虚构指的是以文学家文本性生命因子为基础，通过创设延续型非生命因子，让文学家在传统传记记录的生命结束之后仍然活在这个生命虚构文本里的作品。

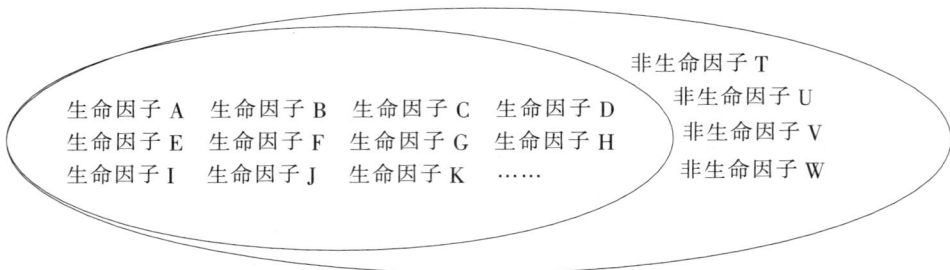

典型的生命延续型虚构叙事作品主要有格雷的《一息尚存》、莫什的《凯克博士的杜撰》、曼泽瑞克（Ray Manzarek）的《放逐的诗人：一部小说》

---

① 伍尔夫女扮男装与诗人威廉·科尔（Horace de Vere Cole）等人抹黑脸，乔装成阿比西尼亚帝国（埃塞俄比亚前身）的皇室成员，成功骗过皇家海军，进入无畏号战舰，获舰队以军礼隆重款待，一桩"无畏舰大骗局"（Dreadnought Hoax）毫无破绽地完成。

② 原文是"New genre that shows that imagination can successfully serve these two masters［biography and fiction］simultaneously"。引自 Latham，Monica．"Serv［ing］Under Two Masters"：Virginia Woolf's Afterlives in Contemporary Biofictions. *A/B：Auto/Biography Studies*，2012，27（2）：355.

（*The Poet in Exile*：*A Novel*，2001）①、巴玻尔的《马洛手稿》和麦琪·吉（Maggie Gee）的《弗吉尼亚·伍尔夫在曼哈顿》（*Virginia Woolf in Manhattan*，2014）等。

较早进行文学家生命延续型虚构叙事创作的实践者是霍桑（Nathaniel Hawthorne）。其《P 的来信》（*P. 's Correspondence*，2005）就通过信件方式虚构了拜伦、雪莱、彭斯等文学家的生命延续故事。霍桑于 1845 年 2 月 29 日收到 P 先生的来信（由于这一年 2 月不可能有 29 天，这可以视为霍桑揭示作品虚构性的一种修辞），P 先生描述了他遇见仍然在世，并没有英年早逝的上述几位历史人物的故事。霍桑在一开始介绍 P 先生时，就已透露这位写信者叙述的不可靠性。

此后的生命延续型虚构叙事多少受了霍桑这部短篇小说的影响和启发。《凯克博士的杜撰》延续了济慈的生命故事，可以看作莫什撰写的济慈传记的虚构续集（fictional sequel）。叙事者威廉·塔波，一位维多利亚中期的医生和业余诗人，描述了自己与一位同样爱好写诗的医生——患有肺病即将离世的凯克博士短暂相识的故事。1844 年塔波上门拜访凯克时，被凯克家满书架的文学书籍惊呆了。他们一起谈论诗歌，细细地研读上一代大师——华兹华斯、拜伦、雪莱、济慈的作品。一提到济慈，对话就显得有些异样，读者可以得知凯克年轻时就在诗歌创作方面抱负宏远，他对济慈的悲剧故事特别痛心疾首。

即将死去的凯克甚至逐渐地进入一种情绪，开始隐讳地进行人生自白，让人感觉他就是济慈本人，他并没有在 25 岁那年（1821 年）因肺结核死于罗马，而是装死，回到英格兰之后，他隐姓埋名，以乡村医生为职业。而现在济慈正在塔波面前第二次死去，由于视塔波为志趣相投的知己，渐渐地将自己死前的经历讲述给塔波听，并解释自己为什么改名换姓，与那个济慈断绝关系。很有意思的是，在这个生命延续型虚构故事里，莫什赋予了自己编者的身份，他在前言里对编辑工作的介绍制造了塔波是真实历史人物的氛围。

怀特（Edmund White）的《梦之旅馆》既是死亡叙事，也是生命延续型虚构叙事，因为怀特虚构了克莱恩在死前口述自己的最后一部小说，让妻子珂拉打出来的故事，延续了克莱恩的创作生命。这种虚构可以被称作生命因子的不忠实延续/补充。很明显，怀特为克莱恩添加了一些想象的生命因子输入，如去纽约转了一圈，遇到了他书中的主人公，听了他讲的故事，并开始着手创作，也添加了一些文学输入。怀特想象了克莱恩小说里的各种片段，这与拜厄特的《占有：一部罗曼史》以及温德（Robert Winder）的《莎士比

---

① 诗人艺术家吉姆·莫里森于 1971 年 7 月 3 日在其法国巴黎住处的浴缸中死亡，终年 28 岁。

亚先生的最后一幕》（*The Final Act of Mr. Shakespeare*，2011）有异曲同工之妙①。

根据记载，伍尔夫的生命结束于 1941 年 3 月 28 日，然而在《弗吉尼亚·伍尔夫在曼哈顿》这部作品中，伍尔夫的生命在 21 世纪得以延续，突然穿越到了存有她大量生命因子档案的曼哈顿伯格藏书馆，出现在熙熙攘攘的纽约街头，并在伊斯坦布尔出席关于她在 21 世纪的文学地位的学术研讨会。作品通过运用时空错置错层叙事，将伍尔夫置身于一个全然不同于她的生活世界的地方，突出后现代创作的时间错置和非历史性两大趋势，这远远超出传记虚构的自由范围。与延展济慈生命的作品《凯克博士的杜撰》不同的是，《弗吉尼亚·伍尔夫在曼哈顿》不仅涉及伍尔夫的生命延续，而且让伍尔夫的生命在另一个非连续的时空里得以延续。作品一方面采用非自然时空叙事框架，让伍尔夫在 21 世纪获得新生，跟随当代英国小说家一起游历纽约和伊斯坦布尔，麦琪游刃有余地对 20 世纪的文化与 21 世纪的英美文化进行了充分的、深度的对比。

3. 无中生有型虚构

无中生有型虚构指的是对关于某个文学家的官方传记和档案中完全没有记载的事件进行构建型想象的行为。布拉德伯雷（Malcolm Bradbury）在其创作的关于狄德罗的生命虚构小说《冬宫行记》（*To the Hermitage*，2000）的序言中说道："我也冒着创作风险，让一生不可能谋面的两个人相遇。在我看来，他们确实应该相遇。我改变了他们的人生与事业，赋予他们新的气质、新的机遇、新的爱情。"② 在《冬宫行记》中，布拉德伯雷让即将寿终正寝的狄德罗与一位神秘的来访者——杰斐逊（Thomas Jefferson）见了面。杰斐逊因而得以聆听了狄德罗的思想精华，并决定将无法在俄国实现的民主和执政思想在美国推行，这使弥留之际的狄德罗感到毕生努力没有完全白费。而事实上，阅遍所有与狄德罗相关的史料，并无关于他死前与杰斐逊相遇的任何记载，因而，这一细节为布拉德伯雷所杜撰。

《夏日旅馆的衣服》（*Clothes for Summer Hotel*）讲述的是菲茨杰拉德在去世前夜赴艾什维尔精神病院探望妻子泽尔达的故事，然而，这一事件实为威廉姆斯所虚构。事实上，泽尔达在菲茨杰拉德去世前的一年半时间里从未见过他。最后一次相聚是在 1939 年的 1 月，菲茨杰拉德与泽尔达同游古巴，试图通过旅行修复婚姻，结果却不欢而散——前者因酗酒住了院，后者则返回精神病院。因而，去世前夜的这一探望非真实历史事件，而是出于某种艺术目的而进行的创作，毕竟，威廉姆斯写的不是传记。

① Kusek，Robert. *Authors on Authors：In Selected Biographical-Novels-About-Writers*. Kracow：Jagiellonian University Press，2013：36.

② Bradbury，Malcolm. *To the Hermitage*. London：Picador，2000：i.

4．生命细节篡改型虚构

一些生命虚构叙事作品建立在与文学家的生命因子相背离的前提之下。如在克罗利的小说《拜伦爵士的小说：黑夜之地》（*Lord Byron's Novel*：*The Evening Land*，2006）中，拜伦在还没写完小说《黑夜之地》时就去世了，后来这部作品遗失了。然而，事实上这部未完之作从未消失过，一直与拜伦的其他作品一起收录在拜伦全集中。《黑夜之地》是在虚构恐怖故事比赛中与《弗兰肯斯坦》《吸血鬼》等故事一同诞生的，讲述了一位神秘的老人旅行到东方后离奇地死去的故事。克罗利让这部作品消失之后，又神秘地到了拜伦的女儿艾达手里，才得以让未曾生活在一起的艾达通过这部作品解密谅解了自己的父亲。

如果说《冬宫行记》的虚构无关紧要，那么，库切的《彼得堡的大师》里的虚构则使整部作品可能遭受背离史实的批判。这部小说描述在 1869 年 10 月和 11 月间陀思妥耶夫斯基在接到继子伊萨夫（Pavel Isaev）的死讯后返回圣彼得堡所发生的事件。然而，没有任何一部关于这位俄国大师的传记提到过大师回圣彼得堡的事件①。相反，自 1867 年与安娜（Anna Grigoryevna Snitkina）结婚后，他基本旅居国外，主要在德国和瑞士（1869 年 10 月和 11 月这两个月居住在德国的德雷斯顿），直至 1871 年 7 月才回到俄国，比库切的小说里叙述的时间晚了 18 个月。此外，库切还对陀思妥耶夫斯基的人生进行了更加彻底的修改——他根本没必要在 1869 年深秋返回圣彼得堡，因为他的继子根本没死，相反，在 1881 年他去世之后仍好端端地活着。

库切的小说故意公然违背历史事件在本体和事实上的情形，用库切笔下虚构的陀思妥耶夫斯基的话来说，就是"对真实的歪曲"（perversion of the truth）②，是一种假想（speculativeness），它作为一种修辞，并非单纯的虚构，是与库切独特的叙事意图分不开的。库切的小说通过时空移置，实际上是关于库切所生活的南非的故事，而小说里的陀思妥耶夫斯基的生命故事则是库切的自传叙事③。库赛克称这类生命虚构为"生命奇幻牧事"（biofantasy），但本书认为这一体裁在后现代生命虚构叙事作品中极为常见，在本书的研究语境下，奇幻叙事是更加离奇的、包含超自然元素的叙事。

5．改变生命进程的另类生命虚构

"'假如……会如何?'另类虚构叙事"（"what if" narrative）也可以被称作虚拟（virtual biofiction），抑或假设性文学家生命虚构叙事（hypothetical

①　Kusek, Robert. *Authors on Authors*：*In Selected Biographical-Novels-About-Writers*. Kracow：Jagiellonian University Press，2013：129 – 130.

②　Coetzee, John Michael. *The Master of Petersburg*. New York：Penguin Books，1995：236.

③　Kusek, Robert. *Authors on Authors*：*In Selected Biographical-Novels-About-Writers*. Kracow：Jagiellonian University Press，2013：150.

biofiction）或假想性生命虚构叙事（speculative biofiction），指的是明显与文学家生命因子文本记录相违背，设想假如与文学家相关的某件发生过的事没发生，或没发生的事发生了，文学家的生命进程会如何被改写的生命虚构叙事作品。它是一种违反文学家生命因子但不违反可能世界理论的叙事。

埃克罗伊德的《弥尔顿在美国》（*Milton in America*，1997）用整部生命虚构叙事作品杜撰了弥尔顿的美国之行。埃克罗伊德假想弥尔顿没有于王朝复辟之后在伦敦安享天年，而是逃避君主暴政并在新世界进行曲线救国运动（"in order to save England... to be England"），在伦敦小伙子古斯奎尔（Goose-quill）的帮助下秘密前往美国新英格兰，成为当地的清教社区领袖，并与从弗吉尼亚迁来的凯姆皮斯（Ralph Kempis）建立的罗马天主教社区产生冲突。

哈里·特托尔德芙（Harry Turtledove）是当代重要的另类历史创作大家，他的一部作品《被统治的不列颠》（*Ruled Britannia*，2006）涉及另类文学家生命虚构。这部作品获得2003年度另类历史侧面奖（Sidewise Awards for Alternate History）提名，被尊为另类历史创作的黄金标准作品，最重要的原因是作品既涉及另类政治军事历史，也涉及另类文学史。在这部作品里，西班牙国王腓力二世利用海上霸权和"无敌舰队"打败了英国女王伊丽莎白，并将其囚禁在伦敦塔里，由腓力二世的女儿伊莎贝拉统治英国①。在这个被改写的另类历史大语境下，英国戏剧家莎士比亚与本无任何关联的西班牙黄金时期巴洛克风格戏剧家、诗人维加（Lope de Vega）的人生出现交集。

在这部作品里，维加作为一名入侵士兵来到了伦敦（事实上，根据历史记载，维加确实曾被征为西班牙海军士兵），此时的维加还没有任何作品问世，只是一位名不见经传的"文艺兵"。在这个虚拟的故事世界里，莎士比亚一方面受雇于英国革命派斯格里斯（Nicholas Skeres）②，创作一部歌颂英国人在公元一世纪反抗罗马殖民入侵的历史戏剧《布迪卡》（*Boudicca*）③；另一方面受命于入侵者腓力二世，创作一部歌颂西班牙英勇善战、一举打败英国的戏剧。

维加在小说中的重要作用在于监督莎士比亚完成腓力二世要求其创作的戏剧。他甚至在莎士比亚的戏剧《腓力王》（*King Philip*）中扮演一个角色。最终，莎士比亚完成了《布迪卡》，成功地激起了不列颠民众反抗西班牙侵略者的勇气和斗志，将他们赶出不列颠，并解救了被囚禁在伦敦塔里的伊丽莎

---

① 真正的历史是——西班牙国王腓力二世当年发动对英国女王伊丽莎白的战争，但他称霸海上的"无敌舰队"戏剧性地被英军毁灭，让英国有了建立海上霸权时代的机会。

② 尼古拉斯是伊丽莎白时期的一位历史人物，曾作为小说人物出现在其他作家生命虚构叙事作品中，如伯吉斯的《德特福德的死人》、威尔士（Louise Welsh）的《帖木儿必死》、贝雅德（Louis Bayard）的《暗夜学派》（*The School of Night*，2011）等。

③ 布迪卡是英格兰东英吉利亚地区古代爱西尼部落的王后和女王，她领导了不列颠诸部落反抗罗马帝国占领军统治的起义。

白女王。这部另类文学史作品里的《布迪卡》实际为哈里所杜撰，但根据该小说的后记所述，《布迪卡》为作者利用莎士比亚其他作品的元素，并在大量引用同时代戏剧家、合著者弗雷切（John Fletcher）的真实戏剧《布迪卡》的基础上合成。而《腓力王》也是利用莎士比亚的实存戏剧拼凑而成①。另类生命虚构既丰富了文学家的生命故事，也可能赋予文学家另类身份，这也是前面章节里提到的生命虚构是一种"大于文学家人生故事"的写作的重要原因。

6. 文学家生命奇幻叙事

《致命的相似》、《吸血鬼的饥饿与狂喜》（*Hunger and Ecstasy of Vampires*，1996）、《艺术谋杀》（*Murder as a Fine Art*，2013）、《女妖的凝视》（*The Stress of Her Regard*）、《阿努比斯门》（*Anubis' Gate*）、《将我藏在墓中》和《魔鬼栖息地的梭罗》属于超自然混搭叙事类型，将科幻、侦探、悬疑、吸血鬼、时空穿越等元素加入文学家生命故事当中，这类小说可被称作"文学家生命奇幻叙事"（bio-fantasy about literary writer），它们将文学家生命因子挪用到奇幻作家需要的故事框架中去。

以杰尔德（Ken Gelder）为代表的一派学者声称"通俗虚构最好被设想为大写文学的反面"，两者的显著区别在于"文学与艺术世界交融在一起，而相反，通俗虚构……则是依据某种固定工序做出来的工艺成品"②。他用大写字母"L"的文学代表前者，指代展示作家强烈个人艺术风格的作品，以显示它的优势意义，小写字母"l"的文学代表后者，说明它的次要地位。这种两分法将相互关联的情况过于简单化。文学家生命奇幻叙事作家们通过在文本里植入高雅文化美学颠覆了这种长期存在的边界。

文学家生命奇幻叙事与一般的纯虚构的通俗小说不同的是它们融入了对历史和生命元素的细致研究。在布兰德雷思（Gyles Brandreth）关于王尔德的侦探小说系列中，除了谋杀案是虚构的，王尔德身边的人物和发生的事件基本都是真实的。甚至在他的文本中，围绕对王尔德的审判和定罪的一连串时间——他与男人的关系、审美运动、他与妻子的关系——也一起被挖掘和"审判"。

此外，与传统探案小说不同的是，文学家生命虚构叙事框架内的探案作品里的许多案件都与文学家和文学作品相关，它们作为探案的线索出现在作品里。这些作品与2009年出版的《但丁俱乐部》在叙述类型上接近，将谋杀案与某部文学著作联系起来，如"艺术谋杀"这一标题就影射了德昆西的散文《论作为一门艺术的谋杀》（*On Murder Considered as One of the Fine Arts*），

---

① 参照词条"被统治的不列颠"（Ruled Britannia），https：//en. wikipedia. org/wiki/Ruled_Britannia.

② 原文为"Literature is enmeshed with the art world；by contrast，popular fiction... is a craft"。引自 Gelder，Ken. *Popular Fiction：The Logics and Practices of a Literary Field*. London：Routledge，2004：17.

就像《但丁俱乐部》里的谋杀与美国炉边派诗人们（Fireside Poets）正在致力翻译的但丁的《地狱篇》（*Inferno*）里的描述如出一辙，《艺术谋杀》里的凶手似乎从德昆西的散文中获取谋杀计划的灵感，这类作品大多最终通过文学作品和文学人物参与叙事进程的方式，作为解开谜案的钥匙。

即使是最远离现实主义规约、虚构元素最突出的作品《将我藏在墓中》也融入了鲍尔斯对济慈、拜伦、雪莱、柯勒律治、波里杜利、罗塞蒂等人的细致推敲和对文学历史的全面把握，并且将他们的信件、日记、传记资料等编织到情节当中。这也就是"文学家生命奇幻叙事"与其他奇幻叙事的根本区别所在。

因而，生命奇幻叙事打破了高雅与低俗文学之间的对立，融合了两者的长处，既具有传记和学术作品的知识性和批评性，也具有通俗作品的故事性和娱乐性，它们从诸如爱情、惊悚故事、秘史和侦探小说等通俗体裁那里借来商业版式，又以学者型的文学创作背景为卖点，将文学家生命故事从曲高和寡的大雅之堂推广到通俗易懂的读物中。

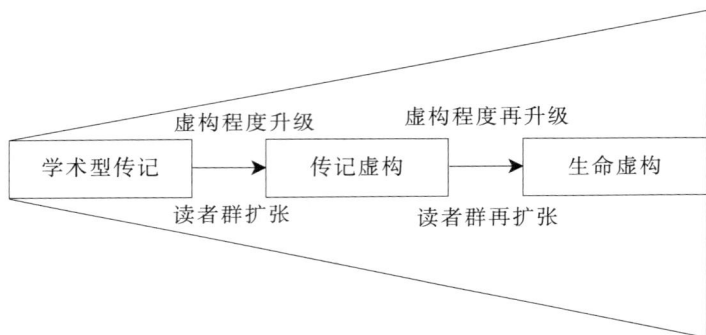

从学术型传记到传记虚构再到生命虚构，随着虚构成分和程度在不断加强，叙事策略更加多样化，读者群也呈不断扩张的趋势。能引起当代读者阅读兴趣和容易"被消费"的往往是这类将文学性与类型小说（genre fiction）加以调和的作品。这一混合文类的最大优势在于可以吸引广大不同背景和阅读倾向的读者。它们采用从爱情、惊悚故事、秘史和侦探小说等通俗体裁那里借来的商业版式，又可以利用学者型的文学创作作为卖点，吸引了众多读者的眼球。甚至可以说，从某种意义而言，文学家生命虚构引发了一场阅读革命。

我们盯着后视镜看现在，我们倒退着走向未来①。

——马歇尔·麦克卢汉

第四节　文学家生命虚构的叙事形式与特点

20 世纪 90 年代后的文学家生命虚构叙事作品不仅在数量上突飞猛进，而且在叙事特征上都表现出明显不同于以前的作品的模式，比如隐性生命虚构叙事呈现减少的趋势，新语境下的隐性生命虚构叙事表现出新的叙事特点；生命虚构叙事形式不再局限于小说，还出现短篇小说环、诗行虚构叙事、采访对话虚构叙事等形式，呈现出更加多样化的趋势；在故事线设置上，后现代生命虚构叙事更倾向于双联和多联叙事等。

一、隐性到显性生命虚构叙事的过渡

在这一小节里，文学家生命虚构叙事作品被分为隐性生命虚构叙事（implicit biofictional narrative）和显性生命虚构叙事（explicit biofictional narrative）两种类型，阐释两种类型的区别和在后现代语境下呈现出的新特点。

（一）隐性生命虚构叙事的提出

在 20 世纪中期以前，许多小说讲述的是历史人物的故事，但在当时的时代背景下，只能通过化名变成虚构人物的形式出版，但读者很容易就能捅破这中间薄薄的一层纸一样的关系，找到他们所对应的历史人物。这类小说最早流行于 17 世纪的法国，当时被称作"带钥匙"（法语称作 à clef 或 livre à clef；德语称作 schlüsselroman；英语则译为 narrative with a key）的叙事模式②。与文学史上的作家相关的带钥匙叙事模式包括带钥匙诗歌（poeme à clef），如

---

① 原文是 "We look at the present through a rear view mirror. We march backwards into the future"。McLuhan, Marshall. *Understanding Media: The Extensions of Man.* New York: Signet Books. Piaget, Jean, 1967: 34.

② 本节中对"带钥匙"叙事作品的列举主要在参考两本书——沃尔布里奇（Earle Francis Walbridge）的《来自生活里的文学人物：带钥匙故事，带钥匙戏剧和诗歌里的真实人物》（*Literary Characters Drawn from Life: Romans À Clef, Drames À Clef, Real People in Poetry*, 2007）和林托尔（Rintoul M. C.）的《虚构作品中的真实人物和地名词典》（*Dictionary of Real People and Places in Fiction*, 1993）的基础上整理而来。

丁尼生（Alfred Tennyson）的《悼念》（In Memoriam，1850）；带钥匙戏剧（drames à clef），如琼生的《冒牌诗人》（Poetaster，1601）和带钥匙小说（roman à clef），如皮科克（Thomas Love Peacock）的《噩梦隐修院》（Nightmare Abbey，1818）等。

这一术语由法国女作家玛德琳·史居里（Madeleine de Scudéry，1607—1701）首创，她是 17 世纪最著名的沙龙——朗布依埃侯爵夫人举办的沙龙（La Marquise de Rambouillet's salon）的常客，在这个圈子里活跃着当时法国最出名的作家、哲学家甚至皇室成员，史居里夫人想要写关于沙龙和其中的各种情史绯闻，但在那个历史背景下，直接写出来意味着要被关进巴士底狱。因而，在她的小说《大居鲁士》（Le Grand Cyrus）里，这些重要的熟人被贴上了希腊神话里的人物的名字，此文类诞生之后不仅出现了带钥匙戏剧（drama à clef），还出现了带钥匙电影（film à clef）。

带钥匙叙事不直接采用文学家的名字作为人物名字，但叙事中暗含各种细节，让读者能够将虚构人物与历史人物联系起来，认定他们之间的确切关联。有的时候，带钥匙小说也通过作者在其他作品或场合里对作品里的虚构人物与真实人物之间联系的自我揭露，或通过前言、后记，或采用文学手法等方式来呈现。它是介于纯虚构与传记类叙事之间的一种文类，也是从纯虚构叙事到文学家生命虚构叙事的一个过渡文类。

库赛克把这种基于真实文学家却更换人名、地名等方式创作的小说称作"伪装下的作家小说"（writers-in-disguise）[1]。在带钥匙叙事的基础上，结合其他研究者的文献，如科尔克的隐含生命虚构叙事（implicit biofiction）、直白生命虚构叙事（outright biofiction）[2]，以及"挪用型生命虚构"（appropriated biofiction）[3]，本书提出了隐性生命虚构叙事这一类别，与显性生命虚构叙事对应，描述以虚构人物做伪装，采用化名（alias）的形式讲述真实的文学家生命故事的作品。

这些被虚构出来的人物是文学家历史人物的虚构阿凡达（fictionalized avatars），是现实中的人物的虚构化再现。在虚构作品里的某些重要特征透露出该人物与某位或多位文学家的生命因子存在对应关系，这些生命因子起到了推动叙事进程的作用，并成为解开非虚构与虚构之间关系的钥匙。也就是说"生命因子"起到了打开与之相配的锁的"钥匙"的作用。由于作者挪用了

---

[1] Kusek，Robert. *Authors on Authors：In Selected Biographical-Novels-About-Writers*. Kracow：Jagiellonian University Press，2013：32.

[2] Kusek，Robert. *Authors on Authors：In Selected Biographical-Novels-About-Writers*. Kracow：Jagiellonian University Press，2013：196.

[3] Kusek，Robert. *Authors on Authors：In Selected Biographical-Novels-About-Writers*. Kracow：Jagiellonian University Press，2013：11.

文学家的生命因子用于虚构作品的创作，却通过不直接使用历史人物对应的人名的方式加以掩饰，这类作品也被称作挪用型生命虚构或被掩饰的生命虚构（glossed biofiction）[1]。

（二）隐性生命虚构叙事的判别

这种对应关系不是一种纯粹的猜测和解读的关系，而是通过前面定义的各级生命因子，包括生平档案、人生轨迹、信件日记、传记回忆录、对话采访资料、所撰写的作品等实体信息的对应联系在一起。比如，华顿（Edith Wharton）的《归隐之士与荒野之妇》（*The Hermit and the Wild Woman*，1908）里的隐士被认为在许多方面与亨利·詹姆斯相似[2]，尽管提出这一观点的丁特纳（Adeline R. Tintner）花费了数十页篇幅来论证这一关联性，但论证的基础都不是建立在生命因子上，因而，不能将这部小说称为隐性生命虚构叙事作品。

正因如此，丁特纳的观点只能与刘易斯（R. W. B. Lewis）[3] 和怀特（Barbara White）[4] 等评论家的观点一起成为众多关联性解读中的一种，而非绝对联系和论断。相反，有些作品的人物虽然表面看上去与历史人物没有非常明显的联系，但经过生命因子比对，可以发现两者之间有诸多蛛丝马迹的巧合，依此断定虚构作品与文学家之间的绝对联系。

典型的隐性生命虚构叙事作品有收录在麦克唐纳德（George MacDonald）的虚构作品集《阿黛拉·卡斯卡特》里的《残忍的画家：一则短篇故事》（*The Cruel Painter*：*A Short Story*，1864）。库普曼（Jennifer Koopman）在她的《解救浪漫主义：乔治·麦克唐纳德，珀西·雪莱，和文学史》中辟出整一章"'The Cruel Painter' as a Rewriting of the Shelley-Godwin Triangle"用来专门论述"残忍的画家：一则短篇故事"里的三个主要人物——沃尔肯立希（Karl von Wolkenlicht）、莉里丝（Lilith）和特弗尔斯伯斯特（Teusfelsbürst）如何与珀西·雪莱、玛丽·雪莱以及玛丽·雪莱的父亲威廉·戈德文（William Godwin）相对应。

库普曼的论据主要来自几个方面，一是麦克唐纳德在非虚构著作里对雪莱的传记性描述；二是通过对照麦克唐纳德本人编撰的1860年版的《大英百科全书》（*Encyclopedia Britannica*）里介绍雪莱的词条，发现两者对雪莱的各

① Kusek，Robert. *Authors on Authors*：*In Selected Biographical-Novels-About-Writers*. Kracow：Jagiellonian University Press，2013：11.

② Tintner，Adeline R. *Edith Wharton in Context*：*Essays on Intertextuality*. Tuscaloosa：The University of Alabama Press，1999：9-92.

③ 刘易斯认为这部小说再现的是伊迪丝·华顿与华尔特·贝利（Walter Berry）之间的故事。

④ 怀特认为隐士和荒野女士是伊迪丝·华顿自我的两个极端表现。

方面描述采用了非常相似的辞藻；三是同时代的传记作家对雪莱的描述。这些对应都来自雪莱的文本性生命因子，因而可以确定这部短篇小说属于隐性生命虚构叙事。麦克唐纳德的这部作品激发了玛丽·雪莱的《弗兰肯斯坦》的创作。

此外，伍尔夫的《奥兰多》（Orlando）① 也是一部关于薇塔的实验性隐性生命虚构叙事作品。这部作品被誉为世界文学中的最美情书，是伍尔夫写给闺密薇塔的情书。库里（Elizabeth Cooley）在一篇题为"革命化的传记：奥兰多——奥兰多、罗杰·弗莱和传统中君士坦丁堡的意义"（"Revolutionizing Biography：Orlando—The Significance of Constantinople in Orlando，Roger Fry，and the Tradition"）的文章中，有时将《奥兰多》称作"传记"，有时称作"小说"，有时又称作"虚假的传记小说"（quasi-biographical novel），她提到，伍尔夫成功地在虚构外衣的掩护下，完成了对薇塔的传记肖像画②，也捕捉到了真实和现实的薇塔。这是一部虚构人物的传记，同时也是真实人物的生命虚构叙事。也有评论家认为，《奥兰多》同时也是伍尔夫的自传，在这部"传记"中，奥兰多和薇塔以及伍尔夫在某种意义上实现了"相互替代"（mutual substitution）③，包括"ta们"的性别身份等，因而，《奥兰多》也可以说是关于伍尔夫自己的隐性生命虚构叙事作品。

（三）从隐性到显性生命虚构叙事的过渡

皮科克、玛丽·雪莱（Mary Wollstonecraft Godwin）、梅·奥尔科特（Louisa May Alcott）、毛姆（Somerset Maugham）④、詹姆斯、休·华尔波尔爵士（Sir Hugh Walpole）、梅尔维尔（Herman Melville）和梅瑞狄斯（George Meredith）⑤ 等都是传统隐性生命虚构叙事的高手，主要虚构对象为浪漫主义诗人和维多利亚作家等。

此外，由于传统隐性生命虚构叙事大多讲述作家自己身边或同时代的文学家人物的故事，一般并非对文学家先辈的生命叙述，因而往往涉及作家的自我虚构，也就是说作家本人也是其中的一个带钥匙人物，如特莱弗斯

---

① 伍尔夫本人对成功撰写传记文类作品持怀疑态度，当提到为罗杰·弗莱（Roger Fly）作传时，伍尔夫质疑"一部传记怎么可能有那么多、那么多史实可以用？"她反复提出如果一定要写弗莱的人生的话，只能写成一部（生命）虚构作品，甚至"纯虚构作品"。

② Cooley，Elizabeth. Revolutionizing Biography：Orlando—The Significance of Constantinople in Orlando，Roger Fry，and the Tradition. *South Atlantic Review*，1990，55（2）：72.

③ Jacobus，Mary. *Reading Woman：Essays in Feminist Criticism*. New York：Columbia UP，1986：22－23.

④ 毛姆的《寻欢作乐》（又名"大吃大喝"，*Cakes and Ale*，1930）以两个作家（分别以哈代和休·华尔波尔为原型）为主角，反映当时的文坛面貌。

⑤ 梅瑞狄斯，英国维多利亚时代诗人、小说家。他的诗歌多取材现实和个人经历，真诚地表达着自己的悲伤与快乐。

（Violet Trefusis）的《英格兰刺绣》（*Broderie Anglaise*，1953）通过隐性生命虚构叙事的方式将小说家特莱弗斯本人与薇塔（Vita Sackville-West）①之间的同性关系用异性恋的方式展现出来；而当代的隐性生命虚构叙事主要涉及不同时代的文学家先辈的生命故事，因而，大多没有作家的自我虚构。詹姆斯的短篇小说《阿斯彭文稿》（*The Aspern Papers*，1888）是隐性生命虚构叙事的典范之作，标题人物阿斯彭（Jeffrey Aspern）指的是雪莱。

隐性生命虚构叙事出现的两个高潮恰好与整个文学家生命虚构叙事的高潮相对应（详见书末隐性生命虚构叙事作品列表），然而在 1990 年之后文学家生命虚构叙事逐渐开始抛弃隐性生命虚构方式，大规模采用显性生命虚构方式创作，亦即作品中的人名直接对应文学历史上的真实文学家，而且它们似乎比隐性生命虚构更加注重对文学家生命因子——传记、信件等原始文本的参照。

福特（Ford Madox Ford）是一位从隐性过渡到显性生命虚构叙事的代表人物。福特既是詹姆斯这位大师的传奇般人生的一部分——创作了詹姆斯隐性生命虚构叙事，同时也是生命虚构叙事文类的先驱实践者。他曾创作过以詹姆斯为带钥匙人物的隐性生命虚构叙事作品《呼唤》（*A Call*，1910），写过詹姆斯传记《亨利·詹姆斯》（1913），接着出版了一部融合传记和虚构两种体裁的康拉德显性生命虚构叙事作品——《约瑟夫·康拉德：个人记忆》（*Joseph Conrad：A Personal Remembrance*，1924），他在该作品的"介绍"部分提到这是"一部小说，而不是一部专著……，一部艺术作品，而不是一部文件汇编"②。

经过比较，传统的隐性生命虚构叙事的设置更加表面化，在更大程度上表现为使用了与历史人物不一样的名字、地名等，而后现代隐性生命虚构叙事作品与生命因子之间的对应似乎比传统的隐性生命虚构叙事作品更加松散，亦即虚构内容更多，不对应的生命因子更多，但获得了更多认可。一些首次出现在 1950 年以前的具有后现代风格的隐性生命虚构叙事作品在 21 世纪重新得到重视，再版之后获得赞誉，如皮科克（Thomas Love Peacock）的《噩梦修道院》、《侍女玛丽安》（*Maid Marian*，1822；2014）和《克罗切特城堡》（*Crotchet Castle*，1831；2014）、梅瑞狄斯的《自私自利者》（*The Egoist*，1879；2014）等。

不可否认的是，隐性生命虚构叙事不再是生命虚构的主要形式。隐性生命虚构叙事更多出现在现代主义之前的作品里，如皮科克的《噩梦修道院》里的人物就是对柯勒律治、拜伦和雪莱等与作者同时代的人物的一种消遣式

---

① 薇塔出身于古老的贵族家庭，她是成功的小说家、诗人和园林设计师。

② 原文是"a novel，not a monograph… a work of art，not a compilation"。引自 Ford, Madox Ford. *Joseph Conrad*, *A Personal Remembrance*. London：Duckworth & Co.，1924：5 –6.

讽刺刻画；但在 1990 年后以对浪漫主义诗人①生命故事进行创作的作品超过200 部，基本不再使用隐性生命虚构叙事方式。毛姆的《月亮与六便士》（*The Moon and Sixpence*，1919）里的人物斯特瑞克兰德（Charles Strickland）对应的是画家高更，虽然同样是拿高更在塔希提岛的日志做文章，但另一部讲述高更人生故事的生命虚构叙事作品——由南美洲著名作家、2010 年诺贝尔文学奖得主略萨创作的《天堂在另一个街角》（*The Way to Paradise*，2003）却没有采用隐性生命虚构叙事方式。

隐性生命虚构叙事与显性生命虚构叙事之间的区别就在于，后者大胆地捅破了隔在历史与虚构之间的这层轻纱，直接使用文学家的本名（proper name），让一切一目了然，无须读者费神去寻找开锁的钥匙，直接向他们打开天窗说亮话。

（四）隐性生命虚构叙事的新特点

虽然隐性生命虚构叙事在数量上远不及浪漫主义时期和 20 世纪早中期，但它没有在后现代创作大潮中消失，而是以新的面貌生存了下来。吉奥弗雷·尤金尼德斯（Jeffrey Eugenides）的《结婚这场戏》（*The Marriage Plot*，2011）描写了受简·奥斯汀和艾略特爱情作品滋养的大学生纠葛的情感关系，借由一部简·奥斯汀的仿作解构了结婚情节，尽管评论家都认为小说主人公对应的正是著名美国作家华莱士（David Foster Wallace）的故事，作者尤金尼德斯对此却予以否认。

1990 年以后出现的隐性生命虚构叙事，如盖纳（Gaynor Arnold）的《穿蓝色裙子的女孩：受狄更斯生平与婚姻启发写成的小说》、恩格尔的《蒙帕纳斯凶杀案》、拜厄特的《占有：一部罗曼史》（1990）等展现出与后现代叙事技巧融合的新特点，比之前的隐性生命虚构叙事在虚构程度方面要更加大胆和更具创意。

1. 直接提供开锁之匙的隐性生命虚构叙事

首先，出于所处时代的道德伦理和社会背景限制，传统的隐形生命虚构叙事尽量隐藏这种对应关系，而后现代隐性生命虚构叙事则似乎与显性生命虚构叙事之间距离更近，它们不回避这种对应，反过来，除了在行文之中处处体现出生命因子之间的对应之外，它们会以更直接的方式给读者提供更快捷的开锁钥匙，如在前言、标题、后记等副文本中阐明这种关联，而带钥匙的虚构形式似乎已经变成一种具有修辞意图的策略，主要意图在于使虚构策略更加灵活，不受限制。

---

① Goldschmidt，Nora. *Afterlives of the Roman Poets：Biofiction and the Reception of Latin Poetry*. Cambridge：Cambridge University Press，2019.

阿诺德·盖纳是创作后现代隐性生命虚构叙事的典范作家，他创作了多部文学家隐性生命虚构叙事作品，如进入"柑橘小说奖"和"曼布克奖"长名单的《穿蓝色裙子的女孩：受狄更斯生平与婚姻启发写成的小说》和《如此平易近人：一部受卡罗尔和爱丽丝启发而作的小说》（*After Such Kindness*：*A Novel Inspired by Lewis Carrol and Alice*，2012）。由前一部作品的副标题可以看出作品本身与狄更斯的婚姻故事之间的关系，女主人公多萝西·吉布森（Dorothea Gibson）即为狄更斯的妻子凯瑟琳（Catherine）的化身，甚至也可以读出小说中的威尔米娜（Wilhelmina Ricketts）就是狄更斯的情人——女演员特南。

隐性生命虚构叙事赋予创作一定的灵活性。在这部作品中，多萝西除了跟历史人物凯瑟琳对应之外，还与乔治·艾略特的《弥德玛契》（*Middlemarch*）中的多萝西·布鲁克（Dorothea Brooke）这一虚构人物对应。两位女性不仅都被昵称为"Dodo"①，还具有相似的女性主义觉醒。在某种意义上，作者盖纳也希望读者在读到男主人公阿尔弗雷德·吉布森的相关情节时，能想到多萝西·布鲁克的第一任丈夫卡索朋（Edward Casaubon）。此外，小说里吉布森父母的形象是对狄更斯的小说《大卫·科波菲尔》（*David Copperfield*）中的人物麦考伯夫妇（Micawbers）的戏仿。

因而，在阅读这本小说时，读者会感到阿尔弗雷德·吉布森既是也不是狄更斯，多萝西既是也不是凯瑟琳。阅读这部隐性生命虚构叙事作品时，我们使用的似乎是双重甚至多重视觉。如果故事中有些不大可能是真实的情节，或者有与我们对狄更斯或凯瑟琳的认知不相契合的地方，我们可以将其归因于这样的作品并非传记，他们都是虚构的化身而已②。

后一部是关于卡罗尔（Lewis Carrol）的隐性生命虚构叙事作品，小说的副标题"一部受卡罗尔和爱丽丝启发而作的小说"毫不掩饰地给出了开锁的钥匙——主要人物詹明信（John Jameson）和黛西（Daisy Baxter）与真实文学家卡罗尔和真实人物爱丽丝（Alice Liddell）的生命因子基本对应。此外，作品里充满了卡罗尔的三级生命因子《爱丽丝奇境漫游》的各种互文指涉。这部作品采用詹明信、玛格丽特（婚后的黛西）、玛格丽特的牧师父亲丹尼尔（Daniel Baxter）和母亲伊凡丽娜（Evelina）等人的多重视角讲述了两者之间的关系以及黛西对詹明信创作《爱丽丝奇境漫游》的影响，让读者既了解维多利亚时期的父权家庭关系和养育孩子的态度，又引导读者想象卡罗尔的创作过程。

霍尔特（Hazel Holt）的《我亲爱的夏洛特：一部基于简·奥斯汀书信的

---

① Ho, Tammy Lai-Ming. *Neo-Victorian cannibalism*：*A Theory of Contemporary Adaptations*. Basingstoke：Palgrave Macmillan, 2019：64.

② 大卫·洛奇著，金晓宇译：《写作人生》，开封：河南大学出版社，2015年，第238页。

小说》（*My Dear Charlotte*：*With the Assistance of Jane Austen's Letters*，2009）虽然整体给读者创设了虚构的地点和事件——霍尔特将一件谋杀谜案和一个爱情故事交织在里杰斯（Lyme Regis），一个虚构的居民生活区琐碎的日常事务之中，时间在 1815 年左右，但仍在多个层面上透露出它与简·奥斯汀之间的关联。首先，作者在副标题里已经张扬地显示了这部小说与简·奥斯汀的书信，也就是这位作家的重要文本性生命因子之间的关系；其次，读者也可以在整部小说的字里行间通过文本性的书信生命因子清晰地判断出虚构人物埃莉诺·考伯（Elinor Cowper）和其姐姐夏洛特·考伯（Charlotte Cowper）与真实作家简·奥斯汀和其姐姐卡桑德拉（Cassandra Austen）之间的对应关系。

2. 关于隐性生命虚构的隐性生命虚构叙事

恩格尔的《蒙帕纳斯凶杀案》（*Murder in Montparnasse*，1999）在某种程度上可以说是一部关于隐性生命虚构［《太阳照样升起》（*The Sun Also Rises*，1926）］的隐性生命虚构叙事作品，是一部带有侦探色彩的"流动的盛宴"。它以侦探犯罪小说为框架，叙述了 20 世纪巴黎的"迷失一代"艺术家的生活面貌。"编者"在"来自编者的话"中提到这是一部他祖父的手稿，在他准备搬去福利院时被清理出来，差一点被当作垃圾扔掉，在"编者"手里幸免于难，编撰出版了。小说里的迈克尔·华德（Michael Ward）——一位加拿大记者闯进了作家华丁顿的巴黎圈子。

"编者"在"前言"中已经向读者揭示了虚构人物与真实人物之间的对应关系，如华丁顿（Waddington）或华德（Wad）对应海明威（Ernest Miller Hemingway）（他们有相同的中间名字）；海姆（Hem）对应《太阳照样升起》里的巴恩斯（Jake Barnes）；普里西拉（Priscilla）或海西（Hash）对应哈德莉（海明威的第一任妻子）；里奥普尔德（Hal Leopold）对应现实中的罗布（Harold Leob），再对应《太阳照样升起》里的科恩（Robert Cohn）；威尔逊和乔治亚（Wilson and Georgia O'Donnell）对应菲茨杰拉德夫妇（F. Scott and Zelda Fitzgerald），而斯泰恩等人却采用了非隐性生命虚构叙事方式呈现。

小说里华德将要出版的小说在主要人物之间激起了敌意，甚至一度让里奥普尔德（Leopold/Loeb/Cohn）与华德（Waddington/Hemingway/Barnes）拔枪相对，但真正的谋杀发生在一位做过模特、曾经反复敲诈过巴黎圈子里的艺术家的女郎杜克洛（Laure Duclos）身上，而杀手则以"巴黎的杰克"闻名①。而凶手疑似不仅谋杀了女郎，还出于对华德/海姆的文采的嫉妒，盗走其手稿。隐性生命虚构叙事里套隐性生命虚构叙事的方式让这部小说没有落入传统带钥匙小说的俗套里。

---

① McFarland，Ron. Recent Fictional Takes on the Lost Hemingway Manuscripts. *The Journal of Popular Culture*，2011，44（2）：323.

3．一对多的隐性生命虚构叙事

在隐性生命虚构叙事作品中，大多数人物与文学家是一一对应的关系，但也存在例外。在奥尔科特一部较少为人所知的早期小说《喜怒哀乐》（*Moods*，1864；1991）里，女主人公希尔维尔·瑜尔（Sylvia Yule）的生命因子与作者奥尔科特本人对应，而男主人公亚当（Adam Warwick）的塑造过程中明显使用了作者的邻居爱默生和中学老师梭罗两位作家（Emerson，Thoreau）的生命因子。

与《喜怒哀乐》相似的是，拜厄特的《占有：一部罗曼史》里，诗人艾希（Randolph Henry Ash）对应的是布朗宁和丁尼生（Robert Browning and Alfred Tennyson）的合体，融合两者诸多特点于一体［尤其是布朗宁的戏剧独白（dramatic monologue）］，而其中的女诗人拉莫特（Christabel LaMotte）和她的作品，则影射罗塞蒂（Christina Rossetti）、狄金森和布朗宁夫人等其人、其作品①。拜厄特的中篇小说《婚姻天使》中的女主人公也是狄金森和布朗宁夫人等人的合体。

与拜厄特的风格相似，但霍林赫斯特（Alan Hollinghurst）获得国家图书奖并入围曼布克奖的作品《陌生人的孩子》（*The Stranger's Child*，2011）似乎表现出更加复杂的隐性生命虚构形式——作品里对应的文学家是两位不同时代的诗人。故事讲述"一战"前后，一位贵族出身、英俊帅气、名为西希尔（Cecil Valance）的诗人与其剑桥挚友乔治（George Sawle）之间的同性恋情以及与乔治的妹妹达芙妮（Daphne）之间的异性恋情。这部作品可以说是对诗人布鲁克（Rupert Brooke）的隐性生命虚构。与西希尔的帅气外表和生平经历相似，布鲁克曾被叶芝称为"英国最英俊的年轻人"，也在"一战"中死去。与拜厄特将多位诗人合体的手法相似，霍林赫斯特笔下的西希尔也不只影射一位历史上的作家。这部作品的标题取自19世纪诗人丁尼生《悼念集》里的诗句："而岁月流逝，这里的风光陌生人的孩子将会熟悉；如同庄稼人一年年耕耘他相熟的土地、砍伐树木；而我们的忆念渐渐模糊，一年年远离这一带山岭。"而西希尔同时与两兄妹发生恋情的设置则完全呼应丁尼生与亚瑟（Arthur Hallam）及亚瑟妹妹艾米莉之间的恋情。

然而拜厄特等后现代隐性生命虚构典范作家的创作模式也彰显了与传统隐性生命虚构的不同，体现在几个方面。首先，在现在和过去的双重或多重情节设置方面，这种创作模式是当代文学家生命虚构叙事的一个重要趋势。带钥匙故事只是《占有：一部罗曼史》的一条隐含的故事线，明显的故事线是围绕20世纪末的文学博士罗兰和拉莫特专家莫德展开——罗兰意外发现维

①　Davies，Helen. *Gender and Ventriloquism in Victorian and Neo-Victorian Fiction：Passionate Puppets*. Basingstoke：Palgrave Macmillan，2012：144；190；fn. 3.

多利亚时期著名诗人艾什未曾面世的手迹后，决定与莫德联手展开调查，在这个过程中，他们重温艾什和拉莫特两位诗人真挚感人的爱情诗篇，一步步揭示出他们鲜为人知、扑朔迷离的悲剧性恋情，并在冷漠功利的现代社会里感受到了彼此的真情。同时，这部隐性生命虚构叙事作品既是一部学术圈小说，也是一部文学侦探小说，正好体现了经典的后现代文学家生命虚构叙事的两个重要特征。

4. 带钥匙虚构人物隐性生命虚构叙事

另一类后现代隐性生命虚构叙事里既出现带钥匙的文学家人物，也出现带钥匙的虚构人物。也就是说，带钥匙的人物不仅与一级生命因子相对应，而且与虚构性文本生命因子里的虚构人物相对应。以后现代隐性生命虚构叙事典范之作——卡雷（Peter Carey）的《杰克·麦格斯》为例，卡雷对欧茨（Joyce Carol Oates）的各种描述与狄更斯生命因子具有对应关系，如欧茨的童年经历和家庭关系与狄更斯存在对应关系，欧茨与玛丽（Mary Hogarth）的不幸婚姻以及与玛丽的妹妹莉兹（Lizzie Warriner）的不伦之恋也与狄更斯传记因子对应。莉兹甚至与玛丽死于同一天——1837 年的 5 月 7 日。欧茨作为小说家成功出版的第一部小说《克拉姆利船长》（*Captain Crumley*，1837）与狄更斯的《匹克威克外传》对应，这是实体性生命因子的对应关系。此外，叙事者麦格斯与狄更斯的小说《远大前程》中的惯偷——麦格维奇之间的种种巧合，属于虚构性文本生命因子的对应关系。

5. 多联叙事里的隐性生命虚构叙事

多联叙事里的隐性生命虚构叙事作品可以莱塞（Windy Lesser）的《公园里的宝塔》（*The Pagoda in the Garden*，2005）为例。作品的标题受詹姆斯小说《金碗》的启发，因而使读者很快联想到其与詹姆斯之间的关系。确实，在三个平行故事的最底层里，夏洛特（Charlotte）和罗德里克（Roderick）分别指涉的是伊迪丝·华顿和亨利·詹姆斯。此外，藤南特（Emma Tennant）的《重罪》（*Felony*，2002）里的一条线索与《阿斯彭文稿》这部著名的隐性生命虚构叙事作品对应，可以看作隐性生命虚构叙事的显性化重述。

二、叙事形式呈多样化趋势

文学家生命虚构叙事涉及以上提及的各种形式，如阿斯普雷（Matthew Asprey）的《非洲的红山：一部中篇小说》（*Red Hills of Africa：A Novella*，

2009）① 和威尔士（Louise Welsh）的《帖木儿必死》② 等采用中篇小说形式；卡佛的《使命》（*Errand*，1988）③、王尔德的《W. H. 先生的画像》和欧茨的《可爱，黑暗，深沉》（*Lovely*，*Dark*，*Deep*，2013）④ 等采用短篇小说形式。

　　诗行生命虚构叙事也成为许多创作生命虚构叙事作品的诗人的最佳文体选择，如巴玻尔的《马洛手稿》⑤、杨（Jessica Young）的《爱丽丝的姐姐》（*Alice's Sister*，2013）、加拿大诗人兼评论家斯科比（Stephen Scobie）的《忘记我的名字：鲍勃·迪兰的假想传记》（*And Forget My Name*：*A Speculative Biography of Bob Dylan*，1999）、席尼泽（Deborah Schnitzer）的《爱着斯泰恩》（*Loving Gertrude Stein*，2004）、赫姆菲尔（Stephanie Hemphill）的《你自己，西尔维尔：西尔维尔·普拉斯的诗行画像》（*Your Own*，*Sylvia*：*A Verse Portrait of Sylvia Plath*，2008）以及伯雷姆顿（Burleigh Mutén）的《艾米莉小姐》（*Miss Emily*，2014）等。

　　诗行小说与史实不一样的地方在于它像小说的章回一样，由时间和内容上不连贯的多首诗构成，它在形式和诗韵方面比史诗更灵活⑥，不需要一韵到底。许多诗人倾向使用诗歌形式讲述文学家的生命故事。以上提到的《忘记我的名字：鲍勃·迪兰的假想传记》是斯科比在研究诗人迪兰的歌词二十几年之后创作的一部以诗歌形式向迪兰致敬的生命虚构叙事作品。

　　塞罗斯坦诺娃（Lyudmila Serostanova）的《普希金》（*Pushkin*，1999）是一部用十四行诗创作的小说；司特德（C. K. Stead）的 "嫉妒（一）"（Jealousy I）和 "嫉妒（二）"（Jealousy II）是虚构曼斯菲尔德生命的诗歌（bio-poetry）；诺克里夫（James Samuel Norcliffe）在诗集《维隆在米勒顿》（*Villon in Millerton*，2007）里以一首诗的形式虚构了维隆被困在荒凉废弃的煤城米勒顿的故事。

　　《巴黎评论》诗歌栏目总编辑克拉克（Tom Clark）的《忧郁星球上的旅行：济慈人生之幕》（*Junkets on a Sad Planet*：*Scenes from the Life of John Keats*，1994）也是一部用白韵体写成的诗行生命虚构叙事作品。克拉克虚构了多封济慈和他的圈内朋友的信件穿插在诗行里。与鲍曼（Catherine Bowman）的普拉斯生命虚构诗集《普拉斯的衣橱》（*The Plath Cabinet*，2009）一样，诗行生命虚构叙事大多采用多话语模式，从不同视角全面展现济慈的人生。克拉

---

　　① 小说主标题为对海明威小说《非洲的青山》（*Green Hills of Africa*，1935）的戏仿，因而读者很容易猜测到该中篇小说里被虚构的文学家为海明威。

　　② 描述戏剧家、诗人克里斯托弗·马洛生命中的最后三天。

　　③ 虚构俄国作家契诃夫。

　　④ 虚构诗人弗罗斯特（Robert Frost）。

　　⑤ 参照第六章里关于马洛生命虚构叙事的论述。

　　⑥ Barber，Rosalind. *Writing Marlowe As Writing Shakespeare*：*Exploring Biographical Fictions*. Brighton：University of Sussex，2010：ii.

克不仅展现了济慈的人生，还通过极简的诗文精妙地抓住了济慈诗歌创作风格的精髓。

近十几年来，生命虚构叙事也出现短篇小说化的趋势，主要以不同形式的短篇小说环为创作体裁。戴文波特的短篇小说集《绿地之桌》（*A Table of Green Fields*，1993）讲述了梭罗、卡夫卡等文学家的小故事。许多擅长创作短篇小说的文学家的生命故事以短篇小说再现，卡夫卡的十几部生命虚构叙事作品中有一半以短篇小说形式创作。

欧茨的《狂野之夜》是一部大胆颠覆的短篇小说环，五个惊异绝伦的故事分别幻想五位大师级作家——爱伦·坡、马克·吐温、艾米莉·狄金森、亨利·詹姆斯与海明威生前最后的时光，每个故事皆根据传记史实进行编造，模拟文学家先辈的独特文风写成，包括"Poe Posthumous：or，the Light-House"，"Grandpa Clemens & Angelfish"，"Papa at Ketchum"，"Edickinson RepliLuxe"和"The Master at St Bartholomew's"。欧茨的生命虚构短篇小说还包括《可爱，黑暗，深沉》等。

此外，《叶芝已死！十五位爱尔兰作家共谱一个谜案》（*Yeats Is Dead！A Mystery by 15 Irish Writers*，2002）则以一部乔伊斯未完成的与叶芝相关的小说手稿为出发点，以道尔（Roddy Doyle）的故事开始，到麦克考特（Frank Mc-Court）的故事结束，中间包括麦克富森（Conor McPherson）、哈密尔顿（Hugo Hamilton）、奥康纳等十三位爱尔兰作家阐述当代都柏林的谋杀、暴乱和文学闹剧等故事。

艾连恩（Elaine Ambrose）与唐纳（A. K. Turner）的《与酒鬼干杯》（*Drinking with Dead Drunks*，2012）和《与逝去的女作家举杯畅饮》都采用短篇小说环的形式，前者涉及与海明威、田纳西、凯鲁亚克（Jack Kerouac）、乔伊斯、福克纳（William Faulkner）、杰克·伦敦和爱伦·坡等16位男性作家的对话；后者则涉及与奥尔科特、简·奥斯汀、巴姆贝克（Erma Bombeck）、勃朗特姐妹（The Bronte Sisters）、艾略特（George Eliot）、奥康纳（Flannery O'Connor）、兰德（Ayn Rand）等17位女性作家的对话。亚当斯（Maureen Adams）的《绒毛缪斯：给予弗吉尼亚·伍尔夫、艾米莉·狄金森、伊丽莎白·巴雷特·勃朗宁、伊迪丝·华顿、艾米丽·勃朗特以灵感的狗儿》（*Shaggy Muses：The Dogs Who Inspired Virginia Woolf，Emily Dickinson，Elizabeth Barrett Browning，Edith Wharton，and Emily Brontë*，2007）也以短篇小说环形式面世。

埃克罗伊德的《英国音乐》是讲述现代人物哈科姆（Tim Harcombe）与不同文学家和艺术家之间的虚构互动关系的成长小说，除了单数章描述哈科姆与父亲的关系这部分内容可以被看作故事框架外，偶数章可以看作由许多固定讲述模式构成的短篇故事。偶数章里，哈科姆进入许多经典作家和画家如笛福、布莱克、柯南·道尔和狄更斯等的故事线或风景图里。

作家和新闻记者霍雷肖·克莱尔（Horatio Clare）的《果园里的威廉：与莎士比亚的对话》（*Sweet William in the Orchard*：*A Conversation with Shakespeare*，2013）是采用对话形式的散文叙事。其他叙事形式还包括回忆录、信件、日记、梦境幻觉、采访对话以及医学报告等。詹姆斯（Syrie James）的《简·奥斯汀丢失的回忆录》（*The Lost Memoirs of Jane Austen*，2010）、韦斯特（Paul West）的《拜伦爵士的医生》（*Lord Byron's Doctor*，1989）和奈伊的《拜伦爵士回忆录》（*The Memoir of Lord Byron*：*A Novel*，1989）等都采用了回忆录形式。

与传记虚构的书信体叙事形式不同的是，生命虚构叙事除了虚拟文学家和文学家身边人物的信件来往之外，还虚拟杜撰人物和当代人物、文学家之间的通信来往，因而涉及明显的虚构叙事形式和不自然叙事元素。威尔逊（Edward O. Wilson）的《未来生活》（*The Future of Life*，2003）虚构了他与梭罗之间的书信来往及对话。

耶路撒冷希伯来大学心理学系教授、《生命叙事研究年鉴》（*The Narrative Study of Lives*）编辑艾米娅·利布里奇（Amia Lieblich）的《与多拉对话：关于第一位现代希伯来女作家的实验传记》（*Conversations with Dvora*：*An Experimental Biography of the First Modern Hebrew Woman Writer*，1997）通过想象自己与已故女作家多拉·巴伦（Dvora Baron）之间的对话，展开了对其生平和创作理念等的寻访之旅。此外，类似的还有施利克（Paul Schlicke）的《与狄更斯对话：基于传记史实的虚构对话》（*Conversations with Dickens*：*A Fictional Dialogue Based on Biographical Facts*，2019）、克莱尔的《果园里的威廉：与莎士比亚的对话》。

霍兰德的《在咖啡馆遇见王尔德》（*Coffee with Oscar Wilde*，2007）、《与谢瑞尔·萨顿的对话：一部对话小说》（*Conversations with Sheryl Sutton*：*The Novel of a Dialogue*，1992）和麦考夫（Cathy McGough）的《异界传奇作者采访集》（*Interviews with Legendary Writers from Beyond*，2013）等采用了采访对话的形式（参见第三章里的虚构叙事框架）。

除了想象式对话之外，还有一种通过重走文学家走过的路来想象与文学家进行隔空对话的生命虚构叙事作品。有评论家说，所有小说都能概括出两个最基本的情节："陌生人闯进生活"或"有人踏上旅程"。旅行是所有文学的绝佳主题。不少人追随文学巨匠的足迹，展开类似维克多·雨果或史蒂文森等人之旅。

毛姆奖与詹姆斯·泰特·布莱克纪念奖得主霍姆斯（Richard Holmes）[①]的《旅行邀约——一个传记作家的浪漫冒险》（*Footsteps*：*Adventures of a Romantic Biographer*，1985）展开的是与史蒂文森和雪莱之间跨越时空的心灵对话——1964 年依据《塞文山骑驴旅行记》（*Travels with a Donkey in the Cevennes*，1879），重走史蒂文森的法国中央山地之旅；1968 年因法国学潮而探讨女权运动先驱玛丽·沃斯通克拉夫特（Mary Wollstonecraft）的一生；1972 年因着迷于雪莱夫妇的故事而追随 150 年前的雪莱足迹。作家建立了与生命虚构对象之间的想象关系，超越时空进行无人回应的对话与邂逅。

漫画家艾莉森·贝克德尔（Alison Bechdel）的《我和母亲之间》（*Are You My Mother?*，2012）呈现的是图文漫画叙事形式。

在克雷尔的《尼采：一部小说》中甚至出现了医学报告叙事形式，病历报告在这部生命虚构叙事作品中占据了一定篇幅，对推动叙事进程具有重大意义。其他与医患对话或病历相关的形式还有伍德海德（Richard Woodhead）的《史蒂文森的奇怪病历》（*The Strange Case of R. L. Stevenson*，2001）等。

三、截取型和关系生命虚构叙事呈增长趋势

（一）截取型生命虚构叙事呈增长趋势

据夏贝特和科恩所察，自 20 世纪末起生命虚构趋向于聚焦生命结束的终点，而非生命开始的起点。依娜注意到布洛赫的《维吉尔之死》（*Der Tod des Vergil*，1945）、尤森纳的《哈德良回忆录》、马洛夫（David Malouf）的《想象人生》（*An Imaginary Life*，1977）、奥尔逊的《尼采的吻：一部小说》等文学家的"最后日子"（the last days）叙事或"弥留之际的迷思"（the deathbed meditation）叙事[②]，它们代表着文学家生命虚构叙事的死亡转向。

专门描述文学家死前的一段日子或死后作为幽灵、鬼魂出现的日子里发生之事的作品，可被称作文学家死亡虚构叙事（thanatofiction），它们大多以濒死的虚构自我（fictionalised dying self）或已经死去的鬼魂为叙事者讲述自己死前的回忆和心态思维。前者如埃克罗伊德的《王尔德最后的证词》和《查尔斯·狄更斯最后的回忆：一部小说》，后者如《来自太阳》（*Enter from*

[①] 1974 年，霍姆斯因《雪莱：追求者》（*Shelley*：*The Pursuit*）一书获毛姆奖（Somerset Maugham Prize）；1989 年以《柯勒律治：早期的洞见》（*Coleridge*：*Early Visions*）成为惠特布莱德书卷奖（Whitbread Book）年度得奖者；1993 年，以《约翰逊博士和萨维基先生》（*Dr Johnson & Mr Savage*）赢得詹姆斯·泰特·布莱克纪念奖（The James Tait Black Memorial Prize）。

[②] Schabert, Ian. Fictional Biography, Factual Biography, and their Contaminations. *Biography*，1982，5（1）：8.

the Sun，1991）和《里卡多·雷耶斯的逝去之年》等。萨拉马戈、豪斯（Thomas Hauser）、塔布奇（Antonio Tabucchi）、斯特拉森（Paul Strathern）和洛奇等都是死亡虚构叙事创作高手。

斯特拉森的《一个阿比西尼亚季节：冒名亚瑟·兰波》（*A Season in Abyssinia: An Impersonation of Arthur Rimbaud*，1979）这部生命虚构叙事作品的场景设置在 1891 年的法国马赛港：这时的兰波①躺在医院病床上，等待死亡的降临，他的思绪断断续续地回到公社时代的巴黎，回到他与魏尔伦度过的堕落的时光，回到他与严苛的母亲维塔莉的艰难关系之中。但最重要的是，他的思绪被带回到哈拉尔，他曾于 1880 年冒险到那里去寻找财富，而放弃了写诗。

我们很快发现，斯特拉森描绘的兰波是一个不顾一切想要在非洲证明自身价值的人，他害怕失败，在逆境中勇往直前。斯特拉森让整部小说在第一人称和第三人称的叙事模式之间交替，在某种程度上，通过这一叙事模式，斯特拉森呼应的是 1871 年 5 月 15 日兰波写给自己的偶像保罗·德梅尼（Paul Demeny）的信里所提到的"我即他者"（I is someone else）的著名论断。兰波把诗中的"我"视为一种虚构的结构，他通过这一论断表达了对自我意识的超脱感——我在等待我思想的萌芽——这也许是他永葆现代感的首要原因。

《维吉尔之死》是一部较早的文学家死亡虚构叙事作品。这部复杂的、难解的小说糅合了梦幻与现实、诗歌与小说，重现了古罗马诗人维吉尔在垂死前回到祖国与奥古斯都皇帝以及自己的前辈相见的故事，聚焦诗人去世前 18 小时的意识。这部小说分为"水：到达"（Water: The Arrival）、"火：后代"（Fire: The Descent）、"土：期望"（Earth: The Expectation）和"气：回乡"（Ether: The Homecoming）四部分。维吉尔作品中出现的神话人物都来到他的意识中，他为自己在《埃涅阿斯纪》（*Aeneid*）中曾经赞颂的社会的堕落感到震惊，决定焚毁自己的诗稿，但被他的好友奥古斯都阻止。小说的最后一章是维吉尔的幻觉，他摆脱了尘世的束缚，来到了造物的初始之时，见到了和圣经所载相反的创世景象，最终到了言语和文字无法形容的地方。

《维吉尔之死》的作者布洛赫通过维吉尔的生命虚构故事来反衬自己对生、对爱、对恶与善，尤其是对死亡的思考。这部小说基于布洛赫创作的一篇较短的文本《维吉尔回归之旅》（*The Homecoming of Virgil*，1937），在纳粹

---

① 与兰波相关的生命虚构叙事作品主要有斯特拉森的《一个阿比西尼亚季节：冒名亚瑟·兰波》、塔布齐（Antonio Tabucch）的《梦中之梦》（*Dreams of Dreams*，2001）、达菲（Bruce Duffy）的《灾难是我的上帝：一部关于亚瑟·兰波的放荡生活的小说》（*Disaster Was My God: A Novel of the Outlaw Life of Arthur Rimbaud*，2010）、厄尔曼（James Ramsey Ullman）的《烈火青春：一部使人想到亚瑟·兰波的小说》（*The Day on Fire: A Novel Suggested by the Life of Arthur Rimbaud*，1958；2016）和汉普顿（Christopher Hampton）的《心之全蚀》（*Total Eclipse*，1995）等。

集中营中以日记的形式逐步丰盈（当时的布洛赫没想过能活着走出集中营），出营后再以小说的形式出版的，是自己面对死亡的经历和现实的个人思考。随着科学技术的不断进步，终有一死的人类连"终有一死"这一本质属性也无法认知。死亡带给现代人的是无法承受的无限焦虑与恐惧。历史上的人类如维吉尔是如何克服死亡焦虑的？他的方法是否适用于现代人？

在《维吉尔之死》这部生命虚构叙事作品中，布洛赫所找到的答案是现代人必须通过认识爱与死亡来克服死亡与焦虑——人只有认识死亡，才能克服死亡带来的焦虑。维吉尔所谓的"死亡认知"是"从总体上把握人向死亡的存在，即从身体、感情和认知等各个层面上进行把握"。在布洛赫看来，"死亡认知"首先要以奥尔菲斯（Orpheus）意识为前提，即诗人首先要进入深渊，经历地狱般的煎熬与黑暗中的漂泊。维吉尔最初因为死亡临近而陷入无边的焦虑与恐惧之中，当他回顾自己的一生，他才意识到自己丧失了"爱"的能力，根本没有能力承担任何责任，也根本无法得到任何真理。直到经历了地狱般的穷巷、广场以及"虚无主义的三重唱"，认识到"死亡的本来面目乃是伟大的唤醒者"之后，这种焦虑和恐惧才得以克服。

洛奇善于创作死亡虚构叙事。他的两部著名作品《作者，作者》和《分身人》（*A Man of Parts*，2007）都是典型的死亡虚构叙事，都采用同样的结构。《作者，作者》以1916年第一次世界大战在英吉利海峡的另一岸横行肆掠作为开端，詹姆斯躺在伦敦的床上行将就木的情景作为结尾。同样，《分身人》的开场和落幕的两个片段场景设置在第二次世界大战开战后，在伦敦一套能远眺摄政公园的公寓里，垂垂老矣的著名作家和社会改革倡导者威尔斯正与死神抗争。尽管这两部作品的大部分篇章都由这两位文学家的生命和历险占据，死亡主题在两部小说里仍具有重要意义。

死亡虚构叙事还常与梦幻虚构叙事紧密相连，并常采用短篇小说环的形式出现，如塔布奇（Antonio Tabucch）的《梦中之梦》（*Dreams of Dreams*，2001）和殴茨的《狂野之夜》。《梦中之梦》描述奥维德、兰波（Arthur Rimbaud）、拉伯雷（Rabelais）、史蒂文森、佩索阿、利欧帕迪（Giacomo Leopardi）[①] 等文学家死前的虚构梦境；《狂野之夜》以五个超现实主义短篇小说串在一起的形式，幻想爱伦·坡、狄金森、马克·吐温、詹姆斯和海明威五位文学家生命中的最后一段时光，将虚构建立在史料的支撑与对各位文学家创作风格的模仿的基石上，谱出回荡于文学长廊的命运变奏曲。

（二）关系生命虚构叙事呈增长趋势

根据默多克的虚构创作理论，虚构叙事应该是牵扯众多人物关系的多角

---

① 利欧帕迪是19世纪意大利诗人。

戏，而不是某个人物的独角戏。传记或者传记虚构是以传主为聚焦中心的一种独角戏文类，叙事意图在于凸显传主一个人的人生故事。然而，在传主的人生中有太多复杂的关系，这些关系都无法在传记和传记虚构中充分再现。要凸显这些复杂关系，必须采用生命虚构叙事文类，它可以聚焦传主与其中某位人物之间的关系，让他们在生命故事中处于一个更加平等的地位。

因而，文学家关系生命虚构叙事也可被称作共同生命虚构叙事（shared biofiction），主要涉及父女关系生命虚构叙事（father-daughter narrative）、夫妻/情人关系生命虚构叙事（marital or extra-marital narrative）、文学对手/友情关系生命虚构叙事（literary rival/friend narrative）、主仆或主雇关系生命虚构叙事（master-and-servant or other hired relation narrative）和兄弟/姐妹关系生命虚构叙事（sibling narrative）等。在当代语境下，还出现了一类特殊的关系生命虚构叙事，即作者—读者关系。

克罗利的小说《拜伦爵士的小说：黑夜之地》是一部典型的父女关系生命虚构叙事。这是一个三联叙事，第一条线索就是拜伦的小说讲述的故事；第二条线索讲述的是拜伦因亡故而未能完成小说，这部作品阴差阳错地落到了不曾一起生活的拜伦女儿、后来成为数学家的艾达手中，艾达将故事补齐并标出详尽再现拜伦与妻女之间关系的注解，借此艾达最终发现父亲灵魂的秘密和品质并谅解父亲的过程；第三条线索则展现了发现艾达的手稿的当代年轻学者诺瓦克与感情疏远的父亲之间的关系，主要通过诺瓦克与自己的情人、父亲、母亲和雇主之间的邮件和信件展开。这三条线索既揭示了拜伦父女之间的关系，同时也是当代父女关系的一个反观。表现父女关系的生命虚构叙事作品还有休斯顿（Kimberley Heuston）的《但丁的女儿》（*Dante's Daughter*，2004）、诺维克（Mary Novik）的《奇思妙想》、本涅特（Vanora Bennett）的《无名女士画像》（*Portrait of an Unknown Woman*，2006）等。

文学对手/友情关系生命虚构叙事可以《鲸：一个爱情故事》（*The Whale：A Love Story*，2016）为典范。美国近代文学史上最重要的两位作家梅尔维尔和霍桑是邻居，也是好友。梅尔维尔将自己创作的最伟大的小说《白鲸》（*Moby Dick*）赠予霍桑，表达对他的敬慕之情。这部作品讲述了与《白鲸》这部作品相关的两位文学家的友情故事。1850年的夏天，在马萨诸塞州的野餐活动上，梅尔维尔遇见了刚刚发表《红字》、名气如日中天的霍桑，两个人的生命被永远改变。因为避雨的原因，两人得以单独在一起聊了两个多小时。两人相见恨晚，以至于一贯矜持的霍桑当即邀请梅尔维尔参观自己就在附近的别墅。梅尔维尔视年长十五岁的霍桑为良师益友。这段友谊给梅尔维尔带来巨大的鼓舞与启示，他说："霍桑已在我的灵魂中撒下种子。"《鲸：一个爱情故事》重构了《白鲸》出版时作家的人生经历与社会背景，最重要的是小说长达17个月的写作历程以及其中梅尔维尔与霍桑之间的私人情谊。

古巴裔美国作家希胡杰斯（Oscar Hijuelos）的《吐温与史丹利：造访天堂》（*Twain & Stanley Enter Paradise*，2015）取材于 19 世纪两个伟大人物之间维系了近 40 年的深厚友谊，他们一个是著名的幽默作家马克·吐温，一个是传奇的英裔美国记者、探险家、破岩者亨利·史丹利爵士（Sir Henry Morton Stanley）。故事还将史丹利爵士的妻子、威尔士画家多萝西·坦南特（Dorothy Tennant）的人生故事融入其中。故事跨越英格兰、古巴、美国，其人物和事件如挂毯般交织缠绕，将通信、回忆、第三人称的叙述完美融合，将两人的形象栩栩如生地展现在读者面前。

几乎所有经典作家生命虚构叙事作品都涉及夫妻/情人关系。如阿诺德的《穿蓝色裙子的女孩：受狄更斯生平与婚姻启发写成的小说》中的狄更斯与凯瑟琳、麦克马纳斯（James MacManus）的《黑色维纳斯》（*Black Venus*，2013）中的波德莱尔与杜瓦尔（Jeanne Duval）、班布里奇（Beryl Bainbridge）的《昆妮说》（*According to Queeney*，2001）中的约翰逊与赫丝特（Hester Thrale）、库伦的《吐温的结局》里的马克·吐温与晚年秘书伊莎贝尔·莱昂（Isabel Lyon）、莱克姆（Jeff Rackham）的《破烂店》（*The Rag & Bone Shop*，2001）中的狄更斯与乔治娜、艾默特（Jacques–Pierre Amette）的《布莱希特的情人：一部小说》（*Brecht's Mistress：A Novel*，2006）中的布莱希特与玛利亚等关系故事。

与莎士比亚和马洛相关的大多数生命虚构叙事都涉及两者之间的关系。如斯加布鲁克（M. G. Scarsbrook）的《马洛阴谋》（*The Marlowe Conspiracy*，2010）充分挖掘和展现了两者之间的关系，考克（Stephen Koch）的《崩裂点：海明威、帕索斯和罗布斯谋杀》（*The Breaking Point：Hemingway，Dos Passos，and the Murder of Jose Robles*，2006）讲述了海明威与帕索斯的关系，贝克（James M. Becher）的《凯旋圣诞》（*The Christmas Victory*，2014）则讲述了朗费罗与马克·吐温之间的故事。

主仆或主雇关系生命虚构叙事包括杜利（James Tully）的《夏洛特·勃朗特罪案：一部小说》（*The Crimes of Charlotte Bronte：A Novel*，1999）、迪斯吉（Jenny Diski）的《为女人所写抱歉》（*Apology for the Woman Writing*，2008）、《夫人的女仆》、《奇怪音乐》（*Strange Music*，2009）、《盐之书》（*The Book of Salt*，2003）等（参见第四章里的仆人叙事）。

一些生命虚构叙事作品虽然侧重描述一位文学家的生平故事，但也涉及文学家同时代的许多作家，如 2004 年的《曼斯菲尔德：一部小说》（*Mansfield：A Novel*，2004）主要围绕女作家凯瑟琳·曼斯菲尔德与第二任丈夫莫里（John Middleton Murry）的感情纠葛和她如何开始写作一种时代召唤的新的小说类型这两条主线展开，但同时描述了同时代的其他相关艺术家和艺术赞助者，如劳伦斯夫妇（D. H. Lawrence and Frieda Lawrence）、罗素（Bertrand

Russell)、女画家卡灵顿（Dora Carrington）、英国著名传记作家斯特雷奇（Lytton Strachey）、赫胥黎（Aldous Huxley）、艾略特（T. S. Eliot）和伍尔夫以及终生资助艾略特、劳伦斯等人的贵妇莫莱尔女士（Lady Ottoline Morrel，曾与罗素短暂相恋）的生活概貌。

罗森塔尔（Amy Rothenthal）的《在石山上》（*On the Rocks*，2009）这部生命虚构戏剧作品讲述了两位文学家与各自的配偶因偶然的机会生活在一起的短暂故事。作品以"一战"期间（1916 年）曼斯菲尔德①夫妇（原籍新西兰的女小说家曼斯菲尔德和她的第二任丈夫，英国新闻记者、评论家莫里）曾与劳伦斯夫妇（劳伦斯与弗丽达②）在康沃尔郡比邻居住的那段真实经历为故事的出发点，虚构了四位文学名人的短暂生活。

兄弟/姐妹关系生命虚构叙事最成功的当属《凡妮莎与弗吉尼亚》。这部作品采用不那么出名的画家姐姐凡妮莎作为叙事者，进行第二人称叙事。一方面，凡妮莎作为叙事者似乎比经常受抑郁症困扰的有名的不可靠叙事者（unreliable narrator）伍尔夫更可信；另一方面，作品以一位现代主义画家的视角来追述往事，采用凡妮莎的后印象派画作风格进行布局，让绘画成为给读者留下深刻印象的象征符号，起到了烘托气氛、寄寓情感、暗示人物命运的重要作用。

这部主要叙述两者关系的生命虚构叙事作品可以看作凡妮莎的关系自传。这部生命虚构叙事作品展示凡妮莎如何从伍尔夫身上看到了第二个自己（the second self），从塞勒斯的角度来说，这部作品也是发现自己的过程。作品由先后经历丧亲、情人背叛与丧子之痛，晚境凄凉、一切尘埃落定后的凡妮莎写给伍尔夫的 12 封家书构成。这些家书不仅细腻呈现了两姐妹深挚的手足之情、微妙的嫉妒心理，也勾勒出她们各自在绘画和文学事业上不断进取、相互竞争而又扶持着一路走来的轨迹，同时栩栩如生地刻画了"布鲁姆斯伯里"这一英国现代主义文艺团体中的诸多代表人物，如美学家克莱夫·贝尔和罗杰·弗莱、画家邓肯·格兰特（Duncan Grant）、社会活动家伦纳德·伍尔夫、小说家 E. M. 福斯特（E. M. Forster）、女作家薇塔·萨克维尔-韦斯特等的神采与风貌。从某种意义上来说，甚至可以被称作一部作家团体的生命虚构叙

---

①　凯瑟琳·曼斯菲尔德（Katherine Manthfield，1888—1923），出生于新西兰，短篇小说作家，新西兰文学的奠基人，被誉为 100 多年来新西兰最有影响的作家之一。著名作品有《花园酒会》《幸福》和《在海湾》等。她的全部创作都指向女性的生存处境，她以独特的形式，为女性解放这个重大的社会问题提供了文学的解救之道。曼斯菲尔德是世界文学史上享有"短篇小说大师"称号的一位女性作家。她才华横溢，一生交友广泛，劳伦斯、伯特兰·罗素、伍尔夫都是她的朋友。

②　弗丽达·冯·里奇特霍芬（1879—1956），是德国弗里德里克·冯·里奇特霍芬男爵的女儿。早年嫁给弗莱堡大学教授欧内斯特·威克利，后与劳伦斯私奔去往德国，1914 年 7 月 13 日，在弗丽达与欧内斯特的婚姻正式终结之后，她与劳伦斯在约翰·密特尔顿·默里和另一位朋友的陪同下，于肯辛顿登记结婚。

事（group biofiction 或 prosopography）。

与伍尔夫相关的关系生命虚构叙事往往让人想到曼斯菲尔德。与曼斯菲尔德相关的多部生命虚构叙事作品，如奇弗的《盗贼》、斯特德的《曼斯菲尔德：一部小说》、拉品（Linda Lappin）的《凯瑟琳的愿望》（*Katherine's Wish*，2008）和帕里的《布鲁姆斯伯里的优雅女性与狂野的殖民地女孩：一部关于曼斯菲尔德的戏剧》等都与伍尔夫有关，甚至侧重曼斯菲尔德与伍尔夫之间的关系描述。伍尔夫曾经写道："我只嫉妒过曼斯菲尔德的写作。"（It was the writing I was only ever jealous of.）

从广义上来看，所有生命虚构叙事作家与被虚构的文学家之间的关系首先是读者与作者关系，继而是作者与被创作者关系。因而，所有文学家生命虚构叙事首先是读者与作者关系叙事。狭义上看，读者—作者关系叙事指的是明显的虚构读者与文学家之间的跨时空互动关系（非穿越叙事）。

（三）文学家群体生命虚构叙事

许多文学家生命虚构叙事涉及多位文学家、艺术流派或群体，如浪漫主义、自然主义、垮掉一代、迷失一代、布鲁姆斯伯里学派、美国炉边派诗人、20 世纪 20 年代的巴黎艺术家生活等，或者由于某种相似性联系在一起，如与文学家生命故事相关的女性群体小说等。这些作品并非将其中某一位文学人物作为重要性压倒其他文学历史人物的主要角色，而是将他们当作对叙事进程同等重要的人物放置在作品当中，某种意义上，这些是文学家群体生命虚构叙事（group biofiction）作品。

一些文学家群体生命虚构叙事是被某个虚构的线索串联起来，讲述某种历时的生命故事。韦伯（Don Webb）的《文学水果蛋糕》追踪了他在海特街上一家小店里买的一个圣诞水果蛋糕在不同文学家之间流传的历史。它首先由维多利亚女王赐予狄更斯，接着传承给斯托克（Bram Stoker）、麦钦（Arthur Machen）[①]、布莱克伍德（Algernon Blackwood）、斯泰因（Gertrude Stein）、海明威、乔伊斯、贝克特、巴罗斯（William S. Burroughs）、金斯伯格（Allen Ginsberg）、凯鲁亚克、品契（Thomas Pynchon），最后到韦伯自己。然而，有人从韦伯那里偷走了这个水果蛋糕。没有人尝过它。这个水果蛋糕将许多作家的生命和创作联系起来，成就了这个文学家群体生命虚构叙事。

典型的文学家群体生命虚构叙事有《邻里生活》（*Neighboring Lives*，1991）。卡莱尔（Thomas Carlyle）是最早搬去伦敦泰晤士河畔切尔西街区的著名的维多利亚时期艺术家之一。那时切尔西街区是伦敦城里波希米亚风的艺术家和知识分子的聚居区域。《邻里生活》正是对卡莱尔、斯威本、罗塞

---

① 麦钦是十九世纪威尔士知名恐怖小说作家。

蒂、卡罗尔、惠斯勒（James McNeill Whistler）①、王尔德等的私人生活和创作活动以及他们之间的复杂交往的虚构描述。

涉及文学家生活的女性群体小说一般都带有女性主义政治意图。摩根的《激情：一部关于浪漫主义诗人的小说》（*Passion：A Novel of Romantic Poets*，2009）讲述了浪漫主义时期英国三位最出名的诗人的故事。很有意思的是，这部群体生命虚构叙事作品从诗人身后的女人的视角来展开叙事，涉及雪莱的妻子玛丽（Mary Godwin Shelley）、玛丽的同父异母妹妹克莱尔（Claire Clairmont）、卡罗林·兰姆女爵（Lady Caroline Lamb）②。类似的还有大卫·帕克（David Park）的《诗人的妻子们：一部小说》（*The Poets' Wives：A Novel*，2014）以及琼斯（Kathleen Jones）的《热情的姐妹们：湖畔派诗人的姐妹妻女们的故事》（*A Passionate Sisterhood：The Sisters，Wives and Daughters of the Lake Poets*，2011）等。

其他文学家群体生命虚构叙事的典范还有围绕翻译但丁的《地狱篇》的美国炉边派诗人群体展开的故事《但丁俱乐部》，围绕布鲁姆斯伯里学派中的人物展开的小说《米茨：布鲁姆斯伯里的狨猿》（*Mitz：The Marmoset of Bloomsbury*，1998）等。

四、双联和多联叙事呈增多趋势

按照叙事情节、结构及线索（narrative scenario，narrative thread or story-line）划分，文学家生命虚构叙事不再拘泥于单联叙事（monoptych narrative），出现了双联叙事（diptych narrative）和三联叙事（triptych narrative）甚至更多联的叙事。1990年以前的文学家生命虚构叙事几乎都为单联叙事，1990年之后的则多为双联叙事和多联叙事。

（一）双联叙事

双联叙事作品有过去与现在两条线索或两位人物的虚构视角并置在叙事进程中。这里需要区分双联叙事和双视角平行叙事，双视角平行叙事是指同一个故事分别由两个不同的叙事者进行讲述，产生叙事张力的一种讲故事方式。双联叙事主要包括现实与回忆双联叙事（意识并置或交叉）、历史与当代双联叙事（时代并置或交叉）、真实与虚构（基于现实的虚构作品创作过程）等类型。这两个线索之间的关系用热内特的术语，就是"跨故事化"（trans-

---

① 惠斯勒，美籍英国画家。

② 卡罗林·兰姆女爵，英国女贵族、小说作家，因1812年与拜伦勋爵传出绯闻而声名大噪。卡罗林的丈夫是威廉·兰姆，第二代墨尔本子爵，她的丈夫虽贵为子爵，她本人却从未被尊为"墨尔本子爵夫人"，因为她在丈夫继承爵位前就去世了。所以，她被记载为"卡罗林·兰姆女爵"。

diegetisation），而后现代文学家生命虚构叙事作品中，文学家的生命故事往往通过这种异故事和跨故事的改写形式得以讲述①。1990 年以后的生命虚构叙事作品中，双联叙事呈显著增多趋势。

在双联叙事中，历史与当代双联设置让过去和现在进行互动，使读者能将"历史事件"与当代对这些事件的解释进行对比，实现时间性的消融（dissociated temporality），实现了历史上的作家和当代作家自我的消融（dissociated selves）。比如，在布拉肯伯里（Rosalind Brackenbury）的《变身乔治·桑》（*Becoming George Sand*，2011）这部作品里，作者将当代人物玛利亚（Maria Jameson）的情感生活与历史人物乔治·桑②、肖邦之间的感情生活两条叙事线交织起来，阐述不同时代女性在情感上的对话。

在文学家生命虚构叙事作品中，双联叙事最典型的形式是学术圈叙事，一条线涉及当代的学术研究机构里的研究人员如何研究某位文学家，另一条线涉及文学家的生平故事。一般当代线索为纯虚构，而过去的线索差不多等同于文学家的传记虚构故事。拜厄特的《占有：一部罗曼史》和《传记家的故事》（*The Biographers Tale*）等都采用双重时空等后现代的叙事模式。《占有：一部罗曼史》讲述的是当代两位学者米歇尔（Roland Michell）和贝利博士（Dr Maud Bailey）在追寻两位维多利亚诗人艾许（Randolph Ash）和拉莫特关系真相的过程中形成对历史、对自我和互相关系的看法的成长过程。

真实生活与虚构作品创作双联叙事可以斯达肖尔（Daniel Stashower）的《漂亮的香烟女孩：玛丽·罗杰斯、埃德加·爱伦·坡和谋杀的创作》（*The Beautiful Cigar Girl：Mary Rogers，Edgar Allan Poe，and the Invention of Murder*，2006）为范例。这部作品将有关坡的生命因子和文学成就的故事与《莫格街凶杀案》里的生活原型玛丽·罗杰斯的悲剧故事交织在一起，在某种程度上揭示了坡的短篇小说的创作过程。

在生命虚构叙事中，双联叙事还涉及当代和历史两条主题相似的线索。安德森的《夏日来客：一部关于契诃夫的小说》采用的是历史与当代双联叙事，历史叙事线与契诃夫丢失的一份文学手稿及其人生故事片段相关，讲述他与盲人女医生之间的恋情；当代叙事线则讲述伦敦出版商在翻译女医生的日记过程中的发现。故事围绕盲人女医生季娜伊达（Zinaida Lintvaryova）、文学翻译家安娜·哈丁（Ana Harding）和伦敦出版商卡塔雅·肯德尔（Katya Kendall）三位叙事者展开，在某种意义上，该作品也可以看作三联叙事。

相隔数个世纪的三位女性的生活通过一份手稿联系了起来：19 世纪晚期

① Kusek，Robert. *Authors on Authors：In Selected Biographical-Novels-About-Writers*. Kracow：Jagiellonian University Press，2013：45.
② 与乔治·桑相关的生命虚构叙事作品主要还有伯格（Elizabeth Berg）的《梦中情人：一部关于乔治·桑的小说》（*The Dream Lover：A Novel of George Sand*，2015）等。

的日记，其作者季娜伊达是一名医生，同时是乌克兰一个地主家庭失明的女儿。季娜伊达在日记里记叙了夏天邂逅的契诃夫一家，包括他们的儿子安东·巴甫洛维奇（Anton Pavlovich）在乡下租住她家的旅馆。陷入困境的当代人物——伦敦出版商卡塔雅·肯德尔，请求住在法国乡村的美国人安娜·哈丁将季娜伊达的日记译成英文，并期望该日记的出版能使她的出版社免于破产。

小说在交替章节中推进，从季娜伊达对她与契诃夫亲密关系的回忆，到卡塔雅对事业和婚姻命运的焦虑，以及安娜作为一名"隐形"译者而非"更具魅力的作家"的职业不安全感（值得一提的是安德森本人既是一位翻译家，也是一位小说家）。该书模糊了第一手经验和虚构世界之间的界限，无论是因为失明还是时间和地理的转移，描绘了三位女主人公真实而令人难忘的肖像。

克里斯的《苏格兰式影片》既可以说是故事里套故事，也可以说有两条并置的线索，都涉及文学构思的偷盗主题。当代演员和业余作家哈里（Harry Greenville）写了一部关于莎士比亚的小说。1606 年，莎士比亚要为詹姆斯国王演出一部新戏，但无论是排演还是皇室首映都波折重重，意外不断。为什么会这样？哈里的小说提出了一种别出心裁的回答——莎士比亚从别人那里偷了这部戏的构思，真正的作者对演出进行了蓄意破坏。哈里将小说初稿贴在网上，希望好莱坞经纪人能发现。最终确实被制片人发现，但与他小说里发生的事情一样，那些人偷了他的初稿，而他也对偷盗者进行了报复。这部小说不仅想象性地创设了莎士比亚的《麦克白》的创作由来，也凸显了文学盗窃这一主题。

（二）双视角平行叙事

在后现代文学家生命虚构双视角平行叙事中，许多作家偏爱使用交替章节的方式呈现叙事情节。以曼利克（Jaime Manrique）的《塞万提斯街》（Cervantes Street，2012）为例。这部小说被明显地分为相互交替的两个部分，一部分以塞万提斯作为第一人称叙事者讲述自己从生到临死的整个人生经历，重点叙述自己逃离西班牙到了意大利之后，参与勒班陀战役（battle of Lepanto）并在阿尔及尔（Algiers）服劳役的经历，这些经历大多被写进了《堂吉诃德》中，因而这一部分除了大量的拼贴塞万提斯的"文本性生命因子"之外，塞万提斯的虚构作品，尤其是《堂吉诃德》里的许多片段也被天衣无缝地织入了小说文本之中，其实际上是关于堂吉诃德传记的一个伪回忆录或伪自传式的平行叙事。

另一部分则以杜撰人物——一位富有的贵族路易·拉罗（Luis Lara）的视角展开，讲述他和塞万提斯之间的创作关系，为塞万提斯的生命虚构叙事提供了一个虚构的多维的视角，增强了塞万提斯生命故事讲述的灵活性。拉

111

罗与塞万提斯成为好朋友，但慢慢地对贫穷年轻的塞万提斯从同情之心变为嫉妒之情。为了展示自己优于塞万提斯的文采和知识，他在塞万提斯为《堂吉诃德》写续集之前擅自续写《堂吉诃德Ⅱ》。在这一部分当中，曼利克特意辟出一章，采用拉罗的仆人作为叙事者，为整个小说增加了一个新鲜的视角。这部小说可以看作同时代虚实双视角平行生命虚构叙事的典型作品。

（三）三联叙事

三联叙事（triptych narrative）在文学家生命虚构叙事里很常见。艾肯（Joan Aiken）的《兰姆书屋阴魂不散》（*The Haunting of Lamb House*，1993）是一部跨越两个多世纪、涉及三个不同时代人物的标准三联叙事。其他三联叙事作品主要有《查特顿》、《时时刻刻》、《拜伦爵士的小说：黑夜之地》（2006）、《历史学家》（*The Historian*，2005）、《达芙妮：一部小说》（2006）、《甜水》（*Sweet Water*，1998）、《梦之旅馆》（2007）等。

霍普金逊（Nalo Hopkinson）的《盐路》（*The Salt Roads*，2003）是典型的三联叙事。故事以三位不同时代的女性的第一人称叙事展开，三位女性都生活在海地，分别是波德莱尔的情人、黑白混血姑娘让娜·杜瓦尔，圣多明戈庄园的奴隶、女医生默尔（Mer），四世纪被苦行的修道士感化的埃及绝代名姬圣泰伊思（St. Thaïs）①。其中默尔是一位纯虚构人物。三位叙事者的共同特点是具有黑人血统，代表的是不同时代的黑人女性。连接和穿插在三条主线间的是海地神话中的爱与梦之女神爱尔祖丽（Erzulie），她被虚构成黑人女性传记作者，对三位人物进行评论。

塞勒斯的《凡妮莎与弗吉尼亚》以年迈的凡妮莎（叙事者"我"）向已故的妹妹伍尔夫（"你"）坦陈心迹的形式展开，回忆姐妹俩一生中共同经历的重大事件，是典型的三联叙事。交织的三个情节：一是凡妮莎复杂的情感历程——与贝尔（Clive Bell）名存实亡的婚姻，与弗莱之间默契的友情，与自由不羁的画家格兰特长期的同居生活以及处于格兰特与加内特（David Garnett）同性恋情夹缝中的尴尬处境；二是伍尔夫的婚姻与情感世界，叙述她如何在文学事业一步步走向成功的同时，精神病痛却日益加剧，最终投河溺亡的悲惨结局；三是这对同胞姐妹作为情场与事业上的竞争敌手和先锋艺术的共同探索者的复杂关系。由于小说整体建构在回忆基础上，塞勒斯又精心编织了一张回环往复的时间网，营造出过去与现在有机连缀并交互映衬的独特效果。

大多数三联叙事都涉及虚构作品的平行叙事，也就是"书中书"或"叙

---

① 圣泰伊思曾是亚历山大大帝的将军托勒密的情妇，亚历山大大帝也拜倒在她的石榴裙下。她的美貌迷倒众生，过着纸醉金迷的生活，后来受到艾森诺修道士的感化，终于摆脱糜烂生活，获得心灵上的平静，升为圣女。

事中的叙事"这一手法。《梦之旅馆》想象 19 世纪末因肺结核而英年早逝的天才作家克莱恩生命的最后一瞥。这部小说有三个相联系的叙事线索：第一条线索是重病濒死的克莱恩突然忆起他早年在纽约街头遇见的艾略特，因而决定在死前口述与艾略特相关的故事，让珂拉将其整理成一部小说；第二条线索是珂拉不放弃希望，带着病入膏肓的克莱恩远赴德国就医的旅程；第三条线索则是"书中书"，怀特仿克莱恩的风格铸就了一部以艾略特为主角的中篇小说《上妆男孩》（*The Painted Boy*）。

（四）四联叙事

四联叙事比较少见，但也有一些典型的例子，如《盗贼》、《福楼拜的鹦鹉》、《海明威夫人》（*Mrs. Hemingway*，2014）和《他的黑女郎》（*His Dark Lady*）等。《海明威夫人》从海明威的四任妻子的角度来讲述她们与海明威之间的故事，《他的黑女郎》则从露西（黑女郎）、伊丽莎白女王、古拉克和莎士比亚四个视角讲述，并且顺着两条故事脉络——一条围绕莎士比亚和黑女郎，另一条则围绕伊丽莎白女王和图谋拥立苏格兰女王玛丽的天主教逆谋者展开叙事进程。

在巴恩斯的四联叙事中，《福楼拜的鹦鹉》好似抛入湖中的一颗石子，激起一圈圈涟漪，每一圈涟漪就是一联故事，每一个故事又带出一个或几个故事。多联叙事就像巴恩斯的《福楼拜的鹦鹉》第二章里关于福楼拜生平的介绍。巴恩斯列出了关于福楼拜生平的三个不同的大事年表。这三个大事年表互相矛盾又互相补充。读者从第一个大事年表中读出更多的是福楼拜辉煌耀眼的一面，从第二个大事年表中读出更多的是福楼拜阴暗荒唐的一面，从第三个大事年表中读到了关于人性两面的哲理故事（郭宏安，2016）。

多联叙事需要拼凑与杂糅，而非一种叙事文本贯穿到底；多重叙事视角或叙事的多层次，而非稳定的单一视角叙事或单一话语叙事，都是宏大叙事和线性叙事被颠覆、文本背后对权威地位与主体中心地位被消解的表现，曾经牢不可破的因果关系、秩序等变得虚无缥缈。也就是说，生命虚构多联叙事的精神实质就是后现代的非主体中心观和权威消解观的文本再现，生命虚构多联叙事不再有完整的线性叙事，文本里充斥着矛盾和诸多不确定因素。

第三章　文学家生命虚构叙事
作品的虚构化行为

　　本章主要讨论文学家生命虚构从非虚构到虚构的转变过程。关于真实人物生命书写的虚构化议题，纳德尔（Nadel，1984）、谢贝特（Schabert，1990）和哈琴（Hutcheon，2006）等都有讨论。然而，纳德尔只研究"事实型传记"（factual biography）中的虚构化现象，谢贝特虽然研究各种传记中的虚构，但局限于对二十世纪早中期的传记虚构文本进行研究。纳德尔的研究具有一定的预见性，获得了一些评论家的认可，但也由于将传记的虚构化视为严肃传记文类的本质特点而遭到诸如英国获奖传记作家、评论家和小说家格兰丁妮（Victoria Glendinning）等人的批判。格兰丁妮认为，如果虚构化也是传记的特征之一，我们必须找到一个新词语来描述这一文类[①]。本书就提出了这样一个新词语。

　　最近三十年间的文学家生命虚构叙事的虚构化不仅在创作能力和当代文学理论的影响方面与之前的传记虚构有明显差异，而且在某种程度上与当代文学理论一起向前发展。正如哈琴所言，采用重新想象的虚构形式（reimagined fictional form）讲述历史人物的生命故事意味着发生了某种"本体上的转化"（ontological shift）[②]。

　　生命虚构的创作路径与传记虚构截然相反。生命虚构是先设想出一个故事，再根据这个故事的需要去寻找相应的文本性生命因子，并创设出符合故事需要的非生命因子。创作者从自己的故事建构需要出发，经过认真阅读，通过选取适合的生命因子（selection）[③]，在叙述方式和结构安排上进行文学化技巧的再合成处理（reconfiguration），进而重新语境化（re-contextualization）[④]，成为一部公开宣称参照性和虚构性兼具（self-disclosure of its referentiality and fictionality）的作品。因而，作品在生命因子这些真实文本史料的基础上经过选取、再合成、重新语境化和公开宣称虚构性这四个虚构化

---

　　① Parker, Hershel. *Melville Biography*：*An Inside Narrative*. Evanston：Northwestern University Press，2012：499.

　　② Hutcheon，Linda. *A Theory of Adaptation*. New York：Routledge，2006：17.

　　③ 参照 Iser，Wolfgang. *The Fictive and the Imaginary*：*Charting Literary Anthropology*. Baltimore：Johns Hopkins University Press，1993：6.

　　④ Regard，Frédéric. The Ethics of Biographical Reading：A Pragmatic Approach. *Cambridge Quarterly*，2000，29（4）：408.

行为之后变成了一部生命虚构叙事作品。在这里没有采用纽宁的"合成"
（configuration）① 这一说法，而是"再合成"，因为与其他虚构作品不同，生
命虚构的合成是在已有的文学家人生故事基础上将生命因子和非生命因子置
入一个虚构的视角、话语和框架之下，重新情节化（replotting）。

　　由于不同的作家选取的生命因子有差异性，以及他们在组合这些生命因
子的过程中受不同社会文化和批评理论的影响，因此即使同一位文学家现存
的文本性生命因子非常有限，当代作家创作出来的传记作品仍会显示明显的
差异。尤其在生命虚构叙事中，由于非生命因子是可以无限想象和发挥的，
生命虚构叙事作品的可能性更是无限的，因而，就出现了后现代背景下迥然
各异的文学家文本形象。尤其对于当时史料屈指可数的莎士比亚来说，其生
命虚构文本的无限增加正是主体身份的不确定性和不稳定性的最佳明证。虽
然大部分评论家和作家都将莎士比亚称作"Shakespeare"，但我们不能阻止其
中一些人按照他们自己的方式将莎士比亚称作"Shakespey" "Schacosper"
"Scakespeire" "Shagspere" "Saxper" "Chacsper" "Schaftspere" "Shakstaf"②，
在《过世的莎士比亚先生》（*The Late Mr. Shakespeare*，1998）中，咸鲱作为
莎士比亚身边的"传记作家"，在他的回忆录里提到了 48 个关于莎士比亚名
字的不同拼写③。不同作品里莎士比亚名字的多样化描述可以看作身份不确定
性的一个隐喻。

　　以下三节将分别从生命因子的选取与重新语境化、虚构合成策略，以及
参照性和虚构性的自我揭示三个方面进行论述。

> 　　如果你想要明白文学如何生存，那么你就转向诈者，去看他们在
> 杂文、采访，在信件、日记里——还有在他们自己的作品里，对其他
> 作家们说了些什么。
>
> 　　　　　　　　　　　　　　　　　　　　　　　——杰奥夫·戴尔④

　　① 参照 Nünning, Ansgar. *Von Historischer Fiktion zu Historiographischer Metafiktion*：*vol. I*. Trier：WvT, 1995：63.

　　② Schoenbaum, S. *Shakespeare's Lives*. Oxford：Clarendon, 1991：5.

　　③ Munoz Valdivieso, Sofía. Postmodern Recreations of the Renaissance：Robert Nye's Fictional Biographies of William Shakespeare. *Sederi Yearbook*, 2005（15）：53.

　　④ 原文为 "If you want to see how literature lives, then you turn to writers, and see what they've said about each other, either in essays, reviews, in letters, or journals—and in the works themselves"。引自 Dyer, Geoff. *Out of Sheer Rage*：*Wrestling with D. H. Lawrence*. New York：North Point P, 1997：102.

第一节　文学家生命虚构叙事的生命因子
选取与重新语境化

就像格雷弗斯所言，每位作家在尝试打破语法之前都必须掌握语法，每一位生命虚构叙事作家在打破真实进行虚构创作前都必须掌握作为生命虚构主体的文学家的各级生命因子。在对作家生命虚构叙事作品的标准评论进行阅读时①，发现反复出现的高频词组是"一部精心研究的小说"（a meticulously researched novel）、"考证全面"（thoroughly researched）、"深入挖掘史实资料"（painstakingly researched）、"具有历史准确性"（historically accurate）、"做了大量的史料收集研究工作"（extensive research）等。这些一般不常出现在对一般虚构作品评价当中的字眼显示了生命虚构与纯粹虚构作品之间的区别，也显示了生命虚构与学术作品之间的相似性。这一现象在某种程度上说明了文学家生命虚构叙事的一个重要特点——它们的叙事驱策（narrative impetus）来自史实，选自生命因子。也就是说，文学家的生命因子是创作者们生成各自的文学家生命虚构叙事作品的来源（generative source）。

在某种程度上，这些偏爱以文学家为人物的作品构成了"一股偏离一般虚构作品的总的历史潮流"。正如帕萨罗（Vince Passaro）所言，当代文学，"已经稳步地从英雄行为和神话叙述转向真正活过一场的生活叙事：日常的、内化的和病态的"②。生命虚构热潮的出现是"对纯粹虚构叙事失去信心的表现"③。对真实人物的熟悉感使生命虚构变成了读者容易接受的一种接地气的文类。

总体看来，后现代作家生命虚构叙事建立在后现代作家对他们所研究或尊崇的某个/些文学史上的伟大作家的作品、风格和生平各种资料的全面充分的掌握之上。因而，文学家生命虚构叙事对作家要求较高——除具有小说家的创造力之外，还必须对被虚构文学家的档案资料、生活的时代背景、创作的作品、文学评论家对其人其事的辩论等有所把握，换句话说，也就是对文学家各级文本性生命因子有较全面深入的了解，因而比创作一般意义上的历

---

①　这里的标准评论是出版商在对该书的出版做宣传时使用的各大媒介如《纽约客》、主要相关知名作家等的简短评论，在亚马逊（Amazon）和好阅读（Goodreads）网页上显示的主要评论，而非读者评论。

②　原文为"has moved steadily away from narratives of heroic action and myth towards narrative of life as it is lived：quotidian，internalized，and pathological"。引自 Passaro，Vince. *In Defense of Autobiographical Fiction*. In Miller，Laura & Begley，Adam（ed.）. *The Salon. com Reader's Guide to Contemporary Authors*. New York：Penguin，2000：299.

③　Lodge，David. *The Year of Henry James or，Timing is All*. London：Harvill Secker，2006：9–10.

史小说更具挑战性。

　　生命书写是一种故事建构，是材料选取的结果，因而，学术型传记和传统的传记虚构也涉及生命因子的选取。然而，生命因子在传记虚构和生命虚构这两种不同的创作形式中所起的作用不一样。正如波尔持（Rodney Bolt）所言，一般的传记虚构作家审视史料，然后演绎出一个故事，而生命虚构作家大多想象一个故事，然后再用同样稀少不全的史料支撑他们的故事①。比如为了将梅尔维尔的妻子莉兹（Lizzie）塑造成一个具有文学批判思维的女性，在《赫曼·梅尔维尔的生死航程》（*The Passages of Herman Melville*，2010）中，帕里尼（Jay Parini）选择狄更斯于 1842 年到访美国这一著名史实，然后虚构了狄更斯为了解决版权法律问题拜访莉兹的父亲——一位有名望的法官的场景，并让还没有遇到梅尔维尔的莉兹对狄更斯发表了一针见血的评论——"让我太震惊了，狄更斯先生在他的小说里的言辞比他本人要精妙得多"②，让莉兹颠覆了狄更斯人生与作品之间的正向关联。类似的情景包括莉兹对霍桑等同时代文学家的评论。

　　如果说 20 世纪 90 年代之前的作品侧重寻求如何更好地发挥历史人物的生命因子在生命书写中的作用，那么，90 年代之后的作品则更加注重如何将生命因子更好地服务于虚构的需要，在虚构方面更加大胆，虚构手段更加多样化。

　　由于生命虚构跳出了传记作家的各种限制，可以根据自己的叙述意图的需要进行选择，更加注重选择文学家生命中具有代表性的生命因子建构关键场景和人际关系等，所以它们需要"忘记"或者排除更多的生命因子，选取更有意义的生命焦点，选取可以创作发挥的焦点人物或事件。由于生命虚构比传记虚构有更自由的发挥余地，它们可以选取尽可能少的生命因子，进行尽可能多的虚构或杜撰。被选取的生命因子不一定成为生命虚构叙事的整体框架，它们可以只是一个虚构框架之下对文学家生命因子的挪用。

　　生命虚构叙事框架可以表现为虚构的叙事者和不在史料范围内的虚构时空事件，因而有些评论家会将这类生命虚构叙事作品称作"假想传记"（speculative biography）③，我认为称之为"假想生命虚构叙事"（speculative biofiction）更加确切。巴恩斯的《福楼拜的鹦鹉》虚构了一位英国医生杰弗里·布拉斯韦特（Geoffrey Braithwaite）作为这部生命虚构叙事作品的叙事者。

---

①　Bolt，Rodney. *History Play*：*Lives and Afterlife of Christopher Marlowe*. New York：Bloomsbury Press，2008：84.

②　原文为"It struck me that Mr Dickens had a finer turn of speech in his novels than in person"。引自 Parini，Jay. *The Passages of Herman Melville*. New York：Doubleday，2010：170.

③　Lee Brien，Donna. "The Facts Formed a Line of Buoys in the Sea of My Own Imagination：History，Fiction and Speculative Biography". TEXT Special Issue 28 "Fictional Histories and Historical Fictions：Writing History in the Twenty-first Century". Nelson，Camilla & Matos，Christine de（eds.），2015.

117

两处与福楼拜相关的地方——福楼拜克鲁瓦塞故居的凉亭和主宫医院博物馆分别存放有一只鹦鹉标本，究竟哪一只是福楼拜当年的那只？带着这样的疑问，叙事者开始对福楼拜的鹦鹉进行寻访，引出有关鹦鹉的主人——福楼拜的作品和生平的各种故事。

这部生命虚构叙事作品不只围绕一条故事线，而是多条故事线：叙述者本人、退休医生杰弗里·布拉斯韦特的故事、传主福楼拜的故事、传主福楼拜的小说《包法利夫人》中的故事以及他的短篇小说《一颗简单的心》（*A Simple Soul*）（有关女仆费莉西泰晚年养的一只鹦鹉）中的人物故事。

欧泽克的《对亨利·詹姆斯一次（不幸的）采访》［*An（Unfortunate）Interview with Henry James*，2005］，建构了一个虚构框架——一位 21 世纪的记者在兰姆书屋（Lamb House）采访了这位大文豪。欧泽克从詹姆斯的生命因子里选取适合采访需要的素材。

就像乔姆斯基的深层结构和表层结构一样，历史上存在过的文学家已知和可参照的生命因子是深层结构，而不同生命虚构作家创造的文学家生命虚构人物形象是不同的生命虚构作家经过意识形态选择和叙事策略合成后转换出来的表层结构，不再是那个存在过的真实人物，是虚构的复制品（the fictitious replica）和文本世界里的变体（its variants in textual world）。在从现实世界转换到文本世界的过程中，文学家获得了多个"跨越世界的身份"（trans-world identity）。

对于伍尔夫来说，传记小说最难解决的艺术问题是，在对虚构的事实与可证实的事实进行合成时，它们可能会互相诋毁，一方面，可证实的事实会让想象出来的事件变得不可信，而想象事件又会让可证实的事件看起来沉闷、不连贯①。而生命虚构通过设置一个生命因子与非生命因子有机融合、难以区分的语境，既让真实起到提升可信度的作用，又让虚构发挥出象征和愉悦的功能。

多数生命虚构叙事作品不可避免地同时选取来自不同级别的文本性生命因子，本节将按照生命虚构叙事作品的主要叙事驱策和框架来探讨各级生命因子的选取与重新语境化。

一、文学家与一级生命因子选取

（一）生命虚构对象的选取

进行生命虚构创作的作家首先面临的问题是选择哪一位文学家作为自己

---

① Woolf, Virginia. *The Art of Biography*. In *Collected Essays*, 4 vols. New York：Harcourt, 1967：225.

的创作对象，继而考虑选取哪些关于他/她的一级生命因子。当代作家在选取虚构对象方面主要有三种考虑。

一是传记作家在自己的学术型传记基础上进行虚构创作（详见第四章最后一节中"文学家生命虚构叙事作品中的学术化行为"）。在针对某位文学家进行深入研究之后，这些作家首先撰写出严格忠于史实的学术型传记，然后，再以学术型传记为出发点，创作出文学家生命虚构叙事作品。这样的生命虚构叙事作品大多主要融合文学家的一级生命因子和二级生命因子进行创作。埃克罗伊德在对不同的文学家进行虚构之前已撰写多位文学家如莎士比亚、爱伦·坡、狄更斯和布莱克等的学术型传记，这些严肃的学术研究与后来创作的文学家生命虚构叙事作品之间建立了某种互相参照的网络关系①。埃克罗伊德选取王尔德进行生命虚构创作缘于他与王尔德之间在多方面的惊人相似：他们都以诗歌创作开始各自的文学生涯，但以散文式小说赢得名声；他们都对文学赝造感兴趣，通过改变语境自由剽窃——比如，查特顿的命运和赝撰的诗都曾给王尔德和埃克罗伊德以启发；最后但也很重要的一点是他们正视自己的同性恋行为②。

福斯特（Margaret Forster）在1989年撰写《伊丽莎白·巴雷特·布朗宁：一部传记》（*Elizabeth Barrett Browning：A Biography*）之后创作了《夫人的女仆》。桂冠诗人、作家莫什是济慈的传记作家和研究者，《凯克博士的杜撰》是莫什在完成《济慈：一部传记》（*Keats：A Biography*，1999）之后，参照关于济慈的二级生命因子创作而成。当然，所有的二级生命因子又必须以一级生命因子为元参照。

这类生命虚构叙事作品大多为选取新的视角（新的人物视角或文化社会视角）的传记平行虚构（详见第五章）。如帕里尼本人为弗罗斯特（Robert Frost）、福克纳、斯坦贝克（John Steinbeck）以及戈尔·维达尔（Gore Vidal）的传记作家。戈尔·维达尔本人也是生命虚构叙事作品创作者，他创作过与詹姆斯人生相关的《帝国》（*Empire*，1987）。帕里尼为维达尔撰写的传记《自我的帝国：戈尔·维达尔的一生》（*Empire of Self：A Life of Gore Vidal*，2015）就以此为出发点。因而，帕里尼创作的关于梅尔维尔的生命虚构叙事作品《赫曼·梅尔维尔的生死航程》延续传记叙事的特点，涵盖梅尔维尔从生到死的整个人生故事，只不过是改换了梅尔维尔的妻子莉兹的框架式视角并赋予莉兹新女性的思想和语言。

二是文学批评家在自己学术著作的基础上，选取自己的批评对象作为虚

---

① Fokkema, Aleid. *The Author：Postmodernism's Stock Character*. Madison：Fairleigh Dickinson University Press，1999：43.

② Bobocescu, Elena. The Last Testament of Oscar Wilde—An Apocryphal Autobiography. *University of Bucharest Review：A Journal of Literary and Cultural Studies*，2010（1）：46.

构对象。这样的生命虚构叙事作品虽然也与前一种情况一样，是基于文学家的一级生命因子和二级生命因子，但主要参照二级生命因子中的学术著作因子。与传记因子不同的是，学术著作因子更加注重文学家的重大个人事件、某段特殊关系或某部特别作品的创作等细节。这类生命创作往往与学术著作具有同样的创作思路——首先给出关于文学家生命故事的某个假设，然后根据这个假设去寻找证据，创设一个完整可信的故事。

这是文学家生命虚构创作的最重要类型，往往与文学研究的新发现相关，涉及关系生命虚构叙事、群体生命虚构叙事、文学谜题生命虚构叙事、采访生命虚构叙事、学术圈生命虚构叙事等。塞勒斯（Susan Sellers）是国际知名的伍尔夫研究专家、英国圣安德鲁斯大学英语文学教授，她与罗伊（Sue Roe）共同主编并由剑桥大学出版社出版的"剑桥文学指南"系列之《弗吉尼亚·伍尔夫》一书，早在 2001 年即由上海外语教育出版社引进出版，并成为现代英国文学及伍尔夫研究者的案头之书，在此学术著作的基础上，塞勒斯创作了生命虚构叙事作品《凡妮莎与弗吉尼亚》。

三是当代作家对某部经典著作非常有感悟，决心创作一部加入著作作者生命因子的虚构之再虚构作品的情况。这就必然涉及三个级别的生命因子，因而是生命虚构创作中最复杂的一类叙事，主要分为创作过程平行叙事和虚构之再虚构平行叙事（详见第五章的"平行叙事升级模式"）。前者如库切的《福》，库切对笛福的《鲁滨孙漂流记》情有独钟，因而选取笛福作为虚构对象。《福》的主体部分以笛福的这部虚构作品为参照，只是换了一位女性——苏珊作为故事的叙事者。这部生命虚构叙事作品不仅讲述了笛福的《鲁滨孙漂流记》的创作过程（poioumenon），而且将笛福塑造成一个虚构人物，揭示了《福》本身的创作过程，揭示笛福如何通过操控故事话语权颠覆真实与虚构之间的关系。后者如《棕榈树下的史蒂文森》（*Stevenson Under the Palm Trees*，2002），作家曼古埃尔（Alberto Manguel）受史蒂文森的《杰奇博士和海德先生的奇怪案例》（*The Strange Case of Dr. Jekyll and Mr. Hyde*）等作品的深刻影响，以史蒂文森为《化身博士》的原型，讲述了他在南太平洋的萨摩亚岛的人生故事，因而，这部作品在某种程度上可以被称作"史蒂文森博士和贝克先生的奇怪案例"（The Strange Case of Dr. Stevenson and Mr. Baker）。类似的有罗森塔尔的《在石山上》（以《恋爱中的女人》为参照框架）、卡雷的《杰克·麦格斯》（以《远大前程》为参照框架）、藤南特的《重罪》（以《阿斯彭文稿》为参照框架）、埃斯特拉德（Alfredo Jose Estrada）的《欢迎来到哈瓦那，海明威先生》（*Welcome to Havana, Senor Hemingway*，2003）〔以《弗朗西斯·麦康伯的短暂幸福生活》（*The Short Happy Life of Francis Macomber*）为参照框架〕等。

一些非学者、非传记作家的小说家选取在同一个地方生活过的文学家或有一定关联的文学家作为虚构对象。诗人小说家里德（Jeremy Reed）选取多位诗人如法国诗人阿尔托（Antonin Artaud）[①]、洛特雷阿蒙（Comte de Lautréamont）[②]和王尔德作为生命虚构对象。诗人作家福尔兹的《不断深陷的迷惘》选择同在埃平森林（Epping Forest）长大的诗人克莱尔作为生命虚构对象。克莱尔的作品的地域性非常强，要了解他的人生和作品必须了解他生长的地方，熟悉埃平森林的福尔兹可以游刃有余地在自然而浪漫的风光中生动地刻画各种与自然相联系的人和物[③]。

　　地域性强的生命虚构叙事作品像一部生命地域虚构叙事（biotopografiction），往往将文学家的生命故事与一个特别的城市或地域之间的关联通过虚构叙事的形式得以展现。托塞罗的《谣言传千里：一部关于路易莎·梅·奥尔科特在纽约的小说》将美国著名小说家奥尔科特与同时代的真实历史人物以及在她的虚构世界里出现的许多人物之间的故事用纽约这个地方连接起来。这部作品读起来非常像一封写给纽约的情书，随处可见对19世纪70年代纽约的城市魅力的迷恋与再现。

　　布兰德雷思选择创作以王尔德为主人公的一系列侦探小说。书中除了谋杀案是虚构的，王尔德身边的角色基本上都是真实存在过的。布兰德雷思和王尔德之间要硬扯起来，多少还能扯上一些联系。布兰德雷思与王尔德的长子念的是同一所预科学校，虽然两人之间隔了很多年。预科学校的创办人约翰·巴德利是王尔德的好友，而布兰德雷思在每周三都会和90岁的巴德利一边玩填字游戏，一边听他讲王尔德当年的故事；布兰德雷思的父亲是法务官员，在1948年首次完整描述了王尔德的受审过程。王尔德的曾孙倒是不介意自己的祖上化身为福尔摩斯，在布兰德雷思的创作过程中给予了诸多帮助。

（二）　一级生命因子的重新语境化

　　一级生命因子为文学家本人直接撰写的非虚构性文本生命因子，它们是生命虚构叙事作品必须参照的文本，亦即成为其作品生命虚构的最基本元素。由于一级生命因子由历史主体书写，与主体的生命经验之间具有最直接的、最少中介性（less-mediated）的特点，因而具有元参照性（meta-referentiality）。一级生命因子的选取和重新语境化指当代作家根据自己的故事创设需要，从文学家的日记、信件、自传、回忆录等里面选取适合的文本性生命因

---

　　① 阿尔托（1896—1948），法国戏剧理论家、演员、诗人，法国反戏剧理论和残酷戏剧的创始人。

　　② 洛特雷阿蒙（1846—1870），法国诗人，以数量不多、具有罕见的复杂性和极端性的文字向人们展示了一个患了深度语言谵妄症的病态狂人，长时间默默无闻却被超现实主义作家奉为先驱的怪异神魔，作品包括《马尔多罗之歌》、断篇《诗一》、《诗二》等。

　　③ Mulvania, Andrew. Lives of the Poets: On Recent Novels About Poets. *Literary Magazines*, 2010, 33 (4): 186.

子，将其重新语境化，作为生命虚构的基本元素用于生命虚构文本里。

文学家的日记、信件生命因子是一种"无意生命因子"，因而是文学家生命虚构叙事作品生命因子选取的重要来源之一。生命虚构叙事作品或多或少地选取文学家或文学家身边历史人物的书信生命因子作为直接参照。书信生命因子可能以书信体生命虚构叙事的形式出现在新的作品语境下，也可能经过转换变成其他形式出现。无论仍被选取用于书信体小说中，还是转换成其他形式用于其他叙事形式中，书信生命因子都是一种重新语境化行为，而重新语境化预设的本身就是一种虚构化行为。

一级生命因子可能是生命虚构的灵感来源。贝恩布里奇的《昆妮说》①讲述的是昆妮对英国大文豪塞缪尔·约翰逊人生最后二十年的回忆，以及他与赫丝特·斯雷尔②之间的亲密友谊，但小说里引用和拼贴的昆妮日记源于赫丝特的真实日记③。这部作品以塞缪尔·约翰逊死前几个月写给赫丝特的唯一一封信（参照下图中的信件 I）为创作灵感，这封信是两者之间感情的唯一文本证据。贝恩布里奇决定选取这一书信生命因子为虚构的基础，写一部关于约翰逊与赫丝特·斯雷尔之间关系的小说。这封信被稍做改动，变成了下图中信件 II 的内容④，与其他许多贝恩布里奇虚构的来往信件（6 封是昆妮与霍金斯小姐⑤的通信，1 封是昆妮与芬妮·班尼⑥的通信）一起出现在《昆妮说》中，起到了增强其他信件的真实可信性的作用。通过来往信件，约翰逊的内心和情感得以一窥，与其他事实型传记形成互补⑦。

---

① 该作品入选 2001 年曼布克奖短名单。

② 斯雷尔一直不为世人所知，即使被提及，也是由于跟塞缪尔·约翰逊的那段佚事闲闻而被顺带提起。而事实上，斯雷尔本身是一位很有天分的作家，但这一事实，直到 20 世纪女性主义运动兴起才逐渐得到批评界认同——她是传记写作的革新者，塞缪尔·约翰逊信件的第一个编者，全英国第二位讲述历史鸿篇巨制的女性，全英国第三位写游记的女性。

③ 指的是 *Thraliana the Diary of Mrs. Hester Lynch Thrale*，1776—1809。

④ 该信件图片引自 Poluektova, Tatyana A. "Fact-Fiction" as an Epistolary Forming Component of the Novel by B. Bainbridge "According to Queeney". *Humanities & Social Sciences*，2011，6（4）：894 – 901.

⑤ 霍金斯小姐（Laetitia Hawkins，1760—1835）是写了塞缪尔·约翰逊传记的约翰·霍金斯（John Hawkin）的女儿。

⑥ 芬妮·班尼（Fanny Burney，1752—1840）是班尼医生的女儿，小说家。

⑦ Kazantseva, G. V. Biographical Novels "Pushkin" and "Lermontov" by V. P. Avenarius：History, Theory, Genre Poetics. *Ioshkar Ola*，2004：33.

I	II
Madam: July 2, 1784 If I interpret your letter right, **You** are ignominiously married, if it is yet undone, let us once talk together. If **You** have abandoned your children and your religion, God forgive your wickedness; if you have forfeited your **Fame**, and your country, may your folly do no further mischief. If the last act is yet to do, I, who have loved you, esteemed you, reverenced you, and served you, I who long thought you the first of human kind, entreat that before your fate is irrevocable, I may once more see **You. I was, I once was, Madam, most truly yours,** SAM. JOHNSON **I will come down if you permit it.** (emphasis added – T.P.) [The letters of Samuel Johnson, 338]	Madam, if I interpret your letter right, you are ignominiously married; if it is yet undone, let us once talk together. If you have abandoned your children and your religion, God forgive your wickedness; if you have forfeited your fame and your country, may your folly do no further mischief. If the last act is yet to do, I, who have loved you, esteemed you, reverenced you and served you, I who long thought you the first of human kind, entreat that before your fate is irrevocable, I may once more see you. [Bainbridge, 234 – 235]

在霍尔特的《我亲爱的夏洛特：一部基于简·奥斯汀书信的小说》里，简·奥斯汀的书信生命因子以书信体生命虚构叙事的形式出现在新的作品语境下，在多个层面上透露出它与简·奥斯汀之间的关联。首先，作者在副标题里已经张扬地显示了这部小说与简·奥斯汀的书信，也就是这位文学家的重要生命因子之间的关系；其次，读者也可以在整部小说的字里行间通过文本性书信生命因子清晰地判断出虚构人物埃莉诺和姐姐夏洛特与真实作家简·奥斯汀和姐姐卡桑德拉之间的对应关系。

在这部小说中，信件的第二段里多处参照了简·奥斯汀书信里关于在巴斯寻找出租物业的内容。比如，从简·奥斯汀于 1805 年初寄出的信件中可以得知"格林绿园"正是简·奥斯汀在巴斯的住所（参看下图的 Comment［JF1］），而在此之前，约 1801 年 5 月 21—27 日她与母亲在新国王街（New King Street）寻找合适的租赁物业时，在信件里提到的房子状况与小说中的描述基本一致（参照下图的 Comment［JF2］和 Comment［JF3］）。

除小说开头之外，整个信件内容到处都充斥着这种文本对应关系。也就是说，霍尔特将真实的书信生命因子置于虚构的书信来往的语境下，只不过《我亲爱的夏洛特：一部基于简·奥斯汀书信的小说》是一部隐性生命虚构叙事作品（参照第二章第四节隐性生命虚构叙事）。通过比较《我亲爱的夏洛特：一部基于简·奥斯汀书信的小说》与简·奥斯汀的《劝导》（Persuasion）这两部同为书信体小说的作品，我们进一步发现霍尔特不仅选取了简·奥斯汀的真实书信生命因子，还利用了简·奥斯汀虚构作品中的书信生命因子——《劝导》中妹妹玛丽·默斯格罗夫（Mary Musgrove）写给姐姐安妮·

艾略特（Anne Elliot）的书信内容①。

> I am glad that our uncle has settled on a house in Green Park Buildings since the one that he and our aunt took last year in New King Street had pitifully small rooms. You may remember that the best of the sitting rooms was not as large as our parlour here. Those at G.P. Buildings are quite spacious and *dry* since I believe that no inconvenience from the river may be felt there.

Comment [JF1]: (Green Park Buildings—JA's residence in Bath; letters from there early 1805)

Comment [JF2]: I went with my Mother to help look at some houses in New King Street, towards which she felt some kind of inclination—but their size has now satisfied her;—they were smaller that I expected to find them. One in particular out of the two, was quite monstrously little;—the best of the sittingrooms not so large as the little parlour at Steventon, and the second room in every floor about capacious enough to admit a very small single bed. (21-27 May 1801).

Comment [JF3]: Yesterday morning we looked into a House in Seymour S^t which there is reason to suppose will soon be empty, and as we are assured from many quarters that no inconvenience from the river is felt in those Buildings, we are at liberty to fix in them if we can. . . . (12-13 May 1801).

　　生命因子通过转换出现在其他形式的生命虚构叙事作品里的典型例子有《与坡喝咖啡》《与酒鬼干杯》等。

　　巴尔格（Andrew Barger）的《与坡喝咖啡》② 里充满坡与他的前后三个未婚妻、他的文学家同辈（朗费罗、欧文和霍桑），以及他的不共戴天的对手之间的真实信件生命因子，只是通过重新语境化这些信件，变成了坡与采访者之间的对话。艾连恩和唐纳的《与酒鬼干杯》（2012）将对话建立在对十六位作家的真实采访、日记和回忆录等一级生命因子之上。

　　福勒（Jamie Fuller）的《艾米莉·狄金森日记》（*The Diary of Emily Dickinson*，1996）所展现的 1867—1868 年间狄金森所写的日记实际上完全是诗歌翻译家福勒在狄金森的信件、日记和诗歌等的基础上虚构而来的。这种虚构建

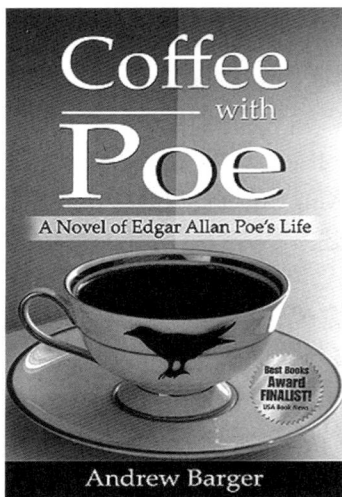

---

　　① 引自简·福吉斯（Jan Fergus）的《评海泽尔·霍尔特的〈我亲爱的夏洛特：一部基于简·奥斯汀书信的小说〉》[Hazel Holt's My Dear Charlotte：A Novel Based on Jane Austen's Letters，*Persuasions*，2009，30（1）：http：//www. jasna. org/persuasions/on-line/vol30no1/fergus. html。]

124

　　② 获得了 USA Book News Best Book Awards 奖。

立在真实事件和狄金森的实际诗歌创作基础上，因而让读者在阅读的过程中，真正置身于狄金森的心理环境中，似乎真的进入了狄金森的世界。

　　类似的将其他生命因子虚构转化成日记形式的生命虚构叙事作品也越来越流行，并且越来越呈现出一种趋势——书信或日记由文学家身边的兄弟姐妹、好友、情侣、仆人等书写后"留下"，让文学家成为被聚焦者和被叙述者。这样的虚构化策略一般带有一定的政治意图。东蒂（Farrukh Dhondy）的《黑天鹅》（*Black Swan*，1992）涉及马洛和莎士比亚同时代人物佛曼（Simon Forman）的日记，东蒂将与马洛、莎士比亚相关的一级生命因子重新语境化变成了佛曼的日记内容。

　　曼古埃尔的《棕榈树下的史蒂文森》以史蒂文森已经出版的书信为叙事出发点，将其转换成对话形式出现在新的语境下。被作者选取的书信生命因子——主要为史蒂文森写给亨利·詹姆斯的一封信，信里讲述了一个叫贝克的人的故事。在信里，史蒂文森这样提到贝克：

　　"我们有个来访者——汤加岛的贝克。你听说过此人吗？他在这里是个大人物；他被指控盗窃、强奸、利用审判权滥杀无辜、投毒、堕胎、贪污、挪用公款——奇怪的是，不是被控造假或纵火之类的；假如你了解到这些指控如何在这边的南太平洋世界里被传得沸沸扬扬，你可能会感到很可笑。毫无疑问的是，我的这个人物可谓声名远播，或者即使还没有那么大名气的话，好戏也很快就在后头了……"

　　在曼古埃尔的生命虚构文本里，这一信件内容变成了人物史蒂文森与萨摩亚大法官之间的对话：

　　"据我听闻，你的贝克先生被指控盗窃、强奸、利用审判权滥杀无辜、投毒、堕胎、贪污、挪用公款——奇怪的是，不是被控造假或纵火之类的。"

　　"很让人好奇，不是吗？这些指控在南太平洋世界里已经被传得沸沸扬扬了。毫无疑问，我的这个人物可谓声名远播了啊。"

　　"在某种意义上来说，是可谓声名远播了。史蒂文森先生，只是在某种意义上可以这么说。我觉得，我不能再打扰你了。"①

　　实际上，小说里涉及的事件并没有在现实中发生，也就是说曼古埃尔笔下的贝克先生与史蒂文森在信件里向詹姆斯提及的贝克先生，跟史蒂文森虚

　　①　Manguel, Alberto. *Stevenson Under the Palm Trees*. Toronto: Thomas Allen & SonsMarlowe, 2002: 52.

构的杰奇和海德没有什么区别，都是虚构的。曼古埃尔将真实的信件用于生命虚构叙事作品的对话中。

与史蒂文森相关的另一部生命虚构叙事作品《史蒂文森的奇怪病历》则将史蒂文森的游记和日记等一级生命因子重新语境化，用于与五位医生的对话中。

在当代语境下，文学家的信件生命因子还应包括电子邮件、博客等网络电子媒介文本。

二、二级生命因子的选取与重新语境化

二级生命因子的选取与重新语境化指当代作家根据自己的故事创设需要，从由传记作家或研究者撰写的、已被广为接受的权威文本，如文学家的传记、对该文学家进行专门化研究的权威学术论著或文学家身边的人撰写的关于其人其事的回忆录等里面选取适合的生命因子，将其重新语境化，作为生命虚构元素用于生命虚构文本里的过程。

大量引用二级文本里的生命因子是生命虚构与纯虚构作品的显著区别之一。二级生命因子的选取与重新语境化包括几种常见情况：一是传记在整体上被选取并置于新的社会文化视角进行虚构化重写，二是传记被截取其中的一个人生时段进行虚构化描述，三是传记或学术专著里的某段被忽视的话语被选取并进行虚构化扩展。

《伟大的俄罗斯黑人：一部关于普希金的人生和时代的小说》（*Great Black Russian: A Novel on the Life and Times of Alexander Pushkin*，1990）是一部将普希金传记置于新的社会文化视角——种族议题之下进行虚构化重写的作品。普希金是俄罗斯文学的杰出代表，但普希金的卷发和黝黑的肤色不像典型的俄罗斯人。确实，他有非洲血统，他的祖母是非洲黑奴，而曾外祖父汉尼拔是个皮肤黝黑的埃塞俄比亚王子。普希金的非洲血统并不是什么新发现，他是四个家庭同辈中皮肤最黑、最具非洲人特征（Africanoid）的那一个，他本人并不以此为辱，在诗中多次提到自己是"非洲人"。

他创作的一部未完成的小说《彼得大帝的黑奴》实际上是一部对他的家族史的虚构化作品，小说的中心人物，黑人伊卜拉·金姆就是普希金的曾外祖父汉尼拔。但对他的非洲血统进行系统研究的热潮却出现在 1960—2000 年间，《伟大的俄罗斯黑人：一部关于普希金的人生和时代的小说》正是在这一背景下由擅长描绘非裔人物的金林斯（John Oliver Killens）撰写的一部平行于前人对普希金的传记以及《彼得大帝的黑奴》两部作品的生命虚构叙事作品。这部生命虚构叙事作品不同于以往传记的一个显著特点是它非常侧重普希金的非洲血统故事的挖掘，并对普希金的狄奥尼修斯（非洲）和阿波罗（俄罗

斯）双重族裔的合体身份进行了深入的心理剖析。

　　一些生命虚构叙事作品选取的是传记或学术作品里的某段话或某个脚注，这类作品一般为二级细节扩展型生命虚构叙事。选取的二级生命因子里的某段话或某个脚注充当史实型框架。在这个框架的基础上，衍生出故事的完整情节，进而发展成整部作品的内容的虚构方式。这些被细节化的文学家的人生片段往往正是学术型传记或传统传记小说语焉不详或忽略的。

　　巴里（Sebastian Barry）的生命虚构戏剧《安徒生的英语》（*Andersen's English*，2010）的创作源自托马林在狄更斯传记里简短的几段话，提到安徒生曾经于 1857 年的初夏在狄更斯肯特郡（Gad's Hill Place）的宅子里借住过五周，而那时正是狄更斯与妻子凯瑟琳的感情裂痕初见端倪的时期。《安徒生的英语》让读者有机会从一个丹麦人的视角来看待狄更斯的家庭关系，可谓文学历史上的一个珍稀视角。这部生命虚构叙事作品恰好揭示了狄更斯的公共形象与私人形象之间的巨大裂缝。

　　故事以安徒生于 1870 年看到狄更斯的讣告为开端，采用安徒生的回顾视角讲述了他拜访狄更斯并与其家人相处五周的经历，让读者确信他是狄更斯"伟大家庭变故发酵过程"（great family storm brewing）的见证者[1]。以安徒生与狄更斯一家失败的跨文化沟通和狄更斯失败的家庭内部关系为主题，在回顾的过程中，安徒生将自己没有觉察到这个表面看来其乐融融、和谐幸福的维多利亚家庭幕墙后面所隐藏的不开心和紧张氛围归咎于自己蹩脚的英语。

　　就像是一个天堂之家。我觉得我朦朦胧胧地意识到有些异样。但我没想到会这么严重，没有，完全没有。我回来后很快写了我在那里停留的经历，我很自然地将他们一家描述得很幸福。[2]

　　纳吉米的《格特鲁德》就是一部"史实型框架 + 虚构性情节"型作品。在格特鲁德的传记《爱丽丝·托克拉斯自传》[3]里有一句很不起眼的话提到格特鲁德和爱丽丝在摩洛哥北部古城、海港城市丹吉尔游玩时，一个叫穆罕默德的向导当过他们十天导游。纳吉米就以这句话为叙事驱策，讲述了穆罕默德如何为格特鲁德和爱丽丝做向导，又在多年之后受格特鲁德的邀请去巴黎游玩的故事。按照记载，穆罕默德是一位真实人物，但与他相关的史料几乎没有，因而在某种程度上，他与杜撰人物没太大区别，虚构成分很大，虽然他的存在建立在与格特鲁德有据可查的相关生命因子之上，但关于穆罕默德如何导游以及如何融入巴黎艺术家沙龙圈的细节描述纯属虚构。

---

① Barry, Sebastian. *Andersen's English*. London: Faber and Faber, 2010.

② Barry, Sebastian. *Andersen's English*. London: Faber and Faber, 2010.

③ Stein, Gertrude. *The Autobiography of Alice B. Toklas*. Paris: Gallimard, 1934.

三、三级生命因子的选取与重新语境化

三级生命因子的选取与重新语境化指当代作家根据自己的故事创设需要，从文学家创作出版的虚构作品，如戏剧、诗歌、小说等里面选取适合的文本，将其重新语境化，并加入文学家的其他两级生命因子一同作为生命虚构元素用于生命虚构文本里的过程。科奇科诺夫注意到文学家生命虚构叙事作品的一个重要特点就是利用并经常将作家的传记数据与他们的小说文本①，也就是文学家的二级与三级生命因子混在一起。

三级生命因子选取可以分为四种情况，一是整体选取某部生命虚构叙事作品作为参照进行再虚构重述或续述（亦即虚构作品的生命虚构平行叙事）；二是三级生命因子是故事中的故事，也就是虚构文本为现在和过去双联叙事中的过去部分里的故事；三是选取多部生命虚构叙事作品进行拼贴；四是讲述某部作品的创作过程。

第一种情况如三部选取《道林·格雷的画像》（ *The Picture of Dorian Gray* ，1891）作为整体参照的有关王尔德的生命虚构叙事作品。塞尔夫（Will Self）的《道林：一部模仿之作》（ *Dorian：An Imitation* ，2002），正如它的副标题所示，毫不掩饰地直接采用了王尔德作品的结构，只有对前文本非常熟悉的读者才能甄别出这部超现代小说在前文本基础上所做的变化。里德（Jeremy Reed）的《道林：一部〈道林·格雷的画像〉续集》（ *Dorian：A Sequel to The Picture of Dorian Gray* ，2001）和麦克科马克（Jerusha Hull McCormack）的《那个叫道林·格雷的人》（ *The Man Who Was Dorian Gray* ，2000），整体选取王尔德的生命虚构叙事作品《道林·格雷的画像》作为参照进行再虚构续述（parallel sequel）。

第二种情况如科斯托娃（Elizabeth Kostova）的《历史学家》选取斯托克的《吸血鬼德古拉》（ *Dracula* ，1897），荣（Erica Jong）的《夏洛克的女儿》（ *Serenissima：A Novel of Love in Venice* ，2013）选取《威尼斯的商人》（ *The Merchant of Venice* ，1600）、高乌尔（Rebecca Gowers）的《扭曲的心：一个文学谋杀谜案和一个现代爱情故事》（ *The Twisted Heart：A Literary Murder Mystery and a Tale of Modern Love* ，2009）以狄更斯的《雾都孤儿》（ *Oliver Twist* ，1837）为整体参照文本。这些三级生命因子都在生命虚构里成为"故事中的故事"（narrative-within-narrative）。这三部作品的共同特点是文学家与笔下的人物在新的作品里互动，除与文学家和作品相关的故事线之外，还涉及一个

---

① 引自 Kirchknopf, Andrea. *Rewriting the Victorians：Modes of Literary Engagement with the 19th Century.* Jefferson, N. C.：McFarland, 2013：171.

当代的故事线索。

托奇斯（Nick Tosches）的《在但丁之手：一部小说》（*In The Hand of Dante*：*A Novel*，2002）选取《神曲》为参照文本，以当代研究者发现一部附有但丁创作《神曲》过程的《神曲》手稿并鉴定其真伪为一条线，以生活在14世纪意大利的但丁以及创作《神曲》的过程为另一条线。这类创作大多以过去与现在平行的双联叙事模式为主，且大部分为学术圈文学家生命虚构叙事（参照第四章）。

第三种情况是多部生命虚构叙事作品三级生命因子与一、二级生命因子交织。《简·奥斯汀白日梦》的字里行间渗透着她的小说作品、虚构人物和创作风格等，天衣无缝地与虚构的情节衔接在一起；《斯坦贝克的鬼魂》也交织斯坦贝克创作的多个三级生命因子，如《愤怒的葡萄》（*The Grapes of Wrath*，1939）、《长谷》（*The Long Valley*，1938）和《天堂牧场》（*The Pastures of Heaven*，1932）等。

第四种情况是当代或后世作家虚构历史上的某位文学家创作自己作品的过程。一些诗人生命虚构叙事作品的创作源泉来自诗人的诗作。诗作里描述的人物可以是文学家生活中真实存在的历史人物，也可以是诗人为了诗歌创作而虚构的人物。大部分诗歌里的人物很难断定是否真实存在，因而给了以诗人为创作对象的当代作家进行想象性建构的机缘。

莎士比亚创作了154首十四行诗，其中第127～152首是写给一个黑女郎的。这位黑女郎的身份一直扑朔迷离，历史上对黑女郎的猜测众说纷纭，虽然现代历史学家已经初步确定"莎翁十四行诗"中的黑女郎是宣称自己为专业女诗人的艾米利亚·拉尼尔（Emilia Lanier），但也有人认为是宫女玛丽·菲顿（Mary Fitton），也有人认为是一个叫作内格罗（Lucy Negro）的声名狼藉的女性，还有人说是语言学家、辞典编纂家弗洛里奥（John Florio）的妻子。

以莎士比亚的"黑女郎"为参照和灵感创作的小说可谓五花八门，以诗作为基础，除了将"黑女郎"塑造成一位神秘、迷人的女士，如萧伯纳的短剧《十四行诗的黑女士》、威尔逊（Ian Wilson）的《莎士比亚的黑女郎》（*Shakespeare' Dark Lady*，2012）、塞拉特（Mary Sharratt）的《黑女郎的面具》（*The Dark Lady's Mask*，2016）和欧雷利（Sally O'Reilly）的《黑艾米利亚：一部关于莎士比亚的黑女郎的小说》（*Dark Aemilia*：*A Novel of Shakespeare's Dark Lady*）等之外，也有将"黑女郎"虚构为一位男士的，也有将"黑女郎"虚构为非洲女人的，如兰姆（Victoria Lamb）的《他的黑女郎》。在欧雷利的小说里，黑女郎是一位非常有造诣的女诗人。

布朗（Michael Brown）的《威廉与露西：疑与爱的故事》（*William & Lucy*：*A Tale of Suspicion and Love*，2011）就以华兹华斯与柯勒律治合著的《抒

情歌谣集》里的《露西组诗》（*Lucy Poems*，1799），尤其是"伊人居处车马稀"（"She Dwells Upon the Untrodden Ways"）这首诗为三级生命因子参照和创作原点，虚构了华兹华斯与年轻的姑娘露西（Lucy Sims）之间的爱情故事，在布朗的小说里，露西是一位有文学抱负的保姆。

摩西的《过冬：一部关于普拉斯的小说》直接采用普拉斯为她的诗集《艾瑞儿》（*Ariel*）所设计的原始模式讲述普拉斯在去世前几个月的生命故事，小说的每一章都以《艾瑞儿》里的诗命名，每一章里的内容也与诗集里提到的具体事件相对应，以这些事件为主体框架，将诗歌、日记和其他生命因子结合在一起。

选取三级生命因子作为参照的文学家生命虚构叙事都涉及文学家生命故事世界与笔下虚构故事世界的错层（参照第四章"错层叙事"）。

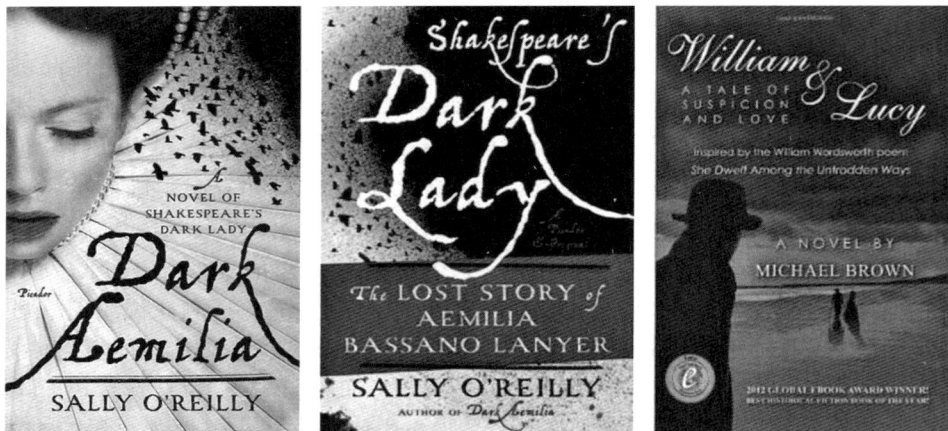

此外，许多文学家生命虚构混搭小说（mash-up biofiction）也选取虚构性文本生命因子为参照。它们在文学家已有名著的叙事框架基础上，加入文学家的生命因子和侦探、吸血鬼、僵尸等流行文化元素，可以称作混搭型生命虚构叙事。其中一类显著的混搭作品利用文学家三级生命因子等作为解密或探案的重要线索来源，如《燃烧之书》（*The Burnable Book*，2014）讲述英国诗人之父乔叟与他的密友约翰·高尔一起寻找一本《燃烧之书》的手稿，破译谋杀奇案和皇宫阴谋的故事，由历史上真实存在的诗人高文作为叙事者，以寻找手稿破译密码为叙事进程。

多赫提（P. C. Doherty）的乔叟生命虚构系列①是一部以乔叟为虚构人

---

① 包括 *An Ancient Evil*（1994），*A Tapestry of Murders*（1994），*A Tournament of Murders*（1996），*Ghostly Murders*（1997），*The Hangman's Hymn*（2002），and *A Haunt of Murder*（2003）6 部作品。

物，以《坎特伯雷故事集》为参照框架的文学侦探小说。霍克（Simon Hawke）的《无事生杀》（*Much Ado About Murder*，2002）和《复仇商人》（*The Merchant of Vengeance*，2003）分别对应莎士比亚的《无事生非》（*Much Ado About Nothing*，1600）和《威尼斯商人》的人物和情节。汉克（Peter J. Heck）的密西西比河谋杀案（Death on the Mississippi）系列共六卷，每一卷都选取马克·吐温的一部作品进行侦探元素的混搭：《密西西比河之死》（*Death on the Mississippi*，1996）对应《密西西比河上的生活》（*Life on the Mississippi*）；《犯罪庭上的康州美国佬》（*A Connecticut Yankee in Criminal Court*，1997）对应《亚瑟朝廷里的康州美国佬》（*A Connecticut Yankee in King Arthur's Court*）；《王子与迫害者》（*The Prince and the Prosecutor*，1998）对应《王子与贫儿》（*The Prince and the Pauper*）；《罪犯出国记》（*The Guilty Abroad*，1999）对应《傻子出国记》（*The Innocents Abroad*）；《神秘扼杀者》（*The Mysterious Strangler*，2000）对应《神秘陌生人》（*The Mysterious Stranger*）；《汤姆的律师》（*Tom's Lawyer*，2001）对应《汤姆索亚历险记》（*The Adventures of Tom Sawyer*，1876）等①。

以上提及的都是当代作家在整体上选取文学家生命虚构叙事作品加入文学家生命因子进行再虚构创作的情况。除此之外，为了营造与文学家更紧密的文本氛围，当代作家还倾向于将三级生命因子穿插用于生命虚构文本中，形成强烈的互文参照。在哈尔德曼的《海明威骗局》（*The Hemingway Hoax*，1990）里，几乎每一章都以海明威的小说（长篇或短篇）标题作为章节标题，如《你们绝不会这样》（*A Way You'll Never Be*）、《医生与医生的妻子》（*The Doctor and the Doctor's Wife*）、《一个干净明亮的地方》（*A Clean, Well-Lighted Place*）、《太阳照样升起》（*The Sun Also Rises*）、《午后之死》（*Death in the Afternoon*）、《岛在湾流中》（*Islands in the Stream*）等。

非常值得关注的是，在许多生命虚构叙事作品的虚构文本中，文学家的三级生命因子被附在文后，主要起到强调生命因子的直接平行参照和辅助读者进行更有效的阅读等作用。类似作品包括福斯特的《夫人的女仆》（附有布朗宁夫人的相关诗作）、肖夫纳西的《露尾的心》（附有坡的《泄密的心》）和《黑猫》（附有坡的《黑猫》）以及法尔的《我从未穿着白色衣服走向你》（*I Never Came to You in White*，1996）（附有狄金森的大量诗歌）等。大多数附有三级生命因子的作品都涉及平行叙事和创作过程叙事等（参照第五章）。

---

① 标题在翻译的过程中失去了语音上本该有的谐音等修辞效果。

四、实体性生命因子的选取与重新语境化

实体性生命因子指的是在文学家生命中存在、但几乎没有文本记录的人物，手稿的某个具体印刷版本，传说中存在但已经遗失或没有出版的相关文本，照片、画像、衣物等人造物品或动植物，所生活和游历过的地方的地景风物等。这类实体性存在的人或物与文学家的信件、日记等无意留下来的文本属于"无意生命因子"。后现代文学家生命虚构特别注重对"无意生命因子"的挖掘和选取。

照片或画像。艾默特的《布莱希特的情人：一部小说》的创作灵感来自布莱希特与一位非常漂亮的、不知名的年轻女士拍下的真实照片。照片与这位女士都属于实体性生命因子，艾默特将这两个实体性生命因子作为叙事驱策和框架，虚构了布莱希特在生命中的最后两年与这位神秘女子之间的爱情故事。另一部相似的作品是本涅特的《无名女士画像》，其虚构依据源自画家荷尔拜因（Hans Holbein）为托马斯·莫尔（Thomas More）所画的第二张全家福。全家福里出现了一个史料中没有记录的女孩形象，由此本涅特虚构了以文艺复兴时期被边缘化的女性——托马斯·莫尔的养女美格（Meg；Margaret Giggs Clement）为第一人称叙事者的作品，从她的视角讲述了她与文学家养父之间的故事。这两部小说在某种程度上可以看作一种图像叙事（ekphrasis）。

作为一种实体性生命因子，照片和画像还直接出现在生命虚构文本里，增强它们的真实参照性。如在《大师的猫：狄更斯的猫讲述的故事》这部作品里，使用了将近 100 幅与狄更斯有关的家庭成员照片以及从狄更斯作品里借来的图画与文本相配。类似的作品有《奥兰多》《海明威的猫》。

虚构的手稿和日记等。虽然文学家生命虚构叙事作品属于虚构类创作，但作家们更加倾向于从这些更客观的"无意生命因子"出发来讲述文学家的故事。但也需要注意的是，在许多看上去以新发现的文学家遗失的日记和手稿为出发点的生命虚构叙事作品中，这些日记和手稿事实上并非真正的实体性生命因子，而是当代作者为了叙事的需要杜撰出来的实体性非生命因子。

海侬（Sheridan Hay）的《神秘的失物》（*The Secret of Lost Things*，2007）里的梅尔维尔手稿、罗斯（M. J. Rose）的《诱惑：一部悬疑小说》（*Seduction：A Novel of Suspense*，2013）里的雨果日记、帕缇罗（Beth Pattillo）的《知无不言的达什伍德姐妹》（*The Dashwood Sisters Tell All*，2011）里的奥斯汀姐妹日记、巴伦（Stephanie Barron）的《白色花园：一部关于弗吉尼亚·伍尔夫的小说》（*The White Garden：A Novel of Virginia Woolf*，2009）里的伍尔夫被宣布自杀后的日记、希尔（Carolyn De Chellis Hill）的《亨利·詹姆斯的午

夜之歌》（*Henry James' Midnight Song*，1993）里的午夜之歌（Midnight Song）、马科维茨的《稚气的爱》里的拜伦回忆录等都是实体性非生命因子。

除了纯粹虚构的手稿、信件和日记之外，还有一种情况是确实存在属于文学家的某个实体性生命因子，但内容为后代作家根据自己的研究和想象合成。毕晓普（John Schuyler Bishop）的《恋爱中的梭罗》（*Thoreau in Love*，2013）里的重要叙事出发点就是梭罗于 1843 年（去瓦尔登湖前）在纽约停留的半年期间所写（后来缺失了）的 250 页日记，毕晓普预设这些日记之所以被毁，是因为涉及梭罗的同性恋情，因而，毕晓普决定通过想象这些日记来还原真实的梭罗。

除手稿、信件、日记、照片等之外，更多被利用的"无意生命因子"包括衣物、杂物和宠物等，如狄更斯的圣诞水果蛋糕、普鲁斯特的外套、普拉斯的橱柜、夏多布里昂的头发、爱伦·坡的猫（关于动物叙事参照第四章"不自然叙事"）等，它们都成为文学家生命虚构叙事作品中意义非凡的另类"人物"（character）——文学家个人的物品，在推动文学家生命虚构叙事进程中起到非常重要的作用。

实体性生命因子也是连接文学家群体生命虚构叙事的重要实物之一。狄更斯的圣诞水果蛋糕是连接韦伯（Don Webb）的《文学水果蛋糕》（*The Literary Fruitcake*）[①] 这一涉及从狄更斯到海明威最后到韦伯自己等十几名小说家的群体生命虚构叙事的重要实体性生命因子。

实体性生命因子还包括出现在文学家生命中的动物。亚当斯的《绒毛缪斯：给予弗吉尼亚·伍尔夫、艾米莉·狄金森、伊丽莎白·巴雷特·勃朗宁、伊迪丝·华顿、艾米丽·勃朗特以灵感的狗儿》（2007）用五条不同的宠物狗这一共同的实体性生命因子将五位女作家的生命故事连接了起来。而米茨这条连接布鲁姆斯伯里学派多位人物的狨猿则成为群体生命虚构叙事作品《米茨，布鲁姆斯伯里的狨猿》的实体性生命因子。巴恩斯的《福楼拜的鹦鹉》以鹦鹉作为激发探寻文学家生命之旅的实体性生命因子。

弗契尼（Lorenza Foschini）的《普鲁斯特的外套》（*Proust's Overcoat*，2010）围绕普鲁斯特穿了几十年的一件双排扣、带黑色毛领、里面衬有水獭毛的深灰色羊绒上衣展开叙事。穿着这件外套的普鲁斯特是巴黎街上一道熟悉的风景线，他披着这件衣服完成了《追忆似水年华》（*In Search of Lost Time*）。在小说里，作为虚构人物的新闻记者弗契尼和托斯（Piero Tosi）以及普鲁斯特的手稿收藏者古尔林（Jacques Guérin）一起通过普鲁斯特的上衣追踪普鲁斯特的人生历程。

鲍曼的虚构诗集《普拉斯的衣橱》打破了传记虚构和生命虚构以围绕历

---

① 收录于短篇小说集《满足欲望的咒语》（*A Spell for the Fulfillment of Desire*，1996）中。

史人物发生的重要事件为叙事线索的常规做法，非典型地以诗人普拉斯的实体性无意生命因子为叙事出发点和叙事框架，围绕这些真实的和虚构的人造物品，用诗歌的形式讲述了普拉斯的生命故事。

《夏多布里昂的理发师》中夏多布里昂的理发师阿道尔夫·巴克（Adolphe Pâques）偷偷收集作家的头发并制成一幅现存于圣马洛博物馆的特殊画作。小说从这位理发师的视角讲述了正在埋首撰写日后名满天下并让所有人好奇的《墓中回忆录》的夏多布里昂的故事。

与文学家生命故事相关的悬疑和侦探小说往往倾向利用文学家实体性生命因子作为故事的重要推力，推动叙事进程向前发展。《达·芬奇密码》就是一部典型的利用实体性生命因子作为叙事出发点的悬疑小说，在某种程度上，它的创作模式和体裁归属与《但丁俱乐部》很接近，只不过前者的悬疑与一系列举世闻名的西方画作如《蒙娜丽莎》等密不可分，而后者的秘密与一部蜚声文坛的西方名著——但丁的《神曲》盘根错节。

创作思路与《但丁俱乐部》类似的文学家生命虚构悬疑作品有拉霍文（Bob Van Laerhoven）的《波德莱尔的复仇：一部小说》（*Baudelaire's Revenge：A Novel*，2014）、莫瑞儿（David Morrell）的《艺术谋杀》、狄布丁（Michael Dibdin）的《死得其所》（*A Rich Full Death*，1999）等。

在这类作品里，文学家笔下的作品如波德莱尔的《恶之花》（*Les Fleurs du Mal*，1857）[1]、但丁的《神曲》、德昆西的《作为艺术的谋杀》（*On Murder Considered as One of the Fine Arts*）、布朗宁的诗作等，成为断案或探案的重要根据，并且原先非侦探小说家的布朗宁等摇身成为侦探或凶手。通过加入文学家的各级生命因子，这类生命虚构叙事带动传统侦探叙事向玄学侦探形式过渡。

> 　　在一个传统生命书写已经被宣布为不可能的事业的时代，虚构似乎可以为我们提供新的视角。
>
> 　　　　　　　　　　　　　　　　　　　　——安妮卡·哈格斯特罗姆[2]

---

① 收录在拉霍文的《波德莱尔的复仇：一部小说》中。

② 原文为"In an age where traditional life-writing has been declared an impossible enterprise, it seems fiction can offer new perspectives"。引自 Hagström，Annika J. Stasis in Darkness：Sylvia Plath as a Fictive Character. *English Studies*，2009，90（1）：35.

第二节　文学家生命虚构叙事中的虚构合成策略

借用热奈特的术语，本书提出任何一部文学家生命虚构叙事作品都是一种"翻改"（translation）的观点①。在本书的研究语境下，"翻改"指的是现当代作家通过解读某位文学家的各种文本性生命因子，将他/她的生命故事"翻改"成虚构作品里的人物的生命故事的过程。文学家生命虚构叙事介于虚构与非虚构之间，是一种从非虚构体裁转译到虚构体裁的文本产物。

后辈作家对文学家生命文本启动了一种创造性"翻改"或故意的"错误翻改"（mistranslation）程序，在原有文本的基础上生成新的意义。也就是说，"翻改"在当前的理论语境下或可换成"虚构化"（ficticnification）②来替代表述文学家生命虚构叙事作品的体裁转换现象③。生命虚构叙事作家可以自由地利用史料和人物生命因子，"去拼合摆弄这些文献，甚至进行翻改，但仍然能达到启发式地阐释和深刻刻画与某个个体的生命相关的合乎情理的故事的目的"④。

生命虚构叙事不仅以生命因子的纵聚合选择为特征，而且通过虚构化合成建立生命因子的横组合关系。也就是说，生命虚构在选取了适合创作需要的生命因子之后，通过一定的虚构叙事模式将它们设置到一部"虚构作品"的"虚构章节"里。生命虚构叙事中的"虚构"与学术型传记中的"虚构"是两个完全不同的概念。虽然文学家生命虚构叙事作家使用了与其他传记作家、历史作家相同的虚构策略，但他们在建构自己的故事过程中，则使用完全不同于他们的虚构策略。

传记作家和历史作家的作品是文学家生命虚构叙事作品的参照文本，但

---

① 在《隐迹稿本——二度文学》（*Palimpsestes：La Littérature au Second Degré*，1982）一书中，热奈特提出关于跨越性文本的五种类型关系（1982：293）。热奈特的"翻改"概念强调语言间的形式和文体风格的转换，包括诗行化（versification，从散文转译成诗歌），散文化［prosification，把诗歌转译成散文，如埃克罗伊德的《坎特伯雷故事集：重述》（*The Canterbury Tales：A Retelling*，2009）就属于从诗歌到散文的转换，而斯密德（Gary D. Schmidt）的《天路历程：重述》（*Pilgrim's Progress：A Retelling*，1994）则是将班扬的原著用当代英语进行扩充性重述，使故事情节更加丰满，韵律转换（transmetrification），文体转换（transstylisation）等。而本书抛弃了语言间的形式和文体风格的转换这一意义，强调从纪实、历史到虚构之间的体裁转换。它介于虚构与非虚构之间，是一种从非虚构体裁转译到虚构体裁的文本产物。

② 如前所述，这里的虚构化必须有明显的生命因子的补充、添加、杜撰和歪曲等，而非所有的语言再现所具有的那种虚构特性。

③ Kusek，Robert. *Authors on Authors：In Selected Biographical-Novels-About-Writers*. Kracow：Jagiellonian University Press，2013：37 - 38.

④ Middeke，Martin & Huber，Werner. *Biofictions：The Rewriting of Romantic Lives in Contemporary Fiction and Drama*. Woodbridge and Rochester：Boydell & Brewer Inc.，1999：3.

135

文学家生命虚构作家有意识地脱离了这些文本提供的生命因子的限制，对这些前文本进行了创造性的改写，颠覆生命因子元文本的权威性。换句话说，亦即这类作品在文本性生命因子中融入非史实性生命因子这一行为存在故意性，了解文学家传记事实的读者在仔细阅读和认真对比的过程中可以侦查到文学家的生命因子被虚构化了，或者说添加了许多非生命因子。虚构化的生命因子可能很明显被读者侦查到，也可能隐藏点缀在凿凿有据的史料当中，鱼目混珠，难分难辨。有些作品甚至直接挑战官方史料和传记权威，对文学家生命中的重要转折事件提出另类假想，创设另类文学家生命虚构叙事。

在前文已经提到，要使文学家历史人物成为虚构人物，在作家≠叙事者的情况下，必须具备以下条件中的任意一条：

（1）作品采用虚构叙事者；

（2）文学家出现在一个虚构的框架或叙事形式中；

（3）虚构或杜撰人物参与叙事进程；

（4）文学家历史人物的生命进程被改变。

针对上述条件，我们在本节将逐条举例进行分析。

一、虚构叙事者的设置

哈琴曾声明任何事件不只限于一个真实，而是会出现依赖于叙事者主观感知的"其他他者"的真实[1]。虚构叙事者的设置是虚构文类与非虚构文类的一个重要区别性特征。对于文学家生命虚构叙事作品来说，叙事者的设置决定了事实所采用的视角。

在历史和传记叙事中，一般来说，叙事者和作家可以是合而为一、没有任何区分的，为故事外叙事者（extra-diegetic narrator）和异故事外叙事者（heteodiegetic narrator），身处故事发生的那个世界之外对历史事件/人物和传主进行记述。[2] 当然，个别为同时代、生活有交集的作家做传的传记作家可能作为故事内第一人称叙事者讲述故事，但这种情况较少见。叙事者和作家身份严格地统一于同一人是对事实叙事的最好定义，这样作家才能对他所叙述的断言承担责任；相反，如果叙事者和作家之间是分离的关系（叙事者≠作家），那么，可以认定这是一个虚构叙事，也就是说作家没有对所叙述的内容的真实性作出担保[3]。

第一人称叙事者在形式上的虚构特性与叙事者叙述方式及内容上显示出

---

① Hutcheon, Linda. *The Poetics of Postmodernism*. New York: Routledge, 1988: 109 – 110.

② Genette, Gérard. *Narrative Discourse Revisited*. New York: Cornell University Press, 1988: 17.

③ Genette, Gérard, Ben-Ari, Nitsa & McHale, Brian. Fictional Narrative, Factual Narrative. *Poetics Today 11. 4 Narratology Revisited* Ⅱ (Winter, 1990): 755 – 774.

的真实性之间形成一股拉锯式的张力。第一人称叙事大多为"叙事者—聚焦者"（narrator – focaliser）或者"主要人物聚焦者"（main character focaliser）的模式①，叙事者为作品的意识中心，而除一些心理传记之外，一般学术型传记大多采用第三人称外聚焦模式。1990 年之前，以第一人称展开叙事的作品非常罕见，主要有格雷弗斯等第一代后现代文学家生命虚构作家的作品，如《荷马的女儿》等。

从严格意义上来说，这些第一人称的生命虚构叙事应该被称作"自我生命虚构叙事"（autobiofiction）②。虽然是自传式第一人称叙事，但与自传"关注一个可知的自我"（concerns a knowable self）③ 不同的是，自我生命虚构叙事主体性——文学家的自我或另一个人的自我更像一个戴着面具的语言游戏，一种自我疏离的行为，将自己当作他者来探索，最终徒劳地发现一个无法知晓的自我④。在本书中，为了论述方便，生命虚构作为一个总体术语将自我生命虚构叙事和他者生命虚构叙事包括在内。

第一人称设置使叙事者既为故事内叙事者（intra-diegetic narrator），又为自我故事叙事者（auto-diegetic narrator），但叙事者与作家之间是异故事叙事关系。叙事者设置层面的虚构分四种情况，一是"作家≠文学家第一人称叙事者＝人物"；二是"作家≠文学家身边历史人物第一人称叙事者＝人物"；三是以非历史人物为叙事者，"作家≠非历史人物第一人称叙事者＝人物"；四是"作家≠叙事者＝文学家（＋文学家身边人物）＋非历史人物＝人物"的多重视角叙事。同一段人生，不同的视角和叙事者的设置会让文学家呈现出不同的人生。人生不变，但叙事视角或话语变化，会让人有一种阅读不同人生故事的感觉。

为了更清晰地区分第三种情况里的非历史人物，可以划分出两个层次，一个层次是出现在文学家已出版作品中的虚构人物（fictional character），也就是出现在二级生命因子里的人物；另一个层次是新虚构的人物，既非文学家生命中的实体性生命因子的历史人物，也非文本性生命因子里出现的人物，被称作杜撰人物（invented character）⑤。也就是说第三种情况可以分为以文学家笔下虚构人物为视角的叙事和以完全杜撰的人物为视角的叙事。

---

① Rimmon-Kenan, Shlomith. *Narrative Fiction*：*Contemporary Poetics*. London：Routledge，2002：74.

② 参考 Kohlke, Marie-Luise. Neo-Victorian Biofiction and the Special/Spectral Case of Barbara Chase-Riboud's Hottentot Venus. *Australasian Journal of Victorian Studies*，2013，18（3）：6。

③ Vickery, Anne. *Leaving Lines of Gender*：*A Feminist Genealogy of Language Writing*. Hanover：Wesleyan University Press/University Press of New England，2000：234.

④ 参考 Kohlke, Marie-Luise. Neo-Victorian Biofiction and the Special/Spectral Case of Barbara Chase-Riboud's Hottentot Venus. *Australasian Journal of Victorian Studies*，2013，18（3）：6。

⑤ 在无须特别区分和说明的情况下，本书用虚构人物这一概念将此处定义的虚构人物和杜撰人物都包括在内。

（一）作家≠文学家＝第一人称叙事者

文学家充当第一人称叙事者的作品可被称作伪自传或虚构自传，文学家真实人物是聚焦主体，他们似乎不是在再现自己的生命故事，而是在讲述自己的人生，重新活过一次自己的生命。在这一类型的生命虚构里，当代作家就像一位被雇用的鬼影作家（a ghost writer），以文学家的名义撰写他们的"自传"。用更正式的术语来说就是"伪名书"（pseudepigrapha），托名假作的作品①。

以文学家为第一人称叙事者的情况主要有三种：一是在女性文学家生命虚构叙事中；二是在文学史上作家身份或者名声具有争议性的文学家生命虚构叙事中；三是在转换了叙事形式的生命虚构叙事中。女性文学家第一人称叙事者可参见第四章的"女性作家中心化趋势"里的论述。

不只是女性文学家需要被赋予话语权，有时男性文学家也需要被赋予被剥夺了的话语权。当王尔德在法庭上受审时，他没有机会用自己真实的话语讲出他心中的秘密，那一刻他觉得可以第一次变回一个孩子般简单地用自己本真的语言来说话的时候，法官打住他没让他说②，埃克罗伊德的《王尔德最后的证词》采用王尔德日记形式的第一人称叙事赋予王尔德话语权，让他有机会"自白"道出被消声的秘密和奇怪的想法——如他的第一次同性恋经历③，他的生活和作品之间的关系④和他为什么有机会逃走却选择站在法庭上受审⑤等。

转换了形式的生命虚构叙事主要是指以伪自传、假日记、假回忆录等形式出现的作品，比如，威尔林（J. P. Wearing）的《莎士比亚日记：一部虚构自传》（*The Shakespeare Diaries：A Fictional Autobiography*，2007）、马西（Allan Massie）的《褴褛狮王》（*The Ragged Lion*，1994）⑥、赛尔拉（Patricia Sierra）的《艾米莉·狄金森：超越神话》（*Emily Dickinson：Beyond the Myth*，2009）、斯莫克（Stephen Smoke）的《我，华尔特·惠特曼》（*I，Walt Whitman*，2012）以及弗里德曼（Nancy Freedman）的《萨福：第十缪斯》（*Sappho：The Tenth Muse*，1998）⑦ 等。

以文学家为第一人称叙事者在1950—1990年间的小说里较为常见，但

---

① Bobocescu，Elena. The Last Testament of Oscar Wilde：An Apocryphal Autobiography. *University of Bucharest Review：A Journal of Literary and Cultural Studies*，2010（1）：44.

② Ackroyd，Peter. *The Last Testament of Oscar Wilde*. London：Abacus，1985：145.

③ Ackroyd，Peter. *The Last Testament of Oscar Wilde*. London：Abacus，1985：101－102.

④ Ackroyd，Peter. *The Last Testament of Oscar Wilde*. London：Abacus，1985：99.

⑤ Ackroyd，Peter. *The Last Testament of Oscar Wilde*. London：Abacus，1985：136－138.

⑥ 指有关司各特的生命虚构叙事作品。

⑦ 在这部作品里，萨福讲述了自己从幼年到晚年一直追逐爱的历程。

1990 年之后以文学家为第一人称叙事者的小说有减少的趋势。以文学家为第一人称叙事者出现减少趋势的原因在于模仿文学家的话语很具挑战性。由于文学家生命虚构叙事会大量拼贴他们的信件和日记等书信生命因子,为了使作品的语言风格一致,作家必须极力模仿文学家的话语模式,否则易被评论家诟病。正如洛奇创作的詹姆斯生命虚构叙事作品遭受了评论界截然不同的评价,"复活一个已死的作家需要极大的勇气"①。尤其是诗人的语言,模仿起来难度更大。

此外,由于后现代文学家生命虚构叙事中出现的文学家去中心化趋势,导致第一人称叙事者在新的语境下被文学家身边的边缘人物替代,因而,其他历史人物作为第一人称叙事者的作品有增多的趋势。

(二) 其他历史人物 = 第一人称叙事者

采用文学家身边的边缘人物(虚构或非虚构)进行第一人称叙事的作品,通常叙事者为文学家的兄弟姐妹、情人、妻子、缪斯、仆人、医生、厨师等,也就是说他们是在文学家一级或二级生命因子里出现过的人物(参照第四章里的"脚注人物的中心化趋势")。他们大多为故事内叙事者,是参与文学家(真实或虚构的)生命进程的人物。

这类人物在传统传记里只是陪衬人物或脚注人物(footnote characters),他们通常在作家传记中被轻描淡写地几笔带过,但在后现代生命虚构叙事作品中,他们成为文学家创作和生命进程的见证叙事者(witness-narrator)。从脚注和边缘人物发声的角度看,他们已经在某种程度上获得了更加中心的地位。这些脚注/边缘人物既在讲述自己的生命故事,又在讲述他们眼中的文学家的故事,既像在为自己立传,又像在为文学家立传。

第一人称叙事赋予了文学边缘主体"传记作家"的身份,他们与文学家的距离比传统传记作家与传主之间的距离更近(尽管事实上这些故事内人物的第一人称话语最终仍被归结为虚拟话语),诉说比传记作家更直接、更生动、更真实的文学家生命故事。如海恩斯的《打字员的故事》(2005) 通过打字员弗里达(Frieda Wroth) 的新鲜视角,重新创造了名人作家詹姆斯所生活的社会。

(三) 非历史人物 = 第一人称叙事者

与传统传记不同的是,后现代文学家生命虚构叙事不仅在历史记载的文字之上或叙事空白之中发挥自己的想象,进行更细致的描述或假想以填补历

---

① Harrison, Sophie. *The Portrait of a Layabout*. Published on October 10, 2004 on *New York Times*. Last viewed on September 25, 2006 at http: //query. nytimes. com/gst/fullpage. html? res = 9C04E1D61538F 933A25753C1A9629C8B63.

史叙事的空缺，更有甚的是，它们在历史真实人物和事件中创设出新的人物，甚至从这些作家虚构、杜撰出来的人物视角来展开文学家笔下人物的生命故事，让读者读完之后无法判断到底是历史作家虚构或杜撰了笔下人物，还是这个历史作家笔下虚构、杜撰的人物才是文学家生命故事的杜撰者。

1. 虚构人物＝第一人称叙事者

虚构人物是来自文学家创作的小说或戏剧作品里的人物，也就是三级生命因子里的虚构世界里的人物，他们在一些文学家生命虚构叙事作品中成为作品的叙事者。作为生命虚构叙事作品的叙事者出现得最多的虚构人物是玛丽·雪莱的弗兰肯斯坦或由其制造的怪物，他们的视角被用于埃克罗伊德的《维克特·弗兰肯斯坦的案件记录》（*The Casebook of Victor Frankenstein*，2008）、《怪物自白》（*Confessions of the Creature*，2012）和《魔鬼记事本》（*The Monster's Notes*，2012）等作品中。

虚构人物成为第一人称叙事者往往可以产生颠覆创作者与被创作者的二元对立的效果。从虚构人物的视角讲，故事本身在使他/她摆脱作家式控制的同时，就已赋予了虚构人物自治的自由（autonomous freedom），在这个基础上，再将文学家的生命因子融入虚构文本的重写之中，构成了文学家生命虚构平行叙事的一个重要模式，卡雷的《杰克·麦格斯》就是这样一部作品（参照第五章"平行叙事"）。

在《尼克和杰克：一部书信体小说》（*Nick and Jake：An Epistolary Novel*，2012）里，菲茨杰拉德笔下的人物尼克和海明威作品里的叙事者杰克成为新的文学家生命虚构叙事作品里的叙事者。本杰明（Melanie Benjamin）的《我已成为爱丽丝》（*Alice I Have Been*，2010）让卡罗尔的《爱丽丝奇境漫游》里的人物爱丽丝变成了叙事者，讲述与卡罗尔之间的故事。

虚构人物作为叙事者要求生命虚构作家对文学家的传记生平资料和虚构作品都有深入细致的了解，具有一定的创作难度，而采用杜撰人物作为叙事者则给予了作家相对更灵活的创作空间和更新颖的创作视角。虚构人物作为叙事者或作为人物出现在文学家生命虚构叙事作品里必定涉及不自然的错层叙事（详见第四章"虚实错层叙事"）。

2. 杜撰人物＝第一人称叙事者

如果说 20 世纪 90 年代以前的文学家生命虚构叙事作品以家庭成员和亲密关系叙事者两种模式为主导，那么之后越来越多的文学家生命虚构叙事作品开始转向杜撰叙事者。杜撰叙事者是文学家生命虚构叙事中一个比较新的现象，除完全改变文学家人生轨迹的另类生命虚构之外，采用杜撰叙事者的作品相对比其他作品的虚构程度要更高一些。

杜撰人物是在文学家各级生命因子（包括文学家的虚构性文本生命因子）里都没有出现过、没有文本参照的人物。如有关伯顿（Richard Burton）的生命虚构叙事作品《收藏世界的人》（*The Collector of Worlds*，2006）里的叙事者之一——印第安仆人诺卡拉姆（Ranji Naukaram）纯粹为作家特洛亚诺夫（Iliya Troyanov）所杜撰，其在与伯顿相关的主要传记《价格》（*Price*，1990）和《罗维尔》（*Lovell*，1999）里完全没有被提及，即使在较为新近的有关伯顿的传记 *The Tangled Webb*：*A Life of Sir Richard Burton*（by Jon R. Godsall，2008）里也无任何关于仆人的记录①。这类叙事者被称作杜撰叙事者。

1990 年前，采用杜撰人物作为叙事者的作品比较少见，而后则呈增长趋势。朱利安·巴恩斯于 1984 年创作的《福楼拜的鹦鹉》采用杜撰人物——英国退休医生杰弗里·布拉斯韦特为叙事视角。再以与菲茨杰拉德和泽尔达相关的几部生命虚构叙事作品为例，福勒的《Z》是唯一采用泽尔达作为第一人称叙事者的小说。《唤》虚构了一位在巴尔的摩的菲普斯精神病院照顾泽尔达的护士安娜（Anna Howard），安娜在"一战"中失去了丈夫和女儿，罗布克让她充当了小说的第一人称叙事者。与《唤》相似的是，史密斯也为《地》虚构了一位第一人称叙事者，一位十三岁的孤女图珊特（Evalina Toussaint），她以成年后的回忆录口吻叙述了自己的经历。

著名的杜撰人物叙事者有坡的律师克拉克（Quentin Clark）②、克尔凯郭尔的德国仆人玛格达（Magda）③、伯顿的非洲向导穆巴拉克（Sidi Mubarak）、伏尔泰的书法师达勒修斯（Dalessius）、拜坡为师的 21 岁的小伙子杰瑞米（Jeremiah Delaney）④、王尔德妻子的治疗医生弗莱姆（Frame）和陪同王尔德于 1882 年去美国旅行的黑人男仆等，这成为生命虚构叙事的一个显著特点。这些杜撰人物大多为底层人物、少数族裔人物等，他/她们的设置一般都带有较强的政治书写目的。

在一些作品中，出现了多个杜撰人物视角，或者杜撰人物视角为多重视角中的一个或多个。普利塔纳（Ann Napolitano）的《全神贯注：一部关于弗兰纳里·奥康纳的小说》（*A Good Hard Look*：*A Novel of Flannery O' Connor*，2012）的三个视角都来自杜撰人物——米利奇维尔镇上的三位居民梅尔文、库奇和罗娜。尽管普利塔纳在讲述奥康纳的生平故事时尽量保持历史事件的准确性，但她讲述的是这三位杜撰人物眼中的奥康纳，必定要在奥康纳生命中加入没有发生的故事，因而，整个故事框架形成了浓郁的虚构氛围。

多重视角中出现一个或多个杜撰人物视角的作品，如费什（Laura Fish）

---

① 参照 Kohlke，Marie-Luise. Neo-Victorian Biofiction and the Special/Spectral Case of Barbara Chase-Riboud's Hottentot Venus. *Australasian Journal of Victorian Studies*，2013，18（3）：10。

② 《爱伦·坡暗影》中的一个第一人称叙事者。

③ 玛格达是布朗（Ellen Brown）的《我的大师主人克尔凯郭尔：1847 年夏：一部中篇小说》（*Master Kierkegaard*：*Summer 1847*：*A Novella*，2011）的叙事者。

④ 参照斯巴达（James Spada）的《心如火山喷发的日子：一部关于爱伦·坡的小说》（*Days When My Heart Was Volcanic*：*A Novel of Edgar Allan Poe*，2010）。

的《奇怪音乐》。故事选取 1837 年到 1840 年，布朗宁一家分别居住在英国海滨小镇多奎（Torquay）、牙买加桂树山（Cinnamon Hill）和绿林大宅的这个时间段为背景，采用第一人称多重视角——真实女诗人伊丽莎白·布朗宁的视角，一位在布朗宁家的牙买加庄园里做女佣的克里奥尔女性凯迪亚（Kaydia）的视角以及一位签了终身契约在庄园里做苦力活的黑人女性谢芭（Sheba）的视角。

杜撰人物也可以提供一个叙事框架，让文学家人物成为虚构故事中的"真实"故事。马科维茨的拜伦生命虚构三部曲中的最后一部《稚气之爱》将拜伦的日记置于杜撰的浪漫主义作家帕提尔森的叙事框架之下，是一个典型的叙事中套叙事（narrative-within-a-narrative）的形式。

（四）作家＝虚构叙事者＝人物

第一人称叙事还包括一种情况：作家＝虚构叙事者＝人物，但必须与另一位文学家相关，这类作品可被称作双重生命虚构叙事（double biofictional narrative）或自我—他者生命虚构叙事（auto-autre-biofictional narrative），其他类型的文学家生命虚构叙事则被称为文学家他者生命虚构叙事（autre-biofictional narrative）。大多数文学家生命虚构叙事属于后一类型，前一类型比较少见，表 3 – 1 为这类作品的典型：

表 3 – 1　双重生命虚构叙事作品列表

生命虚构叙事作品	作者	人物
Operation Shylock：A Confession，1993	Philip Roth	罗斯与莎士比亚
Little Fugue：A Novel，2004	Robert Anderson	安徒生与普拉斯
The Tragedy of Arthur，2011	Arthur Philip	亚瑟与莎士比亚
Nothing Like the Sun，1964	Anthony Burgess	伯吉斯与莎士比亚
Abba Abba，1977	Anthony Burgess	伯吉斯与贝利
Fantomas vs. the Multinational Vampires，2014	Julio Cortázar	科塔萨尔①与乔治·桑
A Visit from Voltaire，2011	Dinah Lee Küng	坤与伏尔泰
To the Hermitage，2001	Malcolm Bradbury	布拉德伯雷与狄德罗
Childish Love：A Novel，2011	Benjamin Markovits	马科维茨与拜伦

---

① 胡里奥·科塔萨尔（Julio Cortázar，1914—1984）是阿根廷著名作家，短篇小说大师，拉丁美洲"文学爆炸"代表人物。

（续上表）

生命虚构叙事作品	作者	人物
Adios Hemingway，2006	Leonardo Fuentes	富恩特斯与海明威
Out of Sheer Rage，1997	Geoff Dyer	戴尔与劳伦斯
U and I：A True Story，1992	Nicholson Baker	贝克与厄普代克
B & Me：A True Story of Literary Arousal，2016	J. C. Hallman	贝克与霍尔曼

　　许多人一听到狄德罗（1713—1784）的名字，可能想到的更多是他的哲学家、艺术评论家和"百科全书派代表人物"身份，因而，忽略了狄德罗的虚构创作者身份。狄德罗创作了许多哲理小说，如《修女》（*The Nun or Memoirs of a Nun*）、《定命论者雅克和他的主人》（*Jacques the Fatalist*）、《拉摩的侄儿》（*Rameau's Nephew*）、《这不是故事》（*This Is Not a Story*）等。因而，狄德罗也成了文学家生命虚构叙事创作的对象。布拉德伯雷的《冬宫行记》就是这样一部作品，这部生命虚构叙事作品中融入了许多狄德罗的虚构创作理念和实践。

　　《冬宫行记》由"当下"（"now"）和"彼时"（"then"）两条叙事主线构成。在"当下"这条叙事线中，没有出现名字的英国小说家其实就是布拉德伯雷本人，他是参与"狄德罗研究项目"的学者。在去学术会议主办方组织的圣彼得堡文化体验活动的路上，这位小说家通过阐述狄德罗与先辈小说家斯特恩（Laurence Sterne）及其作品之间的关系，在学术会议上发表了自己关于"作家在后现代的死后重生"（postmortemism）的观点，他得出这样的结论："我们可以说斯特恩变成了狄德罗，变成了博马舍，变成了莫扎特，变成了罗西尼。他也变成了普鲁斯特和乔伊斯，贝克特和纳博科夫。"[①]从我的观点来看，狄德罗也变成了布拉德伯雷，这部生命虚构叙事作品是多重的相遇：两个作家的相遇和两个时代的相遇。

　　在这类作品里，作为（叙事者）人物的当代作家和文学家（the fictional narrator or character in biofiction）与身为作家的作家（the physical writer）之间形成更立体的空间关系。如在安徒生的《小赋格曲》（*Little Fugue*，2004）中，"作者自己的故事与普拉斯（和休斯）……的故事被交替讲述，但这种交替看起来不那么明显，安徒生的故事渗入他们的故事，他们的故事渗入安徒

---

　　① 原文是"We can say Sterne turns into Diderot；who turns into Beaumarchais；who turns into Mozart；who turns into Rossini．He also turns into Proust and Joyce，Beckett and Nabokov"．

生的故事"①。也就是说，双重生命虚构叙事变成了一种四重奏杂糅结构，是传记、自传、虚构和批评的合体。

（五）小结

传统的史记和传记作家无法进入人物的内心世界，获知他/她的内心想法和情感变化②。而文学家生命虚构通过"有视角的"（perspectivised）叙事建构，打破传统传记给人造成的中立客观的幻觉，进入人物的精神世界，在某种意义上，是一种更真实的再现。因而，这种虚构视角使文学家生命虚构作家偏离常规俗套，提供给读者标准传记呈现的标准形象之外的新鲜形象。如果说真实的史料永远都是那个不变的酒瓶，那么虚构的元素就是为这个酒瓶里装进去各种颜色和味道的新酒。

无论采用何种叙事形式——小说、诗歌、采访还是对话等，生命虚构都是一种故事内叙事者的有视角叙述，甚至是一种多视角的叙述。虽然本书强调生命虚构叙事中生命因子与非生命因子难以分辨地融合在一个新的语境下，但多视角可能造成对同一事件的矛盾叙述在生命虚构中是一种非常常见的策略，它体现的是不同生命主体的主体间性和视角的局限性。卡莱尔的《巴黎朝圣：一部小说》由45章组成，分别以历史人物的本名作为标题，代表不断变化的视角，如哈德莉、西尔维尔、麦卡蒙（McAlmon）、庞德、斯泰恩等。作者将其中20章分配给海明威的第一任妻子哈德莉，但没有赋予海明威叙事视角的权利。

传记也可以采用诗歌形式来撰写，但是诗行传记一般采用传记作家或第三人称视角，要使一部诗行传记成为一部生命虚构叙事作品，它必须采用虚构的视角或虚构的叙事框架。比如《你自己，西尔维尔：西尔维尔·普拉斯的诗行画像》（2008）之所以是生命虚构叙事作品，而非传记，主要原因在于虽然作品里的每一首诗都基于真实人物、记录、采访、诗歌和文章，但作家赫姆菲尔想象了围绕普拉斯生活的对话、情绪和事件，每一首诗都采用一位普拉斯认识的人的视角，包括亲人、治疗师、老师和朋友等。组成普拉斯生命故事情节线的诗歌按事件顺序排列，从她的母亲奥莱利亚于1932年分娩普拉斯开始到1963年普拉斯的葬礼结束。这部作品不仅采用故事内第一人称虚构叙事者，而且具有多视角性（multi-perspectivity）。

在另一部关于伍尔夫的生命虚构诗歌叙事作品——桑德拉·茵斯基普－福克斯（Sandra Inskeep-Fox）的诗歌"天使的灵感与我的缪斯"（"Angels Musing at My Expense"）里，叙事者的母亲与弗吉尼亚·伍尔夫（这位在诗歌

① Eder, Richard. Real and Imagined Travels with Two Poets. *The New York Times*, 2004, 30 (12), 〈http://www.nytimes.com/2004/12/30/books/30eder.html?_r=0〉(Access date: 15 September 2014).

② Genette, Gérard. Fictional Narrative, Factual Narrative. *Poetics Today*, 1990, 11 (4): 761–763.

里被称作"天使迷思"的诗人)正在闲聊。当她们无边无际地闲聊的时候，叙事者经历了顿悟，这一顿悟以非常优美睿智的方式展现了当代生命虚构故事创作背后的原始驱动力，那就是茵斯基普－福克斯深切地意识到母亲和伍尔夫其实都是彼此生命故事的一部分，也是叙事者生命故事的一部分——你中有我，我中有你。这也就是所谓的"元生命虚构叙事时刻"（a metabiofictional moment），模糊了作家、叙事者和被创作的主体之间的假定的界限。也就是说，茵斯基普－福克斯通过这首元生命虚构诗歌叙事告诉读者，当代生命虚构叙事更多的不是被创作的主体的个人视野和想象，而是作家自己的个人视野与想象①。

二、虚拟的叙事话语

"话语"与文化想象中的个性和独特性紧密相连，是人格和社会身份的表达方式。我们几乎能够根据话语可靠地识别一个人。话语就像指纹，立刻可识别、可辨认②。文学家生命虚构叙事话语"通过将当代读者带入一个摆满了复制图像的镜子大厅，戏弄读者重新发现和掌握'原创'和'本真'的欲望。就像在鲍德里亚的'三级仿真'（Third Order Simulation）里，复制品变成了真家伙"③。

传记话语一般采用的是传记作家的话语风格和批评模式，传记虚构则惯常采用文学家自我或身边历史人物的话语讲述故事，而生命虚构所采用的话语模式更加灵活多样，虚拟程度可以更高，因为它们除文学家自我或身边历史人物的话语之外，还可以选择笔下虚构人物的话语、同时代杜撰人物的话语或当代人物的话语模式。

虽然被归为学术型传记，但埃克罗伊德在《狄更斯传》（1990）里极力地效仿甚至直接援用传记主体狄更斯的文学技巧和话语，这一选择源于埃克罗伊德在撰写传记时已形成对生命虚构的兴趣和创作理念，《狄更斯传》对他来说已经是一个过渡型作品。

---

① 引自 https：//virginiawoolfmiscellany. files. wordpress. com/2018/12/VWM93Spring-Summer2018_final_version. pdf。

② Dolar，Mladen. *A Voice and Nothing More*. Cambridge，Massachusetts & London：The MIT Press，2006：22.

③ 参照 Heilmann，Ann & Llewellyn，Mark. *Neo-Victorianism：The Victorians in the Twenty-First Century，1999 - 2009*. Basingstoke and New York：Palgrave Macmillan，2010：184。

传记作家话语　文学家自我话语　文学家自我话语　身边历史人物话语　虚构人物话语

传记 ────────▶ 传记虚构 ────────▶ 生命虚构

身边历史人物话语　　　　杜撰人物话语

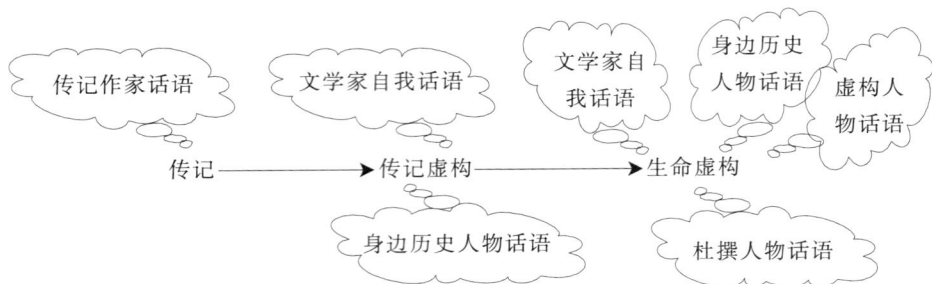

　　叙事话语与叙事视角不一定一致。如采用仆人的叙事视角，但可能赋予其不同于仆人日常话语的叙事话语。无论生命虚构采用的是文学家本人的话语，还是身边历史人物、虚构人物、杜撰人物的话语，只要这个话语不属于作家本人，都可以将这种话语视为虚拟的叙事话语。

　　除了杜撰人物的话语没有元话语参照之外，在生命虚构中的其他话语形式多少是有一定的参照的，如文学家话语可以参照他/她的一级生命因子里的话语，如《她还在纠缠我：一部关于路易斯·卡罗尔和爱丽丝·里德尔的小说》（2001）参照卡罗尔在一级生命因子里的话语，转换成日记的形式讲述故事。

　　由于整个档案界都不存在詹姆斯话语的录音，因而，采用詹姆斯话语进行叙事的生命虚构叙事作品，即使对詹姆斯话语进行最完美的复制，这种话语也只能被称作一种创造性行为。詹姆斯的话语常常让人感到非常逼真，因为作者会大量地引用詹姆斯式的话语或引语，有些确实是詹姆斯在各种文本场合写过的、说过的，但也有一些是他可能写过或说过的。因而，这种虚拟的话语严格来说只能说是詹姆斯式的，不能说就是詹姆斯本人的。它们将文学家和当代作家的至少两种话语混于一体，成为"詹姆斯＋洛奇式"的话语、"詹姆斯＋托宾式"的话语、"詹姆斯＋藤南特式"的话语等，也就是说原创的和复制的话语关系在生命虚构叙事里被搅乱了。

　　由于后代作家极力模仿被虚构文学家的写作风格、措辞艺术等，同时又拼贴了许多与文学家相关的真实文本性生命因子（尤其是一级生命因子），这一类作品给人以文学家在撰写自传、回忆录、自白或日记等的错觉，虽然读者明白这些作品实际上都是由后代作家创作的。霍林赫斯特的《美丽线条》中，虽然詹姆斯不以具体人物出现，但是故事的一个显著特点是叙事者——唯美主义者极力模仿"亨利·詹姆斯晚年的简明话语"①。

---

　　① Hickling, Alfred. Between the Lines. *The Guardian Saturday*, April 10, 2004. 〈http://books. guardian. co. uk/reviews/generalfiction/0, 6121, 1189089, 00. html〉（Access：Aug. 1, 2014）.

马科维茨的拜伦生命虚构三部曲中的第二部《静修》（*A Quiet Adjustment*，2008）采用拜伦的妻子安娜贝拉（Annabella Milbank）的话语进行故事讲述。由于这部小说看起来似乎只是拜伦的妻子对婚姻生活的平铺直叙，后现代叙事策略用得也少，艺术性看上去似乎没有其他两部作品强。然而，这部作品的艺术性正源自马科维茨对安娜贝拉精神拷问式的费解饶舌的写作风格的模仿。这意味着叙事的向前展开从来就不是直截了当的，观点的陈述和感受的表达总要进行分析和修正，许多句子由于独特的语法变得复杂。

对于生命虚构作家来说，这是一个大胆的策略，因为它冒着疏离读者的风险，与真实的安娜贝拉的写作风格无限接近。而马科维茨的三部曲中的第三部《稚气之爱》则再现了拜伦、帕提尔森、叙事者或马科维茨等至少四个层次的话语交融，在模仿拜伦的风格的同时，想象性地再刻画了拜伦生活的历史情境。正是文本不同的可能性或维度之间的张力让这类第一人称叙事生发出阅读的快感。

被虚构的文学家和进行虚构创作的作家之间存在一种对话式关系——两个时代的差距也在他们的对话中实现了融合——这种对话式的交互作用生发出一种引人入胜，同时也模棱两可的效果——作为读者，我们最终阅读的究竟是萨福还是弗里德曼，是奥维德还是马洛夫，是王尔德还是埃克罗伊德？也许我们读到的既不是前者，也不是后者，之所以不是前者，是因为文本不是由前者创作出来的；之所以不是后者，是因为文本不是后者自己的风格。

在生命虚构语境下，文学家先辈的影响表现在后辈作家对前人作品的创造性改写上（Influence is revision），产生的是布鲁姆（Harold Bloom）所谓"死者回归"（Bloomsian apophrades）的效果。这是他的"六个改写反叛进率"中的最后一步。正如布鲁姆所言，"死者可能也可能没有归来，但他们的话语复活了，悖论的是，从来不是单通过模仿的方式，只有最天赋异禀的后辈作家对他们的先辈发起挑战式的误读才能复活他们的话语'[1]。布鲁姆的"虚构创作现象学"坚信，每一位大作家都无法逃避同其先辈的殊死角力，借由种种"误读"（misreading），在大焦虑中通过对他们进行"重写"（re-writing）来挣脱他们的影响，令藏匿于其身的那个"诗人之内的诗人"（the poet-in-a-poet）或者"作家之内的作家"脱胎而出。比如，欧南关于菲茨杰拉德的生命虚构小说《夕阳西下》读起来像菲茨杰拉德创作的小说，不可不说这是欧南对被虚构的文学家话语和叙事技巧的成功模仿，欧南复活了菲茨杰拉德的话语[2]，但同时，许多生命虚构叙事作品里同时透露出"当代话语"。比如里德在他的王尔德生命虚构文本里点缀了许多当代辞藻（如全息图、DNA、内

---

① Bloom, Harold. *The Anxiety of Influence*：*A Theory of Poetry*. Oxford and New York：OUP，［1973］1997：xxiv.

② 当然欧南本人认为相对于复活菲茨杰拉德的话语，复活他的世界观和情感上的敏感性更为重要。

啡肽等），好像他要将对王尔德的关注——如麻木的社会从众性、缺乏爱和连接等问题有效地插入我们的时代。这种事实与虚构、当代话语和历史话语的交融折射了作家生命虚构叙事作品的元生命虚构性（参照第四章里的"元生命虚构性内容"）。也就是说，除了当代作家与文学家或文学家身边历史人物可以参照的独特话语之外，生命虚构叙事作品还不可避免地融合了少数族裔话语、底层阶级话语、流行文化话语、女性主义话语、同性恋话语和后殖民话语等文化社会语言。

模仿诗人的话语进行第一人称创作具有挑战性，因而一些诗人生命虚构叙事作品由本身为出版诗集的诗人作家创作，如获得科斯塔诗歌奖的英国诗人福尔兹以诗人的笔触创作了诗人克莱尔的生命虚构故事《不断深陷的迷惘》。有些生命虚构作家干脆采用诗行创作的形式来创作诗人的生命故事，如斯宾内利（Eileen Spinelli）的 *Another Day as Emily*（2014）采用自由诗体的形式虚构了狄金森与当代虚构人物之间的关系；《你自己，西尔维尔：西尔维尔·普拉斯的诗行画像》（2008）和《西尔维尔与泰德》（*Sylvia & Ted*）采用了诗歌形式讲述普拉斯的故事。

三、虚构的框架结构或叙事形式

采访对话叙事、日记叙事、病历叙事和信件叙事表面看来都属于事实型叙事模式，但在文学家生命虚构叙事中，虚构出来的这些形式恰好反过来可以成为虚构的叙事框架。

（一）死者采访对话虚构叙事

采访对话叙事并非都为虚构。现代主义以及之后的许多作家都曾接受过各种形式的采访对话，这类采访对话都为真实的，一般都有实时录音和文字转换对应，如肯扬（Olga Kenyon）的《作家的想象：对主要国际女小说家的采访》（*The Writer's Imagination*：*Interviews with Major International Women Novelists*，1992）等。在文学家生命虚构语境下，采访对话虚构叙事主要指的是当代人物或不同历史时期的人物之间的不可能对话形式，是一种带有时间穿越感的采访对话，因而，首先从形式上已经被虚构化。活着的时候，文学家已经像鬼魂一样，变成脱离他们肉身的各种人物话语萦绕在读者脑子里；死后的来生里，他们又从坟墓中升起继续与后世对话。

就像文学家生命虚构并非完全的后现代现象一样，与死者对话的体裁可以追溯到马基亚维利（Nicolo Machiavelli）的《语言对话》（*A Dialogue on Language*）。在这部文学作品里，马基亚维利就意大利本地语文学中的方言问题与死者但丁展开对话。此后，这一模式在 18 世纪文学中盛行，主要的践行者包括方特纳耳（Bernard de Fontenelle）、谢帕德（Sir Fleetwood Sheppard）、金（William King）、蒙塔古（Elizabeth Montagu）等，与他们对话的复活作家从普鲁塔克（Plutarch）、蒙田（Michel de Montaigne）、莫尔（Sir Thomas More）到约翰逊，从理查德森（Samuel Richardson）到菲尔丁等。

　　浪漫主义时期以这一模式创作最多的作家是兰德（Walter Savage Landor），他有六卷作品与"想象式的对话"相关。出现在兰德作品里的各国文学家除了希腊修辞学家和讽刺诗人卢西安之外，还有意大利文艺复兴时期的三杰——但丁、薄伽丘（Giovanni Boccaccio）和彼特拉克（Petrarch）以及英国诗剧作家斯宾塞、作家菲利普·西德尼爵士（Sir Philip Sidney）、浪漫主义诗人骚塞（Southey）、法国寓言诗人拉·封丹（Jean de la Fontaine）、法国思想家卢梭（Rousseau）等。

　　传统的虚构采访对话一般以作家本人作为与文学家对话的一方，而后现代采访对话一般虚构一位人物/自己与文学家进行对话，强化这一形式的虚构感。与已死的文学家对话或让已死的文学家相互间对话见证了后现代主义者穿越和消解了以前所谓的本体上不可逾越的界限。近年来出现"与死者对话的欲望"，"在咖啡馆遇见……"系列①中对死去的文学家进行采访的有卡普兰（Fred Kaplan）的《在咖啡馆遇见马克·吐温》（*Coffee with Mark Twain*，2008）、巴尔格的《与坡喝咖啡》、康纳特（Kirk Curnutt）的《在咖啡馆遇见海明威》（*Coffee with Hemingway*，2007）、施利克的《与狄更斯喝咖啡》（*Coffee With Dickens*，2008）、威尔斯（Stanley Wells）的《在咖啡馆遇见莎士比亚》（*Coffee with Shakespeare*，2008）等。这种生命虚构类型通过想象的对话形式让文学家主体起死回生，给了我们一个一生一次的机会坐下来与坡、海明威、莎士比亚、纳博科夫②等交换思想。坐下来，给自己倒一杯咖啡，慢慢了解这些文学大师③。

　　作为虚构人物的王尔德与一位充当采访者的当代作家进行对话的叙事出现了两种代表形式："面对面"采访和书信来往，前者如霍兰德的《在咖啡馆遇见王尔德》（2007），后者以郝乐威的《未经证实的奥斯卡·王尔德的信件》（1997）为代表。霍兰德的《在咖啡馆遇见王尔德》明显采用虚构的采访情景。书中王尔德被当代采访者问到他是否了解20世纪末和21世纪初人们对他的作品和人生所持的观点。当采访者问王尔德是否介意"我们"这些

---

　　① "在咖啡馆遇见……"系列当然还包括除文学家之外的其他艺术人物或哲学家等历史人物的故事，如《在咖啡馆遇见莫扎特》（*Coffee with Mozart* by Julian Rushton，2007）、《在咖啡馆遇见柏拉图》（*Coffee with Plato* by Donald R. Moor，2007）等。这一系列大多由著名的生命虚构叙事创作者为其作序，如朱利安·巴恩斯、彼得·埃克罗伊德等。

　　② 与纳博科夫进行虚构对话的作品有赞甘内的《魔法师：纳博科夫与幸福》。

　　③ 引自 http：//www. barnesandnoble. com/u/Imaginary-Conversations-Interviews-with-Authors-and-Artists/379001158，accessed on December 8，2014。

149

与采访者同时代的人仍然将他定格为 1882 年他的美国讲座之行的那张照片上的花花公子形象时，王尔德回答说："我敢说我最接近的形象应该是道林·格雷的样子，尽管那只是在公共想象中。"① 在对话进行到一半的时候，王尔德敦促采访者不要总以 21 世纪的标准去套用他所处的时代②。

除中篇小说外，文学家虚构对话还出现在短篇小说环中，如拜厄特的《想象人物：与六位女性作家的对话：简·奥斯汀、夏洛特·勃朗特、乔治·艾略特、薇拉·凯瑟、艾瑞丝·默多克和托尼·莫里森》（*Imagining Charac-ters：Six Conversations About Women Writers：Jane Austen，Charlotte Bronte，George Eliot，Willa Cather，Iris Murdoch，and Toni Morrison*，1995）、麦科夫的《异界传奇作者采访集》③、艾连恩和唐纳的《与酒鬼干杯》和《与逝去的女作家举杯畅饮》（*Drinking with Dead Women Writers*）等。

这种采访对话虚构叙事可以被称作"对话式生命虚构"（dialogic biofic-tion）。事实上，从广义上说，所有文学家生命虚构都是当地作家与另一位文学家对话的产物。

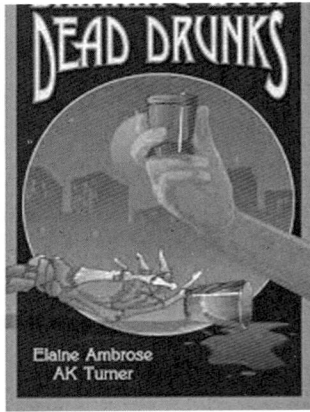

（二）梦境或幻觉虚构叙事

文学家梦境或幻觉虚构叙事分为两种情况：一是文学家为梦境叙事者；二是文学家是其他人物梦境中的人物。由于梦境是无法进入的，即使可以再现，梦境的转瞬即逝让文本无法反映梦境的真实状况。因而，无论梦境中的

---

① Holland，Merlin. *Coffee with Oscar Wilde*. London：Duncan Baird Publishers，2007：57.
② Holland，Merlin. *Coffee with Oscar Wilde*. London：Duncan Baird Publishers，2007：60.
③ 采访对话虚构叙事涉及 Twain，Byron，Shelley，Tennyson，Thoreau，Poe，Collins，Burns，Co-leridge，Hawthorne，Peacock，Kipling，Dickens，Baudelaire，Dostoevsky，Longfellow 和 Voltaire 等。

文本多么接近文学家的生命因子，这类叙事都为不可靠叙事。

撒伽利亚（Ravi Zacharias）的《理智与色欲》（*Sense and Sensuality*，2002）也是以想象的对话为主要叙事形式的一部作品，叙事由王尔德与耶稣以及帕斯卡尔（Blaise Pascal）之间的对话推进。帕斯卡尔是17世纪法国著名哲学家和数学家，王尔德为19世纪戏剧家和小说家，他们之间的对话是跨越时空的，本身即为虚构。此外，撒伽利亚为这一虚构的跨时空对话增加了一个梦境化或幻觉化的框架叙事——对话出现在王尔德临死之前的梦境或幻觉里。撒伽利亚在他们三者的对话中植入了大量的生命因子，尤其是王尔德的各级生命因子被恰如其分地融入对话之中，让王尔德在对话里呈现了他对自己整个人生的回顾和最后的精神挣扎。因而这部作品在某种程度上巧妙地在虚构想象里融合了对王尔德的文学和心理研究。

善于创作文学家梦境或幻觉虚构叙事的作家主要有厄夸哈特（Jane Urquhart）和塔布奇，前者的《罗伯特·布朗宁之死》（*The Death of Robert Browning*，2000）让读者进入临死之前的布朗宁的意识里；塔布奇则创作了多部与艺术家相关的梦境或幻觉虚构叙事，其中一部《梦中之梦》以带框架叙事的短篇小说环形式出现，想象了一些文学家、作曲家、画家的梦境，其中也包括文学家笔下动物/人物，如柯勒律治的信天翁（Coleridge's albatross）、克洛迪（Carlo Collodi）①的木偶匠杰佩托（Collodi's Gepetto）和拉伯雷的庞大古埃②（Rabelais's Pantagruel）等的梦境。

塔布奇的另一部短篇梦境或幻觉虚构叙事作品《费尔南多·佩索阿的最后三天：一部迷狂作品》讲述佩索阿③在医院住院时，梦见多位对其崇敬有加的著名诗人来访的故事。来访者是佩索阿创设出来的异名者④和半异名者——田园诗人阿尔贝托·卡埃罗（Alberto Caeiro）、精力充沛的阿尔瓦罗·德·坎波斯（Álvaro de Campos）、新异教徒里卡多·雷耶斯（Ricardo Reis）、异教主义哲学家安东尼奥·莫拉（António Mora）和半异名者贝尔纳多·索阿雷斯（Bernardo Soares）等。通过这样一部梦境或幻觉虚构叙事作品，塔布奇巧妙地展现了佩索阿的人生及其创作风格——佩索阿用异名者创作的修辞技巧巧妙地将诗人的内心冲突和自相矛盾平衡在一个自创的平行宇宙空间里。

梦境或幻觉虚构叙事一般都涉及不可靠叙事者。奥尔逊的《尼采的吻：一部小说》以尼采为第一人称叙事者，交替出现第二人称和第三人称叙事的

---

① 克洛迪是18世纪意大利作家，主要创作有《木偶奇遇记》（*The Adventures of Pinocchio*）。

② 庞大古埃是法国16世纪作家拉伯雷所作《巨人传》中的人物。

③ 佩索阿（Fernando Pessoa，1888—1935），葡萄牙诗人与作家，以诗集《使命》闻名于世。

④ 佩索阿在文学上以创造异名者（heteronymy）叙事模式著称。各个"异名者"有不同的阅历、性格与人生哲学。异名者与作家"本我"佩索阿之间常常互通书信，交流思想。在众多角色中，以"本我"加上另外三个异名者最广为人知，分别是Álvaro de Campos、Ricardo Reis和Alberto Caeiro。

151

方式，展现了疯癫近十年的尼采于弥留之际在半梦半醒、似梦似幻的状态下对人生主要事件的回顾，是一个典型的不可靠叙事者；又如安东尼·伯吉斯的《无与伦比的太阳：莎士比亚的爱情生活》里的叙事者——伯吉斯先生——一位醉酒之后在迷狂状态下给学生作讲座的教授，很明显也是一位不可靠叙事者。

（三）虚构的文学家书信叙事

书信体小说虽采用第一人称叙事视角，但与自传相比有些不同。自传中的叙事者事先已经了解故事的始末，而书信记叙的则是仍在进展中的事件。书信体小说有两大优势：一是可以有多个通信者，因而可以对同一事件采取不同的视角和阐释。二是书信是发给某个特定的收信人，收信人可能作出的反应总是对书信的话语产生影响，使之在修辞上更加复杂。

虚构的文学家书信叙事主要包括几种模式：一是文学家同时代人物之间的虚构信件来往，以帕尔马的《凡妮莎与她的妹妹》（2014）、法尔的《我从未穿着白色衣服走向你》（2014）和霍尔特（Rochelle Lynn Holt）的《指向月亮：一部传记书信体小说》（*Pointing to the Moon：A Biographical Epistolary Novel*，2010）为代表；二是历史上的文学家与当代人物的跨时空通信，以斯尼科特（Lemony Snicket）的《碧翠丝信件》（*The Beatrice Letters*，2006）和郝乐威的《未经证实的奥斯卡·王尔德的信件》（1997）为代表；三是当代人物之间以谈论某位文学家为主旨的虚构信件来往，以威尔顿（Fay Weldon）的《关于第一次阅读奥斯汀写给爱丽丝的信》（*Letters to Alice on First Reading Jane Austen*，1999）为代表。

《我从未穿着白色衣服走向你》是一本由与狄金森相关的虚构或非虚构人物（朋友和亲人）之间的信件来往组成的小说。其中狄金森在神学院就读时的英语老师玛格丽特（Margaret Mann）与诗人的文学导师和尊崇者希金森（Thomas Wentworth Higginson）之间的通信虽然带有故意虚设的意味，但融入的大量与狄金森相关的生命因子足以让读者悬置怀疑。玛格丽特希望告知希金森狄金森曾不无亵渎地将圣经当作一部文学作品并拒绝承认信仰耶稣来设法让希金森相信狄金森的邪恶本性，而希金森的回信以及狄金森给她的哥哥和儿时玩伴的信（非真实信件）为狄金森做了辩护。通过这些信件，法尔塑造了一位不盲目信崇上帝、胸怀广阔、机警睿智的诗人形象。对于法尔的创作意图而言，书信体是最完美的叙事形式，它让读者可以从不同人物的视角来看待同一件事情，而让法尔自己的视角隐而不见。

在《未经证实的奥斯卡·王尔德的信件》中，王尔德与虚构的20世纪末的采访者郝乐威通过信件进行交流。郝乐威动笔写这一虚构书信来往的念头源自他在一个世纪前王尔德被抓的卡多根客馆（Cadogan Hotel）的那个房间停留时的一个梦境。郝乐威认为他写给王尔德的信可以被看作一位发烧友写给偶像的信，信里郝乐威表达了"他之所以抑制不住自己与王尔德写信的欲望的原因在于"与他同时代的许多同性恋者①都想"听一听在我们的历史上你所处的那个可怕的年代关于你的那个版本的故事"②，尽管明知"王尔德不可能回信"③。然而，王尔德居然回了。从此以后，两个人开始频繁地交换信件和明信片，奥斯卡从"镇的另一头"寄来信件④，他经常在那里四处闲逛，而且对当今世界所发生的事情全盘皆知。

这部作品通过书信来往的形式将过去、现在和未来臆测都交织在了一起。在小说快结束的时候，郝乐威已经与王尔德保持了两年的通信来往，当郝乐威提议将他们之间的信件以书的形式出版的时候，郝乐威虚构的王尔德宣布在经过漫长的等待之后，现在他投胎转世的时机终于到了（"long awaited reincarnation"）⑤。王尔德提出只要能将他每天都在不停修改的《自深深处》（De Profundis）的新版本附在里面一起出版，他就同意⑥。郝乐威虚构的王尔德希望改写版的《自深深处》能够帮助澄清后世读者对他的误会并挽救他的文学未来，自己能在 21 世纪甚至更久远的将来成为正典作家。

似乎这一切是王尔德自己的设计，通过一个梦引诱郝乐威与其通信，给他自己创造一个让当代读者和评论家重新了解他的机会，借此重生（reincarnation）。很有意思的是，这部小说真的将《自深深处》重新演绎了一遍，而且小说的标题也是由郝乐威虚构的王尔德所定，"我尽量让这个标题 The Unauthorized Letters of Oscar Wilde 具有双关意味，看上去模棱两可，足可以帮助你避免陷入剽窃的圈套，希望你明白我的良苦用心"⑦。同时，读者可能会问自己王尔德是否真的重生了，他真的回来了，还是一切只是郝乐威想象中的纯粹臆造？就像小说开头提到的他的梦境一样⑧。

---

① Holloway，C. Robert. *The Unauthorized Letters of Oscar Wilde*：*A Novel*. Princeton：Xlibris，1997：308.

② Holloway，C. Robert. *The Unauthorized Letters of Oscar Wilde*：*A Novel*. Princeton：Xlibris，1997：311.

③ Holloway，C. Robert. *The Unauthorized Letters of Oscar Wilde*：*A Novel*. Princeton：Xlibris，1997：309.

④ Holloway，C. Robert. *The Unauthorized Letters of Oscar Wilde*：*A Novel*. Princeton：Xlibris，1997：70.

⑤ Holloway，C. Robert. *The Unauthorized Letters of Oscar Wilde*：*A Novel*. Princeton：Xlibris，1997：306.

⑥ Holloway，C. Robert. *The Unauthorized Letters of Oscar Wilde*：*A Novel*. Princeton：Xlibris，1997：315 – 324.

⑦ Holloway，C. Robert. *The Unauthorized Letters of Oscar Wilde*：*A Novel*. Princeton：Xlibris，1997：295.

⑧ Joris，Kirby. Wilde Rewound：Time-Travelling with Oscar in Recent Author Fictions. *Authorship*，2012，1（2）：1 – 12.

（四）虚构的日记叙事框架

虚构的日记叙事框架主要分为以下几种类型：一是文学家自己的日记，以埃克罗伊德的《王尔德最后的证词》（1991）、福勒的《艾米莉·狄金森日记》和罗伊夫（Katie Roiphe）的《她仍纠缠我：一部关于路易斯·卡罗尔和爱丽丝·里德尔的小说》（2001）为代表；二是文学家身边人物的日记，以维拉德（Henry Serrano Villard）的《恋爱和战争中的海明威：库洛瓦斯基遗失的日记》（*Hemingway in Love and War：The Lost Diary of Agnes Von Kurowsky*，1996）为代表；三是同时代杜撰人物的日记，以布朗的《我的大师主人克尔凯郭尔：1847 年夏：一部中篇小说》（*Master Kierkegaard：Summer 1847：A Novella*，2011）为代表；四是现代人物关于文学家的日记。

除了采用文学家本人和相关历史人物的日记叙事形式之外，还有采用虚构人物的日记叙事框架来表现文学家的相关生命故事。威廉·博伊德（William Boyd）的《赤子之心》（*Any Human Heart*，2010）中，一个名叫 Logan Mountstuart 的英国作家从上高中的时候开始记日记。这些日记反映了他在牛津上大学的生活，以及后来变化无常的婚姻生活、恋爱经历和在文学界的奋斗与奇遇。在小说里读者会看到弗吉尼亚·伍尔夫、毕加索、依安·弗莱明、海明威、伊夫林·沃等文学家的出现。

在这些以虚构日记、信件、采访等为框架的叙事中，文学家的一级生命因子被重新语境化或被虚构和杜撰。

（五）虚实并行的双联或多联叙事

虚实并行的叙事可以分为几种情况：一是由文学家笔下的虚构人物和文学家本人构成两条叙事线；二是由当代杜撰人物与文学家本人构成两条叙事线；三是同时代的杜撰人物与文学家本人构成两/多条叙事线。

马洛（Stephen Marlowe）的《世界尽头的灯塔：一部小说》（*The Lighthouse at the End of the World：A Novel*，1995）属双视角（话语）叙事，作品从总体来看，前半部分采用临死之前的坡的声音，后半部分换成坡笔下虚构的著名侦探杜邦的声音，但实际上，多个声音在叙事进程中更替交叠，很难判断出哪个声音属于坡，哪个声音属于杜邦。而不可否认的是，这里真实人物成了虚构人物的被聚焦者，通过错层叙事，模糊了真实人物与虚构人物之间的界限。

由当代杜撰故事与文学家故事构成的双联叙事中，一些当代故事只是为文学家故事提供一层薄薄的框架，也有一些是两条并行的故事线（学术圈生命虚构就属于这种类型）。前者如杜利的《夏洛特·勃朗特罪案：一部小说》，小说的主要部分为勃朗特家的仆人玛莎（Martha Brown）的日记里所记录的与勃朗特家庭相关的故事，但在外面套了一层现代故事框架——杜撰人物律师考茨（Charles Coutts）在他供职的具有两百多年历史的律师事务所的阁楼上发现了玛莎当年作为供词的日记本。后者如布拉德伯雷关于启蒙时期伟大作家狄德罗的小说《冬宫行记》，这部作品由两个情节组成：一个标作"彼时"，将读者带回 1773 年，狄德罗到达凯瑟琳皇后（Catherine The Great）的宫廷；另一个标作"现在"，发生在 1993 年，集中描述一队狄德罗研究课题成员在去圣彼得堡的路途上发生的事情。

四、虚构和杜撰人物参与叙事进程

在作品里设置与虚构和杜撰人物进行互动的情节是一种虚构化策略。

（一）非叙事者层面的虚构人物设置

如前所述，虚构人物主要指一类文本性生命因子——文学家自己创作的虚构作品里出现的人物。虚构人物只是一种文本存在，他/她也许能在历史中找到对应的原型，但绝非历史人物。非叙事者层面的虚构人物设置指的是当代作家故意让文学家本人创作的虚构作品里的人物出现在文学家生命虚构叙事作品里，参与文学家的虚构的生命进程。无论是叙事者还是非叙事者，虚构作品里的人物在生命虚构叙事作品里的出现都产生了一种叙事层次的错置感，虚构世界里的人物与"真实世界"里的文学家设置在同一故事层面里，是一种典型的不自然叙事（详见第四章"不自然叙事中的虚实错层叙事"）。

文学家与自己笔下的虚构人物同时出现在生命虚构叙事作品中可以达到几种修辞效果，一是制造某种错层感，凸显虚构人物在文学家生命中的"真实性"，揭示某种可能的创作关系；二是揭示虚构人物与文学家之间的平行相似性。

在《里卡多·雷耶斯的逝去之年》（1991）里，作者萨拉马戈让雷耶斯（Ricardo Reis）遇见了葡萄牙诗人佩索阿和佩索阿诗歌里的两位虚构女性人物。实际上，雷耶斯就是佩索阿本人，佩索阿曾给自己创设了近百位异名者，每个异名者都有自己个性鲜明的话语风格、人生阅历和性情脾气，雷耶斯是常用的三个异名者之一。也就是说在这部作品里，佩索阿既遇见了自己，又遇见了自己虚构创设的异名者。

虚构人物可以是被虚构的文学家笔下的人物，也可以是其他作家笔下的人物。在布兰斯顿（Julian Branston）的作品《风车之战：一部关于塞万提斯和厄兰特骑士的小说》（*Tilting at Windmills: A Novel of Cervantes and the Errant Knight*, 2007）里，塞万提斯遭遇了堂吉诃德，并虚构了他们相遇的原因，属于前一种情况；在斯托帕的作品《戏谑》里，王尔德的经典喜剧《认真的重

155

要性》（*Importance of Being Ernest*）里的虚构人物关德林和塞西莉分别担当秘书和图书馆员角色，与作家乔伊斯一起出现在苏黎世，属于后一种情况。

（二）非叙事者层面的杜撰人物的设置

一般说来，非叙事层面的杜撰人物设置没有杜撰人物充当叙事者的虚构程度高。非叙事者层面的杜撰人物设置可分两种情况，一是对文学家生命进程不产生重大影响的杜撰人物的设置，二是对文学家生命进程产生重大影响的杜撰人物的设置。

> 只有缺乏想象力的人才凭空捏造，真正的艺术家从已有的材料里顺手拈来，为其所用。
>
> ——奥斯卡·王尔德①

第三节　参照性和虚构性的自我揭示

乔伊斯在《芬尼根的守灵》（*Finnegan's Wake*）里提到讲述故事（story-telling）就是"窃取故事"（stolen-telling），任何讲故事的艺术都必定涉及某种"偷窃"或借用。与一般的虚构故事讲述相比，文学家生命虚构叙事就是这样一种更加明目张胆的窃取文本，它们窃取文学家的传记、自传、回忆录、日记、信件以及虚构作品等已有史料，在新的语境下进行再创作。史料性生命因子与虚构性生命因子在这一体裁里共存，形成一种文学共生的关系（literary symbiosis）②。这也是为何《每周出版》（*Publishers Weekly*）这类期刊在描述这类作品时常采用"类虚构或准虚构"（quasi-fictional）③，出现在作品里的文学家人物被学者称为"类虚构或准虚构人物"（quasi-fictional character）④ 的原因。

与纯虚构作品、传记或传记虚构不同的是，生命虚构一般都涉及参照性

---

① 原文是"It is only the unimaginative who ever invents. The true artist is known by the use he makes of what he annexes, and he annexes everything"。

② Coward, David. *Literary Symbiosis: The Reconfigured Text in Twentieth-Century Writing*. Athens: UP of Georgia, 1993.

③ Steinberg, Sybil S. Steinberg Reviews "The Paris Pilgrims" by Clancy Carlile. *Publishers Weekly*, 1999, 246 (25): 54.

④ 参照 Kaplan, Cora. *Victoriana. Histories, Fictions, Criticism*. Edinburgh: Edinburgh University Press Ltd, 2007: 81。

和虚构性的自我揭示这一环节，作者在这种虚构化行为中利用规约来表明文本的参照和虚构同时兼具的本质①，但总体而言作者使用的虚构策略（fiction）压过了有据可查的事实（fact），因而生命虚构作家往往会在文本内外不断提醒、反复宣称："这是一部小说，而非传记。"

对于纯虚构作品来说，尤其是以历史人物作参照的纯虚构作品，为了避免诽谤诉讼，大多会注明"本作品故事和人物纯属虚构，如有雷同，纯属巧合"。而文学家生命虚构叙事一方面承认其历史和生命因子的参照性，另一方面不回避其公然和有意的虚构性。就像德里达在论文《"青信"：也许，讲故事与撒谎》中提到的"假誓"（false oath）一样，真实生命人物的选取和生命因子的忠实意味着对真实的承诺，但虚构又意味着谎言的编造②，生命虚构作家正是这一悖论式誓言的实践者，他们通过生命虚构叙事作品向出版商、评论家和读者们发誓，"我在写一部真实的虚构作品"。对参照性和虚构性进行自我揭示的途径主要有三种：第一，作家通过副文本（paratext）揭示作品的参照性和虚构性；第二，作家在文本中通过注解的方式揭示作品的参照性和虚构性；第三，作家通过其他独立文本揭示作品的参照性和虚构性。

一、通过副文本揭示作品的参照性和虚构性

根据热内特的观点，副文本（paratext）指的是"标题、副标题、致谢、前言、后记、封皮、护封简介等二级信息文本"③。

（一）标题、副标题

在各个时期的作品里，标题中如果出现历史人物本名，作者几乎都会加上"一部小说"作为副标题。含有历史人物本名表明了与历史人物直接相关的参照性，副标题则显示它的虚构性。副标题含有"一部小说"或"一部中篇小说"的作品在 1990 年之后的生命虚构叙事作品中占 80% 以上。也有标为传记小说或假想传记（speculative biography）的，如《忘记我的名字：鲍勃·迪兰的假想传记》等。在其他语言的生命虚构叙事作品中，还出现了"Eine Vermutung"这样的副标题，如瑞士作家卡帕斯（Alex Capus）创作的有关史蒂文森的生命虚构叙事作品《星夜航行：追寻金银岛：一部臆想之作》（*Sailing by Starlight：In Search of Treasure Island：A Conjecture*，2005）中的"A

① Barone，T. & Eisner，E. *Arts Based Research*. Thousand Oaks：SAGE，2012.

② Derrida，Jacques. *Le Parjure：Perhaps，Storytelling and Lying*. In Kamuf，Peggy（ed.）. *Without Alibi*. Palo Alto：Stanford University Press，2002：198.

③ Genette，Gérard. *Palimpsests：Literature in the Second Degree*. Lincoln and London：University of Nebraska，1997：3.

Conjecture"，意思是"一部臆想之作"，凸显其假想虚构性。

副标题除了标"A Novel"之类的字眼，还可能将被虚构的生命主体用"of + 文学家名字"的形式展示出来。这个 of 通常上有两重意义，暗示这位文学家不仅是这部生命虚构叙事作品的主体，而且在象征层面上，这位文学家也是一个"影子写手"。文森特（Norah Vincent）的《奥黛琳：一部关于伍尔夫的小说》（Adeline：A Novel of Virginia Woolf，2015）通过"一部小说"这样的字眼强调该作品不是一部传记，"A Novel of Virginia Woolf"暗示伍尔夫是该作品的生命虚构主体，也暗示伍尔夫是《奥黛琳：一部关于伍尔夫的小说》的影子作家①。

在伍尔夫自己的创作生涯中，到底将自己创作的《奥兰多》归为哪一文类是伍尔夫曾在心里反复斟酌、悬而未决的事情。在最终决定不将其称为一部小说之后，伍尔夫很沮丧地发现：

> 瑞奇小姐说：没有人想要一本传记。而，这是一部小说。然而，他们说，它在封面上被标为传记。它会被上架到传记类别里。所以，我怀疑我们不应该被封面给坑害了——为了戏谑和玩一把将它称作传记，结果付出了太大代价。②

虽然如此，伍尔夫接着还是将《弗拉狮：一部传记》（Flush：A Biography，1933）的副标题定为"一部传记"，这在某种意义上暗示伍尔夫在权衡中，认定付出代价玩一把还是值得的。伍尔夫成功地在虚构外衣的掩护下，完成了对薇塔的传记肖像画③，也捕捉到了真实和现实的薇塔。这是一部虚构人物的传记，同时也是真实人物的生命虚构叙事。而《弗拉狮：一部传记》之所以可以是一部传记，是因为这是一部关于"非人类主体"的传记，故事里面的布朗宁夫人只是一位从属人物，故事本身就具有"非自然叙事"元素，因而，不会有人严肃地将其按照"传记"文类的规约来阅读。在某种意义上，伍尔夫为生命虚构叙事的兴起做出了很大贡献。

我们在前面提到过伍尔夫认为没有作家能够同时将虚构和传记这两个截然不同的故事世界利用好，我们必须在两者之间做出选择，并在做出选择之后，尽力地遵循其中一个世界的叙事原则。而我们发现在对伍尔夫进行生命虚构叙事创作的当代作家中，无论是康宁翰、麦琪·吉，还是帕尔马等都成

---

① 奥黛琳是伍尔夫较少使用的一个名字。引自 Layne, Bethany. Biofiction and the Paratext：Troubling Claims to "Truth". *Virginia Woolf Miscellany*, 2018, 93（1–2）：20.

② Woolf, Virginia. *A Writer's Diary*. London：Hogarth, 1953：133.

③ Cooley, Elizabeth. Revolutionizing Biography：Orlando—The Significance of Constantinople in Orlando, Roger Fry, and the Tradition. *South Atlantic Review*, 1990, 55（2）：72.

功地"利用好了两个世界"，而其他两位作家文森特和努内兹则似乎受他们的传记主体观念的影响，更愿意遵守选定的一个世界的叙事原则。在成功"利用好了两个世界"的几位作家的笔下，伍尔夫一家、贝尔一家和聂莉（Nelly Boxall）等都被当作虚构人物，在虚构世界里被刻画得非常准确生动①。

　　《弗吉尼亚·伍尔夫在曼哈顿》是麦琪·吉顺应 21 世纪以作家为中心的文化迷恋和作家生命虚构创作热潮的巅峰之作。这部生命虚构小说寄生于伍尔夫的生命因子，不仅让 20 世纪最杰出的女作家弗吉尼亚·伍尔夫穿越到 21 世纪的纽约，而且塑造了一个迥异于伍尔夫传统传记形象的特异互补形象，是一部生命延展型非自然生命虚构叙事作品。麦琪·吉虽然反复引用参考伍尔夫的传记或其他作品，但她强调伍尔夫的所思、所想、所感大多源自自己的想象。她非常谦逊地提示读者："我笔下的伍尔夫是一个幽魂而已，就像萨克雷笔下的虚构木偶在扮演各种角色的过程中，不间断地声称那些角色'总是，也只是属于自己的'。"②

　　从一些作品的标题里能清晰地看到虚实共存的矛盾关系，如阿兰瓦茨（Alan Watts）的《查尔斯·狄更斯的自白：一部非常真实的虚构》（*The Confessions of Charles Dickens：A Very Factual Fiction*）和巴西诺（Ted Bacino）的《莎士比亚阴谋论——一部小说：史上最昭著的文学欺骗故事——全部基于历史事实》（*The Shakespeare Conspiracy—A Novel：The Story of the Greatest Literary Deception of All Time—Based Entirely on Historical Facts*，2010）。

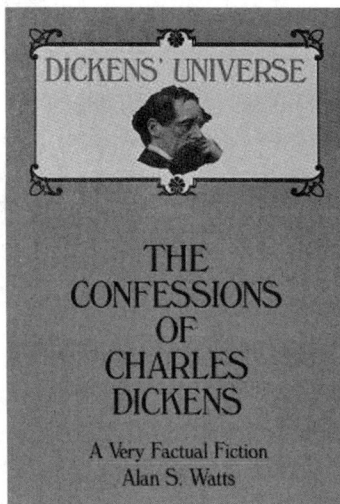

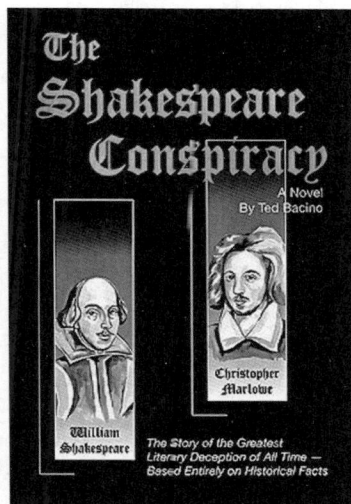

---

① Cunningham, Michael. *The Hours*. London：Fourth Estate, 2003：229.

② Gee, Maggie. *Virginia Woolf in Manhattan*. London：Telegram Books, 2015.

（二）作/编者的话

帕尔马在《凡妮莎与她的妹妹》这部作品的"作者的话"（Author's Note）中，虽然坚持声称"这本书涉及的事件都尽量与有据可查的大事年表相吻合，尽量精确无误地再现两位艺术家姐妹之间的人生大事件，只在为了更好地讲述故事的情况而做出了少许调整和变化"，即使是虚构，"小说中许多看起来完全不可能的事件也都有所依据"，但由于这部生命虚构叙事作品的整体框架是由两封姐妹之间的虚构来往信件构成，人物的内心世界也是作家想象出来的，因而，帕尔马向读者承认这部作品中的人物只能算作虚构人物①，整部作品的目的也在于"虚构布鲁姆斯伯里艺术圈里的人物的故事"②。

克翰（Paula Marantz Cohen）在《爱丽丝所知道的：亨利·詹姆斯和开膛手杰克的奇特故事》（*What Alice Knew：A Most Curious Tale of Henry James & Jack the Ripper*，2010）的"作者的话"里提道："我写这本书的目的在于将我通过阅读逐渐了解的历史人物和事件起死回生。但是，既然这是一部虚构作品，必然加入想象性的材料，史实性的材料必然为了符合情节发展的需要被改变。"（*iv*）③ 藤南特在《西尔维尔和泰德的歌谣》（*The Ballad of Sylvia and Ted*，2001）的"作者的话"里证实"书里描述的时间都基于事实，……其中许多事实是以前被掩盖或不为人所知的，然而，这毫无疑问是一部想象之作"④。摩西在《过冬》的"作者的话"里也宣称自己如何掌控着"人物的思想和对话的杜撰大权"，如何"在真实的，但只有只言片语描述的事件基础上加入虚构的细节"⑤。

（三）介绍、前言、后记和致谢

隐性生命虚构叙事作品——恩格尔的《蒙帕纳斯凶杀案》在"前言"中揭示了作品人物与《太阳照样升起》、继而与海明威现实生活中的人物的对应关系，如何形成一种生命虚构之再虚构的链条关系。《穿蓝色裙子的女孩：受狄更斯生平与婚姻启发写成的小说》的作者阿诺德在"作者题记"里提道：

---

① Parmar，Priya. *Vanessa and Her Sister*. New York：Ballantine Books，2014.

② 原文为"to fictionalize the Bloomsbury Group"，引自 Parmar，Priya. Author's Note//*Vanessa and Her Sister*. New York：Ballantine Books，2014：344.

③ 原文为"I wrote this book in order to bring to life historical characters and events that I have come to know through my reading. But，as this is a work of fiction，imaginative material has necessarily been added and factual material altered to accommodate the plot".

④ Cohen，Paula Marantz. *What Alice Knew：A Most Curious Tale of Henry James & Jack the Ripper*. Sourcebooks Landmark，2001：7.

⑤ Moses，Kate. *Wintering：A Novel of Sylvia Plath*. Anchor，2003：338.

"在我通过人物之间的关系开拓出一条想象的路径时，我充分利用小说家的自由。"① 并在前言里写道："通过多萝西·吉布森这个虚构的主人公，我设法赋予了历史上几乎无声无息的凯瑟琳·狄更斯一个叙事声音，让她来讲故事，她曾经要求将狄更斯写给她的信保留下来，以便'世界知道他曾经爱过我'。"② 通过阿诺德的作品，凯瑟琳不仅向世界讲述了她与狄更斯之间的爱情故事，更重要的是讲述了自己成长为一名有独立思想的作家的故事。

法尔的《我从未穿着白色衣服走向你》里融入了狄金森的各级生命因子——书信、传记、学术作品以及狄金森自己的诗歌作品。各级生命因子皆与非生命因子交织在一起。即使是小说里提到的狄金森诗作也不完全是真实的。在这部书信体生命虚构中的后记里，法尔细致地将事实与虚构元素梳理开来，详细地介绍了诗人与小说中的人物之间的真实关系，并将在小说中归给狄金森的诗歌中，哪些是真正为狄金森自己所创作，哪些是基于狄金森的性格塑造需要由法尔冒狄金森之名临时凑成的做了详尽的解释。

一般认为，小说是虚构的想象性作品，不是学术著作，致谢一般没有必要。但鉴于生命虚构叙事的阈界性，这类作品大多会有"致谢"。帕里尼在《赫曼·梅尔维尔的生死航程》的"致谢"里特别强调"这是一部小说，不是一部文学传记"（this is a novel, not a literary biography）③，"我编造了很多事情……，（虽然与梅尔维尔相关的生命因子很多，但）对于莉兹·梅尔维尔知之甚少，因而，我对她进行了编造"④。帕里尼承认自己在写作过程中既采用了传记的再现行为（历史的、有据可考的），也采用了虚构的创意行为，但是同时他又通过免责声明消除了传记的再现行为。

洛奇在他的有关詹姆斯的生命虚构叙事作品《作者，作者》的正文之后附上了四页篇幅的致谢。在致谢中，洛奇表达了对创作这部小说所涉及的学术型传记、参考书目和史料文本的作者的感谢，同时也感谢为小说创作提供过支持和帮助的书稿校对者和朋友。接着，洛奇列举自己在生命虚构创作的哪些方面"行使了小说家的特权"，与前面的"作者题记"形成呼应。此外，洛奇交代了陪伴詹姆斯走完人生最后行程、在病榻前照顾和聆听詹姆斯回忆人生往事的仆人的去向和生存状况，给读者一个持续的阅读关注。最后，洛奇概要式地介绍了整部小说的构思、创作和成书历程。

伍德海德的《史蒂文森的奇怪病历》从五个医生的视角回顾他们共同的

① 原文是 "taken a novelist's liberties as I explored an imaginative path throughout their relationship"。

② Arnold, Gaynor. Author's Note//Girl in a Blue Dress: A Novel Inspired by the Life and Marriage of Charles Dickens. Profile Books Limited, 2008.

③ 这里的文学传记指的是学术型传记。引自 Parini, Jay. The Passages of Herman Melville. New York: Doubleday, 2010: 453.

④ Parini, Jay. The Passages of Herman Melville. New York: Doubleday, 2010: 454-455.

名人病患史蒂文森的生活。在这部作品的"介绍"里，伍德海德声称它"不是一部传记或一部学术作品，而是一部虚构作品"①。当然，生命虚构叙事作品并非全盘虚构，海德伍德"利用了史蒂文森生命相关的大量丰富史料，在事实组成的基质中植入虚构元素"②。

《当尼采哭泣》的作者欧文·亚隆在"后记"里说明了哪些小说情节是编造的，哪些是有历史依据的。布雷尔医生和尼采都是著名的历史人物。布雷尔医生和其治疗的患者确有其人，同时布雷尔医生与弗洛伊德共同署名的学术著作都是真实的。历史上也确有证据显示尼采患有严重的偏头痛并因此遍访欧洲名医。只是尼采并未见过布雷尔本人。亚隆巧妙地将没有发生的故事建立在确实发生过的故事的基础上，并且让读者感到编出的故事似乎比历史更为真实可信。

（四）作品的封面

在《在咖啡馆遇见王尔德》（2007）的封底上，霍兰德强调"书里的这些采访都是纯粹虚构的"，尽管它们都有"传记事实作为坚实的基础"。通过调出与王尔德相关的大家熟知的事实和被采访者的人格方面的信息，这部作品充分显示了采访模式的随机应变性。在霍兰德开始采访前，他特别说明"下面这几十页，奥斯卡·王尔德开始加入一个涵盖十四个主题的想象对话，自由地回答很多亟待回答的问题"③。霍兰德很清楚地说明采访文本"大量地参照了王尔德的作品和信件，要么直接引用，要么改编他的话语，如果每一处参照都要标出的话，需要增加很多页尾注"④。特拉斯（Lynne Truss）的《丁尼生的礼物》（*Tennyson's Gift*，1996）将故事背景设在1864年怀特岛的菲宁霍特豪宅（Farringford House），讲述了对着自家家具朗诵正在撰写的长诗"伊诺克·阿登"（"Enoch Arden"）的丁尼生如何接待卡罗尔（卡罗尔造访的目的是征求桂冠诗人的同意，将刚完稿的《爱丽丝奇境漫游》致予丁尼生）等造访者的故事。虽然小说的许多细节都符合史实和传记记载，但是作家在封底声明这部生命虚构叙事作品不以陈述历史确切信息为己任，而是以"美、艺术、友谊、感恩和大胡子"为主题，向读者展示"一部关于维多利亚中期的儒雅之士生活概貌的卡罗尔式喜剧小说"⑤。

① 原文为"not a biography or a work of scholarship. it is a work of fiction..."。引自 Woodhead, Richard. *The Strange Case of R. L. Stevenson*. Luath Press Limited，2001：x.
② Woodhead, Richard. *The Strange Case of R. L. Stevenson*. Luath Press Limited，2001：xi.
③ Holland, Merlin. *Coffee with Oscar Wilde*. London：Duncan Baird Publishers，2007：29.
④ Holland, Merlin. *Coffee with Oscar Wilde*. London：Duncan Baird Publishers，2007：138.
⑤ Truss, Lynne. *Tennyson's Gift*. London：Hamish Hamilton，1996.

二、通过注解的方式揭示作品的参照性和虚构性

布莱克伍德（Gary Blackwood）的三部曲《莎士比亚偷窃者》（*Shake-speare Stealer*，1998）、《莎士比亚抄写员》（*Shakespeare's Scribe*，2000）和《莎士比亚间谍》（*Shakespeare's Spy*，2003）是面向青少年的一套生命虚构叙事作品。为了帮助青少年读者分辨作品中鱼目混珠的虚实信息，作者通过尾注的方式做出了一一说明。

几乎所有的书评者都认为本杰明的《我已成为爱丽丝》是一部做了非常细致研究的虚构作品。在故事的最后，她加了一长串注解对故事里的史实和虚构做了非常详尽的说明。

在《打字员的故事》（*The Typewriter's Tale*，2005）里，海恩斯在小说末尾提供了资料来源列表，并在尾注中说明他享有"在原本的真相基础上进行发挥的极大自由"[①]。"原本"（literal）这个词表明在这样的生命虚构叙事作品里，确实存在不同类型的"真相"（truth）。这些"证实为真"的元素在某种程度上给人一种模棱两可的感觉，它们到底是用来增强小说的可信度，抑或只是一个"游戏"的一部分？

在《莎士比亚密谋论：一部小说》（*The Shakespeare Conspiracy：A Novel*，2010）中，附录型注解占了整本书页数的20%以上。在这部作品的每一章里的每一个历史事件点上，都标上"事实：［……］"（"FACT：［...］"）或"虚构：［……］"（"FICTION：［...］"），向读者明示两种不同类型的注解。

关于文学家生命虚构中注解在揭示虚实成分中的作用可参照第四章学术化行为中有关"注解"的内容。

三、通过其他独立文本揭示作品的参照性和虚构性

绝大多数注解都附在文本内，以脚注、尾注、附录和参考文献等形式出现，但也有个别的生命虚构叙事作品的注解与作品是分开的。主要有三种形式，一是以独立小册子的形式作为某生命虚构叙事作品的阅读指南，如杰克逊（Ross Jackson）的小说《长矛挥舞者：弗兰西斯·培根的故事》（*Shaker of the Speare：the Francis Bacon Story*，2005）就配有《长矛挥舞者阅读指南》（*The Companion to Shaker of the Speare*，2005）对小说进行注解；二是以网络数字媒介形式推出注解，如史密斯的《追踪莎士比亚》将小说的注解附在了小说的专门网页上；三是通过采访等形式，如在波斯特里奇（Mark Bostridge）

---

① Heyns，Michiel. *The Typewriter's Tale*. Johannesburg and Cape Town：Jonathan Ball，2005：235.

的采访中，作家托马林在回答自己的作品《看不见的女人》到底想要写什么的时候，她说想要写艾伦·特南"不为人所见的"故事，而非她那位靠不住的爱人——查尔斯·狄更斯的人人可见、人人皆知的公众生活。而既然是"不为人所见的"的故事，那么托马林该如何塑造呢？毫无疑问，必须依靠她的想象和虚构。

　　个别生命虚构叙事作品里的注解甚至可以为阅读其他生命虚构叙事作品提供史实依据。如加罗（Benita Kane Jaro）的《背叛之夜》（*Betray the Night*，2009），加罗通过这部小说创建了某种密谋理论来解释奥维德被流放去黑海的原因，通过详尽的尾注，阐释作家如何通过各种文献阅读、资料收集和专家权威的咨询重新建构自己的故事和理论。这部作品可以被当作加罗的罗马三部曲《钥匙》（*The Key*）①、《锁》（*The Lock*）② 和《墙中之门》（*The Door in the Wall*）的指南书来阅读。

---

　　① 《钥匙》以卡图卢斯（Gaius Valerius Catullus）作为叙事者，卡图卢斯是古罗马诗人，在奥古斯都时期享有盛名。他继承了萨福的抒情诗传统，对后世诗人如彼特拉克、莎士比亚等产生了深远的影响。

　　② 《锁》以西塞罗（Marcus Tullius Cicero）为主要人物，西塞罗是罗马著名的文学人物，其演说风格雄伟、论文机智、散文流畅，设定了古典拉丁语的文学风格。

第四章 文学家生命虚构叙事的创作趋势

第一节 文学家生命虚构创作的整体趋势

一、文学家生命虚构对象的基本趋势

（一）1990 年以后的主要生命虚构对象

1990 年以前生命虚构叙事作品集中对少数文学家进行虚构，最常被虚构的文学家主要有莎士比亚、爱伦·坡、简·奥斯汀、狄更斯、勃朗特、但丁、尼采等。总体来看，生命虚构叙事作品数量最多的被虚构对象大多为一级生命因子相对稀缺的文学家，如莎士比亚、狄金森②、简·奥斯汀③等。莎士比亚的传记材料的缺乏使对他的虚构式艺术呈现更富戏剧性，因而荣登文学偶像榜之首④。1990 年以后这些作家的生命虚构叙事作品出现更加繁荣的出版态势。

仅从莎士比亚这一特定文学家的虚构作品在出版年代上的分布来看，首

---

① 原文为 "Fiction ［i］s used to illuminate and compensate for historical amnesia"。引自 Chase-Riboud, Barbara. Slavery as a Problem in Public History: Or Sally Hemings and the "One Drop Rule" of Public History. *African American and African Diaspora Studies*, 2009, 32 (3): 828.

② Gordon, Lyndall. *Lives Like Loaded Guns: Emily Dickinson and Her Family's Feuds*. Virago Press Ltd., 2010: 19. 与狄金森相关的生命虚构叙事作品有：Judith Farr 的 *I Never Came to You in White* (1996)、Paola Kaufmann 的 *The Sister: A Novel of Emily Dickinson* (2004)、James Sulzer 的 *The Voice at the Door: A Novel of Emily Dickinson* (2013)、Barbara Dana 的 *A Voice of Her Own: Becoming Emily Dickinson* (2009)、Laura Benet 的 *Come Slowly, Eden: A Novel About Emily Dickinson* (1942) 等。

③ Duckworth, Alistair M. Recreating Jane Austen (review). *Eighteenth-Century Fiction*, 2003, 15 (2): 322.

④ 对莎士比亚的生命虚构叙事作品收集请参见 Burt, Richard (ed.). *Shakespeares After Shakespeare* (Vol. 2). London and Westport: Greenwood Press, 2007.

次出版时间为 1600—1899 年的作品共计 13 部；首次出版时间为 1900—1949
年的作品共计 13 部；首次出版时间为 1950—1989 年的作品共计 16 部；首次
出版时间为 1990—1999 年的作品共计 15 部；首次出版时间为 2000—2009 年
的作品共计 42 部；首次出版时间为 2010—2019 年的作品共计 51 部。

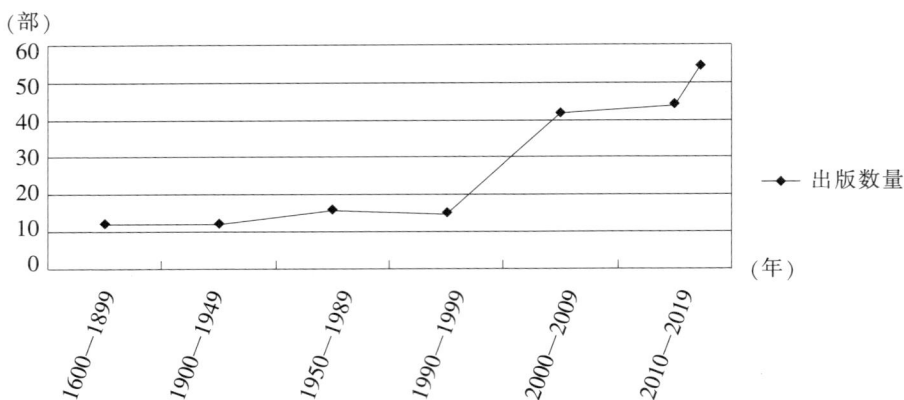

1990 年之后生命虚构对象大量增加，除以上提及的文学家之外，拥有十
部以上的生命虚构叙事作品的文学家分别是拜伦、海明威、马洛①、詹姆斯、
王尔德②、柯南·道尔、乔叟、卡罗尔③、梭罗、玛丽·雪莱、卡夫卡、马

① Erne, Lukas. Biography, Mythography and Criticism：The Life and Works of Christopher Marlowe.
Modern Philology, 2005, 103（1）：34.

② 其中多部作品请参照金斯顿（Angela Kingston）的《维多利亚虚构中作为人物的奥斯卡·王
尔德》（*Oscar Wilde as a Character in Victorian Fiction*）。

③ 卡罗尔的生命虚构叙事作品收集部分参照 Puder, Jim. Lewis in Storyland. *Word Ways*, 2010,
43（4）：300 – 304. 其他关于卡罗尔的生命虚构叙事作品还有凡妮莎·泰特（Vanessa Tait）的《镜中
世界》（*The Looking Glass House*）。泰特是《爱丽丝奇境漫游》作者路易斯·卡罗尔创作爱丽丝的灵感
人物及缪斯 Alice Riddell 的曾孙女。

克·吐温①、劳伦斯、曼斯菲尔德②、约翰逊、布朗宁、萨福③、伍尔夫、普拉斯、雪莱、济慈、乔伊斯、菲茨杰拉德、帕克、波德莱尔④、比尔斯、斯泰因、彭斯、克莱尔、伏尔泰⑤、史蒂文森⑥、波特⑦等约 40 位作家。

随着蒲柏⑧、劳伦斯、曼斯菲尔德、梅尔维尔⑨、卡夫卡、海明威、菲茨

---

① 与马克·吐温相关的生命虚构叙事作品主要有欧茨的《狂野之夜》、贝克的《凯旋圣诞》，卡普兰的《在咖啡馆遇见马克·吐温》，普利策奖获得者、古巴裔美国作家希胡洛斯（Oscar Hijuelos）的《吐温与史丹利制造访天堂》（*Twain & Stanley Enter Paradise*），库伦的《吐温的结局》，洛克（Norman Lock）的《冬日的男孩》（*The Boy in His Winter*，2014）等。吐温还出现在两部时光穿越的叙事作品里，分别是卡奇特（David Carkeet）的《我曾存在于此》（*I Been There Before*，1985；书中马克·吐温于 1985 年随哈雷彗星回到地球）和布洛克（Darryl Brock）的《假如我不再回来》（*If I Never Get Back*，1989；讲述了马克·吐温在 1869 年陪同一位从现代穿越而来的体育赛事播报作家的故事）。

② 与曼斯菲尔德相关的生命虚构叙事作品主要有罗森塔尔的《在石山上》、奇弗的《盗贼》、斯特德的《曼斯菲尔德：一部小说》以及"嫉妒（一）"和"嫉妒（二）"、拉品的《凯瑟琳的愿望》、帕里的《布鲁姆斯伯里的优雅女性与狂野的殖民地女孩：一部关于曼斯菲尔德的戏剧》、菲茨帕特里克（Joanna FitzPatrick）的《追寻：一部小说》（*In Pursuit：A Novel*，2010）和《凯瑟琳·曼斯菲尔德》（*Katherine Mansfield*，2014）等。

③ 对萨福进行虚构的叙事作品包括埃丽卡·荣（Erica Jong）的《萨福之跃：一部小说》（*Sappho's Leap：A Novel*，2010）、弗里德曼的《萨福：第十缪斯》、格林的《维纳斯的微笑：一部关于萨福的小说》、贝尔（Peggy Ullman Bell）的《萨福：一部小说》（*Psappha：A Novel of Sappho*，2000）等。

④ 与波德莱尔相关的生命虚构叙事作品主要有：希尔顿（Frank Hilton）的《上了镣铐的波德莱尔：瘾君子艺术家画像》（*Baudelaire in Chains：A Portrait of the Artist as a Drug Addict*，2004）、拉霍文的《波德莱尔的复仇：一部小说》、霍普金逊的《盐路》（*The Salt Roads*，2003）和麦克纳斯的《黑色维纳斯》（*Black Venus*，2013）。

⑤ 与伏尔泰相关的生命虚构叙事作品主要有帕布罗·桑帝斯（Pablo De Santis）的《伏尔泰的书法家：一部小说》（*Voltaire's Calligrapher：A Novel*）、法国作家艾美特（Jacques-Pierre Amette）的《与伏尔泰一起度过的夏天》（*A Summer with Voltaire*）等。

⑥ 与史蒂文森相关的生命虚构叙事作品主要有：珀尔的《最后的盗书商》（*The Last Bookaneer*，2015），伍德海德的《史蒂文森的奇怪病历》《与史蒂文森赴塞文山旅行记》，布莱恩·道尔的《约翰·卡森历险记：一部史蒂文森创作的小说》（2017），曼古埃尔的《棕榈树下的史蒂文森》等。

⑦ 波特（Beatrix Potter，1866—1943），英国作家，创作了家喻户晓的《彼得兔》。

⑧ 索菲·吉（Sophie Gee）的《流言蜚语：一部小说》（*The Scandal of the Season：A Novel*，2008）虚构了 18 世纪英国最伟大的诗人蒲柏（Alexander Pope，1688—1744），重新想象了蒲柏创作《劫发记》（*The Rape of the Lock*）的过程。

⑨ 与梅尔维尔相关的生命虚构叙事作品主要有让·吉沃诺（Jean Giono）的《向梅尔维尔致敬》（*Pour Saluer Herman Melville*）、帕里尼的《赫曼·梅尔维尔的生死航程》、希利（John J. Healey）的《艾米莉与赫曼：一部文学小说》（*Emily & Herman：A Literary Romance*，2013）、海依的《神秘的失物》和伯里加德（Mark Beauregard）的《鲸：一个爱情故事》（*The Whale：A Love Story*，2016）等。

杰拉德、普拉斯、伍尔夫、斯泰因、乔治·艾略特①、T. S. 艾略特②、艾德丽安·里奇③等人的生命虚构叙事作品的出现和增多，现代主义作家在被虚构的文学家中所占的比例不断攀升，罗布克、康宁翰、托宾和奇弗这些成了创作"现代主义作家生命虚构叙事"的代表作家。最近，甚至连后现代作家也开始成为生命虚构对象里的新成员。不仅同一文学家的多个生命虚构叙事作品具有分析价值，不同时期的文学家生命虚构也值得比较，对文学家生命虚构进行历时梳理对认识这一文类也具有一定价值。

其中一些被频繁虚构的文学家其文本性生命因子充分翔实，他们成为作家进行虚构创作的对象的主要原因在于：①涉及与文学家相关的谜题，如海明威丢失的装有稿件的手提箱④、狄更斯与凯瑟琳离婚后的情人等；②涉及当代的文化社会议题，如王尔德和詹姆斯的同性恋情等；③涉及经典文学家作品创作过程的再现和在新语境下的新阐释等。

（二）"小作家"生命虚构对象的出现

近三十年来，一些不出名的作家也出现在当代作品中，成为生命虚构人物⑤。许多边缘化男性作家（如诗人约翰·高文⑥、约翰·克莱尔、约翰·波里道利、查特顿、麦克菲森、威廉·亨利·爱尔兰、韦恩赖特等），被正统文学史所忽略的女作家（如萨福⑦、奥斯古德、艾德娜·菲伯、多萝西·华兹华

① 近年出版的与乔治·艾略特相关的生命虚构叙事作品有欧肖夫纳西（Kathy O' Shaughnessy）的《与乔治·艾略特恋爱》（In Love with George Eliot，2019）、史密斯（Dinitia Smith）的《蜜月：一部关于乔治·艾略特的小说》（The Honeymoon：A Novel of George Eliot，2016）。
② 与 T. S. 艾略特相关的生命虚构叙事作品主要有菲茨杰拉德的《诗人的红颜知己：一部关于艾米莉·赫尔与 T. S. 艾略特的小说》、玛莎·库利（Martha Cooley）的《档案管理员》（The Archivist，1999）、史蒂文·卡罗尔（Steven Carroll）的《艾略特四重奏》（Eliot Quartet，2009）与《逝去的生活：一部小说》（The Lost Life：A Novel，2009）等。在过去的几十年里，围绕着艾略特和黑尔关系的浪漫猜测层出不穷，许多艾略特生命虚构叙事作品以此为灵感进行创作。澳大利亚迈尔斯·富兰克林奖（Miles Franklin Award）得主史蒂文·卡罗尔的长篇小说《逝去的生活：一部小说》主要讲述一对小镇青年凯瑟琳和丹尼尔在僻静的玫瑰园约会，却碰到著名的英国诗人、评论家艾略特和他年轻时的恋人艾米莉在此举办只有两个人的婚礼仪式，由此展开两段爱情故事。
③ 艾德丽安·里奇（Adrienne Cecile Rich，1929—2012）是美国诗人、散文家和女权主义者。
④ McFarland，Ron. Recent Fictional Takes on the Lost Hemingway Manuscripts. The Journal of Popular Culture，2011，44（4）：314 –332.
⑤ Franssen，Paul & Hoenselaars，Ton. The Author as Character：Defining a Genre. In Franssen，Paul & Hoenselaars，Ton（eds.）. The Author as Character：Representing Historical Writers in Western Literature. Madison：Fairleigh Dickinson University Press，1999：11.
⑥ 高文（John Gower，1330—1408），与乔叟同时代的英国诗人，主要有分别以法语、拉丁语和英语撰写的三部作品 Miror de l'Omme，Vox Clamantis 和 Confessio Amantis 流传于世。
⑦ 德让（Joan DeJean）的《从 1546 年到 1937 年的萨福虚构作品研究》（Fictions of Sappho，1546—1937，1989）详细论述了文学家 Nicolas Boileau-Despréaux、Madeleine de Scudéry 和 De Staël 在四个世纪里对萨福的虚构创作。

斯等）也进入创作者的视野，成为生命虚构叙事作品的新生力量。

1. 男性"小作家"生命虚构叙事数量增加

被忽视的边缘男性作家主要分为两类：一是没有得到应有重视，二是仿造文学作品的作家。前者如克莱尔和韦恩赖特等，后者如查特顿和爱尔兰。

在对田园山村诗歌的兴趣以及西方马克思主义政治诉求的双重召唤下，乡村和工人阶级诗人（peasant poet & working class poet）克莱尔从无名荒野中崛起，越来越受到评论界的关注。先后有不下十部生命虚构叙事作品如《不断深陷的迷惘》、《火之声》（*Voice of the Fire*，1996）、《本该成为莎士比亚的那个人：威廉·亨利·爱尔兰谜一般的故事》（*The Man Who Would Be Shake-speare：The Enigmatic Tale of William-Henry Ireland*，2014）、《可燃之书：一部小说》（*A Burnable Book：A Novel*，2014）等与克莱尔相关。

埃克罗伊德的《查特顿》讲述的是文学伪造者、诗人托马斯·查特顿的故事。他让读者以后现代主义和后结构主义的眼光来重新看待"文学伪造者"查特顿。埃克罗伊德借重构查特顿的人生给出他自己所理解的关于诗人的定义，同时进一步探寻了模仿与戏仿、原创与假冒等关系。十五六岁时，查特顿就杜撰了一位名叫托马斯·罗利（Thomas Rowley）的僧侣，以他的名义写出了风格非常逼真的中世纪风格的诗歌，骗得了读者的倾慕。尽管高产，查特顿晚年在伦敦的生活却无以为继。他去世后没几年，他对不存在的罗利的诗歌的伪造很快让他成为浪漫主义典范诗人中被忽视的天才。在文学史上，查特顿对罗利的杜撰与其他著名的伪造，如麦克菲森（James Macpherso）的奥西恩（Ossian）[①]、爱尔兰（William Henry Ireland）的莎士比亚等相提并论。

约翰·波里道利（1795—1821）[②] 作为多位浪漫主义诗人的好友（拜伦的秘书兼私人医生）和著名的罗塞蒂兄妹的表亲，一直在文学历史中屈居次要地位，但是，在一些生命虚构叙事作品里，波里道利变成了主要生命虚构对象。波里道利是英国作家、医生，他的作品以浪漫主义运动和奇幻小说而闻名，也是吸血鬼小说的创造者。他最成功的作品是1819年的短篇故事《吸血鬼》，但是出版时署的是拜伦的名。这部小说在之后的几十年中多次被大仲马等作家改编出版，拉开了吸血鬼文学的序幕。

2. 女性"小作家"生命虚构叙事呈增多趋势

就像女画家在女性主义运动前常被排除在艺术评论视野之外，现代批评

[①] 奥西恩是凯尔特神话中古爱尔兰著名的英雄人物，传说他是一位优秀的诗人。奥西恩的史诗在欧洲有着巨大的影响力，包括许多诗句和曲子。1760年，一些被认为是奥西恩作品的"译作"一经问世便立刻引起轰动，虽然后来有人证明这些诗词可能出自一位当代诗人麦克菲森（Macpherson），其影响却长久不衰。

[②] 鲍阿斯的《将我藏在墓中》将波里道利描绘成诗人克里斯蒂娜·罗塞蒂和艺术家但丁·罗塞蒂的创作缪斯。

家倾向将特洛普①等女作家排除在严肃的文学研究之外②。随着大批女性主义创作者进入创作行列，在艺术家生命虚构叙事这一大文类中，被忽视的女艺术家成了生命虚构对象，出现在读者和评论界面前，如多米尼克·史密斯（Dominic Smith）的《莎拉的最后一幅画》（*The Last Painting of Sara de Vos*，2016）③、弗里兰的《阿尔特米西亚的热情》（*The Passion of Artemisia*，2001）和《抱银貂的女子：一部关于复兴文艺的女画家的故事》（*Lady in Ermine*：*The Story of a Woman Who Painted the Renaissance*，2019）④ 等。

被传统文学史忽视，没有出现在文学正典之中的女性作家或文学价值被低估的女作家，如奥斯古德（Frances Sargent Osgood）⑤、艾德娜·菲伯（Edna Ferber）⑥、多萝西·华兹华斯、多萝西·理查德森（Dorothy Richardson）⑦、范妮·弗恩（Fanny Fern）⑧、玛丽·罗宾逊（Mary Robinson）、弗朗西丝·特

---

① 弗朗西丝·特洛普（Frances Trollope，1779—1863），英国小说家。据说她出版的一部反奴隶制小说极大地影响了斯托夫人后来的小说创作。弗朗西丝的大儿子托马斯和三儿子安东尼都成了作家。

② 该观点出自 Thompson, Nicola Diane. *Victorian Women Writers and the Woman Question*. Cambridge：Cambridge University Press，2012.

③ 1631 年，莎拉·德·佛丝（Sara de Vos）是第一位加入荷兰圣路加公会（Guild of St Luke）的女画家，然而当时民风保守，莎拉要遵守公会对她的种种限制，女画家只能创作静物画，不能从事风景画创作，女性在户外抛头露面画风景画是当时社会无法想象也不能允许的行为。三百年后，莎拉最广为人知的画作却是一幅名为"树林的边缘"（At the Edge of a Wood）的描绘萧瑟冬景的风景画。小说《莎拉的最后一幅画》围绕这幅画以及画的传人与一位现代女画家之间的关系展开。

④ 这部生命虚构叙事作品讲述文艺复兴首位风格主义女画家索福尼斯巴·安圭索拉的故事。安圭索拉自年幼就开始和妹妹一起跟着贝尔纳迪诺·坎皮（Bernardino Campi）学习绘画，开启了女性接受艺术教育的先例。她的绘画能力后来被米开朗基罗赏识，成为米开朗基罗的女弟子。安圭索拉最著名的画作就是《正在绘画安圭索拉的坎皮》（Bernardino Campi Painting Sofonisba Anguissola）。这幅画的价值在于：安圭索拉画着正在画安圭索拉的坎皮，安圭索拉摆脱了只作为"被观看的客体"的女性身份，作为"观看者"观看着坎皮，借此，画中的女性与男性关系变得更加平等。著名的艺术理论家和评论家瓦萨里（Giorgio Vasari，1511—1574）曾拜访她，并将她写入《绘画、雕塑、建筑大师传》（1568）中。

⑤ 林·库伦的《坡夫人》和约翰·梅（John May）的《坡与芬妮》（Poe & Fanny，2004）就以爱伦·坡与女诗人、作家奥斯古德之间的恋情为主线，奥斯古德在叙事进程中的推动作用似乎比爱伦·坡更大。

⑥ 艾德娜·菲伯（1885—1968）为美国 20 世纪初的女作家，曾获 1925 年的普利策小说奖。

⑦ 多萝西·理查德森（1873—1957）是英国作家、记者，意识流小说的先驱。她的十三卷的自传小说《人生历程》（Pilgrimage）是英国第一本出版的完整意识流小说。"意识流"一词第一次用于文学语境，就是在梅·辛克莱（May Sinclair）的一篇评论多萝西·理查德森小说的文章里。然而，她的名声却被福克纳、乔伊斯、伍尔夫等意识流小说家淹没。小说家特雷格（Louisa Treger）通过《寄宿者》（The Lodger）讲述了多萝西·理查德森与小说家威尔斯之间的故事。

⑧ 范妮·弗恩（1811—1872），本名萨拉（Sara Payson Willis），为美国报纸专栏作家、幽默作家、小说家。范妮的一个哥哥为音乐评论家，而另一位哥哥纳撒尼尔则是著名诗人、作家和编辑。

洛普（Frances Milton Trollope）①、亨瑞艾特－西尔维·德·莫里哀、简内特·沙吉森·弗莱姆（Janet Sargeson Frame）等在后现代文学家生命虚构热潮中开始作为历史和虚构双重身份人物出现在生命虚构叙事作品中，逐渐被广大读者认识，通过这种新文类反抗了她们在文学史上的缺位，逐渐获得批评圈应有的重视（详见第四章）。

二、主要的文学家生命虚构叙事作家

（一）总体情况

从创作的角度来看，1950年前，司各特、本·琼生、萧伯纳、乔治·桑、梅尔维尔、詹姆斯、王尔德、福斯特、史蒂文森、霍桑、托马斯·曼、毛姆等正典作家都曾创作过文学家生命虚构叙事作品，但是，他们大多采用隐性生命虚构叙事形式。詹姆斯、王尔德、狄金森、雪莱、拜伦等是以隐性文学家生命虚构人物形式出现最频繁的人物（参见第二章中的"隐性生命虚构叙事"）。

除了文学家侦探生命虚构创作作家之外，撰写文学家生命虚构叙事作品最多的作家如表4－1所示：

表4－1　撰写文学家生命虚构叙事作品最多的作家

生命虚构作家	创作数量（部）	被虚构的文学家
埃克罗伊德（Peter Ackroyd）	9	弥尔顿、王尔德（2）②、柏拉图、查特顿等
摩根（Jude Morgan）	5	莎士比亚、勃朗特姐妹（2）、浪漫主义诗人等
巴克（James Barke）	6	罗伯特·彭斯
西门斯（Dan Simmons）	6	海明威、狄更斯、詹姆斯等
詹姆斯（Syrie James）	5	夏洛特·勃朗特、简·奥斯汀（3）等
藤南特（Emma Tennant）	5	普拉斯、泰德、詹姆斯、史蒂文森等
奈依（Robert Nye）	5	莎士比亚（2）、歌德和拜伦等

---

①　弗朗西丝·特洛普（1779—1863）是英国小说家安东尼·特洛普（Anthony Trollope）的母亲，养育六个孩子，53岁开始写作。直到76岁生命终结时共创作114部作品。她的《美国人的教养》（*Domestic Manners of the Americans*，1832）是一本记载美国风俗状况的游记，在大西洋两岸都引起了轰动。

②　括号内数字指该文学家被虚构次数。

（续上表）

生命虚构作家	创作数量（部）	被虚构的文学家
伯吉斯（Anthony Burgess）	4	莎士比亚、济慈、马洛、罗马诗人贝利①
鲍尔斯（Tim Powers）	4	济慈、雪莱、拜伦、卡波蒂②
珀尔（Matthew Pearl）	4	狄更斯、炉边派诗人（但丁）、爱伦·坡、史蒂文森③等
洛克（Norman Lock）	4	惠特曼、爱伦·坡、马克·吐温
怀特（Edmund White）	4	克莱恩、詹姆斯、特洛普、兰波
蒂凡尼（Grace Tiffany）	3	莎士比亚、莎士比亚同时代女诗人兰叶
库切（J. M. Coetzee）	3	亨利·詹姆斯、丹尼尔·笛福、陀思妥耶夫斯基
巴恩斯（Julian Barnes）	2	福楼拜、柯南·道尔
帕里尼（Jay Parini）	3	托尔斯泰、梅尔维尔、本雅明
巴伦（Stephanie Barron）	3	伍尔夫、拜伦、简·奥斯汀
拜厄特（A. S. Byatt）	3	丁尼生、布朗宁、女性群体文学家等
罗布克（Erika Robuck）	3	海明威、霍桑、菲茨杰拉德等
瓦尔什（John Evangelist Walsh）	3	狄金森、爱伦·坡、济慈
里德（Jeremy Reed）	3	王尔德、洛特雷阿蒙、阿尔托
康宁翰（Michael Cunningham）	3	伍尔夫、里尔克④、惠特曼等
本涅特（Veronica Bennett）	3	莎士比亚、简·奥斯汀、玛丽·雪莱等
库伦（Lynn Cullen）	3	爱伦·坡、马克·吐温、莎士比亚

---

① 伯吉斯的《Abba Abba》虚构了济慈最后两个月的生活，以及与罗马诗人贝利（Gioacchino Belli）相遇的故事。他们之间的语言障碍被共同探讨的彼特拉克式的十四行诗克服了。他的另一部小说《大胡子的罗马女人》（Beard's Roman Women，1976）虚构了贝利的故事。

② 卡波蒂（Truman Capote，1924—1984），美国 20 世纪最具明星效应，同时又最饱受争议的作家。

③ 在《最后的盗书商》一书中，作者马修·珀西讲述了垂死的罗伯特·刘易斯·史蒂文森在萨摩亚岛上呕心沥血写下一部新小说。这位大作家的绝笔之作点燃了盗书商们心中的商机，很快两名竞争对手——达文波特与贝利亚动身前往这座南太平洋小岛。达文波特——一个为过去所困的犯罪天才——不情愿地与故事叙述者佛吉恩一起出发了。佛吉恩过去一直过着平静的卖书生活，后来走遍世界开始了帮朋友寻找绝笔之作的冒险。很快，佛吉恩就在给达文波特帮忙的过程中遇到了最令他紧张不已的事情：窃取史蒂文森的手稿。

④ 里尔克（Rainer Maria Rilke），奥地利诗人。

（续上表）

生命虚构作家	创作数量 （部）	被虚构的文学家
洛奇（David Lodge）	2	亨利·詹姆斯、H. G. 威尔斯
考威尔（Stephanie Cowell）	3	马洛、莎士比亚
富恩特斯（Carlos Fuentes）	2	尼采、海明威

　　格雷弗斯、伯吉斯等主要在 20 世纪中期创作文学家生命虚构叙事作品的作家为第一波后现代主义生命虚构小高潮中的典范作家。巴恩斯、博尔赫斯、拜厄特、斯托帕德、埃克罗伊德等人可谓承上启下的作家，他们的作品发挥了他们诗意飞扬的想象能量，建构出在创作领域与他们一样出名的先行者的生活，可以视为这一体裁的后现代主义经典之作，他们都成了当代最具影响力的作家。其中一些作家如巴恩斯和埃克罗伊德等在 20 世纪 90 年代之后仍进行连续性的创作，可以说极大地影响了 20 世纪 90 年代之后的作家生命虚构叙事的创作趋势和模式，召唤着新一代的作家参与到这些早期的后现代主义作家生命虚构叙事的极少数作家队伍中并逐渐壮大，形成了当时的创作潮流。

　　以埃克罗伊德为代表，由戴尔（Geoff Dyer）、菲茨杰拉德、卡雷、托宾、康宁翰等组成的第二波后现代主义作家继续创作不同形式的生命虚构叙事作品，以推动这一文类的发展，他们根据自己的批评假设，将经过细致研究获得的文学家生平经历与虚构事件和人物结合起来，通过颠覆传统形式和结构使之服务于更加人性化的艺术目的①。

　　第三波后现代主义文学家生命虚构热潮中创作最多、影响力最大的作家有珀尔、帕里尼②、瑞斯③、霍林赫斯特、考威尔、西门斯（Dan Simmons）、洛克（Norman Lock）、欧文·亚隆等。极简主义作家沃尔夫（Tobias Wolff）也于 2003 年创作了一部生命虚构叙事作品《老学校》（*Old School*），弗罗斯特和海明威出现在这部作品里。在这一阶段，除一些正典作家之外，许多学

---

　　①　参考 Savu, Laura E. *Postmortem Postmodernists: The Afterlife of the Author in Recent Narrative*. Madison: Fairleigh Dickinson UP, 2009: 37.

　　②　帕里尼是美国学者、诗人，曾写过斯坦贝克、弗罗斯特、福克纳等作家传记。创作了与托尔斯泰相关的《最后一站》（*The Last Station*, 1990）、与瓦尔特·本雅明相关的《本雅明的穿越》（*Benjamin's Crossing*, 1997）以及与梅尔维尔相关的《赫曼·梅尔维尔的生死航程》。《为爱起程》（*The Last Station*）是一部 2009 年的电影，由迈克尔·霍夫曼（Michael Hoffman）执导编写，改编自帕里尼的 The Last Station，讲述列夫·托尔斯泰生命中最后一个月的故事。

　　③　作表作品有《书灵记》（*The Book of Spirits*, 2005）和《德古拉档案：一部悬疑小说》（*The Dracula Dossier: A Novel of Suspense*, 2008）。

173

术型传记作家或各领域的理论家也纷纷加入生命虚构创作行列，如莫什、福斯特等（参照第四章里的"学术化"内容）。其中帕里尼等创作者具有文学家、生命虚构理论家和实践家三重身份①。

大部分作家选取自己最熟悉和擅长的艺术领域里的历史人物进行创作，但也有小部分先锋作家不止创作一类艺术家的生命史，如考威尔的小说涵盖三个艺术门类，创作了与莎士比亚（文学家）、莫扎特（音乐家）和莫奈（画家）等相关的艺术虚构作品，摩根除建构浪漫派诗人、莎士比亚和勃朗特姐妹的生平之外，还创作了与音乐家柏辽兹相关的生命虚构叙事作品《交响曲》（*Symphony*，2006）；其他作家如斯通、库伦、伯吉斯、瑞斯、埃塞克斯、福斯特②等创作了至少两个艺术门类的作品。在一些以多位艺术家为虚构对象的作品中，文学家往往与其他艺术家一起出现，如温森特（Jenette Winterson）的《艺术与谎言》（*Art and Lies*，1995）同时虚构了音乐家亨德尔（Handel）、画家毕加索（Picasso）和诗人萨福的生命故事。

（二）女性作家情况

根据托马林在 2007 年举办的生命书写研讨会上的发言，21 世纪以来，传记作家的性别优势出现了逆转，传记越来越成为"女性作家所从事的事情"。本书发现不仅是传记写作，作为生命书写的重要阵地的文学家生命虚构叙事也涌现出越来越多的女性创作者。

1950—1990 年间著名的文学家生命虚构作家主要为男性，如格雷弗斯、冯古内特（Kurt Vonnegut）、恩多尔、巴克（James Barke）、伯吉斯、埃克罗伊德、库切、戴文波特等，他们创作了四分之三文学家生命虚构叙事作品。1990 年之后许多女性创作者跻身顶级文学家生命虚构创作者行列，考威尔（Stephanie Cowell）、库伦、本涅特（Veronica Bennett）、拜厄特、谢普赫德（Lynn Shepherd）、蒂凡尼、赫姆菲尔、巴伦③、卡雷尔（Jennifer Lee Carrell）、安姆布诺斯（Elaine Ambrose）、希瑞·詹姆斯④、罗布克、藤南特、霍兰（Nancy Horan）、埃丽卡·荣、默塞尔（Nancy Moser）⑤ 等女性作家创作了接

---

① 拉齐称赞帕里尼是"传记小说实践和理论的双重开拓者"。原文是"He is a pioneer, as both a practitioner and theoretician, in the genre of the biographical novel"，引自 Lackey, Michael. *Conversations with Jay Parini*. Jackson：University of Mississippi Press，2014：x.

② 福斯特创作了有关布朗宁夫人的生命虚构叙事作品《夫人的女仆》和有关画家格温（Gwen John）的生命虚构叙事作品《让世界远离》（*Keeping the World Away*）。

③ 参照 Marian, Esther & Dhúill, Caitríona Ní. *Introduction to Part II: Biographie und Geschlecht*. In Fetz, Bernhard（ed.）. *Biographie und Geschlecht. Die Biographie—Zur Grundlegung ihrer Theorie*. Berlin：deGruyter，2009：157.

④ 希瑞被称作"十九世纪再想象创作的女王"（the queen of nineteenth century re-imaginings）。

⑤ 默塞尔创作了与简·奥斯汀、布朗宁夫人等相关的生命虚构叙事作品。

近二分之一的文学家生命虚构叙事作品。这一创作比例远远高于传记创作中的男女作家比例①。

（三）其他族裔作家情况

除英美作家之外，加拿大和澳大利亚等国作家，如卡雷、弗兰纳根（Richard Flanagan）、恩格尔②等，以及其他族裔作家，如库切、海恩斯③、富恩特斯、莫妮卡④、桑提斯（Pablo de Santis）⑤、考夫⑥、纳吉米、阿塞图诺（David Aceituno）⑦、特洛亚诺夫⑧等的加入，为文学家生命虚构叙事加入了后殖民主义、族裔主义视角，以及女性主义、西方马克思主义等元素。

《再见，海明威》是古巴作家富恩特斯以新鲜的古巴视角讲述当代一位已退休的警探作家孔德（Mario Conte）调查一起1958年发生在海明威死前居住的庄园——位于古巴哈瓦那城外的"瞭望山庄"（Finca Vigia）里的凶杀案的过程，主要目的在于揭示海明威在古巴度过的人生最后几年以及他缘何自杀，这是对英语作品中大量描述海明威的巴黎生活以及他的几任妻子之间的故事的有益补充。

三、文学家生命虚构叙事的影响链条

实际上，所有的经典文学家都在神不知鬼不觉地影响着当代作家，一些作家被某一两位经典文学家影响得更深刻，甚至一生无法摆脱他们的影响。萨伍强调经典文学家和文本超强的自我更新能力，经典文学家像德里达在《马克思的幽灵》（The Specters of Marx，1994）里描述的情形一样，过着死后的生活，借由后世作家不断重写的关于过去的新版本反反复复地提醒着后世关于这些经典文学家的存在和他们的影响。这些重写模式保证了经典文本的继续生存⑨，也允许后现代作家们为他们自己创造出一个源远流长的谱系和他们自己的文化时刻⑩。

---

① Marian, Esther & Dhúill, Caitríona Ní. *Introduction to Part Ⅱ：Biographie und Geschlecht*. In Fetz, Bernhard（Ed）. *Die Biographie—Zur Grundlegung ihrer Theorie*. Berlin：deGruyter, 2009：157.

② 加拿大作家。

③ 南非作家、学者。

④ 越南裔作家。

⑤ 阿根廷作家。

⑥ 德国作家，创作了《爸爸的手提箱》。

⑦ 西班牙加泰罗尼亚人（Catalan），撰有生命虚构诗集《西尔维尔与泰德》。

⑧ 保加利亚裔德国作家。

⑨ 用德里达的术语来说就是"生生不息"（survie）。

⑩ Cornis-Pope, Marcel. Reinventing a Past：Historical Author Figures in Recent Postmodern Fiction. *Symploke*, 2010, 18（1-2）：314.

文学家生命虚构叙事的影响链条往往是一脉相承的。如果说以乔伊斯为代表的现代主义作家开始对从经典文学的故纸堆里（主要从虚构文本里）寻找创作的源泉和灵感动了心思，那么以伯吉斯为代表的第一代后现代主义作家则开始对从经典文学家的生命故事中直接寻找创作的体裁和内容心向往之，且力行之；而第二代、第三代后现代主义实践者则纷纷效仿，作品呈现更多样化的趋势。一些新生代的作家也跃跃欲试。如果说第一代、第二代文学家生命虚构叙事作品大多由已经建立了相当的文学地位的小说家撰写，那么最近十年间，许多新兴作家其处女作就以文学家生命虚构叙事作为他们崭露头角的试金石，如卡宾（Andrea Chapin）的《家师：一部小说》（*The Tutor：A Novel*，2015）①。

虽然文学家先辈对后代作家的影响是一个越来越发散的过程，但通过后现代主义实践者所虚构的文学主体可以回溯到其中渊源。倘若我们从这个发散的图谱中抽取其中的一个分支，我们可能看到这样一些链条：

莎士比亚 – 乔伊斯 – 伯吉斯 – 埃丽卡·荣

莎士比亚 – 布拉姆斯② – 斯托帕 – 蒂凡尼

也可以发现这样一个发散式链条：

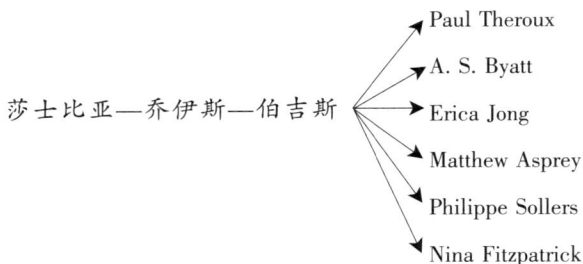

莎士比亚—乔伊斯—伯吉斯

- Paul Theroux
- A. S. Byatt
- Erica Jong
- Matthew Asprey
- Philippe Sollers
- Nina Fitzpatrick

先从伯吉斯这位后现代主义文学家生命虚构叙事先锋的作品来看。《无与伦比的太阳：莎士比亚的爱情生活》给读者提供了有关莎士比亚一生的一个虚构版本，不仅被当作伯吉斯最优秀的作品，而且迄今被认为是莎士比亚生命虚构叙事中最成功的作品之一。小说以虚构的伯吉斯先生为他的学生做一

---

① 卡宾的处女作以没有史实记载的莎士比亚的几年生活为出发点，以莎士比亚传世爱情诗《维纳斯和阿多尼斯》（*Venus and Adonis*）为依据，虚构了莎士比亚在伦敦卢凡瓦尔厅（Lufanwal）为凯瑟琳（Katharine de L'Isle）当家庭教师，作为莎士比亚的缪斯，凯瑟琳如何激发诗人的创作，并在诗人作诗之后立即为诗人担任诗作评论，改进莎士比亚十四行诗创作的故事。

② 布拉姆斯（Caryl Bramhs，1901—1982），英国小说家、批评家、编剧。创作有莎士比亚生命虚构叙事作品《没有培根的床》（1941）。

场告别式讲座为契机，实则为一部描绘莎士比亚个人和艺术成长的教育成长小说（bildungsroman）和艺术成长小说（kunstlerroman）。粗略一读，这部作品看似一部基本忠于莎士比亚一生史实的传记小说。伯吉斯的虚构人物莎士比亚与家人住在一起，与妻子安妮（Anne Hathaway）同床共枕，先后与南安普顿伯爵赖奥思利（Henry Wriothesley）以及黑女郎怀特玛保持关系。更重要的是，伯吉斯这部作品是在对伊丽莎白时期的语言模式进行深入研究之后撰写的，风格与莎士比亚经典化语言非常接近。

然而，布鲁姆却在《莎士比亚：人类的想象》和《西方正典》两部著作里论述了伯吉斯不仅使用了史料来源，更重要的是，他采信了乔伊斯创作的虚构人物——以乔伊斯本人为原型的青年学生斯蒂芬·迪达勒斯（Stephen Dedalus）的理论①。布鲁姆论述了一整套由斯蒂芬阐释、被伯吉斯紧密跟随的莎士比亚理论，比如，"安妮·海瑟薇（Anne Hathaway）对应格特鲁德（Gertrude），哈姆内特（Hamnet）对应哈姆雷特（Hamlet），莎士比亚即为鬼魂，他的两个兄弟的合体即为克劳狄斯（Claudius）"②。从创作背景上说，这"国殇"似的悲剧来源于作者本人的"家丑"（莎士比亚的妻子与他兄弟之间的暧昧关系）；从文本本身来看，悲剧及悲剧主角的名字（Hamlet）与莎士比亚唯一的儿子的名字（Hamnet）仅一字母之差。死于悲剧之前的父亲和死于悲剧最后的儿子都以莎士比亚本人为原型，因为"to be, or not to be"显然是困扰莎士比亚自己的问题，而向兄弟复仇也出自莎士比亚本人的义愤。

此外，《无与伦比的太阳：莎士比亚的爱情生活》在语言上也受了《尤利西斯》的巨大影响，伯吉斯借用了乔伊斯的合成词技巧，并将这一天赋赐予了莎士比亚。结果，莎士比亚的言辞不那么伊丽莎白化，而是更加乔伊斯化了。简而言之，就是布鲁姆将伯吉斯的小说读作斯蒂芬·迪达勒斯（或者乔伊斯）关于莎士比亚理论的延伸。换言之，《无与伦比的太阳：莎士比亚的爱情生活》也就是一部关于乔伊斯的小说③——伯吉斯的莎士比亚不是一个源自历史和事实的建构，虚构的莎士比亚和他的行动受制于斯蒂芬·迪达勒斯的理论。无论伯吉斯怎么写，伯吉斯的莎士比亚都被禁锢在了乔伊斯关于莎士比亚的想象世界里，而非历史上真正活过的那个莎士比亚。

也就是说乔伊斯虚构了莎士比亚，伯吉斯虚构了乔伊斯。而虚构乔伊斯的伯吉斯很快也成为更新一波的后现代作家的虚构对象——1993年才去世的

---

① Bloom, Harold. *The Western Canon: The Books and School of the Ages.* New York: Harcourt Brace, 1994: 39.

② Bloom, Harold. *The Western Canon: The Books and School of the Ages.* New York: Harcourt Brace, 1994: 146.

③ Bloom, Harold. *Modern Critical Views: Anthony Burgess.* New York & Philadelphia: Chelsea House Publishers, 1987: 1.

伯吉斯作为虚构人物出现在至少 6 部作品当中，分别是埃丽卡·荣（Erica Jong）的《夏洛克的女儿》（*Shylock's Daughter*，1987）、拜厄特的《巴别塔》（*Babel Tower*，1996）、索罗斯（Philip Sollers）的《女人》（*Women*，1992）、阿斯普雷的《非洲的红山：一部中篇小说》、斯罗克斯（Paul Theroux）的《有点困惑的伯吉斯》（*A. Burgess*，*Slightly Foxed*，1995）、菲茨帕特里克（Nina Fitzpatrick）的《咬了宇宙的人》（*The Man Who Ate the Universe*，1993）①。除了本身为生命虚构的先锋作家之外，伯吉斯在创作文学家生命虚构叙事作品时，善于将虚构的自我融入其中，这或许也是这位作家容易成为其他作家虚构对象的一个重要原因——其他作家模仿伯吉斯的方式，让成为自己笔下虚构人物的伯吉斯成为别人笔下的虚构人物。

四、文学家生命虚构叙事热潮的成因

文学家生命虚构叙事在 1990 年之后出现了势不可挡的热潮已是一个不争的事实。这些偏爱以文学家为人物的虚构作品构成了"一股偏离一般虚构作品的总的历史潮流"。正如帕萨罗所言，"当代文学，已经稳步地从英雄行为和神话叙述转向真正活过一场的、日常的、内化的和病态的生活叙事"②。生命虚构叙事热潮的出现是"对纯粹虚构叙事失去信心的表现"③。对真实人物的熟悉感使生命虚构变成了读者容易接受的一种接地气的文类。

对于为什么会出现这一围绕文学家人物的后现代生命虚构热潮，不同学者有不同的阐释。本节从社会文化背景、作家创作意图导向和读者阅读倾向层面阐述文学家生命虚构叙事热潮出现的原因。

（一）社会文化背景

这一现象与当前强调真相的多层面性及现实的多元论的后现代文化和文学实践相呼应。援用卡普兰的话来说，这一"火热体裁"（hot genre）反映了当代文学创作中的作家传记癖好。"当代文学市场上自/传记的生产和消费的

---

① 收录在短篇小说集 *Fables of the Irish Intelligentsia* 中。
② 原文为 "has moved steadily away from narratives of heroic action and myth towards narrative of life as it is lived：quotidian，internalized，and pathological"。引自 Passaro，Vince. *In Defense of Autobiographical Fiction*. In Miller，Laura & Begley，Adam（eds.）. *The Salon.com Reader's Guide to Contemporary Authors*. New York：Penguin，2000：299.
③ Lodge，David. *The Year of Henry James or*，*Timing is All：The Story of a Novel. With Other Essays on the Genesis*，*Composition and Reception of Literary Fiction*. London：Harvill Secker，2006：9–10.

不断增值"① 催生了包括生命虚构在内的生命书写文类之下的多种"类传记形式"（biographoid forms)② 的新兴次文类。

文学家生命虚构里折射出人类对名人的"偷窥欲望"，他们都渴望"看到一丝不挂的伟人"③。文类的增值出版不仅可以归因于将历史人物置于虚构语境下所带来的"本体丑闻"（ontological scandal）的快感④，而且可以归因于更普遍"根植于一切人类骨子里的传记欲望"⑤ 和对"无法消除的主体性的展露"，"尤其是在哲学和我们周围世界的经验都在暗示自我的死亡的当代"，生命虚构成为一种证明自我存在的文类载体。

托德（Robert Todd）将文学家生命虚构叙事热潮归为"与作家相遇"文化（meet-the-author culture）的一部分，他认为这种文化的盛行与出版的商业化行为不无关联⑥。生命虚构作家清楚意识到并充分利用伟大文学家的声誉资本，更容易被读者市场接受。以这些伟大文学家的生命因子为写作基质的小说让读者可以一眼从小说的宣传推介和新书评介中瞥到熟悉的名字和信息，"更容易进入小说世界"⑦。

一些利用虚构这一阵地进行学术和理念宣扬的理论者和批评家更是看中生命虚构这一更容易为读者所接受的文类载体，力图将生命虚构演化成一种强有力的理念普及"行为"。参照简·奥斯汀的言语行为理论，带有理论阐释和批评倾向的生命虚构被看作一种言后行为（perlocutionary acts）——它们不仅可以作为经典化的工具，通过将他们加入社会的文化记忆来延展文学家的

---

① 原文是"to see a great mind in its undress"。引自 Middeke，Martin & Huber，Werner. *Biofictions：The Rewriting of Romantic Lives in Contemporary Fiction and Drama*. Woodbridge and Rochester：Boydell & Brewer Inc.，1999：134.

② Gefen，Alexandre. *"Soi-même Comme un Autre"：Présupposés et Significations du Recours à la Fiction Biographique Dans la Literature Française Contemporaine*. In Monluçon，Anne-Marie，Salha，Agathe (eds.). *Fictions Biographiques*，*Xixe-Xxie Siècles*. Toulouse：Presses Universitaires du Mirail，2007：55.

③ Saunders，Max. *Biography and Autobiography*. In Marcus，Laura & Nicholls，Peter (eds.). *The Cambridge History of Twentieth-Century English Literature*. Cambridge：Cambridge University Press，2005：286.

④ McHale，Brian. *Postmodernist Fiction*. New York：Methuen，1987：85.

⑤ 原文是"biographical desire essential to all human beings"。引自 Middeke，Martin. Introduction. In Huber，Werner，and Martin Middeke (eds.). *Biofictions：The Rewriting of Romantic Lives in Contemporary Fiction and Drama*. New York：Camden House，1999：5.

⑥ Todd，Richard. *Consuming Fictions：The Booker Prize and Fiction in Britain Today*. London：Bloomsbury，1996：100.

⑦ Lodge，David. From Then to Now and Next：An Interview with David Lodge. In Gallix François，Guignery，Vanessa & Gaberel-Payen，Sophie (ed.). *Sources*，2005 (18)：20.

"死后余生"①，同时也构建一种形成个人行为和生成"现实"结构的社会实践②。在学术与虚构之间的界限逐渐模糊的后理论时代，通过利用生命虚构这一受众更广的传记虚构升级文类，学者们可以使他们的理论和学术思维达到最大化接受的效果。

（二）作家创作意图导向

艾略特曾言，"不成熟的诗人模仿；至臻成熟的诗人偷窃；蹩脚的诗人毁掉他们模仿的；有才的诗人将偷来的东西加工成更好的产品，至少把它加工成不一样的产品。有才的诗人将他偷来的材料熔接到一个让人感到独一无二的整体之中……"③ 王尔德在虚构创作方面也持相似的观点，他认为"只有缺乏想象力的人才凭空捏造，真正的艺术家从已有的材料里顺手拈来，为其所用"，对已有文本的创造性运用能显示作家更高的创作技能。就像埃克罗伊德在《王尔德最后的证词》里创设的对话所显示的那样，虽然，波西和弗兰克·哈里斯谴责王尔德在回忆录中大量地虚构一些事实并直接从其他作家那里偷来他们的句段，但王尔德并不以为然，他回答的是通过盗用他们的方式，"我将他们救了回来"④，想象和杜撰创设了一个"比传记或历史更大的"事实⑤。

从创作的角度来看，虽然文学家生命虚构叙事直接"盗用"了文学家的各级生命因子，看似降低了创作的难度，实则对作家的要求更高。他们不仅需要对社会大的历史背景知识有全面的把握，而且需要对文学史、文学家传记和文学家创作的作品有深刻的了解，同时又要从这些已有的文本中获得读者感兴趣的发挥点，融入适当的叙事策略，也就是说，生命虚构作家要能经得起传记作家和小说家双重评判标准的考验。成功把握对这样高难度文类的创作，必定是当代作家发展成一流的正典作家（becoming a canonical writer）的必经之路，因而大量作家争相占据这一文类的出版领地。

当代作家对大文豪人生故事的迷恋主要源自他们对作为文学职业顶梁柱

---

① Novik, Julia. Nell Gwyn in Contemporary Romance Novels: Biography and the Dictates of "Genre Literature". *Contemporary Women's Writing*, 2014, 8（3）: 15.

② Fetz, Bernhard. *Die Vielen Leben der Biographie*. In Fetz, Bernhard（ed.）. *Die Biographie—Zur Grundlegung Ihrer Theorie*. Berlin: deGruyter, 2009: 33.

③ 原文是"Immature poets imitate; mature poets steal; bad poets deface what they take, and good poets make it into something better, or at least something different. The good poet welds his theft into a whole of feeling which is unique, utterly different than that from which it is torn..."。引自 T. S. Eliot. *Philip Massinger*, 114.

④ Ackroyd, Peter. *The Last Testament of Oscar Wilde*. London: Penguin Books, 1993: 161.

⑤ Ackroyd, Peter. *The Last Testament of Oscar Wilde*. London: Penguin Books, 1993: 121.

的历史先辈的特别兴趣①。洛奇曾言作家很自然地对其他作家感兴趣，因为他们面临同样的职业挑战和问题。除此之外，当代作家往往在职业上将文学家先辈当作自己的向导、行为榜样或朋友。作家首先是读者，在阅读中他/她必定受文学家先辈写作和人生故事的巨大影响。对于恰好是"作家的读者"来说，让这种读者－作家关系至臻完美的最佳途径就是进入这位文学家的生活，自己创作一部关于这位文学家的虚构作品②，正如桑德斯所言"要颂扬小说家，还有比小说更好的形式吗?"③

实际上，所有的文学家生命虚构叙事作品都可以被看作幽灵叙事，因为后现代主义作家为他们虚构的文学家生命主体死后遗留下来的声音（posthumous voice）所困扰。后现代主义作家生命虚构叙事证明了后现代主义基本的幽灵性（spectrality），这种幽灵性变成一种表面上显现的精神幻影，清晰可辨④。当代作家主体与被虚构的历史文学家主体形成了某种共生的关系（symbiotic model），文学家先辈借后辈作家的文字还魂，而后辈作家借文学家先辈的土壤长出自己的草。在后现代主义作家生命虚构叙事作品中，历史上的许多伟大文学家一方面作为一个人"被重生"（revived as a man）了，另一方面作为一位文学家"被重写"（revised as an author）了。⑤

作为元生命虚构叙事的书写者，当代作家借由历史文学家的重生获得了对自己作者身份的认同和艺术家成长的顿悟。换一句话说，亦即文学家生命虚构展现在读者面前的是至少两位真实作家主体性的一个合成品：小说家－生命虚构作家是一个，他/她的生命虚构主体是另一个。生命虚构书写本身就是一种"对话交流"的形式，通过一种被叙事的文学家和正在叙事的作家之间的"主体间的运作"形成⑥，虽然他们的目的很可能在于拆毁某个顶梁柱或者用普莱斯特的措辞来说，目的在于"征服大师"（master［ing］the master)⑦，征服他们对自己影响的焦虑。正如洛奇所言，虚构作家的人生故事是"对付'影响的焦虑'的一种积极和绝妙的方式"⑧。

① 引自 Franssen, P. & Hoenselaars, T.（eds.）. *The Author as Character*: *Representing Historical Writers in Western Literature*. Madison: Fairleigh Dickinson University Press, 1999: 12.

② Priest, Ann-Marie. The Author is Dead, Long Live the Author. *Life Writing*, 2007, 4 (2): 304.

③ Saunders, Max. Master Narratives. *Cambridge Quarterly*, 2008, 37 (1): 127.

④ Moraru, Christian. *Memorious Discourse*: *Reprise and Representation in Postmodernism*. Teaneck: Fairleigh Dickinson University Press, 2005: 35.

⑤ Joris, Kirby. Wilde Rewound: Time-Travelling with Oscar in Recent Author Fictions. *Authorship*, 2012, 1 (2): 3.

⑥ Regard, Frédéric. The Ethics of Biographical Reading: A Pragmatic Approach. *Cambridge Quarterly*, 2000, 29 (4): 408.

⑦ Priest, Ann-Marie. The Author is Dead, Long Live the Author. *Life Writing*, 2007, 4 (2): 304.

⑧ 原文为"a positive and ingenious way of coping with the 'anxiety of influence'"。引自 Lodge, David. *The Year of Henry James*: *The Story of a Novel*. London: Harvill Secker, 2006: 10.

（三）读者阅读倾向

正如作为人物出现在昆德拉（Milan Kundera）① 的《不朽》（Immortality，1990）里的海明威与歌德的亡灵道出的悲叹所预示的，"他们不再读我的作品，他们都在写关于我的作品"②。欧曼德森（Wenche Ommundsen）认为读者对文学家的迷恋可以归因为读者们认同和占有文学家生命故事的欲望，他们着迷地追寻着"曾经真正在世上走过一遭或正活在世上的文学家们的世俗平凡现实与他/她们作为各自作品的附属品的幽灵般（但没有那么真实的）现实之间的悖论关系"③；他们去寻找与文学家熟悉的名字相关联的作品，期望从这类作品里读到关于文学家生活和隐私的大量描述，这种期待使文学家生命虚构叙事作品具有了商业吸引力，变成了图书市场上迎合读者消费群需要的文学产品。

文学家生命虚构既与传记紧密联系，又具有与传记显著不同的特征。一方面，生命虚构可以视为传记的虚构式重写（fictional re-writings）④，两者在生命书写领域形成互为补充的两种文化实践形式；另一方面，生命虚构虽与传记创作有千丝万缕的联系，但它显著的文类特征已经让其成为一种独立的虚构文类，成为传记虚构的升级版本。套用德国浪漫主义作家诺瓦利斯的话来说，生命虚构从传记的短处崛起（biofiction arises from the shortcomings of biography）⑤。这类小说既具有传记作品的知识性和文学著作的批评性，又具有虚构作品的故事性和娱乐性，将文学史、文学家和文学家的创作从曲高和寡的大雅之堂推广到通俗易懂的读物中，严肃的话题换上"时尚的外衣"，激发了文学史阅读热。这类作品不仅影响了文学创作趋势，而且反过来提升了对大众文学创作的认识。

---

① 1986 年，昆德拉通过激励作家们"去发现只有虚构才能发现的现实"，帮助虚构文类焕发出新的活力。引自 Kundera, Milan. *The Art of the Novel*. New York：Harper Perennial, 1988：5.

② 原文是 "Instead of reading my books, they're writing books about me"。引自 Kundera, Milan. *Immortality*. New York：Harper Perennial, 1990：81。

③ 原文为 "paradoxical relationship between the mundane reality of the living（or once living）writer and her/his ghostly（but no less real）reality" as an "appendage to a body of writing"。引自 Ommundsen, Wenche. Sex, Soap and Sainthood：Beginning to Theorise Literary Celebrity. *Journal of the Association for the Study of Australian Literature*, 2004（3）：56。

④ Middeke, Martin. *Introduction*. In Huber, Werner & Middeke, Martin（eds.）. *Biofictions：The Rewriting of Romantic Lives in Contemporary Fiction and Drama*. New York：Camden House, 1999：3.

⑤ 诺瓦利斯的原话是 "Novels arise from the shortcomings of history"。

> 根据王尔德的逻辑，写历史或传记的作家不可能成为艺术家，因为他们只是复制现在或过去的东西。[……] 艺术存在于创造行为中，即使这意味着重新创造一个真实的传记人物。
>
> ——麦克·拉奇①

第二节 文学家生命虚构中边缘人物和主题的中心化趋势

在后现代之前的语境下，人们谈论历史时常常带有敬畏感，认为历史就是过去，就是对过去最权威的记录。因而，历史在某种意义上只可供人膜拜和瞻仰，禁止对历史进行质疑和反思。但后现代语境下，这种历史的敬畏感给了理论家和小说家重新审视历史的冲动，人们渐渐意识到历史不是过去的事实本身，而是对过去事实的有意识、有选择的记录。文学家生命虚构通过回看和重写文学史和文学家个人史的方式不断质疑并颠覆经典化的正统文学史的权威地位，它们质疑了传统传记的公平性、可靠性和性别选择性等。

"回看"（re-vision）是当代作家们回过头去用全新的眼光，带着新的批评意识进入已有文本的过程②。被誉为"继牛顿、达尔文、弗洛伊德、爱因斯坦和巴甫洛夫之后最重要的思想家"的麦克卢汉（Herbert Marshall McLuhan，1911—1980）有一句关于现代文明进程的名言——我们盯着后视镜看现在，我们倒退着走向未来。（We look at the present through a rear view mirror. We march backwards into the future. ）③ 虽然文明进程的车轮一直向前行驶，但后视镜永远映照着过去。驾驶员看着前方的同时，余光总是看着过去。

对于文学家生命虚构作家来说，当他们回看与他们感兴趣的文学家相关的各类文本，这些文本既可以成为他们所依赖的事实证据，也可以成为他们虚构的出发点或者颠覆已有文本的武器。通过生命虚构，创作者成为重写者

---

① 原文是：According to Wilde's logic, those who write history or biography are not and cannot be artists, because they merely represent（copy）what is or was. [...] art is located in the act of creation, even if that means recreating an actual biographical figure. 引自 Lackey, Michael. *Introduction*：*The Agency Aesthetics of Biofiction in the Age of Postmodern Confusion*. In Lackey, Michael（ed.）*Conversations with Biographical Novelists Truthful Fictions across the Globe*. London：Bloomsbury Academic，2018：

② Rich, Adrienne. *When We Dead Awaken*：*Writing as Re-vision*. In Humm, Maggie（ed.）. *Feminisms*：*A Reader*. Hemel Hempstead：Harvester Wheatsheaf，1992：368.

③ McLuhan, Marshall. *Understanding Media*：*The Extensions of Man*. New York：Signet Books. Piaget，Jean，1967：34.

(re-writer）或重写主义者（revisionist），他们让笔下的人物重新话语化（re-voicing）和重新视角化（re-perspectivizing）。以往，"重写"主要指经典作品的再虚构，但在本书的研究语境下，指通过文学家生命因子的重写或改写文学史和文学家生命史。

后现代文学家生命虚构叙事有时会同时朝两个方向发展。第一，它们致力于通过"深挖"的方式揭开某些可能发生过的隐秘事件的新角度。这些文学家主体在后世的视角，如西方马克思主义（狄金森、格特鲁德等）、后殖民主义［与狄更斯生命虚构相关的《杰克·麦格斯》和《欲念》（2008）等］或女性主义视角（狄更斯、莎士比亚、但丁、马克·吐温、爱伦·坡）等的审视下变得他者化、复杂化，激发当代作家创作出虽与过去的文学家相关，但最大限度满足当前视角需要的一个版本①。通过刻画文学家失败的个人关系和对其他人的负面影响、他们的隐秘想法和不可告人的罪恶一面，生命虚构文本提出与文学家的道德责任相关的尖锐问题，也引发了当代作家自己的意识形态关怀。生命虚构常被公认为"暴露过去的邪恶和不公"（exposing past iniquities），提出"社会正义的重要问题"②的革命性文类。

第二，由于后现代的多样化理论和多元视角的并存，对同一文学家人物采用不同的理论化视角得以衍生出变幻无穷的新版本，甚至互相矛盾的版本。不同生命虚构作家对同一位历史文学家的生命书写，由于他们的学术观点、理论倾向、种族生活背景、个人经历等的不同对已有的相同的传记资料会产生完全不同的解读，因而，创作出来的生命故事也会千差万别。

然而，如果它们是在研究的基础上发掘出确切的新材料或者采用创新大胆的推测将已经存在的事实重新语境化或重新戏剧化，那么它们仍然具有非凡的信息价值③。由于当代作家们根据自己的理论姿态挖空心思去发掘文学家们不同侧面的形象，在文学家们原本已被经典化的、圣徒化的、铁板一块的形象遭到无穷繁殖的后现代文学家生命虚构文本不断破坏和替代之后，文学家们的主体性不断在新语境中分裂衍生，甚至变异，变得越来越不确定和不可靠，再也无法变回"原型"。

当代语境下的经典文学家通过不断的被重写同时成为多个不同的人。不仅如此，同一当代作家笔下的同一文学家人物也可以呈现出多面性，甚至再现为截然不同的人物，如布兰德雷斯（Gyles Brandreth）的奥斯卡·王尔德谋

---

① Boyce, Charlotte & Rousselot, Elodie. The Other Dickens: Neo-Victorian Appropriation and Adaptation. *Neo-Victorian Studies*, 2012, 5 (2): 5.

② Kohlke, Marie-Luise. Introduction: Speculations in and on the Neo-Victorian Encounter. *Neo-Victorian Studies*, 2008, 1 (1): 5, 10.

③ Krämer, Lucia. *Oscar Wilde in Roman, Drama und Film: Eine Medienkomparatistische Analyse Fiktionaler Biographien*. Frankfurt a. M.: Peter Lang, 2003: 198.

杀谜案系列典型地再现了王尔德人生的异质性，在几乎每年新出一部的谜案作品里，读者都可以发现王尔德不同层面上的个性再现。这一系列作品的读者在每一部作品出来之前要问的第一个和最多的问题可能就是"布兰德雷斯下一部小说里的王尔德会是什么样的人？"

　　一些学者注意到新维多利亚（Neo-Victorian）小说作家们非常热衷于再现公共档案和史料中被忽视的声音和被压制的事实①。伍尔夫的作品时常深入探讨被边缘化和被忽视的群体。如在《传记的艺术》中，她声称"这个问题，已经无法回避、无法隐藏——是否只有伟人的生平值得记述。哪一个生活过的、留下生活记录的人不值得立传记，不管他/她失败还是成功，卑微还是显赫"。实际上，不只是新维多利亚小说实践者们，几乎所有的后现代文学家生命虚构作家都在通过重写或改写文学家传记故事为过去的文学和历史构建多声部的喧哗，通过让伟大文学家身边的女性、底层人物、边缘人物等充当伟大文学家的"传记作家"和自己生命故事的"自传作家"的角色，不同身份的人物话语、视角、意图获得多种可能性的再现，消除二元对立的幻觉②，构建小写的复数的文学史（literary histories）。

　　在后现代文学家生命虚构叙事作品的创作热潮中，传统传记中的性别的不平衡、阶级的不平等、东方与西方、殖民与被殖民、少数与多数、边缘与中心、同性与异性、创作与被创作、虚构与现实之间的二元对立在"边缘人物中心化"的推动下被打破。大多数边缘人物由于资料匮乏，无法成为严肃的学术型传记的传主，支撑一整本传记叙事，如莎士比亚与其戏剧名扬四海，但大众对他的妻子安妮·海瑟薇几乎可以说是一无所知，甚至连她哪一天受洗取名都不清楚③。然而，正因为这类人物缺乏基本的史料记载，生命虚构作家们才获得了绝佳的想象创作的机会。生命虚构为这类人物争取到比传主更直接的话语权——他们拒绝任何中介话语，开口讲述自己的故事。

　　以前以文学家为中心的大师叙事（master narrative）被小人物（minor character）的微叙事（minor narrative）替代，以小人物作为个体对事件的亲身经历，以一种"小叙事"去抵抗已成为一种意识形态的"大师叙事"，这不仅有助于了解文学史和大人物个人史的多面性和复杂性，产生 3D 视角多面效果，同时也展现了一条解构大师的路径。边缘化的原因不局限于性别，还包括性取向（sexual orientation）、心理健康（mental health），此外，还涉及种

---

　　①　原文为"the neo-Victorian's preoccupation with liberating lost voices and repressed histories left out of the public record"。引自 Kohlke，Marie-Luise. Introduction：Speculations in and on the Neo-Victorian Encounter. *Neo-Victorian Studies*，2008，1（1）：9.

　　②　Davies，Helen. *Gender and Ventriloquism in Victorian and Neo-Victorian Fiction*. Basingstoke：Palgrave Macmillan，2012：7.

　　③　Schoenbaum，S. *Shakespeare's Lives*. Oxford：Clarendon，1991．11.

族、社会地位、经济状况、宗教信仰等，或缘于多个原因，但这些边缘化的主体可能都是伟大文学家人生的重要伴侣（helpmeets）。

是否能被听到、是否拥有一个话语或话语是否被忽视和压制事关人权[①]。文学家生命虚构对"女性、同性恋者或底层人物的重视在今天已经完全不再令人震惊和具有煽动性；相反，这正是大众想要阅读的"[②]。如果说 20 世纪 90 年代之前的后现代主义文学/批评、女性主义文学/批评、后殖民主义文学/批评、族裔文学/批评等主要以纯虚构的文学和纯学术化的理论建构为武器，那么 90 年代之后，通过对已有的传记或传记虚构进行忠实的反叛和逆写，这样的武器隐藏在了文学家生命虚构叙事作品当中，由于读者群体的扩大化，这一文类产生了更具规模和杀伤性的效果。

一、女性作家中心化趋势

（一）女性作家生命批评发展史

拉佐罗（Carol Lazzaro）在她的《改写过去：女性主义历史学家/历史虚构》一文中注意到历史小说"讲述一些隐藏着的不为人所见的故事，这些故事通常不包括在传统的历史书写里"。传统传记书写被讽喻为"男人俱乐部"文类[③]，男性传记作家和传主占绝对优势[④]，女性主义文学家生命虚构就是要将隐藏不可见的女性作家的故事展现在人们的视线中。重写文学史是使文学历史朝向女性历史（her-story）的现实性行动。女性主义文学家生命虚构就是要从古希腊、古罗马、中世纪、文艺复兴时期到 20 世纪长达 3 000 年的文学史话语中，寻觅被"活埋""阉割"的女性文学家；她们都具有非凡的艺术天分，她们都有传世的作品，却迫于性别和社会价值无法施展自己的才能，实现自己的抱负。以女性人物为中心的文学家生命虚构叙事为女性角色提供了一个收回女性主权的手段，一种将女性"写回"历史记录中的策略，实现文学历史书写的复数化。在这一点上，文学家生命虚构与其他两类艺术家生命虚构叙事是相似的。

---

① Rée, Jonathan. *I See A Voice*: *A Philosophical History*. London: Flamingo, 1999: 1.

② Gutleben, Christian. *Nostalgic Postmodernism*: *The Victorian Tradition and the Contemporary British Novel*. Amsterdam & New York: Rodopi, 2001: 11.

③ Alpern, Sara. *The Challenge of Feminist Biography*: *Writing the Lives of Modern American Women*. Urbana, IL.: University of Illinois Press, 1992: 5－7.

④ Marian, Esther & Dhúill, Caitríona Ní. *Introduction to Part* Ⅱ: *Biographie und Geschlecht*. In Fetz, Bernhard (ed.). *Die Biographie-Zur Grundlegung ihrer Theorie*. Berlin: deGruyter, 2009: 157.

米勒认为自 20 世纪末开始，女性主义"在批评行为中公开加入自传性表演"① 这一新模式。事实上，女性主义不仅在批评中加入了个人化自传性表演，而且在虚构中加入历史女性人物的传记式展演。这一趋势随着有影响力的女性作家数量的增加而更加明显。女性主义理念敦促女性主义作家从文学和艺术的传统框架中走出来，让女性文学家和文学家身边的女性从边缘走向中心，邀请读者重新评估女性在文学历史和文学家创作中的价值和地位。书写以女性为中心的文学家生命虚构叙事作品的行为使女性主义作家得以进入一种与传统文学历史阐释对抗的文学批评形式。换一句话说，从 20 世纪末期开始，女性主义文学创作和批评实践在短暂地进入个人化批评的模式之后，又进一步地转向了以真实文学历史人物的传记为驱策的女性生命虚构批评范式（paradigm of Gyno-crito-biofiction）。而这种女性生命虚构批评并没有将个人化批评或自传式批评排除在范式之外，而是将它融入了这些后现代作品之中。

传统的文学正典史由男性编撰，文学批评和研究领域也由男性定义，导致女性的视角被压制、消声和边缘化，也导致了女性和女性作家人生经历和创作诉求的缺失。不要说将女性作家列入文学史，文艺复兴时期创作虚构作品的女性甚至有被当作怪物的危险，若斯（Lady Mary Wroth）就是这样一位女性作家②。即使后来的文学史承认了她们的存在，也往往只是一笔带过，不被纳入正典范畴。为了反对这种对女性的压制，女性主义理论家肖瓦尔特等人开始将焦点从作为读者的女性转向作为作家的女性，也就是从关注"作为读者的女性"的"女性主义批评"（feminist critique）转向"作为作家的女性"的"女性批评"（gynocritics）。

初期，"女性批评"以撰写女性作家传记和撰写女性个人化批评著作作为重要的形式。1990 年以后，以女性作家为创作主力的女性文学家生命虚构叙事作品和文学家身边女性人物的生命故事也成为与"女性批评"契合的文本形式。这一转向至关重要，它使女性创作中的历史、主题、体裁和写作框架、女性创造性的心理动力、作为个体的女性和作为群体的女性的生命轨迹，以及女性文学传统的演化和规律等都开始得到应有的关注③。

传记批评和书写是重写文学历史过程中的必争之地。女性作家书写的文学家生命虚构叙事作品是在作为文学家传记和学术批评著作的读者对它们进行批判性阅读之后撰写而成的。她们探察到以男性为主导的传统传记对女性

---

① Miller, Nancy K. *Getting Personal*：*Feminist Occasions and Other Autobiographical Acts*. New York：Routledge, 1991：1.

② Miller, Naomi. "Not much to be marked"：Narrative of the Woman's Part in Lady Mary Wroth' Urania. *Studies in English Literature*，*1500 – 1900*，1989，29（1）：121.

③ Schweickart, Patrocincio P. Reading Ourselves, Towards A Feminist Theory of Reading. In Bennett, Andrew（ed.）. *Reader and Reading*. New York：Longman, 1995：38.

主体的排挤和对女性声音的压制，在阅读的过程中酝酿如何反对传统传记对女性的压迫，最终撰写出女性主义的文学家生命虚构平行叙事，在作为作家的"我"和作为人物的"我"之间建立某种"我中有'我'，我中有'她'"的主体间性，"我"通过"我"建构的"我"或"她"的形象产生了进一步认识自我和"她者"的效果。生命虚构在某种程度上是重新书写被忽视的女性历史人物，帮助健全女性文学家在传统文学历史中的地位的工程的一部分①。

由于传统传记对男性主体的关注导致了女性历史记载资料的缺失，为文学历史上的女性创作学术型传记的可行性难以得到确认。因而，在文学家的传记性生命因子的基础上进行虚构成为重写文学历史的必然选择。唯有如此，当代作家才能一头扎进女性曾经为艺术奋斗和挣扎的文学历史的潜流（hiddenstream），重新发现和重新构建女性历史。

女性作家中心化趋势主要包括两方面，一是本身为作家的女性人物的中心化趋势，二是作家身边的非作家女性的中心化趋势。它们都采用"女性话语"进行叙述。

（二）男性作家身边的女性作家中心化趋势

许多伟大男性作家身边的女性（可能是姐妹妻女，也可能是情人缪斯，或者亲密朋友）也是作家，但在传统以男性为主导的文学语境里，她们的才华被男性掩盖和压制。女性主义文学家生命虚构往往重新评估了女性作家在文学中的地位。为了凸显她们的主体性，这些曾经相对不那么出名的作家（less well-known artist）在作品里充当了叙事者或成为故事的主要人物，诉说自己与男性作家关联的人生经历。第一人称女性叙事者既像在写自己的自传，又像在写自己身边的男性作家的传记。

威尔逊（Frances Wilson）的《多萝西·华兹华斯的歌谣》里的多萝西是华兹华斯的妹妹和柯勒律治的密友，她作为作家的才华和创作力在这部作品中被重新认识，威尔逊甚至强调了这两位浪漫派的偶像人物如何从她那里获取创作灵感，如何从她那里借用了成为浪漫派经典的意象。

班布里奇②的《昆妮说》讲述的是昆妮对英国大文豪塞缪尔·约翰逊人生最后二十年的回忆，以及他与赫丝特·斯雷尔之间的亲密友谊。小说里引

① Kramer, John E. Jr. *Academe in Mystery and Detective Fiction*. 2nd ed. Lanham：Scarecrow Press，2000：319，332.
② 班布里奇（1932—2010）曾5次入围曼布克奖，是战后英国文坛的一位非常有地位的作家。她擅长黑色幽默讽刺小说，代表英国文坛与众不同的一种声音，因而广受尊敬。主要作品有《平静的生活》（*A Quiet Life*，1976）、《小阿尔多夫》（*Young Adolf*，1978）、《人人为自己》（*Every Man for Himself*，1996）、《昆妮说》等。

用和拼贴的是斯雷尔的女儿昆妮的日记，但来源是斯雷尔的真实日记，而非约翰逊的日记。斯雷尔一直不为世人所知，即使被提及，也是由于跟塞缪尔·约翰逊的那段轶事闲闻被顺带提起。而事实上，斯雷尔本身是一位很有天分的作家，但这一事实，直到20世纪女性主义运动兴起才逐渐得到批评界认同——她是传记写作的革新者，塞缪尔·约翰逊信件的第一个编者，全英国第二位涉足历史鸿篇巨制的女性，全英国第三位写游记的女性，她勇于涉足男性的创作领地。

与海明威的妻子不一样，对菲茨杰拉德的妻子泽尔达（Zelda Fitzgerald）的虚构创作没有以菲茨杰拉德的妻子的身份在小说标题里出现，这是因为虽然她一直被笼罩在丈夫的阴影中，但事实上，她也是一位小说家，创作过半自传体小说《为我留下那首华尔兹》（Save Me the Waltz，1932）。据说里面的很多细节出现在菲茨杰拉德两年后出版的《夜色温柔》（Tender Is the Night，1934）中，而且，菲茨杰拉德在自己的作品中随意取用泽尔达的日记、书信和经历（包括她的精神疾病治疗经历）。1970年米尔福德（Nancy Milford）撰写了一本出色、详尽的泽尔达传记，自那之后的数十年来，泽尔达一直都是令作家们兴奋的创作素材，泽尔达开始被重新审视。2007年，关于泽尔达的一部法国小说《阿拉巴马之歌》（Alabama Song）荣获了法国最著名的文学奖——龚古尔文学奖。福勒的《Z：一部关于泽尔达·菲茨杰拉德的小说》和斯帕戈的小说《愚人之美》于2013年出版。与其说2013年是菲茨杰拉德年，不如更准确地说是泽尔达年。

如果说1990年以前，艾米利亚·兰叶（Aemilia Lanyer，1569—1645）更大程度上是在劳斯（A. L. Rowse）于20世纪70年代提出她为莎士比亚十四行诗（第127到第152首）里的黑女郎的一个可能的对应人物之后，作为莎士比亚的情人出现在以爱情和莎士比亚的创作为主题的虚构作品里，1990年之后，劳斯的"兰叶——黑女郎"理论逐渐遭学界抛弃。随着批评家和女性主义者勒瓦尔斯基（Barbara Lewalski）提出以黑女郎身份遮盖兰叶作为英格兰第一位女诗人的身份是对兰叶的不公平，兰叶以更加独立的女诗人身份出现在以她为主要人物的生命虚构叙事作品里。如欧雷利（Sally O'Reilly）的《莎士比亚的黑女郎：艾米利亚·巴萨诺·兰叶被遗忘的故事》（Shakespeare's Dark Lady: The Lost Story of Aemilia Bassano Lanyer，2014）和《黑艾米利亚：一部关于莎士比亚黑女郎的小说》出于市场的需要，仍以黑女郎为卖点，但小说内容更侧重兰叶作为专业的、独立的诗人的身份，以及她的才华对莎士比亚的创作的重大影响。

（三）挑战男性作家身份的女性作家中心化

此外，还有一类生命虚构叙事作品旨在对已经经典化的男性作家身份提出质疑，构建一位女性作家用以挑战已有的观念。此类作品包括第一代后现代文学家生命虚构作家格雷弗斯的《荷马的女儿》、道布森（Joanne Dobson）的《黑鸦与夜莺》（*The Raven and the Nightingale*，1999）、阿特威尔（Joseph Atwill）的《莎士比亚的秘密弥撒》（*Shakespeare's Secret Messiah*，2014）等。

　　文学家生命虚构叙事先驱作家格雷弗斯通过《荷马的女儿》将阿西娜的女祭司娜乌西卡（Nausicaa）想象成荷马史诗的真正作者。而娜乌西卡是荷马《奥德赛》中的人物。她是阿尔西诺斯王和派阿西亚的阿莱特王后的女儿，她在荷马的《奥德赛》第六章中出场，扮演了相当重要的角色，由于荷马史诗本身被认为是基于希腊史实而作，尤其是特洛伊战争被证实具有历史真实性，这样一来，娜乌西卡是历史人物并非不可能，传说有两个版本，一是娜乌西卡终身不嫁，从一个宫廷旅行至另一个宫廷，不断咏唱奥德修斯和他的航海故事，成了第一个女吟游诗人；二是她后来与奥德修斯的儿子忒勒玛科斯（Telemachus）结婚，并育有一子，名为佩尔塞普托利斯（Perseptolis）或普托利波尔托斯（Ptoliporthus）。格雷弗斯采用前一种传说，并将娜乌西卡想象成荷马的女儿。《荷马的女儿》采用的正是娜乌西卡的第一人称叙事。

　　《黑鸦与夜莺》[①]虚构了一位与坡同时代的女诗人艾美琳，而小说情节构建的前提就是坡的叙事诗《黑鸦》实际上是盗用了这位名不见经传的19世纪女诗人的创作灵感。瑞安（Arliss Ryan）的《安妮·莎士比亚的秘密自白》（*The Secret Confessions of Anne Shakespeare*，2010）将莎士比亚的妻子描述为才华卓越的艺术家和剧作家，与本·琼生和马洛关系密切，那个时代的最不朽的戏剧多半出自她之手。

　　从挑战男性作家身份这个角度来看，安达吉（Federico Andahazi）的《悲悯妇人》（*The Merciful Women*，2000）是非常有意思的一部作品。倘若韦斯特的《拜伦爵士的医生》以波里道利的真实日记的形式讲述了其如何创作《吸血鬼》这部作品的过程，为自己正名，从拜伦那里夺回了作者身份，《悲悯妇人》则出人意料地将这个还没有稳固的作者地位赋予了一位虚构的妇人。这部作品围绕好几封由犹如怪物般丑陋的勒格兰德（Annette Legrand）送来的信展开，她利用她非凡的智慧，将她写的作品作为交换条件换取她需要的维生液体。她将《吸血鬼》给了波里道利，波里道利用它与雪莱、拜伦等人进行创作比赛。小说的末尾，波里道利发现了一个塞满信件的巨大木箱，里面的信件来自已经给予了故事和小说作为补偿的作家们，他们写信让勒格兰德再给他们一个稿子：从这里读者得知，勒格兰德给了拜伦《曼弗雷德》（*Manfred*）、给了普希金中篇小说《黑桃皇后》（*The Queen of Spades*），其他向勒格

---

①　这是乔恩·道布森（Joanne Dobson）的凯伦·佩雷提尔（Karen Pelletier）系列小说的第三本。

兰德索取手稿作为交换条件的作家还有霍夫曼、提克（Ludwig Tieck）①、夏多布里昂（François-René de Chateaubriand），甚至玛丽·雪莱。

（四）小结

雅各布（Naomi Jacob）声称20世纪末期虚构小说中出现的历史人物热是"现实主义霸权"被颠覆的表现②，事实上，文学家历史人物生命虚构热除颠覆"现实主义霸权"之外，还进一步颠覆了男性主义文学霸权和正典文学家霸权。文学家生命虚构叙事的各个模式凸显了文学历史的可塑性（plasticity of literary history）和不同主体对文学人物和文学历史的另类阐释。

女性文学家生命虚构叙事致力于颠覆性别政治，阅读这类小说更像在阅读一部部女性艺术史（reading art her-stories），这样的书写事实上是在女性主义改写文学史的驱策（feminist revisionist impulse）之下，对女性在正统艺术史上缺席的回应。

二、非作家女性边缘人物的中心化趋势

沿用德赛图（Michel de Certeau）"虚构是历史话语中被压制的他者"这一论断，可以说"生命虚构是传统传记话语中被压制的他者"（biofiction is the repressed other of biographical discourse）③，它作为一种新兴叙事文类，具有让当代人从历史中重新发现"被压制的或被消声的人物"④ 的生命意义的作用。后现代文学家生命虚构叙事很大程度上是在"恢复被历史边缘化和消声的主体⑤的地位，重新让在历史中被压抑的声音发声"这一叙事驱策之下进行构思的，意在将传统历史和传记叙事当中的扁平人物（flattened two-dimensional characters）塑造成有血有肉的圆形人物（round characters），实现文学历史书写的"小写化"。

也就是说这些人物与文学家一样大多数为历史上真实存在的个人，但他们在学术型传记或史料中只是被作为不起眼的小人物一笔带过，更不用说发出他们自己的声音。如果说传统的作家传记绝大多数是以被立传的作家作为主要人物出现在故事里，那么大多数作家生命虚构叙事却采用文学史边缘人

---

① 德国浪漫派作家及评论家。

② Jacobs，Naomi. *The Character of Truth. Historical Figures in Contemporary Fiction.* Carbondale and Edwardsville：Southern Illinois University Press，1990：xiv.

③ de Certeau，M. *The Certeau Reader.* Ed. Ward，G. Oxford：Blackwell Publishers，2000.

④ Brindle，Kym. *Epistolary Encounters in Neo-Victorian Fiction：Diaries and Letters.* Basingstoke：Palgrave Macmillan，2014：119.

⑤ Robinson，Alan. *Narrating the Past：Historiography，Memory and the Contemporary Novel.* Basingstoke：Palgrave Macmillan，2011：22.

物（excluded or marginalized figures）或偏离文学历史中心的人物（ex-centric figures）的视角讲述文学家故事，被称作"边缘主体生命虚构"（biofiction of marginalized subjects）①，与文学家名人生命虚构叙事（celebrity biofiction）这一概念相对应。

由于历史原因，尽管所占比例在不断增加，但从绝对数量上看，以女性作家为主要人物的作品仍然远远少于以男性作家为主要人物的作品。在这种情况下，女性主义者只能从男性文学家传记里寻找改写文学历史的可能性。因而，另一类女性从边缘走向中心的生命虚构叙事就顺理成章地进入读者的视野。这些作品"剥夺"了男性作家的中心地位，"剥夺"了他们的话语权，让他们成为女性叙事者的被叙述者和被聚焦的人物。也就是说以女性主义创作理念为导向的作品，基于作品的修辞目的，除了让女性作家在后现代文学家生命虚构叙事作品里充当第一人称叙事者之外，还有一种方式就是剥夺男性作家在作品中成为意识中心的特权，让他们成为身边女性的被聚焦者。

这类作品大多以文学家的妻女、情人或姐妹等为主要人物，采用她们的话语讲述文学家的故事。《背叛之夜》从奥维德的妻子皮娜瑞亚（Pinaria）的视角讲述了奥维德被放逐的故事。以格雷弗斯的《密尔顿的妻子》（Wife to Mr. Milton，1942）为开端，生命虚构叙事作品中出现大量以"××作家夫人"［"Mrs.（Author）"］和"××的妻子"为标题的作品，如《坡夫人》、《海明威夫人》、《莎士比亚夫人》（Mrs. Shakespeare）、《诗人的妻子》（The Poet's Wife，2010）、《巴黎妻子》、《爱默生的妻子》（Mr. Emerson's Wife，2006）等。以情人或缪斯为主要人物的有《莎士比亚情人》（Mistress Shakespeare，2010）等。

蒂凡尼的《我的父亲有个女儿：茱蒂丝·莎士比亚的故事》（My Father Had a Daughter：Judith Shakespeare's Tale，2004）、诺维克的《奇思妙想》和休斯顿（Kimberley Heuston）的《但丁的女儿》分别从伊丽莎白时期的莎士比亚的女儿茱蒂丝、17世纪玄学派诗人约翰·多恩的女儿佩吉（Peggy）和意大利诗人但丁的女儿碧翠丝（Beatrice）的视角讲述故事。

卡夫曼（Paolo Kaufmann）的《姐姐：一部关于艾米莉·狄金森的小说》（The Sister：A Novel of Emily Dickinson，2003）采用诗人狄金森的妹妹拉维尼娅的第一人称叙事视角，从拉维尼娅发现了姐姐死后留下的许多首诗开始。这些女性边缘人物描绘的虚构画像明显地将作为巨擘的文学家光辉形象降格为普通人的配偶、情人、兄弟姐妹的形象。

在采用女性视角的生命虚构叙事里，女性往往具备与男性同样的才能。

---

① 参照 Kohlke，Marie-Luise. Neo-Victorian Biofiction and the Special/Spectral Case of Barbara Chase-Riboud's Hottentot Venus. *Australasian Journal of Victorian Studies*，2013，18（3）：4.

卡梅隆（Kenneth Cameron）的《死亡旅馆之冬》（*Winter at Death's Hotel*，2012）讲述了大侦探柯南·道尔于1890年去美国出席新书发布会，妻子路易莎代替柯南破获一起纽约连环杀手案的故事。

如果说布兰德雷斯的奥斯卡·王尔德谋杀谜案系列压制了王尔德的妻子康斯坦丝的文学才能和政治行动力，让她以"大宅里的典型天使"[①]的形象出现在作品里，那么奇尔罗伊（Thomas Kilroy）的《康斯坦丝的秘密堕落》（*The Secret Fall of Constance Wilde*，1998）则颠覆了这一刻板的女性形象。

以围绕爱伦·坡的生命虚构叙事作品为例，道布森的《黑鸦与夜莺》、梅（John May）的《坡与芬妮》（*Poe & Fanny*，2004）、哈特（Lenore Hart）的《黑鸦新娘：一部小说》（*The Raven's Bride：A Novel*，2011）等多部小说以坡的情人、妻子等的视角讲述她们与坡的故事。托马林的《看不见的女人》、阿诺德的《穿蓝色裙子的女孩：受狄更斯生平与婚姻启发写成的小说》从狄更斯的妻子的角度讲述狄更斯的人生故事和妻子自己走出阴影、成为一个"人"和一位"作家"的故事。

在隐性生命虚构叙事作品《穿蓝色裙子的女孩：受狄更斯生平与婚姻启发写成的小说》中，多萝西（凯瑟琳）一直生活在丈夫的影子下，即使丈夫阿尔弗雷德（狄更斯）已经去世，用她的女儿奇蒂的话来说，多萝西在很长一段时间里就像"来自过去的一个鬼魂，在房子的暗处徘徊，也许是在期待丈夫阿尔弗雷德的出现"[②]，她仍然用丈夫的眼光和视角来看世界，直到后来她自己也开始展现自己的写作才能进行独立创作。据说，狄更斯的妻子确实创作过一个书名为"晚餐吃什么？"（*What Shall We Have for Dinner?*）的作品，这不仅仅是一本菜谱，更是一本家庭主妇指南，也是最早的一本烹饪指南。

通过将文学家的妻子塑造成创作者，生命虚构叙事让文学家背后的女性走出鬼影，并让丈夫变成了鬼手。在进行生命虚构时，阿诺德以多萝西·吉布森作为凯瑟琳的化身，从凯瑟琳的视角讲述了他们的故事，从而质疑了大众对狄更斯婚姻的传统印象——狄更斯被塑造成一个长期受苦受难的英雄，而凯瑟琳被塑造为一个既不聪明又不讨人喜欢的傻瓜。即使多萝西是凯瑟琳在虚构中的对应人物，但这个虚构的多萝西延续了真实的狄更斯妻子——凯瑟琳未竟的使命，愤怒地回忆阿尔弗雷德如何"宣告我是一个不合格的母亲和妻子"[③]，"他还说，即使在他对我说了那么多爱我的话之后，我们也从来

① Robinson，Bonnie. The Other's Other：Neo-Victorian Depictions of Constance Lloyd Wilde Holland. *Neo-Victorian Studies*，2011，4（1）：27.

② Arnold，Gaynor. *Girl in a Blue Dress：A Novel Inspired by the Life and Marriage of Charles Dickens*. New York：Three Rivers，2008：8.

③ Arnold，Gaynor. *Girl in a Blue Dress：A Novel Inspired by the Life and Marriage of Charles Dickens*. New York：Three Rivers，2008：93.

没有幸福过；他写过那么多信，那些不过是简单的谎言"①。

多萝西提供了一个更为均衡（或者说更有可信度）的事件版本，最终为后世带来了一个创作机会。隐性的生命虚构形式为查尔斯·狄更斯将事实与虚构融合在一起的创作倾向提供了一种合适的体裁，这一点已被充分证实。狄更斯的儿子有时也会觉得自己和自己的家庭不如狄更斯笔下虚构的孩子和家庭真实："查理说，对他来说，他头脑里的孩子，有时比我们真实得多。"②

继承狄更斯的隐性生命虚构传统，阿诺德通过多萝西和阿尔弗雷德自然地重新演绎了与狄更斯相关的故事；然而，作为一位后现代主义作家，阿诺德选择从凯瑟琳的角度讲述这个故事，因而，与凯瑟琳对应的多萝西成了故事的叙事者。在此过程中，阿诺德通过"自觉地从事有关维多利亚时代的重新诠释、重新发现和重新视角化的行为"③，参与了新维多利亚主义重新审视历史和历史人物的传统。阿诺德通过创设多萝西·吉布森帮助凯瑟琳·狄更斯澄清事实，从而质疑查尔斯对事件的诠释。

目前对《穿蓝色裙子的女孩：受狄更斯生平与婚姻启发写成的小说》的研究主要集中在沉默寡言的妻子终于有了发言的机会，多萝西决定完成她丈夫最后未完成的小说《安布洛斯·波尼法修》（Ambrose Boniface）。小说以"我开始写作"④ 结尾。多萝西终于行动起来，她开始进行独立创作，而非反刍狄更斯的食物。当多萝西能够拥有合法的叙事声音，能够找到让自己的声音和文字被大家认可的方式，多萝西才觉得自己真正成为一个独立的人（I began to feel a person in my own right）⑤，而非附庸。多萝西决定以写小说来行使叙述的权威，这意义重大，因为标志着她自己人生新篇章的开始。

其他以女性身份展开叙述的作品还有帕克的《诗人的妻子们：一部小说》以及琼斯的《热情的姐妹们：湖畔派诗人的姐妹妻女们的故事》等。这两部作品从浪漫派诗人身边的女性视角讲述他们的故事。摩根的《激情：一部关于浪漫主义诗人的小说》则讲述了浪漫主义时期英国三位最出名的诗人的故事，很有意思的是，这部团体生命虚构叙事作品从诗人身后的女性视角来展开叙事，涉及雪莱的妻子玛丽、玛丽的同父异母妹妹克莱尔、卡罗林·兰姆

---

① Arnold, Gaynor. *Girl in a Blue Dress*：*A Novel Inspired by the Life and Marriage of Charles Dickens*. New York：Three Rivers, 2008：264.

② Gottlieb, Robert. *Great Expectations*：*The Sons and Daughters of Charles Dickens*. 1st ed. Farrar, Straus and Giroux, 2012：239.

③ Heilmann, Ann & Llewellyn, Mark. *Neo-Victorianism*：*The Victorians in the Twenty-First Century*, *1999 – 2009*. Basingstoke and New York：Palgrave Macmillan, 2010：4。

④ Arnold, Gaynor. *Girl in a Blue Dress*：*A Novel Inspired by the Life and Marriage of Charles Dickens*. New York：Three Rivers, 2008：414.

⑤ Arnold, Gaynor. *Girl in a Blue Dress*：*A Novel Inspired by the Life and Marriage of Charles Dickens*. New York：Three Rivers, 2008：202.

女爵。在这些小说里，男性文学家成为次要人物，被称为钥匙孔（keyhole）文学史①。

三、其他类型"小人物"的中心化趋势

这里的其他类型小人物主要指的是三方面受压制的"底层"人物：一是在文学创作中起到辅助作用的不重要人物，二是指照顾文学家的生活起居、衣食住行的劳工仆众，三是命运受到文学家操控、处于比文学家低一层级地位的"文本人物"。此外，还有一类被主流社会边缘化为异族的人物。

世界文学，乃至整个思想界的大潮批判和拒绝"宏大叙事"，将目光转向精英之外，寻求普通人、下层人、非主流人群，甚至虚构人物，展现他们眼中的世界，发出他们的声音，亦即约翰逊所谓的"平民自传"（plebeian autobiography）式的声音，这一现象在近 20 年来流行的艺术家生命虚构叙事当中尤为突出。通过艺术家身边的边缘人物的自传叙事，作家传达的是自我对艺术史的批评式阐释②。

文学家生命虚构叙事中的"底层人物"（subaltern characters；lower class characters）叙事提供了通过下层阶级话语创建另类文学史的可能性。借用沃尔弗雷（Julian Wolfrey）的说法，就是"人微言轻者报告"（minority report）③。从事这种叙事创作的当代作家认为他们有责任归还过去那些时代里被相对弱化和边缘化的人物（打字员、管家、女仆、厨师、导游等）以一席之地，这使我们的视角更加多元化。这样的生命虚构通过将伟大文学家的生命故事作为一个框架，给了边缘人物一张脸和一个声音④。

如福斯特的《夫人的女仆》、戈兹（Adrien Goetz）的《夏多布里昂的理发师》、费什的《奇怪音乐》、越裔美籍小说家莫妮卡·张的《盐之书》等。

（一）文学创作辅助人物的中心化趋势

文学创作辅助人物指的是对文学家创作起到了非常重要的作用，然而被传记作家们忽视的人物，如詹姆斯和康拉德的打字员（参照第六章詹姆斯生命虚构）以及莎士比亚剧团里的演员等。这类作品要么从这些辅助人物的视

---

① Lasky, Katherine. Keyhole History. *SIGNAL Journal*, 1997, 21 (3): 5 - 10.

② 杨晓霖：《2013：菲茨杰拉德年：评四部作家生命虚构小说》，《外国文学动态》，2014 年第 3 期，第 27 页。

③ Wolfreys, Julian. *Notes Towards a Poetics of Spectrality：The Examples of Neo-Victorian Textuality*. In Mitchell, Kate & Parsons, Nicola (ed.). *Reading Historical Fiction：The Revenant and the Remembered Past*. Basingstoke and New York：Palgrave Macmillan, 2013：154.

④ 参照 Kerston, Dennis. *Travel with Fiction in the Field of Biography：Writing the Lives of Three Nineteenth-Century Authors*. Nijmegen：Radboud University, 2011：45。

角来讲述文学家的生命故事，要么干脆大胆地戏弄一下文学史，让作为名人的伟大文学家作为次要人物出现在叙事里。

《过世的莎士比亚先生》以一个名叫雷诺兹（Robert Reynolds），外号"咸鲱"的男演员的视角讲述莎士比亚的故事。有意思的是，这名演员还作为叙事者出现在其他作家生命虚构叙事作品中，如伯吉斯以马洛为主要虚构对象的《戴普福德的死者》。他声称自己是莎士比亚表演团最元老的成员之一，而且饰演了从克利奥帕特拉到波西娅的许多女性角色。在复辟时期的英国，也就是在莎士比亚离开他的舞台创作半个世纪之后，年事已高的咸鲱蜗居在一个妓院的阁楼里，俨然成为一个后现代主义传记作家或学者，坐下来写他曾经的好友、导师和主人的整个人生故事。

在这些小说里，文学家似乎成为次要人物和边缘人物窥视、描写的对象，被称为文学创作辅助人物重写叙事。与传统的文学家生命虚构叙事不同的是，后现代主义作家生命虚构叙事往往通过强化边缘人物的话语和视角，弱化文学家本人在叙事中的分量和作用的方式，产生反讽的效果。以往的作品认为读者的兴趣主要在于我们的文学"偶像"，而后现代主义作品将非文学家边缘人物作为叙事者，让他们成为整个叙事舞台上的中心人物，在整个叙事过程中牵引读者的注意力，创造一个作为次要人物的、背景式的文学家形象。

在后现代语境下，甚至动物在文学家生命和创作中所起到的重要作用也被重新估量。如亚当斯的《绒毛缪斯：给予弗吉尼亚·伍尔夫、艾米莉·狄金森、伊丽莎白·巴雷特·勃朗宁、伊迪丝·华顿、艾米丽·勃朗特以灵感的狗儿》以短篇小说的形式，以日记、信件和其他生命因子作为依据，讲述了五位女性作家对各自的狗儿的依赖，如何在它们的帮助下度过人生最困难的阶段，并创作出脍炙人口之作。

（二）底层人物的中心化趋势

伟大作家身边的许多人物被传记"完全遗忘"，或在传记里没有相应的文字再现他们的存在。如果说底层人物在传统传记中生活在伟大人物的影子里，那么在后现代主义生命虚构里，他们反客为主，让伟大人物生活在他们的影子里，让读者透过原来影子里的人物的视角来观察文学家。下层社会的劳工，"楼下"的仆众、厨师等不再是陪衬，他们也是文学家生活的一分子，从衣香鬓影的衬托成为与之平行甚至更为重要的世界里的人物，两个阶层不再互相隔离而是层层相扣。

皮特斯（Catherine Peters）甚至认为仆人叙事已成为传记写作的次文类①。

① Peters, Catherine. *Secondary Lives*: *Biography in Context*. In Bachelor, John （ed.）. *The Art of Literary Biography*. Oxford: Clarendon Press, 1995: 47.

仆人的中心化趋势从女性主义批评渗透到历史小说里，并于始逐渐蔓延到文学家生命虚构叙事中，带动了传记和虚构作品再创作热潮中的仆人转向。女仆叙事可以追溯到蕾达（Jay Leyda）的《艾米莉小姐的玛吉》（*Miss Emily's Maggie*，1953），但穆瑞（Aífe Murray）可谓后现代仆人叙事的推动者，她的《厨房餐桌诗学：女仆玛格丽特·马赫与她的诗人狄金森》（*Kitchen Table Poetics：Maid Margaret Maher and Her Poet Emily Dickinson*，1996）[1] 和《玛格丽特小姐的艾米莉·狄金森》（*Miss Margaret's Emily Dickinson*，1999）[2] 为较早的关于文学家身边的仆人的文学评论文章；之后，在她创作的文学家生命虚构叙事作品——《缪斯仆众：改变艾米莉·狄金森生活和语言的佣人们》（*Maid as Muse：How Servants Changed Emily Dickinson's Life and Language*，2009）中，她甚至让作为底层人物的仆人变成了诗人的创作缪斯。

以仆人为中心的学术型传记有莱特（Alison Light）的《伍尔夫夫人和仆众：家务中隐藏之心》（*Mrs Woolf and the Servants：The Hidden Heart of Domestic Service*，2007）。文学再虚构方面出现了从女仆的视角改写史蒂文森的《化身博士》的《玛丽·雷利》（*Mary Reilly*，1990）、贝克（Jo Baker）的《朗伯尔尼》（*Longbourn*，2013），从本涅特家仆人的角度重新讲述了简·奥斯汀的《傲慢与偏见》里的故事。

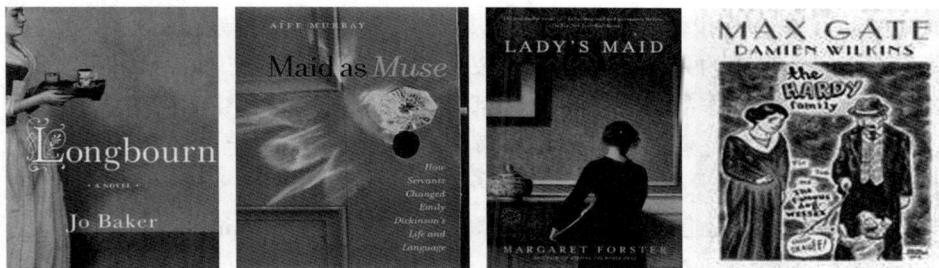

伍尔夫曾经在《弗拉狮：一部传记》（1933）这部以布朗宁夫人的可卡绒毛犬为主角的著名传记的一个脚注里提到"丽莉·威尔逊（Lily Wilson）的人生默默无闻，基本无人提及，因而她在大声呼唤一位传记作家将她撰写出来"[3]。据伍尔夫所言，丽莉是神秘莫测、噤若寒蝉、隐身匿迹的"女仆

① Murray，Aífe. Kitchen Table Poetics：Maid Margaret Maher and Her Poet Emily Dickinson. *The Emily Dickinson Journal*，1996，5（2）：285–295.

② Murray，Aífe. Miss Margaret's Emily Dickinson. *Chicago Journal*，1999，24（3）：697–732.

③ 原文为"The life of Lily Wilson is extremely obscure，and thus cries aloud for the services of a biographer"。引自 Woolf，Virginia. *The Diary of Virginia Woolf*，Vol. I. New York：Harcourt，1977：154.

史”中最典型的标本①。丽莉曾冒着巨大的个人风险，于 1846 年成功地帮助伊丽莎白·巴雷特与布朗宁私奔。作为夫人的女仆、缝衣工、管家以及夫妇俩的儿子罗伯特·威尔德曼的保姆，丽莉在意大利服侍了布朗宁一家多年。响应伍尔夫的呼唤，福斯特于 1990 年出版了《夫人的女仆》。

《夫人的女仆》以布朗宁夫人的女仆，与布朗宁一家在意大利旅居的真实历史人物丽莉·威尔逊②为第一人称叙事者。通过对巴雷特对自己女仆的虚伪、冷漠态度的描述，工人阶级出身的作者福斯特③暴露了诗人自私无情的一面，巴雷特通过诗作所塑造的 “诗意的弱势群体保护者” （poetic vates）④ 形象、捍卫 “受压迫的、被边缘化的……女性、工人阶级和奴隶”⑤ 的权益的形象在这部作品里毁于一旦。在一个采访中，福斯特提到 “所有仆人都牵动我的注意力”⑥，这种对 “楼下视角” 的兴趣在整个《夫人的女仆》中随处可见。在小说的结尾处，她让彻底失望的丽莉回忆已经去世的布朗宁夫人：她是 “一个从她的女仆的真挚友情中撤出来的女人，而她却清高地认为她施舍了我”⑦。

女仆叙事者还出现在《一无所有的女主》（*The Mistress of Nothing*，2009）里，有趣的是这个叙事在一开篇就提到叙事者女仆纳尔德雷特（Sally Naldrett）认为自己在作家达芙·戈登眼里的地位，“不是一个完整的人，而是受主人优待的宠物”⑧。她还这样描述自己——我在达芙的生活里只是 “背景的一部分，一块用于布景的幕布”，只是 “一根有用的舞台柱”，“对她而言我不是一个真正的人，不是一个有荣有辱，有灵魂的人”⑨。这恰好与伍尔夫的生命虚构叙事作品《弗拉狮：一部传记》形成参照，让读者联想到无论是布朗宁夫人还是戈登的女仆，她们都只不过是文学历史上 “不曾登台出现、不入眼的女仆而已”⑩。

其他仆人叙事还包括西班牙女作家巴特雷特（Alicia Giménez-Bartlett）的《一间别人的房子》（*Una Habitación Ajena*，1997）［翻译成英语意思为 *A Room of Other People's Own*，戏仿伍尔夫的文章标题 “一间自己的房间”（*A Room of*

① 原文为 “the inscrutable, the all-but-silent, the all-but-invisible servant maids of history”。引自 Woolf, Virginia. *The Diary of Virginia Woolf*, Vol. I. New York：Harcourt, 1977：160.

② 伍尔夫曾有过写丽莉的传记的念头，最终写了布朗宁夫人的爱犬弗拉狮的传记。

③ Robbins, Ruth. Hidden Lives and Ladies Maids：Margaret Forster's Elizabeth Barrett Brownings. *Women：A Cultural Review*, 2004, 15（2）：224.

④ Avery, Simon & Stott, Rebecca. *Elizabeth Barrett Browning*. London：Longman, 2003：99.

⑤ Avery, Simon & Stott, Rebecca. *Elizabeth Barrett Browning*. London：Longman, 2003：6.

⑥ Forster, Margaret. *Lady's Maid：A Novel*. London：Chatto & Windus, 1991：11.

⑦ Forster, Margaret. *Lady's Maid：A Novel*. London：Chatto & Windus, 1991：532.

⑧ Pullinger, Kate. *The Mistress of Nothing*. London：Serpent's Tail, 2009：1.

⑨ Pullinger, Kate. *The Mistress of Nothing*. London：Serpent's Tail, 2009：1.

⑩ Woolf, Virginia. *Flush：A Biography, 1933*. New York：Harcourt Brace Jovanovich, 1983：160.

One's Own，1929）] 以伍尔夫的家庭厨师和仆人聂莉的视角展开，讲述自己与女作家之间的关系。布朗（Ellen Brown）的《我的大师主人克尔凯郭尔：1847 年夏：一部中篇小说》以一位虚构的德国仆人玛格达的日记的形式，记录了大师在撰写《爱之作》（*Works of Love*）时发生的事件，主要通过聚焦她与她的主人之间不频繁但亲密的互动关系展现玛格达对宗教经典、文学和生活的思索。

有关哈代的生命虚构叙事作品——威尔金斯（Damien Wilkins）的《麦克斯门》（*Max Gate*）采用哈代家的女仆聂莉（Nellie Titterington）的视角描述哈代生命中的最后一年所发生的各种事件，是双重边缘人物（既是女性，又是平民阶层）发声的典范之作。强森斯（Kathryn Johnsons）的《绅士诗人》以虚构的仆人伊丽莎白为叙事者讲述她与莎士比亚在百慕大遭遇海难之后，如何见证莎士比亚创作《暴风雨》这部戏剧的过程。吉姆巴特利（Jim Bartley）的《史蒂芬和王尔德先生》（*Stephen & Mr. Wilde*，1994）则采用了王尔德的贴身男仆戴文波特（Stephen Davenport）的视角。

在一些生命虚构叙事作品中，仆人视角是诸多视角中的一个。《欲望年代》以伊迪丝·华顿和她的女教师、终生秘书和仆人斯塔尔曼（Anna Stahlmann）两者的视角讲述华顿与新闻记者福勒顿（Morton Fullerton）之间的感情纠葛。特洛亚诺夫的《收藏世界的人》的一部分叙事视角聚焦作家和翻译家伯顿爵士（Sir Richard Francis Burton），但在更多的篇幅上采用的是伯顿的印第安仆人诺卡拉姆和曾经当过奴隶、后来充当伯顿的非洲向导的穆巴拉克的视角讲述与伯顿相关的故事。

在费什的《奇怪音乐》中，三位叙事者包括还没有结婚的诗人伊丽莎白·巴雷特（后来的布朗宁夫人）、克里奥尔的家仆凯迪亚和黑人种地女工谢芭①。在这部作品里，设置底层人物的目的在于营造巴雷特的正面形象，通过作品对英国帝国主义后殖民的批判姿态，凸显殖民者和被殖民者的共同人性，巴雷特在她的作品里所表达的同情殖民地人民和底层人物，批判维多利亚社会的价值观得到了肯定②。

曼利克的《塞万提斯街》中，仆人只是其中一个视角或短暂视角。《塞万提斯街》在塞万提斯和路易·拉罗两位主要叙事者之外，短暂地辟出最后一章采用路易的仆人作为叙事者，为整个小说增加了一个新鲜的视角。

穆瑞的《缪斯仆众》不仅是一部关于狄金森的一众家仆如何帮助女诗人料理家务并激发她创作灵感的故事，而且涉及种族议题，狄金森家里的仆众

① Fish, Laura. Strange Music: Engaging Imaginatively with the Family of Elizabeth Barrett Browning from a Creole and Black Woman's Perspective. *Victorian Poetry*, 2006, 44（4）: 507–524.

② Avery, Simon. *Introduction: A Poet Lost and Regained*. In Avery, Simon & Stott, Rebecca. *Elizabeth Barrett Browning*. London: Longman, 2003: 6–7.

不仅是仆人，而且是爱尔兰和英格兰移民、非裔和美洲印第安仆人、劳工、马夫、裁缝，他们不仅在干活，还在文化观点、艺术主题，甚至诗歌风格方面给狄金森造成极大影响。爱尔兰移民马赫成为诗人和其他仆人进行艺术交流的桥梁，这个从"楼下"① 或底层的视角对艺术家及其家庭的描述不仅给故事注入阶层和民族差异的主题，而且传递了将狄金森研究推向多视角化和隐秘化的讯息。狄金森每天在厨房和餐厅里度过大段时光，家仆在这里将外面的世界带给她，也将狄金森的生活置于家仆的视域中。厨房是被公众记录遗忘的家仆总部，正是狄金森与这些底层人物的交流改变和定义了"作为一个人"而非"作为一位诗人"的狄金森。

（三）异族人物的中心化趋势

纳吉米的《格特鲁德》以传记资料的一句话为叙事驱动策略，以临死之前的摩洛哥向导穆罕默德口述的故事为主要情节，通过少数族裔人物穆罕默德自己发声讲述了他为来访摩洛哥的格特鲁德和爱丽丝做向导，并在多年之后受格特鲁德的邀请去巴黎游玩的故事，整个故事读起来就像穆罕默德的回忆录。

无独有偶，另一部文学家生命虚构叙事作品，越裔美籍小说家莫妮卡·张的《盐之书》的创作对象也是格特鲁德。《盐之书》以为格特鲁德和爱丽丝掌厨的越南裔厨师滨（Bính）为第一人称叙事者。该叙事者为莫妮卡所虚构，他在遭遇多次拒绝之后，最终得到百花街 27 号家庭厨师的职位，为两位美国主人准备三餐。滨的叙述呈现了他和主人的日常生活，透露自己在法国的生存窘境以及和法国上流社会之间的关系。滨的生命叙事——被殖民的经历和在法国的放逐生涯增益了他的烹饪技巧，丰富了食物的味道。食物变成两方各自生活经验的沟通媒介，也因此调配出独特的饮食美学。莫妮卡透过虚构出一个与伟大文学家相关的边缘人物，将小说、自传、食谱、回忆录等体裁杂糅，历史与虚构混合，族裔、性别、阶级等主题交融，使该作品带有鲜明的后殖民/后现代主义特色。

（四）虚构人物或原型人物的中心化趋势

文学虚构作品里的人物成为文学家生命虚构中的人物涉及一个虚构之再虚构的过程。文学人物是一个没有直接实体历史人物、明确的史料档案参照和对应的纯粹文本产物，但在后现代主义语境下这些虚拟的文本创造也获得了话语权和视角，被赋予写自传的能力。以虚构人物为中心（fictional-charac-

---

① 许多文化理论学家和社会学家将仆人阶层称作"楼下"或"地下室"（downstairs）阶层。如英国作家露西·莱斯布里奇（Lucy Lethbridge）出版的论著《家仆：对 20 世纪英国楼下阶层的观察》（*Servants：A Downstairs View of Twentieth-Century Britain*，2013）。

ter-centered）或文学人物为中心（literary-personage-centered）的文学家生命虚构叙事作品与当下流行的同人小说（fan fiction 或 fan fic）有相似之处，但最大不同在于前者的文本中"创作这个文学人物的作家"必须成为作品中的一个人物，他/她的生命因子要在叙事进程中起到一定的作用，也就是说文学家创作出来的人物被再次虚构，他们与他们的创造者一道成为新的虚构叙事中的人物，并且在新的作品中成为叙事者或者意识中心。

在《尼克和杰克：一部书信体小说》里，尼克这位菲茨杰拉德笔下的人物和杰克这位海明威作品里的叙事者成为新的文学家生命虚构叙事作品里的中心人物，他们通过信件讲述了各自的经历和故事。此外，尼克曾经写过一部关于他于 20 世纪 20 年代在长岛认识盖茨比的小说——《西卵的特里马乔》（*Trimalchio in West Egg*）——这是菲茨杰拉德为《了不起的盖茨比》最初属意的书名①，而杰克则在从潘普洛纳的嘉年华节归来之后，写了关于巴黎 20 世纪 20 年代生活的回忆录《迷失一代》，这恰好颠覆了菲茨杰拉德与尼克以及海明威和杰克这两对创作与被创作关系。当代作家通过虚构之再虚构的形式解构了原作中的人物，重构了新人物与文学家之间的关系，被再虚构的人物成为当代作家和历史文学家共同建构的合体。

卡雷的《杰克·麦格斯》是一部隐性文学家生命虚构叙事，小说标题人物就是狄更斯笔下的人物——《远大前程》中的惯偷——麦格维奇，而殴茨即为狄更斯的化身。在这部作品里，麦格斯/麦格维奇成为主要人物，而殴茨/狄更斯成为次要人物。1813 年，麦格斯由于入室行窃被流放至澳大利亚的新南威尔士，以制砖为生。他挣到足够的钱之后回到伦敦，打算给曾经同甘苦共患难的孤儿们买一座房子，但当他出现在伦敦街头，遇到的不是他的徒弟们，而是创作他的作家——托拜厄斯·殴茨，也就是狄更斯。借此，这部作品颠覆了创作者与被创作者的对立，确立了创作对象在创作过程中所起的作用。文学家和文学家虚构的人物同时出现在一部小说中，这些虚构人物变成了共同参与文学历史进程的人物，抹掉了创作的层次性，解构了创作与被创作之间的二元对立。

除了虚构人物之外，还有一种情况是挖掘出历史上不为人所知的伟大文

---

① 在确定书名时，菲茨杰拉德曾犹豫不决，他最初定的书名是"西卵的特里马乔"。1924 年 11 月，他在写给佩金斯的信中说："现在我决定还是用原来的书名……'西卵的特里马乔'（Trimalchio in West Egg）。"但佩金斯认为这个书名太过模糊，也担心普通读者不知道 Trimalchio 怎么发音，于是设法说服菲茨杰拉德放弃这个想法。佩金斯和泽尔达倾向于用"了不起的盖茨比"，那年 12 月，菲茨杰拉德对此表示接受。但看完最后一次校样之后，他又提议把书名定为"特里马乔"或者"戴金帽的盖茨比"（Gold-Hatted Gatsby），再次被佩金斯否定。1925 年 3 月，菲茨杰拉德再次提出新的书名："星条旗下"（Under the Red，White and Blue），但这时书已付印，来不及更改。三个星期之后，这部小说以"了不起的盖茨比"的名字出版。菲茨杰拉德认为这个书名"还可以吧，不算坏，也谈不上好"。引自李继宏 2011 年对《了不起的盖茨比》的导读。

学家小说作品的创作原型人物的故事，如本杰明的《我已成为爱丽丝》在史料的基础上，向读者展示了卡罗尔笔下的《爱丽丝奇境漫游》中爱丽丝的历史原型人物的一生。

在边缘主体中心化的文学家生命虚构叙事作品中，以前被边缘化的个人在虚构化的生命书写中被分配了"他们自己的一间房"，但这间房永远都只能是伟大文学家的大房子里的一间房①。换句话说，伟大文学家的生命因子是构成这些边缘人物生命故事的主梁和框架，没有这个框架，就搭不成房间，更不用说建房子。

四、文学家"去圣徒化"趋势

"去圣徒化"趋势指的是在后现代文学家生命虚构叙事作品中不再刻画单一的文学圣徒形象，而是将其看作有血有肉、有苦有痛、有爱有恨、有情有欲、既善又恶、既普通又复杂的人，或者说他们都是有缺陷、有人性弱点的人（flawed characters）②。生命虚构打破了正典文学家必须是一座道德丰碑的迷思，将文学家的道德品质和人性弱点与他在文学上的成就分开来审视。

每一个传记主体都由两部分组成：一个社会行为、戏剧展示和文化展演的公众（外部）世界和一个私生活的隐秘（内在）世界。对于前者，以文学家名人来说，一般是各种档案资料齐全的；而后者，尽管也不乏文学家的自传资料和各种亲朋好友、同事的见证资料，但对于好奇者来说很可能依然难以捉摸，文学家隐秘灰暗的一面仍然难以描绘。许多传记作家为了不冒犯主体名誉而极力回避谈论主体隐秘的这一面，只停留于对外部事实的陈述，无法揭示主体的独一无二的个性人生。然而，在后现代语境下，读者和创作者不再满足于这样一种"千篇一律的先令人生"（shilling life）的创作，因而在生命写作中出现了去圣徒化趋势。伟大文学家恢复了"一种反英雄、粗鄙或普通人的形象，他们有他们各自的弱点、不幸、失败或缺陷"③。也就是说，生命虚构在将受人景仰、高高在上的大文豪降格为普通人的同时，实际上也在恢复文学家的私人形象，让他们回归人性、回归家庭，成为普通人的配偶、情人、兄弟姐妹和主人等。去圣徒化趋势在某种程度上是从探讨文学家的公

---

① 参照 Kerston, Dennis. *Travel with Fiction in the Field of Biography*：*Writing the Lives of Three Nine-teenth-Century Authors*. Nijmegen：Radboud University，2011：154－155.

② 参照 Middeke, Martin. *Introduction*. In Huber, Werner & Middeke, Martin（eds.）. *Biofictions*：*The Rewriting of Romantic Lives in Contemporary Fiction and Drama*. New York：Camden House，1999：10；Franssen, P. & Hoenselaars, T.（eds.）. *The Author as Character*：*Representing Historical Writers in Western Literature*. Madison：Fairleigh Dickinson University Press，1999：12，等等。

③ 原文为"an anti-heroic, coarse, or ordinary man of foibles and failings"。引自 Lanier, D. *Shake-speare and Modern Popular Culture*. Oxford：Oxford University Press，2002：116.

众化生活转向揭示文学家的私人化生活的一个重大变化。然而，由于这种转变在传记写作中具有一定风险，大多数创作者选择转向虚构文类来实现这一转变。

　　大多数早期和传统的传记虚构作品近乎都为歌功颂德的圣徒传（nearhagiography）模式，意在凸显伟大文学家在文明进程和文学历史中的重要贡献和地位①，将其英雄化（heroification）以达到教化效果。在这样的作品里，在某种缘由的驱动下，文学家的不可称道的一面被隐去，他们的光辉一面被放大，用罗依文（James W. Loewen）的话来说，文学家成为一种钙化物（calcification）②。但后现代文学家生命虚构叙事作品打破樊篱，在创作中加入新的角度，大胆地从复杂和真实的人性弱点出发，解密文学家，为他们去除虚假面具，甚至很大程度上解构了已建立起来的文学家的光辉形象，将其描述为一个有血有肉，同时也有缺点的真实的人。

　　作为生命虚构的一个重要特点，米德克和胡博强调它们"不再将文学家呈现为遥不可及的英雄；而是揭露他们的冠冕堂皇，嘲讽他们的道貌岸然，摘取他们头上的光环和桂冠，将他们描绘成文本骗子、反面人物，或者，更现实地说，将他们描绘成有情有欲的凡夫俗子"③。也就是说，以前传记作家习惯于"经典化"文学家，而现在生命虚构作家却"粗鄙化"他们④。这类作品假想文学历史上的伟大诗人、剧作家和小说家等的内心生活、隐秘欲望、创伤、疾病等那些被主体遗留下来的信件、日记或回忆录等遗漏或删去的生活片段。与传统传记不同的是，这类叙事不再像仅聚焦、弘扬名人的天赋和优点的圣徒传，它们描述的是有血有肉、有情有欲、有笑有泪、有对有错、知疼知苦、具有复杂人格（complex personality）的常人，他们作为名人不为人所知的另一面被公之于世。

　　很有意思的是，后现代文学家生命虚构叙事作品往往以第一人称叙事方式让文学家们对自己的隐秘心理进行揭露，如库克（Bruce Cook）的《青年威尔：威廉·莎士比亚的忏悔》（*Young Will：The Confessions of William Shakespeare*）就以莎士比亚为叙事者，揭示其曾经过着放荡不羁的生活，多次犯下罪行，如何逃离家庭，不履行作为父亲的职责，如何懦弱不敢为自己的行为承担相应的后果，等等，给读者展现了一个无恶不作的无耻之徒的形象。如果说库克作为先锋作者，率先解构了吉普林（Kipling）笔下的莎士比亚形象，

---

　　①　引自 Franssen, P. & Hoenselaars, T.（eds.）. *The Author as Character：Representing Historical Writers in Western Literature*. Madison：Fairleigh Dickinson University Press, 1999：25。

　　②　Loewen, James. *Lies My Teacher Told Me：Everything Your American History Textbook Got Wrong*. New York：Simon & Schuster, 1995：19.

　　③　参照 Middeke, Martin. *Introduction*. In Huber, Werner & Middeke, Martin（eds.）. *Biofictions：The Rewriting of Romantic Lives in Contemporary Fiction and Drama*. New York：Camden House, 1999：10.

　　④　此话为奥斯卡·王尔德所言。

203

那么在库克的引领下，后现代主义作家如希克斯（Deron R. Hicks）①、阿特威尔②甚至颠覆了他作为伟大文学家的身份，将他塑造成欺名盗世的无耻之徒。

当然，当代也有歌颂作家美德的作品，但与传统的圣徒传有所区别。当代作家出于不同的叙事意图可能对文学家的性格品质等采取截然不同的态度，正因如此，文学家的多面复杂人生才能从不同的作品里得到立体呈现。总体来看，后现代生命虚构里描述文学家的高尚道德情操和英雄事迹的作品远远少于挖掘他们内心隐秘罪恶、道德败坏和执迷不悟等主题的作品。它们更倾向于凸显公众形象和私人形象之间的张力和裂痕③。

将文学家的人生描绘成充满矛盾和冲突的人生，能够缩短读者在阅读生命虚构之前与文学家人物之间的仰慕距离（admiring distance）④，有利于文学家与读者产生更加亲近的认同。就像《奇怪音乐》塑造的是一个符合布朗宁夫人的诗作里呈现的关心黑奴和底层人物命运的文学英雄主义形象，但同时另一部采用西方马克思主义视角的作品《夫人的女仆》却以一个缺乏同情心、极度自我的雇主形象面世，这与她在诗歌里投射的自由主义和废奴主义价值观相悖，形成了"作品与生活形成反差"的生命主题（"work vs. life" topos）⑤，集中阐释了历史文学家的作品所传递的道德观与他们的个人行为品德之间的鸿沟⑥。

文学家生命虚构复活的不再是那个具有上帝和圣徒般光辉形象的文学家。虚构化的生命叙事对文学家的堕落、不可告人的心理创伤、性格缺陷、隐秘（性）生活以及他们作为丈夫/妻子、父亲/母亲、情人、主人的身份对社会弱势个体的不公正对待的揭示，让住在生命虚构体裁里的文学家不再是"上帝""伟人"。

---

① 希克斯的《莎士比亚之墓的秘密》（*Secrets of Shakespeare's Grave*，2013）提到莎士比亚作品的真正作者为格雷维尔（Fulke Greville）。

② 阿特威尔在他的小说里提出莎士比亚作品的作者为一位女作家，而威廉斯（Robin P. Williams）在她的学术著作《雅芳河上的甜美天鹅：莎士比亚作品为一位女士所创作吗?》（*Sweet Swan of Avon: Did a Woman Write Shakespeare?*，2006）中为阿特威尔的假设提供了系统的学术证据。参见 Atwill, Joseph. Shakespeare's Secret Messiah. *Creatspace*，2014.

③ 参照 Kohlke, Marie-Luise. Neo-Victorian Biofiction and the Special/Spectral Case of Barbara Chase-Riboud's Hottentot Venus. *Australasian Journal of Victorian Studies*，2013，18（3）：7.

④ Meyer-Dinkgräfe, Daniel. *Biographical Plays about Famous Artists*. Newcastle：Cambridge Press，2005：57.

⑤ Julia, Novak & Mayer, Sandra. Disparate Images：Literary Heroism and the "Work vs. Life" Topos in Contemporary Biofictions about Victorian Authors. *Neo-Victorian Studies*，2014，7（1）：25.

⑥ Julia, Novak & Mayer, Sandra. Disparate Images：Literary Heroism and the "Work vs. Life" Topos in Contemporary Biofictions about Victorian Authors. *Neo-Victorian Studies*，2014，7（1）：44.

> 要颂扬小说家，还有比小说更好的形式吗？
>
> ——麦克斯·桑德斯①

第三节　文学家生命虚构中的不自然叙事

　　一个故事可能叙述的只是一个可能世界发生的事情。叙事本身是"可能世界的一种再现"②，但在这个可能世界之外，还有无数个未知的可能世界，因而，每一个人的生命都有无数可能的故事。文学家生命虚构本质上就是对文学家生命和创作中的可能世界的叙述，其生命力正在于创设可能性非生命因子来展开无穷想象、探索无尽可能。正是这种可能性非生命因子使每个人的生命变得不确定，后现代主义作家往往在可能性非生命因子中获得关于生命的更新、更深的理解。"在不可能世界中构筑某种可能"是后现代生命虚构的新思维模式，在现实世界、虚拟世界、历史世界中构筑可能的生命故事成为20世纪90年代以来叙事模式的最大变化。在这种不可能生命叙事中，一切不可能都成为可能：时空可以穿越，历史可以改写，现实可以改变。无论在时间还是空间维度上，都允许多种可能性的存在。

　　然而，后现代生命虚构将可能世界理论的实践继续向前推进了一大步，开始热衷于通过不自然叙事开创不可能世界里的文学家生命故事。近几年来，对不自然叙事的研究已经发展为叙事理论中最激动人心的新范式之一。理查德森把不自然叙事界定为违背传统现实主义参数的反模仿文本，或者是超越自然叙事规约的反模仿文本（unnatural voices）。虽然被投射的世界有可能类似于我们所存在的真实世界，但它们很显然不一定非得如此：它们也有可能使我们面对物理上和逻辑上不可能的场景或事件③。

　　"不自然"这一术语用来表达在物理上、逻辑上和人类能力上不可能的场景和事件④，如除人类之外会讲话的动物在物理上不可能，互相矛盾的事件在逻辑上不可能，穿越时空超出人类能力范围。"不自然叙事"指的是在再现故事场景、叙事者、人物、时间性和空间性的过程中，明显违背逻辑原则、物理定

　　① 原文为"What better way to celebrate a novelist...than in the form of a novel?"引自 Saunders, Max. Master Narratives. *Cambridge Quarterly*, 2008, 37（1）：128.

　　② Fludernik, Monika. *An Introduction to Narratology*. London：Routledge, 2009：6.

　　③ Alber, Jan. Impossible Storyworlds—and What to Do with Them *Storyworlds：A Journal of Narrative Studies*, 2009（1）：80.

　　④ Alber, Jan. *Unnatural Spaces and Narrative Worlds. A Poetics of Unnatural Narrative*. Columbus：Ohio State University Press, 2013：45–66.

律等，或多或少与现实主义规约和认知框架相背离的叙事方式①。它们不具有可经验性（experientiality），在现实世界里是不可实现的（non-actualizable）②。

以往的不自然叙事研究主要以纯虚构作品作为分析文本，揭示生命虚构叙事作品里的不自然元素并进行分类阐释的研究极为少见。然而，在后现代文学家生命虚构叙事作品中，越来越多的作家青睐不自然生命因子来想象文学家的生命故事。文学家生命虚构叙事的一个重要特点是叙事进程中既融入文学家个体的生命因子，同时也加入了不自然的非生命因子（unnatural a-bio-meme），或在非生命因子与生命因子的结合过程中渗入不自然元素。也就是说，不自然的文学家生命虚构叙事本身就蕴含着悖论，生命因子的采用让叙事无限接近真实世界的规约框架，但不自然非生命因子又让叙事无限偏离真实世界的规约框架。

这些不自然的非生命因子，从叙事者层面来说，包括动物叙事者、非生命体叙事者，也可以表现为无法合并成一种叙事呈现的、多个相互矛盾的叙事声音的并置③；从时空设置层面来说，包括错层叙事和穿越叙事等；从人物层面来说，他们可以做到在真实世界里不可能做成的事情，如涉及科幻和超自然元素。

一、不自然生命因子之不自然叙事者

不自然叙事者或视角（unnatural narrator or POV）是超越自然叙事规约的反模仿叙事模式，它超越了"对真实话语情境的模仿"④，叙事者可以是动物、鬼魂、尸体、无生命物体或其他不可能的物体。不自然叙事者或视角将与文学家相关的边缘化视角推向极致。

在文学家生命虚构叙事中，非人类叙事者占5%左右。文学家生命虚构叙事框架下的非人类叙事者不同于儿童漫画或童话寓言故事里的动物叙事者或非生命叙事者，一方面，它们是围绕历史上真实存在的文学家的生平展开叙事的；另一方面，它们与人物角色之间形成的对比和悖论关系是一种重要的修辞效果。尽管"非人类叙事"是一个包罗性的术语，可以指涉千差万别的

---

① Richardson, Brian. *What is Unnatural Narrative Theory? Unnatural Narratives*, *Unnatural Narratology*. Berlin and New York: De Gruyter, 2011: 34.

② Ronen, Ruth. *Possible Worlds in Literary Theory*. Cambridge: Cambridge University Press, 1994: 51.

③ Alber, Jan, Nielsen, Henrik Skov & Richardson, Brian. *A Poetics of Unnatural Narrative*. Columbus: Ohio State University Press, 2013: 2.

④ Richardson, Brian. *Unnatural Voices: Extreme Narration in Modern and Contemporary Fiction*. Columbus: Ohio State University Press, 2006: 5.

不同叙事者，但这些叙事者角色在叙事手法上具有明显的相似之处①。

（一）动物叙事者

动物叙事者是"它 - 叙事文类"（it-narrative genre）的重要特征，在这类叙事中，动物成为讲述自我与文学家相关的生命故事的主角（autodiegetic narrator），可以被称作"异类生命虚构"（xeno-biofiction）。

动物叙事者的生命特征和能动作用将它们与无生命的物体叙事者区分开来。由于动物叙事者天然地占据主体和物体之间的空间，动物叙事者具有进行更隐秘的社会文化批评这一独特功能。采用这种叙事模式一般可以达到两个目的：一是解构人类与动物，凸显动物的主体地位和"文学家 - 动物亲密关系"（writer-animal bonding）；二是迎合创作者的意图，以隐秘的故事讲述形式投射关于人类的寓言。

动物叙事者一般为文学家身边的宠物。文学史上最著名的宠物包括莎士比亚的狗、坡的猫、布朗宁夫人的弗拉狮、狄金森的卡罗犬等，它们都是文学家生命中的实体因子。较早从宠物视角讲述文学家生命故事的作品当属伍尔夫的《弗拉狮：一部传记》。接着里昂·鲁克（Leon Rooke）的《莎士比亚的狗》（*Shakespeare's Dog*，1986）采用莎士比亚养的一条狗作为叙事者讲述了莎士比亚与妻子之间的故事。巴罗（Eleanor Barlow）的《大师的猫：狄更斯的猫讲述的故事》（*The Master's Cat：The Story of Charles Dickens as Told by His Cat*，1999）采用陪伴狄更斯最后十年创作期的聋猫的话语讲述狄更斯挑灯夜读、笔耕不辍的故事。

与莎士比亚的狗不一样的是，坡的猫不仅是陪伴坡的忠实伴侣，而且是他的创作缪斯，屡屡成为坡笔下重要角色的灵感来源。因而从坡的猫的视角讲述的故事比上述提到的动物叙事作品更加复杂，涉及对坡的各级生命因子的参照，尤其是坡的虚构文本的平行参照。肖夫纳西的卡塔琳娜谜案系列包括《露尾的心》《黑猫》和《去河边：斯库基尔拯救》三部作品，以卡塔琳娜为叙事者，前两部分别讲述了坡的作品《泄密的心》和《黑猫》中没有讲述的故事，最后一部则讲述自己如何遇上坡，从此改变彼此命运的故事。类似的以虚构/游记/回忆录文本为整体参照的动物视角文本还有《与史蒂文森

---

① Bernaerts, Lars, Marco Caracciolo, Luc Herman & Bart Vervaeck. The Storied Lives of Non-Human Narrators. *Narrative*, 2014, 22（1）：69.

赴塞文山旅行记》（*Travels with Robert Louis Stevenson in the Cevennes*，2003），它采用了与史蒂文森一同游历塞文山的那头驴——摩黛丝汀的视角。

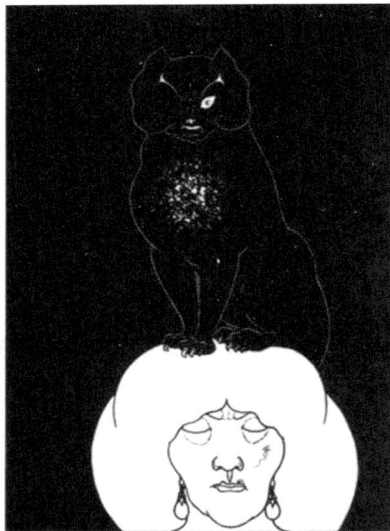

Aubrey Beardsley, The Black Cat from Four Illustrations for the Tales of Edgar Allan Poe (Chicago: Herbert S. Stone, 1901). Courtesy of Library of Congress, Prints and Photographs Division, LC-USZ62-108227.

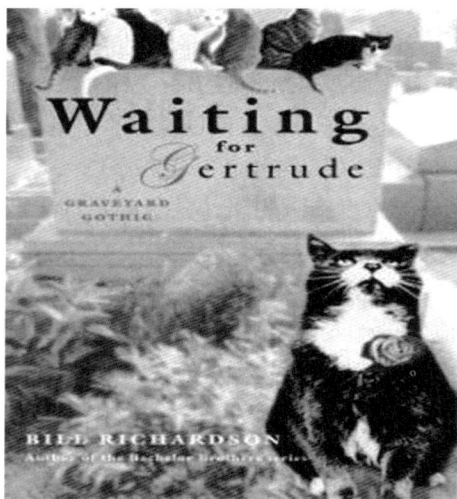

在一些文学家生命虚构叙事作品中，动物视角可能只是一个大的叙述框架中的一部分。拉弗里克（M. R. Lovric）的《卡尔诺瓦莱》（*Carnevale*，2001）中讲述了意大利著名的冒险家卡萨诺瓦、英国浪漫派风流才子拜伦和虚构女性艺术家西塞莉亚（Cecilia Cornaro）之间的故事。在中间一部分以"猫说"（The Cat Speaks）为标题的章节里，卡萨诺瓦的猫讲述了他的观点。

此外，在一些文学家生命虚构叙事作品里，猫可能是真实人物的化身。理查德森（Bill Richardson）的《等待格特鲁德：一部墓地哥特小说》（*Waiting for Gertrude*：*A Graveyard Gothic*，2001）将故事背景设置在巴黎的贝尔·拉雪兹神父公墓（Pere Lachaise Cemetery）[1]，许多埋葬在那里的名家借猫的身体复活回到地球上，但仍然持人类习性，他们写作、开办讲座、烫洗衣物床单等。叙事者既是一只猫，也是格特鲁德·斯泰因的情人爱丽丝（Alice B. Toklas）。爱丽丝正在墓地徘徊等待斯泰因的"变身"。其他变成猫的文学家还有莫里哀、拉·封丹、王尔德和普鲁斯特等。王尔德施展一切魅力，希望能吸引他挚爱的诗人莫里森[2]，一只暴戾、吃猫、有奇异生理结构的雄猫的注意；拉·封丹这位法国寓言诗人复活成猫之后变成一个坚持做抑扬格五音步讲座的三流导游；普鲁斯特变成了调查一系列秘密盗窃案的私家侦探。

在文学家生命虚构叙事中，非人类叙事者策略的修辞目的主要在于反映作为人类的文学家的生活和创作的方方面面或对他们的生活进行反讽。虽然采用的是不可能的视角，但它们在很大程度上忠实于文学家的各级生命因子，尤其是书信、传记信息等，这似乎是一个悖论，但确实能为文学家生命故事提供一个全新视角。

（二）鬼魂、怪物叙事者

在文学家生命虚构叙事中，鬼魂和怪物叙事也屡见不鲜。上文中变成一只猫的诗人莫里森在这里变成了死后灵魂。鬼魂叙事在某种程度上可以产生"无所不知的叙事者"（omniscient narrator）的效果，这样的视角模式使叙事者"我"得以讲述常人无法感知和观察到的事情。在此类作品里，叙事者往往会讲述导致其死亡的事件，这实际上区分了经历之"我"（experiencing "I"）和经历后之"我"（experienced "I"），亦即死后之"我"。这样的叙事者融合了异故事和同故事的特征并显示了故事讲述的角度如何影响叙事内容的性质。在《来自太阳》里，已死的马洛是一个鬼魂叙事者；法让（Mick Farren）的《吉姆·莫里森的来生奇遇》（*Jim Morrison's Adventures in the Afterlife*，1999）由作为鬼魂的莫里森叙述，而诗人托马斯（Dylan Thomas）在作品里变成了一只会说话的山羊。

在萨拉马戈的《里卡多·雷耶斯逝去之年》（1991）里，雷耶斯是一位48岁的诗人和医学博士，他离开葡萄牙旅居巴西十六载，听闻诗人朋友佩索阿的死讯后决定返回故里。在他下榻的一个里斯本旅店里，他遇见女服务员莉迪亚（Lydia），并发生恋情。后来，雷耶斯又遇二在旅馆临时入住的房

---

① 这是巴黎的一座著名公墓，沉睡着很多已故著名的艺术家人物，如17世纪的著名剧作家莫里哀（Molière）、诗人吉姆·莫里森（Jim Morrison）、戏剧作家莎拉-伯尔尼哈特（Sarah-Bernhardt）和王尔德等。

② 吉姆·莫里森（1943—1971），诗人、艺术家、音乐家。他的"大门"乐队（The Doors）是20世纪60年代最重要的乐队之一。莫里森早年沉迷于尼采、兰波和凯鲁亚克的作品，并将这些作品与自己的歌词相结合，使他成为史上最有艺术才华、最有影响力的创作歌手之一。

客——贵族玛仙达（Marcenda）父女，玛仙达父亲到访里斯本表面上是为了治疗玛仙达瘫痪的左臂，但他此行的真正目的是与情人会面。雷耶斯与玛仙达之间也发生了恋情。另一个常来的访客是佩索阿，而实际上他是一位已经死去的诗人，也就是说他是一个鬼魂，但佩索阿不承认自己是鬼魂。他告诉雷耶斯死去的人在最终灰飞烟灭之前有九个月的时间可以从墓中出来，跟人类出生之前在母亲的子宫里的时间差不多。因而，可以说雷耶斯才是佩索阿真正的鬼魂，而萨拉马戈的这部作品实际上就是一部鬼魂叙事。

丹妮斯·贾蒂娜（Denise Giardina）的《艾米丽的鬼魂：一部关于勃朗特姐妹的小说》（*Emily's Ghost*：*A Novel of the Bronte Sisters*，2010）讲述的故事涉及鬼魂。佩特克斯（Jennifer Petkus）的《千真万确的简或简·奥斯汀新书发布会》（*Jane*，*Actually or Jane Austen's Book Tour*，2013）中，作为无声无形的鬼魂游荡了两个世纪之久的简·奥斯汀终于在新科技 AfterNet 验证委员会[①]的帮助下证实了自己的真实作家身份，并借助这一项新科技完成死时正在创作的小说《桑底顿》（*Sanditon*，1817）。

在一些文学家鬼魂叙事中，鬼魂叙事视角是几个叙事视角中的一个。焦茨伯格（William Hjortsberg）的《永不超生》（*Nevermore*，1996）中的三个视角分别为柯南·道尔、胡迪尼（Harry Houdini）[②]和坡的鬼魂。故事设置在1923年道尔和胡迪尼及各自的妻子在纽约停留的一段时间，当得知发生了模仿爱伦·坡故事的谋杀事件时，两位人物介入调查，而这时坡的鬼魂不断出现影响他们的判断。恰好柯南·道尔和胡迪尼对于鬼魂和魂灵持截然相反的态度，这部作品在某种程度上是在虚构语境下对"灵异"这一主题的争辩。此外，在厄夸哈特的《改变天堂》（*Changing Heaven*，1993）里艾米丽·勃朗特的鬼魂是其中一个叙事视角。

多部与雪莱夫妇等浪漫派诗人相关的生命虚构叙事作品从怪物的视角进行讲述。著名诗人谢克（Laurie Sheck）的《魔鬼笔记》（*A Monster's Notes*，2012）以生活在19世纪早期的玛丽·雪莱笔下的弗兰肯斯坦制造的魔鬼作为叙事者，并且想象他仍活在21世纪初期，住在纽约的一栋破旧的建筑里，是一个典型的纽约人，也是一个穿越时空的人。类似的有欧奇弗（Susan Heyboer O'Keefe）的《弗兰肯斯坦的怪物：一部小说》（*Frankenstein's Monster*：*A Novel*，2010）。

在许多生命虚构叙事作品中，鬼魂不以叙事者的身份出现，但对叙事进程有重要意义。一种情况是文学家历史人物的鬼魂困扰当代人物，引导他们发现与过去相关的秘密。《我的兰姆女爵》（*My Lady Lamb*，1995）通过卡罗

---

① AfterNet 是一项能够帮助死人（或者更准确地说，没有肉身的灵魂）与仍然活在世上的人保持联系的新科技。

② 胡迪尼（1874—1926），出生于匈牙利布达佩斯，犹太人，是世界上最著名的魔术师。

琳女爵的鬼魂将一位年轻的波士顿女继承人艾莉森·康宁翰（Alison Cunningham）的故事与拜伦的故事连接起来。卡罗琳的鬼魂一直围绕艾莉森不愿散去，请求她去寻找拜伦的秘密回忆录，以向社会证明拜伦确实曾经爱过她。在她的鬼魂的引导下，艾莉森买下了秘密回忆录可能藏身的杜赫斯特大宅，在这过程中遇上了一位同样找寻秘密回忆录的英国古董鉴赏家莱德（Jeremy Ryder）并产生爱情。他们的爱情故事与卡罗琳的信件、秘密回忆录里讲述的卡罗琳与拜伦的故事交织在一起。

美国作家怀勒（Susan Wyler）受《呼啸山庄》启发，创作了勃朗特生命虚构叙事作品《索尔斯伯里山》（*Solsbury Hill*，2014）。年轻的女主角伊莉娜（Eleanor）发觉《呼啸山庄》这部小说中居然藏有自己的家族秘密，自己爱上了一位希泽克里夫式的男人，各种命运与原著作者相互纠结。凯瑟琳、希泽克里夫和艾米丽·勃朗特在某种意义上，都是出现在伊莉娜生活里的鬼魂。

另一种情况是文学家历史人物的鬼魂引领当代某个崇拜型读者去发现与他/她相关的故事或作品，如《斯坦贝克的鬼魂》。巴兹比（Lewis Buzbee）是一个非常喜欢去图书馆阅读的孩子，本来对斯坦贝克感兴趣的他在搬到斯坦贝克曾经居住过的地方之后，似乎与他建立了某种更神秘的联系，他不仅遇见了正在维多利亚式的旧房子阁楼窗边创作的斯坦贝克，还遇见了斯坦贝克作品中的多位人物。他意识到作家仍然还有一个故事要讲述，需要他去帮助完成。

二、不自然生命因子之生命错层叙事

后现代生命虚构叙事常常打破理论上相互排斥的几个层面——文本之外的现实、虚构的框架（外故事层）、主要故事（故事层）和故事内的故事（故事内的故事层）之间的界限，形成错层叙事。

错层叙事这一概念首先与故事世界相关。原则上，不同时代作家的人生故事以及他们所创作的虚构作品都是一个相对封闭的故事世界，它们参照各自故事世界里的其他人物而存在并具有意义。然而，在违反现实主义参数的反模仿错层叙事中，时空的模仿概念往往被解构，时空性被分解，同名主人公可以从其周围的人所处的常规时空里析离出来，被置于一个更大的时空中。[①] 原本为历史人物的文学家作为角色出现在虚构语境中，从某种意义上来说，本身已是一种错层。

错层叙事要与双联叙事或三联叙事等叙事技巧区分开来。双联叙事或三联叙事涉及两个或多个时空，或同一时空里的两条或多条故事线索，主要用

---

① Richardson, Brian. *Beyond Story and Discourse: Narrative Time in Post-modern and Non-Mimetic Fiction*. In Brian Richardson（ed.）. *Narrative Dynamics*. Columbus: Ohio State University Press, 2002: 50.

于描述在同一叙事作品里采用的两条或多条同时发生的（当代的和历史的，甚至未来的）情节线索，或者在同一小说里通过不同叙事者的视角展现同一事件的两种叙事技巧。双联叙事可以拜厄特的《占有：一部罗曼史》（1990）为例，小说讲述两位现代学者在追寻历史上的文学家的创作和爱情故事的过程中逐渐互生情愫的故事。三联叙事则以康宁翰的《时时刻刻》为典型，里面涉及三个不同时代的女性的故事，其中一个故事层与作家弗吉尼亚·伍尔夫相关；一个与生活在"二战"末期的洛杉矶家庭主妇劳拉·布朗相关；还有一个与在 20 世纪 90 年代的纽约过着达洛维夫人式生活的克拉丽莎·沃恩相关，三者通过弗吉尼亚·伍尔夫的小说《达洛维夫人》联系起来，尽管三个女人交替出现，镜头不断切割转换，但并非错层叙事，她们的世界没有交错。然而，虚构人物不可能与他/她的作家交流，作家也不可能走进他/她创设的虚构世界。

在《达洛维先生：一部中篇小说》（*Mr. Dalloway*：*A Novella*，1999）中，与达洛维夫人的创作者伍尔夫相关的历史人物以及与达洛维夫人相关的故事世界里的人物同时出现，这时才能认定《达洛维先生：一部中篇小说》是一部包含错层叙事的文学家生命虚构叙事作品。文学家生命虚构错层叙事要么将文学家的生命故事与不同时代的人物联系起来，要么将文学家的生命故事与其虚构作品的故事世界连接起来，扩大了文学家生命的内涵，因而是让生命虚构所再现的故事世界大于文学家本身的生命故事的一个重要表现。

文学家生命虚构叙事作品的错层叙事方式主要分为异生命故事错层、同生命故事移置错层、时空穿越错层叙事（trans-world-travel-metalepsis）、混合虚实世界错层叙事等类型①。由于在现实世界里，来自两个不同本体界域里的实体是不可能互动的，因而，所有错层都是物理上不可能的情形。这里需要注意的是，在本书的研究语境下，所有错层都必须与文学家相关，几个虚构作品故事世界的错层不一定是文学家生命虚构错层叙事，如福德（Jasper Fforde）的小说里，主人公星期四向纳卡吉马夫人（Mrs. Nakajima）学会了"穿书术"（bookjumping），能够随意进入小说世界，看到里面的人物和场景的特异功能，跟《远大前程》里的人物一起穿梭在爱伦·坡的《黑鸦》和卡夫卡的《审判》里，但由于不涉及爱伦·坡、狄更斯或夏洛特本人，因而不算文学家生命虚构错层叙事。

（一）异生命故事错层

异生命故事错层（hetero-bio-world metalepsis）指的是两个或多个来自不

---

① Bell，Alice & Alber，Jan．Ontological Metalepsis and Unnatural Narratology．*Journal of Narrative Theory*，2012，42（2）：167．

同时代、没有人生交集的历史人物作为生命虚构人物在新的文本世界中相遇，或者已死的与仍在世的生命虚构人物相遇并出现交集的情况，其中至少一个人物为文学家。

第一种情况，两个或多个来自不同时代、没有人生交集的历史人物作为生命虚构人物在新的文本世界中相遇。温特森的《艺术与谎言》一书的副标题为"三个声音和一个鸨母的故事"（A Piece for Three Voices and a Bawd），这三个声音分别发自 18 世纪德籍英裔的亨德尔（Handel）①、20 世纪法国的毕加索（Picasso）和公元前 7 世纪希腊的萨福，他们分别是音乐家、画家和诗人。这三位不同时代的艺术历史人物被作者设定在同一时代同一天的同一地点（伦敦）相遇，并解读同一本书。除了真实人物之外，温特森还创设了讲述鸨母（Doll Sneerpiece）的各种事迹的底层叙事（hypo-narration）。

在这部生命虚构叙事作品中，萨福的声音最关键，话语中既有幽默的批评，也有诗意的诱惑。对于温特森来说，她是一个代言偶像和爱欲的哲学家。温特森将亨德尔创作成一位雌雄同体的人，使他能够用只有女人才能非常奇特地拥有的"双视角"（double perspective）看世界。温特森将故事置于未来（对于温森特写作本小说的时间 1995 年而言，2000 年是不远的将来）的伦敦，三位艺术家在逃离伦敦的火车上相遇，他们阅读着一本与 18 世纪情色喜剧相关的书；该书的八个章节标题分别为三位艺术家的名字不同次序的重复，暗示了时间的循环性和人物生命故事的互补性②。

第二种情况，已死的与仍在世的生命虚构人物相遇并出现交集。在斯托帕关于 19 世纪末和 20 世纪初诗人休斯曼（Alfred Edward Housman，1859—1936）的生命虚构戏剧《爱的创设》（The Invention of Love，1997）中，休斯曼虽然为王尔德的同时代人物，但他直到王尔德于 1895 年名声直落之后才开始出版诗集。在这部生命虚构戏剧里，被驱逐的王尔德阅读了休斯曼于 1896 年出版的诗集《西罗普郡少年》（A Shropshire Lad）。王尔德多次在戏剧中被提及（至少在第 15、35、47、57、83、88 章里），然而直到戏剧接近尾声的时候，王尔德才第一次作为人物出现，与被虚构的人物"AEH"——20 世纪 30 年代的休斯曼对话，这时王尔德正要被船夫引渡穿过冥河，因而 AEH 将王尔德的人生称作一个"时代错误"（a chronological error）③，他们在一起畅谈《西罗普郡少年》、艺术、爱与背叛等话题，AEH 完全处于一个时空错置的状态（anachronistic fashion）。

与已经去世的文学家进行采访对话的这类生命虚构叙事作品都涉及异生

---

① 亨德尔（Georg Friedrich Handel，1685—1759）是德籍英国巴洛克音乐的作曲家，著名的作品有《水上音乐》（Water Music，1717）、《皇家烟火》（Music for the Royal Fireworks，1749）、《弥赛亚》（Messiah，1741）等。

② Jaén，Onega Susana. Jeanette Winterson. Manchester：Manchester University Press，2006：134.

③ Stoppard，Tom. The Invention of Love. New York：Grove Press，1997：96.

命故事错层叙事（参照第四章"虚构框架里的采访叙事"）。

（二）同生命故事移置错层

同生命故事移置错层可分两种情况，一是文学家遇见另一个（年轻或年老的）自己，二是某一特定的文学家的生命发生时空移置。与时空穿越错层叙事不同的是，时空穿越必须明确提到某位现代人物或历史人物以某种神奇力量或超自然现象为触发点，突然发现自己置身于一个全然不同于自己生活世界的地方，而同生命故事移置错层，没有"穿越"（trans-）这一动作的明确描述。

文学家遇见另一个自己的生命虚构叙事典范作品有《费尔南多·佩索阿的最后三天》和斯托帕的生命虚构戏剧《爱的创设》。在前一部作品中，佩索阿遇到多个作为他者的自我，分别是使用了笔名雷耶斯（Ricardo Reis）的佩索阿和使用了其他异音异义但同形的名字的佩索阿，不仔细看以为是遇到了其他人物。在后一部作品里，以诗人休斯曼的视角讲述自己的记忆故事，当王尔德离开被虚构的人物 AEH 去另一个世界时，AEH 完全处于时空错置的状态，居然遇见年轻时的"休斯曼"。

多部与简·奥斯汀相关的生命虚构叙事作品涉及同生命故事移置错层。福特（Michael Thomas Ford）的简·费尔法克斯系列——《简反咬一口》（*Jane Bites Back*，2010）、《疯狂的简》（*Jane Goes Batty*，2011）和《简发誓报仇》（*Jane Vows Vengeance*，2012）——通过将简·奥斯汀描述为一个现代书店的店主、一个活了两百多年的僵尸，直接将其移置现代文学世界里。

柯克（Eric Koch）的《爱中偶像：一部关于歌德的小说》（*Icon in Love：A Novel About Goethe*，2010）的故事发生在 1992 年诺贝尔奖颁奖前后，73 岁的歌德作为诗人、电影制作者、自然哲学家、博学家、全球电视和媒体名人，接到从瑞典的斯德哥尔摩打来的电话，宣布他成为本届诺贝尔文学奖的得主。由于诺贝尔奖评委会多年来一直无视他的功绩，歌德本打算拒绝领奖，但在他深深爱恋的斯德哥尔摩学生尤尔丽克（Ulrike von Levetzow）[1] 的劝导下，决定接受诺贝尔文学奖，而尤尔丽克的父亲恰巧是杀人团伙的头目。12 月，药学奖桂冠得主爱德华（Edward Graziano）向歌德透露自己被下了毒，他知道是谁以及为什么要害他，但苦于没有证据。在颁奖典礼上，爱德华倒下死去。歌德和尤尔丽克的父亲疯狂地追踪凶手……

（三）混合虚实世界错层叙事

混合虚实世界错层叙事（hybridized-bio-fic-world metalepsis）指的是虚构

---

[1] 按照史料记载，尤尔丽克是真实历史人物，人称尤尔丽克·冯·莱维佐夫女男爵（Baroness Ulrike von Levetzow，1804—1899），是歌德的朋友和最后的爱人。

人物世界与真实文学家人物世界交错的情况。这是文学家生命虚构错层叙事中最常见的一种错层模式。在这个虚实交错的新故事世界里，虚构人物通过与历史真实人物的互动获得某种真实感，而历史真实人物与虚构人物的同台演出则营造了某种虚构性，两个不同故事世界里的人物通过相向运动进入同一故事世界，获得了阈界身份。

　　比较常见和简单的情况是文学家主体与自己创作的虚构人物世界出现错层，如在威尔士的《帖木儿必死》中，诗人、戏剧家马洛必须在三天之内在伦敦街头找出从他最残暴的一出戏剧的书页里逃出来的杀人魔王帖木儿。埃克罗伊德的《狄更斯传》中的许多章节主要由狄更斯与自己小说中的人物的对话或者与其他作家的对话构成。其中一个重要情节是狄更斯与自己笔下的虚构人物"小杜丽特"之间的相遇。此外，埃克罗伊德本人还在一个梦中与狄更斯相遇①，狄更斯也与其他几位作家如王尔德、T. S. 艾略特等开启了对话②。埃克罗伊德将这种作者的交往描述为"想象的多个自我之间的真实对话"③。

　　奇幻文学史家斯坦布福德（Brian Stableford）的《吸血鬼的饥饿与狂喜》中杜撰人物拉加德伯爵（Count Lugard）充当了叙事者。故事中，另一位杜撰人物——科学家科波斯顿（Edward Copplestone）教授邀请王尔德、威尔斯、大侦探福尔摩斯（虽然没有直接出现福尔摩斯的名字）和华生医生等人来到他的寓所，向他们讲述在药物的迷幻作用下的三个离奇故事。其中，福尔摩斯和华生医生是柯南·道尔笔下的虚构人物。

　　而格雷弗斯的《荷马的女儿》则将荷马史诗《奥德赛》里的人物娜乌西卡想象成荷马的女儿，甚至声称她才是荷马史诗的真实作者，这是一种典型的升层叙事（ascending metalepsis）。

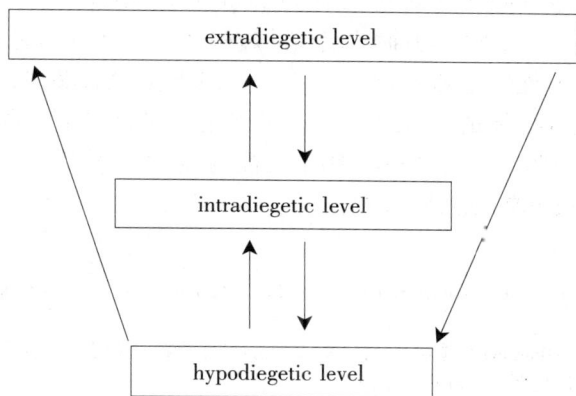

---

① Ackroyd, Peter. *Dickens*. Sinclair-Stevenson, 1990：1059 – 1060.
② Ackroyd, Peter. *Dickens*. Sinclair-Stevenson, 1990：427 – 432.
③ Ackroyd, Peter. *Dickens*. Sinclair-Stevenson, 1990：427.

　　另一种混合虚实世界错层叙事则是文学家生活世界与非自己笔下的虚构世界混合的情况。典型的有吉布斯（Martin D. Gibbs）的《伏尔泰的优幻奇遇》（*Voltaire's Excellent Adventure*，2014）和《伏尔泰在〈憨第德〉之前的奇遇：及其他可能的故事》（*Voltaire's Adventures Before Candide：And Other Improbable Tales*，2012）。在吉布斯的作品里，弗朗索瓦－马利·阿鲁埃（François-Marie Arouet，1694—1778），也就是文学家、哲学家兼史学家伏尔泰，这位勇往直前、咄咄逼人的英雄带着他的智慧、假发和无敌砍刀（1484年的时候他还没有这个装备）接受了一项重大使命，那就是要去营救菲茨杰拉德的《了不起的盖茨比》（1925）里的小人物——克利皮斯皮林格（Ewing Klipspringer）。

　　还有一些混合虚实世界错层叙事显得更加复杂。著名诗人谢克写的《魔鬼笔记》（2012）以弗兰肯斯坦制造的魔鬼作为叙事者，想象他仍活在21世纪初期，住在纽约的一栋破旧的建筑里，是一个典型的纽约人，也是一个穿越时空的人。这部小说就像一个博学的水龙头，喷射出三千年的历史、科学、哲学、文学知识和典故，涉及波依提乌斯①、曹雪芹、但丁、马可·波罗（Marco Polo）、洛克（Locke）、迪奥奇尼斯②、迈摩尼德斯③等古今中外各类历史人物以及他们的父母、妻子、爱人、孩子和宠物等。

　　正如魔鬼叙事者所言，"时间对我来说没有任何意义""过去、现在和未来就像一张将我团团包起来的纸"④。在这部作品中，叙事时间和空间看起来将它们自己调入了历史、现在和将来的时空，非常明显地将虚构人物和真实人物并置在同一时空里，使魔鬼与弗兰肯斯坦及作家之间的关系变得越来越朦胧，越来越难以捉摸。

　　虚实错层叙事涉及本体跨越（ontological transgression），而这种本体跨越在声称遵守真实世界的逻辑和物理定律的虚构世界里是不可能发生的⑤，也就是说这种情况只可能发生在不遵守这些定律的不自然的虚构世界里。所有错层在物理上都是不可能的，因为在实存世界里，来自两个不同本体界域的人物不可能互动。例如，一个虚构人物不可能与他/她的作家交流，作家也不可能踏进他/她创设的虚构世界。

---

　　① 波依提乌斯（Anicius Manlius Severinus Boethius，约480—524），罗马帝国哲学家和基督教神学著作家。

　　② 迪奥奇尼斯（Diogenes，前412—前323），古希腊哲学家，犬儒派代表人物。他常年住在桶里，白天也要点灯，说是为了找到正人君子。

　　③ 迈摩尼德斯（Maimonides，1135—1204）是中世纪犹太教神学家、哲学家，被誉为以色列民族领袖摩西之后的"第二摩西"。其著作《迷途指津》从亚里士多德的理性主义出发，对犹太教神学教义进行了广泛且系统的研究。

　　④ Sheck, Laurie. *The Monster's Notes*. New York：Knopf, 2012：413.

　　⑤ Marie-Laura, Ryan. *Avatars of Story*. University of Minnesota Press, 2006：210.

第一种情况，笔下人物遇上作家，按照贝尔和阿尔贝的术语，如果一个虚构人物或叙事者从其所在的故事世界向上爬到高一级的故事世界里，可以称为升层叙事（ascending metalepsis）[1]。虽然作家的笔下人物往往有他们在现实生活中的原型，来自现实生活，但经过作家创作之后，我们只能认为这位人物属于作家创设的故事世界里的一个人物，而作家生活的世界属于高一级的故事世界。第二种情况，如果作家从真实世界脱离，与存在于他/她笔下虚构世界的多个人物在新的故事世界里相遇，则称为降层叙事（descending metalepsis）。

斯托帕的《戏谑》是典型的升层叙事。它套用了王尔德的经典喜剧《认真的重要性》里的剧情框架和人物关系，并让里面的虚构人物关德林和塞西莉在《戏谑》里分别担当秘书和图书馆员的角色，与现代主义小说家乔伊斯、无产阶级革命家列宁以及达达主义画派画家特拉杰一起出现在苏黎世。两位女士弄错了公文包，将乔伊斯的小说《尤利西斯》放到了特拉杰的公文包里，而列宁的《帝国主义是资本主义最后阶段》的政论文则被放进了乔伊斯的公文包，于是产生了一系列阴差阳错的笑话，引出了几人就革命、艺术和爱情三个主题进行的争论。除此之外，《戏谑》里还有很多情节和对白都直接出自《认真的重要性》，只不过多了些许夸张和戏谑的成分。

此外，还有历史文学家与当代作家虚构的人物故事世界的错层。《贝德福德公园》在叙事中明显出现了虚构人物启德（Kal Kidd）、宾克斯（Binks）与真实的文学家人物福特、叶芝[2]、康拉德同台出演的情节。启德和宾克斯是艾坡亚德（Bryan Appleyard）为他的作品虚构的两位主要人物。

如果说以上提及的例子是看上去比较明显的虚实错层叙事，那么，在后现代文学家生命虚构叙事作品里还可能遇到一些比较隐晦、间接的虚实错层叙事。如在隐性生命虚构叙事作品里的虚实交错，采用了隐秘复杂的方式将虚实杂糅在一起的错层等。如果不将卡雷的《杰克·麦格斯》里的标题人物与狄更斯笔下的人物——《远大前程》中的惯偷——麦格维奇，以及托拜厄斯·殴茨与狄更斯对应起来，读者很难发现这是一部错层叙事作品。

再如，在爱尔兰时报国际小说奖的《彼得堡的大师》里，作者库切是将他小说里的主角的人生进行了改译——将真实的陀思妥耶夫斯基与他的虚构创作中的独立人物的人生交织到了同一个故事里。陀思妥耶夫斯基的生活、作品、作品中的人物以及那些有着特殊意味的场景，经过库切鬼斧神工般地剪裁和微调，形成元故事穿插（metadiegetic insertion）和多层次的文本互涉，

---

[1] Bell, Alice & Alber, Jan. Ontological Metalepsis and Unnatural Narratology. *Journal of Narrative Theory*, 2012, 42（2）: 167–168.

[2] 与叶芝（W. B. Yeats）相关的生命虚构叙事作品有《叶芝已死！：十五位爱尔兰作家共谱一个谜案》。

折射出丰富的寓意。

通过这种虚构与真实的混合，库切重新诠释了陀思妥耶夫斯基的生活和创作世界。只有谙熟大师所有创作的读者才会意识到玛特莲娜在小说里不仅是陀思妥耶夫斯基房东的女儿，而且是《群魔》（Devils）里一个虚构人物——主人公斯塔夫罗金（Stavrogin）的房东的十一岁女儿。实际上，库切的作品穿插了许多类似的虚实嵌合，如人物马克西莫夫议员以及他的态度和案件调查方式可以被看作库切版的彼得罗维奇（Porfiry Petrovich）——《罪与罚》（Crime and Punishment）里的一位警局探员。卡拉马金（Karamzin）[或许原本就是卡拉马佐夫（Karamazov），陀思妥耶夫斯基有意将名字拼错]是马克西莫夫议员向陀思妥耶夫斯基讲述的一个短故事里的人物的名字，他被故事里的年轻主人公用短柄斧锤杀了，这里呼应的是《卡拉马佐夫兄弟》（The Brothers Karamazov）里被自己的大儿子残忍杀害的卡拉马佐夫（Fyodor Pavlovich Karamazov），等等①。

实际上，库切将《群魔》里的虚构故事归结给了陀思妥耶夫斯基的继子，借此将形式从虚构变成了现实。尤其是最后一章，更是一个复杂的虚实合体，真实人物、虚构角色、陀思妥耶夫斯基的小说、库切的小说都融合在了一起，邀请读者将《群魔》作为陀思妥耶夫斯基的忏悔录来阅读，将斯塔夫罗金的罪与恶当作陀思妥耶夫斯基的罪与恶。

当然，还有一种情况我们可以看作隐性的虚实错层叙事。在塞勒斯的《凡妮莎和弗吉尼亚》中，塞勒斯采用的是伍尔夫的第一人称叙事模式——"我的记忆就像母亲的针线筐里的一卷卷的丝线和一片片的碎布一样纠缠不清，我想把它们倒在保育房的地板上，分分类，理理清：五颜六色的丝带、衣服上掉落的纽扣、一块三角形的紫色蕾丝"②。"母亲"在这段话中是伍尔夫的母亲——朱莉娅·史蒂芬（Julia Prinsep Duckworth Stephen）。

但是对于熟悉《到灯塔去》（To the Lighthouse，1927）的读者而言，"母亲"也是拉姆赛夫人（Mrs. Ramsay）——伍尔夫自己母亲的虚构版。对于熟悉这部作品并同时熟悉伍尔夫家族历史的读者，对伍尔夫著作的影射③使"母亲"这一形象更加丰满。也就是说，这里的母亲是伍尔夫的母亲形象与虚构中的母亲形象的一个复合体。

当我带着"拉姆赛夫人的现实原型是伍尔夫的母亲朱莉娅"这样一种认知进行阅读时，对塞勒斯的"母亲"的阅读就是多层次的体验了——读者同时看到了朱莉娅、拉姆赛夫人和母亲，不知不觉地把她们混为一谈，她们之

---

① Kusek，Robert. *Authors on Authors*：*In Selected Biographical-Novels-About-Writers*. Kracow：Jagiellonian University Press，2013：132.

② Sellers，Susan. *Vanessa and Virginia*. Boston：Houghton Mifflin，2009：2.

③ 包括"针线筐""紫色的三角布块""像女王一样走进育婴房"等。

间的形象具有丰富的流动性；对于精通伍尔夫作品的读者而言，阅读塞勒斯的"母亲"就是对拉姆赛夫人的虚构生活的扩展，这个伍尔夫笔下的人物又重新活回来了，重新被塑造，重新被安置，她是在生命虚构叙事作品的书页里起居的"母亲"，不仅具有生命再现意义，更具有文学意义①。因而，我们相信伍尔夫更愿意读者能够将塞勒斯的母亲当作一个虚实错层的形象，向她的艺术创作致敬。

同样，我们可以通过观看两部关于伍尔夫的生命戏剧——阿特金斯的《薇塔与弗吉尼亚》（*Vita and Virginia*）和奥布莱恩（Edna O'Brien）的《弗吉尼亚：一部戏剧》（*Virginia：A Play*，1981）来观察错层叙事的情况。前者主要大段使用伍尔夫的自传、信件、日记等串缀形成生命虚构戏剧的主体部分，而后者则在这些一级生命因子中大量穿插三级生命因子，也就是生命虚构主体自己的虚构故事，制造出错层叙事中虚实交错的效果。

奥布莱恩在戏剧里使用了《达洛维夫人》《出航》《海浪》《到灯塔去》《奥兰多》《幕间》《一间自己的房间》，还有短篇小说《闹鬼的屋子》《墙上的斑点》《达洛维夫人的派对》等伍尔夫的虚构作品。比如，我们可以从《弗吉尼亚：一部戏剧》中弗吉尼亚·伍尔夫在戏剧开始和最后的独白中侦查出《达洛维夫人》的虚实交错效果。独白如下：

我梦见我从船边坠落，跌至海底；我已经死去，现在却又复生——那是可怕的，可怕的，鸟儿的声音和车轮的声音，像未醒以前一样，以一种奇怪的和谐的方式，发出清脆的响声，而且越来越响，沉睡着的人感到自己正驶向生命的海岸，太阳越来越热，哭声越来越响，可怕的事情即将发生。

这个特别的噩梦原本属于伍尔夫笔下的角色塞普蒂默斯·史密斯（Septimus Smith）。奥布莱恩重新设置了原始的引语，改变了聚焦点和视角，挪用塞普蒂默斯的创伤经验，并将其赋予自己的角色——弗吉尼亚·伍尔夫。也就是说，伍尔夫用塞普蒂默斯的声音说话，并产生幻觉。塞普蒂默斯的思想变成了言语化的话语，他内心的意识流变成了伍尔夫②。

以上虚实错层叙事主要涉及一个虚构故事世界与一个真实生命世界的错层。当两个或两个以上的虚构故事世界与真实生命世界产生错层时，也就是"当福尔摩斯出现在包法利夫人的虚构世界里并与柯南·道尔或福楼拜的生命

① Schrimper，Michael R. Angels Musing at My Expense. Woolf and Biofiction. *Virginia Woolf Miscellany*，2018（93）：17–18.

② Latham，Monica. *I Have Been Dead and Yet Am Now Alive Again* In *Virginia Woolf on the Contemporary Stage*. 2018：22.

世界产生交集"的时候，被称为异虚构故事错层（heterometalepsis）①。

异虚构故事错层可以分为三种情况：一是来自两个或多个虚构故事世界里的人物成为同一个新的虚构故事世界里的主要人物并与他们的作家出现短暂生命交集，如《尼克和杰克：一部书信体小说》；二是来自真实生命世界里的人物与至少两个虚构故事世界里的人物产生生命交集，如《不下床的爱丽丝》（*Alice in Bed*，1993）；三是杜撰人物与至少两个虚构故事世界和一个真实生命世界产生错层，如《英国音乐》。

异虚构故事错层可以打破不同作家的虚构故事世界之间的封闭界限。众所周知，虚构人物可能会出现在同一作家的不同作品里。福克纳的约克纳帕塔法系列小说里，600多个有名有姓的人物在各个长篇、短篇小说中穿插交替出现，如昆丁分别是《押沙龙，押沙龙!》和《喧哗与骚动》里的叙事者，也出现在短篇小说《夕阳》中。但由于福克纳创作的人物属于符合物理和逻辑的同一虚构故事世界，因而小说不涉及错层叙事。此外，文学家本人没有作为人物出现在作品里，因而，更不能称其为文学家生命虚构错层叙事。

《尼克和杰克：一部书信体小说》就是一部典型的虚构性穿越作品，首先，两个主要人物，也就是保持通信来往的双方——尼克和杰克都是不同故事世界里的虚构人物——尼克（Nick Carraway）是菲茨杰拉德的小说《了不起的盖茨比》里的主人公，而杰克则为海明威的《太阳照样升起》里的叙事者，这本身就是两个虚构故事世界的融合叙事，它们本是平行封闭的两个故事世界，在《尼克和杰克：一部书信体小说》里却出现了交集。其他人物如《太阳照样升起》里的艾什利小姐（Lady Ashley）和罗伯特·科恩也有露面。此外，它不仅充斥着毛姆（William Maugham）的小说《刀锋》（*The Razor's Edge*，1944）和格林（Graham Greene）的《静静的美国》（*The Quiet American*，1980）的不同虚构故事世界里的人物，如拉里

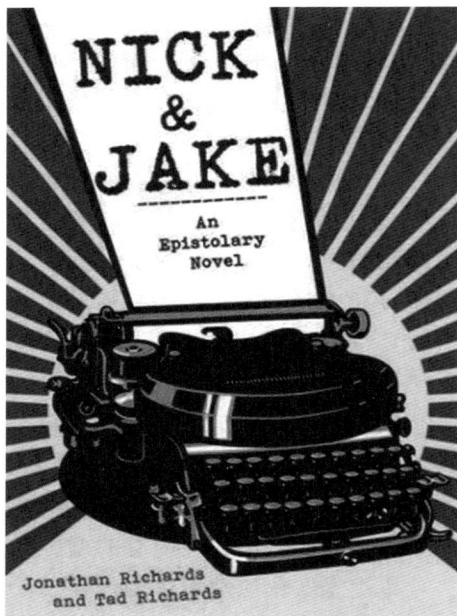

---

① Rabau，Sophie. *Ulysse à Côté d'Homère. Interprétation et Transgression des Frontières Énonciatives.* In Pier，J. & Schaeffer，J. M.（eds.）. *Métalepses. Entorses au Pacte de la Représentation.* Paris：Éd. de l'EHESS：59 – 72.

（Larry Darrell）和奥尔登（Alden Pyle）等，还混杂着萨特、加缪、波伏娃
（Simone de Beauvoir）、杰奎·苏珊（Jackie Susann）① 等真实文学家人物，他
们都在想方设法地引诱尼克。虽然海明威和菲茨杰拉德没有作为人物出现在
作品里，但他们各自的孩子们（虚构的）却与"真实"人物一起混杂在人群
中。作品里，尼克和杰克各自已经创作了《西卵的特里马乔》（*Trimalchio in
West Egg*）和《迷失一代》（*The Lost Generation*）两部小说，分别描述了尼克
于 20 世纪 20 年代在长岛认识的盖茨比的故事和杰克对 20 年代巴黎生活的回
忆。从某种意义上讲，尼克就是菲茨杰拉德，杰克就是海明威，因而，小说
具有元虚构叙事特点，颠覆了创作者与被创作者之间的二元对立。

在桑塔格（Susan Sontag）的《不下床的爱丽丝》这部剧作中，主人公爱
丽丝·詹姆斯②在历史上确有其人，是 19 世纪世界公认的大文豪亨利·詹姆
斯和著名的心理学家、哲学家威廉·詹姆斯的妹妹，整个作品围绕爱丽丝与
其父、其兄之间的关系，虚构了一幕幕超现实的对话。作者又让爱丽丝模仿
19 世纪最著名的爱丽丝——卡罗尔《爱丽丝奇境漫游》里的爱丽丝，参加了
一个疯狂茶会③，为了要给爱丽丝出主意、安慰沮丧的爱丽丝，作者招来了两
位美国 19 世纪杰出的知识女性——艾米莉·狄金森（Emily Dickinson）和玛
格丽特·富勒（Margaret Fuller, 1810—1850）④ 的鬼魂，还招来了两位 19 世
纪舞台的虚构人物——来自芭蕾舞剧《吉赛尔》（*La Scala Ballet-Giselle*）第二
幕中复仇少女们的幽灵领袖威利斯女王迷尔达（Myrtha）和瓦格纳歌剧《帕
斯法尔》（*Parsifal*）中经常瞌睡不醒的女子昆德丽（Kundry）。这些人物无论
来自真实世界，还是小说故事世界、音乐故事世界，抑或芭蕾舞剧故事世界，
都是女性，且来自不同领域。因而，可以说《不下床的爱丽丝》是一部关于
女性的作品，更准确地说，是关于女性的痛苦和女性的意识的作品，桑塔格
把历史现实与心理幻想糅于一体，使得爱丽丝的所遇所感成为知识女性悲剧
命运的缩影。两位具有同样命运，不知如何利用自己的才情、智慧、创造力
的爱丽丝的命运被交织到了一起。

同名的现实人物和虚构人物同时出现在一部生命虚构叙事作品中让人很
快联想到华尔德洛普（Howard Waldrop）的《良心》（*Heart of Whiteness*,

---

① 杰奎·苏珊一生充满传奇。十几岁在选美比赛中博得"费城最美小姐"称号。18 岁离开家乡
费城，只身前往纽约奋斗，做过电影演员、模特。她以亲身经历创作出颇富争议的小说，小说销量创
吉尼斯世界纪录，改编后被多次搬上舞台和银幕，令她为世人所铭记。

② 爱丽丝·詹姆斯（1848—1892）虽名声不及两位哥哥，但也是小有名气的美国日记作家，主
要以去世后出版的日记而留名史册。

③ "疯狂茶会"（A Mad Tea-party）是《爱丽丝奇境漫游》里最出名的一个章节。

④ 玛格丽特·富勒，美国作家、评论家、社会改革家、早期女权运动领袖。作品包括《1843 年
的湖光夏日》（*Summer on the Lakes in 1843*, 1844）和《论文学与艺术》（*Papers on Literature and Art*,
1846）等。

221

2005）。这部作品里出现了"马洛－马洛－马洛"三位同名者——康拉德《黑暗之心》里的马洛在这个作品里叙述了作为雷蒙·钱德勒（Raymond Chandler）笔下的侦探人物马洛所讲述的伊丽莎白时期戏剧家克里斯托弗·马洛（Christopher Marlowe）的故事。故事里套故事，但三个马洛中，历史上真实存在过的马洛反而成为最底层的叙事和一位虚构的马洛的语言产物，而这个讲述真实马洛故事的马洛最终也沦为另一个虚构马洛的讲述对象。

埃克罗伊德的《英国音乐》里现代人物哈科姆的虚构故事世界，与不同文学家、艺术家的真实生命世界以及他们作品里的虚构世界构成复杂的错层关系。该作品由十九章构成，除了单数章不涉及错层叙事之外，在偶数章里，哈科姆或同时进入《天路历程》和《爱丽丝奇境漫游》的故事线，或进入狄更斯的生命世界（遇到正在创作虚构作品的文学家本人）和布莱克的风景画里，抑或进入笛福的克鲁索的荒岛和柯南·道尔的侦探世界里，哈科姆所经历的这些错层世界将英国文化中代表英国最本质特色的文学和音乐、绘画艺术连接了起来。

后两种异虚构故事错层的修辞目的实际上都在于将文学家展现为一个纯粹文本化的历史所指，强调他们所再现的世界"毅然决然地为虚构性的，同时又不可否认地是历史性的"①，这些作品所要表达的元批评观点是进入文学家这样的历史参照人物的生命故事并对其进行讲述，文本是不可避免的媒介。

三、不自然生命因子之时空穿越错层叙事

文学家时空穿越错层叙事（trans-world-travel-metalepsis）指的是文学家或其他人物以某种神奇力量或超自然现象为触发点，从生活过的时空穿越到另一个时空的错层作品。穿越人物突然发现自己置身于一个全然不同于自己生活世界的地方。这类作品突出后现代主义创作的时间错置和非历史性两大趋势（anachronism and ahistoricism）。

马克·吐温的《康州美国佬在亚瑟王朝》开创了一百年后风行的"穿越小说"这一类型，被誉为"穿越文学的鼻祖"。时空穿越错层叙事通常都包含穿越世界的身份（transworld identity）从一个主要的故事世界（primary story-world）消失，出现在另一个故事世界里。

这个身份可以是替换性的，也可以是增补性的。身份替换性的时空穿越指的是执行穿越行为的人物在错置世界里成为那里已有人物的替身，而这一被替换的人物穿越到替身人物原有的世界里去的情况。如库柏（Susan

---

① 原文为"both resolutely fictive and undeniably historical."引自 Hutcheon, Linda. *The Poetics of Postmodernism*. New York：Routledge, 1988：146.

Cooper)的《影子之王》(*King of Shadows*，1999)，年轻的美国人奈特去伦敦环球剧院观看《仲夏夜之梦》，却突发高烧，醒来后发现自己身处伊丽莎白时代，正要参加该剧的首演，后来帮助莎士比亚一举成名，而原本莎士比亚戏剧里的演员却来到奈特的现代世界，寻求治愈疾病的药方。奈特与莎士比亚时代的演员一起穿越，实现身份互换。身份增补性的时空穿越指的是穿越到错置世界里并非替代任何已有人物，而是以新人物的身份出现，如《午夜巴黎》(*Midnight in Paris*，2011)里21世纪的虚构小说家穿越到20世纪20年代的巴黎，他出现在历史时空里，但没有替代任何历史人物。

许多文学家生命虚构叙事作品既涉及时空穿越型错层，同时也涉及虚实混合型错层。如较早开始重视玛丽·雪莱对科幻小说的先驱作用的作家布莱恩·奥尔蒂斯(Brian Aldiss)于1973年通过《解放了的弗兰肯斯坦》(*Frankenstein Unbound*)这部小说表达了他对玛丽的想象和批评两方面的兴趣。在小说里，一个21世纪的前总统博登兰德(Joseph Bodenland)穿越至1816年，他不仅遇上了雪莱、波里道利医生(《吸血鬼》的作者)、拜伦，还遇上了玛丽想象之作里的维克特·弗兰肯斯坦的后代，以及他想象出来的非法生物——怪物自己。这种虚构设置模糊了历史人物和想象人物、传记角色和虚构角色以及真实与意识之间的界限①。

时空穿越错层可以分为单向穿越错层和双向穿越错层。前者更常见，且大多数是由现代穿越到某个历史时代。当然也有例外，如在坤(Dinah Lee Küng)的《伏尔泰来访》(*A Visit from Voltaire*，2004)里，生活在18世纪的伏尔泰来到了现代，变成了叙事者——三个孩子的妈妈坤女士——的密友，教会她如何全方位地体验生活。这是一部与文学家指引相关的励志自助小说(self-help novel)，目前这类小说也出现了流行趋势。

霍兰德的《吸血鬼：拜伦秘史》(*The Vampy：The Secret History of Lord Byron*，1994)是让拜伦穿越到20世纪末的伦敦，而且与自己的虚构作品《唐璜》的第二—四诗章里的女主人公海蒂(Haidee)一起(虚实错层)生活在伦敦一个礼拜堂的地下室里，一边伺机吸取现代人的血，一边向他的曾曾曾孙女重述自己的人生。

---

① Jones, Christine Kenyon. SF and Romantic Biofictions：Aldiss, Gibson, Sterling, Powers. *Science Fiction Studies*，1997，24(1)：48.

> 给故事进行注解的地方就是所有秘密可以被挖掘的地方，就是破译生命主体的真实生命故事，对主体的人生故事进行完美统合的地方。
>
> ——戴安娜·肖恩普兰①

第四节　文学家生命虚构中的学术因子

　　生命虚构由于其与传记之间存在千丝万缕的联系，在写作过程中必定大量引用各级文本性生命因子里的内容，这一点彰显了生命虚构与纯虚构作品之间的显著差异。在此基础上，学者型生命虚构作家还在生命虚构创作中加入了大量的学术因子，给原本通俗化的虚构文类创设了研究和批评的氛围，本书称之为文学家生命虚构叙事作品的学术化行为（academicalised act）。学术化行为的策略主要包括大量引用从二级生命因子中的学术著作等截取出来的文本，大量采用注解和参考文献等传记和学术研究作品的撰写形式进行创作等。

　　文学家生命虚构叙事学术化主要指几个方面：一是学术研究与生命虚构的平衡；二是学术圈文学家生命虚构叙事；三是文学家生命虚构叙事作品的学术化行为（本书主要谈论"注解"这一叙事策略）；四是生命虚构叙事的元生命虚构批评。本节将从这几个方面分别论述。

一、学术研究与生命虚构的平衡

　　洛奇曾提到他在写作《作者，作者》的过程中将他人生的两大兴趣——虚构和学术——结合了起来，他说，"事实上，我的大部分时间都在追求双重人生，在撰写虚构作品和文学学术著作之间分身乏术，那时候没有意识到实际上这两种兴趣和专长是可以在生命虚构写作中合二为一的②"。除洛奇之外，许多文学家生命虚构作家都常将虚构写作与他们的学术研究结合起来，如布

---

　　① 原文为 "The footnotes to the story, the place where all the secrets could be unearthed, the place where the true story could be deciphered and the sum of the subject's life could eventually be tallied"。引自 Schoemperlen, Diane. *Innocent Objects*. In *Forms of Devotion: Stories and Pictures*. New York: Harper, 1999: 51 – 78.

　　② Lodge, David. *The Year of Henry James or, Timing is All: The Story of a Novel*. London: Harvill Secker, 2007: 11.

拉德伯雷①、瓦尔什（John Evangelist Walsh）②、麦克科马克③、达甘（Steven Duggan）④、埃克罗伊德、塞勒斯⑤、福斯特⑥、贝特（Jonathan Bate）⑦、莫什⑧、司特德、怀特、摩西（Kate Moses）⑨、卡特（William C. Carter）⑩、法尔⑪、斯多利（Neil Storey）⑫、塞莫尔等。甚至有些科学家如自然学家威尔逊⑬等也加入了生命虚构创作行列。

　　评论界有时会将洛奇与布拉德伯雷两位生命虚构叙事作家混淆。他们在生命虚构创作和文学批评路径上确实有许多相近的特点，文学生涯早期还合作出版作品，甚至会作为人物在各自的生命虚构叙事作品中短暂露面。通过生命虚构，这些理论家为自己的理论阐释找到了表达更为生动、受众更为广阔的平台。一方面，这些生命虚构可能是学术作品的虚构化转换；另一方面，这些生命虚构可能走在学术研究的前面，是学术思想的首创表达形式。与一般小说家相比，他们的作品更加注重文学研究的元层面（meta-level），与一般文学研究者相比，他们的作品又更加注重文学研究的创造性层面。因而，在某种程度上，这类作品模糊了想象写作与学术研究之间的区别。

　　学术研究的虚构化创意写作对学者型小说家来说是一个挑战——作家必须在虚构和学术之间寻求某种平衡——如果虚构元素太过突出，研究材料不够令人信服，则创作元素会显得不得要领；如果虚构叙事不够引人入胜，学术含量超出必要，则读者会质疑为何不用更正统的学术著作形式出版。为把握适当的尺度，作家必须对这样的小说有一个平衡的定位——作品的主要意图是讲述一个引人入胜的好故事，研究史料只是围绕讲好这个故事而使用的

---

　　①　文学批评家。

　　②　瓦尔什是多位诗人如济慈、狄金森和弗罗斯特传记的撰写者，也撰写了多部学术专著。

　　③　麦克科马克是王尔德学者，创作了生命虚构叙事作品《那个叫道林·格雷的人》（*The Man Who Was Dorian Gray*，2000）。

　　④　Duggan, Steven. *The Case of the Dead Dane*（Volume 1）（*The Case of the Dead Dane—A Marlowe and Will Mystery*）. Oyster Books, 2013.

　　⑤　伍尔夫学者。

　　⑥　布朗宁和杜穆里埃学者。

　　⑦　贝特是一位杰出的莎士比亚学者。在撰写了《时代之魂：关于莎士比亚思维的一部传记》（*Soul of the Age：A Biography of the Mind of William Shakespeare*，2008）之后，与桑顿（Dora Thornton）合作创作《莎士比亚：将世界变成舞台》（*Shakespeare：Staging the World*，2012）。

　　⑧　莫什于1997年写了关于济慈的传记之后，创作了两部关于济慈的小说——*Wainewright the Poisoner*（2000）和 *The Invention of Dr Cake*（2004）。

　　⑨　普拉斯学者。

　　⑩　普鲁斯特学者。

　　⑪　法尔是狄金森研究专家，她在撰写了一部学术作品——《艾米莉·狄金森的热情》（*The Passion of Emily Dickinson*）并主编了关于狄金森的批评论文集（*Emily Dickinson：A Collection of Critical Essays*）之后，开始尝试创作关于狄金森的生命虚构叙事作品《我从未穿着白色衣服走向你》。

　　⑫　历史学家。

　　⑬　通过虚构与梭罗的通信，表达了他的自然生态思想。

修辞手段，但最终的目的是让读者不知不觉地在阅读过程中接受小说提出来的关于文学家生平或作品研究的某个论点。

格雷弗斯是最早用虚构化的形式来阐释其他学者的学术思想的小说家之一。他追随巴特勒（Samuel Butler）在《奥德赛的女作家》（*The Authoress of the Odyssey*，1897）中对《奥德赛》的真实作者的猜想，以荷马《奥德赛》中的人物娜乌西卡为第一人称叙事者讲述了她创作荷马史诗的过程。

而 21 世纪进行学术理论平行虚构化创作的最著名的作家当属存在主义心理分析学家欧文·亚隆。他著有《叔本华的眼泪》和《当尼采哭泣》两部生命虚构叙事作品。《当尼采哭泣》这部生命虚构叙事作品巧妙地设定了悲观主义哲学家尼采与心理治疗专家布雷尔（John Breuilly）两人在医生和患者身份上的多次互相转换，穿插了弗洛伊德、荣格、霍妮（Karen Danielsen Horney）、费伦齐（Sándor Ferenczi）等精神分析领域早期理论家的思想，因而，小说中随处可见关于移情和反移情、抗拒与防御、治疗与访谈的技巧等的理论与实践。布雷尔本人是最早探索谈话疗法的医生，曾与弗洛伊德合作研究癔症的产生和治疗方法。

很有意思的是，这些专门对具体某位文学家进行研究的学者们除了将研究转换成学术化的虚构作品之外，更有甚者，还进行侦探和犯罪小说创作，让文学家成为侦探，将高端与低俗结合起来，既不乏学术研究元素，又能起到娱乐大众的作用，而且又有异于传统的侦探创作路径，开创了一种新的文学家玄学侦探虚构模式。

（一）生命虚构叙事中的学术思维和路径

与弗洛伊德从虚构历史叙事里选取适合自己理论建构的故事来对应自己的术语相反，生命虚构往往先设定一种理论假设，再在这一理论假设的基础上发展出一个虚构的故事。但它们的目的是一样的，即通过虚构的故事让理论接受者更快地理解作家的意图，只是前者是借用已有的虚构故事，而后者则自行创设一个虚构故事。

最典型的学术虚构化作品要算巴玻尔（Barber Rosalind）的《马洛手稿》。在文学历史上，马洛是一位颇具争议性的人物，一生充满矛盾和悖论——既是英国戏剧诗之父、无韵诗首创者、大学才子派领袖，又是街头恶棍和间谍，并受无神论、叛国投敌等罪名指控。更有意思的是，自 1955 年文艺批评家霍夫曼（Calvin Hoffman）在《谋杀那个后来成为莎士比亚的人》（*The Murder of the Man Who Was Shakespeare*）中提出著名的"霍夫曼假说"以来，将莎士比亚戏剧的真正作者锁定为与莎士比亚同年出生的马洛的相关作品陆续问世，如哈尼的《马洛的生平、爱情和成就：化名莎士比亚》（1982）、米歇尔的《谁写了莎士比亚剧本？》（1996）、波尔特的《历史戏剧》（2005）、品克森的

《马洛的鬼魂》（2008）以及墨菲的《马洛－莎士比亚统一体》（2013）等，它们都为马洛学说或密谋理论（conspiracy theory）起到添砖加瓦的作用。

巴玻尔受鲁勃（Mike Rubbo）2001 年的纪录片《捕风捉影》（*Much Ado About Nothing*）启发，开始对与马洛相关的谜题感兴趣，完成以此为选题的博士论文，并在此基础上，创作了这部诗体小说。作为一个学术禁忌，莎士比亚作者身份问题从来没能成为严肃学术研究的选题，巴玻尔也只能在创作型博士论文写作的庇护下进行研究。巴玻尔希望借助这一研究和生命虚构叙事作品唤醒学界对身份问题的学术兴趣，引导学界重新走回原点，消除阻止学者对作者身份问题采取另类的阐释范式的研究禁忌①。因而，在某种程度上，作为生命虚构叙事作品的《马洛手稿》起到了加强博士论文的研究成果的作用。《马洛手稿》从叙事形式、人称角度和体裁混合等维度来看，将后现代主义历史小说和生命虚构叙事实验推向了更深层次。

很有意思的是，从体裁越界的角度来看，《马洛手稿》虽然是以第一人称虚构口吻叙事，却借鉴诸多研究史料，看上去有理有据。粗略地翻看小说，就可发现作品在诗行的主体结构基础上，附有 25 页的注解和一个书目提要，而这些注解和附录等主要来自巴玻尔的博士论文。这一风格并非巴玻尔开的先河，事实上，杰克逊于 2005 年出版的《长矛挥舞者：弗兰西斯·培根的故事》也罗列了他在写这部小说的过程中所作的详尽调查和学术研究工作，只不过是通过单列一本姊妹篇《长矛挥舞者阅读指南》来展示所做的大量研究，它可以作为辅助理解小说的情节线索的书来阅读，也可以作为一本独立的研究著作来阅读。

而巴玻尔则干脆将两者合二为一，这让巴玻尔的小说完全偏离常规，别具一格。整部小说中，巴玻尔将她在研究过程中的第一手资料和前人对马洛学说有利的史料片段作为戏剧化修辞手段，毫不拘执地化身马洛，将他的传奇经历娓娓道来。除了研究成果，巴玻尔还在整个叙事中不失时机地将莎士比亚/马洛的经典名言贯穿在单个诗节的标题中，将莎士比亚式的戏剧人物、情节和情境穿插在马洛与南普顿、埃塞克斯伯爵的对话之中，将马洛与黑女郎的故事（异性恋）、马洛与沃兴汉之间的关系（同性恋）等编织在莎士比亚式的十四行诗中。

与巴玻尔的创作动机相似的是伦敦大学的博士生埃里斯（Kirston Ellis）的博士论文《偷盗人生，借来声音：在〈旋即逃离〉中创设曼斯菲尔德的秘密人生》（*Stealing Lives*，*Borrowing Voices*：*Inventing a Secret Life for Katherine Mansfield in Sudden Flight*，2019）。埃里斯通过一部小说《旋即逃离》（*Sudden Flight*），想象了现代主义作家曼斯菲尔德在生命的最后几个月里发生的故

---

① Barber, Rosalind. Shakespeare Authorship Doubt in 1593. *Critical Survey*, 2009, 21（2）: 83.

事。这部生命虚构叙事作品的叙事者是一位杜撰出来的人物——加拿大医生查尔斯·杰明（Charles Jermyn），埃里斯想象曼斯菲尔德与他在"一战"中的巴黎产生过短暂的情感纠葛。埃里斯小说的大多数细节忠实于曼斯菲尔德的传记史料，但创设的是一个假想的虚构故事，因为作者故意使故事框架与曼斯菲尔德的第二任丈夫莫里讲述的版本有所出入。与巴玻尔一样，埃里斯的小说也是一个以学术探索为出发点的虚构作品，将文学理论、传记批评和小说创作等融合在一起。

另一部生命虚构叙事作品《弗吉尼亚·伍尔夫在曼哈顿》虽然不是一篇博士论文，但也与作者的论文撰写经历有一定关系。麦琪创作《弗吉尼亚·伍尔夫在曼哈顿》既属偶然，也可谓必然。早在 17 岁时，麦琪就曾阅读《雅各布的房间》（*Jacob's Room*）和《一间自己的房间》等伍尔夫作品，之后她的博士论文也以伍尔夫为研究对象，继而发表过对伍尔夫相关作品的评论，在她的回忆录《我的兽生活》（*My Animal Life*，2010）中，伍尔夫对麦琪的影响也随处可见，伍尔夫理所当然地成为指引麦琪进行文学创作的"女前辈"（foremother），但她从未有过将这位真实作家虚构化为自己笔下的人物的创作念头，直到一次偶然的机会，麦琪赴位于曼哈顿的伯格藏书馆查阅伍尔夫文献，却被告知由于它们非常珍贵，她无法翻阅实物，只能通过微缩胶片观看。万分沮丧的麦琪极度渴望伍尔夫从堆放着她曾朝夕接触的书本的书架中走出来，授予自己直接翻阅她的文献的权利，这时她突然萌生了写一部让伍尔夫出现在她从未到过的伯格藏书馆的小说的念头[1]。

在《弗吉尼亚·伍尔夫在曼哈顿》中，英国小说家安杰拉受邀作为发言人参加在伊斯坦布尔召开的以"21 世纪的弗吉尼亚·伍尔夫"为主题的国际学术会议。为使讲座发言更具深度，实现自己从畅销小说作家到学者型作家的转变，安杰拉赴伍尔夫的众多日记、信件和手稿原件的存放地——曼哈顿的伯格藏书馆，想要感受伍尔夫的一手文献，结果被告知即使是预约的参观者也无权翻阅这些珍贵资料。沮丧之中的安杰拉抬头间突然发现书堆中走出一个女人，"这个女人。这个奇怪的女人。那个充斥在我大脑每一个角落里的女人竟然就在我眼前。高挑个子，满身泥泞，一套灰绿的衣服还湿漉漉地贴在身上"。[2] 虽然属于虚构作品，但麦琪为创作这部生命虚构叙事作品做了大量细致的文献研究工作，通过虚拟话语、混搭叙事和错层叙事等多种虚构化策略，将文学家的生命因子与可能性非生命因子、不可能性非生命因子有机地融合在一起。

熟悉伍尔夫的传记信息和全套作品的读者能更充分地欣赏这部生命虚构

① Gee, Maggie. *Virginia Woolf in Manhattan*. London：Fentum Press, 2014：21.
② Gee, Maggie. *Virginia Woolf in Manhattan*. London：Fentum Press, 2014：21.

叙事作品如何将事实和虚构精妙地糅合起来，判断出哪些来自伍尔夫一级生命因子如自传、信件、日记，哪些来自二级生命因子如传记和文学研究著作，哪些属于虚构性文本生命因子中的引语和改述，它们如何恰如其分地植入一个个虚构片段的纵横结构当中。这类读者往往像文学侦探一样，从作品的字里行间可以读出元传记评论（metabiographic comment）和文学学术元素（literary-scholarship）。而对于不熟悉伍尔夫的读者来说，《弗吉尼亚·伍尔夫在曼哈顿》也可以被视为了解伍尔夫的初始文本，它足以激起新读者对伍尔夫传记、日记和其他虚构文本的阅读兴趣，进而制造新一代的伍尔夫迷。

（二）生命虚构：大胆学术创见的载体

很多生命虚构是研究者兼作家通过虚构（叙事）化的形式来表达自己的学术观点和理论创见的载体。关于学术研究和虚构之间的关系，不同学者都有过论述，后现代主义作家博尔赫斯（Borges）曾提到自己将学术研究当作想象文学（fantastic literature）的一个分支①，许多后现代主义小说将学术研究变成了虚构作品的一种修辞。

从创作理念来看，生命虚构与学术研究具有相似之处。在《以历史为目的的虚构》（*Fiction for the Purposes of History*）一文中，斯洛特金（Richard Slotkin）提出可以通过一种思想实验（thought-experiment）方式来书写历史虚构，并检验历史假设②。套用这句话，生命虚构也可以被当作一种思想实验来写，用以检验生命假设。在人类科学发展过程中，思想实验使一切知识体系更快、更容易地被建立起来。在文学史和文学家传记这一学科领域，以思想实验为模式创作的生命虚构叙事作品也可以使关于文学家和文学史的知识体系更全面、更容易地被建立起来。

由于所有的人生写作都离不开对过去的虚构和想象再现。原则上，一部生命虚构叙事作品没有理由不能像文学研究或学术型传记一样有坚实，甚至更坚实的研究基础，一个生命虚构作家对生命故事的措述也没有理由不比文学研究者或学术型传记作家更真实和更准确。生命虚构可以和其他学术研究采用完全一样的科学的研究方法和缜密的求证方式，但生命虚构的区别特征和优势在于它使用证据和再现结论的方式。生命虚构所探寻的真实是诗意化的而非传记书写式的：这一体裁将保真这一原则让渡给文学家生命进程中的非重要事实，创设生动仿真的情景让读者感觉生命个体真的可能生活在这样的事实当中。在这个过程中隐含的是对传记和文学史理论这一学科的另类研究方法，这种另类研究方法就是文学家生命虚构。

---

① Heim, Michael. A Postmodern Pushkin: The Duel Revisited. *The Slavic and East European Journal*, 1997, 41（2）: 327.

② Slotkin, Richard. Fiction for the Purposes of History. *Rethinking History*, 2005, 9（2）: 221.

　　所有的生命阐释与历史阐释一样都源自假设。但传记虚构作家和生命虚构作家得出假设的方式相反，前者通过分析，后者通过综合。正如关于马洛的生命虚构叙事作品《历史剧：克里斯托福·马洛的生前死后》的作者波尔特所言，一般的传记虚构作家审视史料，然后演绎出一个故事，而生命虚构作家大多想象一个故事，然后再用同样稀少不全的史料支撑他们的故事①。生命虚构能够创设一个关于某个人物的生命世界的拟像，一个表达生命因果关系的理论模式。

　　生命虚构与学术型传记或历史著作一样，可以基于非常细致全面的研究和严格的证据分析，精确讲述什么时候、如何、在哪里发生了什么事件。亦即，生命虚构可以用思想实验的方式来检验文学家真实人物的人生假设。要使思想实验运作起来，生命虚构作家必须把一个可能为真的理论不遗余力地当作确实为真的理论来对待，再以可靠的方式再现"确保理论看起来能够正确生效"的合理世界。

　　学术型生命虚构这个看似悖论的文类，凭借想象重新获得了对过去的不确定性的认识，而非简单追求纯粹的结果，因而，这一形式构建的各种可能世界给作家和读者创设了自由探寻文学家没有被历史实现的信仰、行动和人生际遇的可能途径。

　　生命虚构可以假设文献记载中生活完全没有交集的两位历史人物在他们的虚构故事世界里相遇并发展出友情或爱情。在此预设之上，创设整个可能世界里的故事。如《尼罗河上的十二间房》就属于"假想性的可能世界叙事"。它假想了一种可能性——"倘若差不多于同一时期游历了埃及的福楼拜和南丁格尔在那里曾经相遇，并在同一条河上徜徉，他们之间会发生什么样的故事"。

　　在《艾米莉与赫曼：一部文学小说》（*Emily & Herman：A Literary Romance*，2013）中，希利（John J. Healey）假装这部作品非他创作，而是在祖父文森特（Vincent P. Healey）教授死后留下的箱子里发现的一部手稿，手稿作者的名字被隐去。这部作品预设诗人艾米莉·狄金森曾与赫曼·梅尔维尔热恋。这部手稿描述的

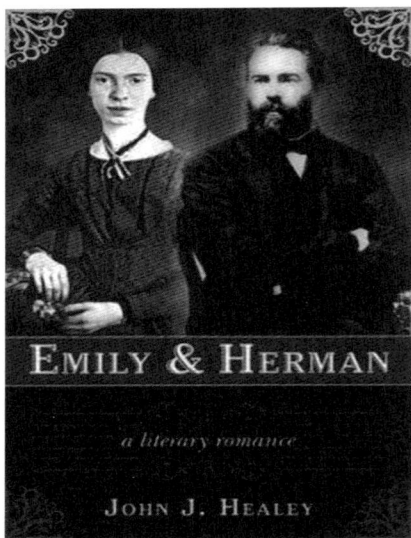

EMILY & HERMAN

a literary romance

JOHN J. HEALEY

---

　　① Bolt, Rodney. *History Play：The Lives and Afterlife of Christopher Marlowe*. New York：Bloomsbury Publishing, 2008：84.

是赫曼·梅尔维尔在写《白鲸》时的那段人生经历，他在文学家先辈兼导师霍桑的鼓励下去了一趟波士顿和纽约。但是中途他们在阿默斯特停了下来拜访一位霍桑的朋友——艾米莉·狄金森和简·奥斯汀·狄金森的父亲。但父亲不在，只有两兄妹在。这时的艾米莉·狄金森二十出头，赫曼·梅尔维尔和霍桑邀请两兄妹同赴波士顿和纽约，他们在曼哈顿遇到了惠特曼。在那里狄金森和梅尔维尔发展了恋情。因而，这部作品就是一种假想式的生命虚构创作（speculative biofiction）。

（三）生命虚构：颠覆历史成见的文本载体

文学家生命虚构由于涉及写作过程和文学历史，因而构成了一个虚构和文学批评的"阐释结合点"（joint interpretive site）①。

在与莎士比亚十四行诗里的"黑女郎"相关的虚构中②，对其人的推测就出现了露西·摩根、艾米莉·兰叶（Emilia Lanyer）、玛丽·费顿（Mary Fitton）和佩内罗碧·利奇（Penelope Rich）几种可能人选，众说纷纭，成为一桩文学悬案，与W. H. 先生身份之谜并称"莎士比亚的十四行诗之谜"。不同的生命虚构作家根据自己的"学术性"预设，选取有利于自己的预设的生命因子和历史资料进行合理性构想，自圆其说地为自己的预设提供证据和可信的故事。

对于准备创作《莎士比亚夫人》的奈依来说，他首先设想出一个学术性的想象原则：莎士比亚的妻子安就是莎士比亚十四行诗里的"黑女郎"。这完全颠覆了传记作家们认定的莎士比亚与妻子之间异常冷漠的关系的普遍观点。小说创设的观点是莎士比亚写十四行诗是对这个女人进行真挚的赞扬。早在19世纪，莎士比亚的家庭生活即被虚构，对安不利的观点在20世纪传记作家和小说家的作品中尤为显著③。奈依的故事站在了支持安的阵营里。奈依赋予"历史上"那个默默无闻、不识字的安话语权，通过她的记忆描绘的虚构画像明显地将莎士比亚作为文学巨擘的光辉形象降格为一个普通人物。类似的颠覆已有研究、有关文学大师的妻子的负面形象的生命虚构叙事作品包括霍南（Maeve Haran）的《夫人与诗人》（*The Lady and the Foet*，2009）和帕里尼的《赫曼·梅尔维尔的生死航程》等。

维塔莱（Serena Vitale）的《普希金的纽扣》（*Pushkin's Button*，1999）

① Kirchknopf, Andrea. *Rewriting the Victorians: Modes of Literary Engagement with the 19th Century.* Jefferson, North Carolina: McFarland, 2013: 11.
② "黑女郎假设"生命虚构叙事作品主要有兰姆的《露西·摩根：莎士比亚情人三部曲》，考威尔的《剧团演员》以及威尔逊（Ian Wilson）的《莎士比亚的黑女郎》（*Shakespeare's Dark Lady*，2012）等。
③ O'Sullivan, Maurice J. *Introduction*, in *Shakespeare's Other Lives: Fictional Depictions of the Bard.* Jefferson: McFarland, 1997: 4.

也是一部融研究和生命虚构于一体的作品。小说重点论述了与普希金的决斗和死亡相关的事件，致力于建构与此相关的假设并以虚构的方式讲述整个过程。作品将特罗亚（Henri Troya）[①] 元素和魏列萨耶夫（Veresaev）元素结合在一起，里面许多章节直接由信件和回忆录的节选构成，完全没有任何作者式的评论。维塔莱在一个半世纪以来积累的证据基础上，经过文献搜索和考证之后发现了相关的新证据，她的新材料主要来自外交史料和决斗的对方——流亡俄国的法国青年军官乔治（George D'Anthes）在巴黎的直系后代。

有了新发现之后，维塔莱在对这些事实的阐释的基础上构思了自己的小说。她假想了收留丹特的范·赫克伦（Van Heeckeren）对丹特的同性恋倾向。她笔下的娜塔莉娅不只是早期传记作家笔下整天围绕在普希金身旁的漂亮温顺的女人——她是一个被风流成性的丈夫冷落的女人，而且普希金与她的妹妹艾莉克桑德拉（Aleksandra）关系暧昧。维塔莱也将她描述为与丹特真心相爱的女人，证据是她曾写信给丹特告知她即将结婚的消息（虽然信的署名为"Marie"，维塔莱的解释是娜塔莉娅为了防止那位拆信成瘾的邮电长官得知秘密，而暗中使用的代号），请求他忘记她的爱（尽管读者现在只能看到这封信的打字稿，信件原件可能已经遗失）。

在丹特这方面，维塔莱这样引用他写的内容，"我轻而易举地拥有所有我想要的女人，但人生跟我开了一个最大的玩笑，我唯一得不到的只有我真正爱的那个女人"（这段文字源自娜塔莉娅的第二段婚姻所生的女儿）。维塔莱在描述与决斗相关的每一件事时都极力渲染普希金火爆易怒、冲动失智的一面。换句话说，维塔莱完全打破了传统传记中的普希金形象。

（四）生命虚构：了解文学家生命谜团的载体

1. 解开创作谜团

传记作家告诉读者某个文学家是什么样的历史人物，他/她创作了什么样的文学作品，他/她经历了怎样的重大人生事件，他/她的性格里是否包含矛盾元素，等等。但要进一步了解他/她，读者需要想象他/她如何成为那样的文学家。

文学作品创作过程叙事（howdunit narrative）虽然较早就已存在，但在 20 世纪末之前比较少见。1941 年，第一本《白鲸》法文全译本的译者让·吉奥诺（Jean Giono）写了一本叫作"向梅尔维尔致敬"（*Pour Saluer Herman Melville*）的小说，透过吉奥诺自己的想象，虚构了与梅尔维尔在伦敦的奇遇，并

---

① 特罗亚是 20 世纪三大传记文学家之一。他从 20 世纪 40 年代开始写传记，传主为彼得大帝、伊凡雷帝、叶卡捷琳娜二世、亚历山大一世、亚历山大二世、尼古拉二世以及俄国诗人和作家普希金、果戈里、契诃夫、屠格涅夫、陀思妥耶夫斯基、托尔斯泰、高尔基等。从 20 世纪 80 年代开始，又转向法国诗人和作家福楼拜、莫泊桑、魏尔伦、波德莱尔、巴尔扎克等。

阐明梅尔维尔决定创作《白鲸》这部作品的重要推动因素。

20世纪末，文学家生命虚构叙事作品中开始出现大量"文学作品创作过程叙事"。艾肯的《兰姆书屋阴魂不散》想象式地再现了詹姆斯创作《阿斯彭文稿》与《螺丝在拧紧》（*The Turn of the Screw*）的过程。索菲·吉（Sophie Gee）的《流言蜚语：一部小说》（*The Scandal of the Season：A Novel*，2008）虚构了18世纪英国最伟大的诗人蒲柏，重新想象了蒲柏创作《劫发记》（*The Rape of the Lock*）的过程。

凡妮莎·泰特（Vanessa Tait）的《镜中世界》（*The Looking Glass House*，2015）的读者从一开始就可以看到故事里出现许多《爱丽丝奇境漫游》的线索，也可以更容易了解路易斯·卡罗尔当初如何产生灵感，写出这本经典小说。曼利克的《塞万提斯街》创设了《堂吉诃德》真本与伪作在创作过程中的背景故事，勾勒出塞万提斯精彩的一生。

阿尔贝托·曼古埃尔除了创作与史蒂文森相关的生命虚构叙事作品，还创作了《荷马的〈伊利亚特〉与〈奥德赛〉：一部传记》（*Homer's The Iliad and The Odyssey：A Biography*，2008），讲述了荷马创作两部史诗的过程，是关于作品的虚构传记，也是关于荷马的生命虚构。迈克尔·戈拉（Michael Gorra）的《一本书籍的画像》（*Portrait of A Novel*，2012）的创作产生了两种效果：一是描绘了亨利·詹姆斯的一生，二是讲述了詹姆斯代表作《一位女士的画像》（*The Portrait of a Lady*）的写作缘由及其出版影响。

创作过程叙事的一种次重要类型是"缪斯叙事"（muse narrative），也就是，通过叙述文学家是如何从自己的缪斯那里获得创作灵感，凸显缪斯对文学历史的影响。这类生命虚构一般首先预设一位对文学家创作产生重大影响的人物，在预设的基础上，寻找支撑这一预设的重要生命因子证据。法国象征派诗人波德莱尔一生中出现了多位缪斯——白色维纳斯、黑色维纳斯和碧眼维纳斯等，其中黑色维纳斯——黑白混血姑娘让娜·杜瓦尔与波德莱尔的关系最为复杂多变，《黑色维纳斯》讲述的正是他们的感情纠葛如何刺激波德莱尔创作出诗集《恶之花》的故事。让娜长期被波德莱尔的传记作家和文学史家描述为粗俗愚蠢、缺乏教养、贪慕虚荣的劣等女人，但波德莱尔通过《黑色维纳斯》颠覆了前人建构的负面形象，在某种程度上，为这位混血缪斯正了名。

《广袤星空》则描述了史蒂文森和与他一起周游世界的妻子芬妮（Fanny Osbourne）的故事，霍兰希望借此作品告诉读者，芬妮不仅无怨无悔地照顾了史蒂文森的一生，而且为了史蒂文森放弃了自己成为作家和艺术家的机会，并对史蒂文森的创作产生了不可或缺的重大影响。《荒野女孩》标题所指的女主人公亨丽埃特（Henriette Dorothea Wild）与《格林童话》的作者雅各布及其弟弟——语言学家威廉是一起长大的玩伴，她后来成为威廉的妻子，而雅各布则终身未婚。亨丽埃特为格林兄弟带来了许多森林里的精灵故事，成为《格林童话》的创作源泉。

2. 解开文学家生命谜团

加罗通过《背叛之夜》这部小说创建了某种密谋理论来解释奥维德被流放去黑海的原因，她通过详尽的尾注阐释了她如何通过各种文献阅读、资料收集和专家权威的咨询重新建构了自己的故事和理论。这部作品可以当作加罗的罗马三部曲《钥匙》《锁》和《墙中之门》的指南书来阅读。

桑德斯的《死者代言人》（*Speakers of the Dead*，2016）是一部解开惠特曼生命谜团的学术型侦探小说。在这部作品的"作者的话"中，桑德斯提到，创作这部作品的主要驱动力在于想象惠特曼因何契机从一名记者和不温不火的中庸小说家变成了代表美国浪漫主义最高峰的"美国诗人"。小说背景设置在惠特曼创作《草叶集》十二年前，惠特曼决心曝光社会黑暗与政府腐败，并试图解开一系列残暴的谋杀案的黑幕，其中最著名的受害者是一位 1841 年被杀的、名叫玛丽·罗杰斯（Mary Rogers）的香烟女孩，爱伦·坡因此事件创作了《玛丽·罗杰迷案》（*The Mystery of Marie Rogêt*，1842）。

就像劳伦斯·扬在《威尔这个真正的威廉·莎士比亚请站出来！：一部学术型侦探小说》（*Will The Real William Shakespeare Please Step Forward*！：*An Academic Detective Novel*，2012）这个看似悖论的小说标题里所彰显的那样，当代作家，尤其是学者型作家在撰写文学家生命虚构叙事作品时，他们的工作就好比是文学侦探（literary detective），在与文学家相关的某个假设或生命因子的新发现的基础上，仔细地搜寻着已有的生命因子与假设或新发现之间的联系，借助假想和虚构手段，给读者描绘一个有理有据的侦探故事。

（五）虚构化的文学家生命假设与学术化的论证

生命虚构作家提出某种虚构的假设，赋予生命故事一个框架，然后寻找相关支撑性的历史因子和生命因子进行"论证"，"证实"自己的假设。《德鲁德》的作者西门斯通过故事内叙事者（homodiegetic narrator/focaliser par excellence）、狄更斯的朋友柯林斯提出了自己的假设——"这个著名的、可爱可敬的查尔斯·狄更斯有没有可能设计谋杀了一个无辜的人，将他的尸身放到石灰池子里腐蚀掉，再秘密地将剩下的尸骨埋在狄更斯儿时经常玩耍的一座古老教堂的地窖里？""狄更斯有没有可能接着将可怜的受害者的眼镜、戒指、领带夹、衬领饰纽、挂表等物件扔进泰晤士河？如果是这样，或者即便是狄更斯梦中这么做了，那么那个叫作德鲁德的真正幽灵在这个故事或梦境里是个什么角色？"如实地回答这些问题的话，答案一定是"非也"。但在生命虚构中，可以回答"是也"，并用一个以狄更斯的生命因子编织的虚构故事来证明这一假设的可行性。

同样，珀尔的《最后的狄更斯》也在创作前提出了某种与狄更斯最后未完之作相关的假设，只不过这种假设通过一个小人物波兰纳甘（Tom Brana-gan）与美国出版商奥斯古德的对话道出：

"假设他先写了《埃德温·德鲁德谜案》的后半部分，再回到英格兰开始写前半部分会如何？"

"假设他从后面开始写这本书会怎样？假设他先写了结尾会怎样？"奥斯古德反问道。①

《最后的狄更斯》就以这一假设为出发点，构建了一个与狄更斯的死及最后遗作相关的可能世界。尽管都与狄更斯的死及最后作品相关，但由于珀尔与西门斯的假设不一样，他们进行论证所采用的与狄更斯相关的各级生命因子的侧重点也不一样，创作出来的就是完全不同的作品。

二、学术圈文学家生命虚构叙事

学术圈小说一直被当作一种边缘体裁②，但近 20 多年来，很多文学批评家、理论家或文学史学者变成了学术圈文学家生命虚构叙事的作者，或者一些原本以虚构作品创作为主要工作的小说家也开始从文学历史研究和文学理论中寻找新的切入点和契机，在虚构之中穿插学术研究元素，学术圈小说逐渐变成了一种主流体裁。拜厄特、道普森（Joanne Dobson）等都创作过一些经典的学术圈小说。这类作品更强调自身不同于一般的虚构作品的高深、高雅的学术气质，将高校研究生和学者的学术元素与已逝去的文学家的生命和历史拼贴结合在一起，往往也是年轻学者的学术成长小说。

学术圈文学家生命虚构叙事与其他生命虚构叙事的不同之处在于：

第一，它们在文学家的生命因子中穿插了学术因子（acade-meme），如与研究者、研究机构、关于文学家生平或创作的某种学说或理论假设、研究方法、对真实文学家实体性生命因子（如虚构作品、日记等手稿和文献记载）的追寻相关。

这样的生命虚构叙事作品里面的研究人员，无论是教授、文学批评家还是博士生，一般来说都是虚构的；涉及的文学家及其作品往往是真实存在的（在涉及多个文学家的作品中，至少有一位是真实历史人物）；博士生或教授

① Pearl, Matthew. *The Last Dickens*. New York：Random House，2010：352.

② Williams, Jeffrey J. The Rise of the Academic Novel. *American Literary History*，2012，24（3）：561.

所在的大学、科研机构或虚构或真实。如《黑鸦与夜莺》里的新英格兰大学的恩费尔德学院（Enfield College）是虚构的，小说涉及两位诗人，一位是真实的诗人爱伦·坡，另一为是虚构的女诗人福斯特（Emmeline Foster）；再如《弥尔顿手稿之谜：一部小说》（The Mystery of the Milton Manuscript：A Novel，2014）以犹太人的视角讲述虚构人物——牛津大学罗德学者（Rhodes Scholar）、博士生杰瑟普（Keith Jessup）与多位从事弥尔顿研究的教授之间的故事。导师莫名死去，杰瑟普在探寻导师死因的过程中，找到弥尔顿的《失乐园》手稿并解密手稿所蕴含的真实意义。这部小说因此被称作"犹太人的达·芬奇密码"。通过这部小说，我们不仅可以了解诗人弥尔顿，而且可以增强对其诗作及学者评论等的了解。

第二，它们大多涉及对过去的学术探寻，因而，往往涉及双联或多联叙事，形成巴赫汀所谓的过去与现在的对话关系或多声喧哗（chronotope；polyphony）。过去是陌生和异样的，而现在是熟知和易识的，要认识这个陌生、异样的过去，最简单的办法就是与现在联系起来。与历史对话的最直接方式就是与个别的历史文本——手稿、信件、日记等互动。从过去的故纸堆里寻找与现在联系的过去的话语，期待通过与曾经存在过的声音进行一种鲜活的对话，形成对当代的我们和我们所处的现实的新的看法。我们回到过去，并非期待能从以语言为中心的故纸堆里寻找答案，并非期待寻获某种结局，而是寻找创造性的开放视野，寻找元历史浪漫故事。因而，学术圈文学家生命虚构叙事往往与"故事里套故事"的叙事模式联系在一起。（详见附录"经典的学术圈文学家生命虚构叙事表"）

第三，学术圈文学家生命虚构叙事往往基于真实的学术或考古事件。克拉克（Nancy Hughes Clark）的《莎士比亚骗局》（The Shakespeare Deception，2011）就将故事设置在1989年的玫瑰剧院的考古挖掘这一背景之下。当伦敦博物馆开展挖掘工作时，研究人员发现了许多具有历史意义的对象。虚构人物劳拉（Laura Fuller）是一位考古研究生，在参加考古挖掘的过程中，有了重大发现。她的后续研究在一位英国文学博士生和一位住院医师的帮助下有了进展。此外，作品中还揭示了他们对伊丽莎白时期的历史，尤其是与莎士比亚创作相关的新发现。

拜厄特的《占有：一部罗曼史》是学术圈文学家生命虚构叙事的典范之作。许多学术圈小说都在某种程度上受其影响并展现相似的叙事模式。在《简·奥斯汀丢失的手稿》里，一位现代女学者沙曼莎在一本两百年前出版的诗集中发现了简·奥斯汀的一封书信手稿，得知她的一部手稿很可能遗失在德文郡的格利纳庄园，沙曼莎按信中提示来到该地并说服庄园主维特克（Anthony Whitaker）与其一同寻找手稿，他们最终寻获并一起阅读这部手稿，引出了手稿内容，这个内嵌故事以"斯坦霍普斯一家"（The Stanhopes）为标题，基于奥斯汀生前打算写但又未曾动笔（或者写完之后遗失了）的纲要——"一部小说的构思"（Plan of a Novel）。这个纲要收录在简·奥斯汀的回忆录里。在这里，内嵌小说的人物和情节都来自这个纲要。故事将读者带回摄政时期的英格兰，由于作者希瑞亚极力模仿简·奥斯汀的叙事风格，这个故事几乎可以看作简·奥斯汀的第七部小说。整部小说在沙曼莎与丽贝卡·斯坦霍普斯的故事间来回摆荡，凸显了两位女主角相似的感情困境，手稿里讲述的故事无形中改变了两位现代人物的命运和他们对爱和人生的认识。这部作品的叙事特点在某种程度上与拜厄特的《占有：一部罗曼史》相似。

从创作的角度来看，学术圈文学家生命虚构叙事里的研究人员，无论是教授、学者、批评家还是研究生，都像文学侦探一样，在与文学家相关的某个假设或生命因子的新发现基础上，仔细地搜寻着已有的生命因子与假设或新发现之间的联系。而学术圈文学家生命虚构叙事作家则更是集"研究者—侦探—生命书写作家—小说家"等多重身份于一体，借助假想和虚构手段，给读者描绘一个有理有据的学术研究故事。大多数类似科斯托娃的《历史学家》和高乌尔（Rebecca Gowers）的《扭曲的心：一个文学谋杀谜案和一个现代爱情故事》的学术圈小说都吸收了犯罪和侦探体裁的一些规约，将研究过程描述成采集和定位最终能导向真相的线索的过程。

《海明威骗局》是与文学赝造相关的学术圈文学家生命虚构叙事作品。故事发生在 1996 年，霍尔德曼虚构了一位名叫约翰·贝尔德（John Baird）的海明威学者，他在基韦斯特的一个骗子的鼓动下，伪造了一些作品，冒充当年哈德莉在火车上丢失的手稿。但这部作品同时是一部科幻小说，涉及时空穿越和平行世界。由于海明威的世界与贝尔德的世界被扭卷在一起，他们时常出现在同一时空，但又分别在不同的时空里平行地经历自杀——贝尔德在 1996 年的基韦斯特，而海明威在 1961 年的犹他，因而，莫斯（Donald E. Morse）将其描述为一部"莫比乌斯环小说"（Mobius strip novel）①。故事里，海明威在从波士顿回佛罗里达的火车上出现在贝尔德面前，警告他停止伪造计划，由于贝尔德拒绝停止伪造，海明威通过使贝尔德严重中风将其杀掉了；后来，贝尔德却在同一趟列车上醒来，他变得与先前的自己有些许不同，他拥有了两套相似但又矛盾的记忆。随着故事向前推移，贝尔德的故事开始与海明威当年的故事平行。故事以海明威在巴黎撰写短篇小说《在密西根北部》（Up in Michigan）时，突然被一种莫名的不祥感笼罩作为结尾。

---

① Morse, Donald E. Hoaxing Hemingway: Ernest Hemingway ɛs Character and Presence in Joe Haldeman's *The Hemingway Hoax* (1990). *Extrapolation*, 2004, 45 (3): 229.

三、文学家生命虚构叙事作品中的学术化行为

文学家生命虚构叙事作品与一般虚构作品不同的一个显著特点就在于这类作品往往倾向于模仿学术研究作品的结构模式和话语范式。安德森（Alison Anderson）的《夏日来客：一部关于契诃夫的小说》（*The Summer Guest*：*A Novel of Chekhov*，2017）假想短篇小说作家契诃夫曾经创作过一部长篇小说，通过讲述跨越两个多世纪的三位女性与手稿之间的故事，假想了契诃夫创作的经过。这部生命虚构叙事作品不同于其他作品的最重要特点是，由于作者安德森是一位文学翻译家，她在自己的作品中加入了翻译者这一角色，并融合了自己对文学翻译的理解。安德森透过虚构的形式构建了自己独特的文学翻译理论。

此外，生命虚构叙事也呈现出学术专著在结构上所具有的其他特点，如在虚构正文之前加入"作者题记""致谢"等，在正文中加入各种脚注、尾注，在正文之后添加参考文献等。大卫·洛奇是一位学术型作家，他在小说里往往加上前言、后记或评论性的注解帮助读者理解作品。在《过世的莎士比亚先生》里，叙事者咸鲱（Pickleherring）被赋予了研究者的身份，作者奈依专门为他设置了一章致谢文，类似于学术专著中感谢为研究过程提供帮助的同事的内容①。本节主要从注解的角度来阐释生命虚构叙事作品的学术化倾向。

注解在文学研究中必不可少，也无处不在。注解在虚构文本中的出现是借用了学术研究的格式。在1990年以前的虚构作品中，带注解的文本可谓屈指可数②，典型的有菲尔丁的《项狄传》、斯托克的《吸血鬼德古拉》、梅尔维尔的《白鲸》和纳博科夫的《灰火》等。虽然相对学术研究著作而言，注解在虚构文本中的出现不够典型，但在最近二十多年里，带注解的生命虚构叙事作品数量却呈不断增加之势，并在一些作品中占据三分之一的文本分量，大有喧宾夺主之势。

热奈特将脚注和尾注等称作副文本，他认为注解是没有独立意义的文本，只有与正文联系在一起才有明确意义。考瓦德（Noel Coward）形象地描述了他对脚注不断阻碍文本连续性阅读的不满，认为读脚注就像正忙着别的事突然要下楼去给人开门。但是，在许多后现代生命虚构叙事作品中，注解不再是斯托克宣称的"本质上边缘化的，并不融入文本之中，而只是附在文本之

---

① Nye，Robet. *The Late Mr Shakespeare*. London：Allison and Bugsby，2001：1–11.

② Benstock，Shari. At the Margin of Discourse：Footnotes in the Fictional Text. *PMLA*，1983，98（2）：204.

后或之外"① 的那个传统意义上的依附文本，而是和一些其他副文本一起作为叙事框架内的一部分融入了故事里，在延展叙事框架的边界、为解读叙事引入新的启发式模式和为读者提供需要解开的一条另类叙事线索方面起到重要作用，也就是说，这类副文本打破了与主文本之间的主次之分，与主文本在叙事进程、人物性格塑造、叙事可靠性等方面起到同等重要作用，它们之间形成了一种对整个叙事的建构不可或缺、相辅相成的中心对话关系。

生命虚构的注解形式源自学术作品。注解在学术作品中的基本作用在于：第一，对文本进行评论；第二，提供能够参考的引用来源，说明与其他文本间的关系。亦即，学术注解赋予一个文本合法性。通过说明引用来源的权威性，通过说明作者对与他/她论述的主题相关的作品非常熟悉，从外部进一步证明关联文本的权威性。在学术文本中，注解的提供者和编撰者只有一个，就是文本作者，然而在虚构文本中，注解提供者可以来自不同层次，可以是代书注解者（allographic notemakers），如编者和译者等，也可以是自书注解者（autographic notemakers），如作者、叙事者等。

生命虚构叙事作品是当代虚构作品中使用注解频率最高的文类。通过注解，作家可以展示虚构作品与文学家各级、各类生命因子之间的关系，形成立体化阅读效果。本书在前面的章节里曾提到，对于不熟悉被虚构的生命主体的读者来说，他们可能将生命虚构叙事作品当成通俗小说来读，这样一来，可能失去本该有的阅读乐趣，生命虚构叙事作品的注解在一定程度上能够帮助读者（在某种程度上也是帮助作家）成长为作家的理想读者。当然，在更复杂的生命虚构叙事作品里，注解的作用可能并非提供一个与生命因子等前文本之间的互文关系这么简单。因为在生命虚构这类虚构文本里，注解并不像学术著作里的脚注、尾注那样必须是真实可靠的，也就是说里面既有虚构的注解，也有权威的注解，甚至互相矛盾的注解。在这样的作品里，当注解要求我们下楼去应门时，读者完全不知道敲门的会是谁，更不用说这一"不速之客"的来访会对读者回到楼上之后的后续事件产生什么样的影响。

生命虚构采用了虚构作品不常采用的大量"史实性"脚注，增强它们的有据可依感，是当代作家通过解读文学家的日记、信件、自传、回忆录、传记等生命因子，将该文学家的生命故事"翻改"成一部虚构的艺术作品里的一位主人公的生命故事的过程。在《恋爱中的艾米莉》里，瓦尔什通过洋洋洒洒的长篇注解展示了他在研究过程中发掘出来的充分证据，令人对这部虚构作品所展示的细节无从质疑。这似乎是一个悖论，但正揭示了文学家生命虚构的特性——它们在某种程度上是学术著作的虚构（叙事）化或虚构作品

---

① Benstock，Shari. At the Margin of Discourse：Footnotes in the Fictional Text. *PMLA*，1983，98（2）：204. 原文为"are inherently marginal，not incorporated into the text but appended to it"。

的学术化两种趋势融合的产物。使用大量脚注、参考文献等副文本的文学家生命虚构叙事作品可参照书末附录。

生命虚构中的注解可分为杜撰注解（fabricated note）和学术注解（academic note）两种。在学术作品的虚构化创作中列出的注解基本为学术注解，也就是有文本性生命因子和其他可考据的档案作为参照的，但在偏离文学家生命进程和明显加入虚构情节的生命虚构叙事作品里，杜撰式的注解和学术型的注解夹杂在一起。在《莎士比亚密谋论：一部小说》中，附录型注解占了整本书页数的20%。在这部作品的每一章里的每一个历史事件点上，都标上"事实：　［……］"（"FACT：［...］"）或"虚构：［……］"（"FICTION：［...］"），向读者明示两种不同类型的注解。

一些带有注解的生命虚构作品本身可以被视为学术性很强的推测性作品，它们大多基于非常准确的史实，只不过采用了虚构的叙事技巧，因而很多学者也将它们称作档案型小说。杰克逊的《长矛挥舞者：弗兰西斯·培根的故事》就是这样一部作品。他的研究假设是培根是伊丽莎白女王与莎士比亚的儿子，他是莎士比亚戏剧的创作者。杰克逊关于培根的断言是在做了大量考证和研究之后，找到不容置疑的证据、详尽可考的档案资料作支撑的。他的严密"论证"能说服除深闭固拒的人之外的所有人。这部配有《长矛挥舞者阅读指南》的小说几乎让所有读者在阅读完小说之后，完全改变了对培根和莎士比亚的原初看法，也就是说，这部作品对已经建立起来的作者身份起到了颠覆性的作用。

当然，并非注解都是有据可依或者经过科学验证的，这是生命虚构注解与学术注解的一个显著区别特征。比如波尔特的《历史剧：克里斯托福·马洛的生前死后》是一部假自传，虚构了马洛诈死逃往欧洲大陆，后以莎士比亚为名创作戏剧和诗歌的故事。波尔特在小说中加入了很多注解，其中既包括有真实依据的注解，也夹杂了虚构杜撰的注解，为马洛在德普特福德假死躲过劫难、隐姓埋名逃往欧洲大陆、以莎士比亚之名出版戏剧维持生计这一连串的另类历史构建证据，并为小说的后半部分对1593年之后马洛与不同的历史人物会面并参与见证了欧洲大陆一系列的历史事件的建构提供了"历史依据"。在这部伪自传中，注解既展示了文学家真实的生命因子，又虚构了文学家生命因

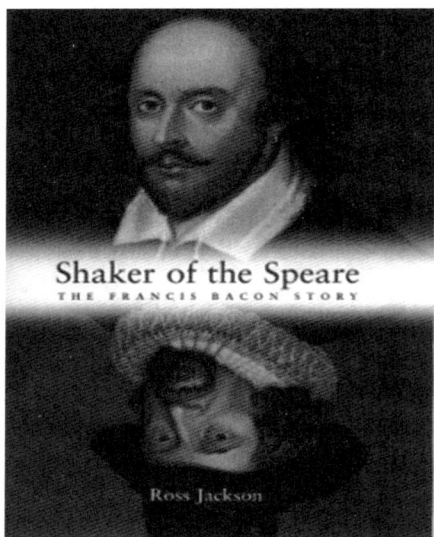

Shaker of the Speare
THE FRANCIS BACON STORY

Ross Jackson

子，为马洛生命故事的发展提供了伪证据，推动他的生命进程向前发展。

　　在这类故意插入虚构的生命因子的作品中，作家将自己定位为编者，为文学家自己讲述的故事、撰写的日记、书信等提供或真或假的证据。林赛（Andrew O. Lindsay）的《著名放逐：罗伯特·彭斯的西印度群岛居留日记》（*Illustrious Exile：Journal of My Sojourn in the West Indies by Robert Burns*，2006）是一部虚构日记，"据说"这部彭斯亲笔写的日记手稿于 1998 年在一个美洲印第安人村庄被发现。就像彭斯的真实书信一样，这部"新发现"的日记里的不同篇章也在语气和内容上大相径庭。

　　林赛是日记的真正撰写者，但他以编撰者的身份出现在文本中，像学术著作一样，为"日记"写了"简介"、添加了脚注、书目，甚至词汇索引。在学术著作中，编者只可能提供真实可依的权威注解，但在这类伪学术（faux scholarship）生命虚构中，它们所属的体裁削弱了学术氛围，也给了编者提供伪注解的自由。在某种程度上，这类生命虚构都具有元虚构性，通过将注解作为一种修辞，解构了真实的生命因子和虚构/杜撰的生命因子之间的二元对立，它们都是生命的叙事再现中所采用的文本证据，而文本本身就具有虚构性。注解增强了生命虚构叙事作品的体裁张力，一方面让生命虚构叙事作品读起来不像一部假想的虚构作品，另一方面又通过自身的体裁属性削弱学术性（academicality）。

　　类似的作家充当编者并为作品编撰注解和其他"学术性"副文本的生命虚构叙事作品有希利的《艾米莉与赫曼：一部文学浪漫史》、恩格尔的《蒙帕纳斯凶杀案》、莫什的《投毒者韦恩赖特》和《凯克博士的杜撰》、福勒的《艾米莉·狄金森的秘密日记》等。

　　实际上，除了这些作家明显地将自己定位为编者的作品之外，可以说所有的生命虚构作家从传记作家的角色和文学家生命的评论者、解读者转化成了文学家生命故事的"编撰者"。通过这一策略，生命虚构与学术编撰之间的界限进一步模糊，许多类似作品在不经甄别的情况下，很难判断它们到底是编撰作品，还是生命虚构作品。他们将解读和批评的任务交付给读者，让不同知识和社会背景、不同身份的读者在编撰式的注解的引导下获得各自不同的解读。

　　此外，生命虚构允许相互矛盾的注解出现在同一文本里，这是学术著作所不能容忍的。生命虚构希望通过矛盾的注解说明真实和虚构的相对性，为读者提供不同的解读可能性。由于《投毒者韦恩赖特》中的叙事者为不可靠叙事者，作者莫什的评论式注解看上去像是对叙事者的某种"拨乱反正"，但莫什对此予以否认①，他认为虽然有时他会通过展现一些已知的事实以及在一

① Motion，Andrew. *Wainewright the Poisoner*. Chicago：University of Chicago Press，2000：xviii.

241

些省略和模糊之处加注的方式对韦恩赖特进行反驳，但总体来看，他的注解只是多提供一种阅读的线索，与韦恩赖特的自白没有主次和正误的绝对区分。

也就是说，注解在生命虚构里除了具有一种评论和链接权威文本的功能之外，还可以用作有修辞目的的文学手段和多层次交流媒介，如凸显叙事者的不可靠性，突破叙事者与读者的本体边界的限制，创设喜剧或讽刺氛围，产生元批评或元虚构效果等。对于读者来说，这种注解与学术型注解的功能完全相反，它们不是帮助读者获取他们无法直接获取的权威信息，减轻阅读难度，而是创设出像迷宫一样的多重叙事声音、多重叙事视角，甚至错层交流。虽然注解可以创设一个现实的叙事框架，但注解的真实性已被生命虚构体裁的虚构瓦解。因而，来源不同的注解甚至可以互相矛盾，产生自我消解的效果，凸显叙事再现的不确定性。

注解使主叙事文本去中心化，让主叙事不再顺着一条单一直线向前发展，读者向下挖掘到的是不同的、多向的叙事线索。下不下楼开门对接下来事件往哪个方向发展影响很大。借用杰克逊（Kevin Jackson）的精妙的描述，我们说注解"像蘑菇云一样自下而上地冲到黑白主文本的肋间，与读者的凝视进行交流"①。

四、生命虚构叙事的元生命虚构批评

（一）元生命虚构批评

在本书的研究语境下，元虚构作品一般选取以下元虚构叙事的一种或多种形式表达它的元虚构特点：

（1）虚构中的虚构叙事（例如《传记作家的故事》这类故事中套故事的作品）；

（2）涉及一位写元虚构小说的小说家人物的虚构作品（例如《坡的猫》这类有故事讲述者的生命虚构作品）；

（3）展示另一部虚构作品的虚构作品（例如库切的《福》这类创作过程叙事作品）；

（4）写这部小说的作家就是小说中的人物的小说（例如《杰克·麦格斯》之类的错层叙事作品）；

（5）与另一部小说在时空、情节或人物方面平行/相似，但更换了视角的叙事（例如《巴黎妻子》等文学家生命虚构平行叙事）；

---

① 原文为"explod［e］upwards into the soft black-and-white underbelly of the main text on contact with the reader's gaze"。引自 Kevin, Jackson. *Invisible Forms*：*A Guide to Literary Curiosities*，*1999*. New York：Dunne，2000：140.

（6）一部讲述作家和他/她的人物之间的对话的作品（例如埃克罗伊德的《狄更斯传》中的部分章节让狄更斯与自己小说里出现的或在其他作家笔下出现的人物之间进行对话，这被称作"虚实错层叙事"）①；

（7）一部两条或多条主线主题和主体的生命特征相互映衬的作品（例如《盐之书》这类与叙事者和被叙事者的同性恋主题相关的作品）；

（8）作家以作家人生故事为创作对象，表达创作境遇主题的作品（如洛奇的《作者，作者》的一个重要主题就是"作家的境遇"。洛奇认为詹姆斯在创作中的遭遇在某种程度上可以代表整个作家阶层在创作上的焦虑，因而具有元文本效果②）；

（9）虚构作品作家以编者身份出现的叙事（例如《著名放逐：罗伯特·彭斯的西印度群岛居留日记》等加入了大量学术与杜撰型注解的作品）。

在以文学家为第一人称叙事者的生命虚构叙事作品中，文学家本人对生命书写的元思考往往被直接展现出来，这也是生命虚构与传记虚构的一个不同之处。如在《王尔德最后的证词》（1993）当中，有一段这样的对话：

"你不能出版这本（日记），奥斯卡。它都是胡说八道的——大部分内容都不太真实。"

"你说这话是什么意思？"

"它们是虚构的。"

"那就是我的人生。"

"但是很明显你为了达到你的目的而篡改了事实。"

"我没有目的，这些事实对我而言太自然不过了。"③

这种直接通过文学家话语表达的关于生命书写的观点增加了作品的后现代元虚构性。正如虚构的王尔德自己在反思他的主体时所言——"进行创作想象的第一定律就是在他的作品里艺术家要将自己当作另一个人，而不是他自己"④。从这定律出发，我们可以断定埃克罗伊德在撰写《王尔德最后的证词》时正是将他自己置于了王尔德的位置上，创作出模糊了作为前辈的艺术家生命（传记）和作为自己的艺术书写（自传）之间的界限的生命虚构叙事作品。援用巴迪乌（Alain Badiou）的话来说，生命虚构叙事作品是主体间组

---

① Boyacioğlu, Fuat. The Metafictive Structure and the Mise En Abyme in the Counterfeiters by André Gide and the Observations by Ahmet Mithat. *OJE*, 2014, 2 (2): 83.

② Cutitaru, Codrin Liviu. Ce Este un Autor? in *România Literara*, Nr. 25/2006, np. Accessed on 22. 11. 2014 at http://www.romlit.ro/ce_este_un_autor.

③ 引自 Ackroyd, Peter. *The Last Testament of Oscar Wilde*. London: Penguin Books, 1993: 160。

④ 原文为 "[T] he first law of imagination... [is]... that in his work the artist is someone other than himself"。引自 Ackroyd, Peter. *The Last Testament of Oscar Wilde*. London: Penguin Books, 1993: 131。

合的文本产物（composition of subjectivities）。

因而，可以说后现代生命虚构的叙事意图不再纯粹在于透过虚构形式挖掘与文学家相关的历史事实，而在于探讨当代作家自我与历史文学家他者间的关系，通过他者认识自我，因而，大多具有自我反思和元生命虚构批评特点（meta-bio-fictionality）。尤其在以传记作家为人物的生命虚构叙事里，这种特征表现得更加明显。

（二）包含虚构传记作家的文学家生命虚构叙事作品

从某种意义上来说，绝大多数文学家生命虚构叙事作品都是关于传记写作、生命书写这一元主题的作品，故事里的叙事者大多可以看作文学家的自传作家或者传记作家，他们被赋予了这样一个身份，因而都带有一定的元生命虚构色彩。而其中一类作品直接将虚构的传记作家作为主要人物，讲述他们创作某位文学家的生命故事的过程，并且这些像侦探般的文学家生命故事的探寻者（既包括故事外的真实生命虚构作家，也包括故事内的生命故事追踪者）们致力于挖掘的是为正统的传记作家所忽视的、似乎没有多大意义的细节，重新渲染这些细节对于文学家人生的重要性，颠覆传记作家所认定的有价值生命因子和无价值生命因子之间的二元对立。因而，这种建构方式带有更直观、更强烈的元生命虚构特点。

当代生命虚构叙事里充满了作为人物的生命叙事作家①，而这些虚构的传记作家的传主往往是真实的文学家②。他们占据了巴恩斯、戴尔、霍林赫斯特、马拉穆德（Bernard Malamud）③、拜厄特、威尔逊（James Wilson）、克莱默（Kathryn Kramer）④、奇弗⑤、鲍尔斯（Tim Powers）⑥、布兰德雷思⑦、汉德森（William Henderson）⑧ 等著名生命虚构创作者的作品。这类以传记作家或生命书写作家为主人公的作品"将生命书写实践或传记实践结合起来，读者不仅可以读到嵌在里面或隐含在里面的传记/生命叙事，还可以读到正在撰

① Holroyd, Michael. *The Craft of Biography and Autobiography*. Washington, D.C.: Counterpoint, 2002: 16.

② Backscheider, Paula. *Reflections on Biography*. Oxford: Oxford University Press, 1999: 185.

③ *Dubin's Lives*, 1979.

④ *Sweet Water*, 1998.

⑤ *Thieves*, 2004。该作品虚构凯瑟琳·曼斯菲尔德的人生故事，里面的一条线索与曼斯菲尔德的传记作家 Roger 相关。

⑥ Tim Powers 的《阿努比斯之门》（*The Anubis Gates*）发生在 1983 年，主人公 Brendan Doyle 是一位传记作家，他对十九世纪初期的一位名叫 William Ashbless 的诗人特别感兴趣。

⑦ 布兰德雷思创作的谋杀案系列小说里面的人物谢拉德本人就是另一人物王尔德的传记作家。

⑧ William McCranor Henderson 的 *I Kill Hemingway* 中的叙事者 Elliot McGuire 是一位虚构的海明威传记作家。

写生命叙事的传记作家/生命书写作家的外框架叙事"①。

最极端的例子当属拜厄特的《传记作家的故事》（*The Biographer's Tale*，2000）。在这部作品里，叙事者/主人公，一位叫纳森（Phineas G. Nanson）的研究生打算写一部传记作家的传记，也就是说这位研究生在某种意义上就是虚构传记作家，而他的传主也是一位虚构的传记作家。在纳森眼里，迄今最伟大的传记作家当属德斯特里－斯科尔斯，最伟大的作品非他那部维多利亚时代博物学家博尔的传记莫属。然而经过调查，纳森发现，那位无所不通的博尔只是一个传说，其生平和学术资料全都藏头去尾，而传记作家本人，连生死都已成谜多年。纳森感到，调查一位传主，犹如一场自我放逐，寻找一位传记作家的真相，更是踏入了一个巨大陷阱。这是最复杂的虚构传记作家讲述虚构传记作家讲述真实人物人生的"叙事内套叙事再套叙事"模式，其中所揭示的元生命批评感不言自明，一些评论家直接称之为最激动人心的"文学批评之作"。②

在这些作品里，虚构的传记作家貌似真的是文本的作者，同时扮演多个不同的文学角色——文学侦探、传记作家、叙事者和文学批评家等。他们以虚构的传记作家在撰写文学家的传记过程中为追寻真相和确定性、构建传主的真实人生所遇到的挫折困境为主题，展现了传记作家与传主之间的共生模式（symbiotic model），而非寄生关系（parasitical relation）③。本节以《过世的莎士比亚先生》和《盗贼》两部以传记作家虚构人物为中心的作品为例阐释它们的元生命虚构性。

1. 《过世的莎士比亚先生》中的元生命虚构批评

奈依的《过世的莎士比亚先生》表面看起来只是一部从莎士比亚的剧团演员的视角回忆跟莎士比亚相关的生命故事的作品，但仔细阅读发现，它实际上借咸鲱之口（或之话语）表达了奈依对生命书写的理论性观点。咸鲱说"虚构绝对是最好的传记"④。

在讲述莎士比亚生命故事的过程中，咸鲱承认矛盾和多种事实的存在，他大量使用"或者"来连接多种事实的另类可能性，并承认他展现的关于莎士比亚的不同故事甚至可能互相矛盾、抵消，因而，他认为"或者"正是对他的莎士比亚生命书写作品最传神的一个总结词——"有时我认为'或者'

---

① Keener, John. *Biography and the Postmodern Novel*. Lewiston：Edwin Mellen Press，2001：197.

② O' Connor, Erin. Reading *The Biographer's Tale*. *Victorian Studies*，2002，44（3）：379.

③ Hibbard, Allen. Biographer and Subject：A Tale of Two Narratives. *South Central Review*，2006，23（3）：19.

④ 原文为"Be sure that fiction is the best biography"。引自 Nye, Robert. *The Late Mr. Shakespeare*. New York：Random House，2001：187.

应该可以做这本书的副标题"①。不像学术型传记作家，咸鲱并不致力于创设一个绝对有理可信的故事，甚至对于传记谬论（biographical fallacy）这一观点持模棱两可的态度，有时坚定地赞成对文本进行传记式解读，有时则笃定地反对将十四行诗与莎士比亚的人生故事直接联系起来。莎士比亚不只有一个朋友而是许多，但没有黑女郎；十四行诗里的人物对应的不是"哪个人。他们是不同的人物模式……，这些人物只是文字，只是白纸上的黑字，并非真正存在，……（黑女郎）可能是纯虚构的。就像克利奥帕特拉，就像莎士比亚的母亲。或者就像我"。

按照咸鲱的说法，他的莎士比亚传记属于"野史"（country history），与"正史"（city history）相对。在他看来，"正史"在需要道出莎士比亚的不尽人意的一面时会难以胜任②。对莎士比亚负责任的描述方式必定存在于碰巧能"抓住否则无法抓住的那个忽明忽暗、忽隐忽现的衣角"的"野史"中③。虽然这个虚构传记作家也在多处坚称他拥有一沓资料和文件来支撑他的论断，但这实际上是对学术型传记作家的一个变相嘲讽，嘲笑他们对证据和档案资料等的迷狂。

2. 《盗贼》中的元生命虚构批评

奇弗的主旨在于揭示所有生命书写作家和虚构作家都是盗贼。标题里的"盗贼"首先表明一个生命虚构作家所从事的无非就是从现实中盗取真实人物的生命因子，将盗来的主意经过改编，再现为一部作品这样的工作。这个环环相扣的故事具有强烈的反讽效果，因为当代作家（奇弗）从文学家先辈（曼斯菲尔德）那里"盗取"生命因子用于小说里创设一个现实世界。其次，任何经典作家都是从文学家先辈那里盗取文本、情节和故事的盗贼。可以说奇弗是从曼斯菲尔德这个文学盗贼那里偷来生命因子，也就是说奇弗是个二手盗贼，因为据奇弗虚构的人物卡桑德拉，曼斯菲尔德本人也是一个骗子兼盗贼——她从一开始创作就复制契诃夫小说里的故事，尽管曼斯菲尔德因此遭到知情者的敲诈，她直到死前仍"锲而不舍"地盗取契诃夫的情节，出版短篇小说《时髦婚姻》（*Marriage à la Mode*，1921）④。

也就是说奇弗认为传记作家、生命虚构作家和虚构作品作家在这一点上都是共通的，他们无一例外地成为别人真实或虚构的故事的盗贼。传记作家和生命虚构作家在偷来为己所用时，一般会坦言自己的偷盗行为，并以注解

---

① 原文为"［S］ometimes I think that OR should be this book's subtitle"。引自 Nye，Robert. *The Late Mr. Shakespeare*. New York：Random House，2001：187.

② Nye，Robert. *The Late Mr. Shakespeare*. New York：Random House，2001：68.

③ 原文为"catches the ghostly coat-tails of what is otherwise ungraspable"。引自 Nye，Robert. *The Late Mr. Shakespeare*. New York：Random House，2001：68.

④ 参见 Kulyk Keefer，Janice. *Thieves*. Sydney：Harper Collins，2004：141 - 142.

等各种形式将自己偷来的东西一一陈列出来，像曼斯菲尔德这样的纯虚构作家则偷了契诃夫的文本而不坦诚地宣布自己的"拿来主义"行为，在这一点上，传记作家和生命虚构作家处于同一层次上。但同时生命虚构作家与传记作家又可以被看作不同层次的盗贼——生命虚构作家尽量偷那些传记作家们看在眼里却觉得一文不值，或者干脆视而不见、不去挖掘的那些东西。然而，到底是传记作家所珍视的东西更重要，还是生命虚构作家所选取的东西更重要，是无法得出确定的结论的，因而，传记与生命虚构形成了某种互补关系。

第五章 文学家生命虚构中的
平行叙事创作模式

库切曾言："文学批评的本位责任就是盘点和质疑经典。"[1] 平行叙事就是一种盘点经典的直接有效的文学形式。作为后经典叙事学的研究对象，平行叙事简言之就是一种以经典的先辈文本为参照，通过文类转换、叙事视角和叙事时空的转换等重新叙事化策略创作出与前文本平行的新文本的叙事形式。随着后现代叙事化策略的复杂化、多样化，文学家生命虚构平行叙事也从简单的形式发展成更为复杂隐秘的形式，从四种原初的一对一的对位模式——文类（风格）转换、视角（话语）转换、叙事框架内平行叙事文本和时空置换型平行叙事发展到多重叙事中的多个平行文本、故事套故事中的多个平行叙事文本和整体平行框架里插入文学家先辈生命叙事平行文本三种升级版的多对多的对位模式。对不同形式的平行叙事进行分类论述可以增进研究者对生命虚构获奖作品的创作路径和趋势的了解，同时能帮助读者成为作家的理想读者，达到对作品的更充分和更全面的解读[2]。

> 我们对历史必须履行，而没有履行的唯一责任就是重写历史。
>
> ——奥斯卡·王尔德[3]

第一节　平行叙事

一、平行叙事：概念与定义

"平行叙事"（parallel narrative）是后现代语境下的一种典型创作现象。

---

[1] 原文是 "criticism is duty-bound to interrogate the classic"。引自 Coetzee, J. M. *Stranger Shores*: *Literary Essays 1986 – 1999*. London：Penguin, 2001：16.

[2] 参照杨晓霖、宁静：《后现代语境下的平行叙事创作模式研究》，《天津外国语大学学报》，2017 年第 4 期，第 29 – 35 页。

[3] 原文是 "The only duty we owe to history is to rewrite it." 引自 Wilde, Oscar. *The Critic as Artist*, in *The Works of Oscar Wilde*. London：Spring Books, 1963：868.

这一概念最初被用于描述在同一叙事作品里采用的两条或多条交错或并置的情节线索，或者通过不同叙事者的视角展现同一事件的这两种叙事技巧。前者如康宁翰的《时时刻刻》（1999），该书讲述与《达洛维夫人》联系在一起，却生活于不同时代的三位女性的平行故事；后者如伍德海德的《史蒂文森的奇怪病历》（2001），从五个医生的视角回顾他们共同的病人——知名作家史蒂文森的生活。无论是情节线索还是叙事视角的平行，故事内的平行文本都可以被看作互相映照的镜子。

　　然而，本书将要探讨的平行叙事是不同作品之间的平行（parallel）和衍生（derivative）关系。平行叙事是由一位作家从先辈正典作家已有的作品里衍生出来的新作品①，它大多以经典作品为元文本参照，通过文类转换、叙事视角和叙事时空的转换等重写策略创作出与这个先辈文本平行的新文本。一些理论家称这种现象为"重述"（retelling）②或"重写"（rewriting）③。对"重述"或"重写"进行研究的主要学者有吉尔摩（Gilmour，2000）、库西克和萨多夫（Kucich & Sadoff，2000）、布莱克（Bryk，2004）、哈德莉（Hadley，2010）、科奇科诺夫（Kirchknopf，2008）、瑞安·冯（Ryan Dennis Fong）等，主要侧重维多利亚时期现实主义小说在后现代背景下的重写策略。他们与麦克海尔的后现代重写小说对本章的研究都有启发意义。然而，"重述"或"重写"不能准确地描述这类作品与元文本之间的平行和对位关系，它们所涉及的创作范围更广，并且只能概括这类后现代创作行为，而不能用来描述一种叙事策略或类型的概念。

　　贝宁格和卡特林（2007）、科奇科诺夫（2011）都曾提出"平行续述"（parallelquel）这一术语，前者认为这一术语指代"与某个已存在的著名文本相平行（有时可能相悖）的故事线"④，后者认为它指涉原创文本的一种另类版本，这一另类版本既揭示了原创文本的创作机制，又显示出对元文本的某

　　① Müller，Wolfgang G. *Derivative Literature*. Ed. Hebel，Udo J. & Ortseifen，Karl：*Transatlantic Encounters*. Trier：Wissenschaftlicher Verlag，1995：312.
　　② "重写"更多用于圣经故事和儿童故事的改写方面的研究。Schanoes，Veronica L. *Fairy Tales*，*Myth*，*and Psychoanalytic Theory*：*Feminism and Retelling the Tale*. Ashgate，2014；Schiff，James. Contemporary Retellings：A Thousand Acres as the Latest Lea. *Critique*：*Studies in Contemporary Fiction*，1998，39（4）：367–381.
　　③ Moraru，Christian. *Rewriting*：*Postmodern Narrative and Cultural Critique in the Age of Cloning*. New York：State University of New York Press，2001；Schiff，James. Rewriting Woolf's Mrs. Dalloway：Homage，Sexual Identity，and the Single-Day Novel by Cunningham，Lippincott，and Lanchester. *Critique*，2004，45（4）：363–382；Heilmann，Ann & Llewellyn，Mark. Historical Fictions：Women（Re）writing and（Re）reading History. *Women*：*A Cultural Review*，2004，15（2）：137–152.
　　④ Berninger，Mark & Katrin，Thomas. *A Parallelquel of a Classic Text and Reification of the Fictional—the Playful Parody of Jane Eyre in Jasper Fforde's The Eyre Affair*. In Rubik，Margarete & Mettinger-Schartmann，Elke（ed.）. *A Breath of Fresh Eyre*：*Intertextual and Intermedial Reworkings of Jane Eyre*. New York：Rodopi，2007：181.

种批判态度①，受此启发，本书提出平行叙事这一概念。

"平行叙事"（parallel narrative），简言之是一种以存在的先辈或原创文本（predecessor text 或 urtext②）为整体互文参照，通过文类转换、叙事视角和叙事时空转换等重新叙事化策略创作出新文本的叙事形式。一方面，平行叙事涉及对先辈文本的复制和模仿，这是平行文本与先辈文本建立对应关系的立足点和基础；另一方面，它们并非简单的拆字拼图游戏，而是暗含创作性的转换和变更，这是使平行文本独立于先辈文本而获得创新性的比对点的关键。因而，平行文本既忠实于先辈文本，又是对先辈文本的反叛，它仍然是具有原创性的作品，这是本书不使用"原创文本"（original text）来描述被平行文本的原因。援用康纳的说法，平行文本是对先辈文本的"忠实性反叛"（fidelity-in-betrayal）③。

与重写这一后现代创作行为一样，平行叙事具有两种意图：一是纯粹的美学意图，是当代作家表达对文学家先辈致敬或讽刺的一种载体，如欧泽克的《异国身物》（*Foreign Bodies*，2010）和史密斯（Zadie Smith）的小说《论美》（*On Beauty*，2005），这两部作品分别对《大使》（*The Ambassadors*，1903）和《霍华德庄园》（*Howard's End*，1910）进行平行创作，表达对文学偶像詹姆斯和福斯特的崇敬之情。二是明确的政治意图（politically-charged），将平行叙事与强烈的女性主义、后殖民主义、西方马克思主义意识形态联系起来，如斯迈利（Jane Smiley）创作的与《李尔王》平行、获 1992 年普利策奖的作品《千亩园》（*A Thousand Acres*，1991），福斯特的《夫人的女仆》（*Lady's Maid*）与伍尔夫的《弗拉狮：一部传记》平行等。当然，大多数平行文本兼具两种意图。他们都在反复重读家喻户晓的正典作品的基础上，根据自己的创作需要撰写出对应的平行作品（une lecture d'un chef-doeuvre）④。

二、平行叙事的先辈文本

经典的先辈文本能激发多个风格迥异的平行文本，具有很强的生产性。莎士比亚、勃朗特、简·奥斯汀等人的表达人类永恒主题的作品常被后辈作家用作平行文本创作的源泉。勃朗特的《呼啸山庄》衍生出孔戴（Maryse

---

① Kirchknopf, Andrea. The Future of the Post-Victorian Novel: A Speculation in Genre. *HJEAS*, 2011, 17 (2): 363.

② urtext 是德语与英语的组合词，ur 在德语是指 original，text 取的是英文里的意思，指原创文本。

③ Connor, Steven. *The English Novel in History* 1950 – 1995. London: Routledge, 1996: 167.

④ Swamy, Vinay. Traversing the Atlantic: From Brontë's "Wuthering Heights" to Condé's "La Migration des Cœurs". *Journal of Caribbean Literatures*, 2006: 61.

Condé）的《风啸山庄》（*Windward Heights*，1998）、厄夸哈特的《改变天堂》、沙展（Lin Haire-Sargeant）的《H：希泽克利夫返回呼啸山庄之旅》（*H. The Story of Heathcliff's Journey Back to Wuthering Heights*，1992）等多部作品。伍尔夫最出名的小说当属《到灯塔去》，然而衍生出多个平行作品的小说却是《达洛维夫人》。因为这部作品涉及性别身份的模糊性等主题，在更主动、开放地探索性别建构的当代世界里有更宽广的阅读市场。除康宁翰的《时时刻刻》之外，还有立品科特（Robin Lippincott）的《达洛维先生：一部中篇小说》和兰切斯特（John Lanchester）的《菲利普先生》（*Mr. Phillips*，2000）①。史蒂文森的《化身博士》则衍生出至少三部获奖平行作品——马丁（Valerie Martin）的《玛丽·雷利》（*Mary Reilly*，1990）、瑞斯（James Reese）的《化身博士与奥戴尔》（*The Strange Case of Doctor Jekyll & Mademoiselle Odile*，2012）和藤南特的《伦敦的两个女人：化身博士》（*Two Women of London：The Strange Case of Ms. Jekyll and Mrs. Hyde*，1989）。

平行叙事的先辈文本不一定是虚构文本，也就是说经典文本不一定是三级生命因子，经典作家的一级生命因子和二级生命因子均有可能成为先辈文本。

三、平行叙事的主要创作作家

许多主流作家，如厄普代克（John Updike）、藤南特、奈依、福斯特，尤其是女性主义、后殖民主义和少数族裔的杰出作家，诺贝尔文学奖桂冠得主南非作家库切，非裔作家沃尔科特，加拿大女性主义作家阿特伍德、厄夸哈特，美国犹太作家欧泽克，澳大利亚作家卡雷和弗兰纳根，英属加勒比殖民地安蒂瓜岛（Antigua）的金凯德（Jamaica Kincaid），美属瓜德罗普岛法语作家孔戴，印裔美籍作家慕克吉（Bharati Mukherjee）都创作了平行叙事作品。

其中一些作家先创作出纯粹与虚构作品平行的作品，再进行难度更高的生命虚构平行叙事。最显著的作家是藤南特和奈依。藤南特在对近十部经典作品进行平行创作，如《伦敦的两个女人：化身博士》、《彭伯利，或傲慢与偏见续》（*Pemberley：or，Pride and Prejudice Continued*，1993）、《苔丝》（*Tess*，1993）、《不平等的婚姻，或二十年后的傲慢与偏见》（*An Unequal Marriage：or，Pride and Prejudice Twenty Years Later*，1994）、《恋爱中的爱玛：奥斯汀的爱玛续》（*Emma in Love：Jane Austen's Emma Continued*，1996）等之后，创作了与詹姆斯相关的生命虚构平行叙事作品《重罪》和与普拉斯相关

① Schiff, James. Homage, Sexual Identity, and the Single-Day Novel by Cunningham, Lippincott, and Lanchester. *Critique：Studies in Contemporary Fiction*，2004，45（4）：363－364.

的《西尔维尔与泰德》（*Sylvia and Ted*，2001）。奈依在创作了平行于莎士比亚戏剧的小说《福斯塔夫》（*Falstaff*，1976）（以喜剧人物——醉醺醺、胆怯怯、色眯眯的福斯塔夫的视角讲述故事）以及与歌德的巫师作品平行的《浮士德》（*Faust*，1980）（从仆人瓦格纳的视角讲述这个德国巫师的故事）之后，又创造了莎士比亚生命虚构平行叙事作品《莎士比亚夫人》（*Mrs Shakespeare*，1993）（以莎士比亚妻子的视角讲述）和《过世的莎士比亚先生》（*The Late Mr Shakespeare*，1998）（以莎士比亚剧团的一位演员的视角讲述）等。

平行叙事无处不在，采用平行叙事策略的作品屡获诺贝尔、普利策、曼布克等文学大奖，因而可以断言，我们正处于一个平行叙事时代。

> 我认为最好的创新方式，是重拾古老文学的魅力。
>
> ——萧伯纳

第二节　生命虚构平行叙事概述

一、文学家生命虚构平行叙事：定义

援用平行叙事这一概念，本书主要探讨包含"文学家生命虚构平行叙事"的作品。被平行的前文本必须与某位文学家生命文本（biotext）相关，并且后文本，也就是当代作家撰写的这个平行叙事作品必须是一个虚构作品，而非学术型传记等。文学家生命虚构平行叙事指的是当代作家以文学家（一级、二级或虚构性）生命因子文本叙事为整体上的互文参照，通过文类转换、叙事视角和叙事时空的转换等重新叙事化策略创作出与文本性生命因子平行的新文本（parallel text）的叙事形式。"整体上的互文参照"可以将平行叙事与在生命虚构创造过程中的生命因子文本拼贴及零散互文相区分。文学家生命虚构不可避免地会参照拼贴生命虚构主体的各级生命因子，但并非拼贴了这些生命因子就可以构成生命虚构平行叙事，平行叙事预设整个作品的一对一平行，或者至少有一条可以算得上生命虚构的主要故事线与某个前文本平行。比如，珀尔的《爱伦·坡暗影》（2007）创设一个第一人称杜撰人物——卡拉克（律师、坡的粉丝）去调查坡的死亡真相的故事，有趣的是小说的另一个人物——神探杜邦却是坡的小说《失窃的信》和《莫格街凶案》里的神探。这里拼贴了一些虚构作品里的片段，但非整体参照。因而，这类作品可以被看作加入了文学家生命因子的同人虚构作品（fan-fiction）。

文学家生命虚构平行叙事给了作家和读者一个"用全新眼光回头看旧事件，从新的批评角度来进入旧文本"的机会，"是一种进一步延续传记生命的行为"①。文学家生命虚构平行叙事的两个重要特点在于：一是给予在前文本中被忽视、被遗忘、被遗漏的声音和事件发声和被记忆的契机，因而本质上与元文本构成互补关系；二是阐释文学家生命故事与文学家创作的作品之间的关系，因而本质上为文学家生命文本的创作过程叙事。

被遗忘和被忽视的视角和声音往往是没有太多文字资料记载的，需要生命虚构作家大胆地想象和虚构相关的细节，因而，平行本身就既蕴含史实，又预设虚构，是一种悖论式的再创作。文学家生命虚构平行叙事与其他历史人物生命虚构的重要区别在于文学家生命虚构平行叙事中可能插入该文学家创作的虚构文本或以该文学家创作虚构文本为框架。

创作平行叙事的大多为造诣很高的获奖小说家或著名的文学研究学者。诺贝尔文学奖桂冠得主南非作家库切、澳大利亚作家卡雷和弗兰纳根都参与了文学家生命虚构平行叙事创作。其他诸多学者型作家，如亨利·詹姆斯学者欧泽克、莎士比亚学者蒂凡尼（Grace Tiffany）、伊丽莎白·布朗宁学者福斯特等的加入为平行叙事作品广受评论界和读者赞誉奠定了创作基础，为平行叙事时代进入鼎盛期注入了非凡的活力。平行叙事不只是后辈作家对经典作品和文学家先辈的致敬行为，它同时也让作品和文学家获得了新的持续的生命力②。

二、生命文本：生命虚构平行叙事的前文本

与一级和二级生命因子平行的作品都涉及文类转换，而与虚构作品平行的作品则不涉及，主要涉及视角转换和时空转换等基本平行策略。简单的模式可以是将文学家的人生经历与某部作品的创作联系起来，通过虚构的方式展现人生故事与虚构作品之间的平行关系。与三级生命因子构成平行关系的平行叙事呈现增长趋势，此外，更加复杂的平行作品里可能涉及多级生命因子的平行关系（参照本章第四节里的升级模式）。

1．以一级生命因子为前文本的生命虚构平行叙事

以一级生命因子为前文本的文学家生命虚构平行叙事指的是整体上参照和引用文学家的信件、日记、回忆录和自传等文本，或由一级生命因子中语

---

① 原文为"the act of looking back, of seeing with fresh eyes, of entering an old text from a new critical direction; ... it is an act of survival"。

② Connor, Steven. *The English Novel in History* 1950 – 1995. London: Routledge, 1996: 367.

焉不详的某句话衍生出来的生命虚构叙事作品。

瓦尔什的《恋爱中的艾米莉·狄金森》（*Emily Dickinson in Love*，2012）就是一部以狄金森的三封信件为前文本的生命虚构叙事作品。瓦尔什受一个多世纪以来学者对狄金森诗歌里出现的神秘"主人"（Master）身份的各种研究的启发，在 1955 年新发现并出版的狄金森写给"主人"的三封信件的基础上，锁定这位"主人"就是狄金森父亲的朋友——在法律和政治方面声名显赫的罗德（Otis Lord），继而撰写了《恋爱中的艾米莉·狄金森》。这部作品通过小说的形式揭示了他的研究发现。小说描述了狄金森与罗德近 30 年的浪漫故事和在波士顿的几次密会，并利用这些信息解释了狄金森从一个活跃的女孩变成深居简出的诗人的始末。在小说里，瓦尔什通过洋洋洒洒的长篇注解展示了他在研究过程中发掘出来的充分证据，令人无从质疑。

瓦尔什并非将狄金森的"主人"锁定为罗德的第一位研究者，早在 1954 年宾汉姆就在他撰写的著作《解密艾米莉·狄金森》（*Emily Dickinson：A Revelation*）一书里提到了这一发现[①]。但瓦尔什是将这一发现与狄金森生平的其他事件联结起来贯以情节，以小说的形式展示其研究发现的第一位研究者。因而，在某种程度上，可以说瓦尔什的生命虚构叙事作品也平行于宾汉姆的研究发现。

当然，如前所述，许多生命虚构平行叙事并非简单参照一级生命因子，而是多级生命因子。麦克尼斯（Kelly O'Connor McNees）的《露易莎·梅·奥尔科特迷失的夏天》（*The Lost Summer of Louisa May Alcott*，2010）主要参照奥尔科特的信件和日记因子作为虚构基础，讲述了奥尔科特的人生经历与创作之间的平行关系。然而，既然涉及她的创作经历，则可能涉及虚构作品。这部小说就想象奥尔科特于 1855 年的夏天在新罕布什尔州的华尔普镇与辛格（Joseph Singer）之间发展的一段可能威胁到奥尔科特写作生涯的恋情，并假设《小妇人》里的乔和劳瑞（Jo and Laurie）就是露易丝在这段人生经历的基础上写作的自传式小说。

2. 以二级生命因子为前文本的生命虚构平行叙事

与一般的平行叙事不同的是，文学家生命虚构平行叙事的前文本可以是这位学者自己的学术作品，也就是与学术作品研究对象——文学家相关的二级生命因子。巴玻尔的《马洛手稿》（2013）就是截取她于 2010 年撰写的创作型博士论文《像写莎士比亚一样写马洛：探讨传记虚构》（*Writing Marlowe as Writing Shakespeare：Exploring Biographical Fictions*，2010）中的一部分。这篇博士论文主体由两部分组成：一部 7 万字左右的诗行小说和一篇在对这部

---

① Bingham，Millicent Todd. *Emily Dickinson：A Revelation*. New York：Harper and Bros，1954：106.

小说进行研究的过程中撰写的 5 万字左右的批评性论文（参照第四章的学术化行为）。巴斯柯克（Todd Van Buskirk）的《日落屏蔽了我的问题》（*Sunset Shuts My Question Down*，2011）是一部关于狄金森的生命虚构叙事作品，这部小说是在他于 2005 年撰写的研究论文《鸟儿般深居夏日之林》（*Further in Summer than the Birds*）的基础上构思的小说。在撰写了一部关于布朗宁夫人的得奖传记之后，福斯特于 1990 年创作了《夫人的女仆》，以"无声无息的"女仆为叙事者对伊丽莎白与布朗宁私奔并在意大利结婚的经历进行了虚构化处理。

　　主要从事虚构作品创作的作家大多参照他人撰写过的文学研究论著，撰写平行的虚构作品。伯吉斯的《德普特福德的死人》是尼科尔（Charles Nicholl）的改写主义传记《结账：谋杀克里斯托弗·马洛》（*The Reckoning: The Murder of the Christopher Marlowe*，1992）的小说化版本，一种采用当代戏剧演员的视角进行叙述的平行虚构叙事。类似的有比兹契尼（Lillian Pizzichini）的《珍·瑞斯的蓝色画像》（*The Blue Hours: A Life of Jean Rhys*，2009）就是以安吉尔（Carole Angier）的《珍·瑞斯》（*Jean Rhys*，1990）和《珍·瑞斯：生平与作品》（*Jean Rhys: Life and Works*，1991）为二级生命因子前文本，加以想象和虚构写作而成①；爱德华兹（Louis Edwards）的《奥斯卡·王尔德发现美国：一部小说》（*Oscar Wilde Discovers America: A Novel*，2003）是以刘易斯（Llyod Lewis）与斯密斯（Henry Smith）合著的学术著作《奥斯卡·王尔德发现美国，1882》（*Oscar Wilde Discovers America，1882*，1936）为前文本虚构而来；坎皮恩（Jane Campion）于 2009 年编导的生命虚构影片《明亮的星》（*Bright Star*）以莫什的《济慈：一部传记》为前文本。

　　3. 以三级生命因子为前文本的生命虚构平行叙事

　　平行式再创作可以是对史实性文本的再创作，也可以是对三级生命因子，也就是虚构性文本的再创作，但在对虚构性文本进行平行创作时，必须加入文学家的一级或二级生命因子，否则不能视为生命虚构平行叙事。比如，马丁的小说《玛丽·雷利》（2013）就是一部对史蒂文森的虚构文本《化身博士》的平行叙事，选取博士的爱尔兰女仆作为叙事者，以她的视角重新讲述史蒂文森的故事。但这不是一部作家生命虚构平行叙事，因为前文本是史蒂文森的虚构作品，而后文本里并没有加入史蒂文森的一级或二级生命因子，史蒂文森也并未出现在平行文本里。

　　《道林·格雷的画像》是王尔德的作品中被多位生命虚构作家用于平行创作的前文本，如里德的《道林：一部〈道林·格雷的画像〉续集》和麦克科

---

① Elkin, Lauren. When a Biography Is Not a Biography: The Blue Hour: A Life of Jean Rhys. *The Quarterly Conversation*，2009（17）.

马克的《那个叫道林·格雷的人》（*The Man Who Was Dorian Gray*，2000）。前者是对王尔德的虚构作品的平行续述（parallel sequel），同时让王尔德成为这一平行再虚构文本里的人物。在这个平行叙事里，格雷没有在戳死自己的画像之后死去，但从此背负凶手的罪名而沉迷于酒色、施虐、受虐以及巫术魔法，他在巴黎偶然遇上从监狱里释放出来、衣着褴褛、偶尔冒出几句谐趣的话的王尔德，他给格雷一种救赎的力量，然而他们的相遇是反高潮的。这部作品可以视为文学家生命虚构平行叙事的一个实例。

后者则是一部"真实"的道林·格雷的"传记"，他被描述为一位与王尔德友情真挚的工人阶级小伙，并成了王尔德笔下人物的原型，这部作品探讨了格雷与王尔德及格雷的终身伴侣拉法洛维奇（Andre Raffalovich）之间的关系变化。这类作品一般涉及虚构的故事世界和创作者的真实世界之间的错层叙事（参照第四章的混合虚实世界错层叙事）。

以三级生命因子为前文本的平行虚构作品主要有《达洛维先生：一部中篇小说》《时时刻刻》《福》《杰克·麦格斯》《焦虑的愉快：一部追寻卡夫卡的小说》《露尾的心》等。

三、生命文本的脚注或片段衍生的平行作品

一种最极端的情况是平行叙事的前文本可能只是一级或二级生命因子中的某一段或某几句话。在海明威做战地记者，还没有出版任何小说的时候，海明威的第一任妻子哈德莉在巴黎的里昂车站，将装在一个手提纸袋里的海明威花了三年写的手稿弄丢了 [据说除了两篇故事幸免于难之外，其他手稿都丢了，这两篇分别是《我的老人》（*My Old Man*）和《在密歇根北部》（*Up in Michigan*），前者在此前已经邮寄给奥布莱恩（Edward O'Brien），他最终将其编入最佳短篇小说集里；斯泰因虽肯定后者的写作技巧，但也批评其涉及露骨的性爱描述，称其恐难上台面，因而被海明威丢弃搁置在抽屉里]。

海明威曾在死后出版的回忆录《流动的盛宴》里用了大约一页半的篇幅提到了这些被哈德莉不小心弄丢的手稿——大部分文字用来描述海明威当时如何安慰忧心如焚的哈德莉——"哈德莉告诉我东西丢了的时候，看上去如此伤心欲绝，除了有亲人死去或受到无法承受的沉重打击，我从未见过谁像

哈德莉那么悲恸"①②，几十年来，关于这些手稿到底发生了什么事情，丢失的手稿最终何去何从成了永恒的谜团，这个简短的前文本从此成为关于海明威的生命虚构叙事的一个出发点，由此衍生出至少八部相关的扩展式平行作品③。在《流动的盛宴》的这一页半里，还有一句相关的话——"这是千真万确的，我至今仍记得我当晚拖着沉重的步子回到寓所里发现这确实是真的之后我所做的事情"④，这里的"我所做的事情"（what I did）几个不起眼的文字至少发展出《我杀了海明威》（I Killed Hemingway，1993）等五部生命虚构小说⑤。

这些作品虽然都以同样的海明威生命因子作为参照，但形成了截然不同的故事，如在《我杀了海明威》中，汉德森的老骗子——"帕匹"马克汉姆对叙事者、海明威的传记作家麦克圭尔（Elliot McGuire）讲述了他与海明威之间的故事，他坚称海明威是个无耻的剽窃者，偷了他所有有创意的创作话题，为了报复海明威，他偷了那袋手稿，并把它们倒进了下水道里。更有甚者，他声称丢了手稿的海明威跳进塞纳河自杀，是他救了这位年轻作家的性命⑥。而在卡莱尔的《巴黎朝圣》中，却是海明威自己让哈德莉"带上他的所有手稿"去参加洛桑会议（Lausanne Conference），希望能给斯蒂芬斯（Lincoln Steffens）留下好印象⑦。在卡莱尔笔下，是斯蒂芬斯推测哈德莉因为嫉妒海明威的创作而神志不清地丢了海明威的手稿⑧，又让庞德表达了这样的观点——"她丢了海姆（海明威）的手稿，是故意（也许不是故意）剥夺海明威将文学作为谋生手段的可能性，让他不得不依靠她的信托基金生活"⑨。

---

① 原文为"I had never seen anyone hurt by a thing other than death or unbearable suffering except Hadley when she told me about the things being gone"。引自 Hemingway, Ernest. *A Moveable Feast*. New York: Simon and Schuster, 1996: 74.

② 关于手稿，在《流动的盛宴》里对应的原文还有一段："It was probably a good thing it was lost. When I had written a novel before, the one that had been lost in the bag stolen at the Gare de Lyon, I still had the lyric facility of boyhood that was as perishable and deceptive as youth was"。引自 Hemingway, Ernest. *A Moveable Feast*. New York: Simon and Schuster, 1996: 75-76.

③ 它们分别是考夫的《爸爸的手提箱》、哈尔德曼（Joe Haldeman）的《海明威骗局》（*The Hemingway Hoax*，1990）、哈里斯（MacDonald Harris）的《海明威的手提箱》（*Hemingway's Suitcase*，1990）、考斯格鲁夫（Vincent Cosgrove）的《海明威手稿》（*The Hemingway Papers*，1983）、恩格尔的《蒙帕纳斯凶杀案》、汉德森的《我杀了海明威》、卡莱尔的《巴黎朝圣》以及马德森（Diane Gilbert Madsen）的《追猎海明威》（*Hunting for Hemingway*，2010）等。

④ 原文为"It was true all right and I remember what I did in the night after I let myself into the flat and found it was true"。

⑤ 参照 McFarland, Ron. Recent Fictional Takes on the Lost Hemingway Manuscripts. *The Journal of Popular Culture*, 2011, 44 (2): 314-315。

⑥ Henderson, William. *I Killed Hemingway*. St. Martin's Press, 1993: 93-99.

⑦ Carlile, Clancy. *The Paris Pilgrim*. Carroll & Graf Publishers, 1999: 213.

⑧ Carlile, Clancy. *The Paris Pilgrim*. Carroll & Graf Publishers, 1999: 219.

⑨ Carlile, Clancy. *The Paris Pilgrim*. Carroll & Graf Publishers, 1999: 257.

《夫人的女仆》是一部从伍尔夫的《弗拉狮：一部传记》（1933）的一个不显眼的脚注里衍生出来的一部生命虚构作品。伍尔夫曾在这部以布朗宁夫人的可卡绒毛犬为主角的著名传记的一个脚注里提到"丽莉·威尔逊的人生默默无闻，基本无人提及，因而它在大声呼唤一位传记作家将它撰写出来"①。响应伍尔夫的呼唤，福斯特于 1990 年出版了《夫人的女仆》。除此之外，从各级生命因子的某个片段或脚注中衍生出来的平行作品主要有《安徒生的英语》《格特鲁德》等。

四、前文本为多级生命因子的情况

前面三个小节主要探讨的是前文本为单个生命因子的情况，也就是前文本与平行文本为一对一的简单对位关系。然而，受后现代主义叙事风格影响，文学家生命虚构叙事作品也像当代作品一样，大量出现了多联叙事、框架叙事、多视角叙事等更为复杂的结构；加上文学家生命虚构叙事作品的前文本可以是不同级别的生命文本，这让这类作品本身就比其他虚构叙事在结构上更可能呈现更复杂的形式。

大多数前文本为多级生命因子的生命虚构平行叙事都涉及文学家的虚构文本，这是文学家生命虚构平行叙事与其他非艺术家人物平行叙事的最重要区别。这种涉及三级生命因子（虚构文本）的平行叙事分为两种情况：一是三级生命因子（虚构文本）为多联叙事中的一条线索（参见本章第四节的"多个平行文本并置模式"）；二是三级生命因子（虚构文本）为文学家生命文本的内嵌叙事（参见本章第四节的"平行叙事套平行叙事模式"）；三是三级生命因子（虚构文本）为整体平行框架的前文本，里面插入文学家一级生命因子（参见第四节的虚构文本为外框架的平行模式）。

第一种情况包括藤南特的三联叙事作品《重罪》（雪莱的生命故事、詹姆斯的生命故事和《阿斯彭文稿》均为作品中的线索）、《奇怪音乐》（布朗宁夫人的生命故事、仆人的故事和对应布朗宁诗作的黑人劳工的故事分别为三个并置的线索）和康宁翰的《时时刻刻》（伍尔夫的生命故事、《达洛维夫人》的平行故事和虚构读者的故事并置）等。

第二种情况包括《坡的猫》（在一个平行于坡与伍尔夫的时空置换型现代故事里套有伍尔夫讲述的关于坡的故事，里面进一步套有改换视角讲述的坡的虚构作品《丽姬娅》的平行文本）等。

第三种情况包括卡雷的《杰克·麦格斯》（以虚构作品《远大前程》为

① 原文为 "The life of Lily Wilson is extremely obscure, and thus cries aloud for the services of a biographer"。引自 Woolf, Virginia. *The Diary of Virginia Woolf*, Vol. I. New York: Harcourt, 1977: 154.

前文本，同时让狄更斯作为其中的一位人物）、霍克的《复仇商人》（以《威尼斯商人》为前文本，加入莎士比亚的生命故事）、立品科特的《达洛维先生：一部中篇小说》（以虚构作品《达洛维夫人》为前文本，让伍尔夫成为其中的一位人物）和奥尔逊的《焦虑的愉快：一部追寻卡夫卡的小说》（以《变形记》为前文本，让卡夫卡成为这个平行虚构作品里的诸多视角中的一个）。

> 伍尔夫可谓一人千面。对于想虚构她的作家而言，"五十双眼睛"会以"五十种不同方式"去看待她。她不止活了一个人生，她拥有不同的人生。
>
> ——赫米恩·李[①]

第三节 文学家生命虚构平行叙事的基本模式

狭义的"平行叙事"要求平行文本与被平行文本在叙事框架上保持基本一致，并且主要情节和事件也基本吻合，主要为一对一的整齐对位文本关系，平行文本和被平行文本都是独立的作品。文类（风格）转换型和视角（话语）转换型平行叙事是满足这些条件的最基本模式。此外一对一的模式还包括时空置换型平行叙事和复杂叙事中的一对一平行模式。

一、文类（风格）转换型平行叙事

借用热奈特的术语，文类（风格）转换型平行叙事就是通过翻改（translation）这一行为[②]改变前文本的文类和风格的文本产物。由于文学家的一级和二级生命因子为非虚构文本，因而，文学家生命虚构叙事的前文本如果是一级或二级生命因子，则涉及文类（风格）转换问题，这类平行作品可以被称作文类（风格）转换型平行叙事。由于绝大多数生命虚构叙事作品都以一级或二级生命因子为参照，从广义上理解，可以说生命虚构作品都涉及文类（风格）转换，这也就是为什么说本书强调这类作品已经从非虚构文类转换成虚构文类，更准确地说是生命虚构文类。但本小节提出的文类（风格）转换

---

① Lee, Hermione. Biomythographers: Rewriting the lives of Virginia Woolf. *Essays in Criticism*, 1996 (2): 95 – 114, 引自 107 页。

② Genette, Gérard. *Palimpsestes: La Littérature au Second Degré*. Paris: Editions du Seuil, 1982: 293.

指的是以非虚构的前文本为整体参照进行虚构创作的作品。此外，还包括风格的转换，亦即散文转换为韵文等。

福勒的《Z：一部关于泽尔达·菲茨杰拉德的小说》的前文本为克莱恩（Sally Cline）的学术著作《泽尔达·菲茨杰拉德：她在天堂的声音》（*Zelda Fitzgerald：Her Voice in Paradise*，2003）。这两部作品的共同特点是将泽尔达从菲茨杰拉德的妻子的身份中解放出来，让她以一位具有天赋且颇有成就的艺术家（作家、舞蹈家和画家）形象出现，而她的心理疾病则在很大程度上被描述为抱负无法实现、作品遭受剥削的结果。他们都详细地列举了她著名的作家丈夫多次在未经许可并不予署名的情况下将她的故事和她的信件直接用在署他一个人名字的作品里，并描述了泽尔达对丈夫这一盗用行为的恼怒和不满。

埃克罗伊德的大部分作品都涉及文学历史的重写。他最早的一部文学家生命虚构叙事作品《王尔德最后的证词》（1991）是对他的传记的平行叙事。这部作品采用虚构一级生命因子中的日记体形式讲述了王尔德被放逐巴黎的人生最后几个月里的故事，虽然主要由 1900 年 8 月 9 日到 12 月 24 日这段时间的日记组成，但以回忆的方式讲述了他的童年，继而触及了王尔德人生中的所有重要时刻，都柏林、牛津、伦敦、文学圈、美国、文学成名、婚姻、社会成名、同性恋转向、波西、审判、里丁监狱和放逐巴黎的日子。

王尔德在 1895 年陷入性丑闻并被定罪之后，在当时社会声名狼藉，被称作"下流骗子"（obscene impostor）或"堕落主教"（High Priest of Decadence）[1]。他的名字不是被推向边缘，就是被传统的人文文学批评家当作劣迹谈论。按照埃克罗伊德作品中的王尔德自己的话来说："世人将把我当作病例记住，对我进行类似俄南（Onan）和赫罗迪亚斯（Herodias）心理研究，而不是一个艺术家"[2]，"至少不会出现在沃尔特·司各特先生的'伟大作家'之列"[3]。然而，通过王尔德自己的声音，埃克罗伊德重新讲述了这位英国作家的人生，重新评估了他的作品，同时重新检视了他在文学正典中的地位。通过卢梭和德昆西式的自白叙述，王尔德不仅坦言了自己的人生和性取向，更重要的是，他对文学生涯和作品进行了自我辩护。埃克罗伊德借此抨击了文学批评界以作家的道德污点来贬低他的文学成就的错误做法，颠覆了前人对王尔德的不公正评价。

---

① Thornton，R. *The Decadent Dilemma*. London：Edward Arnold Ltd.，1983：67.

② 原文是"I shall be remembered not as an artist but as a case history, a psychological study to be placed beside Onan and Herodias"。Ackroyd，Peter. *The Last Testament of Oscar Wilde*. London：Penguin Books，1993：112.

③ 原文是"At least I have the consolation that I shall not appear in Mr Walter Scott's 'Great Writers' series"。Ackroyd，Peter. *The Last Testament of Oscar Wilde*. London：Penguin Books，1993：112.

　　这些涉及从非虚构文类到虚构文类转换的平行作品，大多选取真实人物本人或其身边的边缘人物代替学术型传记中故事外的传记作家，充当故事内的"生命叙事者"讲述故事，通过这一虚构化策略进行创作，因而，生命虚构平行叙事在文类（风格）转换的同时就预设了视角（话语）的转换。福斯特的《夫人的女仆》就既转换了视角（故事外视角转为故事内视角），又转换了文类（传记转为生命虚构）。《夫人的女仆》可以被看作伍尔夫的虚构传记《弗拉狮：一部传记》（1933）的平行续写①，同时也是她本人撰写的布朗宁夫人传记的虚构平行文本，它们都批判布朗宁一家人对底层人物的自私心态，只不过作为前文本的传记在批判的语气上要比以小说形式出现的文本温和一些②。

　　《在石山上》（2009）是一部特殊的文类（风格）转换生命虚构戏剧叙事作品。罗森塔尔以 D. H. 劳伦斯的《恋爱中的女人》（*Women in Love*，1920）作为前文本，通过直接使用四位主人公的本名和直接大量使用劳伦斯和曼斯菲尔德的文本性生命因子，将这部虚构作品转换成显性生命虚构叙事作品。这部作品以"一战"期间（1916 年）曼斯菲尔德③夫妇曾与劳伦斯夫妇在康沃尔郡比邻居住的那段真实经历为故事的出发点，虚构了四位文学名人的短暂生活。

　　书名"在石山上"不仅寓意两对夫妻在以险象环生的多石突岩为特色景象的康沃尔郡度过的那段时光，还象征那段时光中每一个个体在寻求各自创造力的过程中所暗藏的危机四伏、岌岌可危的爱情冲突和生活矛盾④。实际上，这四位朋友之间的关系早在 1920 年的时候就在劳伦斯的小说《恋爱中的女人》里出现。《恋爱中的女人》讲述了厄秀拉与伯金、伯金与赫米奥恩、厄秀拉的妹妹戈珍与杰拉德、杰拉德与古德伦以及古德伦与勒尔克的爱情纠葛。

　　虽然总体上来说是一部虚构小说，劳伦斯在创作时也非常谨慎地进行了掩饰，但仔细阅读，可以发现劳伦斯把曼斯菲尔德当作《恋爱中的女人》中女主角戈珍的原型，把曼斯菲尔德的丈夫莫里当作杰拉德（Gerald Crich）的原型，自己则对应伯金（Rupert Birkin），因而，可以说劳伦斯以田园虚构的方式在《恋爱中的女人》中再现了四位友人间的复杂亲密关系。换句话说

---

① Cumberland, Debra L. "*A Voice Answering a Voice*": *Elizabeth Barrett Browning*, *Virginia Woolf*, *and Margaret Forster's Literary Friendship*, in Ed. Daugherty, Beth R. & Barrett, Eileen. *Virginia Woolf*: *Texts and Context*. New York: Pace University Press, 1996: 193.

② Novak, Julia & Mayer, Sandra. Disparate Images: Literary Heroism and the "Work vs. Life" Topos in Contemporary Biofictions About Victorian Authors. *Neo-Victorian Studies*, 2014, 7 (1): 47.

③ 凯瑟琳·曼斯菲尔德才华横溢，一生交游广泛，劳伦斯、伯特兰·罗素、伍尔夫都是她的朋友。

④ Latham, Monica. On the Rocks: Women (and Men) in (and out of) Love. *Études Lawrenciennes*, 2011 (42): 287 – 293.

《在石山上》不仅以劳伦佐①和曼斯菲尔德的真实经历为出发点，而且在很大程度上整体参照了劳伦斯的虚构作品，只不过，与劳伦斯不同的是，差不多90年后，罗森塔尔试图采用后现代主义作家的姿态营造一个超现实的生命虚构叙事作品②。

二、视角（话语）转换型平行叙事

原初形式的文类（风格）转换型平行叙事只涉及文类变化，但随着平行叙事在叙事技巧上的进一步完善，这一模式同时融入了其他后现代策略如视角（话语）转换等。赫姆菲尔的《你自己，西尔维尔：西尔维尔·普拉斯的诗行画像》就是在散文化传记转换为诗行叙事的基础上，里面的每一首诗都采用一位普拉斯认识的人的视角（话语）进行创作，包括亲人、治疗师、老师和朋友等，组成普拉斯的生命故事情节线。这些诗歌按事件顺序排列，从她的母亲奥莱利亚于1932年诞下普拉斯开始到1963年普拉斯的葬礼结束。

先辈文本	文类（风格）X
$\updownarrow$	$\updownarrow$
平行文本	文类（风格）Y

视角（话语）转换是最常见的一种生命虚构平行叙事策略。通过选取与元文本不同性别、阶层或族裔的人物作为叙事者，平行叙事赋予无声者声音。带有"政治文化意旨"（cultural-political thrust）③的生命虚构平行叙事大多通过重新视角化（re-perspectivisation）和重新话语化（revoicing）的方式实现。大多数的平行文本不只是视角转移，而且赋予叙事者以当代话语，让他们站在现代的时间基点上讲故事。

《流动的盛宴》是海明威创作的隐性生命虚构叙事作品，而麦克莱恩的《巴黎妻子》（2011）即为《流动的盛宴》的平行叙事，虽然换取哈德莉（Hadley Richardson）的视角（话语）讲述故事，故事叙述话语和流动进程随之发生了变化，但叙述的中心仍然是海明威与哈德莉在巴黎的艺术生活。对

① 劳伦佐（Lorenzo）是劳伦斯于1913年左右与弗丽达逃亡巴黎后，弗丽达对劳伦斯的昵称。据说意大利语里无法发出劳伦斯名字的音，因而意大利人都称劳伦斯为"劳伦佐"。

② Latham, Monica. On the Rocks: Women (and Men) in (and out of) Love. *Études Lawrenciennes*, 2011（42）：282.

③ Moraru, Christian. *Rewriting: Postmodern Narrative and Cultural Critique in the Age of Cloning*. New York: State University of New York Press, 2001：35.

于当代作家麦克莱恩来说，在撰写《巴黎妻子》的时候，她的参考资料不仅包括海明威的传记、书信往来，其最重要的整体文本参照是海明威自己在去世之前描绘巴黎生活的回忆录《流动的盛宴》。

虽然海明威自己并没有将这部作品界定为回忆录，但他在这部作品的自序里提到"如果读者愿意的话，这部书可以被当作一部虚构作品来读。但是这样一本虚构小说往往可以阐释一些其中的事实"①。早有美国文学史学者指出，《流动的盛宴》是六分事实，四分虚构，因而，《流动的盛宴》可以被看作海明威的自我生命虚构叙事作品（auto-bio-fictional narrative）。有趣的是，《巴黎妻子》虽然只是麦克莱恩创作的虚构小说，但比《流动的盛宴》要真实得多。因为麦克莱恩在创作之前认真翻阅了海明威和哈德莉的各种资料，加之同为女性，所以当她以哈德莉为第一人称进行叙事时，故事显得相当真实可信，连哈德莉的性格和心理都把握得极其到位。

虽然对很多人来说，哈德莉仅仅是海明威的"巴黎妻子"，就像保琳（Pauline Pfeiffer）被当作他的"基维斯特妻子"（wife of Key West），玛莎（Martha Gellhorn）被当作他的"西班牙内战妻子"（wife of Spanish Civil War）。但麦克莱恩认为，实际上，哈德莉对于海明威之后的人生与事业影响至大，正如普利策奖诗人麦克莱许所言，这六年"为他的（海明威）时代开创了一种文风"，这与哈德莉的影响分不开②。没有她，海明威不可能成为我们现在所认识的这位作家。

但当代读者对哈德莉知之甚少，在广受好评的一些海明威传记中，对哈德莉的描述，从其出现在奥地利，到与海明威结束这段婚姻，篇幅极短。据说在《流动的盛宴》中关于哈德莉的许多描述被海明威的第四任妻子玛丽（Mary Welsh）在整理出版时大量删减了。因而，《巴黎妻子》正是回应哈德莉在海明威传记中被轻描淡写的状况，也可以说是对《流动的盛宴》里被删去的内容的一个补充和想象。

一方面，本书认为传记与文学家生命虚构可以被视为生命书写领域互为补充的两种文化实践形式，如托宾的《大师》与甘特（Susan Gunter）、费什（Paul Fisher）两位描写亨利·詹姆斯的学术型传记作家的作品形成互补。另一方面，本书也认为文学家生命虚构叙事作品常与传记作品形成一种平行关系，互为平行叙事。传记是一种在不同社会和文化语境下被重写得最频繁的作品。绝大多数后辈作家撰写的文学家传记都是对前辈传记的平行式改写。由于文学家生命虚构大多不采用传记式的从摇篮到坟墓的全景模式，直接与

---

① 原文是 "If the reader prefers, this book may be regarded as fiction. But there is always the chance that such a book of fiction may throw some light on what has been written as fact"。

② 为了帮助海明威完成作家梦，哈德莉甚至用她的家庭遗产支付了家庭的所有生活开销，他们遍游欧洲，去西班牙看斗牛或到雪山去滑雪。

传记平行的生命虚构叙事作品在后现代语境下较为少见，大多数情况下都是对传记的部分内容进行裁剪后的平行。这类平行作品一般会在转换视角（传记转换成自我虚构形式）的基础上加入多重视角或虚构视角，抑或加入少数族裔、后殖民主义、女性主义等意识形态进行再创作，抑或转变叙事形式。

许多生命虚构叙事作品正是以传记虚构作品为先辈文本的转换视角平行作品，视角由文学家伟大人物让渡给非文学家小人物，这也是生命虚构的一个升级特点。关于这一点可以参见第四章的文学家人物的去中心化趋势，女性人物（妻子、情人、女儿等）、底层人物（仆人、厨师等）、文学创作辅助人物（打字员等）的另类视角都为文学家传记虚构作品提供了新的平行创作契机。此外，还有一种与传记平行的生命虚构叙事作品会在文学家视角之外加入杜撰人物视角。

视角转换的生命虚构平行叙事有一个不可忽视的有趣例子——《与史蒂文森赴塞文山旅行记》（2003）是游记《塞文山骑驴旅行记》（1879）的平行叙事。这部游记记录了史蒂文森于 18 世纪 70 年代在法国南部山区徒步 12 天，历程 120 英里的经历。就像采用第一人称视角的史蒂文森游记《塞文山骑驴旅行记》一样，《与史蒂文森赴塞文山旅行记》也采用第一人称视角，只不过叙事者从史蒂文森变成了与史蒂文森一同游历塞文山的那头驴——摩黛丝汀。

在《与史蒂文森赴塞文山旅行记》之前，霍姆斯曾撰写了《1964：旅行》（*1964：Travels*），收录在一部题为"旅行邀约——一个传记作家的浪漫冒险"的元传记作品集里。这篇文章在某种程度上也是史蒂文森游记的平行叙事，只不过陪伴霍姆斯旅行的变成了他头上的一顶被拟人化了的帽子勒布伦（Le Brun），此外，第一人称叙事者变成了霍姆斯，他在讲述自己的塞文山游记时，穿插讲述了史蒂文森的生命故事。这部作品虽然使用了史蒂文森的文本性生命因子和实体性生命因子，但由于没有与非生命因子一起合成虚构化的文学手段，因而，不能算作平行生命虚构。当然，这部作品确实给了生命虚构叙事作品以启示，霍姆斯在史蒂文森的 1936 年版的游记附录里发现了这样一个写文章的建议——"将你自己放在摩黛丝汀的位置，写一篇你的大师的人物研究"[①]。因而，《与史蒂文森赴塞文山旅行记》可以说既平行于史蒂文森的游记，又受了另一部非虚构平行作品的影响。

先辈文本　　　　　视角（话语）X

$\updownarrow$　　　　　　　　$\updownarrow$

平行文本　　　　　视角（话语）Y

---

① Holmes，Richard. *Sidetracks：Explorations of a Romantic Biographer*. London：Harper Collins，2000：65.

转换动物的视角来讲述文学家主人生命故事的典型例子还包括《露尾的心》《大师的猫：狄更斯的猫讲述的故事》等作品（参见第四章的不自然叙事者之动物叙事者）。

三、时空置换型平行叙事

文类（风格）和视角（话语）的转换是平行叙事最基本的表现形式，其他复杂形式都建立在这两种基本模式之上。其修辞意图主要在于引起叙事重心节奏、价值取向、道德评判等的深刻逆转。但除了这两种最原初的模式之外，广义上的"平行叙事"还可以理解为任何两个有"平行"特征的叙事文本，如人物平行但叙事框架不平行的情况和时空置换下的平行叙事等。

人物平行但故事横跨的时间框架不一致的平行叙事，多为前传式平行文本（prequel）或续写式平行文本（sequel）。在前传式平行文本中，作品在叙事时空上变成了先辈文本的前文本[1]，这是本书在描述平行文本时没有采用前文本/后文本概念的重要原因。也就是说，虽然所有平行文本从创作时间上来说都是被平行文本的后文本（post-texts）（Breuer），但从故事时间来看，平行文本可以是被平行文本的前文本（pre-texts）。典型的前传式平行文本有皮普金（John Pipkin）的《烧林者：一部小说》（*Woodsburner*：*A Novel*，2009）。这部生命虚构叙事作品是梭罗的《瓦尔登湖》的前传式平行叙事。而英宾得（Gary Inbinder）的《怪物自白》则是《弗兰肯斯坦》的续写式平行文本，从弗兰肯斯坦制造的怪物的视角讲述了后续故事，由于拜伦和雪莱都是平行文本中的人物，我们认为它是一部生命虚构平行作品。

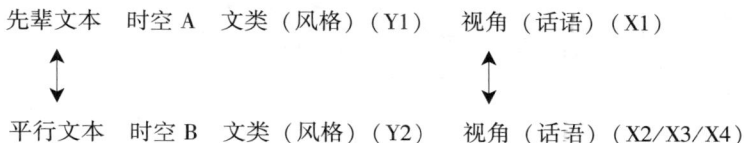

先辈文本　时空 A　文类（风格）（Y1）　视角（话语）（X1）

$\updownarrow$　　　　　　　　　　　　　　　　$\updownarrow$

平行文本　时空 B　文类（风格）（Y2）　视角（话语）（X2/X3/X4）

四、复杂叙事中的一对一平行模式

在以上三种基本模式的基础上，还有一类稍微复杂一点的一对一平行叙事，它或是在与先辈文本基本对应的平行文本之外套上一层薄的故事框架，或是与多联叙事中的一个线索平行。

---

[1]　赵毅衡：《论"伴随文本"——扩展"文本间性"的一种方式》，《文艺理论研究》，2010 年第 2 期，第 2－8 页。

大多数学术圈生命虚构叙事和时空穿越错层叙事采用的即为在与先辈文本基本对应的平行文本之外套上一层薄的故事框架的形式。内斯特华尔德（Ruth Nestvold）的《镜子里的变色龙》（*Chameleon in a Mirror*，2014）既是学术圈生命虚构叙事又是时空穿越错层叙事。当代研究生阿姆斯特朗（Billie Armstrong）一直致力于呼吁重新认定第一位英国职业女作家贝恩（Aphra Behn）在正统文学史上的地位，她意外地通过一面巴洛克式的古镜穿越到了 17 世纪，在一个假面舞会上，遇到了贝恩本人，并参与到贝恩的生命进程中。这个 17 世纪的文学圈里的生活正是与贝恩的一级生命因子平行的部分，穿越之前的故事只起到一个外故事框架的作用。

类似的穿越叙事有伍迪·艾伦的《午夜巴黎》（2011），虚构的电影编剧吉尔（欧文·威尔逊饰演）穿越到了 19 世纪 20 年代的巴黎，与当时的文艺圈名流逐一碰面，可以说穿越后的故事正是巴黎 20 年代波希米亚式的艺术生活的平行虚构文本。

多联叙事隐性生命虚构作品可以莱塞的《公园里的宝塔》为例，这个三联结构的小说（three-tiered novel）中的一个叙事线索是讲述与伊迪斯·华顿和亨利·詹姆斯相关的隐性生命虚构叙事。

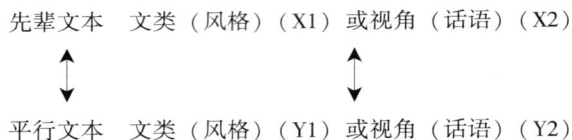

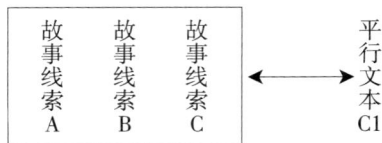

先辈文本　文类（风格）（X1）或视角（话语）（X2）

平行文本　文类（风格）（Y1）或视角（话语）（Y2）

| 故事线索 A | 故事线索 B | 故事线索 C | 平行文本 C1 |

> 　　生命虚构之所以更美，因其比任何传记都更能接近内心的真实。生命虚构更能触及人的灵魂，而传记只是按照一个冷漠无情的世界里记录的客观事实来展开传主的故事，却不管他们是否真是那样客观地活着。这就是为什么我们要阅读生命虚构叙事作品，这也是为什么我们需要生命虚构叙事作家。
>
> 　　　　　　　　　　　　　　　　　　　　——艾利森·安德森①

第四节　文学家生命虚构平行叙事的升级模式

　　近年来，平行叙事在形式上变得更加复杂多变，即使带有政治意图，也不再通过明显的视角变化这一原始单一的方式来达到目的，而是更加隐秘化，平行文本里出现多重视角对应被平行文本的单一视角，先辈文本和平行文本也不再是一对一的关系。如果说文学家生命虚构平行叙事的简单模式主要需要读者对文学家的二级生命因子熟悉，升级模式则由于多个平行前文本既涉及一级、二级生命因子，又必定涉及文学家创作的虚构性生命因子，参照更加多样，层次更加复杂，因而需要读者具备更多的元文本知识才能侦查到新文本中的平行元素。文学家生命虚构平行叙事升级模式主要有三种类型。

一、多个平行文本并置模式

　　多个平行文本并置模式指的是一部采用双/多重叙事线索的作品中出现多个平行文本的模式，这是文学家生命虚构平行叙事最常见的创作模式。费什（Laura Fish）的《奇怪音乐》（*Strange Music*）是内嵌多个平行文本的典范之作。故事由三位叙事者分别讲述，包括还没结婚的诗人伊丽莎白·巴雷特（后来的布朗宁夫人）、克里奥尔家仆凯迪亚和黑人种植女工谢芭。诗人伊丽莎白的故事线是平行于传记中关于她在丹佛的多奎镇（Torquay in Devon）和牙买加种植园的生活经历的那一部分文本，既涉及视角话语转换（由第三人称传记作家话语转向第一人称传主话语），也涉及文类转换（由原来的非虚构

---

　　① 原文是："Was that not the beauty of fiction, that it aimed closer at the bitter heart of truth than any biography could, that it could search out the spirit of those who may or may not have lived, and tell their story not as it had unfolded, as a series of objective facts recorded by an indifferent world, but as they had lived it and, above all, felt it? … It's why we read. It's why we need our writers." 引自 Anderson, Alison. *The Summer Guest*: *A Novel*. London: Harper, 2016.

文本转换为虚构文本）；第二个平行文本是谢芭的这条故事线，它对应的先辈文本正是诗人伊丽莎白的诗作《逃跑的奴隶》（*The Runaway Slave at Pilgrim's Point*），在平行文本里费什将诗变成由谢芭自己讲述的故事。很有意思的是，费什将这首诗附在了小说之后，在某种程度上揭示了谢芭的故事与诗之间的关系，而伊丽莎白和谢芭的两个平行文本之间的呼应又产生了一种新的效果，赋予《奇怪音乐》创造过程叙事这一元虚构特点。

伊丽莎白的生命文本 N1　　　　　　　　第三人称叙事者

| 伊丽莎白讲述牙买加种植园的生活经历　平行文本 n1 |
| 克里奥尔家仆凯迪亚讲述的故事 |
| 黑人种植女工谢芭讲述的故事　　　　　平行文本 n2 |

伊丽莎白的诗作《逃跑的奴隶》N2　　　　第三人称叙事者

　　与《奇怪音乐》差不多同时出版的另一部生命虚构叙事作品——弗兰纳根（Richard Flanagan）的《欲念》（*Wanting*）由两条故事线索组成，一条设置在 19 世纪 30 年代英国殖民地澳大利亚东南部的塔斯马尼亚①，主要涉及探险家和范迪门地（Van Diemen's Land）② 的总督约翰·富兰克林爵士（Sir John Franklin）、他的妻子简夫人（Lady Jane）（真实的历史人物）以及收养的土著女孩玛缇娜（Mathinna）之间的故事。玛缇娜是殖民者将土著文明化的一个实验品，他们期望在文明氛围中受训长大的野蛮女孩能够变成中产阶级英国人。在 1845 年一次寻找传说中的西北通道（Northwest Passage）的探险中，富兰克林爵士遭遇极端天气，他和随行船员被指控为了生存吃了人肉（cannibalism）。另一条主线以狄更斯与妻子之间的感情危

　　① 1825 年塔斯马尼亚被宣布为殖民地，殖民者中被流放的罪犯的不断涌入，给原住民带来死亡厄运。1831 年，原住民剩下不足 200 人，他们被移置到弗林德斯岛，在那里他们无法繁衍后代，最后一个塔斯马尼亚人，名叫特罗喀尼尼（Truganini）的妇女，于 1876 年死去。

　　② 塔斯马尼亚当时的地名。

机为开端，以总督夫人简向狄更斯求助，请求他写一部恢复她丈夫的名誉的作品为两条线索的交汇点，小说里的狄更斯于1854年出版《迷失的南极旅人》（*The Lost Arctic Voyagers*）讲述了富兰克林的故事，完成了简夫人的嘱咐。

而事实上，狄更斯确实于1857年与柯林斯合作撰写以富兰克林的探险事件为蓝本的剧本《冰渊》（*The Frozen Deep*），并由狄更斯和后来成为他的情人的女演员艾伦·特南合演，这也成为狄更斯与妻子凯瑟琳婚姻破裂的转折点。在这一主线里出现的历史人物还包括狄更斯的传记作者福斯特（John Forster）等。从以上描述可以发现交叉向前推进的这两条叙事线，一条与《冰渊》这部已有的狄更斯虚构作品平行，另一条主线与狄更斯生命文本平行。而实际上，《冰渊》的创作反射的正是狄更斯自己的生活和情感困境。弗兰纳根完全可以创设一个纯虚构的故事，但他通过对狄更斯的生命虚构和他的虚构作品《冰渊》的两个平行叙事，加强和巩固了文本对"殖民的灭顶之灾"的核心评判这一主旨①。

虽然《奇怪音乐》和《欲念》有相似的叙事结构——两个平行叙事之间有创作与被创作的关系，但一个显著的不同是伊丽莎白的诗作文本对应的是基于杜撰人物谢芭的平行故事，而狄更斯的虚构文本《冰渊》对应的是基于历史人物的平行叙事。

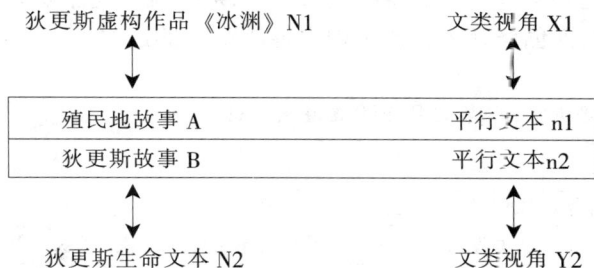

```
狄更斯虚构作品《冰渊》N1          文类视角 X1
        ↕                              ↕
┌─────────────────────┬─────────────────────┐
│   殖民地故事 A        │      平行文本 n1       │
├─────────────────────┼─────────────────────┤
│   狄更斯故事 B        │      平行文本n2        │
└─────────────────────┴─────────────────────┘
        ↕                              ↕
狄更斯生命文本 N2                 文类视角 Y2
```

与《欲念》相似的另一部嵌入多个平行文本的作品是藤南特的《重罪》和艾肯的《兰姆书屋阴魂不散》。很有意思的是，詹姆斯影射拜伦的隐性生命虚构叙事作品《阿斯彭文稿》，被当代作家爱玛·藤南特通过增加叙事视角的方式，变成了与《阿斯彭文稿》平行的显性生命虚构叙事作品②（参照第六章詹姆斯生命虚构中的平行叙事）。

---

① Flanagan, Richard. *Wanting*. London：Atlantic Books，2008：226，256.

② Kovács, Ágnes Zsófia. *Literature in Context：Strategies of Reading American Novels*. Szeged：JATE，2010：111.

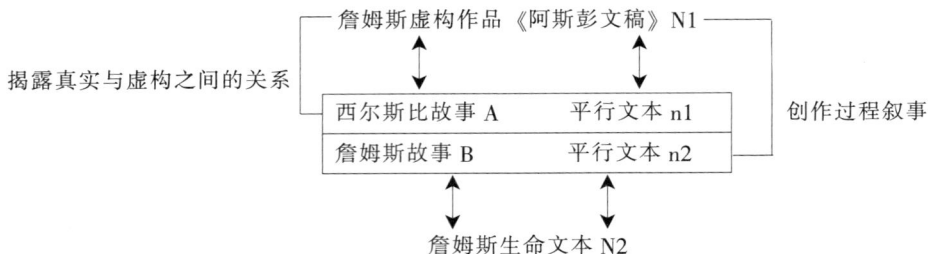

《兰姆书屋阴魂不散》的第一条故事线——关于兰姆书屋的建造者的儿子的故事可以被看作詹姆斯的《螺丝在拧紧》的灵感来源和平行叙事，而第二条故事线是詹姆斯的创作过程叙事，与塞莫尔（Miranda Seymour）的研究著作《文学共荣圈：亨利·詹姆斯和他 1895 年至 1915 年间的文学圈》（*A Ring of Conspirators：Henry James and His Literary Circle 1895—1915*，1988）平行。

在生命虚构平行叙事中有一种非常奇特的现象，也就是先辈文本可能是一个隐性文本——没有出版但可能存在的某个文本，而这个文本也正是后辈作家创作生命虚构作品的一个重要叙事驱策。根据 20 世纪的文学史学者的研究，奥斯古德曾经写了一部书稿，里面详尽地描述了狄更斯来美国举行新书发布会时两人相处的经历，但这部手稿一直没有找到，从未公开出版。珀尔的《最后的狄更斯》里三条故事线中的第二条线就与这个隐性文本平行，三条线都影射狄更斯创作《埃德温·德鲁德谜案》的过程。

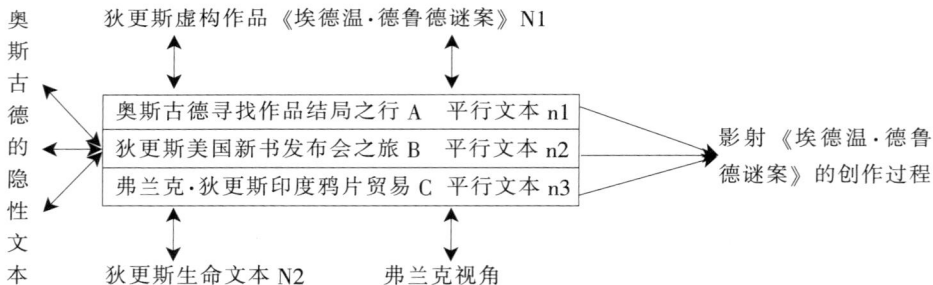

类似的作品还有康宁翰的《时时刻刻》。"时时刻刻"本是伍尔夫为《达洛维夫人》定的标题，经斟酌后弃之不用，被康宁翰拾起。这部三联叙事作品由一位文学家（伍尔夫）、一位读者（劳拉·布朗）和一位虚构人物（克拉丽莎·沃恩）的故事组成。与虚构化的伍尔夫相关的部分是伍尔夫传记的平行叙事，沃恩（Clarissa Vaughan）的叙事线则与《达洛维夫人》平行。《时时刻刻》和《奇怪音乐》里的两个先辈文本之间都是创作者与被创作者故事的关系。

```
┌─────────────────────────────────────────┐
│              嵌入平行叙事的作品               │
│                                           │
│    叙          叙          叙               │
│    事          事          事               │
│    线          线          线               │
│    索          索          索               │
│    A           B           C               │
│                                           │
│                                           │
│    平                      平               │
│    行                      行               │
│    文                      文               │
│    本                      本               │
│    n1                      n2               │
└─────────────────────────────────────────┘
```

先辈文本 N1 ◄──► ... ◄──► 先辈文本 N2

文类视角 X1 ◄──► ... ◄──► 文类视角 Y2

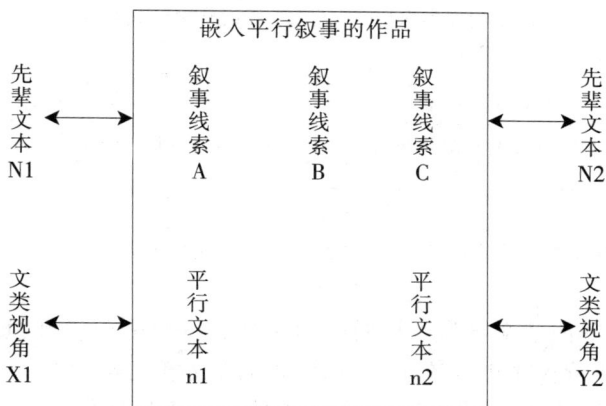

二、平行叙事套平行叙事模式

平行叙事套平行叙事模式指的是故事内套故事中的外故事和内故事里的一个或多个底层叙事（hypo-narrative）同时为平行文本。

库切的《福》正是这样一部设计精妙的内嵌式（故事内套故事的）平行作品。作为笛福读者的库切首先将《鲁滨孙漂流记》读作一部深具殖民内涵（colonial connotations）的作品，然后受这种解读的启发，创作了一部反殖民或后殖民的平行文本。《福》的主体部分是改变了视角的《鲁滨孙漂流记》的平行文本，主角不再是鲁滨孙，而是一位女性——苏珊·巴顿。苏珊与鲁滨孙、星期五在荒岛上求生，最后只有她得以生还，她渴望表述她自己的故事，但缺乏叙事技巧。她希望笛福能够代她讲述故事，而笛福却将她从故事中删去，用冒险故事来代替她的故事，这让苏珊在历史的长河中失去了她的声音，同时也迷失了她的身份。

在这个占据了整个作品的绝大部分篇幅的平行文本之外的是一个以第二人称叙事的笛福解释为何苏珊的故事变成了《鲁滨孙漂流记》这一版本的框架式叙事。这部作品的价值不只在于视角转换产生的颠覆性效果，它本身是一种元平行叙事（meta-parallel-narrative），不仅讲述了笛福的《鲁滨孙漂流记》的创作过程，而且揭示了《福》的创作过程，进而颠覆平行文本和被平行文本的创作上的时间关系和创作过程，同时揭示笛福如何通过操控故事话语权颠覆了真实与虚构之间的关系。换句话说，通过这个复杂的平行叙事，库切设法解释了作品《鲁滨孙漂流记》的诞生与人物苏珊的死去。

笛福的生命文本 N1　　　　　传记作家的视角 X1

最外层叙事 A　　　　苏珊去寻找作家笛福的故事

苏珊讲述的荒岛故事 B　　平行文本 n1 苏珊女性视角

笛福的小说《鲁滨孙漂流记》N2　　鲁滨孙视角 Y2

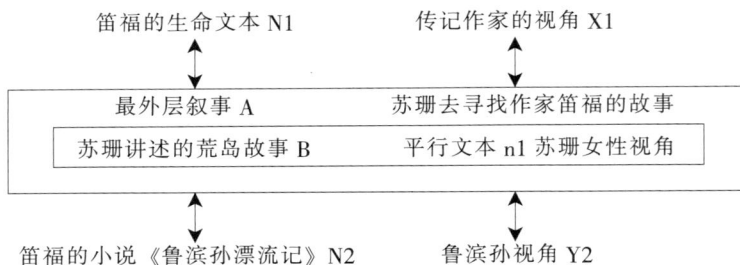

　　与《福》的内嵌文本为笛福的虚构作品的一个平行叙事相比，沃尔克的《坡的猫》的平行模式更为复杂，它在故事的故事里至少嵌入了两个平行文本。外面的故事发生在澳大利亚当代人物——表兄妹西亚（Thea）和费恩（Finn）之间，故事内的第一层故事是坡早夭的妻子弗吉尼亚临死前讲述的故事。西亚和费恩儿时曾一起去山中祖父家的避暑别墅里度假，在探索异性的冲动下，他们有所越界；长大后他们都成为作家，但儿时的尴尬事件一直困扰着他们，以致多年互相避而不见，直至在刚过世的祖父的别墅里再次相遇。

　　刚过世的祖父是一位藏书家，为打发时间，费恩研读一本军事历史书，而西亚则读家里大量收藏的爱伦·坡的作品。西亚被坡写给他的表妹缪斯、妻子弗吉尼亚的故事迷住了。她从中获得灵感，决定写一部弗吉尼亚致坡的故事，这个故事融弗吉尼亚对坡死前几个月的虚构化叙事以及对坡的故事的批判性评论和改写于一体——在她临死之前、卧床不起的时候，弗吉尼亚从新的角度想象了她丈夫的故事。

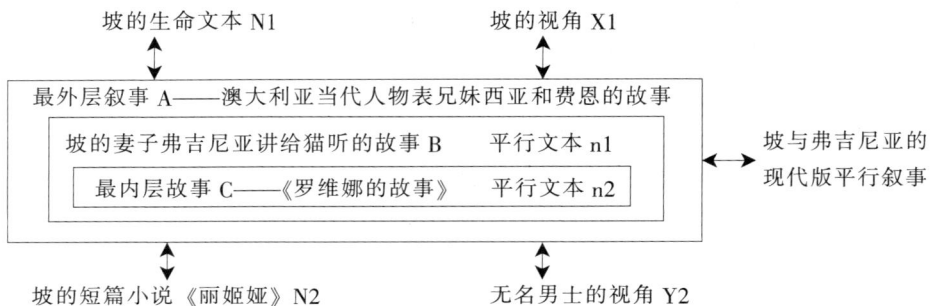

坡的生命文本 N1　　　　　坡的视角 X1

最外层叙事 A——澳大利亚当代人物表兄妹西亚和费恩的故事

坡的妻子弗吉尼亚讲给猫听的故事 B　平行文本 n1

最内层故事 C——《罗维娜的故事》　平行文本 n2

坡与弗吉尼亚的现代版平行叙事

坡的短篇小说《丽姬娅》N2　　无名男士的视角 Y2

　　可以说，最外面的故事是坡和妻子故事的一个现代版的平行叙事，里面的第一层故事是对爱伦·坡及其虚构故事的重新讲述，平行于坡的传记和评论，最底层的故事平行于坡的短篇小说《丽姬娅》，只是分别换成了弗吉尼亚和罗维娜（Rowena）作为叙事者。坡的《丽姬娅》里，"我"热爱"我"的前妻丽姬娅。丽姬娅端庄美丽、气质超凡，而且博学多识。不过丽姬娅很早就撒手人寰了。丽姬娅给"我"留下一笔可观的财产，为了摆脱可怕的死亡氛围，"我"来到英国买下一座旧的修道院，并娶了一位英国太太罗维娜，可依然对丽姬娅念念不忘。

新任太太婚后不久也病死了。"我"为新任太太守灵，突然新任太太出现各种还魂现象，最后竟然还魂成前妻丽姬娅。而在弗吉尼亚的平行叙事里，这个故事变成了《罗维娜的故事》，"我"如何面对一个不爱"我"，心里只有前任的偏执男人。通过平行叙事，坡的妻子获得了与坡一样的文学创作者和评论者的身份，不仅创作了坡的作品的平行文本，而且对坡的作品中随处可见的偏执狂男性进行反讽式评论。

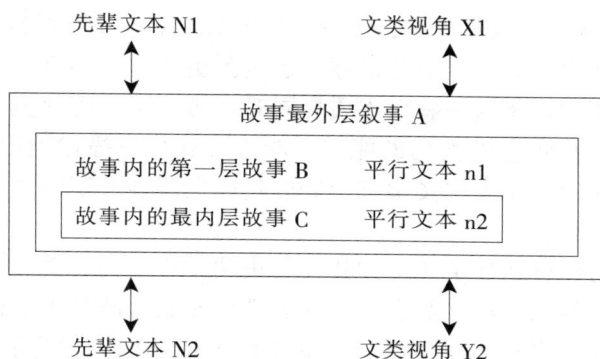

```
先辈文本 N1              文类视角 X1
    ↕                        ↕
┌─────────────────────────────────────┐
│         故事最外层叙事 A              │
│  ┌───────────────────────────────┐  │
│  │ 故事内的第一层故事 B   平行文本 n1 │  │
│  │ ┌─────────────────────────────┐ │  │
│  │ │ 故事内的最内层故事 C  平行文本 n2 │ │  │
│  │ └─────────────────────────────┘ │  │
│  └───────────────────────────────┘  │
└─────────────────────────────────────┘
    ↕                        ↕
先辈文本 N2              文类视角 Y2
```

三、虚构文本为外框架的平行模式

虚构文本为外框架的平行模式指的是在故事整体框架为虚构作品的平行文本里插入一个或多个与文学家先辈生命叙事相关的平行文本。卡雷的《杰克·麦格斯》在整体上与狄更斯的《远大前程》形成对位关系，主要变化在于将视角转换为小人物、流放罪犯麦格维奇的视角。卡雷认为，狄更斯的经典原作鼓励读者"采用英国视角。带着这种视角阅读，你必定爱上皮普（Pip），他一旦成了你中意的类型，麦格维奇突然就变成了这个可怕黑暗的他者"[①]。

将视角从皮普［在《杰克·麦格斯》里是皮普斯（Henry Phipps）］转向麦格维奇（在这里是麦格斯），相当于将叙事焦点从欧洲中心（Eurocentric）转向正对着的澳大利亚或新西兰（antipodean）视角，借此，卡雷让"被殖民的他者"掌控他自己的故事，讲述一段让人崇敬和心生怜悯的经历——在英

---

① 原文为"take the British point of view. And with that view, you love Pip, he's your person, and so suddenly Magwitch is this dark terrible Other"。引自 Koval, Ramona. The Unexamined Life: An Interview with Peter Carey. *Meanjin*, 1997, 56 (3/4): 2. *Academic Search Elite*. 12 April 2013. 〈http://search. epnet. com/direct. asp? an = 313876&db = afh〉.

国经受各种困苦，又在殖民地饱受剥削，最终通过勤劳致富，积累了一定的财富返回英国①。然而，除了这个整体上的对位之外，卡雷将这个平行叙事向前推进了一步，将作家欧茨/狄更斯变成作品里的一个人物，让麦格斯的人生轨迹与小说家欧茨的人生轨迹交错到一起，并让这个作家人物不断从麦格斯这样的人物那里盗取故事用于自己的创作。玛格丽特·阿特伍德曾警告，作家"可能因挪用其他人的话语而被控诉，他们盗取穷苦人的悲惨、苦难、不幸的生活素材进行自己的创作"②，这个警告直接指向欧茨（狄更斯）对他的人物麦格斯的塑造。

　　这一文学家生命故事的插入，得以凸显小说的主题——"盗用"（appropriation），在小说的互文框架内，无论是狄更斯关于流放罪犯的故事版本，抑或是麦格斯关于自己流放经历的讲述，还是狄更斯自己的某些所谓的传记事实，都逃脱不了虚构化这一叙事本质。同时也揭示了尽管狄更斯确实具有创造各个阶层的形形色色的人物的能力，能游刃有余地描述他们的内心意识，但他也无法逃脱每个伟大的文学家所处时代的局限性，不可能给予笔下人物平等的叙事话语权。

　　卡雷的平行叙事凸显了元虚构和元历史两个维度的特性。一方面通过解构创作与被创作的二元对立所表现出的后现代元素，凸显了小说的元虚构维度；另一方面通过将有殖民生活经历的主体麦格斯前景化为故事的叙事者，卡雷重新检视狄更斯的《远大前程》，并增加了后殖民元素或维度，使小说带有明显的元历史色彩，在某种程度上接近了后殖民作家奈保尔（V. S. Naipaul）、鲁西迪（Salman Rushdie）及布希（Frederick Busch）等的写作意图和风格。

---

　　① Savu, Laura E. The "Crooked Business" of Storytelling: Authorship and Cultural Revisionism in Peter Carey's Jack Maggs. *Ariel: A Review of International English Literature*, 2005（3－4）: 127－163，引自 127 页。

　　② Atwood, Margaret. *Negotiating with the Dead. A Writer on Writing*. Cambridge: Cambridge UP, 2002: 119.

（作家）狄更斯 —创作→ 远大前程　英国视角：皮普　人物之一：麦格维奇 →

《杰克·麦格斯》
澳大利亚视角　麦格斯（故事讲述者）
人物之一：狄更斯（盗故事者）
《杰克·麦格斯之死》作者

笛福（原创者）—创作→ 《鲁滨孙漂流记》男性视角：鲁滨孙 →

《福》

苏珊（讲故事者、内故事叙事者）	笛福（听故事者、篡改故事者）
苏珊（女性视角）鲁滨孙 星期五	鲁滨孙（殖民视角）星期五（苏珊）被消除

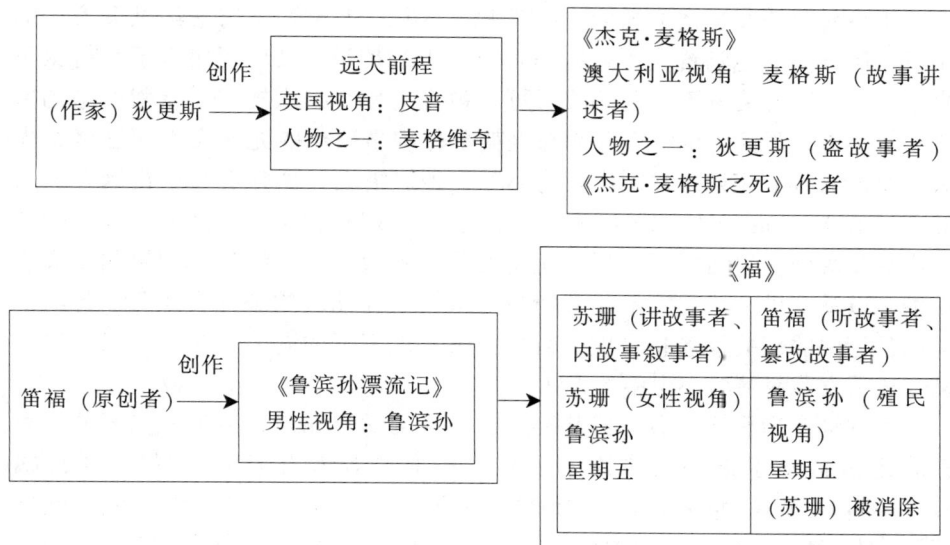

　　《杰克·麦格斯》与《福》有相似之处，它们都改变了作家讲述故事的人物原本的故事，创作了"新的故事"，在这故事中的故事里，是麦格斯关于他自己的受苦受难经历的讲述和欧茨计划写作的小说的初稿内容，最终小说《杰克·麦格斯之死》（*The Death of Jack Maggs*）出版于1860年，与狄更斯的《远大前程》的出版年份相仿。它所设置的多层结构就像一种虚构的双重开局棋法（kind of fictional double gambit），故事讲述的过程被两次内化，一次被小说家欧茨，另一次被小说，或者更准确地说，被这部元小说的叙事者所内化①。换句话说，麦格斯在某种程度上是一位先于狄更斯讲述故事的"真正小说家"，就像苏珊在某种程度上是一位先于笛福的"真正小说家"一样。然而，不同的是，《福》的苏珊是《鲁滨孙漂流记》里被删去的人物，麦格斯是《远大前程》中仍然保有的人物。此外，欧茨是一个更主动去盗用别人故事的作家，在小说创作方面取得初步成功之后，欧茨更是变本加厉地抓住一切机会去偷窃别人的故事，尤其是反映罪犯心理的故事②，而苏珊是主动去找笛福，并请求他撰写故事。通过这个复杂的平行叙事，卡雷设法解释了作品《远大前程》的诞生与人物麦格维奇在某种意义上的死去③。

　　① Bradley, James. Bread and Sirkuses: Empire and Culture in Peter Carey's *The Unusual Life of Tristan Smith and Jack Maggs*. *Meanjin*, 1997, 56 (3/4): 2. *Academic Search Elite*. UNCG Library. 12 April 2014. 〈http://search.epnet.com/direct.asp? an=313873&db=afh〉.

　　② Carey, Peter. *Jack Maggs*. Queensland: University of Queensland Press, 1999: 26.

　　③ Savu, Laura E. The "Crooked Business" of Storytelling: Authorship and Cultural Revisionism in Peter Carey's *Jack Maggs*. *Ariel: A Review of International English Literature*, 2005 (3-4): 127-163, 引自160页。

立品科特的《达洛维先生：一部中篇小说》不仅是对《达洛维夫人》的平行，而且将《达洛维夫人》的作者伍尔夫的传记生命因子融入了平行叙事当中。之所以说关于伍尔夫的故事可以被视为一个出入框架平行叙事中的独立平行文本，是因为伍尔夫并非与框架平行叙事对位的先辈文本《达洛维夫人》里的人物。伍尔夫以刚出版的小说《到灯塔去》的作者身份出现在插入的平行文本（interpolated parallel text）里——理查德买了一本《到灯塔去》送给克拉丽莎作为结婚三十周年纪念礼物。不仅如此，伍尔夫和她的丈夫里昂纳多以及薇塔·萨克维尔－韦斯特等都出现在插入的平行文本里，与伍尔夫的日记中的相关叙述相对应。借此，伍尔夫笔下的同名人物和伍尔夫自己都变成了立品科特的小说中的人物。

在虚构作品平行叙事框架基础上，加入文学家先辈二级生命因子的这类作品还包括奥尔逊的《焦虑的愉快：一部追寻卡夫卡的小说》（*Anxious Pleasures*：*A Novel After Kafka*，2007）。这部作品以卡夫卡的中篇小说《变形记》（*The Metamorphosis*，1915）作为平行的前文本，围绕葛雷格（Gregor Samsa）变成大甲虫之后身边人物的不同视角重述卡夫卡的故事。除此之外，奥尔逊加入楼下邻居、即将成为作者的卡夫卡的视角和一个在大英博物馆的阅览室里阅读卡夫卡的故事的当代伦敦读者玛格丽特的视角。平行文本与原作文本的最显著变化在于视角的多重化。

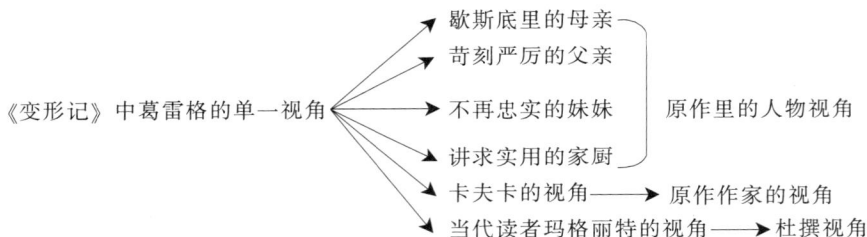

《变形记》中葛雷格的单一视角 →
- 歇斯底里的母亲
- 苛刻严厉的父亲
- 不再忠实的妹妹
- 讲求实用的家厨 ┊ 原作里的人物视角
- 卡夫卡的视角 —— 原作作家的视角
- 当代读者玛格丽特的视角 —— 杜撰视角

与原作相反的是，奥尔逊更加注重发展在原作里只被轻描淡写的人物的故事讲述，告诉读者住在楼下的卡夫卡如何受楼上的各种嘈杂声启发而准备写一个寓言故事，故事里"一个人醒来发现自己的手变成了切肉的屠刀"。而奥尔逊对葛雷格的解读是：事实上，他根本没有变成任何其他形状，只是赤身裸体地出现在了大家面前。他只是发疯了，产生变成巨大甲壳虫的幻觉。这种变化让奥尔逊能将卡夫卡的一些看似偏离小说主题的传记细节以及对卡夫卡的其他作品加以引用，特别是将《饥饿的艺术家》（*The Hunger Artist*）自由地穿插在作品之中。这部作品不只是对《变形记》的平行重述，更多的是从次要人物、作家和读者三者的角度对《变形记》的深入阐释。在某种程度上，这也可以被看作一部奥尔逊假设性地虚构关于《变形记》的创作过程的叙事（poioumenon）。在奥尔逊的小说里，以玛格丽特为代表的读者不仅参与了《变形记》的批评，而且被当作与文本一样重要的想象工具。

在虚构作品的时空置换型平行叙事基础上加入文学家短暂露面的场景的作品，如拉西米（Atiq Rahimi）的《陀思妥耶夫斯基之咒》（*A Curse on Dosto-evsky*，2014）[①] 不是一部设置在 19 世纪 60 年代的圣彼得堡的作品，而是一部描述发生在 20 世纪 90 年代的喀布尔的故事的小说。阿富汗小伙子拉斯尔（Rassoul）在许多方面与陀思妥耶夫斯基的《罪与罚》（*Crime and Punishment*）里的主人公拉斯科尔尼科夫（Raskolnikov）平行，因而，这部作品可以被看作《罪与罚》的时空置换型平行叙事。

也就是说，这种模式里面的平行文本有三种不同表现形式：一是先辈文学家成为被凝视和被叙述的对象，二是先辈文学家成为框架里与虚构人物视角平行的另一个视角，三是与虚构作品整体平行的作品为时空置换型平行叙事，在此框架内插入了文学家生命虚构叙事。第一种类型主要突出虚构人物眼中的文学家，第二种和第三种类型则突出虚构人物与文学家的平行视角和创作始末。

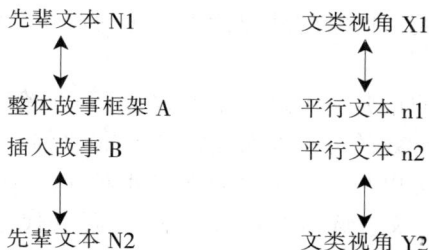

$$\begin{array}{cc} \text{先辈文本 N1} & \text{文类视角 X1} \\ \updownarrow & \updownarrow \\ \text{整体故事框架 A} & \text{平行文本 n1} \\ \text{插入故事 B} & \text{平行文本 n2} \\ \updownarrow & \updownarrow \\ \text{先辈文本 N2} & \text{文类视角 Y2} \end{array}$$

以上几种平行叙事模式通过打破一对一的直接对位转换模式，在多个平行文本内外或左右加入原创性的故事，一方面增强了新作品的空间感，另一方面增大了新作品的阅读难度。这几种模式要求读者对多个前文本，也就是文学家的各级生命因子有一定的了解才能有效解读新文本。

小 结

作为后经典叙事学的研究对象，平行叙事是经典作品顺应当代社会文化议题的升级版故事讲述形式，它们将已有的生命文本据为己有，既对其进行模仿又创新性地利用这些生命文本。通过这种经典文本的虚构平行改写的模

[①] 《陀思妥耶夫斯基之咒》原著以阿富汗语写作，出版于 2011 年，2014 年由波利·麦克林（Polly McLean）翻译成英语出版。

式，当代作家获得与已逝去的经典作家进行对话的途径，为经典作品凝练出新的解读可能性。

进行平行文本创作的作家大多为对先辈文本或文学家先辈有深厚研究的学者，这为平行叙事作品广受评论界和读者赞誉奠定了创作基础，为平行叙事时代进入鼎盛期注入了非凡的活力。文学家生命虚构平行叙事不仅是后辈作家对经典作品和文学家先辈的致敬行为，它们还通过"盘点经典"揭示了先辈文本的自我更新能力，它们随时吸引后辈作家对其进行平行创造，在不同语境下展现新的意义，让作品和文学家同时获得新的持续的生命力①。文学家生命虚构享有批评的特权，通过对经典的明显挪用和暗中质疑，确保了它们生命的延续。

本书对后现代语境下生命虚构叙事作品的各种平行叙事模式，从四种原初的一对一的对位模式——文类（风格）转换、视角（话语）转换、时空置换型平行叙事和复杂叙事中的一对一平行模式，到三种升级版的多对多的对位模式——多个平行文本并置模式、平行叙事套平行叙事模式和虚构文本为外框架的平行模式，进行了分类论述。对不同形式的平行叙事进行分类论述增进了研究者对当代获文学大奖的生命虚构叙事作品的创作路径和趋势的了解，同时能帮助读者成为作家的理想读者，达到对作品的更充分和更全面的解读。

通过对家喻户晓的正典文本进行平行改写，平行叙事实现了对先辈作品的最大化利用，以最有效的方式颠覆了原创与非原创、边缘与中心、学术与虚构、上层与底层、历史与现在等之间的二元对立，体现了女性主义、后殖民主义、西方马克思主义、族裔批评和后理论等后现代先锋意识。

---

① Connor, Steven. *The English Novel in History 1950 – 1995*. London：Routledge，1996：367.

第六章　文学家生命虚构叙事分析
——以詹姆斯、马洛为例

后现代主义作为延展式的批判重写是一种断言、改变、再断言—重叙述—身份的形式。

——莫拉如①

第一节　亨利·詹姆斯生命虚构叙事研究初探

一、詹姆斯生命虚构叙事：定义与热潮

（一）詹姆斯生命虚构叙事定义

近年来，亨利·詹姆斯（1843—1916）已经变成了当代文学家生命虚构

---

　　①　原文为"Postmodernism as extensive, critical rewriting is a form of asserting, changing, and reasserting-renarrating-identity"。引自 Moraru, Christian. *Rewriting: Postmodern Narrative and Cultural Critique in the Age of Cloning*. New York: State University of New York Press, 2001: 173.

的一颗明星，21 世纪的第一个十年甚至可以被称作亨利·詹姆斯的十年（the decade of Henry James）①，见证了詹姆斯生命虚构叙事作品在这个世纪的盛大开放（this fin de siècle flowering of Jamesiana）②，形成了詹姆斯狂热（current craze for Jamesiana）③ 和一波显著的詹姆斯虚构浪潮（phenomenal fictional wave）④，詹姆斯传记虚构叙事作品不断增多（the proliferation of Henry James biographilia）⑤。詹姆斯之所以频繁成为生命虚构叙事的重要对象，主要原因在于詹姆斯在世界文坛的非凡影响力，按照格雷厄姆·格林的说法，詹姆斯在小说史上的地位堪比莎士比亚在诗歌和戏剧史上的地位。此外，詹姆斯本人对历史虚构和传记虚构等文类有着非常深刻的见解，他认为历史小说创作落入窠臼、流于失败的重要原因在于它们不能通过现在的视角去想象那个时代的个体内心如何感知世界⑥，而文学家生命虚构叙事正是通过现在的视角想象历史上的文学家的内心世界的新兴文类。

詹姆斯生命虚构（Jamesian biofiction），简言之，指的是詹姆斯生命故事的虚构化作品。更具体地说，就是以詹姆斯为创作对象，有意识、有目的地将他的生命因子（bio-meme）与史实档案里没有明确记载或明显与史实档案信息相偏离的非生命元素（a-bio-meme）穿插融合在一起，在叙事情节建构过程中对叙事进程起到推动作用的作品。

与詹姆斯传记虚构不同的是，文学家生命虚构已经将詹姆斯这位历史人物通过虚构化策略演变成生命虚构角色。后代作家从詹姆斯的各级生命因子中选取适合自己创作的生命因子，通过赋予虚的叙事框架，融入文学技巧（configuration），在去语境化（de-contextualization）的基础上重新组合，进入新的语境（re-contextualization），形成一个自我宣称（self-disclosure）为虚构文类的文本。通过这四个虚构化步骤，詹姆斯生命虚构叙事实现了从非虚构文类向虚构文类的转换过程。生命虚构作家根据自己的假设，想象一个与詹姆斯相关的故事，从詹姆斯的生命因子里找出能够支撑这个故事的元素加以虚构和叙事合成，建构詹姆斯在这一特别语境下的独特身份。

鉴于理论假设、叙事意图和批评角度的不同，不同的生命虚构叙事作品

---

① 参照 Kerston, Dennis. *Travel with Fiction in the Field of Biography*：*Writing the Lives of Three Nine-teenth-Century Authors*. Nijmegen：Radboud University, 2011：52。

② 参照 Kaplan, Cora. *Victoriana-Histories*, *Fictions*, *Criticism*. Edinburgh：Edinburgh UP, 2007：40。

③ 参照 Yebra, José M. Neo-Victorian Biofiction and Trauma Poetics in Colm Tóibín's The Master. *Neo-Victorian Studies*, 2013, 6（1）：42。

④ Flannery, Dennis. The Powers of Apostrophe and the Boundaries of Mourning：Henry James, Alan Hollinghurst, and Toby Litt. *The Henry James Review*, 2005, 26（3）：294.

⑤ Kirchknopf, Andrea. Rewriting the Victorians：Modes of Literary Engagement with the 19th Century. *McFarland*, 2013：65.

⑥ McWhirter, David. *Henry James in Context*. Cambridge：Cambridge University Press, 2010：272.

再现的詹姆斯也千差万别。詹姆斯所有生命虚构的书写过程都是生命因子和非生命因子的交织重构的过程，借此，关于詹姆斯的个人历史、创作历史和文学批评走入虚构的情节中。

（二）詹姆斯生命虚构热潮

如果说文学家生命虚构创作者与传记作家一样，是"文学家的盗墓贼"（literary grave-robber），那么詹姆斯的主要"盗墓贼"有洛奇、藤南特、欧泽克、托宾、海恩斯、欧茨、霍林赫斯特、怀特、西门斯和埃普斯坦（Joseph Epstein），其他"盗墓贼"包括克翰（Paula Marantz Cohen）、约德尔（Edwin M. Yoder）、德拉里（John Drury）、芬得利、莱布曼 - 史密斯（Richard Liebmann-Smith）、希尔（Carol de Chellis Hill）、克莱默、格雷戈瑞·史密斯（Gregory Blake Smith）和马奎尔等。

这些作家共创作了约 39 部詹姆斯生命虚构叙事作品（参照书末詹姆斯生命虚构叙事作品列表），1990 年以前有 9 部，1990 年之后有近 30 部。其中两个作品以短篇小说形式出现——［《大师的戒指》（The Master's Ring，2003）和《安静》（Silence，2010）］，一个作品为短篇小说环中的一部分（《狂野之夜》，2008）。无论采用何种形式，它们都是"寄生于詹姆斯的人生和作品之上的作品"①。

2004 年至少有三部关于詹姆斯的小说问世——托宾的《大师》、洛奇的《作者，作者》和霍林赫斯特的《美丽线条》。2004 年，这三位英国当代的重要小说家不约而同地出版了詹姆斯生命虚构叙事作品。洛奇在《作者，作者》的序里提及了这种巧合：

我于 2002 年夏天着手创作这部作品。同年 11 月，已完成两万字时，我在《卫报》书评栏里读到了关于藤南特的小说《重罪》的介绍，得知该书讲述的是詹姆斯和康斯坦斯。为了不使自己受影响，我决心不去读关于《重罪》的评介。2003 年 9 月，在交出《作者，作者》手稿后的几个星期，我又听说托宾也写了一本有关詹姆斯的小说，书名是《大师》。该书将于 2004 年春天出版。

正如《星期日泰晤士报》所说："如果说有人配得上今年的布克人物奖，那只能是亨利·詹姆斯，2004 年间他促成了三部优秀小说。"② 洛奇称 2004 年为詹姆斯年。而在 2004 年之前，就曾出现希尔的《亨利·詹姆斯的午夜之

① 原文是"parasitical upon the life and work of Henry James"。引自 Oneifrei, Paula-Andreea. Henry James as a Character-Fictionalized and Literary Biography. Bucuresti, 2011 (13 - 14): 205.
② Lodge, David. The Year of Henry James: The Story of the Novel. London: Harvill Secker, 2006: 3.

歌》（*Henry James's Midnight Song*，1993）、尼格罗（Don Nigro）的戏剧《盗版者林格罗斯：一部戏剧》（*Ringrose：The Pirate，A Play*，2000）、藤南特的《重罪》等作品。

2004 年之后又有约德尔（Edwin Yoder）的《兰姆书屋的名家：弗洛伊德遗失的詹姆斯分析手稿》（*Lions at Lamb House：Freud's "Lost" Analysis of Henry James*，2007）、莱布曼－史密斯的《詹姆斯兄弟：一部关于狂命四兄弟的小说》（*The James Boys：A Novel Account of Four Desperate Brothers*，2008）、怀特的《梦之旅馆》①、洛奇的《分身人》（2011）、西门斯的《第五颗心》（*The Fifth Heart*，2016）② 和格雷戈瑞·史密斯的《温德米尔的迷宫》（*The Maze at Windermere*，2018）③ 等。

最早的与詹姆斯相关的生命虚构叙事作品出现在 1893 年的《塔尔女士》（*Lady Tal*）里。1990 年以前出版的作品几乎都为隐性生命虚构叙事作品，如埃哲顿（Gertrude Atherton）的《迷雾钟声》（*The Bell in the Fog*，1905）里的奥斯（Ralph Orth），福特的《呼唤》里的格里姆肖（Robert Grimshaw），本森（Edward Frederic Benson）的《罗宾利内特》（*Robin Linnet*，1919）里的伯林翰（Geoffrey Bellingham），刘易斯（Wyndham Lewis）的《恰尔德马士》（*Childermass*，1928；2001）里的普尔曼（Pullman），华尔波尔的《堡垒》（*Fortitude*，1913）里的加仑（Henry Galleon）都对应了詹姆斯。克莱默的《甜水》和梅丽莎（Melissa Jones）的《艾米丽·哈德逊》（*Emily Hudson*，2010）是 1990 年之后出版的两部隐性生命虚构叙事作品，前者的 O. 和后者的威廉对应詹姆斯。

詹姆斯作为隐性对应人物出现在多部作品中，但库赛克认为詹姆斯作为主要人物并以本名出现的第一部虚构作品是藤南特的小说《重罪》，尽管他作为次要人物曾出现在维达尔 1987 年的历史小说《帝国》里④，而本书发现詹姆斯以本名作为虚构人物最早出现在 1993 年版的《兰姆书屋阴魂不散》中。

（三）为什么选择詹姆斯进行生命虚构创作

选取詹姆斯作为生命虚构对象主要有以下原因：

---

① 詹姆斯在《梦之旅馆》里不是主角，而是围绕主人公史蒂芬·克莱恩身边的众多配角之一，与约瑟夫·康拉德和伊迪丝·华顿一起再现了 20 世纪末的各种历史事件。

② Clayton，Jay. *Charles Dickens in Cyberspace：The Afterlife of the Nineteenth Century in Postmodern Culture*. Oxford：Oxford University Press，2003.

③ 史密斯在书中用不同的叙事方式描绘了 400 年来的 5 个不同故事，在不停流转的时光中，这些性格各异的角色相互影响彼此的人生，史密斯写出了这些人物在面对人生抉择、爱情、金钱时展现的爱、野心、欺骗等。

④ Kusek，Robert. *Authors on Authors：In Selected Biographical-Novels-About-Writers*. Kracow：Jagiellonian University Press，2013：55.

　　从文学形式和贡献方面来看，詹姆斯这位多产的大文豪成为文学家生命
虚构人物具有必然性。詹姆斯小说创作在视角方面进行的试验和他对个人经
历的集中描述为现代主义散文写作铺平了道路。他不仅被视为现代主义文学
的巨擘，而且是任何时代文学的典范，具有永恒的代表性。他的作品也具有
经久不衰的持久魅力，往往采用特殊的叙事结构和多样化的叙事技巧。詹姆
斯本人在人物心理刻画方面的造诣使他所虚构的另一个自我成为探讨身份在
后现代再现中的局限性的适当工具[①]。

　　他是一位将自己的一生投入写作的作家，在写作方面投入了巨大的热情
和持续的决心，最终达到至臻至美。更重要的是，他还是自己作品的评论者，
在《新版》（Revision）上表达他的文学思想，并有一大批追随者。小说家、
戏剧家戈尔·维达尔受詹姆斯影响之巨从其创作的詹姆斯生命虚构叙事作品
《帝国》中可见一斑。这种影响又间接地传递给维达尔的传记作者帕里尼。同
时，维达尔也是同性恋文学先驱[②]。

　　詹姆斯的作品至今仍是许多作家创作灵感的来源，字里行间常常透着某
种神秘感，读者在阅读的过程中往往受到某种挑战，他们无法通过字面理解
人物的心理和他们的行为。理解詹姆斯往往成为一个永恒的心理游戏，他极
不容易被理解，也不容易被模仿。因而，生命虚构作家大多视他为一个最大
的挑战，希望能从詹姆斯这位成功文学家的人生及其作品那里沾些光[③]。

　　"詹姆斯复兴"（James Renaissance）还可以从文化社会背景方面得到解
释，女性批评和传记小说的兴起都对其产生重要影响[④]。20 世纪 90 年代开始
出现了研究上的族裔、阶层和性别方面的转向[⑤]。这意味着与文本或作家相关
的混杂身份、权力争斗、同性恋的性别展演等实践术语在论文和著作中大量
出现。对于詹姆斯来说，对性别话题的聚焦为批评行为找到了新的源泉，詹
姆斯研究成为相关学术著作的热点对象，预示着詹姆斯生命虚构热潮的到来。
正如欧泽克所言，很神奇的是，每过去一个新的十年，詹姆斯就变得越来越
像我们同时代的人——似乎我们自己对时代的敏感性只是在想方设法追赶上

---

　　①　参照 Yebra，José M. Neo-Victorian Biofiction and Trauma Poetics in Colm Tóibín's The Master. *Neo-Victorian Studies*，2013，6（1）：43。

　　②　维达尔于 1948 年出版的小说《城市与梁柱》（*The City and the Pillar*）在美国开启同性恋议题
的先河。

　　③　Oneifrei，Paula-Andreea. Henry James as a Character-Fictionalized and Literary Biography. *Bucuresti*，2011（13 - 14）：205.

　　④　Lodge，David. *The Year of Henry James：The Story of a Novel—With Other Essays on the Genesis，Composition and Reception of Literary Fiction*. London：Harvill Secker，2006：6 - 9.

　　⑤　Ickstadt，Heinz. American Studies in an Age of Globalization. *American Quarterly*，2002（54）：549.

他而已①。

洛奇认为，"也许那个时代没有哪个男性小说家像詹姆斯那样创作了如此之多的令人难以忘怀的女性人物"②。此外，詹姆斯对女性和女性气质的好奇不只是表现在他的创作之中，现实生活中，他与多位女性保持亲密关系，尤其是他的表妹明妮（Minny Temple）、妹妹爱丽丝和密友康斯坦斯（Constance Woolson），这三位女性都不幸早逝，表妹1870年死于肺病，妹妹1892年死于癌症，康斯坦斯1894年自杀③。明妮是詹姆斯多个小说人物（Isabel Archer、Daisy Miller 和 Milly Theale）的原型。而这几位女性都成为当代作家创作詹姆斯生命虚构叙事作品时所采用的女性视角。

詹姆斯对自己的隐私的特别保护反而成为生命虚构作家进行创作的重要原因。据说詹姆斯为了保护自己的隐私多次销毁了与表妹明妮、密友康斯坦斯等人之间的信件来往。詹姆斯对传记怀有特别的敌意，他曾于1914年断称："我唯一的愿望是尽全力打消那些在我死后想要不断地对我进行挖掘检验的人的念头，让他们不要痴心妄想能从我这里挖掘到什么有用信息。"④ 正如詹姆斯的打字员博桑科特（Theodora Bosanquet）在《作者，作者》里所说的，"詹姆斯几近迷狂地保护自己的隐私，他憎恨人们在他死后还刺探他的生活的这种做法"⑤。

一些学者甚至认为詹姆斯设法将死去的康斯坦斯的衣物沉于湖底却徒劳无功这一戏剧性一幕出现在洛奇和托宾等生命虚构作家的作品里并非一种巧合，而是一种隐喻，康斯坦斯的秘密隐喻的是传记本身。詹姆斯深知"传记力量的刺激和危险"，本身撰写过作家传记的他想要让任何与他相关的实体性物品消失，显示的正是他传记和隐私的焦虑。从这个意义上来说，詹姆斯生命虚构叙事作品的热潮是对过于焦虑地保护自己隐私的詹姆斯的一种反讽，正是他对生命因子，尤其是书信等实体性生命因子的损毁，让生命虚构作家享有更自由的想象空间对其生命故事进行再创作。

此外，可以从单个的当代作家对詹姆斯的生命虚构兴趣来解释詹姆斯热潮的原因。洛奇选择书写詹姆斯，与他从事对詹姆斯作品的批评工作有直接

① 原文为"Mysteriously, with the passing of each new decade, James becomes more and more our contemporary—it is as if our own sensibilities are only just catching up with his"。引自 Ozick, Cynthia. An (Unfortunate) Interview with Henry James. *The Threepenny Review*, 2005: 135。

② Lodge, David. *The Year of Henry James: The Story of a Novel—With Other Essays on the Genesis, Composition and Reception of Literary Fiction*. London: Harvill Secker, 2006: 6.

③ Lodge, David. *The Year of Henry James: The Story of a Novel—With Other Essays on the Genesis, Composition and Reception of Literary Fiction*. London: Harvill Secker, 2006: 6.

④ Lodge, David. *The Year of Henry James: The Story of a Novel—With Other Essays on the Genesis, Composition and Reception of Literary Fiction*. London: Harvill Secker, 2006: 39.

⑤ Lodge, David. *The Year of Henry James: The Story of a Novel—With Other Essays on the Genesis, Composition and Reception of Literary Fiction*. London: Harvill Secker, 2006: 363.

的关联①。我们还能发现洛奇选择詹姆斯的其他理由，比如洛奇与詹姆斯的人生轨迹高度相似，在人生黄昏期成为一名戏剧家②等。欧泽克一直视詹姆斯为偶像，创作前期一直模仿詹姆斯的写作风格，被誉为具有意识流小说宗师詹姆斯的风骨。事实上她也是研究这位大师的专家，2003 年，欧泽克在文学杂志《泽姆布拉》（Zembla）上发表了《对詹姆斯的一次不幸运的采访》③ 一文，这篇虚构的采访为后来撰写小说《听写：四重奏》（2008）奠定了基础。

当然，不可否认的是，对詹姆斯的兴趣也与更实用的原因相呼应。与詹姆斯相关的叙事——就像与奥斯汀和狄更斯相关的叙事——都被证明是有市场的产品④。

（四）詹姆斯生命虚构叙事作品研究综述

对詹姆斯生命虚构进行研究的主要有汉纳（2007）⑤、谢金格（2008）⑥、桑多斯（2008）⑦、达诺娃（2011）⑧、罗素（2010）⑨、伯金（2010）⑩、叶布拉（2013）⑪、雷恩（Bethany Layne）（2014）⑫ 等。

---

① Gallix, François. Author, Author by David Lodge and the Year of Herry James. *Pre- and Post-Publication Itineraries of the Contemporary Novel in English*. Paris：Publibook U，2007：128.

② 洛奇创作了两部戏剧，一是《写作游戏》（*The Writing Game*，1990），二是《家的真理》（*Home Truths*，1998）。

③ 实际上，该杂志前后发表了多篇类似的文章，让一位当代作家想象自己采访死去多年的文学文化巨擘，与他们进行阴阳对话，除詹姆斯之外，被采访的主要还有史蒂文森和塞缪尔·约翰逊等；而 2013 年克劳（Dan Crowe）又出版了《死者采访：在生作家遇上死亡偶像》（*Dead Interviews：Living Writers Meet Dead Icons*），增加了欧茨采访罗伯特·弗罗斯特、阮金（Ian Rankin）采访柯南·道尔等。

④ Kovács, Ágnes. Recanonizing Henry James：Colm Tóibín's The Master. *AMERICANA-E-journal of American Studies in Hungary*，2007，3（1）：1.〈http：//americanaejourral. hu/vol3no1/Kazs（accessed 20 October 2011）〉.

⑤ Hannah, Daniel. The Private Life, the Public Stage：Henry James in Recent Fiction. *Journal of Modern Literature*，2007，30（3）：70 –94.

⑥ Scherzinger, Karen. Staging Henry James：Representing the Author in Colm Tóibín's *The Master and David Lodge's Author, Author! A Novel. The Henry James Review*，2008，29（2）：181 –196.

⑦ Sanders, Max. Master Narratives. *Cambridge Quarterly*，2008，37（1）：121 –131.

⑧ Danova, Madeleine. "*Life after Death*"：James and Postmoderr Biofiction. In Tredy, Dennis, Duperray, Annick & Harding, Adrian（ed.）. *Henry James's Europe：Heritage and Transfer*. Cambridge：Cambridge Openbook Publishers，2011：78 –85；Danova, Madeleine. *The Jamesiad. Between Fact and Fiction：The Postmodern Lives of Henry James*. Sofia：Polis，2011.

⑨ Perkin, J. Russell. Henry James as a Fictional Character in Colm Tóibín's The Master and David Lodge's Author, Author. *Journal of Modern Literature*，2010（33）：114 –130.

⑩ Perkin, J. R. Imagining Henry：Henry James as a Fictional Character in Colm Tóibín's The Master and David Lodge's Author, Author. *Journal of Modern Literature*，2010，33（2）：114 –130.

⑪ Yebra, José M. Neo-Victorian Biofiction and Trauma Poetics in Colm Tóibín's The Master. *Neo-Victorian Studies*，2013，6（1）：41 –74.

⑫ Layne, Bethany.（Re）reading Henry James Through Colm Tóibín's *The Master. The Henry James Review*，2014，35（1）：87 –93.

卡普兰（2007）通过托宾的《大师》、洛奇的《作者，作者》和霍林赫斯特的《美丽线条》探讨了詹姆斯生命故事在 21 世纪初的繁荣（the fin de siècle flowering of Jamesiana），都在一定程度上体现"男性作家身份受到威胁和遭到改写"的命运。

达诺娃以《打字员的故事》和《听写》为研究文本，通过将詹姆斯和康拉德各自的经典文本《秘密分享者》（The Secret Sharer，1909）和《快乐的一角》（The Jolly Corner，1908）的创作与两位打字员联系起来，探讨了詹姆斯的"死后来生"问题。伯金通过对比《大师》和《作者，作者》两部作品的相似之处，探讨了"传记小说"这一混合体裁，并用布鲁姆的理论解释洛奇和托宾如何克服文学家先辈詹姆斯的影响。

叶布拉（2013）通过探讨托宾的《大师》，提出《大师》将詹姆斯生命进程建构在詹姆斯的作品、他病态的身份和他对身边人物的有问题的情欲发泄这一复杂关系之上，揭示詹姆斯作品偏爱对心理创伤性事件（traumatophilic）的描述和詹姆斯个人的心理创伤倾向，得出"心理创伤"这一概念对理解托宾的小说的诗性具有重要意义这一结论。

二、詹姆斯生命虚构叙事作品的虚构化行为

（一）作为生命虚构人物的詹姆斯

詹姆斯传记力图将作为传主的詹姆斯当作客体，撰写关于被立传者的"客观人生"（life of objectivity），这在后现代语境中几乎是一种不可能的事业。詹姆斯是一个有思想、有感情的主体，生命叙事就是对他的"主观人生"（life of subjectivity）的想象。干瘪的史实是既有的、不变的、唯一的、外在的。史实更加强调的是这些历史人物在世时的所作所为或伟大功绩，也就是外在的"doing"。然而，在传记中，传主的内心"无法被记录"[1]，生命虚构叙事作品中的虚构因子侧重的正是这些历史主体的"不可记录和不曾被记录的内心"，它表现的是生命虚构主体与创作生命虚构的作家之间的主体间性交互，是两者的所思所感和生存状态，也就是内在的"being"。

传记叙事更加注重物理叙事节奏，而小说等虚构叙事的节奏感更多源自意识流式的心理故事和内向的情绪反思故事。詹姆斯传记作家不断地将自己查阅到的史实材料串缀到被立传者的人生故事当中，这些材料被他们放置在写作案台上，供随时参考对照，不能出现丝毫偏差，虚构是为真实再现服务；而生命虚构作家则在做了许多文献和史料的阅读之后，将其搁置一旁，生命

---

① Ellison，Ralph，Styron，William，Warren，Robert Penn，etc. The Uses of History on Fiction. *The Southern Literary Journal*，1969，1（2）：61.

虚构作家可以出于"隐喻"目的，对既成事实进行想象、虚构，甚至扭曲和杜撰，史实是为虚构、象征和隐喻目的服务的。也就是说，带有传记性质的叙事受准确再现已有史实的认识论规约限制，而偏向虚构性质的叙事则遵循投射虚构者"自己视域中的真相"的美学原则①。

詹姆斯一旦变成生命虚构人物，就具备了支撑一个可能的虚设世界和创设一个真实可信的虚构的"真实"世界的能力。居住在这个世界里的詹姆斯不可避免地赋予虚设世界某种程度的现实性。詹姆斯生命因子在故事世界里的出现会减弱当代作家创设的虚设世界的虚构感。他们的虚设世界包含由现实性的生命因子衍生和推导出来的虚构场景，生命因子通过嫁接、移植或者镶嵌的方式存在于虚构世界。正如洛奇在对《作者，作者》这部生命虚构叙事作品的酝酿和写作过程进行描述时提到的，创作这样一部作品是一种全新的经历——不是创建一个真实人物的真实世界，也不是创建一个纯粹虚构的假想世界，那个世界在洛奇的想象之前并不存在，而是要尽力在詹姆斯的生命因子中创建一个符合小说形态的故事。

就像乔姆斯基的深层结构和表层结构一样，历史上存在过的詹姆斯是深层结构，是真实原型，而不同的生命虚构作家创造的詹姆斯是经过不同生命虚构作家的意识形态选择和叙事策略合成之后转换出来的表层结构，是虚构的复制主体和文本化的生命变体。经过文本化的、被赋予时代社会文化意义的詹姆斯在生命虚构叙事作品里的身份必须加上引号。

埃弗雷特（Barbara Everett）提到托宾的《大师》时将兰姆书屋比作"虚构之屋"，而詹姆斯与他自己虚构的人物一样变成这屋子里诸多人物中的一个，詹姆斯有时也感到自己就像"一个完全被想象出来的人物"②。与詹姆斯传记虚构不一样，詹姆斯不再是传主，而是生命虚构叙事作品中的一个人物，可能是主要人物，也可能是次要人物，还可能是故事中的故事和双/多联叙事中的人物，甚至可能是非实体人物；可能是叙事者，更可能是其他历史人物或虚构人物的被叙事者。

1. 詹姆斯作为主要人物

詹姆斯为主要人物的作品可分为以詹姆斯为中心的生命虚构叙事作品和詹姆斯作为主要人物之一的生命虚构叙事作品。前者在生命虚构叙事中为数甚少，只有《作者，作者》和《大师》两部作品；两者都以詹姆斯为中心人物，前者聚焦他与《特里尔比》（*Trilby*）的作者乔治·杜穆里埃（George Du Maurier）以及康斯坦斯的友情；后者围绕詹姆斯戏剧《盖伊·多姆维尔》（*Guy Domville*，1895）首映的失败，讲述他将自己闭锁在兰姆书屋的经历。

① Woolf, Virginia. The Art of Biography. *The Death of the Moth and Other Essays*. London：Hogarth，1943：124.

② 参见 Tóibín, Colm. *The Master：A Novel*. London：Picador，2004。

詹姆斯作为主要人物的这两部生命虚构叙事作品，在某种程度上，显示出洛奇和托宾强烈的自我反思意识。正如霍恩（Philip Horne）所言，"托宾创造了一个以自己的形象为参照的詹姆斯，具有同性倾向（尽管是受压抑的）、忧伤气质和爱尔兰血统"，洛奇的版本也同样带有反身性，洛奇如詹姆斯一样，"执着于文学创作，敏感过度，并属于闷骚式幽默作家"①。

詹姆斯作为主要人物之一出现在采访叙事如《对詹姆斯的一次不幸运的采访》、关系叙事如《爱丽丝所知道的：亨利·詹姆斯和开膛手杰克的奇特故事》《兰姆书屋的名家：弗洛伊德遗失的詹姆斯分析手稿》和多人物叙事如《亨利·詹姆斯的午夜之歌》以及多故事线叙事如《詹姆斯兄弟：一部关于狂命四兄弟的小说》《兰姆书屋阴魂不散》《重罪》等作品中。

《爱丽丝所知道的：亨利·詹姆斯和开膛手杰克的奇特故事》以詹姆斯兄妹家庭关系为主要叙事出发点。作者克翰提到"作为孩子，他们忠实于不同的家庭成员，这就像一道不可逾越的墙将他们隔开。爱丽丝与她的父亲和大哥威廉在墙的这一边，而亨利与他的母亲和婶母凯特在墙的那一边。这种分隔让他们形成了看待世界的不同视角。就像亨利察觉到的一样，'当我们还是孩子的时候，我们似乎只从一边看待事物，但现在当我们长大了，在一起的时候，我们都能同时从两边清楚地看待事物'。这是一种特殊的双视效果"②。克翰通过将三兄妹置于一个侦探故事中，探讨了他们之间的微妙关系，他们如何互补，达到双视效果。尽管如此，在某种程度上，就像小说的标题所预设的，爱丽丝是一个比詹姆斯更重要的人物。

《兰姆书屋的名家：弗洛伊德遗失的詹姆斯分析手稿》里，两个主要人物是副标题"弗洛伊德遗失的詹姆斯分析手稿"里提到的两位"名家"——弗洛伊德和詹姆斯。这部小说虚构了一个重要的叙事框架——弗洛伊德到访詹姆斯的兰姆乡间别墅，并与之展开谈话。故事里提到，为诊治亨利·詹姆斯的抑郁症，身为心理学家的哥哥威廉·詹姆斯安排他与著名心理学家西格蒙德·弗洛伊德见面问诊。然而，这一情节并无任何史料文献记载，完全出于小说作者约德尔的想象。

《兰姆书屋阴魂不散》由跨越两个多世纪涉及三个不同时期的在兰姆大宅里居住的人物所遭遇的鬼故事组成。这是一个标准的三联叙事，三位人物对于整个故事同等重要。第一联里的托比·兰姆（Toby Lamb）是书屋建造者的儿子，据称他日记里的故事可能成为后来居住在兰姆大宅里的詹姆斯的心理恐怖小说《螺丝在拧紧》的灵感来源，第二联叙事讲述詹姆斯的生命故事，

① Horne，Philip. Zones of Irony，Review of The Year of Henry James. *Evening Standard*，2006.
② Cohen，Paula Marantz. *What Alice Knew：A Most Curious Tale of Henry James and Jack the Ripper*. Sourcebooks Landmark，2010：20.

最后一联与另一位真实作家 E. F. 本森①相关。

2. 詹姆斯作为次要人物

詹姆斯作为次要人物出现在多部作品里。《艾米丽·哈德逊》《敞开之门》分别从明妮和康斯坦斯的女性视角讲述与詹姆斯的关系。詹姆斯在洛奇另一部以威尔斯为主要生命虚构人物的作品《分身人》和怀特以克莱恩为虚构对象的《梦之旅馆》里作为次要人物出现。

在怀特的《梦之旅馆》中，主要人物是史蒂芬·克莱恩和他的妻子珂拉，在即将死去之前，克莱恩口述他的临终之作让珂拉打字记录下来。詹姆斯作为克莱恩的邻居和同辈作家出现在小说里，没有作为贯穿故事情节的重要人物，只是作为次要人物出现在一个重要的场景里——克莱恩甫一完成这部情节描述非常露骨的同性小说，就请求珂拉将手稿送去给詹姆斯过目，并很自信地认为大师一定会建议立刻出版。然而，詹姆斯阅毕却立即将手稿毁掉，并写信给珂拉说，他已经在布莱的兰姆书屋"默默地将这沓令人尴尬的东西投入壁炉，付之一炬了。现在一个字都没留下。很自然，我和你都希望防范任何可能毁坏史蒂芬名声的传言，天才般的史蒂芬是那么的阳光和阳刚，我们不希望史蒂芬一世英名，最后却被这部阴湿黑潮的作品留下污点。不用害怕，现在史蒂芬的名声被保住了。我们保护了他的名声"②。

3. 詹姆斯作为非人物（non-character）

在芬得利的《朝圣者》里，詹姆斯是一个与达·芬奇、王尔德、乔伊斯、罗丹等重要性差不多的，只存在于"朝圣者"的日记、梦境或回忆中的人物。《朝圣者》里，主要人物是一位没有性别、没有年龄、活了四千年都不死的"朝圣者"和自称研究无意识的神秘科学家的荣格。《朝圣者》故事的开始恰好是泰坦尼克号遇难的清晨，一位自称"朝圣者"的成功艺评人在家中后花园上吊自杀。五个小时后，他奇迹生还。好友为阻止他再次寻短见，把他送到苏黎世大学的精神病院。荣格就是他的主治医生。荣格决定用他的最新理论拯救他，但荣格认为要全面了解他，必须进入他的想象。偏偏"朝圣者"沉默不语，这位高深莫测的患者令荣格束手无策，之后荣格意外发现了"朝圣者"的日记。

在日记中，"朝圣者"自认是长生不死的人，已经有四千年的人生经验。他见证过古希腊的悲壮历史、文艺复兴时的放浪奢华和维多利亚时期的辉煌。他这辈子是男性，下辈子则可以是女性。在他的日记里记录了他与多位历史人物产生交集的故事，其中包括詹姆斯。这些历史人物在"朝圣者"生活中

---

① 本森（1867—1940）为英国著名的小说家、传记作家和短篇小说作家。主要作品有露西亚系列小说等。

② 参照 White, Edmund. *Hotel de Dream: A New York Novel.* New York: Harper Perennial, 2007: 220 – 221。

289

的出现只是梦境？还是精神病患者于癫狂状态下的记录？抑或是"朝圣者"的真实回忆？"朝圣者"与荣格都在追寻充满癫狂的世界里的真理和意义，他们之间的对话使这部小说充满哲学和精神的反思。"朝圣者"可能真是一位永生者，也可能是一位梦幻者，抑或是一位精神病患者。因而，《朝圣者》是一部关于可能与不可能的生命虚构叙事作品。

詹姆斯在小说中的作用在于凸显作品的众多相关主题，如同性恋、来生、心理学和文学艺术等。霍林赫斯特的曼布克奖作品《美丽线条》描述了20世纪80年代撒切尔夫人执政时期，牛津大学毕业生尼克（Nick Guest）的同性恋经历以及他同伦敦上层人士的友谊。作品里的詹姆斯只是叙事者在博士论文中的研究对象，没有以"有血有肉"的人物形象出现在小说里。因而，詹姆斯只是通过撒切尔夫人时代的人物把尼克的性格、态度和心态反映出来。尼克在小说里思考如何撰写他的博士论文，并思考如何将詹姆斯的小说《波音顿的战利品》（*The Spoils of Poynton*）改编成电影。作为背景存在的詹姆斯，其对公众性和隐私性的焦虑态度阐明了小说作者对于撒切尔夫人时代的英国以异性恋为常态的社会氛围下同性恋审美的"客体"地位的关切。

（二）生命因子的选取与重新语境化

1. 一级生命因子的选取与重新语境化

《艾米丽·哈德逊》为隐性生命虚构叙事作品，以第三人称和书信体叙事相结合的方式，从詹姆斯的表妹明妮/艾米丽的视角讲述了她与詹姆斯/威廉以及其他人物之间的故事。这部作品的后封面上揭示了这部作品"是受亨利·詹姆斯的一段人生经历的启发而作的"，尤其致力于表现詹姆斯对他的孤儿表妹的人生轨迹的控制和对她的艺术精神的影响，作品大多参照明妮和詹姆斯之间的一级生命文本中的书信因子，但我们发现康斯坦斯的相关生命因子也被用在了明妮与詹姆斯的关系再现方面（甚至将康斯坦斯死后，詹姆斯想方设法将她遗留的衣物沉入海底的经典一幕移置到小说里），因而，艾米丽实际上是两位与詹姆斯保持亲密关系的女性的生命因子的合体。

欧泽克关于詹姆斯的采访叙事一方面选取戈登的传记，也就是詹姆斯的二级生命因子为创造依据，另一方面，也选取了詹姆斯与青年艺术家亨德里克的书信因子《挚爱的男孩：詹姆斯致亨德里克·安徒森书信集，1899—1915》（*Beloved Boy：Letters to Hendrik C. Andersen，1899 - 1915*）作为采访叙事的两个重要主题之一的"同性爱欲"问题的依据。

《兰姆书屋的名家：弗洛伊德遗失的詹姆斯分析手稿》的创作依据不是詹姆斯的一级生命因子，而是弗洛伊德的一级生命因子。根据弗洛伊德的信件和杂文记录，1908年到1909年间奥地利心理学家弗洛伊德曾去曼彻斯特看望他的同父异母的兄弟，这期间弗洛伊德与亨利·詹姆斯的哥哥在克拉克大学有一次非常著名的会谈。对詹姆斯更感兴趣的作家约德尔（Edwin M. Yorder Jr.）利用这一史料想象了假如弗洛伊德在这期间与詹姆斯也有会面并对他进行分析会发生什么①。约德尔的想象让文学与心理学在作品里充分碰撞，作品里甚至提到了詹姆斯与伊迪丝·华顿的信件来往，但这并非直接参照的詹姆斯的信件因子，而是在很大程度上为杜撰的非生命因子。

　　2. 二级生命因子的选取与重新语境化

　　艾肯的《兰姆书屋阴魂不散》选取塞莫尔早期对"文学共荣圈"的研究著作《文学共荣圈：亨利·詹姆斯和他 1895 年至 1915 年间的文学圈》作为重要的参照文本。在塞莫尔的书里，兰姆书屋就是这个"文学共荣圈"的中心，甚至可以被看作那个时代的记忆的浓缩点。与詹姆斯相关的故事线可以被看作一个围绕詹姆斯的作家群的故事，包括康拉德、克莱恩、福特和威尔斯等在内。

　　托宾的《大师》则选取依戴尔（Leon Edel）的詹姆斯传记作为二级生命因子参照。托宾作品的标题借自依戴尔关于詹姆斯传记的第五卷的标题"亨利·詹姆斯：大师，1906—1916"（*Henry James：The Master，1906 - 1916*）和"传奇大师的演变"（*The Evolution of the Legendary Master*）中的"大师"。《大师》里的重要场景都选自依戴尔的传记：一是 1865 年青年詹姆斯与奥利维尔（Olivier Wendel Holmes，Jr.）一夜同床的场景；二是詹姆斯对 1894 年女小说家康斯坦斯自杀事件的责任和反应；三是 1910 年左右詹姆斯与年轻的雕塑家亨德里克（Hendrik Andersen）之间的亲密关系。如果说依戴尔的传记是一部以艺术家詹姆斯为意识中心的心理传记，托宾的文本则更大程度上是以詹姆斯这个人为主要人物的心理小说。

　　尽管洛奇和托宾的主要人物詹姆斯都以历史上的詹姆斯为原型，在生命因子方面也主要以戈登的传记为二级生命因子参照，但他们各自塑造的生命虚构人物"詹姆斯"很难被认定为同一个"人物"②：托宾的"大师"离群索居，对感情投入很谨慎，性向不确定，焦虑难耐；而洛奇的詹姆斯虽仍焦虑，但朋友众多，感情真挚，执着清高地对待艺术创作。

　　欧泽克的《对詹姆斯的一次不幸运的采访》和藤南特的《重罪》在某种程度上都选取戈登的传记中有关明妮和康斯坦斯在詹姆斯创作生涯中的重要作用的描述③作为文本参照，但是，两者都采用女性主义视角将康斯坦斯这一女性身份向前推进了一步——凸显了康斯坦斯本人作为小说家的身份。

---

　　①　Yoder，Edwin M.，Jr. *Lions at Lamb House：Freud's "Lost" Analysis of Henry James*. New York：Europa，2007.

　　②　参照 Hollinghurst，Alan. *The Line of Beauty*. London：Picardor，2004。

　　③　Gordon，L. *A Private Life of Henry James：Two Women and His Art*. London：Vintage UK，1999：124 - 125.

3. 三级生命因子的选取与重新语境化

在詹姆斯生命虚构叙事作品中，詹姆斯形象的建构在某种程度上依赖于对詹姆斯所写小说和故事的选取与重新语境化。比如，在构建詹姆斯的威尼斯和兰姆书屋的过程中，后辈作家在把詹姆斯描绘成辜负（女性）友情的人时，常将《阿斯彭文稿》与《螺丝在拧紧》（1898）作为重要参照元素。

《阿斯彭文稿》是詹姆斯创作的一部关于拜伦与克莱蒙、雪莱与玛丽·雪莱夫妇以及他们早就过世的女儿阿里格拉和艾莉娜的隐性生命虚构叙事作品，它是藤南特的《重罪》的三级生命因子参照文本，在当代作家藤南特的笔下，通过直接使用对应的浪漫主义作家的本名和增加叙事视角的方式使这部隐性生命虚构叙事作品变成显性生命虚构叙事作品[①]。

《螺丝在拧紧》是詹姆斯创作的一部鬼故事。艾肯的《兰姆书屋阴魂不散》就以这部作品为主要参照文本。艾肯在重写这个鬼故事的同时，将它的作者詹姆斯变成了故事中的一个人物。参照三级生命因子的生命虚构叙事一般都涉及创作过程叙事，它们在某种程度上想象式地再现了詹姆斯创作《阿斯彭文稿》与《螺丝在拧紧》的过程。

4. 实体性生命因子的选取与重新语境化

詹姆斯生命中最重要的实体性生命因子有两个：一是兰姆书屋，二是打字机。兰姆书屋是詹姆斯退居公众视野之外、远离流言蜚语和维护自己隐私的地方。在这里詹姆斯将近40年间的信件全部销毁，兰姆书屋见证了詹姆斯的同性恋倾向焦虑、创作焦虑，见证了詹姆斯的成长过程。它被看作詹姆斯多部作品如《螺丝在拧紧》等的灵感来源。与詹姆斯相关的生命虚构叙事作品如《大师》《作者，作者》《梦之旅馆》《兰姆书屋的名家：弗洛伊德遗失的詹姆斯分析手稿》《打字员的故事》《对詹姆斯的一次不幸运的采访》等大多将兰姆书屋作为故事发生地。

在詹姆斯的真实生活中，他确实雇用了一个打字员博桑科特（Theodora Bosanquet），一开始詹姆斯"让她将他口述的内容用速记的方式记下来，再将它们在打字机上誊写出来，后来詹姆斯发现直接对着机器说，让打字员坐在键盘前直接打出来效率更高"[②]。打字机和詹姆斯的打字员博桑科特作为主要人物出现在欧泽克的《听写》和海恩斯[③]的《打字员的故事》里，作为次要人物短暂地出现在洛奇的《作者，作者》和艾肯的《兰姆书屋阴魂不散》里。

---

① Kovács, Ágnes Zsófia. *Literature in Context：Strategies of Reading American Novels：Essays*. Szeged：JATE Press, 2010：111.

② Heyns, Michiel. *The Typewriter's Tale*. Johannesburg：Jonathan Ball Publishers, 2005：6.

③ 海恩斯，南非获奖小说家、翻译家和批评家，南非文学界的领袖人物。

5. 虚构化的叙事框架

虚构化行为不一定要违反事实，也可以是为一个生命虚构叙事作品设置一个虚构的整体叙事框架。欧茨的短篇小说《狂野之夜》中有关詹姆斯的环节《圣巴萨洛姆医院的大师》采用了梦幻叙事框架；欧泽克的短文《对詹姆斯的一次不幸运的采访》选取跨时空采访的虚构框架。

欧泽克的短文《对詹姆斯的一次不幸运的采访》描述了仍然住在兰姆书屋的詹姆斯如何被一位带着录音设备的 21 世纪女记者采访的故事。在这个简短的对话里，詹姆斯和诺阿克斯（Burgess Noakes）就像不停上演的戏剧里的两个人物，21 世纪采访者闯进正在上演的一幕时，遇见作为主人和仆人被定格在兰姆书屋时空里的詹姆斯和诺阿克斯，在这个屋子里，詹姆斯让他的仆人给他端来蛋糕，让打字员给他打出他的作品。采访的两个重要焦点都追随戈登（Lyndall Gordon）的詹姆斯传记的主题：正在采访的女记者对着拘于礼节，从当代视角来看甚至可以称得上是矫揉造作的詹姆斯，质问他在小说作品里和现实生活中对待女性的问题，同时在她的步步逼问下，詹姆斯明显被压抑的同性恋倾向也无处遁形。采访者控诉詹姆斯"利用"康斯坦斯。当詹姆斯提出跳过关于亨德里克和关于"同性爱欲"（homoerotic question）这一"上不了台面的话题"（unseemly subject）时，采访者拒绝了①。

（三）詹姆斯生命虚构叙事作品的虚构化程度

1. 虚构程度较低的作品——以《作者，作者》为例

洛奇的小说《作者，作者》从表面来看故事里的重要事件和描述几乎都有事实和文献根据，是最接近学术型传记和传统传记的一部作品。除了一些不太重要的人物如仆人为洛奇所虚构之外，所有的有名有姓的人物都是历史真实人物，从他们的文章、信件、日记、著述和戏剧等摘选出来的部分也都是他们自己的话语，因而一些学者甚至认为这部作品只是集合了一些事实（an assembly of facts）②。按照另一位生命虚构作家霍林赫斯特（Alan Hollinghurst）在《卫报》里对这部小说的一种极端评论，《作者，作者》"受到它力图无限与传记接近的限制，而缺少应有的艺术美感"③。然而，洛奇非常焦虑，他希望读者将作品当作小说，而不是传记来读④，他希望在这部小说中"文献事实和虚构猜想之间的连接是天衣无缝、隐于无形的"⑤，同时"通过坦白自

---

① Ozick, Cynthia. An (Unfortunate) Interview with Henry James. *The Threepenny Review*, 2005.

② 参照 Harrison, Sophie. Author, Author: The Portrait of a Layabout. *The New York Times*, 2004 - 10 - 10。

③ 原文为 "limited by its artless closeness to biography"。

④ Lodge, David. *The Year of Henry James: The Story of A Novel*. London: Harvill Secker, 2006: 50.

⑤ 原文为 "the joins between documented facts and imaginative speculation would be seamless and invisible"。Lodge, David. *The Year of Henry James: The Story of A Novel*. London: Harvill Secker, 2006: 52.

己所虚构的内容来说明我在小说中虚构的比重有多少"①。

洛奇利用其作为小说家的身份，采用小说叙事手法，如采用詹姆斯的第三人称虚构视角来拉近与读者之间的距离，虚构了历史人物的想法、感受和对话，也想象了一些历史档案里疏于记载的事件，杜撰了"小玩笑式"② 的巧合事件，譬如，詹姆斯在海滨小镇托奎（Torquay）被五岁大的阿加莎·米勒也就是后来的阿加莎·克里斯蒂从自行车上撞了下来，而杜穆里埃和詹姆斯不太可能在 1893 年到访这个海滨小镇时徒步了十几公里③，等等。

但《作者，作者》也通过某些方式凸显了其与一般小说不同的特点，如小说最后一部分的斜体段落描述了洛奇想象自己遇到奄奄一息的詹姆斯，告诉詹姆斯他在死后成为正典文学大师的情景④。接着后面是对詹姆斯《死后有来生吗？》（*Is There Life After Death？*）这篇文章进行的详尽的文学分析⑤。通过这种插曲式的文字，洛奇凸显了小说世界和他的故事外自我间的本体边界，将更多的异质体裁进一步杂糅到一起⑥。

总体来看，《作者，作者》和《大师》是虚构程度最低的生命虚构叙事作品，可以被称作简单的翻改（translation proper），真实人物居住在后现代小说里，尽可能地让他们的生命因子与虚构中的事件一致，让生命虚构世界文本与生命因子文本达到最大化的重合。与阿兰的评价不同，我们认为简单的翻改所代表的较低虚构程度并不等同于艺术美感的缺失。这类文学家生命虚构叙事作品大多为学术型传记作家所作，在某些学者的研究中，虚构还是非虚构的文类归属问题仍然存在争议。

2. 虚构程度较高的作品——以《亨利·詹姆斯的午夜之歌》和《詹姆斯男孩》为例

《亨利·詹姆斯的午夜之歌》是一部虚构程度较高的作品。故事设置在世纪之交的维也纳，弗洛伊德在巴黎停留的那段时间。他家里发现了死尸，但随即消失了，到底是真的发生了谋杀事件，还是弗洛伊德的妻子和妻妹的幻觉？这是一部以荣格、詹姆斯、华顿等为主要人物的作品，小说里他们都无一幸免地成为凶杀案的疑犯。虽然许多事件符合事实，如此时心神不定的詹

---

① Lodge，David. *The Year of Henry James：The Story of A Novel*. London：Harvill Secker，2006：23.

② Lodge，David. *The Year of Henry James：The Story of A Novel*. London：Harvill Secker，2006：23.

③ Ogden，James. Henry James，James Russell Lowell，and George Du Maurier in Whitby. *N&Q*，2009（56）：411 – 412.

④ Lodge，David. *The Year of Henry James：The Story of A Novel*. London：Harvill Secker，2006：373 – 376。

⑤ Lodge，David. *The Year of Henry James：The Story of A Novel*. London：Harvill Secker，2006：379 – 382.

⑥ Vanessa，Guignery. David Lodge's Author，Author and the Genre of the Biographical Novel. *Études Anglaises*，2007，60（2）：170.

姆斯正沉浸在康斯坦斯自杀的内疚和痛苦之中，但作者希尔巧妙地戏弄了一下这几位历史人物，让詹姆斯变成了为混饭吃而粗制滥造文艺作品的读者，而华顿变成了色情小说的秘密作家。

《詹姆斯男孩》是一部虚构程度较高的假想生命虚构叙事作品（speculative biofictional narrative）。历史学家匹斯（Otis Pease）曾提出 19 世纪的美国故事可以被囊括在两部詹姆斯兄弟的人生故事之中——东部的威廉·詹姆斯和亨利·詹姆斯，西部的弗兰克·詹姆斯和杰西·詹姆斯（Frank and Jesse）。《詹姆斯男孩》以这一说法为出发点，将四个詹姆斯——那个时代的两位知识分子精英和两位亡命歹徒——的生命故事交织在一起，并虚构了他们"本是同根生"的家庭谱系。虽然这样的假想看似荒谬离奇，却又精妙绝伦。

1876 年，密苏里太平洋第四号快车从堪萨斯城开出，驶向圣刘易斯。上了列车的有小说家亨利·詹姆斯和哲学家威廉·詹姆斯。突然，列车停下来，被传说中的詹姆斯匪帮劫持。亨利·詹姆斯被当作人质。他意识到这两名劫匪就是罗伯和威奇［Robertson（Rob）and Wilkinson（Wilkie），历史上美国西部的真实人物 Frank 和 Jesse］，他与他们是在内战期间失散多年的兄弟，家人以为他们十几年前就已经命丧黄泉……

三、詹姆斯的去中心化趋势

詹姆斯本人作为叙事的焦点化中心的生命虚构叙事作品可以被称作"以詹姆斯为中心的生命虚构叙事"（James-centric biofiction）。然而在大多数与詹姆斯相关的生命虚构叙事作品中，詹姆斯成了被叙述者和被聚焦者，这类作品可以被称作"詹姆斯去中心化生命虚构"（James-decentric biofiction）。传统历史和传记叙事当中的二维扁平人物（flattened two-dimensional character）如詹姆斯的表妹明妮、妹妹爱丽丝、女性朋友康斯坦斯和华顿，尤其是詹姆斯的打字员（涉及多部作品）等被塑造成有血有肉的圆形人物（round character），实现文学历史书写的"小写化"。也就是说这些人物与文学家一样大多数为历史上真实存在的个人，但他们在学术型传记或史料中只是被当作不起眼的小人物一笔带过，更不用说发出她们自己的声音。如果说传统的文学家传记绝大多数是以被立传的文学家作为主要人物出现在故事里，那么大多数文学家生命虚构叙事却采用文学史边缘人物（excluded or marginalized figure）或偏离文学历史中心的人物（ex-centric figure）的视角讲述作家故事，被称作"边缘主体生命虚构"（biofiction of marginalized subject）①，与文学家名人生命

---

① 参照 Kohlke，Marie-Luise. Neo-Victorian Biofiction and the Special/Spectral Case of Barbara Chase-Riboud's Hottentot Venus. *Australasian Journal of Victorian Studies*，2013，18（3）：4。

虚构叙事（celebrity biofiction）这一概念相对应。它们干脆大胆地戏弄一下文学史，让作为名人的伟大文学家作为次要人物出现在叙事里。

詹姆斯的打字员作为主要人物出现在海恩斯的《打字员的故事》、欧泽克的短篇小说《听写》里，他们在后现代作家生命虚构里成了伟大文学家创作经典作品时的参与者。

在海恩斯的作品里，博桑科特没有以本名出现，而是以弗里达·洛思出现，对于博桑科特来说是一部典型的带钥匙小说①。这部作品虽采用第三人称叙事，但弗里达很明显是小说的意识中心。海恩斯的小说以詹姆斯的女打字员的视角讲述故事，这一虚拟视角的设置使海恩斯能以詹姆斯如何对待女性，尤其是詹姆斯认为不如自己重要的女性这一问题作为切入点探讨大师的心理。"我选择他的打字员的视角讲故事，在作出这个选择的同时，我也追随了詹姆斯的心理"②。弗里达对詹姆斯后期小说的成形起到了重要的辅助作用，但在詹姆斯身边处于非常尴尬的地位，"既非仆佣，也非客人"，除了被詹姆斯当作她操作的打字机的一个延伸，一无是处，"处于住家佣人和钟点工之间，差别和界限既微妙又强烈"③。同时，弗里达处于打字文书和创作作家之间的状态，一方面自己怀抱成为作家的强烈愿望，却与打字机本身没有什么差别，只是被使用的一部"机器"；另一方面虽然离作家的作品如此之近，却在身体上和心理上离作家或成为作家如此之远。借用特纳（Victor Turner）的措辞来说，就是处于"非此非彼又即此即彼"（betwixt and between）④ 的阈界状态。

同样是与文学家身边的打字员相关的故事，欧泽克的《听写》除了同时将两位伟大文学家的打字员中心化，让她们发声叙述她们与雇主之间的文学故事之外，还戏剧性地让两位打字员成为文学创作的直接参与者。欧泽克的灵感来自不同文学家的两部作品之间的关联——詹姆斯和康拉德两位文学家几乎同时创作的有关"灵魂出窍"的故事（doppelganger tale）——前者创作《快乐的一角》，后者撰写《秘密分享者》。詹姆斯和康拉德在创作时都曾雇佣一名打字员兼秘书为他们打出文稿，这两名打字员分别是博桑科特和哈洛斯（Lilian Hallowes），她们都是历史上的真实人物，但欧泽克虚构了她们之间的关系。博桑科特深知作为文书从古至今无人能千古留名，即使是类似波什维尔这样的传记作家也只能在世人提到约翰逊时被顺便提及，要让自己死后仍然被人记住，必须参与创作，成为像他们的雇主詹姆斯和康拉德那样的大

---

① 但对于詹姆斯来说是以本名出现的，因而是一部显性生命虚构叙事作品。

② Heyns, Michiel. The Curse of Henry James. *Prospect Magazine*, 2004（102）.

③ 原文为"distinctions and boundaries, differences subtle but strong, between 'living in' servants and 'living out'"。引自Heyns, Michiel. *The Typewriter's Tale*. Johannesburg：Jonathan Ball Publishers, 2005：6.

④ Turner, Victor. *Blazing the Trail：Way Marks*. In Turner, Edith（ed.）. *Exploration of Symbols*. Tucson：University of Arizona Press, 1992：50.

师。因而，她成功引诱康拉德的打字员，神不知鬼不觉地将两位伟大文学家的作品《快乐的一角》和《秘密分享者》中的两段内容互相调换，变成了合作创作者，留给后人无法解开的谜题①。

欧泽克创设了一个高雅的镜子大厅，展现了多个重叠意象：两位文学家（一个是像极了詹姆斯的康拉德，另一个是几乎与康拉德没有什么两样的詹姆斯）、两位打字员兼文书（amanuensis）、两台打字"机器'②、两个故事、两段文字③。实际上，在真实世界里，博桑科特除了是詹姆斯的秘书（詹姆斯私下里称她为他的"雷明顿女祭司"）之外，她也是女性主义者、妇女政权论者，是一位言辞犀利、一针见血的詹姆斯评论家，曾对詹姆斯的作品进行过戏仿创作，是詹姆斯临终一幕和遗愿的见证者和记录者，写过一本关于詹姆斯的回忆录，并在詹姆斯死后孜孜不倦地对他进行了通灵研究，通过灵媒，被喋喋不休的詹姆斯附身，为其传达话语。因而，博桑科特本身就是一部等着后人创作的小说④。

欧泽克的《听写》一方面是回应康拉德的打字员哈洛斯在文学传记和虚构作品中相对于博桑科特等的缺席———一个在康拉德死后，价值甚至低于她使用过的打字机的女人；另一方面是凸显哈洛斯和博桑科特两位"小人物"在文学史上的作用。从某种意义上来看，两位打字员也都分别可以被看作两位文学家的分身（doppelganger）——她们创作的文字被输入机器，又从机器里出来——打字员与文学家都具有隐藏的多个自我，而《听写》本身也就是一则"分身"故事。

在这部边缘人物被中心化的生命虚构叙事作品里，这位在某处被描述为一个"偶像崇拜的治疗者"（idolatrous healer）的博桑科特小姐，成功策划出让自己永生不死的方式，这种方式介于某种文学闹剧（也是另一种秘密共享方式）和某种残暴的僭取篡夺之间。这个寓言在欧泽克的小说里"得以解码——博桑科特篡夺了詹姆斯的写作独权，而詹姆斯篡夺了上帝的写作霸权，如是云云"⑤。

然而，真正"策划"让两位打字员永生不死的是让"边缘人物"走向中心的欧泽克和海恩斯。而这两位生命虚构作家通过沾上詹姆斯这位大师的死后名声获得了某种程度的认可。

---

①　Ozick, Cynthia. *Dictation*. Boston and New York：Houghton Mifflin Company，2008：34 – 46.

②　在英语中 typewriter 既有"打字员"，又有"打字机"的意思。

③　Socher, Abraham. In the Image：A Review of "Dictation：A Quartet" by Cynthia Ozick. *Commentary*，2008：7.

④　Thurschwell, Pamela. The Typist's Remains：Theodora Bosanquet in Recent Fiction. *The Henry James Review*，2011，32（1）：3.

⑤　Socher, Abraham. In the Image：A Review of "Dictation：A Quartet" by Cynthia Ozick. *Commentary*，2008：7.

四、詹姆斯生命虚构中的平行叙事

詹姆斯生命虚构平行叙事指的是当代作家以詹姆斯（一级、二级或虚构性）生命因子文本叙事为整体上的互文参照，通过文类转换、叙事视角和叙事时空的转换等重新叙事化策略创作出与文本性生命因子平行的新文本的叙事形式。"整体上的互文参照"可以将平行叙事与在生命虚构创造过程中的生命因子文本拼贴、零散互文相区分。文学家生命虚构不可避免地会参照拼贴生命虚构主体的各级生命因子，但并非拼贴了这些生命因子，就可以构成生命虚构平行叙事，平行叙事预设整个作品的一对一平行，或者至少有一条可以算得上生命虚构的主要故事线与某个前文本平行。比如，托宾的《大师》涉及了多部作品，如《金碗》和《十足真品》（*The Real Right Thing*）。

与詹姆斯相关的生命虚构平行叙事作品主要有《兰姆书屋阴魂不散》和《重罪》。《兰姆书屋阴魂不散》的第一条故事线——关于兰姆书屋的建造者的儿子的故事可以看作詹姆斯的《螺丝在拧紧》的灵感来源和平行叙事，而第二条故事线是詹姆斯的创作过程叙事，与塞莫尔的研究著作《文学共荣圈：亨利·詹姆斯和他 1895 年至 1915 年间的文学圈》平行。本节主要探讨《重罪》这部平行叙事作品。

詹姆斯的《阿斯彭文稿》以饱含诗意的笔触，讲述一位美国评论家为了探寻大诗人杰弗里·阿斯彭（暗射拜伦）的遗稿，来到意大利水城威尼斯的一所古老宅第里，设法成为寄住的房客，与在阿斯彭死后飘落异乡、过着隐居生活的情妇展开戏剧性的周旋，一步步接近目标的故事。《重罪》里与《阿斯彭文稿》平行的故事线在原来的男性单一叙事者的基础上，增加了女性叙事视角和詹姆斯的叙事声音，其中单章由乔其娜（Georgina Hanghegyi）——克莱蒙（Claire Clairmon）的曾侄女，一位 13 岁的女孩作为叙事者；双章由詹姆斯和康斯坦斯（Constance）交错叙述，有的章节命名为"亨利和康斯坦斯"（Henry and Constance），在某种程度上，我们可以看出藤南特的女性主义倾向。通过这一叙事技巧，藤南特揭露了詹姆斯与他笔下人物同样的性倾向。

与《阿斯彭文稿》不同的是，《重罪》有两个故事层。第一个故事层围绕拜伦的情人以及玛丽·雪莱的同父异母的妹妹克莱蒙死前最后几个月的生活展开。拜伦的一个追随者、船长西尔斯比（Silsbee）为了得到诗人与克莱蒙之间的书信，故意租住了克莱蒙的房子并与她的侄女发生了关系。这就是《阿斯彭文稿》这部小说的灵感来源。而在《阿斯彭文稿》中，西尔斯比这个人物，也就是叙事者，完全没有任何与克莱蒙的侄女缇娜小姐发生亲密关系的想法，这是与《阿斯彭文稿》平行对应的部分。第二个故事层与詹姆斯创作《阿斯彭文稿》的过程相关，也就是说在这个平行叙事里，包含了另一种具有后现代主义特征的叙事模式——创作过程叙事。这条线暗示缇娜实际上是以詹姆斯的女性密友康斯坦斯·费尼莫为原型塑造的。她在藤南特的小说里想要嫁给小说家。詹姆斯的叙事者在《阿斯彭文稿》里喃喃自语："我不可能为了一捆破旧不堪的信跟一个怪异、可怜、粗鄙的老女人结婚。这不可能。不可能。"而与之平行的是，藤南特笔下的詹姆斯接着也沉重地思考这一问题："喔，要为自己找到不得不跟康斯坦斯小姐结婚的理由，这太不可能。"事实上，詹姆斯非常惧怕自己的艺术创作才思会随时被身边的女性打断，害怕他的仆人进入他的房间，惧怕被任何女性打扰，"詹姆斯惧怕的那一刻坚定了他的不与任何女人住在一起的决心，尤其是费尼莫"①。

当康斯坦斯意识到自己与缇娜小姐处于同样的境地时，她痛苦不堪；一方面有受辱的感觉，另一方面感到对婚姻的无望。同时，当詹姆斯与康斯坦斯的关系在她那备受尊崇的曾叔公——詹姆斯·费尼莫·乌尔森（James Fenimore Woolson）的影响下被催化时，詹姆斯对自己遭受像他的叙事者那样被怀疑带有不可告人的企图而感到难以释怀。

> 虚构叙事里能够获得单从学术型传记那里无法获得的真实感②。
>
> ——杰伊·帕里尼

第二节　马洛生命虚构的学术化、另类化和不自然叙事

生命虚构叙事，简言之是一种以真实人物的生命因子为叙事驱策，通过虚构化策略再现人物人生的创作体裁。生命虚构是传记虚构在后现代语境下的文本产物和升级形式，它实现了从非虚构体裁到虚构体裁的转换，已成为一种重要的后现代文学创作趋势。本书全面收集和梳理了克里斯托弗·马洛生命虚构叙事作品共 39 部，在这些马洛生命虚构叙事作品里，马洛从历史人物转化为生命虚构人物。本章以生命书写、传记批评和叙事学理论为框架，选取三部分别体现后现代语境下马洛生命虚构的学术化、另类化和不自然叙事三种创作趋势的作品——《马洛手稿》（2013）、《丹麦谋杀案》（*The Case of The Dead Dane*，2013）和《帖木儿必死》（2004）进行分析，旨在发现生

---

① Tennant，Emma. *Felony：The Private History of the Aspern Papers*. London：Jonathan Cape，2003：7.

② 原文是 "There is a truthfulness in fiction that is simply unavailable to the academic biographer——Jay Parini"。

命虚构在 21 世纪呈现出的新特点，为文学家生命虚构这一文类的理论建构打下基础。

一、马洛生命虚构叙事：定义与狂潮

（一）马洛生命虚构叙事定义

在文学史上，马洛是一位颇具争议性的人物，一生充满矛盾和悖论——既是英国戏剧诗之父、无韵诗首创者、大学才子派领袖，又是街头恶棍和间谍，并受无神论、叛国投敌等罪名指控。此外，马洛英年早逝，加上与马洛生平相关的史料稀少，都为马洛的生命故事平添了几分神秘色彩。对马洛的生命虚构的兴趣不仅来自谋杀谜案，还源自他的神秘间谍身份，以及他对神的亵渎和他的同性恋取向①。马洛有据可依生命因子的稀缺和稀奇使之成为历史臆测和惊心动魄的传奇故事的首选，有创作价值的故事值得反复重写，而在不断重写中很难不在其已有的故事上锦上添花②，因而，在对马洛的生命故事再现过程中，不可避免地会在有据可依的生命因子基础上融入可能性生命因子，在后现代语境下，甚至加入偏离马洛史料记载的生命故事进程的非生命因子。

马洛生命虚构（Marlowian biofiction）指的是以马洛为生命虚构人物，讲述与马洛相关的生命故事的虚构化作品。更具体地说，就是以马洛为创作对象，有意识和有目的地将他的生命因子与史实档案里没有明确记载或明显与史实档案信息相偏离的非生命元素穿插融合在一起，在叙事情节建构过程中对叙事进程起到推动作用的作品。一位伟大的文学家总是具有非凡的魅力，一位文学家越没有吸引力，传记作家就越容易抓住他/她的真实故事。相反一位文学家越有吸引力，传记作家越需要通过想象和虚构来抓住他/她的真实人生。马洛、莎士比亚等作家正是如此，马洛有个好故事可讲，在对这个好故事进行重述时，向里面加入新的或想象新的故事是不可避免的③。

马洛生命虚构是传记虚构在后现代语境下的文本产物和升级形式。后现代马洛生命虚构与马洛传记虚构的明显差异在于"传记"这一字眼暗含马洛整个人生历程的记录，而我们将要讨论的生命书写，跨度既可以涵盖一生，也可以只书写某段人生，甚至可以只描述几小时里发生的生命故事。如威尔

---

① Honan，Park. *Christopher Marlowe Poet and Spy*. Oxford：Oxford University Press，2005：1.

② Kuriyama，Constance. *Christopher Marlowe：A Renaissance Life*. Ithaca：Cornell University Press，2002：155.

③ Kuriyama，Constance. *Christopher Marlowe：A Renaissance Life*. Ithaca：Cornell University Press，2002：155.

士的《帖木儿必死》等讲述了马洛死前几天发生的故事。

此外，"传记"和"传记虚构"都暗含"传主"与"传记作家"这对关系，传主往往是历史上的伟大人物或重要人物，对其他人物的刻画和事件的描述主要是为突出传主的性格和成就做铺垫；而传记作家往往是对历史人物有深厚研究的学者。然而，在我们的研究当中，这对关系被颠覆，马洛传记虚构中的中心人物和边缘人物被解构。马洛生命虚构采用真实人物本人或身边的边缘人物代替学术型传记中故事外的传记作家，充当故事内的"生命叙事者"，更加凸显了生命再现的主观性和不确定性。如《马洛手稿》（2013）采用马洛的第一人称叙事，在《来自太阳》里，已死的马洛是一个鬼魂叙事者。

此外，马洛生命虚构与马洛传记虚构的创作路径相反，正如马洛生命虚构作品《历史剧：克里斯托福·马洛的生前死后》的作者波尔特所言，一般的传记虚构作家审视史料，然后演绎出一个故事，而生命虚构作家大多想象一个故事，然后再用同样稀少不全的史料支撑他们的故事①。对于可参考的各级生命因子都稀缺的马洛来说，无虚构不故事。批评家恩尼（Lukas Erne）在批判马洛生命写作远离事实的现象时，将马洛描述为一种"商品"，而与马洛相关的叙事为"一种神话艺术的创作"（a mythographic creation②）。但生命虚构文类的支持者们则认为以小说为主要形式的虚构叙事由于不断地拓展了它自身包容其他叙事形式的能力，已成为生命叙事的一种更加重要的模式③。一些批评家甚至提出将生命虚构当作可靠来源的可行性，他们认为有各种理由严肃对待马洛生命虚构这一体裁④，可以将其中的一些作品纳入对文学家及其作品的学术讨论中去，并且肯定这是一种探索新的研究方法的幽径。

（二）马洛生命虚构狂潮

本书利用剑桥大学的图书资源，全面搜集了与马洛生命虚构相关的作品共39部。我们发现最早对马洛的死进行虚构描述的作品是泽格勒（Wilbur G. Zeigler）的小说《那是马洛》（It Was Marlowe，1895）。接着在70多年后出版的是威廉逊（Hugh Ross Williamson）的《和气的基特》（Kind Kit，1972）与李·维奇恩斯（Lee Wichelns）的《地球暗影：一部基于马洛生平的历史小

---

① Bolt, Rodney. *History Play*：*The Lives and Afterlife of Christopher Marlowe*. New York：Bloomsbury Publishing，2008：84.

② Erne, Lukas. Biography，Mythography and Criticism：The Life and Works of Christopher Marlowe. *Modern Philology*，2005，103（1）：30.

③ Keener, John F. *Biography and The Postmodern Historical Novel*. New York：The Edwin Mellen Press，2001：239.

④ Annika J. Stasis in Darkness：Sylvia Plath as a Fictive Character *English Studies*，2009（90）：34 –56，引自第35页。

说》，其他 30 余部作品都在 1990 年之后出版。

在马洛去世四百周年的 1993 年出现了马洛虚构狂热①，出版了伯吉斯的《德普特福德的死人》（1993）、库克的《死亡之刃：谁杀了马洛》、考威尔的《尼古拉斯·库克：一部小说》、戈尔德斯登的《太阳和月亮的奇怪创造》和查普曼的《汤姆·启德的复仇》等多部作品。如果说生平资料的缺乏让马洛在 1990 年以前较少成为传记作家的关注对象，那么，1990 年之后，也正是因为同样的原因，使得马洛成为传记作家的香饽饽，并使关于马洛的虚构作品在数量上远远多于其传记作品。

此后，对马洛的生命虚构叙事作品源源不断地出现在读者视野里，具有代表性的有小罗伯特·德马里亚（Robert DeMaria Jr.）的《成王败寇：一部关于马洛的小说》（*To Be a King：A Novel About Christopher Marlowe*，1999）、巴玻尔的《马洛手稿》、贝雅德（Louis Bayard）的《暗夜学派》（*The School of Night*，2011）、马洛维茨（Charles Marowitz）的《谋杀马洛》、哈雷特（Michelle Butler Hallett）的《这个马洛》（*This Marlowe*，2016）、科佳（Kathe Koja）的《狂野克里斯托弗：一部小说》（*Christopher Wild：A Novel*，2017）等，这些作家都塑造了独一无二的马洛。

（三）马洛生命虚构狂潮的影响

1990 年以前有关马洛的学术型传记非常少见，对于马洛的叙述大多是没有系统的。1990 年以后出现大量关于他的生命虚构叙事作品，反过来刺激了关于马洛的大型学术型传记的出版，如霍楠（Park Honan）的《克里斯托弗·马洛：诗人和间谍》（*Christopher Marlowe：Poet and Spy*，2005）、霍普金斯（Lisa Hopkins）的《克里斯托弗·马洛：文艺复兴戏剧家》（*Christopher Marlowe：Renaissance Dramatist*，2008）和瑞格斯（David Riggs）的《克里斯托弗·马洛的世界》（*The World of Christopher Marlowe*，2004）等。

二、马洛生命虚构叙事的总体特点

马洛生命虚构主要涉及马洛死亡之谜、作家身份谜思、间谍身份建构几个方面。与其他文学家生命虚构叙事不同的是，由于马洛是一位存在争议的文学家，一些学者将马洛与莎士比亚联系起来，认为马洛是莎士比亚作品的真正作者，因而许多生命虚构叙事作品都不可避免地涉及"作家身份之谜"这一主题。这在很大程度上都与霍夫曼的马洛学说或密谋理论一脉相承，并受尼科尔《结账：谋杀克里斯托弗·马洛》（*The Reckoning：The Murder of the*

---

① Bassett，Kate. Man of Mystery，History and Myth：Christopher Marlowe. *The Times*，1993.

Christopher Marlowe，1992）中关于谋杀马洛观点的影响①。威尔士的《帖木儿必死》、马莱（D. K. Marley）的《血与墨》（*Blood and Ink*，2010）与希尔伯特（Leslie Silbert）的《喋血特工》（*The Intelligencer*，2004）则偏重马洛作为间谍的多面人生；考威尔的《尼克拉斯·库克》和司各特（Melissa Scott）的《光之铠甲》（*The Armor of Light*，1997）则在酷儿理论的参照下凸显了马洛的同性恋身份。

　　在与马洛相关的生命虚构中，我们发现传统的传记小说的虚构方式主要在于为达到叙述的连贯性而进行一些逻辑推理（logical inference）②，后现代生命虚构则主要体现在虚构或杜撰人物的设置、生命进程的偏离、过去（历史）与现在（虚构）并行的双联叙事和不自然叙事元素的创设等方面。

　　1990 年之后的大部分作品都以马洛本人作为第一人称虚构叙事者，如《帖木儿必死》和《马洛手稿》等；另外一部分采用虚构人物作为叙事者，如哈伍德（Brenda Harwood）的《我的真实人生：来自马洛的遥远记忆》（*My Truth：The Far-Memory of Christopher Marlowe*，2006）就采用虚构人物"我"作为叙事者，借"人"还魂地代替马洛讲述了四百多年前的生命故事。

　　多部作品采用过去与现在双线并置或交叉的叙事结构。在《黑天鹅》（1993）里，当代人物罗丝（Rose Hassan）的母亲突然患病，罗丝接手母亲正在做的一项工作——为年迈的伯尼尔先生誊写马洛同时代的人物佛曼的日记。罗丝开始对马洛的故事产生研究兴趣，在这个过程中，罗丝发现研究背后藏着一个危险的秘密：莎士比亚的戏剧是由马洛和一位逃跑的黑奴合作创作出来的。

　　《喋血特工》也采用虚实交织的双联叙事，一条线围绕 1593 年历史人物马洛的死前三周展开，另一条线则发生在当代纽约，作为私人侦探的毕业生摩根（Kate Morgan）通过一些新挖掘出来的手稿揭示马洛之死的真实故事。《光之铠甲》等多部作品采用虚拟的多视角叙事，并加入了魔幻巫术等超自然元素等。

　　马洛生命虚构叙事作品中，还有的采用了三联叙事或三部曲模式，如科佳的《狂野克里斯托弗：一部小说》，只不过小说的这三联都关于同一个生命

---

① Downie, J. A. *Marlowe，Facts and Fictions*. In Downie, J. A. & Parnell, J. T. *Constructing Christopher Marlowe*，Cambridge，2000：13.

② Kuriyama, Constance. *Christopher Marlowe：A Renaissance Life*. Ithaca：Cornell University Press，2002：1.

主体——马洛在不同时代的人生。这三联叙事可以被视为三个独立的中篇小说。马洛想象自己身处三个不同背景——自己的伊丽莎白时代、麦卡锡的美国和一个极度黑暗的未来世界——追问自由意味着什么。

第一个故事里有许多读者熟知的人物，包括莎士比亚和大学派的才子们。科佳对这些虚构的人物进行了巧妙的设置，并将我们所知道的事实编织进其中，为这个间谍、情人和剧作家重新创设了一个可信的身份。在第二个故事中，科佳想象马洛生活在一个接近现代的社会里，想象这个男人生活在一个与我们相似的时空，他将如何应对城市生活、阴谋、性别问题和自己的写作呢？这里第一个故事中的一些人物以不同的名字和身份再次出现，但他们大多数都实现了自己在前一联叙事中的预言。

第三部中篇小说想象了一个不久的未来，一个在很多方面看起来都很不理想的未来，很不幸的是，这个未来越来越有可能成为现实。一个可以控制任何人的一举一动的干预型政府；一个封闭、受监控的国家；一个扼杀思想自由和言论自由的极权国家，这个国家雇佣有创造力的公民，在公民不服从时将其毁灭。在这个黑暗的世界里，有一位诗人敢于违抗制度，不惜一切代价说出真相。

在阅读这三个故事时，读者们会发现相同的主题在三个故事时空中反复出现。这些故事的中心是一条时间之河，它将我们所有人与我们所有的故事联系在一起，它的神秘无法超越，无法想象。这一点在科佳结束马洛三个故事的方式上显而易见。通过这部生命虚构叙事作品，科佳想告诉读者：马洛不只是一个历史上的人物，他已经变成了一种超越时代的理想。

在后现代语境下，文学家生命虚构叙事作品也逐渐摆脱了历史虚构的纯粹娱乐消遣功能，它们成为学者进行理论批评的一种新媒介，是学术批评的虚构化倾向和虚构作品的学术化倾向双重作用的文本产物。马洛的虚构创作者，如伯吉斯和巴玻尔等，将历史人物变成虚构人物，置之于小说般的叙事进程中进行严肃的解读，在阐释人物在他们所处的时代所代表的"他者性"的同时，也阐释共同的人性特征。此外，伯吉斯还借虚构文类建构了他对马洛之死和作者身份的理论观点。套用帕尔默的措辞，我们认为后现代语境下的这类作品兼具历史虚构和传记虚构体裁的双面性（Janus-faced genre）[1]，甚至还具有生命批评等三面性和多面性，是生命书写、虚构、批评等[2]的合体。

马洛生命虚构在1990年之后出现的创作热潮和明显不同于传记虚构类作品的叙事特征，在研究者的视域里没有得到应有的重视，除了对单个作品的

① Palmer, Seth. Review of Neo-Victorian Fiction and Historical Narrative by Louisa Hadley & History and Cultural Memory in Neo-Victorian Fiction by Kate Mitchell. *Victorian Studies*, 2012, 55 (1): 168.

② Benton, Michael. Literary Biography: The Cinderella of Literary Studies. *The Journal of Aesthetic Education*, 2005, 39 (3): 44.

评介之外，关于马洛生命虚构的整体论述极为少见。在以下三小节中，我们将马洛生命虚构分为学术化生命虚构叙事作品、另类化生命虚构叙事作品和不自然生命虚构叙事作品三类，并分别以《马洛手稿》《丹麦谋杀案》和《帖木儿必死》三部作品为主要例子进行分析。

三、马洛生命虚构具体作品分析

（一）学术化趋势：以《马洛手稿》为例

生命虚构叙事作品中的学术化从另一个角度来看也就是学术作品的虚构化/叙事化。与马洛相关的生命虚构的学术化元素主要指向三个方面：一是与马洛相关的学术圈双联或多联虚构叙事，二是马洛学术研究的虚构化作品，三是与马洛相关的元生命虚构作品。

首先，在学术圈小说（academic novel）双联叙事形式中，一条线涉及当代研究人员或学者对马洛的追索，另一条线涉及马洛所处时代发生的故事，通常与遗失的信件或作品相关，如贝雅德的《暗夜学派》、希尔伯特的《喋血特工》、东蒂的《黑天鹅》和哈克尼斯（Deborah Harkness）的《暗夜之影：一部小说》（*Shadow of Night*：*A Novel*，2012）等。

此外，1990年之后，许多学者、研究者、学术型传记作家和文学批评家，如加雷特、巴玻尔、达甘、马洛维茨等加入马洛生命虚构创作行列，将历史虚构、生命再现、学术叙事等体裁融于一体，为各自的理论阐释找到了更为广阔的平台。一些马洛生命虚构叙事作品是学术型著作或传记虚构化的平行叙事，如伯吉斯的《德普特福德的死人》是尼科尔改写主义传记《结账：谋杀克里斯托弗·马洛》的小说化版本，一种采用当代戏剧演员的视角进行叙述的平行叙事；另一些生命虚构叙事作品是在撰写了细致的非虚构研究作品之后创作，如巴玻尔的《马洛手稿》在系统研究的博士论文基础上撰写，是该论文的虚构化作品，而特洛（M. J. Trow）在创作"Kit马洛系列谜案"（2011—2014年）之前撰写了《谁杀了Kit马洛？：伊丽莎白时期英格兰的雇凶谋杀》。他们的加入不仅推动了学术圈生命虚构叙事作品的流行，而且通过学术的小说/虚构化或者说小说/虚构的学术化进行一场阅读的革命。

在马洛逝世420周年纪念日当天由圣马丁出版社推出的巴玻尔的《马洛手稿》不仅是生命虚构热潮中的典范之作，而且在叙事体裁和风格方面颇具独创性——采用抑扬格五音步诗行形式进行小说创作，并融历史虚构、自传叙事、学术研究于一体，是一部对生命虚构研究具有启发意义的现代经典作品。

作为一名研究马洛作者身份之谜的学者，2012年，巴玻尔与其他四位学者一同获得专为杰出的马洛研究著述设立的"卡尔文＆罗丝 G. 霍夫曼奖"（The Calvin and Rose G Hoffman Prize）。巴玻尔受鲁勃 2001 年的纪录片《捕风捉影》启发，开始对与马洛相关的谜题感兴趣，完成以此为选题的博士论文，并在此基础上，创作了这部诗体小说。《马洛手稿》作为巴玻尔的开山之作已揽获多项大奖，如"戴斯蒙·艾略特奖"（Desmond Elliott Prize）和"作家俱乐部最佳首部小说奖"（Author's Club Best First Novel Award），并入围"女性文学奖"（原名柑橘小说奖，Orange Prize for Fiction）。

第一，从叙事形式上看，《马洛手稿》另辟蹊径，采用抑扬格五音步（格律体与白韵体交错）形式。这种小说与诗歌之间的体裁跨越是一种创新，同时也是一种挑战。巴玻尔如采用常规的散文形式讲述故事，则难免有无法超越伯吉斯的《德普特福德的死人》（1993）的焦虑。因而，巴玻尔利用自己的诗人特质，对叙事形式进行大胆的试验。塞尔夫（Will Self）、艾格芭比（Patience Agbabi）和阿加德（John Agard）等诗人和评论家认为巴玻尔的作品生动地再现了马洛和莎士比亚两者共同的戏剧和诗歌风格，措辞之简练精当、通俗易懂令人叹为观止，有评论家甚至将这一戏剧性叙事诗作的可读性与马尔克斯的作品相提并论。当然，读者也可以发现，尽管在模仿，但除了在需要满足互文修辞意图的地方以外，巴玻尔主要使用当代英语的词汇和语法，这一方面是为了不让过时的伊丽莎白式语言影响读者的流畅阅读，另一方面是营造从墓中爬出来的马洛以当代视角和现代话语讲述自己的故事的效果。阅读完整个诗篇之后，我们会发现许多章节游离于小说情节之外，可以被当作脍炙人口的独立诗篇来阅读，尤其是以"十四行诗"形式出现的片段。这些诗节的主要修辞意图在于展示马洛的情感宣泄（emotional catharsis）和哲思顿悟（philosophical epiphany）。它们不但起到了影射莎士比亚的对应创作的作用，还调节了叙事进程，延缓了叙事节奏，给读者预留出与"马洛"一起思考的心理空间。

第二，从叙事角度来看，以马洛为第一人称叙事者的《马洛手稿》可被看作假想性自传虚构。马洛似乎从墓中爬出，向世人重新讲述那段不为人知的个人经历和文学历史，假想式地回答文学史上的多个谜题——倘若他的"死"也像他的众多戏剧中的"舞台之死"一样，只是掩人耳目的装死，"死而复生"的马洛要如何改写他的个人历史？倘若他从此隐姓埋名，继续创作

并以莎士比亚之名出版戏剧作品，对这段文学历史，马洛又作何辩解？这部融自白书、回忆录、情书、历史叙事于一体的作品给予马洛一个声音，呼唤读者重新认识一个被历史曲解和误判了近五百年的马洛，刁图重新评判他在文学史上的地位。

第三，从体裁越界的角度来看，《马洛手稿》虽然是以第一人称虚构口吻叙事，却有理有据地借鉴了诸多研究史料。粗略地翻看小说，就可发现作品在诗行的主体结构基础上，附有 25 页的注解和一个书目提要，这使巴玻尔的小说完全偏离常规，别具一格。附有详尽的注解和参考书目等是近期文学家生命虚构学术化的一个重要特征。整篇小说中，巴玻尔将她在研究过程中的第一手资料和前人对马洛学说有利的史料片段作为戏剧化修辞手段，毫不拘执地化身马洛，将他的传奇经历娓娓道来。除了研究成果，巴玻尔还在整个叙事中不失时机地将莎士比亚/马洛的经典名言贯穿在单个诗节的标题当中，将莎士比亚式的戏剧人物、情节和情境穿插在马洛与南普顿、埃塞克斯伯爵的对话之中，将马洛与黑女郎的故事、马洛与沃兴汉之间的关系等编织在莎士比亚式的十四行诗中。

鉴于再现马洛的经历、情感和顿悟的媒介是巴玻尔的话语，巴玻尔借由作品阐明了她本人对作家身份、自我记忆、传记写作、历史虚构、诗歌创作等的反思与理解，代表着后现代主义创作的一种双向趋势，亦即虚构作品学术化、学术作品虚构化的趋势。

（二）另类化趋势：以《丹麦谋杀案》为例

如果说围绕马洛展开的生命虚构学术化叙事是在尊重史实和已有文献记载的基础上的虚构创作，我们发现在 1990 年之后出现了一类偏离马洛的生命因子和生命进程的另类生命虚构作品，如霍因（David Hoing）的《乡野里的一幕莎景》（The Onely Shake-Scene in a Countrey，1995；2012）更改历史，让莎士比亚英年早逝，让马洛活到了 1616 年，成为伟大的戏剧家和诗人；在哈里·特托尔德芙（Harry Turtledove）的《被统治的不列颠》中，于 1593 年在酒肆里被刺身亡的马洛仍然活着，在举世闻名的两部戏剧的基础上，哈里又为马洛新增了两部创作于 1593 年之后、事实上并不存在的戏剧——《卡提林与卡姆比塞斯》（Catiline and Cambyses）以及《波斯王》（King of Persia）；据史料记载，1586 年在聚特芬之战（Battle of Zutphen）中，西德尼不幸因大腿中枪重伤不治死亡，但在司各特的《光之铠甲》里，西德尼没有在战争中死去，并且于 1593 年将马洛从德普特福德的酒肆里救了出来，此后，受命于伊丽莎白一世军事政治顾问罗伯特·塞西尔（Robert Cecil）的马洛做了间谍，为征战沉迷巫术、对苏格兰詹姆斯六世（James Ⅵ of Scotland）造成威胁的玻斯威尔侯爵（Wizard Earl of Bothwell）西德尼收集情报，卷入了一场旷世绝尘的魔幻战争之中。

我们将这种另类生命虚构作品称作"假如……会如何"故事（"what if" story），特托尔德芙产量惊人的作品对推动这一体裁成为主流阅读对象起到了非常重要的作用。在对与马洛相关的另类生命虚构作品进行研读的基础上，我们发现它们主要涉及两类创作，一是可能世界另类生命虚构，二是不可能世界另类生命虚构，前者作为一种没有实现的可能性虚构，是符合物理和认知逻辑的，后者由于涉及僵尸、鬼怪、魔幻、巫术等超自然元素而不可能成为某种现实。

作家达甘在从事二十年的莎士比亚和马洛戏剧教学和研究工作之后，推出《丹麦谋杀案》这部同时与马洛和莎士比亚相关的生命虚构叙事作品。《丹麦谋杀案》并非像它的标题一样只是一部简单的寻找真凶的侦探小说。像许多生命虚构叙事作品一样，它只是借用侦探这一文类的套子，进入的却是"文学思辨"领域。它像一部学术作品一样，融入了达甘对伊丽莎白时代的历史以及与马洛/莎士比亚相关的大量史实考据，引领读者像侦探一样去探寻掩盖在案件侦破表面下的作家的真实叙事意图，让读者去思考《哈姆雷特》在现实世界中的"真实历史"。在某种程度上它代表着文学家生命虚构叙事的一个新动向，一方面具有元虚构的特点，另一方面涉及错层叙事。

在这部另类叙事中，马洛和莎士比亚同是伊丽莎白时期伦敦的跑龙套的演员，穷困潦倒的两位年轻人希望通过冒险改变各自的命运。他们抓住了来访的挪威贵族福丁布拉（Fortinbras）提供的机会，决定前往丹麦去侦办赫尔辛诺城堡（castle in Helsinore）的继承谜案，而历史文献中并没有马洛和莎士比亚一同前往丹麦的任何记录，更没有他们一起受雇于挪威贵族联手查案的相关说法。很明显，城堡的前堡主克劳斯（Klaus）夫妇被克劳斯的继子埃姆雷斯（Amleth）杀害，但唯一的见证人——埃姆雷斯的一位叫作霍拉蒂奥（Horatio）的大学密友在事件发生之后被福丁布拉的亲信处决了。

为什么埃姆雷斯要谋杀克劳斯一家？谁是指使谋杀了集市上的演员的"黑女郎"？福丁布拉的亲信索仁（Soren）为什么要让霍拉蒂奥销声匿迹？两位侦探如何通过埃姆雷斯以前的同窗罗森博格（Rosenberg）和吉尔登斯坦（Gildenstein）获取信息从而对埃姆雷斯的性格进行各种推断？如何遇到埃姆雷斯的表妹和爱人奥菲莉亚（Ophelia），在她的帮助下从一系列鱼目混珠的信息里推理出接近真相的线索？具有推理能力的莎士比亚和带着间谍气质的马洛卷入这一宗宗谜案，破除从赫尔辛诺的酒馆到哥本哈根大学的侦查过程中形形色色的人的重重阻挠，一步步地接近事实真相；在回到伦敦之后，这两位雄心勃勃、崭露头角的戏剧家最终将调查谜案的经历用于他们自己的戏剧事业。

这部作品通过另类化叙事的方式讲述了两位戏剧家的命运以及创作悲剧

《哈姆雷特》的过程，因而，在某种程度上是一部具有元虚构特点的创作过程小说（Poioumenon）①，这是文学家生命虚构在后现代语境下的重要特点。创作过程虚构叙事分两类，一是虚构一部真实文学家的手稿或回忆录之类的作品，然后叙述它的创作背景、原因、思路和写作过程；另一类是虚构历史上确实存在的某位文学家创作的虚构作品的写作过程。前者如西蒙斯的《探求科尔沃：一部实验性的传记》和希尔的《亨利·詹姆斯的午夜之歌》，后者如奥尔逊的《焦虑的愉快：一部追寻卡夫卡的小说》和迈克尔·戈拉的《一本书籍的画像》。

　　作家讲述自己创作某部作品过程的故事也是创作过程叙事。比如托马斯·曼（Thomas Mann）的《浮士德博士的创作：关于一部小说的故事》（*The Genesis of Doctor Faustus：The Story of a Novel*，1949）就是曼对自己创作这部小说过程的回忆，还有大卫·洛奇的《亨利·詹姆斯之年：一部小说的故事及其他关于文学虚构的缘起、创作与接受的论文》（*The Year of Henry James：The Story of a Novel：With Other Essays on the Genesis，Composition and Reception of Literary Fiction*，2007）是对自己创作的生命虚构叙事作品《作者，作者》创作过程的阐释和对文学家生命虚构叙事作品的理解。

　　《探求科尔沃：一部实验性的传记》是西蒙斯为罗尔夫撰写的创作过程叙事作品。罗尔夫全名叫弗雷德里克·威廉·罗尔夫（Frederick William Rolfe）。1904年，罗尔夫用拜伦·科尔沃（Baron Corvo）这个笔名，写了一部惊心动魄的小说《哈德良七世》（*Hadrian VII*）。《探求科尔沃：一部实验性的传记》因其精巧结构和新奇构思被誉为次杰作（minor masterpiece），它既虚构了科尔沃创作《哈德良七世》这部传记的过程，也记录了西蒙斯自己创作这部科尔沃传记的过程，融合了两位传记作家的生命故事和创作故事。

　　这部早期的文学家创作过程生命虚构叙事作品后来由塔塔罗出版社（Tartarus Press）再版，被编撰成附有插图的版本，并由马克·瓦伦汀（Mark Valentine）撰写前言。书中，我们能读到西蒙斯在为这部难以驾驭却引人入胜的传记收集写作信息时，与一些古怪的收藏家和年迈的牧师进行的访谈。

　　通过仔细阅读《丹麦谋杀案》，我们可以发现福丁布拉、克劳斯、霍拉蒂奥、罗森博格、吉尔登斯坦、奥菲莉亚和埃姆雷斯这一系列人物并非与马洛同时期生活在丹麦的历史人物，而是莎士比亚戏剧《哈姆雷特》里的人物，有些人名直接对应，有些做了小的变化（如Rosenberg对应《哈姆雷特》里的Rosencrantz，Gildenstein对应Guildenstern），还有的玩了点文字游戏，如Amleth是由Hamlet颠倒字母顺序构成的名字。借此，马洛的生命故事实现了另类化叙事。马洛与莎士比亚从在丹麦进行的破解谋杀案活动获取的信息与

① Fowler，Alastair. *A History of English Literature*. Cambridge：Harvard University Press，1991：372.

《哈姆雷特》基本吻合，甚至可以说是《哈姆雷特》的散文化平行叙事。

从内容上说，这部作品只不过是将作家与虚构人物置于同一时空，讲述了马洛如何与莎士比亚将共同经历转化成《哈姆雷特》戏剧创作的过程；从叙事形式上看，这部作品将《哈姆雷特》从抑扬格五音步的白韵体形式转译成了小说形式。因而，我们可以说达甘通过生命虚构这一文本载体假设性地虚构了《哈姆雷特》的创作缘由和过程。达甘的这一预设也巧妙地回避了"马洛 vs. 莎士比亚作者之争"这一问题，将两位戏剧家另类化为联手创作的搭档，也可谓别出心裁。

（三）马洛生命虚构的不自然叙事：以《帖木儿必死》为例

"不自然叙事"指的是在再现故事场景、叙事者、人物、时间性和空间性的过程中，明显违背逻辑原则、物理定律等，或多或少与现实主义规约和认知框架相背离的叙事方式[1]，如鬼魂等非人类叙事者（non-human narrator）、虚构与现实的错层叙事（metalepsis）、时空穿越[2]、超自然元素都属于不自然叙事范畴。

在马洛生命虚构叙事作品中，《来自太阳》涉及不自然叙事者。它以已死的马洛的鬼魂作为叙事者，讲述他如何召唤两位人物：一位是丢了工作的剧团演员汉尼曼（Joseph Hunnyman），另一位是退役的士兵巴福特（William Barfoot），在马洛死后第四年充当侦探调查马洛死因的故事。

上一节提到的另类生命虚构作品中的不可能世界故事类型便涉及不自然叙事。《光之铠甲》涉及的是巫术，而弗里伯雷－琼斯（Darren Freebury-Jones）的《Kit 马洛和魔鬼军团》（*Kit Marlowe and the Demon Legion*，2012）和《Kit 马洛和末日军舰》（*Kit Marlowe and the Doomsday Fleet*，2014）涉及地狱魔鬼，它们都显示出后现代生命虚构与流行文化的混搭元素（mash-up elements）。

文学家生命虚构叙事作品中最常见的不自然叙事是故事层的错置。原则上，不同作家的每一部小说和不同时代的作家的人生故事都是一个相对封闭的故事世界，它们参照各自故事世界里的其他人物的存在而具有意义。因而，虚构世界和现实世界的叙事层次错置也是一种不自然叙事，文学家生命虚构中的错层叙事目的在于颠覆虚构人物与历史人物之间的二元对立。上一节里提到，《丹麦谋杀案》的一个重要特征正是错层叙事。从一个角度来看，我们

---

[1]　Richardson, Brian. *What Is Unnatural Narrative Theory*? Ed. Alber, Jan & Heinze, Rüdiger: *Unnatural Narratives*, *Unnatural Narratology*. Berlin and New York: De Gruyter, 2011: 34.

[2]　美国作家亚伦·锡尔（Aaron Thier）入围 2017 年美国瑟伯幽默文学奖决赛的小说《永恒先生》（*Mr. Eternity*）塑造的永生的主人公是丹尼尔·笛福（Daniel Defoe），讲述了这位自称已有 560 岁的丹尼尔·笛福先生跨越近千年的奇妙旅行。

可以说该作品讲述了历史真实人物如何成为戏剧家笔下的虚构人物，但从另一个角度来看，我们也可以说达甘通过错层叙事策略，让历史上真实存在的戏剧家马洛和莎士比亚与他们戏剧里的虚构人物出现在同一层次的故事里。由于马洛和莎士比亚脱离真实世界，与他/她笔下虚构世界的多个人物在新的故事世界里相遇，这种错层可以被称作"降层叙事"（descending metalepsis）。反之，倘若虚构世界里的某个人物来到真实人物存在的"历史世界"，与创作他/她的作家相遇，我们称其为"升层叙事"（ascending metalepsis）①。

此外，时空穿越叙事也是一种常见的不自然叙事。辛克莱（Iain Sinclair）和麦克金恩（Dave McKean）合著的多媒体小说《缓慢的巧克力尸检》（Slow Chocolate Autopsy, 1997）就是与马洛生命故事相关且涉及时空穿越的作品。在小说的开篇章节里，撒切尔夫人时代的时空穿越者诺顿被困在了伦敦残暴的过去历史层中，正在泰晤士河寻找可以逃脱的出口，他成了马洛生命最后几个小时故事的见证者。当他冷眼旁观 1593 年的这历史一幕时，他意识到他"清楚接下来会发生什么事情，结果会如何"②。

然而，他的预言式的前瞻话语只说中了马洛的死，但没有预见到他自己将成为杀死马洛的凶手，也就是说作为辛克莱的杜撰人物的诺顿穿越到了过去，刺死了马洛，并改变了历史。当诺顿预测当天事件的结局时，他立即想到的是如何再现马洛死后的事件余波。更明确的是他试图考虑"如何让写了关于马洛之死的小说《德普特福德的死人》（1993）的安东尼·伯吉斯闭嘴不要吠叫"③。通过叙事者诺顿的时空穿越，辛克莱达到了对有关马洛的其他生命虚构叙事作品进行批评（biofictive criticism）的目的。

在威尔士的《帖木儿必死》里，马洛戏剧《帖木儿》（Tamburlaine）里的标题人物来到了马洛生活的伦敦，因而可以被视为典型的升层叙事。这部作品采用的是日记叙事形式，由马洛在 1593 年 5 月 30 日死亡的前几天开始记录。日记和信件是后现代文学家生命虚构最常见的叙事形式。这部中篇小说大刀阔斧地砍去了马洛前 29 年里所发生的生命故事，只叙述他生命的最后三天，可以说截掉了马洛生命中的最主干部分，只留下威尔士认为最有虚构空间和价值，并且最能体现威尔士预设的叙事目的的部分。这也是后现代生命虚构与传记虚构最明显的区别特征之一。

马洛在日记里讲述他如何被人从庇护者的家里拽出来，被带到才从肆虐的瘟疫中恢复过来的伦敦，又如何被拖到枢密院，被控告为无神论散布者和叛国者。同时，伦敦街头出现一位自称是"帖木儿"的杀人魔王，他从马洛最残暴的一出戏剧的书页里逃出来，每杀一个人，就在墙上或死者身上写上

---

①　Klimek, Sonja. *Metalepsis in Popular Culture*. Berlin: De Gruyter, 2011: 25.

②　Sinclair, Iain & McKean, Dave. *Slow Chocolate Autopsy*. Londor: Phoenix, 1997: 8.

③　Sinclair, Iain & McKean, Dave. *Slow Chocolate Autopsy*. London: Phoenix, 1997: 8.

帖木儿的名字。被捕的马洛的赎罪方式就是在三天之内将神出鬼没的帖木儿捉拿归案，"我注定要干掉这个我创造出来却变成我的敌人的怪物；一旦我知道他到底是什么人，我就要毫不留情地将他干掉"[①]。威尔士将马洛塑造成追查自己笔下人物、暗杀者帖木儿的侦探形象。当然，就像大多数侦探小说模式一样，暗杀者最终被查出，但代价是马洛的死。

虽然与《马洛手稿》不一样，《帖木儿必死》采用的是散文式小说，但威尔士在伊丽莎白式的行文风格中也穿插了不少马洛的诗句。以文学家为第一人称虚拟叙事者的生命虚构叙事作品给予读者正在阅读文学家撰写的自传、回忆录或日记的错觉，然而，这些作品实际上都是后代作家的虚构创作。因而，被虚构的文学家和创作生命虚构叙事作品的当代作家的话语之间存在一种错置和对话关系。读者读到的话语既不属于马洛，因为文本非马洛创作，也不属于威尔士或巴玻尔，因为文本套用的是马洛的话语风格。

生命虚构往往将当代视角和理念移置给虚构的历史人物以营造一种"时空错置感"或"时间消融感"。由于其与历史小说的相似性，所有的生命虚构叙事作品在讲述过去的故事的同时也是在讲述现在的故事。生命虚构叙事者在两个世界中徘徊，建立过去与现在之间的对话。威尔士赋予了《帖木儿必死》两个当代主题：移民和外国人恐惧。马洛的送信人在与马洛一起乘坐一艘驳船横渡泰晤士河时，对马洛说："这世界上很快就没有纯英国人存在了，以后到处有的都是黑人、荷兰人和那些上帝才知道什么样的混血了。"马洛创作的大多是带有异国背景和异域人物的戏剧，帖木儿对于英国人来说就是一个不折不扣的外国人。这种时空错置感也是生命虚构叙事作品的错层手段之一，同时使作品带有元生命虚构特点。

尽管是虚构作品，但威尔士对马洛的生平史料和相关传记做了细致全面的研究，不仅参考了马洛的作品，而且参照了尼克尔的《结账：谋杀克里斯托弗·马洛》和霍茨森（Leslie Hotson）的《克里斯托弗·马洛之死》（*Death of Christopher Marlow*，2003）等著作。马洛创造的虚构文本（主要指《帖木儿》，但也涵盖其他诗剧文本）与有关马洛的学术著作文本在新的虚构文本《帖木儿必死》中交错，也可以视为一种文本世界的错层。

《帖木儿必死》是文学家笔下的虚构人物所处的故事世界与文学家本人所处的历史世界错置的典范之作。然而，在文学家生命虚构叙事作品中，有些错层虽然不典型，却代表着另一种错层类型——不同虚构世界里的人物与文学家"真实"世界的错层，华尔德洛普（Howard Waldrop）的《良心》（*Heart of Whitenesse*，2005）就是这样一部作品。这部作品里出现了"马洛——

---

① 原文为"I would destroy my creature turned enemy，just as soon as I knew who he was"。引自 Baggaley，Laura. Review：Historial Fiction：How Did Marlowe Die？ *The Observer*，2004：16.

马洛—马洛"三位同名者——康拉德笔下的《黑暗之心》里的人物马洛在这个作品里叙述了作为雷蒙·钱德勒笔下的侦探人物马洛如何叙述伊丽莎白时期戏剧家克里斯托弗·马洛的生命故事的故事。在这个层层嵌套的故事里，诗人剧作家马洛的人生故事成为故事的最低层次，在虚构人物的世界里得以再现，成了虚构人物的故事层下面的故事。

对于文学家生命虚构叙事作品来说，无论是哪种形式的错层叙事，最重要的修辞意图是模糊"真实"与"虚构"之间的二元对立，颠覆虚构人物和真实人物之间的本体界限，体现当代作家的元生命书写意识。

四、马洛生命虚构叙事小结

1990 年之后出现的马洛生命虚构狂热是后现代文学家生命虚构创作中的一个组成部分，引领紧接着出现的海明威、詹姆斯和狄更斯等虚构热潮。马洛生命虚构叙事作品中出现的学术化、另类化和不自然叙事三种创作趋势对其他文学家生命虚构叙事作品研究具有一定的启发意义。我们从以上作品分析中也可以发现，《马洛手稿》《丹麦谋杀案》和《帖木儿必死》等在某种意义上来说，都可以被视为经典文本——马洛的传记作品、莎士比亚的《哈姆雷特》和马洛的《帖木儿》的平行叙事。虽然属于虚构类作品，但当代作家为创作做了大量细致的文献研究工作，通过虚拟话语、混搭叙事和错层叙事等多种虚构化策略，天衣无缝地将文学家的史实性生命因子、另类化生命因子和不自然生命因子融合在一起。文学家生命虚构不仅以另类的方式让读者加深了对文学家生平以及作品的了解，也激发了读者重读经典作品的热情，这对于教学具有一定的启发意义，是一种创意型教学方式①。

---

① Xiaolin，Yang. Application of P&RBL Model to English Literature Course：Using Teaching Framework Based on Three Key Concepts. *Theory and Practice in Language Studies*，2015，5（3）：512–517.

结　语

　　生命虚构叙事是后现代语境下从传记到传记虚构再到生命虚构这两步体裁转换的结果，具有体裁跨越性（transgenericity）。任何一个体裁的跨越都能产生革命性的效果，正如中国在西诗汉译的过程中，直接从原有的律诗体裁转换成散文化诗体所产生的革命性效果一样，生命虚构通过虚构性文类的自我揭示实现了读者群的最大化，使其成为女性主义、西方马克思主义、后殖民主义、族裔主义等宣传自己的意识形态的重要媒介。

　　这一文类既通过与文学家相关的史实引述保持其高雅的文化品位，同时通过通俗虚构文类的叙事策略，借用侦探叙事的悬念效果，兼顾读者大众所受的商业化污染，力图跨越高雅艺术和商业形式之间的鸿沟，开辟出一类雅俗共赏的创作体裁，"对大众阅读和学术研究都造成了革命性的影响"[①]。

　　当代文学见证了"活死人的回归"现象（return of the living dead phenomenon）[②]，文学家生命虚构是由画家、音乐家、宫廷政治人物等组成的"活死人的回归"这一更大文学创作现象的最重要组成部分和叙事特点最显著的次文类。他们的复活不仅因为他们没有完全死去（他们依然活在他们自己的作品和传记中），也因为他们仍然以他们的本名作为人物出现在生动描述他们"真实"人生的当代生命虚构叙事作品中。

　　文学家生命虚构叙事作品的流行趋势引领着经典文学家生命虚构叙事作品的英译、再版和重新接受风潮，也反过来给学术型传记和学术著作的写作带来深远影响，最终通过一场阅读革命，将读者领回更本源的文学家日记、回忆录（一级生命因子）、传记作品（二级生命因子）、经典诗歌和虚构作品（三级生命因子）的阅读世界里。此外，对文学家生命虚构叙事热潮的研究使评论界对该类作品的接受程度也产生了一定的影响。

---

　　① Kersten, Dennis. *Travels with Fiction in the Field of Biography*: *Writing the Lives of Three Nineteenth-Century Authors*. Radboud University, 2011: 19.

　　② Lovell, Terry. Bourdieu, Class and Gender: "The Return of the Living Dead"? *The Sociological Review*, 2004 (52): 35.

一、生命虚构叙事作品的翻译和出版

（一）经典文学家生命虚构叙事作品的英译风潮

在文学家生命虚构叙事作品畅销热潮的推动下，不但各种小说作品创作大量出现，一些具有先锋意识，但非英语创作的经典文学家生命虚构叙事作品也被翻译成英文，进入英语读者视野。如布洛克（Hermann Broch）的 *Der Tod des Vergil*（1945）在这一热潮下于 1995 年被温特尔梅尔（Jean Starr Untermeyer）翻译成 *The Death of Virgil*。荷兰新浪漫主义作家范申德尔（Arthur François Emile van Schendel）对英国文艺复兴戏剧家莎士比亚和法国 19 世纪象征派诗人魏尔伦（Paul Verlaine）非常痴迷，创作了《莎士比亚》（*Shakespeare*，1910）和《魏尔伦》（*Verlaine*，1927），在 21 世纪的文学家生命虚构热潮推动下得以翻译成英文并重排出版。苏联时期著名的文艺学家和作家蒂尼亚诺夫（Yury Tynyanov）的《青年普希金：一部小说》（*Young Pushkin：A Novel*）早在 1935—1943 年间就以连载的形式用俄语出版并在俄国受到评论界的极高评价，但在 2007 年才首次被翻译成英文。

（二）被抵制的作品的再接受

被夏贝特确定为最早的文学家传记虚构之一的《莎士比亚的他的朋友们》（1938）等作品在 19 世纪上半叶出版时并不受读者和评论界礼遇，既被排除在传记文体之外，又不被虚构文体接纳，是一种边缘化的、为人所不齿和不受重视的文学创作[1]，但在 2009 年左右被鲍德雷欧洲图书馆（Baudry's European Library）再版，在读者中产生良好反响。

杜丽特（Hilda Doolittle）[2] 于 1948 年撰写了《白玫瑰与红玫瑰》（*White Rose and the Red*）。这部作品可以说是对诗人画家罗塞蒂的妻子伊丽莎白·丝黛儿（Elizabeth Siddall）的虚构叙事，它探讨了罗塞蒂夫妇以及其他的前拉斐尔派运动成员，如拉斯金（John Ruskin）和莫里斯（William Morris）等之间的人际关系，并分析了作为一位备受争议的缪斯和模特的丝黛儿如何变成一个艺术运动中的偶像人物。然而，在杜丽特的有生之年，由于作品超越常规地将历史非虚构、虚构和传记等元素混杂在一起，出版商都不愿接受，直到 2009 年这部作品才在生命虚构大潮中被重新发现并得以出版。

---

① Stevick, Philip. In Quest of the Other Person: Fiction as Biography (Review). *MFS Modern Fiction Studies*, 1991, 37 (4): 824.

② 杜丽特（1886—1961），美国诗人、小说家，与意象派诗人埃兹拉·庞德等先锋人物过从甚密。

（三）被忽视的英文作品的再版

一些一度被评论界和读者忽视的文学家生命虚构叙事作品也再度引起读者的阅读兴趣，在这一热潮中得以重生，再版产生了不错的效果。1889 年出版的《W. H. 先生的画像》在作家生命虚构热潮的推动下于2012—2014 年多次重新出版。类似的例子还有麦克斯（Ring Max）的《约翰·弥尔顿和他的时代：一部历史小说》（*John Milton and His Times：An Historical Novel*，1868；2013）、卡里尔（Brahms Caryl）和西门（S. J. Simon）的《没有给培根的床》（*No Bed for Bacon*，1941；1999）①、伯吉斯的《无与伦比的太阳：莎士比亚的爱情生活》（*Nothing Like the Sun：A Story of Shakespeare's Love Life*，1964；1996；2013）、马丁的《华威郡的小伙子：威廉·莎士比亚孩童时代的故事》。巴克的彭斯五卷版系列小说（*James Barke's Robert Burns Quintet*）——《风吹麦浪》等首次出版于1946—1954 年间，由 Black & White Publishing 于2008 年开始再版，受到评论界和读者的热捧。《魔幻之声：关于罗伯特·彭斯的戏剧》原本由约翰斯顿（Arnold Johnston）于1974 年以剧本的形式出版，后在新的背景下于2009 年改编成小说形式——《魔幻之声：一本基于罗伯特·彭斯生平的小说》，由 Wings Press 首次出版。

二、对学术型传记创作的反哺影响

我们发现，除了在学术型传记基础上衍生出生命虚构叙事作品的现象之外，还有一种反哺的现象存在。一方面，一些当代作家在创作了文学家生命虚构叙事作品之后，开始撰写与文学家相关的学术型传记；另一方面，生命虚构的边缘人物中心化趋势带动了边缘人物传记的出版热潮。也就是说，关于某位文学家或与其密切相关的历史人物的生命虚构叙事作品反过来刺激学者撰写相关的学术型传记。

卡迪夫大学的终生荣誉教授托马斯（Donald Serrell Thomas）一开始以创作维多利亚时期历史、犯罪和侦探小说为主，1983 年创作第一部虚构卡罗尔的作品《贝拉多娜：路易斯·卡罗尔噩梦》（*Belladonna：A Lewis Carroll Nightmare*，1983），小说讲述这位年轻的作家如何因一幅裸照被敲诈，继而又成为一桩杀人案件的怀疑对象的故事。而时隔十几年之后，托马斯撰写了学术型传记《路易斯·卡罗尔：一幅有背景的肖像》（*Lewis Carroll：A Portrait with Background*，1996）。一些学者好奇地提出这样的问题："假如托马斯首先

---

① 这部小说的标题参照的是莎士比亚的遗嘱里提到的内容，他将自己一张质量第二好的床留给了妻子。这是一部涉及莎士比亚、培根和雷利爵士等人的喜剧作品。

撰写的是学术型传记，而后创作生命虚构叙事作品，这部小说读起来会不会是另一番滋味？"①

以边缘化人物作为生命虚构对象的小说反过来刺激了作家将其作为传记对象的兴趣。比如，近一个多世纪以来，狄更斯的妻子凯瑟琳都被边缘化，被认为是一个既不聪明又没见过世面的妻子。连狄更斯的电影传记片都不关注凯瑟琳，而是去关注狄更斯的情人艾伦·特南。然而，在阿诺德出版隐性生命虚构叙事作品《穿蓝色裙子的女孩：受狄更斯生平与婚姻启发写成的小说》三年之后，内德尔（Lillian Nayder）出版了凯瑟琳·霍加斯（Catherine Hogarth）的新传记《再识狄更斯：凯瑟琳·霍加斯·狄更斯的一生》（The Other Dickens：A Life of Catherine Hogarth，2011），重新定义了狄更斯妻子的形象。内德尔在传记中多次参考阿诺德创作的生命虚构叙事作品。当然，内德尔将阿诺德关于狄更斯妻子凯瑟琳创作才能的描述推向了另一种高度。

据说班布里奇的生命虚构叙事作品《昆妮说》（2001）引起了许多学者对塞缪尔·约翰逊与他的响尾蛇②——赫丝特·斯雷尔之间关系的跟进研究，影响了后来多部关于约翰逊的传记和学术研究作品。更重要的是，以前只以"约翰逊博士的斯雷尔夫人"出现在约翰逊传记中的这位脚注人物引起了传记作家的独特兴趣，她成为麦克因泰尔（Ian McIntyre）的《赫丝特：约翰逊博士的"亲爱的女主人"的卓越一生》（Hester：The Remarkable Life of Dr. Johnson's "Dear Mistress"，2009）的传主，在这部传记里，赫丝特不仅以约翰逊生活中的"装饰人物"和"红颜知己"的身份出现，而且以独立的女性作家身份出现。

三、生命虚构叙事作品对各级生命因子阅读的促进

科奇科诺夫（Andrea Kirchknopf）注意到文学家生命虚构叙事作品的一个重要特点就是经常将作家的传记数据与他们的小说文本③，也就是文学家的各级生命因子混在一起。从创作的角度来看，生命虚构在很大程度上依赖于作家对文学家各级生命因子的细致研究，它们往往与这些前文本有千丝万缕的互文关系，形成一张"戏仿和拼贴的网"（web of parodies and pastiche）④。

对文学家生命因子熟悉程度不一的读者在阅读生命虚构叙事作品之后会

---

① Puder, Jim. Lewis in Storyland. *Word Ways*，2010，43（4）：300.

② 约翰逊将赫丝特·斯雷尔比喻成响尾蛇（rattlesnake）。

③ Kirchknopf, Andrea. Dickens and His Great Expectation in Post-Victorian Fiction. *HUSSE10—Lit-Cult*，2011：141.

④ 引自 Kaplan, Cora. *Victoriana：Histories，Fictions，Criticism*. Edinburgh：Edinburgh University Press，2007：106。

产生不同反应。对各级生命因子熟悉的读者大多能欣赏生命虚构对事实和虚构的精妙糅合，判断出哪些来自文学家一级生命因子，如自传、信件、日记，哪些来自二级生命因子，如传记和文学研究作品，哪些属于虚构性文本生命因子中的引语和改述，体会它们如何恰如其分地被植入一个个虚构片段的纵横结构当中。

这样的读者会像文学侦探一样，从字里行间去甄别与文学家生命因子相关的蛛丝马迹，从生命虚构叙事作品中读出元传记评论（metabiographic comment）和文学学术（literary scholarship）元素来。但也有一些读者将它们读作没有任何特别学术共鸣的纯粹小说。他们只是享受小说里对神秘事件和侦查过程的描述。文学家生命虚构的理想读者是对文学家生命因子有一定了解的人或在阅读之后会对文学家生命因子产生兴趣，像侦探一样去探寻的读者。

文学家生命虚构叙事作品往往以独特的方式使读者积极地与文本和作家进行交流，挖掘生命虚构背后各种隐蔽的意义，力图达到乔伊斯作品式的阅读效果。对于这类作品来说，作家的理想读者是对文学家和其作品有一定了解或在阅读的过程中主动去获取前文本知识的读者，我们称之为研究型读者（scholarly reader）或警觉型读者（alert reader）①。只有这样的读者才能充分理解作品里的叙事技巧如错层叙事、不可靠叙事，以及作家的修辞意图如女性主义、元生命书写等。

后现代主义作家常通过注解的方式阐明他们的文本与元参照文本之间的关系，因而，文学家生命虚构叙事作品的理想读者在阅读过程中往往会产生阅读这些被虚构文学家的作品或相关传记的强烈欲望，反过来对学术型传记的阅读产生积极影响，进而使这些文学家在当代读者的阅读之中得到复活。换言之，生命虚构叙事作品读者的好奇心往往在"虚构性文类"的阅读中被激起，产生去寻获更多的关于生命虚构主体的"有依据的可靠知识"的冲动，找出偏重学术型的著作进行翻阅，因而给"事实性文类"和已存在的虚构文本的阅读带来了新的推动力。以前主要为学术或知识界读者所关注的学术型或事实性传记也开始在普通读者当中打开市场。

这一文类看似给了读者一个较低的阅读门槛，但在读者进入阅读过程之后，在引发读者兴趣的同时，慢慢地对他们提出了更高要求。比如在阅读《斯坦贝克的鬼魂》这部作品时，作为读者的我们可以轻松地跟随虚构的主人公特拉维斯融入故事空间，但在阅读之后，我们发现需要对斯坦贝克的前文本《天堂牧场》《愤怒的葡萄》《长谷》等有所了解才能让我们阅读得更充分。

---

① Roessner, Jeffrey. God Save the Canon: Tradition and the British Subject in Peter Ackroyd's English Music. *Post Identity*, 1998: 117.

正如托宾所言，人们在读完《大师》之后，大多有继续翻出詹姆斯的作品来读的冲动（Tóibín，2006）。托宾的《大师》和爱玛·藤南特的《重罪》分别是对传记作家埃德尔（Leon Edel）撰写的卷帙浩繁的五卷版《亨利·詹姆斯传记》（*Henry James：A Life*，1969）和詹姆斯的中篇小说《阿斯彭文稿》的平行再虚构①。很有意思的是这两部文学家生命虚构叙事作品都让它们各自的前文本——一部传记和一部中篇小说再次进入读者的视野，带动了新的更广泛的阅读热潮。

巴恩斯的《亚瑟与乔治》（2005）这类生命虚构叙事作品为读者补充了关于柯南·道尔的知识，也同时允许读者再次进入福尔摩斯的世界。文学家生命虚构与其他类型的生命虚构的一个重要区别性特征在于它们在创作中可参照的生命因子文本要比其他历史人物多一个层次——文学家原创的诗歌、戏剧、小说等。文学家生命虚构叙事将这一文本层次融入创作中，呈现出诸如平行叙事、创作过程叙事、虚实错层叙事、嵌套叙事等特点。

这些生命文本往往正是经典作品，而它们在文学家生命虚构中的再现也呼唤着读者重新阅读和审视它们。一些文学家生命虚构叙事作品还直接将这类文本附在虚构主体文本之后，如《露尾的心》（附有坡的《泄密的心》）、《黑猫》（附有坡的《黑猫》）、《夫人的女仆》（附有布朗宁夫人的相关诗作）以及《我从未穿着白色衣服走向你》（附有狄金森的大量诗歌）等，免去读者另外寻找相关文本的麻烦。

塔姆博（Anna Tambour）的《与史蒂文森赴塞文山旅行记》与游记《塞文山骑驴旅行记》构成平行叙事。这部于1879年出版的游记记录了史蒂文森于18世纪70年代在法国南部山区徒步12天、历程近200公里的经历，而小说则以摩黛丝汀（Modestine）这头驴作为叙事者重新讲述了史蒂文森的游历。这种平行叙事呼唤读者进行平行阅读（parallel reading）。此外，据说与海明威相关的一部隐性生命虚构叙事作品——恩格尔的《蒙帕纳斯凶杀案》（1999）一经出版，大受读者热捧，并引发了《太阳照常升起》的再版和阅读热潮。

福尔兹曾言，读诗的人很少，"不要去规划诗歌，不要去普及诗歌，诗歌始终只有小众读者"。然而在大众对诗歌的阅读兴趣江河日下的21世纪，诗人生命虚构叙事，或以诗体形式创作的生命虚构叙事作品重新带动了普通读者对诗歌的关注。前者如《夫人的女仆》、《不断深陷的迷惘》、《波德莱尔的复仇：一部小说》、《威廉与露西：疑与爱的故事》、莎士比亚"黑女郎"系列作品等分别在读者阅读过程中复活了布朗宁夫人、乡村诗人布莱尔、波德

---

① Kovács，Ágnes Zsófia. *Literature in Context：Strategies of Reading American Novels：Essays*. Szeged：JATE Press，2010：111.

莱尔、华兹华斯和莎士比亚的诗歌；后者如《马洛手稿》《普拉斯的衣橱》《你自己，西尔维尔：西尔维尔·普拉斯的诗行画像》《普希金：一部十四行诗小说》等则直接将诗歌形式与小说虚构结合起来，让读者既领略诗歌的简洁和韵味，又享受虚构作品的情节刺激。

四、评论界的接受

（一）评论界的态度

文学家生命虚构叙事作为一种颠覆原创性和权威真实性的后现代创作现象，对传记正统写作模式产生了深远影响，虚构风潮甚至直接渗透到学术型传记和正式传记的撰写之中，在评论界掀起过热烈的辩论。

将历史真实人物挪到虚构文本中，很自然地会引起美学和伦理两方面的问题。将历史人物当作虚构人物，也就是将历史的过去当作虚构叙事的这种潜势，确实削弱了历史作为真实体验的某些方面，将我们带回到安德烈斯关于将历史人物看作"伦理主体"（ethical subjects）的这个点上[1]。将经典文学家挪用到虚构作品里，将他们当作一种共同文化想象出来的虚构物，展现了生命虚构的新的可能性，也开启了新的伦理辩论。

一些历史学家、传记作家和评论者站在传记体裁的非虚构立场上，认为文学家生命虚构是一种不负责任的形式，是对传记体裁的玷污。他们认为虚构化威胁到了一种学术研究的传记的可信程度，合格的传记作家应该紧跟事实，限制杜撰式的想象发挥，保持客观，才能产生对他/她的传主负责任的评价。佛克马指出"评论者对于传记作家的小说化趋势并不待见。传记中的虚构，说得好听点是放纵迁就，说得不好听点是离经叛道"[2]。迪（Jonathan Dee）申明"对真切的历史人物的挪用是一种威胁和覆没小说'活性'和'创造力'的'流行病'"[3]。任德思认为一个传记作家最重要的身份是历史学

---

① Andress, David. *Truth, Ethics and Imagination: Thoughts of the Purpose of History*. In Arnold, John, Davies, Kate & Ditchfield, Simon (ed.). *History and Heritage: Consuming the Past in Contemporary Culture*. Dorset: Donhead, 1998: 237–248.

② 原文为"[r]eviewers do not take kindly to a biographer's novelistic tendencies... Fiction in biography, though desired, is at best an indulgence, at worst aberration"。引自 Fokkema, Aleid. *The Author: Postmodernism's Stock Character*. In Franssen, Paul & Hoenselaars, Ton (ed.). *The Author as Character. Representing Historical Writers in Western Literature*. Cranbury, London and Mississauga: Associated UPS, 1999: 42.

③ Dee, Jonathan. The Reanimators: On the Art of Literary Graverobbing. *Harper's Magazine*, 1999: 81.

家，将自己向小说家看齐是一种不可饶恕的罪过①，传记体裁正在受到虚构现象的威胁②。皮特斯呼吁评论界警惕"腹语式传记"的危害，这种传记包含太多的杜撰元素，完全沦为纯粹虚构③。

英国历史学家比弗（Antony Beevor）历数这种事实性虚构的多种风险，他提到其中一点为"当一个小说家决定采用一个重要的历史人物，读者完全不知道哪些是小说家从有记录的事实里拿过来用的，哪些是在他们对事件的再创作中杜撰出来的"④。伍尔夫传记作者李对康宁翰的小说《时时刻刻》持保留意见。作为一位职业传记作家，他对将一个真实人物塑造成一个虚构角色，赋予他/她虚构的思维和言辞持反对态度⑤。施洛恩（John Sloan）也认为真实的王尔德与在性文化和政治副文化语境下为迎合某种特别意图而塑造的王尔德相差甚远⑥。

然而，这些反对者们没有看到，实际上，以小说为主要形式的虚构叙事由于不断地拓展了它自身包容其他叙事形式的能力，已成为生命叙事的一种更加重要的模式⑦。一些批评家甚至提出将生命虚构当作可靠来源的可行性，他们认为"……仍然有各种理由严肃对待生命虚构体裁"⑧，可以将这一文类纳入对文学家和文学家的作品的学术讨论中去，这无疑是一种探索新的研究方法的路径。

一番博弈之后，文学家生命虚构叙事以它在读者和创作者中不可忽视的优势稳固地赢得了评论界的认可，还成为国际文学大奖获奖作家青睐的体裁（2003 年诺贝尔文学奖桂冠得主南非作家库切创作了与笛福相关的生命虚构叙事作品《福》和与陀思妥耶夫斯基相关的《彼得堡的大师》，塞万提斯奖和罗慕洛·加列戈斯国际小说奖获得者卡洛斯·富恩特斯创作了与尼采相关的生命虚构叙事作品《阳台上的尼采》等）。

辩论声主要出现在一些对文类定位模糊的作品中。福勒（Alistair Fowler）

---

① Renders, Hans. *De Zeven Hoofdzonden van de Biografie. Over Biografen, Historici en Journalisten.* Amsterdam: Bert Bakker, 2008: 39.

② 任德思在与纽乌斯布拉德（Historisch Nieuwsblad）的一次采访中谈到这一观点。参见 http://www.historischnieuwsblad.nl/00/hN/nl/156/nieuws/13768/Internationale_biografen_verenigd.html（June 2010）。

③ Peters, Catherine. Secondary Lives: Biography in Conte *The Art of Literary Biography*. Oxford: Clarendon Press, 1995: 45.

④ Beevor, Antony. La Fiction et les Facts: Perils de la "Faction". *Le Débat*, 2011, 3 (165): 31.

⑤ Lee, Hermione. *Body Parts: Essays on Life-Writing*. London: Chatto & Windus, 2005: 36.

⑥ Sloan, John. *Authors in Context. Oscar Wilde*. Oxford: Oxford UP, 2003: 190.

⑦ Keener, John F. *Biography and The Postmodern Historical Novel*. New York: The Edwin Mellen Press, 2001: 239.

⑧ 引自 Hagström, Annika J. Stasis in Darkness: Sylvia Plath as a Fictive Character. *English Studies*, 2009, 90 (1): 35。

等人认为，与历史人物相关的传记创作不能离事实太远，传记作家，即使是文学传记作家都最好要与历史虚构划清界限，不要擅自跨越过去①，但如果开宗明义地宣称是虚构作品，则又另当别论。格林布拉特（Stephen Greenblatt）于 2004 年出版的《世界上的威尔：莎士比亚如何成为莎士比亚》（*Will in the World：How Shakespeare Became Shakespeare*）一书被定位为正式传记，然而，主体却在莎士比亚的想象和格林布拉特自己的想象中来回徜徉②。尽管通俗化和学术化并存是文学家生命虚构的一大优势特点，但这部作品的错误定位既招致传记批评家的诟病，也得到了虚构批评家的颂扬。

　　传记批评家狠批了格林布拉特该作品学术含量的低下，投入太多的臆测和杜撰的成分，而非历史证据③，巴罗（Burrow）认为这本书是一本传记虚构④，而简金斯（Richard Jenkyns）则认为是彻头彻尾的虚构⑤，因而，奥恩（Aune）等人认为这部作品就应该被当作"想象写作"来阅读⑥，格林布拉特运用的主要是想象手法，强调了想象对于读者接近和了解这位充满想象力的伟大作家的重要性。马洛维茨褒称这本书是"想象力的展翅腾飞之作"，它运用那个时代的背景知识，从莎士比亚的作品里寻找线索，创造性地采用了假想的方式跃进了莎士比亚朦胧费解的生命故事，完全可以被视为一种合情合理的尝试⑦。

　　由于越来越多的生命虚构叙事作品开明宗义地宣称自己的虚构性，评论界对它们的接受也越来越正面。尼克拉（Paschalis Nikolaou）断言有证据表明当代学界对历史人物生命故事进行明显的臆测和虚构写作不再受到以前那么多诟病和批判⑧。对这类解构了被假设为真实（hypothetically real）的历史传记类叙事和被预设为虚构（presumably fictional）的文学话语之间的界限的新

---

①　Fowler, Alistair. "Enter Speed：A Feverish Life of Shakespeare, Like History on Amphetamines." Review of Will in the World：How Shakespeare Became Shakespeare, by Stephen Greenblatt. *Times Literary Supplement*, 2005：3 - 5.

②　原文为 "subject veers too much between Shakespeare's imagination and Stephen Greenblatt's own"。引自 Greenblatt, Stephen. *Will in the World：How Shakespeare Became Shakespeare*. New York：Norton, 2004：5.

③　Holderness, Graham. "Author! Author!"：Shakespeare and Biography. *Shakespeare*, 2009, 5 (1)：127.

④　Burrow, Colin. "Who Wouldn't Buy It?" Review of Will in the World, by Stephen Greenblatt. *London Review of Books*, 2005, 27 (2)：9.

⑤　Jenkyns, Richard. "Bad Will Hunting". Review of Will in the World, by Stephen Greenblatt. *The New Republic*, 2004：22.

⑥　Aune, M. G. Crossing the Border：Shakespeare Biography, Academic Celebrity, and the Reception of Will in the World. *Borrowers and Lenders*, 2006, 2 (2).

⑦　Marowitz, Charles. Stephen Greenblatt's Will in the World. *Swans Commentary*, 2005.

⑧　Nikolaou, Paschalis. *Notes on Translating the Self*. In *Translation and Creativity：Perspectives on Creative Writing and Translation Studies*, Continuum. London and New York, 2006：20.

兴文类而言，厘清和正确定位自己的文类属性会对作品的接受产生重要影响，这也是本书的一个重要研究目标。

（二）文学批评范式的转移

传记和历史叙事力图将传主当作客体，撰写关于被立传者的"客观人生"（life of objectivity），这在后现代语境中几乎是一种不可能的事业。被立传者是一个有思想、有感情的主体，生命叙事就是对他们的"主观人生"（life of subjectivity）的想象。干瘪的史实是既有的、不变的、唯一的、外在的。史实更加强调的是这些历史人物在世时的所作所为和伟大功绩，也就是外在的"doing"。而历史主体的内心是"无法被记录的"。生命虚构叙事作品中的虚构因子侧重的正是这些历史主体的"不可记录和不曾被记录的内心"，它表现的是生命虚构主体与创作生命虚构的作家之间的主体间忙交互，是两者的所思所感和生存状态，也就是内在的"being"。

伴随着近期虚构文类中对作者作为人物这一主题越来越迷恋的创作现象，作者在当代文学批评中也得到重生①，引起了文学批评范式的转移，这与本涅特（Andrew Bennett）对"作者身份如何成为目前正在被概念化和理论化的批评实践的中心议题"的反思②不无联系。20世纪60年代末罗兰·巴特推出"作者已死"这一观念时提到，"写作就是对每一种话语的毁坏，对每一源点的毁坏。某个事实一旦被叙述……写作与话语，写作与来源之间就脱离了关系，话语就是去了它的本源，作者就进入自己的死亡状态，写作开始"③。之后，巴特式的观念很快风靡，成为后现代范式中的主导概念。

在主体性被这种范式宣称的自由人文主义和后现代主义原则削弱的情况下，文化和文学的生产不仅强调艺术家个人的消失，而且强调历史和文学再创作过程中缺位、分离和沉默的普遍盛行。然而，现今的生命虚构热潮却对这一后现代理念提出挑战，为任何创作过程之后的积极主体的存在进行正名和辩护，形成"后—后现代"对后现代的反拨。如果说越来越多的批评声音对后现代需要"主体，一个（恰到好处的）艺术形态"的合法性提出质疑④，那么作家在当代生命虚构文类，继而在批评理论中的再生恰好与主体的伦理转向批评重合在了一起。

---

① Lara-Rallo, Carmen. The Rebirth of the Musical Author in Recent Fiction Written in English. *Authorship*, 2012, 1（2）: 2.

② Bennett, Andrew. *The Author*. London and New York: Routledge, 2005: 109.

③ 原话为"writing is the destruction of every voice, of every point of origin. As soon as a fact is narrated... this disconnection occurs, the voice loses its origin, the author enters into his own death, writing begins"。引自 Barthes, Roland. *The Death of the Author*. In Lodge, David（ed.）. *Modern Criticism and Theory: A Reader*. London and New York: Longman, 1988: 172.

④ 原文为"the subjective, a modality that... is［apropos］of art"。引自 Martin, Michael. Taking on Being: Getting Beyond Postmodern Criticism. *The Midwest Quarterly*, 2009, 51（1）: 90.

　　对于作家和作家身份的创作关注也引发了相关的学术批评。在这个与读者更加友好的后现代新阶段，罗兰·巴特的"作者已死"理念已逐渐消退①。在第一小波生命虚构热潮之后，巴特自己也开始承认，"也许主体回来了，不是以幻觉的形式，而是以虚构的形式"②。巴特死后，虽然肉身的巴特早已离我们远去，但被"文本化"（textualize）的巴特生生不息，千变万化，他自己写过的文本以及他本人也都成了文本。20世纪80年代末，作为学术批评家的洛奇就站在作家的角度，对基于文本的批评持反对姿态，为以作家为中心的小说创作和接受提出有力的理由和例证③，接着在后来的生命虚构实践中，以实际行动反对了"作者已死"的观念。

　　正如道金斯在《自私的基因》中所提到的，只要当《论语》还有人读，孔子就没有死去；当《命运》交响曲还在回响，贝多芬就仍然活着（Dawkins，1976），我们说，只要作家或作家的作品仍然在被虚构或被重写，他们就仍然活着。目前，可以说从作为名人的文学家到生命虚构中作为普通人的文学家再到文学批评中对文学家身份这一概念的再认识，创作界和评论界经历和见证了文学家在各个层面上的卷土重来。

　　事实上，我们在阅读生命虚构叙事文本时，阅读到的不只是一个文本，而是众多文本的交响曲、多重唱与变奏曲。因而，从另一个角度来说，生命虚构碾压"评论""学术著作"和"传记"，在创造出历史和当代文学家的人生和文学理论的同时，将更深层次的文化、社会、哲学理念融入其中。倘若真如巴特在其预言中所料，作为绝对专制的作家成为"被消失"的主体，那么作为虚构人物出现在生命虚构叙事作品里的文学家似乎既满足了作家在认识论上的放逐，又满足了作家在心理上的回归需要。

　　在某种意义上，生命虚构叙事在20世纪末和21世纪初的热潮绝不是"作者已死"，而是纯虚构的"小说已死"。生命虚构叙事创作的典范作家大卫·洛奇在生命虚构叙事高潮出现前，就在他的"卢密奇学院三部曲"中做出预示——《换位：双校记》（Changing Places：A Tale of Two Campuses，1975）中的主人公斯沃娄（Philip Swallow）在故事结尾处说："小说正在走向消亡，我们也将随它而去。"《小世界：学者罗曼史》（Small World：An Academic Romance，1984）中，小说家弗罗比舍对"小说死了吗"这一提问的回答是："和我们所有人一样，小说从诞生之日起就在迈向死亡。"④

---

　　① 参照 Kirchknopf，Andrea．The Future of the Post-Victorian Novel：A Speculation in Genre．*HJEAS*，2011，17（2）：137。

　　② 引自 Barthes，Roland．*Roland Barthes by Roland Barthes*．Paris：Seuil，1975：62。

　　③ Lodge，David．*After Bakhtin：Essays on Fiction and Criticism*．London：Routledge，1990：19。

　　④ Lodge，David．A David Lodge Trilogy—*Changing Places：A Tale of Two Campuses*（1975），*Small World：An Academic Romance*（1984），*Nice Work：A Novel*（1988）．London：Penguin，1993：217，408。

附　录

隐性生命虚构叙事作品列表

作品，出版年份	作者
The Masterfolk，1903	Halcane Macfall
A Call: The Tale of Two Passions，1910	Ford Madox Ford
The World's Slow Stain，1904	Ella Hepworth Dixon
The Rose of Life，1905	Mary Elizabeth Braddon
Passion's Peril: A Romance，1906	John Stuart-Young
The Reluctant Lover，1912	Stephen McKenna
After Such Kindness，2012	Gaynor Arnold
Young Villain with Wings，1953	Rayne Kruger
The Passionate Rebel，1930	Kasimir Edschmid
Glenarvon，1816	Lady Caroline Lamb
Nightmare Abbey，1818；2007	Thomas Love Peacock
Melincourt: Or, Sir Oran Hau-Ton，1817	Thomas Love Peacock
The Tragic Muse，1890	Henry James
The Mandarins，1954	Simone de Beauvoir
Two or Three Graces，1926	Aldous Huxley
Mercy Philbrick's Choice，1876	Helen Hunt Jackson
The Apes of God，1930；1981	Wyndham Lewis
"Bartleby, the Scrivener" in the Piazza Tales，1856；1996	Herman Melville
The Amazing Marriage，1895	George Meredith
The Egoist，1879；2014	George Meredith
The Confidence-Man: His Masquerade，1857；2007	Herman Melville
Childermas，1928；2001	Wyndham Lewis

（续上表）

作品，出版年份	作者
Venetia：A Psychological Romance，1837	Benjamin Disraeli
The Cruel Painter：A Short Story，1864	George MacDonald
Moods，1864；1991	Louisa May Alcott
The Lady of the Aroostook，1879	William Dean Howells
The Aspern Papers，1888	Henry James
The Green Carnation，1894；2013	Robert Hichens
The Marriage of William Ashe，1905	Mary Augusta Ward
The Magician，1908	Somerset Maugham
Point Counter Point，1928	Aldous Huxley
Cakes and Ale：Or，the Skeleton in the Cupboard，1930；2000	Somerset Maugham
Black Bethlehem，1947	Lettice Ulpha Cooper
The Boy Who Made Good，1955	Mary Deasy
Breakfast of Champions：A Novel，1973；1999	Kurt Vonnegut
The Poet Assassinated，1972；2000	Guillaume Apollinaire
Possession：A Romance，1990	A. S. Byatt
The Children's Book，2009	A. S. Byatt
Sweet Water，1998	Kathryn Kramer
The Summer of 39：A Novel，1998	Miranda Seymour
Jack Maggs：A Novel，1997	Peter Carey
My Dear Charlotte：With the Assistance of Jane Austen's Letters，2009	Holt Hazel
The Stranger's Child，2012	Alan Hollinghurst
Frances and Bernard，2013	Carlene Bauer
Male and Female，1933	James L. Grant
Alison's House，1930	Susan Glaspell
Memoirs of Emma Courtney，1796；2009	Mary Hays
The Vampire：A Tale，1819	J. W. Polidori
Frankenstein：Or，The Modern Prometheus，1818	Mary Shelley
The Last Man，1828	Mary Shelley

（续上表）

作品，出版年份	作者
Lodore，1835	Mary Shelley
The Visionary，1834	Edgar Allan Poe
A Dance to the Music of Time，1951—1976	Anthony Powell
Fortitude，1913	Hugh Walpole
Hans Frost，1929	Hugh Walpole
Edmund Oliver，1798	Charles Lloyd
John Cornelius，*His Life & Adventures*，1937	Hugh Walpole
The Torches Flare，1928	Stark Young
Life with Swan：*A Novel*，1999	Paul West
My Policeman，2012	Bethan Roberts
Buddenbrooks：*The Decline of a Family*，1901	Thomas Mann
Save Me the Waltz，1932	Zelda
The Bell in the Fog，1905	Gertrude Atherton
The Beautiful and Damned，1922	F. Scott Fitzgerald
A Luncheon Party，1925	Maurice Baring
Glass Mountain，1930	Joseph Warren Beach
"*Maltby and Braxton*" in *Seven Men*，1919	Max Beerbohm
"*Walter Argallo and Felix Ledgett*" in *a Variety of Things*，1928	Max Beerbohm
The Dust Which Is God，1941	William Rose Benet
Robin Linnet，1919	Edward Frederic Benson
A Question of Proof：*A Nigel Strangeways Mystery*，1935；2000	Nicholas Blake
Olando：*A Biography*，1925	Virginia Woolf
Women，1992	Philippe Sollers
Broderie Anglaise，1935；1985	Violet Trefusis
My Home Is Far Away，1944；1998	Dawn Powell
Down Among the Women，1971	Fay Weldon
Poison：*A Novel*，2006	Susan Schaeffer
The Sun Also Rises，1926	Earnest Hemingway
After Leaving Mr. Mackenzie，1930	Jean Rhys

（续上表）

作品，出版年份	作者
The Quartet，1928	Jean Rhys
Death of a Hero，1929	Richard Aldington
Stepping Heavenward：A Record，1931	Richard Aldington
Crotchet Castle，1831；2014	Thomas Love Peacock
Headlong Hall，1816	Thomas Love Peacock
Maid Marian，1822；2014	Thomas Love Peacock
Barred，1932	Jean Lenglet
Moods，1865	Louisa May Alcott
Work：A Story of Experience，1874；1994	Louisa May Alcott

经典的文学家死亡虚构叙事作品列表

作品，出版年份	作者
The Death of Virgil, 1945；1995	Hermann Broch
ABBA ABBA, 1977	Anthony Burgess
A Season in Abyssinia：An Impersonation of Arthur Rimbaud, 1979	Paul Strathern
Mark Twain Remembers, 1999	Thomas Hauser
An Imaginary Life, 1977	David Malouf
Nietzsche's Kisses：A Novel, 2006	Lance Olsen
Tamburlaine Must Die, 2004	Louise Welsh
Katherine's Wish, 2012	Linda Lappin
The Intelligencer, 2004	Leslie Silbert
Brecht's Mistress：A Novel, 2006	Jacques-Pierre Amette
The Slicing Edge of Death：Who Killed Christopher Marlowe?, 1993	Judith Cook
A Season in Abyssinia：An Impersonation of Arthur Rimbaud, 1979	Paul Strathern
The Death of Christopher Marlowe, 1925	J Leslie Hotson
Death and the Author：How D. H. Lawrence Died, and Was Remembered, 2008	David Ellis
Midnight Dreary：The Mysterious Death of Edgar Allan Poe, 1998	John Evangelist Walsh
Nevermore：A Novel of Edgar Allan Poe and Allan Pinkerton, 2012	Brent Monaha
Finding Poe, 2012	Leigh M. Lane
Emily's Secret：A Writer...A Love Story...A Curse...A Diary...A Secret..., 1995	Jill Jones
The Death of a Joyce Scholar：A Peter McGarr Mystery, 2002	Bartholomew Gill

（续上表）

作品，出版年份	作者
Darkling I Listen：The Last Days and Death of John Keats，1999	John Evangelist Walsh
The Mysterious Death of Miss Jane Austen，2013	Lindsay Ashford
The Whirlpool，1986；2001	Jane Urquhart
"The Death of Robert Browning" in Storm Glass，1987；2000	Jane Urquhart
Immortality，1990	Milan Kundera
The Year of the Death of Ricardo Reis，1991	José Saramago
Journey in Blue：A Novel About Hans Christian Andersen，2003	Stig Dalager
The Last Three Days of Fernando Pessoa：A Delirium，1994	Antonio Tabucchi
A Man of Parts，2011	David Lodge
Hotel de Dream：A New York Novel，2008	Edmund White
Finding Poe，2012	Leigh M. Lane
The Last Station：A Novel of Tolstoy's Last Year，2009	Jay Parini
The Last Days of Kafka，2012	Colin Cohen
To the Hermitage，2001	Malcolm Bradbury
The Last Days of William Shakespeare：A Novel，1991	Vlady Kociancich
The Death of Beatrix Potter，2012	Candace Byrne
The Final Recollections of Charles Dickens：A Novel，2014	Thomas Hauser
Plato：Letters to My Son，2013	Neel Burton
Drood，2009	Dan Simmons
The Fifth Heart，2016	Dan Simmons
Pushkin's Button：A Novel，1995	Serena Vitale
Death of a Poet：A Novel of the Last Years of Alexander Pushkin，1945	Leonid Grossman

经典的学术圈生命虚构叙事作品列表

作品，出版年份	作者
The Seeker：A Novel，2014	R. B. Chesterton
In the Shadow of Edgar Allan Poe，2003	Jonathon Scott Fuqua
The Lost Papers of Sylvia Plath：A Novel，2009	Grace Medlar
The Book of Air and Shadows，2008	Michael Gruber
The Intelligencer，2004	Leslie Silbert
The Grave Tattoo，2006	Val McDermid
Arcadiam，1995	Tom Stoppard
Nothing Like the Sun：A Story of Shakespeare's Love Life，1964；1996；2013	Anthony Burgess
Changing Heaven，1990	Jane Urquhart
Chatterton，1987	Peter Ackroyd
First Folio：A Literary Mystery，2011	Scott Evans
The Charles Dickens Murders，1998	Edith Skom
The Mark Twain Murders，1989	Edith Skom
The George Eliot Murders，1995	Edith Skom
Swann，1987	Carol Shields
The Sonnet Lover：A Novel，2007	Carol Goodman
Chasing Shakespeares：A Novel，2004	Sarah Smith
Childish Love：A Novel，2011	Benjamin Markovits
Emily Dickinson Is Dead：A Homer Kelly Mystery，1985	Jane Langton
The Line of Beauty，2004	Alan Hollinghurst
The Mystery of the Milton Manuscript：A Novel，2014	Barry Libin
First Impressions：A Novel of Old Books，Unexpected Love，and Jane Austen，2014	Charlie Lovett
The Sherlockian，2010	Graham Moore
To the Hermitage，2001	Malcolm Bradbury
Thieves，2004	Janice Kulyk Keefer

（续上表）

作品，出版年份	作者
Dear Dante：A Novel，2006	Anthony Maulucci
Amherst：A Novel，2015	William Nicholson
Discovering Will's Lost Years and the Marlowe-Shakespeare Lost Play：Uncovering 16th and 21st-Century Mystery，Treachery and Obsession，2014	Richard J. Noyes
The Shakespeare Deception，2011	Nancy Hughes Clark
Daphne：A Novel，2006	Justine Picardie
Death and Deconstruction，1995	Anne Fleming
Chameleon in a Mirror，2014	Ruth Nestvold

带有注解的典型文学家生命虚构叙事作品列表

作品，出版年份	作者
The Dracula Dossie: A Novel of Suspenser, 2008	James Reese
Wainewright the Poisoner, 2000	Andrew Motion
Illustrious Exile: Journal of My Sojourn in the West Indies by Robert Burns, Esq. Commenced on the First Day of July 1786, 2006	Andrew O. Lindsay
Possession: A Romance, 1990	A. S. Byatt
Nobody's Secret, 2013	Michaela MacColl
Jonathan Strange & Mr. Norrell, 2004	Susanna Clarke
Oracle Night: A Novel, 2009	Paul Auster
Lord Byron's Novel: The Evening Land, 2006	John Crowley
The Tragedy of Arthur, 2011	Philips Arthur
The Shakespeare Diaries: A Fictional Autobiography, 2007	J. P. Wearing
Jane and the Unpleasantness at Scargrave Manor, 1996	Stephanie Barron
The Paris Wife, 2011	Paula McLain
Your Own, Sylvia: A Verse Portrait of Sylvia, 2008	Stephanie Hemphill
Young Pushkin: A Novel, 2007	Yury Tynyanov
Henry James' Midnight Song, 1993	Carolyn Chellis Hill
The Diary of Emily Dickinson, 1996	Jamie Fuller
Emily Dickinson in Love: The Case for Otis Lord, 2012	John Evangelist Walsh
Betray the Night: A Novel About Ovid, 2009	Benita Kane Jaro
The Marlowe Conspiracy: A Novel, 2010	M. G. Scarsbrook
Wintering, 2009	Kate Moses
Jane, Actually or Jane Austen's Book Tour, 2013	Jennifer Petkus
The Shakespeare Stealer, 1998	Gary Blackwood
Shakespeare's Scribe, 2000	Gary Blackwood
Shakespeare's Spy, 2003	Gary Blackwood
Shaker of the Speare, 2005	Ross Jackson
The Shakespeare Conspiracy: A Novel, 2010	Ted Bacino
The Man Who Was Dorian Gray, 2000	Jerusha McCormack

詹姆斯生命虚构叙事作品列表

作品，出版年份	作者
The Master，2004	Colm Tóibín
Henry James Goes to Paris，2007	Peter Brooks
Emily Hudson，2010	Melissa Jones
Lions at Lamb House，2007	Jr. Edwin M. Yoder
The Maze at Windermere，2018	Gregory Blake Smith
The Great Divide：A Novel，2015	Rex Hunter
Burning the Aspern Papers，2003	John Drury
Alice in Bed，1993	Susan Sontag
The Master's Ring，2003	Joseph Epstein
What Alice Knew：A Most Curious Tale of Henry James and Jack the Ripper，2010	Paula Marantz Cohen
Wild Nights！，2008	Joyce Carol Oates
An（Unfortunate）Interview with Henry James，2005	Cynthia Ozick
"Silence" from the Collection the Empty Family，2010	Colm Tóibín
The James Boys：A Novel Account of Four Desperate Brothers，2008	R. Liebmann-Smith
Hotel de Dream，2007	E. White
A Man of Parts，2011	David Lodge
Author，Author，2004	David Lodge
Dictation，2008	Cynthia Ozick
The Typewriter's Tale，2005	Michiel Heyns
Portrait of a Novel：Henry James and the Making of an American Masterpiece，2013	Michael Gorra
The Line of Beauty，2004	Alan Hollinghurst
Henry James' Midnight Song，1993	Carol de Chellis Hill
The Open Door，2008	Elizabeth Maguire
The Haunting of Lamb House，1993	Joan Aiken

（续上表）

作品，出版年份	作者
Felony，2003	Emma Tennant
Sweet Water，1998	Kathryn Kramer
Da Vinci's Bicycle，1979	Guy Davenport
The Bell in the Fog，1905	Gertrude Atherton
Boon，1915	H. G. Wells
Night and Day，1920	Virginia Woolf
Lady Tal，1893	Vernon Lee
Robin Linnet，1919	Edward Benson
Childermas，1928；2001	Wyndham Lewis
Fortitude，1913	Hugh Walpole

参考文献

一级文献（生命虚构叙事作品、传记与书信等）

Ackroyd，Peter. *The Last Testament of Oscar Wilde*. London：Penguin Books，1993.

Arnold，Gaynor. *Girl in a Blue Dress：A Novel Inspired by the Life and Marriage of Charles Dickens*. London：Profile Books Limited，2008.

Austen，Jane. *Jane Austen's Letters*. Oxford：Oxford University Press，1995.

Austen，Jane. *Persuasion*. Oxford：Oxford University Press，1965.

Bainbridge，Beryl. *According to Queeney*. London：Abacus，2002.

Barber，Ros. *The Marlowe Papers*. New York：St. Martin's Griffin，2014.

Bolt，Rodney. *History Play：The Lives and Afterlife of Christopher Marlowe*. New York：Bloomsbury Publishing，2008.

Cohen，Paula Marantz. *What Alice Knew：A Most Curious Tale of Henry James and Jack the Ripper*. Naperville：Sourcebooks Landmark，2010.

Coetzee，John Michael. *The Master of Petersburg*. New York：Penguin Books，1995.

Crowe，Dan. *Dead Interviews：Living Writers Meet Dead Icons*. London：Granta Books，2013.

Dyer，Geoff. *Out of Sheer Rage：Wrestling with D. H. Lawrence*. London：Picador，2007.

Fish，Laura. *Strange Music*. London：Random House UK，2009.

Fitzgerald，Penelope. *The Blue Flower*. Boston：Mariner Books，1990.

Gordon，Lyndall. *A Private Life of Henry James：Two Women and His Art*. New York and London：Norton，1998.

Greenblatt，Stephen. *Will in the World：How Shakespeare Became Shakespeare*. New York：Norton，2004.

Heyns，Michiel. *The Typewriter's Tale*. Johannesburg：Jonathan Ball，2005.

Holland，Merlin. *Coffee with Oscar Wilde*. London：Duncan Baird Publishers，2007.

Holloway, C. Robert. *The Unauthorized Letters of Oscar Wilde*: *A Novel*. Princeton: Xlibris, 1997.

Holt, Hazel. *My Dear Charlotte*: *With the Assistance of Jane Austens Letters*. New York: Coffeetown Press, 2009.

Kulyk Keefer, Janice. *Thieves*. Sydney: Harper Collins, 2004.

Kundera, Millan. *Immortality*. New York: Harper Perennial Modern Classics, 1990.

Küng, Dinah Lee. *A Visit from Voltaire*. Switzerland: Eyes and Ears, 2011.

Lodge, David. *Author, Author*. London: Secker and Warburg, 2004.

Lodge, David. *The Year of Henry James*: *The Story of a Novel*. London: Harvill Secker, 2006.

Moses, Kate. *Wintering*: *A Novel of Sylvia Plath*. New York: Anchor, 2003.

Motion, Andrew. *Wainewright the Poisoner*. Chicago: University of Chicago Press, 2000.

Nye. Robert. *The Late Mr. Shakespeare*: *A Novel*. New York: Random House, 2001.

Ozick, Cynthia. An (Unfortunate) Interview with Henry James. *The Threepenny Review*, 2005.

Parini, Jay. *The Passages of Herman Melville*. New York: Doubleday, 2010.

Palliser, Charles. *The Quincunx*. London: Penguin, 1990.

Pearl, Matthew. *The Last Dickens*. New York: Random House, 2010.

Rosenthal, Amy. *On the Rocks* (*Oberon Modern Plays*). New York: Bloomsbury USA, 2009.

Saramago, José. *The Year of the Death of Ricardo Reis*. Boston: Mariner Books, 1992.

Sheck, Laurie. *The Monster's Notes*. New York: Knopf, 2012.

Sinclair, Iain & McKean, Dave. *Slow Chocolate Autopsy*. London: Phoenix, 1997.

Stoppard, Tom. *The Invention of Love*. New York: Grove Press, 1997.

Tennant, Emma. *Felony*: *The Private History of the Aspern Papers*. London: Jonathan Cape, 2002.

Woolf, Virginia. *Flush*: *A Biography*. 1933. New York: Harcourt Brace Jovanovich, 1983.

Welsh, Louise. Robert Louis Stevenson (The Dead Interview). *Zembla Magazine*, 2004.

White, Edmund. *Hotel de Dream*. London：Bloomsbury，2007.

Yoder, Edwin M., Jr. *Lions at Lamb House：Freud's "Lost" Analysis of Henry James*. New York：Europa，2007.

二级文献（国外专著、期刊、博士论文等）

国外专著

Alber, Jan, Nielsen, Henrik Skov & Richardson, Brian. *A Poetics of Unnatural Narrative*. Columbus：Ohio State University Press，2013.

Avery, Simon & Stott, Rebecca. *Elizabeth Barrett Browning*. London：Longman，2003.

Backscheider, Paula. *Reflections on Biography*. Oxford：Oxford University Press，1999.

Bailey, Anthony. *A View of Delft：Vermeer Then and Now*. London：Pimlico-Random House，2002.

Banks, S. P. & Banks, A. *Fiction & Social Research：By Fire or Ice*. Walnut Creek：AltaMira Press，1998.

Benton, Michael. *Literary Biography：An Introduction*. London：Wiley-Blackwell，2009.

Bloom, Harold. *The Western Canon：The Books and School of the Ages*. New York：Harcourt Brace，1994.

Bloom, Harold. *The Anxiety of Influence：A Theory of Poetry*. Oxford and New York：Oxford University Press，1996.

Boldrini, Lucia & Davies, Peter（ed.）. *Comparative Critical Studies：Autobiografictions, Comparatist Essays*. Edinburgh：Edinburgh University Press，2003.

Boldrini, Lucia. *Autobiographies of Others：Historical Subjects and Literary Fiction*. New York and Abingdon：Routledge，2012.

Boldrini, Lucia & Novak, Julia. *Experiments in Life-Writing：Intersections of Auto/Biography and Fiction*. Basingstoke：Palgrave Macmillan，2017.

Burke, Seán. *The Death and Return of the Author：Criticism and Subjectivity in Barthes, Foucault and Derrida*. Edinburgh：Edinburgh University Press，1992.

Byatt, A. S. *On Histories and Stories：Selected Essays*. Cambridge：Harvard University Press，2001.

Clifford, James. *From Puzzles to Portraits*. Chapel Hill：North Carolina University Press, 1970.

Cohn, Dorrit. *The Distinction of Fiction*. Baltimore: Johns Hopkins University Press, 1999.

Connor, Steven. *The English Novel in History* 1950—1995. London: Routledge, 1996.

Davies, Helen. *Gender and Ventriloquism in Victorian and Neo-Victorian Fiction*. Houndmills, Basingstoke: Palgrave Macmillan, 2012.

de Groot, Jerome. *The Historical Novel*. London: Routledge, 2010.

DiBattista, Maria. *Imagining Virginia Woolf. An Experiment in Critical Biography*. Princeton and Oxford: Princeton UP, 2009.

Doležel, Lubomir. *Possible Worlds of Fiction and History*. Baltimore: Johns Hopkins UP, 2010.

Downie, J. A. & Parnell, J. T. *Constructing Christopher Marlowe*. Cambridge, 2000.

Elam, Diane. *Romancing the Postmodern*. London and New York: Routledge, 1992.

English, James F. *The Economy of Prestige: Prizes, Awards and the Circulation of Cultural Value*. Cambridge: Harvard University Press, 2005.

Fletcher, Richard & Hanink, Johanna (ed.). *Creative Lives in Classical Antiquity*. Cambridge and New York: Cambridge University Press, 2016.

Franklin, R. *A Thousand Darknesses: Lies and Truth in Holocaust Fiction*. New York: Oxford University Press, 2011.

Franssen, Paul & Ton, Hoenselaars. *The Author as Character: Representing Historical Writers in Western Literature*. Madison: Fairleigh Dickinson University Press, 1999.

Franssen, Paul. *Shakespeare's Literary Lives: The Author as Character in Fiction and Film*. Cambridge: Cambridge University Press, 2016.

Franssen, Paul & Edmondson, Paul. *Shakespeare and His Biographical Afterlives*. Oxford and New York: Berghahn Books, 2020.

Genette, Gérard. *Palimpsestes: La littérature au Second Degré*. Paris: Editions du Seuil, 1982.

Genette, Gérard. *Narrative Discourse Revisited*. Ithaca: Cornell University Press, 1988.

Goldschmidt, Nora. *Afterlives of the Roman Poets: Biofiction and the Reception of Latin Poetry*. Cambridge: Cambridge University Press, 2019.

Griffin, Susan M. *All a Novelsit Needs. Colm Tóibín on Henry James*. Baltimore: The Johns Hopkins University Press, 2010.

Gunn, James E. *The New Encyclopedia of Science Fiction*. New York: Viking, 1988.

Gutleben, Christian. *Nostalgic Postmodernism: The Victorian Tradition and the Contemporary British Novel*. Amsterdam & New York: Rodopi, 2001.

Hadley, Louisa. *Neo-Victorian Fiction and Historical Narrative: The Victorians and Us*. Hampshire: Palgrave Macmillan, 2010.

Haffen, Aude & Guiheneuf, Lucie. *Writers' Biographies and Family Histories in 20th- and 21st-Century Literature*. Newcastle: Cambridge Scholars Publishing, 2018.

Heilmann, Ann & Llewellyn, Mark. *Neo-Victorianism: The Victorians in the Twenty-First Century, 1999 – 2009*. Basingstoke and New York: Palgrave Macmillan, 2010.

Holmes, Frederick M. *The Historical Imagination: Postmodernism and the Treatment of the Past in Contemporary British Fiction*. Victoria, BC: University of Victoria, 1997.

Hutcheon, Linda. *A Poetics of Postmodernism: History, Theory, Fiction*. New York and London: Routledge, 1992.

Iser, Wolfgang. *The Fictive and the Imaginary: Charting Literary Anthropology*. Baltimore: Johns Hopkins University Press, 1993.

Jacobs, Naomi. *The Character of Truth. Historical Figures in Contemporary Fiction*. Carbondale and Edwardsville: Southern Illinois University Press, 1990.

Jolly, Margaretta. *The Encyclopedia of Life Writing. Autobiographical and Biographical Forms*. London and New York: Routledge, 2001.

Klimek, Sonja. *Metalepsis in Popular Culture*. Berlin: De Gruyter, 2011.

Magid, Annette M. *Wilde's Wiles: Studies of the Influences on Oscar Wilde and His Enduring Influences in the Twenty-First Century*. Newcastle: Cambridge Scholars Publishing, 2013.

Kaplan, Cora. *Victoriana: Histories, Fictions, Criticism*. Edinburgh: Edinburgh UP, 2007.

Keen, Suzanne. *Romances of the Archive in Contemporary British Fiction*. Toronto: University of Toronto Press, 2001.

Kingston, Angela. *Oscar Wilde as a Character in Victorian Fiction*. Basingstoke and New York: Palgrave Macmillan, 2007.

Kirchknopf, Andrea. *Rewriting the Victorians: Modes of Literary Engagement with the 19th Century*. Jefferson, North Carolina: McFarland, 2013.

Kovács, Ágnes Zsófia. *Literature in Context: Strategies of Reading American Novels: Essays.* Szeged: JATE Press, 2010.

Kramer, John E. *The American College Novel: An Annotated Bibliography.* New York: Garland, 1981.

Kramer, John E. Jr. *Academe in Mystery and Detective Fiction.* Lanham: Scarecrow Press, 2000.

Krämer, Lucia. *Oscar Wilde in Roman, Drama und Film: Eine Medien-komparatistische Analyse Fiktionaler Biographien.* Frankfurt: Peter Lang, 2003.

Kucich, John & Sadoff, Dianne F. *Victorian Afterlife: Postmodern Culture Rewrites the Nineteenth Century.* Minneapolis: University of Minnesota Press, 2000.

Kusek, Robert. *Authors on Authors: In Selected Biographical-Novels-About-Writers.* Kracow: Jagiellonian University Press, 2013.

Lackey, Michael. *Truthful Fictions: Conversations with American Biographical Novelists.* London: Bloomsbury, 2017.

Lackey, Michael. *Biofictional Histories, Mutations and Forms.* London: Taylor & Francis, 2016.

Lackey, Michael. *Biographical Fiction: A Reader.* New York: Bloomsbury, 2017.

Lackey, Michael. *Conversations with Biographical Novelists: Truthful Fictions Across the Globe.* New York: Bloomsbury Publishing, 2018.

Layne, Bethany. *Henry James in Contemporary Fiction: The Real Thing.* Basingstoke: Palgrave, 2020.

Lee, Hermione. *Biography: A Very Short Introduction.* Oxford: Oxford University Press, 2009.

Lee, Hermione. *Body Parts: Essays on Life-Writing.* London: Pimlico, 2008.

Letissier, Georges. *Rewriting: Plural Intertextualities.* Newcastle: Cambridge Scholars Publishing, 2009.

Lowe, Alice. *Virginia Woolf in Contemporary Fiction.* London: Cecil Woolf, 2010.

Maass, Donald. *Writing 21st Century Fiction: High Impact Techniques for Exceptional Storytelling.* New York: Writers Digest Books, 2012.

Margaretta, Jolly. *The Encyclopaedia of Life Writing. Autobiographical and Biographical Forms.* London and New York: Routledge, 2001.

Middeke, Martin & Huber, Werner. *Biofictions: The Rewriting of Romantic*

Lives in Contemporary Fiction and Drama. Woodbridge and Rochester： Boydell & Brewer Inc. ， 1999.

Miller, Nancy K. *Getting Personal*： *Feminist Occasions and other Autobiographical Acts*. New York： Routledge, 1991.

Moi, Toril. *Sexual/Textual Politics*： *Feminist Literary Theory*. London and New York： Methuen, 1986.

Monluçon, Anne-Marie & Salha, Agath. *Fictions Biographiques*, *Xixe-Xxie Siècles*. Toulouse： Presses Universitaires du Mirail, 2007.

Moraru, Christian. *Rewriting*： *Postmodern Narrative and Cultural Critique in the Age of Cloning*. Albany： State University of New York Press, 2001.

Morrison, Jago. *Contemporary Fiction*. London： Routledge, 2003.

Noyes, Robert Gale. *The Thespian Mirror*： *Shakespeare in the Eighteenth-Century Novel*. London： Greenwood Press, 1974.

O'Sullivan, Maurice J. *Shakespeare's Other Lives*： *An Anthology of Fictional Depictions of the Bard*. Jefferson： McFarland & Co Inc. ， 2005.

Peeples, Scott. *The Afterlife of Edgar Allan Poe*. Rochester： Camden House, 2004.

Richardson, Brian. *Unnatural Voices*： *Extreme Narration in Modern and Contemporary Fiction*. Columbus： Ohio State University Press, 2006.

Rintoul, M. C. *Dictionary of Real People and Places in Fiction*. London and New York： Routledge, 1993.

Robinson, Alan. *Narrating the Past*： *Historiography*, *Memory and the Contemporary Novel*. Basingstoke： Palgrave Macmillan, 2011.

Robinson, Robert. *Landscape with Dead Dons*. London： Back-In-Print Books Ltd. ， 2006.

Ronen, Ruth. *Possible Worlds in Literary Theory*. Cambridge： Cambridge University Press, 1994.

Saunders, Max. *Self Impression*： *Life-Writing*, *Autobiografiction*, *and the Forms of Modern Literature*. Oxford： Oxford University Press, 2010.

Savu, Laura E. *Postmortem Postmodernists*： *The Afterlife of the Author in Recent Narrative*. Madison： Fairleigh Dickinson UP, 2009.

Schabert, Ian. *In Quest of the Other Person*： *Fiction as Biography*. Tübingen： Francke, 1990.

Tintner, Adeline R. *Edith Wharton in Context*： *Essays on Intertextuality*. Tuscaloosa： The University of Alabama Press, 1999.

Todorov, Tzvetan, Trans. Howard, Richard. *The Fantastic*： *A Structural*

Approach to a Literary Genre. New York: Cornell University Press, 1975.

White, Hayden. *The Content of the Form: Narrative Discourse and Historical Representation.* Baltimore and London: Johns Hopkins University Press, 1987.

国外期刊

Alber, Jan. Impossible Storyworlds—And What to Do with Them. *Storyworlds*, 2009 (1).

Alber, Iversen, Nielsen & Richardson. Unnatural Narratology, Unnatural Narratives: Beyond Mimetic Models. *Narrative*, 2010, 18 (2).

Atwood, Margaret. In Search of Alias Grace: On Writing Canadian Historical Fiction. *The American Historical Review*, 1998, 103 (5).

Barber, Rosalind. Exploring Biographical Fictions: The Role of Imagination in Writing and Reading Narrative. *Rethinking History: The Journal of Theory and Practice*, 2010, 14 (2).

Bell, Alice & Alber, Jan. Ontological Metalepsis and Unnatural Narratology. *Journal of Narrative Theory*, 2012, 42 (2).

Benton, Michael. Literary Biography: The Cinderella of Literary Studies. *The Journal of Aesthetic Education*, 2005, 39 (3).

Benton, Michael. Literary Biomythography. *Auto/biography*, 2005, 13 (3).

Bernaerts, Lars, Caracciolo, Marco, Herman, Luc, etc. The Storied Lives of Non-Human Narrators. *Narrative*, 2014, 22 (1).

Bobocescu, Elena. The Last Testament of Oscar Wilde—An Apocryphal Autobiography. *University of Bucharest Review: A Journal of Literary and Cultural Studies*, 2010 (1).

Boehm-Schnitker, Nadine & Feldmann, Doris. Review of Dickens and Mass Culture. *English Studies*, 2013, 94 (6).

Boehm-Schnitker, Nadine & Feldmann, Doris. The Canon, the Fan, and the Academic: Review of Multi-Media Afterlives. *Neo-Victorian Studies*, 2012, 5 (2).

Boldrini, Lucia. It Was Part of the Joke, You See: The Author in the Novel Between Theoretical Death and Biographical Life. *Usure/Rupture GRAATN*, 1993 (13).

Boldrini, Lucia. (Im) Proper Wife: Robert Graves' Wife to Mr Milton. *Focus on Robert Graves and His Contemporaries*, 1995, 2 (4).

Boldrini, Lucia. "Allowing It to Speak Out of Him": The Heterobiographies of David Malouf, Antonio Tabucchi and Marguerite Yourcenar. *Comparative Critical Studies*, 2004, 1 (3).

Boldrini, Lucia. Heterobiography, Hypocriticism, and the Ethics of Authorial Responsibility. *Primerjalna Književnost*, *Special Issue*: *The Author*: *Who or What Is Writing Literature?*, 2009 (3).

Boyacioǧlu, Fuat. The Metafictive Structure and the Mise En Abyme in the Counterfeiters by André Gide and the Observations by Ahmet Mithat. *OJE*, 2014, 2 (2).

Boyce, Charlotte & Rousselot, Elodie. The Other Dickens: Neo-Victorian Appropriation and Adaptation. *Neo-Victorian Studies*, 2012, 5 (2).

Boyde, M. J. The Modernist Roman a Clef and Cultural Secrets, Or, I Know that You Know that I Know that You Know. *Australian Literary Studies*, 2009, 24 (3-4).

Chase-Riboud, Barbara. Slavery as a Problem in Public History: Or Sally Hemings and the "One Drop Rule" of Public History. *African American and African Diaspora Studies*, 2009, 32 (3).

Clayton, Jay. The Ridicule of Time: Science Fiction, Bioethics, and the Posthuman. *Am Lit Hist*, 2013, 25 (2).

Cohn, Dorrit. Signposts of Fictionality: A Narratological Perspective. *Poetics Today*, 1990 (11).

Cornis-Pope, Marcel. Reinventing a Past: Historical Author Figures in Recent Postmodern Fiction. *Symploke*, 2010, 18 (1-2).

Doležel, Lubomir. Truth and Authenticity in Narrative. *Poetics Today*, 1980 (1).

Dorsman, L. Het Lelijke Stiefzusje van de Biografie. De vie Romancée. *Biografie Bulletin Voorjaar*, 2007.

Downie, J. A. Marlowe: Facts and Fictions. In Downie, J. A. & Parnell, J. T (ed.). *Constructing Christopher Marlowe*. Cambridge, 2000; paperback edn., 2006.

Durham, Carolyn A. Modernism and Mystery: The Curious Case of the Lost Generation. *Twentieth Century Literature*, 2003, 49 (1).

Edel, Leon. The Figure Under the Carpet. In Pachter, Marc (ed.). *Telling Lives. The Biographer's Art*. Washington, D. C.: New Public, 1979.

Elkin, Lauren. When a Biography Is Not a Biography: The Blue Hour: A Life of Jean Rhys. *The Quarterly Conversation*, 2009 (17).

Erne, Lukas. Biography, Mythography and Criticism: The Life and Works of Christopher Marlowe. *Modern Philology*, 2005, 103 (1).

Flannery, Dennis. The Powers of Apostrophe and the Boundaries of Mourning: Henry James, Alan Hollinghurst, and Toby Litt. *The Henry James Review*, 2005, 26 (3).

Guignery, Vanessa. David Lodge's Author, Author and the Genre of the Biographical Novel. *Études Anglaises*, 2007, 60 (2).

Hagström, Annika J. Stasis in Darkness: Sylvia Plath as a Fictive Character. *English Studies*, 2009, 90 (1).

Hannah, Daniel. The Private Life, the Public Stage: Henry James in Recent Fiction. *Journal of Modern Literature*, 2007, 30 (3).

Harvey, John. Lessons of the Master: The Henry James Novel. *The Yearbook of English Studies*, 2007, 37 (1).

Heilmann, Ann & Llewellyn, Mark. Historical Fictions: Women (Re) writing and (Re) reading History. *Women: A Cultural Review*, 2004, 15 (2).

Heim, Michael. A Postmodern Pushkin. The Duel Revisited. *The Slavic and East European Journal*, 1997, 41 (2).

Heinze, Rüdiger. Violations of Mimetic Epistemology in First-Person Narrative Fiction. *Narrative*, 2008, 16 (3).

Hibbard, Allen. Biographer and Subject: A Tale of Two Narratives. *South Central Review*, 2006, 23 (3).

Holquist, Michael. Whodunit and Other Questions: Metaphysical Detective Stories in Post-War Fiction. *New Literary History*, 1971, 3 (1).

Hounion, Morris. Review of Truthful Fictions: Conversations with American Biographical Novelist. *Library Journal*, 2014, 139 (2).

Ickstadt, Heinz. American Studies in an Age of Globalization. *American Quarterly*, 2002 (54).

Jones, Christine Kenyon. SF and Romantic Biofictions: Aldiss, Gibson, Sterling, Powers. *Science Fiction Studies*, 1997, 24 (1).

Juhasz, Suzanne. Emily Dickinson: The Novel. Review Essay. *The Emily Dickinson Journal*, 2008, 17 (1).

Kaufman, J. C. The Sylvia Plath Effect: Mental Illness in Eminent Creative Writers. *The Journal of Creative Behavior*, 2001, 35 (1).

Kay, Rosemary. Fictionalisation in Biography: Creating the Dickens Myth. *Life Writing*, 2019, 16 (2).

Kohlke, Marie-Luise. Introduction: Speculations in and on the Neo-Victorian

Encounter. *Neo-Victorian Studies*, 2008, 1 (1).

Kohlke, Marie-Luise. Neo-Victorian Biofiction and the Special/Spectral Case of Barbara Chase-Riboud's Hottentot Venus. *Australasian Journal of Victorian Studies*, 2013, 18 (3).

Landwehr, M. Introduction: Literature and the Visual Arts; Questions of Influence and Intertextuality. *College Literature*, 2002 (29).

Latham, Monica. On the Rocks: Women (and Men) in (and Out of) Love. *Etudes Lawrenciennes*, 2011 (42).

Latham, Monica. "Serv [ing] Under Two Masters": Virginia Woolf's Afterlives in Contemporary Biofictions. *Auto/Biography Studies*, 2012, 27 (2).

Latham, Monica. Thieving Facts and Reconstructing Katherine Mansfield's Life in Janice Kulyk Keefer's Thieves. *European Journal of Life Writing*, 2014, 35 (1).

Layne, Bethany. Simultaneously Anticipatory and Retrospective: (Re) reading Henry James Through Colm Tóibín's The Master. *The Henry James Review*, 2014 (3).

Layne, Bethany & Lodge, David. On the Limits of Biofiction: Bethany Layne Talks to David Lodge The Art of Fictionalizing a Life, from H. G. Wells to Henry James. May, 25th, 2017. 〈https://lithub. com/on-the-limits-of-biofiction-bethany-layne-talks-to-david-lodge/ accessed on Mar. 3rd, 2018〉.

Llewellyn, Mark. Neo-Victorianism: On the Ethics and Aesthetics of Appropriation. *Literature Interpretation Theory*, 2009, 20 (1/2).

Lovell, Terry. Bourdieu, Class and Gender: "The Return of the Living Dead"? *The Sociological Review*, 2004 (52).

Magarey, Susan. Three Questions for Biographers: Public or Private? Individual or Society? Truth or Beauty?. *Journal of Historical Biography*, 2008 (4).

Martin, Michael. Taking on Being: Getting Beyond Postmodern Criticism. *The Midwest Quarterly*, 2009, 51 (1).

McFarland, Ron. Recent Fictional Takes on the Lost Hemingway Manuscripts. *The Journal of Popular Culture*, 2011, 44 (2).

Morse, Donald E. Hoaxing Hemingway: Ernest Hemingway as Character and Presence in Joe Haldeman's The Hemingway Hoax (1990). *Extrapolation*, 2004, 45 (3).

Mulvania, Andrew. Lives of the Poets: On Recent Novels About Poets. *Literary Magazines*, 2010, 33 (4).

Ní Dhúill, Caitríona. Towards an Antibiographical Archive: Mediations Between Life Writing and Metabiography. *Special Issue: Life Writing and the Work of Mediation*, 2012, 9 (3).

Novik, Julia. Feminist to Postfeminist: Contemporary Biofictions by and About Women Artists. *Journal of the Theoretical Humanities*, 2017, 1 (22).

Nünning, Ansgar. Crossing Borders and Blurring Genres. *European Journal of English Studies*, 1997, 1 (2).

Ogden, James. Henry James, James Russell Lowell, and George Du Maurier in Whitby. *N&Q*, 2009 (56).

Oneifrei, Paula-Andreea. Henry James as a Character-Fictionalized and Literary Biography. *Bucuresti*, 2011 (13 – 14).

Perkin, Russell J. Imagining Henry: Henry James as a Fictional Character in Colm Tóibín's The Master and David Lodge's Author, Author. *Journal of Modern Literature*, 2010 (33).

Puder, Jim. Lewis in Storyland. *Word Ways*, 2010, 43 (4).

Robinson, Bonnie J. The Other's Other: Neo-Victorian Depictions of Constance Lloyd Wilde Holland. *Neo-Victorian Studies*, 2011, 4 (1).

Roessner, Jeffrey. God Save the Canon: Tradition and the British Subject in Peter Ackroyd's English Music. *Post Identity*, 1998, 1 (2).

Ropero, Lourdes López. Postmortem Postmodernists: The Afterlife of the Author in Recent Narrative (Review). *The Comparatist*, 2010, 34 (1).

Ryan, Marie-Laure. Postmodernism and the Doctrine of Panfictionality. *Narrative*, 1997, 5 (2).

Saunders, Max. Master Narratives. *The Cambridge Quarterly*, 2008, 37 (1).

Saunders, M. Byatt. Fiction and Biofiction. *International Journal for History, Culture and Modernity*, 2019, 6 (1).

Schabert, Ian. Fictional Biography, Factual Biography, and their Contaminations. *Biography*, 1982, 5 (1).

Scherzinger, Karen. Staging Henry James: Representing the Author in Colm Tóibín's The Master and David Lodge's Author, Author! A Novel. *Henry James Review*, 2008 (29).

Scherzinger, Karen. The Jouissance of Influence: Being and Following the Writer in Michiel Heyns's The Typewriter's Tale. *Journal of Literary Studies*, 2010, 26 (1).

Schiff, James. Homage, Sexual Identity, and the Single-Day Novel by Cunningham, Lippincott, and Lanchester. *Critique: Studies in Contemporary Fiction*,

2004，45（4）.

Shiller，Dana. The Redemptive Past in the Neo-Victorian Novel. *Studies in the Novel*，1997，29（4）.

Slotkin，Richard. Fiction for the Purposes of History. *Rethinking History*，2005，9（2）.

Steinberg，Sybil S. Steinberg Reviews. *The Paris Pilgrims* by Clancy Carlile. *Publishers Weekly*，1999，246（25）.

Swamy，Vinay. Traversing the Atlantic：From Brontë's "Wuthering Heights" to Condé's "La Migration des Cœurs". *Journal of Caribbean Literatures*，2006，4（2）.

Thurschwell，Pamela. The Typist's Remains：Theodora Bosanquet in Recent Fiction. *The Henry James Review*，2011，32（1）.

Widdowson，Peter. "Writing Back"：Contemporary Re-Visionary Fiction. *Textual Practice*，2006，20（3）.

Williams，Jeffrey J. The Rise of the Academic Novel. *American Literary History*，2012，24（3）.

Xiaolin，Yang. Application of P&RBL Model to English Literature Course：Using Teaching Framework Based on Three Key Concepts. *Theory and Practice in Language Studies*，2015，5（3）.

Yebra，José M. Neo-Victorian Biofiction and Trauma Poetics in Colm Tóibín's The Master. *Neo-Victorian Studies*，2013，6（1）.

国外博士论文、论文集和报纸文章

Baggaley，Laura. Review：Historial Fiction：How Did Marlowe Die?. *The Observer*，08/08/2004.

Barber，Rosalind. *Writing Marlowe as Writing Shakespeare：Exploring Biographical Fictions*. University of Sussex，2010.

Bassett，Kate. Man of Mystery，History and Myth；Christopher Marlowe. *The Times*，05/26/1993.

Domínguez，Lara A. *Had She Plotted It All?"，Mimetic Representation and Fictionalisation of Sylvia Plath in Her Work and in David Aceituno's Sylvia & Ted*. University of Barcelona，2013.

Gordon，Lyndall. Telling Lives：Lyndall Gordon Anticipates a New "Golden Age" of Biography. *The Guardian*，01/29/2005.

Heyns，Michiel. The Curse of Henry James. *Prospect Magazine*，2004.

Hollinghurst, Alan. Review of Author, Author by David Lodge. *The Guardian Saturday*, 09/04/2004.

Kersten, Dennis. *Travels with Fiction in the Field of Biography*: *Writing the Lives of Three Nineteenth-Century Authors*. Radboud University, 2011.

Pedri, Nancy. *Factual Matters*: *Visual Evidence in Documentary Fiction*. University of Toronto, 2001.

Wolfreys, Julian. Victoriographies: Inventing the Nineteenth Century. 2001. 30/01/2014. 〈http://www. english. ufl. edu/courses/undergrad/2001spring_up-d. html#LIT_4930. jw〉.

国内专著与期刊

杨晓霖：《叙事医学人文读本》，北京：人民卫生出版社，2019 年。

杨晓霖、宁静：《后现代语境下的平行叙事创作模式研究》，《天津外国语大学学报》，2017 年第 4 期。

杨晓霖、陈璇：《麦琪·吉〈弗吉尼亚·伍尔夫在曼哈顿〉中的生命叙事》，《外国语文》，2018 年第 3 期。